메리 도리아 러셀
Mary Doria Russell

1950년 일리노이 주 엘름허스트에서 태어났다. 일리노이 대학에서 문화인류학을 전공하였고, 노스이스턴 대학에서 사회인류학 석사 학위를 받은 후 미시간 대학에서 생물인류학으로 박사 학위를 받았다. 첫 작품인 『스패로』(1996)로 아서 클라크상, 영국SF협회상, 제임스 팁트리 주니어 상, 존 캠벨 상을 수상하여 큰 주목을 받았으며, 후속작인 『신의 아이들』(1998)은 휴고 상 최종 후보작에 올랐다. 그 외 작품으로는 『A Thread of Grace』(2005), 『Dreamers of the Day』(2008), 『Doc』(2011), 『Epitaph』(2015), 『The Women of the Copper Country』(2019)가 있다.

디자인 김진영

the sparrow

THE SPARROW

by Mary Doria Russell

스패로
the sparrow

메리 도리아 러셀

정대단 옮김

황금가지

모라 E. 커비와
메리 L. 듀잉에게 바친다

quarum sine auspico hic liber
in lucem non esset editas*

* 그들의 인도 없이 이 책은 나오지 못했을 것이다

차례

돌이켜 보면 충분히 예상할 수 있는 일이었다. 역사적으로 예수회는 항상 기민하고 효율적인 탐사와 연구를 강조해 왔다. 유럽인들이 '발견의 시대'라고 부르는 기간 동안, 알려지지 않았던 새로운 부족이 발견되면 1~2년 안에 예수회 사제들이 그들을 찾아갔다. 실제로 예수회가 최초의 발견자인 경우도 드물지 않았다.

UN이 10년의 세월을 필요로 했던 결정을 예수회는 단 열흘 만에 내렸다. 뉴욕의 외교관들은 훗날 '라카트'라고 불리게 되는 행성을 탐사하는 문제에 대해 길고 격렬한 논쟁을 벌였다. 지구상에도 긴급하게 처리해야 할 현안들이 많은데 과연 새로운 세계와 접촉을 시도하기 위해 자원을 투입해야 하는지, 해야 한다면 그 이유는 무엇인지 저마다 의견이 분분했다. 하지만 로마에서 탐사 여부나 이유는 논란의 대상이 아니었다. 얼마나 빨리 탐사를 시작할 수 있는지, 또 누구를 보낼지가 문제일 뿐이었다.

예수회는 속세의 정부로부터 허가를 받을 필요가 없었다. 그들은 교황의 권위에 입각하여, 그들 자신의 자산으로, 그들 자신의 원칙에 의해 행동했다. 라카트 탐사는 비밀스럽다기보다 조용하게 이루어졌다. 두 가지 사이에 큰 차이는 없지만 굳이 따지자면, 몇 년 후 탐사 소식이 세간에 알려졌을 때 예수회 측에서 어떤 해명이나 정당화의 필요성도 느끼지 못했다는 의미였다.

예수회의 과학자들은 전도를 위해서가 아니라, 배우기 위해 라카트로 향했다. 탐사를 통해 하느님의 또 다른 자녀들에 대해 알고 또 사랑하기 위해서였다. 그들은 언제나 예수회가 인류 탐험의 최전방에 섰던 바로 그 이유에서 떠났다. ad majorem Dei gloriam, 오직 신의 크나큰 영광을 위해서.

그들에게 악의는 전혀 없었다.

1

로마

2059년 12월

2059년 12월 7일, 살바토르 문디 병원의 격리 병동에 수용되어 있던 에밀리오 산도즈는 한밤중에 빵 배달 트럭에 실려 보르고 산토 스피리토 5번지의 예수회 사제관으로 옮겨졌다. 사제관은 바티칸으로부터 성 베드로 광장을 가로질러, 도보로 고작 몇 분 거리에 있었다. 다음 날 예수회 대변인은 기자들의 질문 공세와 고함을 애써 무시하며, 사제관의 거대한 정문 앞에 모여든 성난 군중을 상대로 짧은 성명을 발표했다.

"우리가 아는 한, 라카트 탐사대의 생존자는 에밀리오 산도즈 신부가 유일합니다. 다시 한번 산도즈 신부의 귀환을 가능케 해 준 UN과 컨택트 컨소시엄 그리고 오바야시 사(社) 소행성 채굴 부서에 감사를 표합니다. 우리는 컨택트 컨소시엄 소속 탐사대원들의 운명에 대해 추가적인 정보를 얻지 못했습니다. 다만 그들을 위해 기도를 드릴 뿐입니다. 현재로서는 산도즈 신부의 건강 상태가 상당히 심각하며, 회복할 때까지 적어도 몇 개월은 걸릴 것으로 보입니다. 그동안에는 예수회

11

의 임무나, 산도즈 신부가 라카트에서 저질렀다는 행위에 대한 컨택트 컨소시엄 측의 고발에 관해 어떤 추가적인 언급도 할 수 없습니다."

이는 단지 시간을 벌기 위한 수작에 불과했다.

물론 산도즈 신부의 상태가 좋지 않다는 말은 사실이었다. 신부는 온몸이 선홍색으로 멍들어 있었다. 모세 혈관의 벽이 파괴되어 피부밑에서 출혈이 일어났기 때문이다. 잇몸에서 나던 피는 멈췄지만, 정상적인 식사를 하려면 아직도 많은 시간이 필요했다. 다른 무엇보다, 양손을 어떻게든 치료해야 했다.

그러나 당장은 괴혈병, 빈혈 그리고 피로의 병용 효과 때문에, 그는 하루에 스무 시간씩 잠들어 있었다. 어쩌다 깨어났을 때조차 마치 태아처럼 무기력하게 몸을 웅크린 채 꼼짝 않고 누워 있을 뿐이었다.

처음 몇 주 동안 산도즈 신부가 머무는 작은 방은 항상 문이 열려 있었다. 그러다 어느 날 오후, 복도를 청소하던 에드워드 베어 수사가 그를 방해하지 않으려는 생각으로, 의료진의 경고에도 불구하고 문을 닫아 둔 적이 있었다. 하필 그때 산도즈 신부가 깨어났고, 자신이 갇혀 있다는 사실을 깨달았다. 이후로 에드워드 수사는 결코 같은 실수를 되풀이하지 않았다.

예수회의 총장 신부인 빈첸초 지울리아니는 매일 아침 산도즈 신부를 보기 위해 그 방을 찾았다. 그가 지켜보고 있다는 사실을 산도즈가 아는지는 미지수였다. 하지만 지울리아니는 이런 느낌에 익숙했다. 산도즈 신부는 10년에 걸친 사제 양성 과정에서 지울리아니의 한 해 선배였다. 총장 신부는 이미 그때부터 에밀리오 산도즈에게 매료되어 있었다. 산도즈는 특이한 소년이자, 수수께끼 같은 존재였다. 빈첸초 지울리아니는 다른 사람들에 대한 이해를 바탕으로 정치적인 성공을 이룩했다. 하지만 그런 그로서도 산도즈 신부만큼은 결코 이해할 수가 없었다.

지울리아니는 이제 병들고 거의 벙어리나 다름없는 산도즈를 보면서 그가 빠른 시간 내에 자신의 비밀을 털어놓지는 않으리라 짐작할 수 있었다. 하지만 그렇다고 해서 실망하지는 않았다. 빈첸초 지울리아니는 인내심이 풍부한 사람이었다. 로마에서 출세하기 위해서는 인내심이 필요했다. 로마는 시간을 세기가 아니라 1000년 단위로 헤아리는 도시였다. 여기서 정치적인 성공을 이루려면 언제나 인내심과 장기적인 관점을 유지해야 했다. 심지어 이 도시의 이름으로부터 인내심의 중요성을 의미하는 단어가 생겨나기도 했다. '로마니타'가 바로 그것이다. 로마니타는 감정적이거나 서두르거나 의심하지 않는다. 로마니타는 기회를 엿보며 기다리다가 때가 무르익으면 가차 없이 움직인다. 로마니타는 궁극적인 성공에 대한 절대적인 확신에 기초하며, 다음과 같은 단 하나의 원칙에서 비롯한다. Cuntando regitur mundus. 기다리는 자가 승리한다.

따라서 빈첸초 지울리아니는 60년이 지나도록 여전히 에밀리오 산도즈를 이해하지 못한다는 사실에 대해 전혀 조급해하지 않았다. 다만 그런 기다림이 마침내 보상받는 순간이 온다면 얼마나 만족스러울까 하는 기대감을 느낄 뿐이었다.

산도즈가 5번지에 도착하고 나서 3주 후, 무고한 어린이들의 순교 축일, 존 칸도티 신부는 총장 신부의 개인 비서로부터 연락을 받았다.

"이제 산도즈가 신부님을 뵐 수 있을 만큼 상태가 좋아졌습니다." 요하네스 펠커가 존에게 말했다. "2시까지 여기로 오세요."

누구한테 감히 이래라저래라 명령이야! 존은 '피정(避靜)의 집'에서 할당받은 답답하고 작은 방에서 나와 바티칸 시티로 향하며 마음속으로 투덜거렸다. 존의 방에서는 고대 로마의 훌륭한 성벽이 내다보였다. 문제는 그 벽이, 존재 이유가 의심스러운 창문으로부터 불과 몇 센티미터밖에 떨어져 있지 않다는 점이었다. 존은 로마에 도착한 이래 펠커와 두어 번 상대한 적이 있었고, 처음 보는 순간부터 그 오스트리아인을 싫어했다. 사실 존 칸도티는 자신이 현재 처한 상황이 전반적으로 마음에 들지 않았다.

우선, 자신이 왜 이 일에 참여하게 되었는지 이해할 수 없었다. 존 칸도티는 변호사도 학자도 아니었다. 예수회에는 '성과를 내든지 아니면 탈퇴하라.'는 무시무시한 금언도 있지만, 그는 좀 더 소박한 형태의 봉사에 충분히 만족하고 있었다. 상급자가 이번 주말에 당장 로마로 날아가라고 명령했을 때, 그는 한 중학교에서 크리스마스 행사를 계획하느라 한창 바빴다. "총장 신부께서는 자네가 에밀리오 산도즈를 돕길 바라신다네." 설명은 그게 전부였다. 존도 산도즈에 대해서는 들어 본 적이 있었다. 들어 보지 못한 사람은 아마 없을 터였다. 하지만 존은 자신이 그 남자에게 어떤 도움이 될 수 있는지 알 수 없었다. 존은 설명을 요구했지만, 아무도 만족스러운 대답을 해 주지 않았다. 시카고 토박이인 존으로서는 이런 식으로 미묘하게 에둘러 일을 처리하는 방식에 익숙하지 않았다.

그리고 로마라는 도시 자체도 문제였다. 즉석 송별연 자리에서는 모두들 존에게 축하의 말을 건넸다. "로마에 간다며, 조니!" 살아 숨 쉬는 역사, 아름다운 교회들, 예술 작품들. 어리석게도 그 또한 들떠 있었다. 쥐뿔도 몰랐으니까.

존 칸도티가 평생 살아온 시카고는 직선으로 잘 구획된 도시였다. 때문에 그는 로마에 적응할 준비가 전혀 되어 있지 않았다. 분명 가고

자 하는 건물이 눈에 뻔히 보이는데, 지금 걷고 있는 길은 그로부터 점점 더 멀어져만 갔다. 무작정 길을 따라가다 보면 여지없이 또 다른 멋진 피자 가게와 또 다른 아름다운 분수가 나타난다. 그러다 결국 또 다른 막다른 골목에 이르고 만다. 매번 길을 잃었고, 언덕과 모퉁이에서, 고양이 오줌과 토마토소스 냄새가 풍기는 골목길에서 한 시간씩 헤매느라 약속 시간에 늦곤 했다. 지각하는 일을 질색했는데, 언제나 지각을 할 수밖에 없었다. 존은 누구와 대화를 나누건 처음 5분 동안은 늦어서 미안하다고 사과하기 바빴다. 로마에서 알게 된 사람들은 언제나 괜찮다며 그를 안심시켰다.

하지만 그래도 여전히 지각은 질색이었다. 그래서 이번만큼은 늦지 않고 예수회 사제관에 도착하기 위해 걸음을 서둘렀다. 깡마르고 코가 큰 데다 머리가 반쯤 벗어진 존이 팔을 힘차게 흔들면서 사제복을 펄럭이며 걷자니 한 무리의 아이들이 시끄럽게 웃고 떠들며 따라붙었다.

"늦어서 미안합니다." 존 칸도티는 산도즈의 방으로 가는 동안 만나는 모든 사람에게 사과를 반복했다. 그리고 에드워드 베어 수사의 안내를 받아 목적지에 도착했다. 단둘이 남겨지자 존은 산도즈에게도 똑같이 사과했다. "밖에 여전히 사람들이 많더군요. 언제까지 죽치고 있을 생각일까요? 저는 존 칸도티라고 합니다. 총장 신부께서 저더러 청문회에서 신부님을 도우라고 하시더군요. 만나서 반갑습니다."

그는 무심코 손을 내밀었다가 산도즈의 상태를 기억해 내고 어색하게 거둬들였다.

산도즈는 한동안 창가의 의자에서 일어나지 않았고, 존이 있는 쪽을 쳐다보지도 않았다. 어쩌면 쳐다볼 수 없는지도 몰랐다. 존은 당연히 산도즈의 기록 사진들을 본 적이 있었다. 하지만 생각보다 훨씬 작고 마른 체격이었다. 사진보다는 늙어 보였지만 실제 나이만큼 늙어 보이지는 않았다. 계산이 어떻게 되더라? 라카트로 가는 데 17년, 거기서 거의 5년, 돌아오는 데 다시 17년. 하지만 광속에 가까운 속도로 여행했기 때문에 상대성 효과가 발생했다. 산도즈는 70대 후반인 총장 신부보다 한 해 먼저 태어났지만, 의사들은 그의 육체적인 나이를 마흔다섯 전후로 추정했다. 물론 보기만 해도 힘든 시간을 보낸 듯했지만, 그 시간이 아주 길지는 않았을 것이다.

한참 동안 침묵이 흘렀다. 존은 산도즈의 손을 쳐다보지 않으려고 애쓰면서 그냥 일어나야 하는지 고민했지만 아직은 너무 이르다고 판단했다. '펠커 그 정신 나간 양반 같으니.' 그때, 마침내 산도즈가 입을 열었다.

"잉글리시?"

"미국인입니다, 신부님. 에드워드 베어 수사는 영국 사람이지만 저는 미국인이지요."

"그게 아니오." 산도즈가 잠시 뜸을 들이다가 말을 이었다. "La lengua. 영어를 쓰냐는 말이오."

존은 자신이 오해했다는 사실을 깨달았다.

"그렇습니다. 스페인어도 약간 합니다만…… 그쪽이 편하시다면요."

"이탈리아어였소, creo. Antes. 여기 오기 전에, 그러니까 병원에서는. Sipaj, si yo……." 산도즈는 말을 멈췄다. 금방이라도 눈물을 흘릴 듯한 표정이었지만, 다시 자신을 추스르고 신중하게 말을 골랐다. "내가…… 한동안 한 가지 언어만…… 듣는다면 도움이 될 것 같소……. 영어면 좋겠소만."

"물론입니다. 그렇게 하지요. 영어로만 이야기하겠습니다." 존이 몸을 떨며 말했다. 산도즈의 상태가 이 정도로 나쁜 줄은 몰랐다. "시간을 오래 빼앗진 않겠습니다, 신부님. 그저 제 소개도 할 겸, 신부님이 어떤지 좀 보러 왔을 뿐입니다. 청문회 준비는 서두를 필요가 없습니다. 분명 충분히 괜찮아지실 때까지 연기할 수 있을 겁니다……."

"뭘 할 수 있을 만큼 충분히 괜찮아질 때까지 말이오?"

산도즈가 처음으로 존을 똑바로 바라보며 물었다. 주름이 깊게 팬 얼굴이었다. 높은 콧대와 넓은 광대뼈에는 인디언 혈통이라는 사실이 분명하게 드러나 있었다. 금욕적인 인상이었다. 존 칸도티는 이 남자가 웃는 모습을 상상할 수 없었다.

'스스로를 변호할 만큼이죠.' 존은 그렇게 말하려고 했지만, 다소 심술궂은 표현처럼 느껴졌다.

"무슨 일이 있었는지 설명할 수 있을 만큼 말입니다."

방 안은 놀랄 만큼 조용했지만 창밖에서 끊임없이 축제의 소음이 들려왔다. 어떤 여자가 그리스어로 아이를 혼내고 있었다. 여느 때와 다를 바 없는 바티칸 군중의 소음과 택시 경적 소리에 이리저리 몰려다니는 관광객과 기자들의 고함이 더해졌다. 이 영원의 도시가 산산조각으로 무너져 내리지 않기 위해서는 끊임없는 보수 작업이 필요했다. 공사장에서 건설 인부들이 외치는 소리와 기계들이 움직이는 소리가 요란했다.

"난 할 말이 없소." 산도즈가 다시 몸을 돌렸다. "예수회에서 탈퇴할 생각이오."

"산도즈 신부님…… 신부님, 예수회가 그곳에서 무슨 일이 벌어졌는지 모르는 채로 신부님을 그냥 가게 내버려 두지는 않을 겁니다. 물론 청문회에 참석하고 싶지 않을 수도 있습니다. 하지만 이 안에서 무슨 일이 벌어지든, 신부님이 문을 나서는 순간 저 밖에서 겪게 될 일에 비하면 아무것도 아닙니다. 우리가 진실을 알면 신부님을 도울 수도 있습니다. 신부님도 그편이 더 수월하지 않을까요?"

대답은 없었다. 창에 비친 옆얼굴이 조금 더 굳어질 뿐이었다.

"좋습니다. 며칠 후에 다시 오겠습니다. 기분이 좀 괜찮으실 때쯤에요. 제가 가져다 드렸으면 하는 물건이 있나요? 누군가 연락하고 싶은 사람은 없습니까?"

"없소." 힘없는 목소리였다. "고맙소."

존은 한숨을 억누르며 문 쪽으로 돌아섰다. 작고 수수한 책상 위에 놓인 스케치 한 점이 눈에 들어왔다. 뭔가 종이 같은 것 위에 잉크 같은 것으로 그려져 있었다. 한 무리의 '바라카트'였다. 아주 위엄 있고 매력적인 얼굴을 하고 있었다. 눈 모양이 독특했는데, 눈 부신 햇살을 막기 위한 속눈썹이 주름 장식처럼 들어차 있었다. 그들의 미적 기준이 어떤지도 모르면서 아주 잘생긴 개체라는 생각을 하다니 우스운 일이었다. 존 칸도티는 좀 더 자세히 보기 위해 그림을 집어 들었다. 그러자 산도즈가 자리에서 일어나 성큼성큼 다가왔다.

산도즈는 존에 비해 반도 안 되는 체격이었고, 죽을 만큼 아픈 상태였다. 하지만 시카고 뒷골목에서 잔뼈가 굵은 존 칸도티는 깜짝 놀라 뒤로 물러섰다. 등 뒤로 벽이 느껴졌다. 그는 미소로 당혹감을 감추려고 애쓰면서 그림을 책상 위에 다시 내려놓았다.

"잘생긴 종족이에요, 그렇지 않습니까?" 존은 눈앞에 있는 남자가 지금 느끼는 감정이 무엇이든, 그것을 흐리려고 노력하며 말을 이었다. "그림에 나온 이…… 사람들은 신부님의 친구인가요?"

산도즈가 뒤로 물러나, 마치 상대의 반응을 헤아리는 듯한 얼굴로 존을 잠시 바라보았다. 산도즈의 뒤쪽에서 햇빛이 비치자 그의 얼굴에 그늘이 지며 표정을 감춰 버렸다. 방 안이 조금만 더 밝았거나 존이 산도즈를 좀 더 잘 알았더라면, 이런 엄숙함이 그가 분노를 억누르고 있다는 신호라는 사실을 깨달았을 것이다. 산도즈는 잠시 머뭇거리다가 원하던 단어를 겨우 찾아내고는 말했다.

"동료들이오."

요하네스 펠커는 총장 신부와의 아침 정례 회의를 마치고 노트스크린을 덮었지만, 자리에서 일어나지는 않았다. 대신 묵묵히 앉아서 빈첸초 지울리아니의 얼굴을 응시했다. 총장 신부는 오늘 해야 할 일들과 방금 논의를 통해 결정한 사항들을 자신의 노트스크린에 기록하느라 집중하는 것처럼 보였다.

제34대 총장 신부인 지울리아니는 탁월한 지도자였다. 그는 덩치가 크고 대머리가 잘 어울렸으며, 나이를 고려하면 믿을 수 없을 만큼 건강했다. 직업은 역사가이지만 정치적인 자질을 타고난 지울리아니는 어려운 시기에 예수회를 이끌며, 산도즈가 실추시킨 위상을 어느 정도 복구해 냈다. 그는 예수회 구성원들이 수문학(水文學)과 이슬람 문화를 연구하도록 유도해서 얼마간 친선 관계를 되살렸다. 이란과 이집트에 예수회 신부들이 없었다면 지난 공격에 대해 어떤 경고도 받지 못했을 터였다. 인정할 수밖에 없는 공적이라고 생각하며, 펠커는 지울리아니가 눈길을 줄 때까지 참을성 있게 기다렸다.

마침내 총장 신부는 한숨을 쉬더니 고개를 들어 비서를 바라보았다. 펠커는 30대 중반의 평범한 사내로, 체격이 다소 뚱뚱하고 모래색 머리카락은 푸석푸석했다. 그는 하루가 다르게 두꺼워져 가는 허리 위에 두 손을 포개고 앉아서, 아직 마치지 못한 이야기가 있다는 점을 표정으로 말하고 있었다. 지울리아니가 마지못해 말했다.

"그래, 알겠네. 할 말 있으면 해 보게나."

"산도즈 말입니다."

"그 사람이 뭐가 어떻다는 건가?"

"제 말이 그 말입니다."

지울리아니가 다시 노트스크린으로 주의를 돌렸다.

"모두들 막 잊으려 하던 참이었습니다. 차라리 그자가 나머지 사람들과 함께 죽어 버렸다면 모두에게 더 좋았을 겁니다."

"세상에, 펠커 신부." 지울리아니가 메마른 목소리로 말했다. "어떻게 그런 생각을 하나?"

펠커는 입을 다물고 시선을 피했다.

지울리아니는 반들거리는 나무 책상 위에 팔꿈치를 얹은 채, 잠시 창밖을 내다봤다. 사실 펠커의 말이 옳았다. 산도즈가 조용히 순교했다면 일이 훨씬 간단했을 터였다. 이제 예수회는 사람들의 시선이 집중된 가운데, 뒤늦은 후회 속에서 탐사의 실패 원인을 규명할 수밖에 없었다……. 지울리아니는 손으로 얼굴을 문지르며 일어섰다.

"난 에밀리오를 오래전부터 알아 왔네, 펠커. 좋은 사람이야."

"그자는 남창입니다. 아동 살해범이기도 합니다. 감옥에 가야 할 자라고요." 단호히 말한 펠커는 지울리아니가 방 안을 서성이며 멍하니 물건들을 들었다 놨다 하는 모습을 지켜봤다. "적어도 떠나겠다고 할 정도의 양심은 있더군요. 가게 내버려 둬야 합니다. 그자가 예수회에 더 큰 피해를 주기 전에요."

지울리아니는 걸음을 멈추고 펠커를 쳐다봤다.

"우리는 그 사람을 내치지 않을 걸세. 설사 스스로가 원한다고 하더라도 말이야. 그건 옳지 않아. 옳지 않을 뿐 아니라, 아무 소용 없는 짓이기도 하지. 자신이 그렇게 생각하지 않는다고 해도 세상 사람들이 보기에는 예수회의 일원이니까." 지울리아니는 창가로 다가가 기자와 조사원, 그리고 단순히 호기심에서 모여든 군중을 내다봤다. "언론이 계속 섣부른 추측과 근거 없는 낭설을 쏟아 내도 우리가 신경 쓸 필요는 없네." 총장 신부는 여러 학번의 대학원생들을 겁에 질리게 했던 쾌활하면서도 냉담한 어조로 말했다. 그러고는 줄곧 뚱하게 앉아 있는 비서에게 차가운 시선을 돌렸다. 목소리는 그대로였지만, 이어진 내용은 펠커를 놀라게 했다. "에밀리오를 심판할 자격이 있는 건 내가 아닐세, 펠커 신부. 물론 언론도 아니지."

그리고 요하네스 펠커도, 예수회도 아니었다.

그들은 한두 가지 사무적인 이야기를 더 나눈 뒤 회의를 마무리 지었다. 지울리아니는 펠커가 떠나기 전에 그가 정치적으로나 영적으로도 선을 넘었다는 사실을 주지시켰다. 펠커는 지적이고 유능했지만 예수회 신부답지 않게 사고가 극단적이어서 모든 일을 흑과 백, 선과 악, 그리고 적과 아군으로 나누어 생각했다.

하지만 그런 사람들도 나름의 쓸모가 있는 법이다.

총장 신부는 책상에 앉아 스타일러스 펜을 만지작거렸다. 기자들은 세상 사람들에게 알 권리가 있다고 생각했다. 하지만 지울리아니는 그런 헛소리에 영합할 필요를 느끼지 못했다. 그러나 라카트 건은 어떤 식으로든 조치가 필요했다. 그는 산도즈에게 모종의 결심을 촉구할 필요를 느꼈다. 이번이 예수회가 낯선 문화와 처음으로 조우한 경우도 아니었고, 비극적인 결과를 맞이한 첫 번째 탐사도 아니었다. 산도즈 역시 불명예를 안게 된 최초의 신부는 아니었다. 모든 과정이 후회스러운 것은 사실이지만, 그렇다고 손쓸 수 없는 지경은 아니었다.

'산도즈는 구원받을 수 있어.' 지울리아니는 완고하게 생각했다. '우리한테 신부가 넘쳐서 한두 명쯤 잘라 봤자 상관없는 것도 아닌데.

그는 우리 중 하나라고, 제기랄. 그리고 우리가 무슨 권리로 이번 임무를 실패라고 규정한단 말인가?' 씨앗은 뿌려졌을 수도 있었다. 오직 하느님만 알 수 있는 일이었다.

그렇다고 해도 산도즈와 나머지 대원들의 혐의는 심각했다.

개인적으로 빈첸초 지울리아니는 애당초 탐사대에 여자들을 포함하기로 한 결정이 잘못이라고 생각했다. 시작부터 규율을 깨뜨린 셈이니 말이다. 하지만 그때는 사정이 달랐다.

존 칸도티도 로마의 동쪽 외곽에 있는 별도 들지 않는 자신의 방으로 돌아가며 같은 문제를 곱씹어 보고 있었다. 존은 임무의 실패 원인에 대해 자신만의 가설을 세웠다. 이번 임무는 일련의 논리적이고 이성적이며 신중하게 검토한, 하나씩 놓고 봤을 때는 좋은 생각처럼 보였던 결정들 때문에 실패했다. 대부분의 대형 참사가 그렇듯이.

2
푸에르토리코 아레시보 천문대

2019년 2월

"지미, 놈들이 너에게 콘도르를 배정했다는 이야기를 들었어!" 페기 숭이 그렇게 속삭였을 때, 라카트 탐사는 첫걸음을 내딛었다. "놈들에게 협조할 거야?"

지미 퀸은 자판기 앞의 줄을 이리저리 옮겨 다니며 아로스 콘 포요*, 콩 수프 한 통과 참치 샌드위치 두 개를 골랐다. 그는 엄청나게 키가 큰 청년이었다. 스물여섯 살 이후로 성장은 멈췄지만 아직 충분히 살이 붙지 않아 끊임없이 배가 고팠다. 지미는 멈춰 서서 우유 두 봉지와 디저트 두 접시를 더 집어 든 후 자기 몫을 계산했다.

"네가 협조하면 나머지 우리들은 그만큼 힘들어져." 페기가 말했다. "제프에게 어떤 일이 일어났는지 봤잖아."

지미는 한 자리만 남아 있는 식탁으로 가서 음식 쟁반을 내려놓았다. 페기 숭은 지미의 뒤쪽에 버티고 서서, 맞은편에 앉아 있는 여자를 노려보기 시작했다. 여자는 얼마 견디지 못하고 자리에서 일어났다.

---

* 닭과 쌀이 들어간 스페인 음식.

식탁 주위를 돌아서 아직 온기가 남아 있는 의자에 앉은 페기는 잠깐 말없이 지미가 닭과 쌀로 이루어진 무더기를 해치우는 모습을 지켜보며, 그가 먹는 양에 새삼 놀랐다. 하긴 지미를 집에서 쫓아낸 후 식료품에 들어가는 비용이 75퍼센트나 줄었다.

"지미, 언제까지 외면할 순 없어. 만약 네가 우리 편이 아니라면 놈들 편인 거야." 입을 연 페기는 여전히 속삭였지만, 부드러운 목소리는 아니었다. "아무도 협조하지 않는다면, 놈들이 우리 모두를 해고할 순 없어."

지미는 고개를 들어 페기와 시선을 마주쳤다. 지미의 푸른 눈동자는 침착했고, 페기의 검은 눈동자는 도전적이었다.

"글쎄, 페기. 내 생각엔 그들이 마음만 먹는다면 몇 주 내로 전 직원을 갈아 치울 수도 있을 거야. 페루에서 온 친구를 하나 아는데, 월급을 절반만 받고도 내가 하는 일을 할걸. 그리고 제프는 그만둘 때 훌륭한 추천서를 받았잖아."

"그런데도 아직 일자리를 못 구했지! 콘도르에게 자기가 가진 걸 다 바쳤으니까."

"내가 결정한 일이 아니야, 페기. 너도 알잖아."

"헛소리 마!" 몇몇 사람이 그들을 돌아봤다. 페기는 식탁 너머로 몸을 숙이며 다시 속삭였다. "넌 꼭두각시가 아니야. 제프가 잘리고 나서도 네가 계속 도왔다는 사실은 모두가 알아. 하지만 중요한 건 놈들이 더는 우리를 껍데기만 남기고 빨아먹지 못하게 하는 거야. 일이 터지고 나서 희생자를 돕는 게 아니라. 내가 몇 번이나 더 그 점을 설명해야 해?"

페기 숭은 자리에 털썩 주저앉아 맞은편을 쳐다보며, 체제가 자신들을 파멸시키려 들어도 알아차리지 못하는 부류의 사람을 이해해 보려고 애썼다. 지미가 이해하는 거라곤 열심히 일하고 문제를 일으키지 않는 것뿐이었다. 하지만 그래서 뭘 얻는단 말인가? 결국에는 찬밥 신세가 될 따름이다.

"콘도르에게 협조하는 건 네 결정이야." 단호한 말투였다. "놈들이 명령을 내릴 순 있겠지만, 거기에 따를지 말지 결정하는 건 너란 말이야."

페기는 일어서며 식탁 위의 자기 물건들을 챙겼다. 그리고 지미를 잠깐 물끄러미 보더니 몸을 돌려 문을 향해 걸어갔다.

"페기!"

지미도 자리에서 일어나 뒤따라가서는 페기의 어깨를 가볍게 건드렸다. 지미는 잘생긴 편이 아니었다. 코는 지나치게 길고 모양도 이상했으며, 눈은 너무 몰린 데다 원숭이처럼 푹 꺼져 있었다. 반원을 그리는 미소와 붉은 곱슬머리는 어린아이가 아무렇게나 그린 그림 같았다. 하지만 몇 달 동안 그 모든 점이 페기를 정신 못 차리게 매료시켰던 때가 있었다.

"페기, 나에게 기회를 줘, 응? 모두가 만족할 만한 길이 있는지 찾아볼게. 일이 꼭 이거 아니면 저거라는 식이 될 필요는 없잖아."

"그래, 지미." 지미는 좋은 녀석이었다. 멍청하기는 해도 좋은 녀석이다. 페기는 지미의 정직하고 선량하고 수수한 얼굴을 보면서, 그가 말 잘 듣는 아이로 남기 위해 뭔가 그럴싸하지만 비겁한 변명거리를 찾아내리라는 사실을 깨달았다. "그래, 지미. 마음대로 해."

더 못난 남자라면 페기 숭처럼 만만찮은 여자와 상대한 직후에는 식욕이 싹 달아날지도 모른다. 하지만 지미 퀸은 작고 고집 센 여자들에게 익숙했고, 무엇도 그의 식욕에 영향을 미칠 순 없었다. 지미가 어렸을 때, 어머니는 그를 먹이는 일이 마치 달리는 기관차에 석탄을 퍼 넣는 기분이라며 투덜거리곤 했다. 페기가 식당에서 나가자, 지미는 자리로 돌아와 나머지 음식을 먹어 치우며 생각에 잠겼다.

지미는 바보가 아니었다. 다만 훌륭한 부모님께 사랑을 듬뿍 받았고, 훌륭한 선생님들로부터 잘 배웠을 따름이었다. 이 두 가지 경험은 지미에게, 페기 숭이 이해하지 못할 뿐 아니라 분개하기까지 하는 복종심을 심어 줬다. 그는 줄곧 권위가 옳다는 사실을 확인하며 살아왔다. 부모님과 선생님들, 혹은 상사들의 결정은 시간이 지나고 나면 결국 이해가 갔다. 물론 지미 역시 AI 프로그램에게 일자리를 빼앗긴다는 생각이 기분 좋게 느껴지지는 않았다. 하지만 솔직히 말해 딱히 반발심이 생기는 것도 아니었다. 그는 아레시보 천문대에서 고작 여덟 달 동안 일했을 뿐이다. 처음부터 말도 안 되는 행운으로 얻게 된 직업이다 보니, 그 자리가 당연히 자기 차지라고 느낄 정도로 긴 시간도 아니었다. 천문학을 전공으로 선택했을 때부터 조건 좋은 일자리는 기대하지도 않았다. 대부분 보수는 형편없고 구직을 위한 경쟁은 치열했다. 하지만 요즘은 어느 분야든 마찬가지였다. 작고 고집스러운 어머니는 보다 실용적인 학문을 공부해야 한다고 주장했지만, 지미는 천문학을 고수했다. 통계적으로 어차피 일자리를 구하지 못할 가능성이 크다면 적어도 좋아하는 분야에서 실직 상태로 있겠다는 생각이었다.

지난 8개월 동안, 지미는 자신의 선택이 옳았다고 느끼는 호사를 누렸다. 하지만 이제는 결국 에일린 퀸 여사의 말이 옳았다는 생각이 들었다.

지미는 점심을 먹고 난 부스러기를 주섬주섬 챙겨서 분리 수거함에 넣었다. 그리고 하루에도 수백 번씩 부딪혀 넘어질 뻔한 낮은 문간이며 전등, 배관 따위를 피하고자 박쥐처럼 이리저리 몸을 비틀면서 사무실로 향했다. 그의 책상은 마치 이빨 빠진 입 같은 모양새였다. 조지 에드워즈를 통해 만난 에밀리오 산도즈라는 푸에르토리코 출신 예수회 신부 덕분이었다. 은퇴한 엔지니어인 조지는 학생이나 관광객에게 아레시보 천문대를 안내하는 무보수 파트타임 일을 하고 있었다. 조지의 아내인 앤은 예수회가 산후안 구시가 외곽의 빈민가에 설립한 병원에서 의사로 일했다. 지미는 이들 세 사람을 모두 좋아해서, 답답하고 지루한 교통 체증에도 아랑곳하지 않고 종종 산후안을 방문하곤 했다.

에드워즈 부부의 집에서 처음 산도즈와 저녁 식사를 함께할 때, 지미는 모든 물건이 난쟁이들의 규격에 맞춰 만들어진 세상에서 보통 키의 사람이 겪는 생명의 위협을 늘어놓으며 세 사람을 계속 웃게 했다. 지미는 또 자기가 의자에 앉을 때마다 책상에 무릎을 부딪힌다고 투덜거렸다. 그러자 장난기로 반짝이는 두 눈을 제외하면 아주 근엄한 표정을 한, 잘생기고 이국적인 신부가 식탁 위로 몸을 기울였다. 그리고 거의 완벽한 북아일랜드식 사투리로 이렇게 말했다. "책상에서 가운데 서랍을 빼면 될 거 아녀, 이 멍충아." 그 말에 가능한 대답은 한 가지밖에 없었다. 지미는 푸른 눈에 아일랜드식 경탄을 담아 휘둥그레 뜬 채로 이렇게 대꾸했다. "제기랄 그렇구먼." 이 대화는 앤과 조지를 포복절도하게 했고, 그 뒤로 네 사람은 친구가 되었다.

그때 기억에 미소 지으며, 지미는 회선을 열고 산도즈의 시스템으로 다음과 같은 메시지를 보냈다. '8시에 클라우디오 가게에서 맥주 한 잔? 5시까지 회신 바람.' 더 이상 신부와 술집에서 만나는 일이 이상하게 느껴지지 않았다. 물론 처음에는 거의 여자아이들도 음모가 난다는 사실을 알았을 때만큼이나 충격을 받았지만 말이다.

산도즈는 예수회 센터의 사무실에 있었는지 곧바로 답신을 보내왔다. '물론이지.'

그날 저녁 6시, 지미는 아레시보 천문대 주위를 둘러싼 카르스트 언덕과 숲을 지나 천문대와 마찬가지로 이름이 아레시보인 도시로 내려갔다. 그리고 거기서부터 해안 도로를 따라 동쪽의 산후안으로 차를 몰았다. 8시 20분이 되어서야 엘 모로가 눈에 들어오는 자리에 차를 세울 수 있었다. 16세기에 지어진 석조 요새 엘 모로는 나중에 산후안 구시가를 둘러싸는 거대한 성벽으로 보강되었다. 당시도 지금과 마찬가지로 해안 끝자락에 있는 라페를라의 빈민가는 성벽의 보호를 받지 못했다.

도시 성벽에서 내려다보면 라페를라도 그리 나쁘지 않았다. 집들은 산꼭대기에서 해안까지, 예닐곱 층을 이루며 들어서 있었다. 겉모습만 보면 상당히 크고 괜찮은 집들이었지만, 알고 보면 그 내부는 여러 개의 아파트로 쪼개져 있었다. 조금이라도 상식이 있는 백인이라면 라페를라를 멀리하기 마련이다. 하지만 지미는 덩치가 크고 눈치도 빠른 데다, 산도즈 신부의 친구로 잘 알려져 있었다. 그래서 줄줄이 이어진 계단을 따라 클라우디오네 술집까지 가는 동안 그는 이런저런 사람들과 인사를 주고받기까지 했다.

산도즈는 술집의 안쪽 구석에 앉아 맥주를 홀짝이고 있었다. 이 신부는 사제복을 벗고 있을 때조차 눈에 띄었다. 구릿빛 피부에 스페인식 턱수염을 기르고, 검은색 머리카락은 정수리부터 자연스럽게 가르마를 탔다. 높고 넓은 광대뼈는 놀랄 만큼 섬세한 턱선으로 이어졌다. 덩치는 작았지만 꽉 짜인 몸매였다. 만약 지미가 예전에 다니던 보스턴 남부의 성당에 이국적인 외모의 산도즈가 부임했다면, 분명 수 세대 동안 가톨릭 소녀들이 매력적인 성직자를 볼 때마다 했던 탄식이 터져 나왔을 것이다. 저런 남자가 하필 신부라니!

지미는 산도즈에게 손을 흔들고 바텐더와도 인사를 나눴다. 바텐더는 지미를 아는 척하며 로사에게 맥주를 들려 보냈다. 산도즈의 맞은 편에 놓인 무거운 나무 의자를 한 손으로 가볍게 돌린 지미는 등받이 에 팔을 올려놓은 자세로 앉았다. 그러고는 미소를 지으며 로사에게 맥주잔을 건네받아 길게 한 모금을 마셨다. 산도즈는 테이블 건너편에 서 가만히 지미를 쳐다보았다.

"피곤해 보이네요."

지미의 말에 산도즈는 마치 유대인 할머니처럼 과장되게 어깨를 움 츠려 보였다.

"또 그 소리로군."

"식사를 제대로 안 하는군요."

이런 대화는 두 사람의 오래된 습관이었다.

"맞아요, 어머니."

산도즈가 얌전히 인정했다.

"클라우디오!" 지미가 바텐더에게 외쳤다. "이 양반한테 샌드위치 좀 가져다줘요."

로사가 이미 부엌에서 두 사람이 먹을 음식이 담긴 접시를 내오고 있었다.

"나한테 샌드위치를 먹이려고 이 먼 길을 왔나?"

사실 참치 샌드위치를 먹어 치우는 사람은 언제나 지미였다. 바칼 라이도스 프리토스*와 껍데기 속에 든 구아바 열매 반 개 역시. 로사는 신부가 소프리토**로 조린 콩을 밥에 얹어 먹는 편을 더 좋아한다는 사실을 알고 있었다.

"누군가는 해야 할 일이니까요. 있죠, 나한테 문제가 좀 생겼어요."

---

* 기름에 튀긴 대구 요리.
** 양파와 마늘이 들어간 소스.

"걱정 말게, 스파키. 러벅에 가면 자네를 치료할 수 있다는 소리를 들었어."

"로버트 드 니로." 지미가 샌드위치를 베어 물며 말했다. 산도즈가 퀴즈 프로그램에서 답을 틀렸을 때 나오는 버저 소리를 냈다. "젠장, 드 니로 아니에요? 잠깐만, 잭 니콜슨이죠! 항상 그 둘이 헷갈리더라."

산도즈는 절대 헷갈리는 법이 없었다. 그는 1932년작인 「풋볼 대소동(Horse Feathers)」 이후로 나온 모든 영화의 모든 배우와 모든 대사를 기억하고 있었다.

"알았으니까 10초만이라도 좀 진지하게 들어 봐요. 혹시 콘도르라고 알아요?"

산도즈는 똑바로 앉아서 허공에 포크 질을 했다. 이번에는 교수 흉내였다.

"시체를 파먹는 조류를 말하는 건 아니겠지? 그래, 알고 있어. 심지어는 그중 하나랑 함께 일한 적도 있지."

"정말요?" 지미가 계속 음식을 먹으면서 말했다. "전혀 몰랐는데."

"세상에는 네가 모르는 일이 많이 있단다, 꼬마야."

느릿느릿한 말투는 존 웨인을 흉내 낸 것이었다. 희미하게 들어간 스페인어 억양을 제외하면 거의 똑같았다.

지미는 언제나처럼 산도즈의 성대모사를 무시하며 음식을 씹었다.

"그거 남길 거예요?" 한동안 말없이 식사하다가 지미가 물었다. 산도즈는 자기 접시를 지미의 빈 접시와 바꿔 주고 다시 벽에 등을 기댔다. "그래서 어땠어요? 콘도르와 일하는 거 말이에요. 천문대에서 나한테도 한 명 붙이려고 하거든요. 협조해야 할까요? 협조하면 폐기가 먹을 따려 들 테고, 협조하지 않으면 일본인들이 목을 조를 테니 어쨌든 죽는 거잖아요? 어쩌면 콘도르에게 내 아이디어를 다 빼앗긴 다음 천문대에서 잘리면, 지적인 불멸성을 획득했다는 사실에 만족하면서 가난한 사람들을 위해 일생을 바치는 것도 좋겠네요. 물론 그때는 나도 가난한 사람이 되겠지만."

산도즈는 가만히 지미의 말을 듣고 있었다. 지미는 보통 혼자 떠들다가 스스로 결론을 내리곤 했으며, 산도즈는 고해 성사에 익숙한 신부였다. 산도즈는 그저 지미가 허겁지겁 음식을 먹는 내내 떠들어 대면서도 기도가 막히지 않는 게 신기할 뿐이었다.

"어떻게 생각해요? 받아들여야 할까요?" 지미는 맥주를 다 마시고 빵 조각으로 소프리토를 긁어먹으면서 다시 한번 물었다. 그러더니 클라우디오에게 손을 흔들어 맥주 한 잔을 더 주문하고 산도즈를 향해서도 물었다. "한 잔 더 할래요?"

산도즈는 고개를 저었다. 그러고는 원래 자기 목소리로 말했다.

"잠깐 보류시켜. 실력 있는 사람을 원한다고 말해. 콘도르에게 밑천을 털리기 전까지는 자네에게 주도권이 있으니까. 자넨 그들이 원하는 걸 가지고 있잖아, 안 그래? 일이 끝나고 나면 필요 없는 사람이 되겠지만 말이야. 콘도르의 실력이 형편없다면, 자네는 그저 그런 사람으로 역사에 남을 뿐이야." 그런 다음 산도즈는 다시 사라졌다. 자기가 충고를 했다는 사실에 당황하며, 멕시코인 갱을 연기하는 에드워드 제임스 올모스로 돌변한 것이다. "Horale…… ese.(해 봐…… 친구.)"

"당신과 일한 콘도르는 누구였어요?"

"소피아 멘데스."

지미는 눈썹을 치켜세웠다.

"라틴계였나요?"

뜻밖에도 산도즈는 웃음을 터뜨렸다.

"아닐걸."

"실력은 괜찮았나요?"

"그래, 아주 훌륭했지. 흥미로운 경험이었어."

지미는 의심스러운 눈빛을 던졌다. 산도즈가 종종 끔찍한 일을 두고 흥미롭다는 표현을 쓰곤 했기 때문이다. 한동안 설명을 기다렸지만, 산도즈는 수수께끼 같은 미소를 지으며 벽 모퉁이에 몸을 기댔다. 잠시 소프리토로 주의를 돌렸다가 고개를 든 지미는 웃을 수밖에 없었다. '그새 곯아떨어졌군.' 산도즈는 지미가 아는 다른 누구보다 빠르게 잠이 들었다. 앤 에드워즈는 이 신부에게는 두 가지 기어밖에 없다고 주장했다. 최고 속도 아니면 꺼짐.

불면증 때문에 밤마다 쳇바퀴를 돌리는 햄스터처럼 이 생각 저 생각을 오가는 지미로서는 언제 어디서나 토막잠을 잘 수 있는 산도즈가 부러웠다. 하지만 산도즈가 원할 때마다 잠들 수 있는 이유가 운 좋게 타고난 체질 때문이 아니라는 사실을 잘 알았다. 매일같이 하루 열여섯 시간을 일하는 산도즈는 정말로 지쳐서 곯아떨어지는 것이다. 지미는 가능한 한 산도즈에게 힘이 되고 싶었다. 좀 더 자주 그를 도울 수 있도록, 라페를라에 더 가까이 살고 싶었다.

심지어는 자신도 예수회 신부가 되면 어떨까 고려하기도 했다. 지미의 부모님은 아일랜드의 두 번째 이민 행렬을 따라, 그가 태어나기도 전에 더블린에서 보스턴으로 옮겨 왔다. 지미의 어머니는 누가 고향을 떠난 이유를 물어보면 늘 분명하게 대답하곤 했다. "우리 고향은 시대에 뒤떨어진, 교회가 지배하는 후진국이기 때문이죠. 독단적이고 성적으로 억압된 사제들이 보통 사람들의 침실까지 코를 들이미는 나라였으니까." 그럼에도 에일린은 자신이 '문화적으로 기독교'라는 점을 인정했다. 그리고 케빈 퀸은 아들을 엄격한 규율과 높은 학문적 기준을 자랑하는 예수회 학교에 보냈다. 퀸 부부는 아들을 자비로운 영혼의 소유자로, 상처를 치유하고 길을 밝히고자 하는 마음을 지닌 사람으로 길렀다. 그래서 지미는 에밀리오 산도즈 같은 사람들이 타인을 위해 자신의 삶과 정력을 쏟는 모습을 가만히 보고만 있을 수가 없었다.

지미는 잠시 생각에 잠긴 채 앉았다가, 계산대로 조용히 걸어가 밥 값의 다섯 배쯤 되는 돈을 내밀었다.

"신부님의 이번 주 점심값이에요. 이 정도면 되겠죠? 제대로 챙겨 드시는지 확인 좀 해 줘요. 알았죠, 로사? 안 그러면 음식을 아이들에게 나눠 줘 버리고 말 테니까."

로사는 고개를 끄덕였지만, 그렇게 말하는 지미 자신이 방금 신부의 음식을 절반이나 빼앗아 먹었다는 사실을 알기나 하는지 궁금하게 여겼다. 지미는 로사의 생각을 눈치채지 못하고 말을 이었다.

"저 양반 문제가 뭐냐 하면, 일을 처리하기 위한 아이디어를 90킬로 그램쯤 짊어지고 있으면서 정작 자기 자신은 58킬로그램 정도밖에 안 나간다는 거예요. 저러다간 병이 나고 말 거라고요."

저쪽 모퉁이에서 산도즈가 눈을 감은 채로 미소를 지었다.

"Si, Mamasita.(알았어요, 엄마.)"

놀림과 애정이 뒤섞인 어조로 말한 산도즈는 자리에서 벌떡 일어나 하품하면서 기지개를 켰다. 그리고 두 남자는 함께 술집을 나와 초봄 라페를라의 부드러운 바닷바람 속으로 걸어 들어갔다.

권위의 궁극적인 합리성에 대한 지미 퀸의 믿음을 강화해 준 것이 있다면, 바로 에밀리오 산도즈 신부의 초기 경력이었다. 처음에는 도무지 이해가 가지 않는 사건의 연속이었다. 하지만 인제 와서 돌아보면, 예수회의 집합적 정신이 한 개인으로서는 엄두도 낼 수 없는 방식으로 인내심을 가지고 일을 추진해 왔다는 사실을 알 수 있었다.

많은 예수회 신부들이 여러 가지 언어를 구사하지만 산도즈는 그 이상이었다. 푸에르토리코에서 태어나 자란 그는 스페인어와 영어에 모두 익숙했다. 또한 예수회 신부가 되기 위한 과정에서 철저하고 풍부한 고전 교육을 받았다. 라틴어와 그리스어에 능숙해졌으며, 두 가지 모두 단지 학문으로 배우는 데 그치지 않고 살아 있는 언어로 사용했다. 라틴어와 그리스어로 일상적인 대화를 나누고, 연구와 조사를 수행하고, 아름답게 짜인 산문을 읽으며 순수한 기쁨을 느꼈다.

그러다 퀘벡에서 이루어진 17세기 선교 사업을 연구하는 프로젝트를 수행하던 중, 산도즈는 예수회 관련 서류를 원문으로 읽기 위해 프랑스어를 배우기로 했다. 그래서 한 선생으로부터 8일간 집중적으로 문법을 배웠고 그 후에는 독학으로 어휘를 익혔다. 회화 공부는 전혀 하지 않았지만 학기 말 보고서를 끝마쳤을 무렵에는 프랑스어 원문을 수월히 읽을 수 있게 되었다. 그런 다음 반쯤은 언젠가 로마에 갈지도 모른다는 기대로, 나머지 반쯤은 또 하나의 로망스어가 라틴어의 줄기에서 어떻게 발전했는지 알고 싶다는 호기심으로 이탈리아어를 공부했다. 그러고 나서는 포르투갈어도 배웠는데, 단지 발음이 듣기 좋고 브라질 음악이 마음에 든다는 이유에서였다.

예수회에는 언어학 연구의 전통이 있었다. 산도즈가 사제 서품을 받자마자 언어학 박사 과정을 시작하라는 권유를 받은 것도 놀랄 일은 아니었다. 그리고 3년 후, 예수회 신부이자 언어학 박사인 에밀리오 산도즈에게 예수회 대학의 교수 자리가 주어지리라고 모두가 예상했다.

하지만 그 대신에 이 언어학자는 캐롤라인 제도의 추크 섬에 있는 사비에르 고등학교에서 교사로 일하면서 재조림(再造林) 프로젝트의 조직을 도우라는 명령을 받았다. 보통은 그것만 해도 6년 정도 걸릴 임무였지만, 불과 13개월 후에는 북극권 한계선 바로 아래의 이누이트 마을로 옮겨 가서 문맹 퇴치 프로그램을 설립하는 폴란드 신부들을 도왔다. 그런 다음에는 수단 남부의 기독교도 지역에서 에리트레아인 신부들과 함께 케냐에서 탈출한 난민들을 위한 구호 기지를 운영했다.

산도즈는 비전문가로서 자신감을 갖지 못한 채로 일하는 느낌에 익숙해졌다. 우아하거나 빠르게 혹은 재치 있게 의사소통할 수 없는 데서 오는 최초의 좌절감도 참아 낼 수 있게 되었다. 머릿속에서 여러 언어가 주도권을 다투며 일어나는 불협화음을 다스리는 법을 배웠고, 언어 장벽을 극복하기 위해 몸짓이나 표정을 활용할 줄도 알게 되었다. 37개월 만에 그는 추크어, 북부 이누이트 방언, 폴란드어, (비록 수단식 억양으로 말하기는 했지만) 아랍어, 케냐어와 에티오피아어까지 유창해졌다. 그리고 상급자들의 눈에는 가장 중요한 점이었는데, 갑작스러운 전보 조치의 연속에도 불구하고 에밀리오 산도즈는 자신의 격렬한 성정을 다스리며 인내하고 복종하는 법을 배우기 시작했다.

"지부에서 신부님께 보낸 메시지가 와 있습니다."

수단에 도착한 지 한 해가 조금 지났을 무렵이었다. 점심 식사가 세 시간쯤 늦어진 어느 무더운 오후, 천막으로 돌아온 산도즈에게 동료인 타하드 케사이 신부가 그렇게 말했다.

산도즈는 멈춰 서서 타하드를 응시했다. 피곤함에 지친 얼굴이 천막 지붕의 녹색으로 물들어 있었다.

"올 때가 됐다 싶었죠."

그렇게 말하면서 산도즈는 접이식 의자에 털썩 주저앉아 자신의 컴퓨터 태블릿을 열었다.

"전출 명령이 아닐지도 몰라요." 타하드가 조심스럽게 말했다. 산도즈는 코웃음을 쳤다. 두 사람 모두 메시지가 전출 명령일 거라는 사실을 알고 있었다. "이런 젠장." 타하드가 성마른 목소리로 내뱉었다. 그는 상부에서 산도즈를 다루는 방식을 이해할 수 없었다. "대체 왜 신부님이 임기를 마치게 놔두지 않는 거죠?"

산도즈가 아무 말도 않자, 타하드는 그가 방해받지 않고 메시지를 읽을 수 있도록 몸을 돌려 천막 바깥으로 모래를 쓸어 내는 일에 전념했다. 하지만 침묵이 너무 길어지기에 산도즈 쪽으로 시선을 돌렸다가, 신부의 몸이 떨리는 모습에 놀랐다. 산도즈는 얼굴을 손에 묻고 울기 시작했다.

타하드는 당황하며 그에게 다가갔다.

"여기서 참 잘해 주셨어요, 에밀리오 신부님. 왜 당신을 이리저리 계속 옮겨 다니게 하는지 알 수가 없네요……."

타하드가 말끝을 흐렸다.

눈물을 닦아 낸 산도즈는 귀에 거슬리는 소리를 내며 흐느끼더니 말없이 손짓으로 타하드가 태블릿 화면으로 다가가 메시지를 읽어 보게 했다. 타하드는 메시지를 읽었지만 영문을 알 수 없었다.

"에밀리오 신부님, 이해가 안 가는데……."

산도즈는 미친 듯이 웃다가 거의 의자에서 굴러떨어질 뻔했다.

"에밀리오 신부님, 뭐가 그렇게 웃긴 거죠?"

어리둥절하다 못해 화가 난 타하드가 물었다.

산도즈는 미국 클리블랜드 외곽에 있는 존 캐럴 대학으로 가라는 명령을 받았다. 언어학 교수를 맡기 위해서가 아니라, 자신이 언어를 익히는 방식을 체계적으로 정리하여 컴퓨터에 입력할 AI 전문가에게 협조하기 위해서였다. 미래의 선교사들이 산도즈의 폭넓은 경험으로부터 도움을 받을 수 있도록, 신의 보다 큰 영광을 위해서 말이다.

"미안해요, 타하드, 뭐라 설명하기 어렵군요." 산도즈가 가까스로 말했다. 그는 이제 클리블랜드로 가서 AI 콘도르의 지적인 먹이가 될 예정이었다. 오직 신의 크나큰 영광을 위해서. "앞으로 3년 동안은 농담거리로 써먹을 수 있겠군."

그로부터 30년 혹은 10년이 지난 후, 에밀리오 산도즈는 세 개의 태양이 모두 지고 난 라카트의 어둠 속에서 지친 상태로 조용히 누워 있었다. 출혈과 구토가 겨우 멈추자, 충격에서 벗어나 다시 생각할 수 있는 상태가 되었다. 문득, 수단에서의 그날이 자기 일생에 걸친 농담을 준비하기 위한 시작에 불과했는지도 모른다고 생각했다.

그런 상황에서 떠올린 생각치고는 엉뚱했다. 당시도 산도즈는 그 사실을 인식하고 있었다. 하지만 그런 생각을 통해 비로소 분명히 깨달았다. 예수회 신부로서 임한 여정에서, 그가 한 일은 단지 라카트에 발을 딛는 첫 번째 인간이 되거나, 그 행성의 가장 큰 대륙을 탐험하고, 그곳에서 쓰이는 두 가지 언어를 배우고, 거기 살아가는 사람들을 사랑한 것만이 아니었다. 그는 신앙심의 가장 먼 한계선을 발견했고, 그럼으로써 절망의 정확한 시작점을 찾아냈다. 바로 그 순간, 산도즈는 진정으로 신을 두려워하는 법을 배웠다.

3
로마

2060년 1월

그로부터 17년 후, 혹은 고작 1년 후, 첫 만남으로부터 몇 주 지나 다시 산도즈를 만나러 가던 존 칸도티는 말 그대로 로마 제국에 빠져 들 뻔했다.

밤사이 배달용 밴 한 대가, 19세기에 포장된 도로가 견딜 수 있는 마지막 한 줌의 무게와 진동을 더했다. 그 도로는 고대 로마의 저수조 벽을 토대로 지어진 중세의 침실 위를 덮고 있었다. 뭐가 어찌 됐든 결국에는 다 함께 밑으로 폭삭 꺼지고 말았다. 도로 작업반은 어찌어찌 밴을 꺼내는 데 성공했으나 주위에 장애물을 설치해 두지는 않았다. 그래서 언제나처럼 서두르던 칸도티가 구멍 속으로 거의 직진하고 말았다. 하지만 기묘하게 울리는 발소리가 그에게 뭔가 이상하다는 경고를 전하여 걷는 속도를 늦춘 덕분에 한쪽 다리를 허공에 든 채 간신히 멈출 수 있었다. 역사적으로 흥미롭게 목이 부러진 사례가 되기 직전에 목숨을 건진 것이다. 바로 이런 종류의 일들 때문에 그는 로마에서 언제나 긴장할 수밖에 없었다. 물론 집에 보내는 편지에 쓸 때는 훌륭한 우스갯거리가 되었다. 로마에서 그가 겪는 모든 경험은, 실제보다 전해 듣는 편이 나았다.

칸도티는 산도즈가 밤사이 푹 쉬고 나서 제대로 이야기할 수 있는 상태가 되었기를 바라며, 이번에는 아침에 찾아가기로 했다. 누군가 산도즈에게 그가 놓인 처지를 알려 줄 필요가 있었다. 산도즈는 임무 이야기를 하는 걸 꺼렸지만, 그를 구출한 우주선의 승무원들은 굳이 말을 아끼려 들지 않았다. 항성 간 여행에 경제적인 가치가 없다고 주장하는 사람들은 80억 이상의 청중이 듣고 싶어 하는 이야기가 지닌 상업적 가능성을 간과하고 있었다. 컨택트 컨소시엄은 자신들이 보낸 탐사대 역시 라카트에서 몰살당한 것이 거의 확실해진 이후조차, 사실 여부는 제쳐 두고 극적인 이야기를 조금씩 흘리며 사람들의 관심과 돈을 짜내고 있었다.

결국 이야기는 탐사대가 산도즈를 찾아낸 부분까지 이르렀고, 예의 추문이 세상에 알려졌다. 예수회에서 보낸 대원들의 실종이라는 비극적 수수께끼는 폭력, 살인, 매춘, 난교로 얼룩진 추문으로 변해 버렸다. 처음에는 임무를 가능케 한 과학적 역량과 신속한 결단에 찬사를 보냈던 여론이 순식간에 등을 돌렸고, 각종 매체는 잔인하고 악의적인 보도를 연발했다. 미디어는 마치 피 냄새를 맡은 상어들처럼 예수회 탐사대 구성원을 개인적으로 아는 생존자를 찾으려고 혈안이 되었다. D. W. 야브로, 마크 로비쇼 그리고 소피아 멘데스의 사생활이 만천하에 공개되더니 정작 자신의 행동은 돌아보지 않는 사람들의 조소를 받았다. 유일한 생존자인 산도즈는 비난의 표적이었고, 대중의 분노가 그에게 집중되었다. 임무를 시작하기 전의 산도즈와 알고 지냈던 사람 대다수가 그를 애정과 존경의 대상으로 기억하고 있다는 사실은 아무 소용도 없었다.

설사 산도즈가 지구에서 갓난아기처럼 순결한 사람이었다고 해도 소용없을 거라고 칸도티는 생각했다. 라카트에서 그는 살인자였고 남창이었다. 그 사실만으로 더 이상의 스캔들이 필요 없을 정도였다.

　"난 할 말이 없소, 예수회에서 탈퇴하겠소." 산도즈는 아무리 압박을 당해도 같은 소리만 되풀이했다. "그저 조금 시간이 필요할 뿐이오."

　아마 계속 입을 다물고 있으면 세간의 관심이 사그라지리라 생각하는지도 몰랐다. 하지만 칸도티는 거기에 대해서 회의적이었다. 언론은 그를 산 채로 잡아먹으려고 들었다. 산도즈는 이미 전 세계적으로 유명했고, 그의 두 손은 카인에게 찍힌 낙인과도 같았다. 이 지구상에서 예수회 말고는 안전한 피난처를 제공할 곳이 없었다. 심지어 여기서도 산도즈는 버림받은 사생아나 마찬가지였다.

　존 칸도티는 예전에 그저 한쪽이 너무 불리하다는 이유만으로 길거리 싸움에 끼어든 적이 있었다. 무모한 행동의 대가로 커다란 코가 부러졌지만, 도움을 받은 남자는 별로 고마워하는 것 같지도 않았다. 하지만 그래도 해야 하는 일이었다.

　'산도즈가 라카트에서 어떤 실수를 저질렀건 상관없어. 그 사람은 지금 자기편이 필요해. 그러니 어쩌겠어? 내가 편들어 줄 수밖에.'

　그 순간 산도즈는 산 채로 잡아먹히는 일이 아니라 반대로 뭔가를 먹는 일에 대해 생각하며, 에드워드 베어 수사가 방에 가져다 놓은 쟁반 위의 토스트를 가만히 응시했다. 에드워드는 이제 그가 뭔가 씹으려고 시도할 때가 됐다고 생각한 것이 틀림없었다. 남아 있는 이빨들은 이제 잇몸 안에서 어느 정도 자리를 잡은 것처럼 느껴졌다. 게다가 오직 죽만 먹고 모든 음료를 빨대로 마시는 자신의 병약한 모습이 부끄럽기도 했다…….

잊어버렸던 단어들이 마치 수면 위로 떠오른 공기 방울처럼 산도즈의 머릿속에서 터졌다. 병약하다는 단어에는 두 가지 의미가 담겨 있었다. 병들었다 그리고 약하다……. '그래, 나는 병약하군.'

다가올 충격에 대비해 몸을 긴장시켰지만 공허함만 느껴질 뿐이었다. '다 지난 일이야.' 그렇게 생각하고 다시 토스트로 주의를 돌렸다. 아직 연습 없이 제대로 말할 자신이 없어서 속으로 미리 문장을 만들고 마침내 입을 열었다.

"에드워드 수사. 부탁인데 빵을 잘게 찢어 주고 나서, 날 혼자 내버려 두면 안 되겠소?"

"알겠습니다, 신부님."

에드워드는 부산스럽게 쟁반을 들어 쉽게 손이 닿는 위치에 놓으며 대답했다.

"내가 한 말이 전부 영어가 맞소?"

"네, 아주 훌륭한 영어였습니다, 신부님."

"내가 다른 언어를 섞어 사용하면 알려 주길 바라오."

"그렇게 하겠습니다, 신부님."

정신이 어지럽고 언어를 혼동하는 일은 고문과 감금 뒤에 흔히 나타나는 증상이었다. 에드워드 베어는 이런 사람들, 몸과 마음이 망가진 이들을 다뤄 본 경험이 많았다. 산도즈가 처한 현재 상황을 검토해 본 뒤, 에드워드 수사는 영국인 집사와 같은 태도를 취하기로 했다. 이런 연기는 단순히 산도즈를 즐겁게 할 뿐 아니라 그가 가장 모멸스러운 시기에 어느 정도 위엄을 갖출 수 있게 해 주었다. 산도즈는 조심스럽게 다뤄야 했다. 그의 육체적인 상태가 너무 처참하고 정치적인 입장이 너무 난처한 나머지, 사람들은 산도즈가 라카트에서 얼마나 많은 친구를 잃었는지, 얼마나 빨리 그 임무가 희망에서 파멸로 전락했는지, 그리고 그 모두가 그에게는 얼마나 최근에 일어났던 일인지 쉽게 잊어버리곤 했다. 그 자신도 아내를 잃었던 경험이 있는 에드워드 베어는 남들의 슬픔을 알아볼 수 있었다.

"결국엔 다 잘될 겁니다, 신부님." 에드워드가 빵을 찢어서 접시를 산도즈 쪽으로 밀어 주었다. "부디 인내심을 가지시기 바랍니다."

에드워드는 창문 쪽으로 돌아서서 커튼을 열기 위해 통통한 몸을 한껏 펼치며 손을 뻗었다. 마치 속을 채워 넣은 동물 인형처럼 보이는 모습이었다. 에드워드의 아내는 애정을 담아 그를 '테디 베어'라고 부르곤 했다.

"뭐든 필요하시면 언제든 부르십시오."

그렇게 말하고 나서 에드워드는 방을 나갔다.

토스트 한쪽을 다 먹는 데만 30분이 걸렸지만, 산도즈는 간신히 식사를 끝마칠 수 있었다. 꽤나 지저분한 과정을 거쳐야 했지만 어차피 보는 사람도 없었다. 산도즈는 나른함이 찾아오자 스스로도 놀라며, 햇볕이 드는 창가 의자에 털썩 주저앉아 잠에 빠져들었다.

몇 분 지나지 않아, 살짝 열린 문을 두드리는 소리에 산도즈는 잠에서 깨어났다. 예수회에는 문손잡이에 손수건을 묶어 방해하지 말라는 의사를 표시하는 훌륭한 전통이 있었지만, 그에게는 불가능한 일이었다. 에드워드 수사에게 부탁해야 했지만 거기까지는 생각하지 못했다. 최근에는 생각을 하기가 힘들었다……. 문 두드리는 소리가 다시 들려왔다.

"들어오시오."

에드워드가 접시를 치우러 왔으리라 예상하며 산도즈가 말했다. 하지만 나타난 사람은 온화하지만 이상할 정도로 융통성이 없어 보이는 총장 신부의 비서 요하네스 펠커였다. 깜짝 놀란 산도즈는 자리에서 일어나, 의자가 두 사람 사이에 오도록 뒷걸음질을 쳤다.

복도를 반쯤 지나던 존 칸도티는 산도즈의 작은 병실 안에서 울리는 요하네스 펠커의 높고 날카로운 목소리를 들었다. 방문은 언제나처럼 열려 있었기 때문에 칸도티는 노크를 하지 않고도 병실 안에 들어갈 수 있었다.

칸도티가 방 안에 들어설 때 펠커는 이렇게 말하고 있었다.

"산도즈 박사님, 당연하지만 총장 신부께서는 박사님이 우리 곁에 남기를 바라십니다."

"총장 신부는 친절한 분이오." 산도즈가 조심스럽게 존을 곁눈질하며 속삭였다. 그는 구석에 서서 등을 벽에 붙이고 있었다. "내겐 그저 시간이 조금 필요하오. 당신들을 너무 귀찮게 할 생각은 없소."

"보셨죠, 칸도티 신부님?"

펠커가 존을 향해 돌아서며 말했다.

"산도즈 박사님의 생각은 확고합니다. 안된 일이지만. 예수회를 위해서 누군가 떠나야 할 때도 있는 법이죠."

펠커가 활기차게 말하고는 다시 산도즈 쪽으로 몸을 돌렸다.

"저로서는 박사님의 결정을 존중하고 싶습니다. 건강을 완전히 회복하실 때까지는 기꺼이 저희가 보살펴 드리겠습니다."

'잘도 떠드는군. 대체 뭘 그렇게 서두르는 거야?' 존 칸도티가 격분해서 오스트리아인 신부에게 꺼지라고 말하려는 순간, 산도즈가 몸을 떨기 시작했다. 처음에 존은 병 때문이라고 생각했다. 산도즈는 거의 죽을 뻔했고, 여전히 몸 상태가 최악이었다.

"앉으세요, 신부님." 존이 조용히 말하며 산도즈를 의자로 안내하기 위해 다가갔다. 그는 산도즈 뒤쪽에 서서 펠커를 노려봤다. "펠커 신부님, 산도즈 신부님은 좀 쉬어야 할 것 같습니다. 지금 당장."

"아, 제가 박사님을 피곤하게 했군요. 죄송합니다."

펠커는 더 설득하려 하지 않고 문을 향해 움직였다.

"펠커는 머저리입니다." 존 칸도티는 펠커의 발소리가 문밖에서 멀어지자 그렇게 내뱉었다. "저치의 말에는 신경 쓰지 마세요. 필요한 만큼 얼마든지 시간을 가지셔도 좋습니다. 우리가 이 방을 다른 사람에게 세놓을 것도 아니니까요." 달리 적당한 자리가 없었기 때문에 그는 산도즈의 침대 가장자리에 걸터앉았다. "괜찮으십니까? 지금 좀⋯⋯." 겁먹은 것 같다고, 속으로 그렇게 생각하며 존은 말을 이었다. "편찮으신 것 같은데요."

"좀⋯⋯ 힘들어서 그렇소. 너무 많은 사람이 주위에 있다 보니."

"이해합니다." 반사적으로 답한 존은 곧바로 후회했다. "죄송합니다. 멍청한 소리를 했군요. 제가 이해할 수 있을 리 없지요, 그렇지 않습니까?"

산도즈가 순간적으로 음울한 미소를 지었다.

"부디 이해하지 못하기를 바라오."

존은 정신이 번쩍 드는 기분이었다. 그는 눈앞의 남자에게 감히 현재 상황에 대한 설교를 늘어놓으려던 생각을 깨끗이 포기했다.

"저, 신부님, 어떻게 생각하실지 모르겠지만 신부님 손에 도움이 될 만한 방법을 좀 궁리해 봤습니다." 잠시 후 존은 자기가 왜 산도즈의 손을 언급하는 데 당혹감을 느끼는지 확실히 알지 못하는 채로 말했다. 산도즈가 그에게 다친 손을 감추려고 한 적도 없는데 말이다. 어쩌면 산도즈가 스스로 할 수 없는 모든 일에 대한 생각 때문인지도 몰랐다. 발톱을 깎거나, 면도를 하거나, 혼자서 화장실에 가거나 하는 일들 말이다. 산도즈는 몹시 창피를 겪을 수밖에 없는 처지였다. 존은 서류 가방을 뒤져 얇은 가죽 장갑을 꺼냈다. 엄지를 비롯한 손가락 부분을 모두 잘라 내고 가장자리를 정교하게 접어서 박음질한 물건이었다. "언젠가는 의사들이 신부님 손바닥을 고쳐 내겠지만, 그래도 당장은 이 장갑이 유용하지 않을까 해서요. 물론 섬세한 동작은 어려워도, 이걸 사용하면 물건을 집을 수 있을 겁니다."

산도즈가 눈을 크게 뜨고 존을 쳐다봤다.

"그러니 한번 시험해 보세요. 잘 안 되더라도 별일 아니니까요. 그냥 장갑 한 켤레일 뿐이죠, 안 그래요?"

"고맙소."

어색한 목소리였다.

존은 산도즈가 자신의 제안에 불쾌감을 느끼지 않았다는 사실에 안도하고 기뻐하며 그의 손에 장갑을 끼웠다. 손가락은 믿을 수 없을 만큼 길고 상처투성이였다. 대체 그들은 왜 이런 짓을 한 걸까? 존은 최근에야 겨우 아물기 시작한 피부 조직을 조심스럽게 다루려고 애쓰며 궁금증을 느꼈다. 손바닥의 모든 근육이 세심하게 뼈에서 분리되어, 손가락의 길이가 두 배로 늘어나 있었다. 어린 시절에 봤던 핼러윈의 해골을 연상하게 하는 손이었다.

"이제야 드는 생각이지만 면장갑이 더 나았을지도 모르겠군요. 하지만 괜찮아요. 이 장갑이 쓸 만하면 또 한 켤레를 만들어 오겠습니다. 여기 달린 고리에 숟가락을 끼우면 식사하기가 더 쉬워질 겁니다. 때로는 가장 단순한 방법이 가장 좋을 수도 있죠, 그렇지 않습니까?"

'그만 주절거리고 입 닥쳐, 존.' 존 칸도티는 스스로를 나무랐다. 장갑을 끼우는 일에 열중하느라, 그는 산도즈의 지치고 표정 없는 볼을 따라 흘러내리는 눈물을 전혀 알아차리지 못했다. 두 번째 장갑을 다 끼우고 나서야 고개를 들었다가 깜짝 놀라서 입가의 미소를 지웠다.

산도즈는 성상(聖像)처럼 조용히, 미동도 하지 않은 채 눈물을 흘리고 있었다. 존은 침대에 앉아서 산도즈가 떠올리는 기억이 무엇이든 그로부터 돌아올 때까지 잠자코 기다렸다.

"칸도티 신부." 마침내 산도즈가 입을 열었다. 뺨에 흐르던 눈물은 어느새 마르고 없었다. "만에 하나 내게 고해 신부가 필요하면 당신을 찾겠소."

존 칸도티는 자신이 로마로 불려 온 이유를 비로소 깨닫고 잠시 할 말을 잊었다.

"와 줘서 고맙소."

존 칸도티는 고개를 끄덕였다. 그리고 무엇인가 확인이라도 하려는 듯 다시 고개를 끄덕인 후, 조용히 병실을 떠났다.

4
아레시보 천문대

2019년 3월

해결책이 떠올랐을 때, 지미 퀸은 면도를 하고 있었다. 너무 낮게 걸려 있는 거울을 들여다보려고 허리를 구부리던 중이었다. 그러고 보면 몸을 씻기 위해 샤워기 아래로 머리를 들이밀려 애쓰다가 좋은 생각이 떠올랐던 적도 있었다. 고개를 숙이면 뇌에 피가 더 잘 통할까? 앤 에드워즈라면 그 답을 알 테니, 다음번에 저녁 식사를 하러 갈 때 물어봐야겠다.

이번에는 해결책이 생각날 때까지 특히 시간이 걸렸다. 지미는 페기 숭에게 아레시보의 직원과 소유주 모두가 만족할 수 있는 길을 찾아내겠노라 약속했지만, 좀처럼 마땅한 답이 떠오르지 않아 애를 먹었다. 이는 놀라운 일이었는데, 보통은 자기 자신과 부모님, 선생님, 친구들 그리고 여자 친구 모두를 만족시킬 만한 방법을 금세 찾아낼 수 있었기 때문이다. 다른 사람의 입장에서 생각할 수만 있다면 그리 어려운 일도 아니었다. 지미는 언제나 사람들과 잘 지내고 싶어 했다. 그러나 지금까지 파악한 바로는, 조용히 시키는 일만 하는 것이 아레시보 전파 망원경의 일본인 관리자와 잘 지내는 유일한 방법이었다.

천문대에서 그의 지위는 과학자 사이에서도 가장 낮은 축에 속했다. 지미는 망원경이 뭔가 중요한 일에 사용되지 않을 때마다, 표준적인 SETI 루틴을 실행해 외계로부터 오는 전파 송신을 확인했다. 외계 지성체 탐사(SETI, Search for Extraterrestrial Intelligence)의 우선순위가 얼마나 낮은지는 그 일을 맡은 사람이 지미라는 사실만 봐도 알 수 있었다. 지미는 시간 대부분을 본래 업무와 상관없이, 부탁받은 특정 좌표의 전파 신호를 탐지하는 일에 소비했다. 광학천문학자가 뭔가 흥미로운 현상을 발견하면, 전파 망원경의 관측 결과와 비교하기 위해 아레시보에 같은 지점을 확인해 달라고 부탁하곤 했다. 아레시보처럼 자동화된 천문대라도 그런 요청을 받은 후 망원경의 사용 스케줄을 조정하고, 일 처리가 제대로 되는지 점검하여 결과를 확인한 다음에 요청한 사람에게 보내기 위해서는 실제 살아 있는 사람이 필요했다. 반드시 사소하다고만은 할 수 없지만, 그렇다고 노벨상을 받을 만한 일도 아니었다.

따라서 문제는 이거였다. 실력 있는 해커 한 명이면 더 적은 비용으로 지미가 맡은 일을 자동화할 수 있는데, 뭐 하러 소피아 멘데스 같은 1급 콘도르에게 돈을 쓰겠는가?

지미는 코넬 대학에서 석사 학위를 취득하자마자 아레시보 천문대에 일자리를 구했다. 적은 월급도 기꺼이 받아들였고, 일본어와 스페인어를 모두 공부해 뒀을 만큼 선견지명이 있던 데다, 광학과 천문학 양쪽에 어느 정도 지식을 가진 덕분이었다. 지미는 자기 일을 사랑했고 또 잘하기도 했다. 동시에 자기가 하는 일의 상당 부분을 자동화할 수 있다는 사실도 잘 알았다. ISAS(Institute of Space and Astronautical Science)의 달 채굴 계획이 결국 대실패로 예상되는 상황이라, 마사오 야노구치는 천문대의 비용을 줄여야 할 절박한 필요가 있었다. 그리고 지미는 비용을 줄이는 가장 확실한 방법이 인원 감축이라는 점을 이해하고 있었다.

야노구치는 ISAS, 즉 일본 우주과학연구소가 미국 정부로부터 아레시보 전파 망원경을 사들인 이후 줄곧 천문대의 운영을 맡았다. 아레시보는 일본 우주 산업의 전체적인 맥락에서 보면 단순한 장식물에 불과했다. 하지만 지미가 알기로 일본인들은 이 천문대를 소유하고 있다는 사실에 엄청난 자부심을 느끼고 있었다. 미국은 일본이 서구의 룰에 따르도록 천연자원과 시장에 접근하지 못하게 차단하는 단호한 조치를 두 차례나 감행했다. 그리고 두 번 모두 일본의 폭발적인 반응에 놀라고 말았다. 처음에 일본은 아시아를 정복하며 반격에 나섰고, 두 번째는 우주를 정복했다. 이번에는 진주만의 해안 시설을 폭격 대상에서 제외했던 것 같은 치명적인 실수도 저지르지 않았다.

지미는 일본 문화에 대한 수업을 한두 가지 들었고 자기가 배운 바를 최대한 활용하려고 노력했지만, 아직도 일본인을 무모한 도박꾼으로 생각하기는 어려웠다. 그러나 그를 가르친 교수들은 일본의 전 역사가 그들이 무모한 도박꾼이라는 사실을 증명한다고 주장했다. 일본인은 몇 번이나 위험하고 거대한 도박에 자신들이 가진 전부를 걸었다. 진주만에서 저지른 단 한 번의 실수를 계기로 세계에서 가장 계산적이고, 신중하며, 참을성 있는 도박꾼으로 거듭났다. 하지만 어쨌거나 도박꾼은 도박꾼이었다. 한 교수가 비꼬며 말했듯이, 이 점을 이해하는 서양 사람들은 종종 그들을 도박에 끌어들여 이기곤 했다.

마침내 해결책이 떠올랐을 때 지미는 면도기에 턱을 베였지만, 흐르는 피를 문지르며 크게 웃었을 뿐 아니라 잠시 춤까지 추었다. 마사오 야마구치는 그를 해고하지 않을 것이다. 적어도 지금 당장은 아니었다. 야만인 페기는 그의 내장을 적출하지 않을 테고, 어쩌면 머리가 좋다며 칭찬해 줄지도 몰랐다. 소피아 멘데스가 그를 담당하는 콘도르가 될 수도 있었다. 그러면 산도즈가 기뻐할 터였다. 그리고 맙소사, 다시 생각해 보니 이걸 박사 학위 논문의 주제로 삼을 수도 있었다.

"네가 또 해냈어, 퀸."

그는 거울에 비친 자신의 피투성이 얼굴에 대고 말한 다음, 천문대로 출발하기 위해 서둘러 세수를 마쳤다.

"들어와요, 퀸 씨." 마사오 야노구치는 열린 문 너머로 지미에게 손을 흔들었다. "자, 여기 앉아요."

그들은 상대방의 문화에 따르고 있었다. 야마구치는 친근한 미국식 보스처럼 굴었다. 반면 퀸은 상사 앞에서 불편과 긴장을 느끼는 일본인 직원처럼 행동했다. 다가오는 월드컵에 관해 잡담을 잠시 나눈 후, 지미가 본론을 꺼냈다.

"야노구치 박사님, AI 프로그램에 대해 생각을 좀 해 봤습니다. 제가 하는 일이 상당히 기계적이라는 걸 알고 있습니다. 사업적인 관점에서 자동화하는 편이 낫다는 것도 이해하고요. 그래서 전 학교로 돌아가 박사 과정을 이수하려고 합니다. 그런데 박사님과 ISAS가 제 학위 논문 주제에 관심을 가질 수도 있겠다는 생각이 들더군요." 지미는 말을 멈추고, 계속해도 좋냐는 의미로 눈썹을 치켜세웠다. 퀸이 싸우러 오지 않았다는 사실을 안 야노구치는 눈에 띄게 안도하며 고개를 끄덕였다. 지미는 이야기가 먹혀들자 기뻐하며 준비한 말을 꺼냈다. "그러니까, AI 천문학 프로그램을 그것이 기반하고 있는 인간 대상과 비교하는 간단한 시험 프로젝트를 해 보려고 합니다. ISAS가 1급 AI 전문가를 고용해서 그 프로그램을 개발했으면 좋겠습니다. 그러면 한 2년 동안, 그 프로그램의 데이터 처리를 제 작업과 일일이 비교해 볼 생각입니다." 야노구치는 1밀리미터쯤 더 똑바로 앉았다. 지미는 부드럽게 자신의 제안을 수정했다. "물론 1년이나 아니면 6개월이라도 충분할 수 있습니다. 그런 다음에는 제가 장학금을 신청할 수 있으니까요. 그러면 나중에 장학금을 받으면서 여기로 돌아와 일할 수 있을지도 모릅니다."

마침내 야노구치가 말했다.

"퀸 씨. 그런 비교 결과에 대해서는 논란의 여지가 있을 수도 있어요. 연구 대상이 핵심적인 정보를 제공하지 않을 테니까."

"네, 맞는 말씀입니다. 하지만 그건 연구 대상이 AI 프로그램에게 분석당하기를 꺼리기 때문이죠. 죄송하지만 야노구치 박사님, 대부분의 사람은 그 프로그램이 실패하기를 바라고 있습니다. 제 생각에는 정말 뛰어난 AI 분석가를 고용하면 실험 대상의 고의적인 방해를 완화할 수 있을 겁니다. 게다가 이번 연구는 제가 제 논문을 위해 직접 데이터를 제공하는 셈이니, 결과를 신뢰할 만하다고 생각합니다." 야노구치는 아무 말도 없었지만 그렇다고 인상을 찌푸리지도 않기에 지미는 말을 이었다. "박사님, 앞으로 다수의 AI 프로그램을 평가하는 데 활용할 수 있을 만큼 엄격하게 비교된 데이터를 보유하게 된다면 ISAS로서도 이득이 아닐까요? 사람이 집어내는 점을 프로그램이 놓치기도 하는지 알아볼 수 있다면? 그리고 만약 그런 경우가 없다면, 그런 프로그램이 정말로 사람만큼 유능하다는 사실이 분명해지겠죠. 그럼 ISAS는 제가 하는 일과 같은 단순 업무를 인공 지능으로 완전히 대체할 수 있게 될 겁니다. 제대로만 된다면 그뿐 아니라 다른 활용 방안도 찾아낼 수 있을 겁니다, 박사님." 지미는 몇 분간 뜸을 들이다가 신중하게 덧붙였다. "물론 이건 단순한 시험 프로젝트에 불과합니다. 실패한다면 박사님은 고작 제 6개월 치 월급에 해당하는 판돈을 날릴 뿐이죠. 하지만 뭔가 결과가 나온다면 아레시보의 평판이 높아질 겁니다…….”

그리고 마사오 야노구치의 평판도 덩달아 높아질 터였다. 야노구치는 아무 말도 없었다.

“박사님께서 반대하지 않으신다면 소피아 멘데스가 분석을 맡도록 하면 어떨까 싶습니다. 제가 듣기로는 아주 실력이 좋고…….”

“아주 비싸기도 하죠.”

“하지만 제 친구가 그 사람을 아는데, 유명세를 위해서라면 기꺼이 프로젝트에 참여할 거라고 하더군요. 만약 소피아 멘데스가 만든 프로그램이 저보다 낫다면, 그 사람의 중개인은 요금을 더 올릴 수도 있을 겁니다. 어쩌면 우리가 중개인과 합의점을 도출해 낼 수도 있겠죠. 소피아 멘데스가 이기면 ISAS가 비용을 두 배로 지급할 수도 있을까요?”

“그리고 만약 그녀가 진다면 중개인에게는 한 푼도 돌아가지 않고 말이죠?”

마사오 야노구치가 조심스럽게 제안했다.

‘고려해 볼 가치가 있다니까요.’ 지미는 마음속으로 야노구치를 재촉했다. ‘위험 부담이 거의 없잖아요. 제발 기회를 잡아요.’ 그는 간절히 바랐다. 하지만 당장 대답을 기대하진 않았고, 그래서 입 밖으로 그런 말을 꺼내지도 않았다. 야노구치는 ISAS의 모든 사람, 그리고 심지어는 기관 외부의 사람들까지 모두 동의하기 전에는 결코 프로젝트를 승인하지 않을 것이다. AI에 대해서는 아직도 이견이 많기 때문이다. 이 계획의 멋진 점이 바로 그거였다. 일본인들이 결정을 내릴 때까지 시간이 오래 걸릴수록, 지미는 더 오래 일자리를 유지할 수 있었다. 그리고 만약 승인이 떨어지면 콘도르가 자신의 두뇌를 파먹는 데 수개월 정도 걸릴 테고, 그런 이후에도 최소한 6개월은 더 비교 작업을 해야 했다. 만에 하나 지미가 프로그램을 이긴다면 계속 머무를 수도 있었다. 아슬아슬하게 진다 해도 최소한 ISAS는 정책을 바꿔 AI 분석 이후 테스트 기간을 둘 것이다. 그러면 사람들에게 얼마간 시간을 벌어 줄 수 있었다. 그들 중 몇몇은 공정한 테스트에서 AI를 상대로 이길지도 모르니 폐기도 기뻐할 것이다. AI에게 형편없이 진다면 그냥 학교로 돌아가면 그만이다…….

마사오 야노구치는 지미의 선량하고 순박한 얼굴을 응시하더니, 갑자기 웃음을 터뜨렸다.

"퀸 씨, 아주 교묘한 작전이군요." 야노구치가 장난스럽게 투덜댔다. 속마음을 들킨 지미는 얼굴을 붉혔다. "하지만 흥미로운 제안입니다." 야노구치는 그렇게 말하며 자리에서 일어나 지미를 문으로 안내했다. "문서로 작성해 주시기 바랍니다."

5
오하이오 주 클리블랜드
2014년 8월~2015년 5월

수단의 난민 구호 기지에서 미국으로 돌아오는 과정이 그렇게 갑작스럽지만 않았어도, 에밀리오 산도즈는 소피아 멘데스와의 첫 만남에 훨씬 더 잘 대처할 수 있었을지 모른다. 하지만 그는 시차 변화와 문화적 차이에 적응하지 못한 상태에서 그녀와 맞닥뜨렸고, 그래서 자신의 감정을 다스릴 수 있게 될 때까지 여러 주가 걸렸다.

불과 스무 시간 만에 산도즈는 한창 전쟁 중인 아프리카의 뿔*에서 고풍스러운 주택이 아기자기 들어선 평화로운 교외 지역의 존 캐럴 대학 캠퍼스로 옮겨 왔다. 이곳의 아이들도 비명을 지르며 뛰어다녔지만, 놀라거나 절망하거나 굶주리거나 겁에 질려서가 아니라 웃고 떠들며 노느라고 그랬다. 산도즈는 자신이 그런 아이들의 모습을 얼마나 낯설게 느끼는지 깨닫고 놀랐다. 정원들 또한 여러 면에서 그를 놀라게 했다. 커피 색처럼 까만 흙, 흐드러지게 핀 여름 꽃과 관상식물, 빗

---

* 이디오피아·소말리아·지부티가 자리한 아프리카 북동부를 가리키는 용어. 지형이 뿔처럼 인도양으로 튀어나와 있어서 붙여진 이름이다. 인도양과 홍해를 감시하는 전략적 요충지로, 동서 세력의 각축장이 되고 있다.

물과 지력의 낭비…….

  며칠이라도 쉬고 싶었지만 이미 일정이 잡혀 있었다. 산도즈는 미국에 도착한 바로 다음 날, 터키식 커피를 파는 캠퍼스 안 레스토랑에서 소피아 멘데스와 만날 예정이었다. 나중에 안 사실이지만 터키식 커피는 그녀에게는 정기적으로 공급해 줘야 하는 연료와도 같았다. 산도즈는 아침 일찍 가게를 찾아 문이 보이는 구석 자리에 앉았다. 그리고 주위를 떠도는 재기발랄하지만 무의미한 대화에 귀를 기울이며 다시 영어에 익숙해지려 했다. 설사 지난 3년을 현장에서 일하고 또 10년이 넘는 세월 동안 사제 수업을 받지 않았더라도, 산도즈는 여기 학생들에게 이질감을 느꼈을 것이다. 남학생들은 몸에 딱 달라붙는 밝은색의 주름 잡힌 코트를 걸쳤고, 늘씬하게 빠진 여학생들은 마치 꽃이나 아이스크림처럼 화려한 색의 옷을 입고 있었다. 그는 학생들의 멋진 차림새와 머리 모양, 세련된 신발, 완벽한 화장과 같은 꼼꼼한 치장에 매료되었다. 동시에 지금 이 순간에도 수단에서 죽어 가는 사람들을 생각했다. 순간적으로 화가 치밀어 올랐지만, 이런 기분이 드는 이유가 어느 정도는 자신이 몹시 지쳐 있기 때문이라는 사실을 자각하며 마음을 가라앉혔다.

  이 인위적인 기쁨의 정원 속으로, 그리고 그의 불편한 심사 속으로, 소피아 멘데스가 곧장 걸어 들어왔다. 산도즈는 어째선지 그녀를 보자마자 자신이 기다리던 여자라는 사실을 단번에 알아차릴 수 있었다. 그는 마드리드에서 만난 춤 선생이 이야기했던 이상적인 스페인 무희의 조건을 떠올렸다. "고개를 당당하게 들고, 마치 여왕처럼 걸어야 해요. 허리는 엉덩이 위로 높이 자리 잡아야 하고, 팔은 suavemente articuladas, 부드럽게 내려와야죠. 그리고 가슴은…….'' 그 춤 선생이 했던 비유가 하도 적절한 바람에 산도즈는 웃음을 터뜨리고 말았다.

"황소의 뿔 같아야 하지만 suave, no rigido, 딱딱한 게 아니라 부드러워야 해요." 소피아의 동작이 하도 우아해서, 산도즈는 나중에 그녀의 키가 150센티미터를 겨우 넘는다는 사실에 놀라지 않을 수 없었다. 소피아 멘데스는 검은 머리카락을 전통적인 방식으로 단단히 틀어 올렸고, 붉은 실크 블라우스와 검은 치마의 수수한 차림이었다. 그런 모습은 주위 학생들과 대조를 이룰 수밖에 없었다.

소피아는 산도즈와 간단히 악수를 한 후, 눈썹을 추켜세우고 자기가 방금 뚫고 지나온 군중을 돌아봤다.

"잘라서 화병에 꽂아 놓은 꽃처럼 예쁜 사람들이네요."

정확하면서도 신랄한 평가였다.

갑자기 남학생들의 활기도, 여학생들의 사랑스러움도 모두 덧없어 보였다. 산도즈는 그중 누가 추하게 늙어 가고 누가 못생기게 변할지, 또 얼마나 많은 수가 지금 가진 화려한 성공의 꿈을 포기할지 알아볼 수 있었다. 그리고 그런 감상이 자신의 기분과 얼마나 정확하게 일치하는지 깨닫고 놀라며, 스스로와 소피아의 냉혹함에 몸을 떨었다.

이후로 여러 달 동안, 소피아는 그런 류의 잡담을 거의 하지 않았다. 두 사람은 매주 세 번씩 만났는데, 산도즈로서는 가차 없는 심문처럼 느껴지는 시간이었다. 한 번에 90분을 견디는 일이 고작이었다. 그러고 나면 온종일 폐인처럼 지냈고, 존 캐럴 대학에 머무는 동안 가르치기로 한 초급 라틴어 수업과 대학원의 언어학 세미나에도 집중하기 어려웠다. 소피아는 단 한 번도 아침 인사를 하거나 쓸데없는 수다를 떠는 법이 없었다. 그녀는 자리에 앉자마자 노트북을 열고 산도즈가 언어를 배우는 과정, 사용하는 요령, 몸에 밴 습관, 거의 본능적으로 개발한 방법들, 그리고 그때그때 현장에서 언어를 분석하고 이해하기 위해 사용하는 보다 체계적이고 학문적인 기술들에 대해 질문을 시작했다. 산도즈가 농담이나 재미있는 이야기로 분위기를 변화시키려 할 때면, 그가 포기하고 질문에 대답할 때까지 무표정한 얼굴을 유지하곤 했다.

또 산도즈가 격식을 차리려고 하면 노골적인 적의를 보였다. 초기에 한 번 그는 자리에서 일어나 소피아를 맞이한 적이 있었다. 그리고 자리에 앉자마자 질문을 던지는 그녀에게 배우 세자르 로메로처럼 정중하면서도 우스꽝스럽게 절하며 말했다.

"좋은 아침입니다, 세뇨리타 멘데스. 기분은 좀 어떠신가요? 날씨가 참 좋죠? 커피에 곁들일 과자라도 좀 내올까요?"

산도즈는 일어선 채 소피아가 조금이라도 표정을 풀고 의례적인 인사로 답하기를 기다렸다. 하지만 그녀는 인상을 찌푸리며 이해하기 힘든 눈빛으로 그를 올려다봤다.

"젠체하는 스페인 신사는 질색이에요." 조용히 말한 소피아는 잠시 침묵이 흐르도록 내버려 두다가 노트북으로 시선을 돌렸다. "시간 낭비 그만하고 시작하죠."

소피아를 이상적인 스페인 여인으로 보는 산도즈의 무의식적 인상이 사라지기까지 그리 오랜 시간이 걸리지는 않았다. 그달이 끝날 무렵에는 소피아를 있는 그대로 바라볼 수 있게 되었고, 그녀에 대해 파악하려 애썼다. 영어가 모국어가 아니라는 사실은 분명했다. 문법이 너무 정확하고, 치음(齒音)이 약간 눅눅하게 들리는 반면 치찰음(齒擦音)은 조금 건조했다. 이름이나 외모와 달리 억양은 스페인식이 아니었다. 그렇다고 그리스나 프랑스, 이탈리아 혹은 산도즈가 식별할 수 있는 다른 어떤 계통의 억양도 아니었다. 그는 그녀가 그토록 일에 몰두하는 이유가 프로젝트 단위로 돈을 받기 때문이라고 판단했다. 빨리 일할수록 더 많이 버는 셈이니까. 언젠가 조금 지각했을 때 질책을 들고 산도즈는 자신의 가정을 확신했다.

"산도즈 박사님." 소피아는 결코 그를 신부님이라고 부르는 일이 없었다. "박사님의 상급자들은 이 분석을 위해 엄청난 돈을 지급하고 있어요. 그분들의 재원과 내 시간을 낭비하는 일이 재미있나요?"

그녀가 자기 자신에 대해 조금이라도 말했던 적은 분석이 끝나 갈 무렵의 딱 한 번뿐이었다. 산도즈는 그때 어찌나 당황했던지, 한참 시간이 지난 뒤에도 그 일에 대한 꿈까지 꾸다가 창피한 기억에 몸서리치며 깨어날 정도였다.

"때로 나는 노래부터 배우기 시작하죠." 산도즈는 테이블 위로 몸을 기울이며, 자기 말이 어떤 식으로 들릴지 깨닫지 못한 채 이야기했다. "노래를 통해 문법의 뼈대를 익히고 나중에 살을 붙이는 거예요. 희망의 노래는 미래 시제를, 후회의 노래는 과거 시제를, 그리고 사랑의 노래는 현재 시제를 알려 주거든요."

설상가상으로 산도즈는 자기가 한 말에 스스로 놀라 얼굴을 붉히고 말았다. 하지만 소피아는 산도즈의 말이 내포하고 있을 수도 있는 의미를 전혀 알아차리지 못하는 것 같았다. 대신 그녀는 우연의 일치에 놀란 듯, 입을 살짝 벌리고 카페 창밖을 응시했다.

"그건 흥미롭네요." 마치 그 전까지 산도즈가 했던 말은 죄다 전혀 흥미롭지 않았다는 투였다. 소피아는 생각에 잠긴 채로 말을 이었다. "나도 그러거든요. 자장가는 거의 항상 명령형을 사용한다는 걸 아세요?"

그리고 산도즈는 그 순간이 무사히 지나갔다는 사실에 신께 감사했다.

산도즈는 소피아와 함께 일하면서 힘이 빠지고 살짝 우울할 때마다 라틴어 입문 수업의 한 특별한 학생으로부터 위안을 얻었다. 앤 에드워즈라는, 멋진 백발을 프랑스식으로 깔끔하게 땋아 내린 50대 후반의 여성이었다. 그녀는 영리하고 지적으로 대담했으며, 교실에서 자주 종소리처럼 커다랗고 사랑스러운 웃음을 터뜨리곤 했다.

개강 2주 후, 앤은 나머지 학생들이 교실 밖으로 나갈 때까지 기다리고 있었다. 산도즈는 탁상 위에 놓인 노트를 챙기며 그녀를 향해 기대에 찬 눈길을 보냈다.

"신부들도 밤에 외출할 수 있나요? 아니면 당신처럼 귀여운 사람이 노망날 때까지 갇혀 지내야 하나요?"

앤의 물음에 산도즈는 허공에 담뱃재를 터는 시늉을 하며 눈썹을 꿈틀거렸다.

"원하는 게 뭡니까?"

"글쎄요, 우리가 각자의 서약을 깨뜨리고 멕시코로 도망가 욕정에 찬 주말을 보냈으면 하지만, 숙제가 있어서 말이죠." 그녀가 숙제라는 단어에 힘을 주며 말했다. "어떤 망할 라틴어 교수가 우리한테 탈격 (奪格)을 공부하라고 했거든요. 내 생각엔 진도가 너무 빠른 것 같은데 말이죠. 그러니 금요일 밤에 우리 집으로 저녁이나 먹으러 오는 게 어때요?"

의자 등받이에 기대며 산도즈는 솔직한 존경심을 담아 앤을 올려다봤다.

"부인, 제가 어떻게 그런 초대를 거절할 수 있겠습니까?" 그가 대답하며 몸을 앞으로 기울였다. "한데 부군께서도 댁에 계실 예정인가요?"

"그래요, 젠장, 하지만 그이는 아주 진보적이고 관대한 사람이에요." 앤이 미소를 지으며 산도즈를 안심시켰다. "게다가 일찍 잠들죠."

에드워즈 부부의 집은 정원으로 둘러싸인 정방형의 실용적인 건물이었다. 정원 가득 피어난 이런저런 꽃과 토마토, 호박 넝쿨, 당근 줄기, 후추나무가 산도즈의 눈을 즐겁게 했다. 앞마당에서 산도즈를 맞이한 조지 에드워즈가 원예용 장갑을 벗으며 그를 현관으로 안내했다. '좋은 얼굴이군. 유머 감각과 기꺼움이 가득해.' 산도즈는 생각했다. 나이는 앤과 비슷해 보였고 머리카락은 온통 은발이었다. 유난히 마른 몸매로 보아 만성적인 HIV 혹은 중독성 갑상선 기능 항진증에 걸려 있거나, 나이가 들어서도 달리기를 즐기는 사람 같았다. 가설 중에서는 달리기가 가장 유력했다. 조지는 매우 건강해 보였기 때문이다. '그건 아니겠군.' 산도즈는 속으로 웃었다. '일찍 잠드는 사람은 아니겠어.'

앤은 밝고 널찍한 부엌에서 저녁 식사를 준비하고 있었다. 산도즈는 즉시 냄새를 알아차렸지만, 조금 지나서야 요리 이름을 떠올릴 수 있었다. 그러고는 부엌 의자에 주저앉아 신음했다.

"Dios mio, bacalaitos!(하느님 맙소사, 바칼라이토스!)"

앤이 웃음을 터뜨렸다.

"아소파오*와 토스토네스**도 있어요. 그리고 디저트로는……."

"숙제 따윈 잊어요, 부인. 나랑 도망갑시다." 산도즈가 애원했다.

"Tembleque!(망측한 소리!)" 승리감에 차서 웃은 앤은 자신이 손님을 기쁘게 만들었다는 사실에 행복해하고 있었다. "푸에르토리코인 친구가 요리를 도와줬어요. 서쪽 지구에 멋진 푸에르토리코 식료품점이 있거든요. 야우티아, 바타타, 유카, 아마릴로***, 뭐든 다 팔더라고요."

"잘 모르시겠지만, 17세기에 한 푸에르토리코인 이단자는 예수께서

---

* 푸에르토리코식 스튜.
** 플랜테인이라는 열매를 튀긴 요리.
*** 고구마, 피망 따위와 비슷한 종류의 채소 이름들이다.

바칼라이토스 냄새를 이용해 라자로를 죽음에서 되살렸다고 주장했답니다." 산도즈가 신실한 얼굴로 두 눈을 빛냈다. "주교는 그를 다시 화형에 처했지만, 식사를 마칠 때까지는 기다려 주었고 그래서 라자로는 행복하게 죽었다는 거죠."

조지가 웃으며 산도즈와 앤에게 거품이 떠다니는 크림색 액체가 들어 있는 차가운 술잔을 건넸다.

"6년산 바카디!"

산도즈가 숭배의 탄성을 질렀다. 조지가 잔을 들어 올렸고, 세 사람은 푸에르토리코에 건배했다.

"그래, 독신 생활은 어때요?"

앤이 눈썹을 미묘하게 들어 올려 예의 바른 관심을 가장하며 진지한 목소리로 물었다. 태도는 정중했지만, 어느새 술잔을 입으로 가져가고 있었다.

"개 같아요."

산도즈가 망설이지 않고 솔직하게 대답하자 앤이 폭발적으로 웃음을 터뜨렸다. 산도즈는 그녀에게 코를 닦으라고 냅킨을 건넨 다음, 미처 회복할 틈도 주지 않고 자리에서 일어났다. 그러고는 심각한 표정으로 가상의 청중을 향해서 12단계 치료 모임에 나간 알코올 중독자 흉내를 냈다.

"안녕하세요, 제 이름은 에밀리오라고 합니다. 잘 기억나진 않지만, 어린 시절 제 내면에는 구제불능의 섹스 중독자가 있었을지도 모릅니다. 그래서 금욕주의에 의존하며 하느님을 믿게 되었죠. 술 흘렸잖아요."

"나는 고도로 숙련된 해부학자예요." 앤이 냅킨으로 블라우스를 닦으며 격식과 위엄을 갖춘 말투로 선언했다. "그래서 사람이 코로 술을 뿜어내는 생리적 구조를 정확하게 설명할 수 있죠."

"그냥 하는 말이 아니오. 이 사람은 정말로 그럴 수 있다니까. 말이 너무 많은 사람을 위한 치료 프로그램을 생각해 본 적 있소? 그런 모임이 있다면 필시 열두 단계로는 부족하겠지."

조지가 경고하자 앤이 신음을 흘렸다.

"오, 하느님. 역시 오래된 것이 가장 좋다니까."

"농담 말인가요 아니면 남편 말인가요?" 산도즈가 순진한 척하며 물었다.

그렇게 그날 저녁 시간이 흘러갔다.

산도즈가 다음번 저녁 식사에 찾아갔을 때, 앤은 문 앞에서 맞이해 주었다. 그녀는 두 손으로 산도즈의 얼굴을 감싼 채 발끝으로 서서 그의 이마에 담백한 입맞춤을 선사했다.

"처음 여기 왔을 때는 손님이었죠." 앤이 산도즈의 눈을 들여다보며 주지시켰다. "하지만 이제는 가족이야. 그러니 맥주는 직접 꺼내 먹어요."

산도즈는 주마다 최소한 한 번씩은 즐겁게 먼 거리를 걸어 에드워즈 부부의 집을 방문했다. 때로는 그가 유일한 손님이기도 했지만 다른 사람들과 함께인 경우도 많았다. 학생, 친구, 이웃, 앤이나 조지가 우연히 만나서 데려온 흥미롭고 낯선 사람들. 그들은 정치와 종교, 야구, 케냐와 중앙아시아에서 벌어지는 전쟁 등 앤의 흥미를 끄는 일이라면 무엇이든 주제로 삼아 시끌벅적하고 즐거운 대화를 나눴다. 그리고 밤이 깊어지면 서로에게 마지막 농담을 던지며 헤어졌다. 그 집은 산도즈의 동굴이자, 한 예수회 신부가 단지 환영받을 뿐 아니라 긴장과 의무를 잠시 벗고 쉴 수 있는, 기운을 소진하는 대신 충전할 수 있는 장소가 되었다. 말하자면 에밀리오 산도즈가 한 번도 가져 본 적 없는 진짜 가정이었다.

어스름 무렵 현관 앞 의자에 앉아 맥주를 홀짝이며, 산도즈는 조지의 과거에 대해 들었다. 조지 에드워즈는 엔지니어였고, 마지막으로 했던 일은 해저 채굴 작업의 생명 유지 장치와 관련 있지만 그 밖에도 나무로 된 계산자부터 일리악IV와 포트란, 신경 회로망에서 광자 기술과 나노 머신까지 다양한 분야에 걸친 경력의 소유자였다. 얼마 전에 은퇴한 조지는 잔디밭의 잡초를 베고, 낡은 주택의 구석구석을 수리하고, 부드럽게 움직이는 나무 창틀과 잘 짜인 벽돌담, 깔끔하게 정돈된 작업실에서 건축가의 자부심을 느끼며 자유로운 생활의 초창기를 보냈다. 마치 팝콘을 먹어 치우듯 수많은 책을 읽었고 그뿐 아니라 정원을 넓히고, 정자를 세우고, 차고를 정리했다. 이런 생활은 조지에게 나른한 만족감과 지루함을 동시에 선사했다.

"달리기를 하시오?" 조지가 기대에 차서 산도즈에게 물었다.

"학교 다닐 적에 크로스컨트리를 했지요."

"조심해, 당신을 끌어들이려는 수작이니까. 저 철없는 양반이 요새 마라톤 연습을 하고 있거든." 앤이 신랄한 말투와는 달리 존경심이 담긴 눈빛으로 남편을 보며 끼어들었다. "계속 그렇게 말도 안 되는 짓을 하다가는 무릎이 망가지고 말 거야. 뭐, 달리기를 하다가 쓰러지기라도 하면 난 고상하고 돈 많은 과부가 되겠지. 보험을 잔뜩 들어 뒀으니까."

나중에 안 사실이지만 앤이 라틴어 강좌를 신청한 이유는 여러 해 동안 의학 용어를 사용하면서 그 기반이 된 언어에 호기심이 생겼기 때문이었다. 그녀는 원래 의사가 되고 싶었지만 생화학에 자신이 없었고, 결국 생물인류학으로 진로를 변경했다. 박사 과정을 마친 후에는 클리블랜드에 있는 케이스 웨스턴 리저브 대학에서 해부학을 가르쳤다. 해부학 실험실에서 여러 해 동안 의대생들을 가르치다 보니, 의학 과정에 대한 두려움이 사라졌다. 그래서 마흔 살에 다시 학교로 돌아와 응급 의학을 전공했다. 아비규환을 이겨 낼 수 있는 정신력과, 신경

외과부터 피부과까지 망라하는 실무 지식을 요구하는 분야였다.

"나는 폭력을 좋아해." 앤이 산도즈에게 냅킨을 건네며 새침하게 말했다. "그때 얘기했던, 어떻게 하면 코로 술이 나오는지 알고 싶어? 해부학적으로 아주 흥미로운 사례인데. 후두개는 마치 후두부를 덮고 있는 작은 변기 뚜껑 같아서……."

"앤!"

조지가 소리치자, 앤은 혀를 내밀어 보였다.

"어쨌거나 응급 의학은 아주 멋져. 어떤 때는 한 시간 동안 갈비뼈가 부러진 사람, 머리에 총을 맞은 사람 그리고 발진에 걸린 어린아이가 모두 실려 오기도 하거든."

어느 날 저녁 산도즈는 "두 사람, 아이는 없나요?" 하고 묻고는 스스로도 놀랐다.

"없지. 알고 보니 우린 사육 환경에서는 잘 번식하지 못하더라고."

조지가 전혀 당황하는 기색 없이 대답했다.

앤이 웃었다.

"오, 맙소사, 에밀리오. 내가 웃긴 이야기를 하나 해 줄게. 당신도 틀림없이 좋아할 거야. 우린 여러 해 동안 날짜를 피하는 방식으로만 피임을 했어!" 그녀가 믿을 수 없다는 듯 눈을 크게 떴다. "글쎄, 우린 그 방법이 잘 통한다고만 생각했지 뭐야!"

그리고 세 사람은 폭소를 터뜨렸다.

산도즈는 앤을 사랑했고 처음부터 신뢰했다. 몇 주가 지나면서 감정 상태가 점점 더 복잡해지자, 앤에게 조언을 구하고 싶은 충동과 그렇게 하면 좋을 거라는 확신이 더 강하게 느껴졌다. 하지만 그는 속마음을 털어놓는 일에 익숙하지 못했다. 가을 학기가 절반쯤 지났을 무렵, 산도즈는 용기를 내서 앤에게 산책을 제안했다.

"조신하게 행동하라고." 조지가 으름장을 놓았다. "내가 늙었어도 총은 쏠 수 있으니까."

"걱정하지 마, 조지!" 앤이 산책로를 따라 걸어 내려가며 등 뒤로 소리쳤다. "아마 내가 중간고사를 망친 모양이지. 당신 앞에서 그 이야기를 하면 내가 부끄러워할까 봐 그러는 모양이야."

산도즈와 앤은 팔짱을 낀 채로 이런저런 잡담을 나누며 한두 블록을 걸었다. 두 사람의 머리 높이는 거의 같았다. 산도즈는 두 번이나 말을 꺼내려 했지만, 적당한 단어를 찾기가 어려웠다. 앤이 재미있다는 표정으로 탄식하더니 말했다.

"좋아, 그 여자 이야기를 해 봐."

산도즈는 웃음을 터뜨리고 머리를 긁적였다.

"그렇게 티가 나요?"

앤이 부드러운 말투로 산도즈를 안심시켰다.

"그런 게 아니라, 당신이 근사한 아가씨랑 캠퍼스 안의 커피숍에 있는 모습을 몇 번 본 적이 있어서 추측했을 뿐이야. 그러니까 어서 말해!"

산도즈는 그렇게 했다. 그는 오직 일에만 몰두하는 소피아의 태도와, 완벽하게 흉내 낼 수는 있지만 식별할 수는 없는 억양에 대해서 말했다. 스페인 신사에 대한 언급, 즉 관계를 좀 더 부드럽게 만들고자 시도했다가 얻은 지나친 반응과 이해할 수 없는 적대감에 대해서도 이야기했다. 그리고 마지막으로 첫 만남에서 느낀 거의 육체적인 동요를 고백했다. 단순히 그녀의 아름다움에 대한 감탄이나 성적인 반응이 아니라…… 어쩐지 오래전부터 알던 사람 같은 느낌에 대해서.

이야기가 끝나자 앤이 말했다.

"글쎄, 짐작일 뿐이지만 그 여자가 세파르디인*이 아닐까 하는 생각

---

* 스페인 · 북아프리카계 유대인.

이 드네."

산도즈는 갑자기 걸음을 멈추고 가만히 서서 눈을 감았다.

"맞아요. 유대인이에요. 스페인 혈통의." 그가 앤을 쳐다봤다. "내 조상들이 1492년에 자기 조상들을 스페인에서 쫓아냈다고 생각하는 거예요."

"그런 거라면 이해할 만하네." 앤이 어깨를 으쓱해 보였고 두 사람은 다시 걷기 시작했다. "개인적으로 난 당신 수염이 마음에 들어. 하지만 가끔은 그것 때문에 영화에 나오는 이단 심문관 대장처럼 보이기도 하거든. 당신은 그 여자에게 여러 가지로 거슬리는 사람일 수도 있어."

산도즈는 소피아도 자신에게서 어떤 원형(原形)에 대한 무의식적 인상을 받았다는 사실을 깨달았다. 잠시 후 그가 말했다.

"발칸 반도예요. 발칸 반도의 억양이었던 거예요."

앤이 고개를 끄덕였다.

"그럴 수도 있고. 스페인에서 추방당한 세파르디인 중 상당수가 발칸 반도에 정착했거든. 루마니아나 터키 출신일 수도 있겠네. 아니면 불가리아나. 그 근처 어디겠지." 그녀가 보스니아에 대한 기억을 떠올리며 휘파람을 불었다. "발칸 반도 이야기를 좀 해 줄게. 거기 사람들은 원한을 잊지 않으려고 서사시를 쓴 다음, 아이들이 자기 전에 들려준다고. 당신은 지금 수백 년 동안 이어져 내려온 제국주의 가톨릭 스페인에 대한 반감을 상대하고 있는 거야."

산도즈의 다음 말이 신빙성을 얻기에는 그 전까지 이어진 침묵이 조금 지나치게 길었다.

"난 그저 그 사람을 좀 더 이해하고 싶을 뿐이에요." 산도즈의 말에 앤이 '오, 그렇겠지.' 하는 표정을 지어 보였다. "우리가 하고 있는 일은 그렇지 않아도 어려워요. 적개심은 그걸 더 어렵게 만들 뿐이라고요."

앤은 그 말을 듣고 뭔가 외설적인 상상을 떠올렸다. 입 밖으로 내지는 않았지만, 산도즈는 그녀의 표정을 읽고 콧방귀를 뀌었다.

"세상에, 철 좀 들어요."

그러자 앤은 친구들과 야한 농담을 하는 열두 살짜리 소녀처럼 킥킥댔다. 그녀가 다시 산도즈의 팔짱을 꼈고, 두 사람은 집 쪽으로 돌아가기 시작했다. 이웃집에서 잠자리에 들기 전에 문단속을 하는 소리가 들렸다. 개가 그들을 향해 짖었고, 나뭇잎은 크고 작은 소리를 내며 바스락거렸다. 어떤 어머니가 자기 딸에게 소리쳤다. "헤더! 잘 시간이라고 했지! 말 좀 들어!"

"헤더라니. 오랫동안 들어 보지 못한 이름이네. 아마 할머니 이름을 따서 지었나 봐." 앤이 갑자기 멈추는 바람에 산도즈는 그녀를 향해 돌아섰다. "젠장, 에밀리오, 모르겠어……. 어쩌면 당신에게는 신이, 나와 조지가 서로에게 그런 것만큼이나 현실적인 존재일지도……. 우린 스무 살이 갓 넘었을 때 결혼했어. 지구가 아직 식지도 않았을 무렵이지. 내 말을 믿어, 40년이나 같이 살면서 몇 번쯤 다른 매력적인 이성에게 눈길을 주지 않는 부부는 없어." 산도즈가 뭔가 말하려고 했지만 앤이 손을 들어 막았다. "있어 봐. 지금 당신에게 주제넘은 충고를 하려는 중이니까. 궤변처럼 들릴 줄 알지만, 당신이 느끼는 바를 느끼지 않는 척하지는 마. 그래서는 일이 복잡해질 뿐이거든. 느낌은 분명히 존재하니까." 그녀는 다시 걷기 시작하며 조금 딱딱해진 목소리로 말을 계속했다. "그러니까 먼저 당신의 느낌을 직시하고, 그런 다음 해결 방안을 찾아. 가능한 한 솔직하게 대처하라는 말이야. 만약 신이 교외에 사는 중산층 백인 여자라면, 물론 어림없는 소리라는 건 알지만, 당신이 그런 느낌을 받았다는 자체는 문제 삼지 않을 거야. 행동으로 옮기는지가 문제지." 현관 불빛 아래 앉아서 기다리고 있는 조지의 모습이 보였다. 앤의 목소리가 매우 부드러워졌다. "어쩌면 당신이 나중에 진실한 마음으로 하느님께 돌아가면, 그분이 당신을 전보다 더 사랑할지도 몰라."

산도즈는 앤에게 굿나잇 키스를 하고 조지에게 손을 흔들었다. 그리고 생각할 거리를 잔뜩 짊어진 채 존 캐럴 대학 쪽으로 돌아가기 시작했다. 앤은 현관 앞으로 가서 조지와 함께 앉았다. 하지만 목소리가 닿지 않을 만큼 산도즈가 멀어지기 전에 그를 향해 외쳤다.

"이봐! 내 중간고사 성적은?"

"86점이에요. 탈격을 망쳤더군요."

"젠장!"

앤이 외쳤다. 그녀의 웃음소리가 어둠을 건너 전해졌다.

월요일 아침, 산도즈는 모종의 결단을 내렸다. 수염을 깎는 건 너무 티가 날 것 같아서 그만뒀지만, 행동거지를 바꿔 스페인 신사인 척 굴지 않으려고 했다. 그러자 소피아 멘데스가 아주 약간 긴장을 풀었다. 산도즈는 잡담을 전혀 시도하지 않고, 그녀가 요구하는 질문과 답변의 리듬에 몸을 맡겼다. 그러자 일이 조금 더 부드럽게 진행되었다.

산도즈는 조지 에드워즈가 연습할 때 찾아가서 코스 일부를 함께 달리기 시작했다. 그는 봄에 열리는 큰 대회에서 10킬로미터를 뛰기로 했다. 풀코스를 완주할 예정인 조지는 산도즈의 참가를 환영했다. "10킬로미터라고 부끄러워할 필요는 없네." 나이 든 사내는 웃으며 그를 안심시켰다.

그리고 산도즈는 클리블랜드 동부의 비참한 지역에서 봉사 활동을 계속했다. 하느님께 열정을 바쳤다.

마침내 이런 노력에 대한 보상으로, 한순간의 우정과도 같은 무언가가 주어졌다. 만남을 몇 주 더 연장한 소피아 멘데스가 어느 날 산도즈에게 보여 주고 싶은 게 있다고 말했다. 소피아는 산도즈의 사무실을 방문해서 거기 있는 시스템으로 넷에서 어떤 파일을 받고는 그에게 손짓으로 앉으라고 하더니 말했다.

"그냥 한번 사용해 봐요. 당신이 한 번도 공부한 적 없고, 어떤 체계적인 교육도 불가능한 새로운 언어가 필요한 임무를 준비해야 한다 치고 말이에요."

산도즈는 소피아가 시키는 대로 했다. 몇 분 후, 그는 군데군데 건너뛰며 파일을 살펴보기 시작했다. 그리고 때때로 질문을 던지며 다양한 단계의 지침을 구했다. 파일 안에는 그가 소피아에게 제공한 여러 해 동안의 모든 경험이, 심지어 노래를 통해 시제를 익히는 법까지도 담겨 있었다. 파일에는 그가 했던 최선의 노력이, 소피아가 지닌 놀라운 지성의 프리즘을 통해 조직화되고 체계화된 상태로 투영되어 있었다. 몇 시간 후, 그는 책상에서 물러나 반짝거리는 소피아의 눈을 쳐다봤다.

"아름답군요." 그가 모호하게 말했다. "그냥 아름다워요."

그리고 산도즈는 처음으로 소피아가 짧게 웃는 모습을 보았다. 하지만 그녀는 곧 차갑고 위엄 있는 표정으로 돌아와 자리에서 일어났다.

"고마워요." 잠시 주저한 소피아는 곧 단호하게 덧붙였다. "이번 일은 훌륭한 프로젝트였어요. 함께 일해서 즐거웠어요."

그냥 그렇게 떠나려는 것이 분명했기 때문에 산도즈도 자리에서 일어섰다.

"이제 뭘 할 거죠? 돈을 받아서 해변으로 휴가라도 떠나나요?"

소피아는 잠시 산도즈를 응시했다.

"정말 아무것도 모르는군요. 아주 편한 삶을 살아온 모양이죠."

이번에는 산도즈가 그녀를 이해할 수 없다는 눈빛으로 쳐다볼 차례였다.

"이 물건의 의미를 모르나요?" 소피아가 언제나 차고 다니는 팔찌를 보여 주며 물었다. 물론 산도즈도 그 팔찌를 알았다. 그녀가 선호하는 단정한 옷차림과 잘 어울리는 수수한 장신구였다. "난 겨우 먹고살 만한 돈만 받아요. 나머지는 내 중개인한테 가죠. 열다섯 살 때 그 사람과 계약했어요. 그 사람 돈으로 교육을 받았기 때문에 투자 비용을 내가 다 갚을 때까지 누군가 나를 직접 고용하는 일은 불법이에요. 나는 이 식별용 팔찌를 벗을 수 없어요. 내 중개인의 이익을 보전하기 위한 거죠. 이런 내용은 다들 알고 있다고 생각했어요."

"그런 일이 합법일 리 없어요."

겨우 말을 할 수 있게 되었을 때, 산도즈가 주장했다.

"노예나 다름없잖습니까."

"아마 지적인 매춘이라는 표현이 더 어울리겠죠. 법적으로는 노예라기보다 기간제 계약에 더 가까워요, 산도즈 박사님. 빚을 다 갚기만 하면 뭘 하든 내 자유니까요." 소피아는 자기 물건을 챙기더니 떠날 준비를 마치고 말했다. "그리고 내 관점에서는 육체적인 매춘보다 이쪽이 더 낫거든요."

죄다 산도즈가 받아들이기는 힘든 이야기였다.

"다음에는 어디로 갑니까?"

여전히 충격에서 벗어나지 못한 채로 그가 물었다.

"미 육군 대학에요. 전사학(戰史學) 교수 하나가 은퇴한다는군요. 잘 있어요, 산도즈 박사님."

산도즈는 악수를 한 후 소피아가 멀어지는 뒷모습을 지켜봤다. 그녀는 고개를 당당하게 들고 마치 여왕처럼 걸어갔다.

6
로마와 나폴리
2060년 3월~4월

3월에 한 남자가 훔친 예수회 신분증으로 사제관의 경비를 통과해 에밀리오 산도즈의 방까지 들어오는 데 성공했다. 다행히도 마침 에드워드 베어 수사가 산도즈를 찾아가던 중이었다. 그는 산도즈에게 질문 세례를 퍼붓는 기자의 목소리를 듣자마자 맹렬하게 방 안으로 뛰어들었다. 그리고 침입자를 거칠게 벽으로 밀어붙여 꼼짝 못 하게 만든 뒤, 큰 소리를 질러 도움을 청했다.

불행히도 이 모든 과정이 그 기자가 소지하고 있던 캠코더를 통해 실시간으로 방송되었다. 하지만 에드워드 수사는 나중에, 겉으로는 키 작고 뚱뚱한 천식 환자에 불과한 자신이 사실은 얼마나 강인하고 민첩한지 세상 사람들에게 보여 줄 수 있었다는 점을 내심 흐뭇하게 생각했다.

산도즈에게는 마치 악몽과도 같은 사건이었고 커다란 충격이었다. 하지만 그런 일이 벌어지기 전에도, 신체적인 상태는 호전되어 갔지만 정신적으로는 별 차도가 없었다. 괴혈병의 가장 심각한 증상들은 치료가 되었지만 피로와 멍은 여전히 남아 있었다. 의사들은 그가 장기간 우주 방사선에 노출된 탓에 아스코르브산을 흡수하는 기능이 손상되지는 않았는지 의심했다. 우주 공간에서 활동하다 보면 언제나 생리적 혹은 유전적인 피해를 입기 마련이다. 광부들은 바위 더미의 보호를 받기 때문에 별문제가 없었지만, 우주 왕복선 승무원이나 우주 정거장 직원은 항상 암이나 결핍성 질환으로 고생하곤 했다.

어쨌든 산도즈의 회복은 더뎠다. 잇몸이 약해져 치아 임플란트는 불가능했다. 두 군데 브리지를 설치해서 정상적인 식사는 가능했지만, 식욕이 없어 여전히 저체중 상태였다. 그리고 외과 의사들은 그의 손을 건드리지도 않으려고 했다. "현재로서는 애써 봤자 헛수고일 뿐입니다." 의사 하나가 말했다. "결합 조직이 마치 거미줄 같아요. 건드리지만 않으면 붙어는 있을 겁니다. 1년쯤 지난 후면 모를까……."

그래서 예수회는 복잡한 보철 장치와 인공사지를 만드는 장인으로 유명한 인도의 싱 신부를 데려왔다. 그는 산도즈의 손가락을 지탱하고 움직일 수 있게 하기 위한 도구를 제작했다. 머리카락처럼 가느다란 철사들이 손목에서 팔꿈치까지 연결되어 있었다. 산도즈는 예의 바르게 싱 신부의 솜씨를 칭찬하고, 그의 도움에 감사를 표했다. 그리고 처음에는 에드워드 수사를 걱정시키고 나중에는 질리게 할 정도로 매일같이 끈질기고 고집스럽게 연습을 거듭했다.

두 사람은 산도즈가 결국 손목의 굴근만 움직여, 상완에서 생성되는 미세한 전기적 힘으로 서보모터를 작동시킬 수 있을 거라는 이야기를 들었다. 하지만 한 달이 지나도 산도즈는 움직임을 뜻대로 조정할 수 없었고, 손을 사용하려면 언제나 젖 먹던 힘까지 다 써야만 했다. 그래서 에드워드 수사는 연습 시간을 가능한 한 짧게 유지하기 위해 최선을 다했다. 그래야만 산도즈가 발전하는 속도가, 두 사람이 눈물로 치르는 대가와 균형을 이룰 수 있었기 때문이다.

이틀 후 또 다른 기자가 산도즈의 침실 근처 벽을 기어오르다 잡혔다. 총장 신부는 비서와 정례 조간 회의를 마친 직후 에드워드 베어와 존 칸도티를 사무실로 불렀다. 존으로서는 실망스럽게도 펠커 역시 동석했다.

"여러분, 펠커 신부가 에밀리오를 잠시 다른 곳으로 보내자고 제안했소." 빈첸초 지울리아니가 존에게 눈빛으로 일단 닥치고 들어 보라는 뜻을 분명히 전달하며 말문을 열었다. "그리고 친절하게도 영신 수련을 돕겠다고 자원했소. 그래서 여러분의 견해를 듣고 싶소만."

에드워드 수사가 의자에 앉은 채로 몸을 앞으로 내밀었다. 비록 말을 꺼내기는 주저하고 있었지만, 이 문제에 대한 생각은 확고했다. 하지만 에드워드가 뭐라고 말하기도 전에 요하네스 펠커가 입을 열었다.

"우리는 고립된 상태에서 함부로 결정을 내려서는 안 된다고 배웠습니다. 그 사람의 영혼이 지금 어둠에 잠겨 있다는 사실은 분명합니다. 놀랄 일도 아니죠. 산도즈는 영적으로 마비되어 앞으로 나아갈 수 없는 상태입니다. 저는 그가 감독자와 함께 잠시 휴식을 한다면 자기 앞에 놓인 상황에 집중하는 데 도움이 되리라 생각합니다."

"옆에서 성가시게 구는 사람들만 없어도 상태가 훨씬 더 좋아질지도 모르죠."

존은 부드럽게 웃으며 말했지만 속으로는 욕설을 내뱉었다. '속 좁은 위선자 같으니!'

"죄송하지만, 총장 신부님." 에드워드가 황급히 끼어들었다. 존 칸도티와 요하네스 펠커 사이의 적대감은 이제 모르는 사람이 없을 정도였다. "주제넘지만 영신 수련은 매우 감정적인 체험입니다. 아직은 산도즈 신부님이 감당할 만한 준비가 되어 있지 않은 것 같습니다."

"그 말에 찬성할 수밖에 없군요."

존이 기뻐하며 말했다. '그리고 요하네스 펠커는 영적인 지도자의 역할에 가장 어울리지 않는 사람이지. 차라리 없느니만 못할 거야.' 존이 그렇게 생각하는 동안, 에드워드 베어가 말을 이었다.

"하지만 안전상의 관점에서만 보자면 산도즈 신부님을 다른 곳으로 보내는 편이 낫다고 생각합니다. 그분은 여기 로마에서 마치 포위된 것처럼 느끼고 있습니다."

"글쎄, 어떻게 말하자면 포위된 것이 사실이오. 그 사람이 자기가 처한 상황을 직시해야 한다는 펠커 신부의 말에는 찬성하지만 지금은 때가 아니고 로마가 적당한 장소도 아닌 것 같군. 자, 그러니 동기는 다르다고 해도 우리 모두 에밀리오를 사제관에서 내보내야 한다는 점에는 찬성하고 있는 셈이오, 맞소?" 지울리아니는 책상에서 일어나더니 창문으로 다가가, 우산을 쓰고 서 있는 음울한 군중을 내려다봤다. 다행히 겨울 날씨가 춥고 비까지 내리는 바람에 가장 끈질긴 기자들을 제외하면 나머지는 돌아가고 없었다. "나폴리 북부에 있는 피정의 집이라면 그에게 우리가 여기에서 보장하는 것보다 더 많은 사생활의 자유를 제공할 수 있을 거요."

"하지만 문제는 어떻게 하면 산도즈 신부님을 남몰래 5번지에서 내보낼 수 있냐는 점입니다. 이번에는 빵 배달차도 소용이 없을 겁니다."

"기자들이 모든 차량을 추적하고 있습니다." 펠커가 에드워드의 말에 동의했다.

"땅굴이 있소."

총장 신부가 창문에서 몸을 돌리며 말하자, 존이 어리둥절한 표정을 지었다.

"네?"

"우리와 바티칸은 복잡한 땅굴로 연결되어 있습니다." 펠커가 설명했다. "성 베드로 성당을 통해 그를 내보낼 수 있어요."

"그들이 우리를 도와줄까요?" 에드워드가 찌푸리며 물었다.

"그렇소, 누구에게 부탁해야 하는지만 안다면." 지울리아니가 조용히 말하고는, 회의의 끝을 알리며 사무실 문 쪽으로 향했다. "여러분, 우리 계획이 확실해질 때까지는 산도즈 신부에게 아무 말도 하지 않는 게 좋을 것 같소. 물론 다른 누구에게도 말이오."

5번지에서 볼일을 마친 존 칸도티는 피정의 집으로 돌아가기 위해 우산을 들고 현관으로 향했다. 너무 오래 궂은 날씨가 이어지는 것에 대해 지나칠 정도로 짜증이 나 있었다. '이탈리아는 날씨가 좋다더니, 다 헛소리였군.'

존이 문을 나서자 기자들이 시끄럽게 외치며 달려들었다. 그는 모든 질문에 성경의 무의미한 인용구로 대답하며 아주 경건한 인물인 척하는 일에 비뚤어진 즐거움을 느꼈다. 하지만 기자들 사이를 벗어나자마자, 조금 전에 있었던 회의를 떠올렸다. '지울리아니도 산도즈가 지금 영신 수련을 하는 게 무리라는 점에는 분명히 동의하고 있어.' 숙소로 걸어가며 그렇게 생각했다. 그렇다면 굳이 펠커와 그런 수작을 부린 이유는 대체 뭐란 말인가?

존 칸도티는 원래 남의 동기를 의심하는 성격이 아니었다. 어떤 사람들은 조직 안에서 체스 놀이를 하고 싶어 한다. 사람들을 서로 겨루게 만들고, 술책을 부리고, 작전을 짜며 나머지 모든 이들의 다음 세수를 예측하는 식으로 말이다. 하지만 칸도티는 그런 게임에 재능이 없었고, 그래서 거의 집에 도착했을 무렵, 그러니까 막 싸 놓은 개똥을 밟아 버린 순간이 되어서야 이해할 수 있었다.

'개똥이로군.' 칸도티는 두 가지 일을 동시에 평했다. 빗속에 선 채로, 자신의 신발에 묻은 개똥과 자신의 정직하고 선량한 성품에 대해 숙고했다. 그러다 이번 회의에서 지울리아니가 원했던 바는 좋은 경찰과 나쁜 경찰이 균형을 이루는 구도라는 사실을 깨달았다. '그걸 이제야 알다니 이런 멍청한!' 그는 스스로를 신랄하게 비판했다.

복종은 당연하다. 하지만 이용당하는 일은 설사 그 상대가 지울리아니 신부라고 해도 다른 이야기였다. 존은 기분이 나빴고, 너무 늦게 알아차렸다는 사실이 부끄럽기도 했다. 그리고 이제는 지울리아니가 산도즈를 도시 밖으로 내보내는 일에 그렇게 쉽게 동의했다는 점까지도 의심스러웠다. 하지만 신발에 묻은 개똥을 닦아 내면서 한편으로 우쭐하기도 했다. 어쨌거나 존이 시카고에서 여기까지 그 먼 거리를 불러온 이유는, 그가 그리스도 안의 사랑하는 형제 요하네스 펠커 같은 개자식을 거의 선천적으로 혐오하도록 생겨 먹었다는 사실을 예수회의 상급자가 알고 있기 때문인 것이다.

존은 로마를 떠나고 싶은 마음이 너무 컸기 때문에, 지울리아니의 의도에 대해 깊이 파고들지 않기로 했다. '그냥 패가 놓인 대로 카드놀이를 해 보자고.' 그렇게 생각하며 하느님이 산도즈의 편이기를 바랐다.

부활절 주말, 바티칸은 독실한 신자들로 가득했다. 무려 25만 명의 사람들이 교황의 축복을 받고, 기도하고, 관광하고, 기념품을 사고, 소매치기를 당하기 위해 몰려들었다. 지하드가 폭탄 테러를 예고했기 때문에 경비는 삼엄했다. 하지만 아무도 4월의 추위를 피해 두껍게 차려입은 병든 남자가 자기 무릎에 고개를 묻은 채, '베수비오2, 폼페이0'이라고 쓰인 기념품 재킷을 걸친 덩치 큰 사내가 미는 휠체어에 타고 광장을 빠져나가는 모습에는 신경 쓰지 않았다. 설사 누군가 눈여겨봤더라도, 그들이 혼잡한 도심에서 너무 쉽게 택시를 잡았다는 사실에만 잠시 놀라고 말았을 것이다.

"운전은?"

존이 뒷좌석의 안전벨트를 채워 줄 때, 산도즈가 물었다. 목소리는 거의 울먹이고 있었다. 군중과 소음 때문일 거라고 존은 짐작했다. 사람들이 알아보고 몰려들까 봐 두려워서 그런 거겠지.

"에드워드 수사가 할 겁니다."

택시 기사 차림을 한 에드워드 베어가 운전석에서 통통한 손을 들어 보이고는 다시 거리로 주의를 돌렸다. 주말 동안 자가용의 시내 운행을 금지한 조치는 교통 체증을 다소 완화시켰지만, 동시에 가장 호전적인 운전자들만 살아남을 수 있는 다윈의 진화론적 압박으로 작용했다. 당연히 그럴 만한 이유가 있었지만 에드워드 베어는 보기 드물게 조심스러운 운전자였다.

존 칸도티는 산도즈의 옆 좌석에 편하게 앉아, 자기 자신과 그날 하루 그리고 세상에 대해 만족했다.

"멋지게 탈출에 성공했군요."

차가 나폴리로 향하는 고속도로에 진입하자 그가 큰 소리로 말했다. 존은 산도즈 역시 탈출로 인한 해방감을, 마치 어린 시절 학교를 빼먹을 때와 같은 치기 어린 즐거움을 느끼기를 바라며 옆으로 고개를 돌렸다……. 그러나 산도즈는 너무도 늙고 지친 모습으로 두 눈을 꼭 감은 채 시트에 몸을 파묻고 있었다. 도시를 가로지르는 복잡하고 피곤한 여정과 괴혈병의 지속적인 출혈로 인한 통증, 그리고 휴식만으로는 해결할 수 없는 지긋지긋한 피로에 시달리고 있던 것이다.

침묵 속에서 존은 백미러로 산도즈를 살피던 에드워드 수사와 눈이 마주쳤다. 자신과 마찬가지로 그 얼굴에서도 미소가 사라지고 있었다. 이후로는 두 사람 모두 조용히 입을 다물었다. 에드워드는 최대한 빠르게 달리면서도 차가 흔들리지 않도록 하는 일에 온 신경을 집중했다.

원래도 체증이 심한 로마와 나폴리 사이의 간선 도로는 추가적인 보안 검문 때문에 평소보다 더 밀렸다. 하지만 지울리아니가 미리 손을 써 둔 덕분에 상대적으로 빠르게 이동할 수 있었다. 단 한 번 젊은 병사들이 차 트렁크를 열고 짐 꾸러미를 건성으로 살폈을 뿐이다. 그들이 투박하지만 견고하고 실용적인 1560년대 초반의 트리스타노 양식으로 지어진 나폴리 피정의 집에 도착하자, 어느덧 해가 저물고 있었다. 다행히도 수다스럽지 않은 수사가 마중을 나와, 부산 떠는 일 없이 일행을 각자의 방으로 안내했다.

에드워드 수사는 산도즈의 방까지 따라갔다. 그리고 산도즈가 기진맥진해서 침대에 누운 채, 머리 위 불빛을 피하기 위해 두 손으로 눈을 가리는 모습을 지켜봤다.

"제가 짐을 풀어 드리겠습니다. 그래도 괜찮으시겠죠?"

에드워드가 여행 가방을 바닥에 내려놓으며 말했다.

허락하는 작은 소리가 들리자, 에드워드는 옷가지를 서랍으로 옮기기 시작했다. 산도즈의 가방에서 보철 장치를 꺼내며 그는 잠시 망설였다. 언제부턴가 연습을 쉬기 위한 핑계를 찾기 시작한 것은 산도즈가 아니라 에드워드 자신이었다. 에드워드는 서랍에서 몸을 일으켜,

침대에 누워 있는 남자를 향해 돌아서며 말했다.

"오늘 밤은 하루 쉬죠, 신부님? 먹을 걸 좀 가지고 오겠습니다. 뭐라도 드시고 나서 주무세요."

산도즈가 짧고 거칠게 코웃음을 쳤다.

"'잠들 뿐이다, 그러면 꿈을 꾸겠지.'* 아니, 에드워드, 오늘 밤 내게 필요한 것은 잠이 아니오." 그는 침대 옆으로 내려와 앉으며 두 팔을 내밀었다. "연습합시다. 장치를 이리 주시오."

에드워드가 두려워했던 대로였다. 그는 산도즈를 도와 형편없이 망가진 손가락을 철사 고리에 끼우고 팔꿈치에 벨트를 채운 다음, 이제 두 가지 역할을 동시에 수행해야 하는 근육에 전극을 단단히 연결했다.

멍은 결코 사라지지 않았다. 종종 에드워드는 너무 조심하느라 장치를 연결하는 데 오랜 시간을 소모했고 오늘 밤도 그랬다. 산도즈는 고통스러운 신음을 흘리며, 에드워드가 무의미한 사과를 반복하는 동안 인상을 찌푸리고 있었다. 한동안 정적이 흐른 뒤, 산도즈는 축축하게 젖은 눈을 뜨고 서보 기구를 작동하는 연습을 시작했다. 엄지에서 다른 손가락으로, 가장 작은 부분부터 가장 큰 부분까지, 하나씩 하나씩, 오른손 그리고 왼손, 다시 처음부터. 마이크로기어가 단속적으로 윙윙거리는 소리를 냈다.

'정말 못 견디겠군.' 에드워드 수사는 곁에서 지켜보며 거듭거듭 생각했다. 그리고 최대한 빨리 연습을 끝내기 위해 시계를 흘끔거렸다.

산도즈는 한마디도 입을 열지 않았다.

짐을 풀고 나서 존 칸도티는 식당을 찾았다. 그는 에드워드 수사가

---

* 「햄릿」 3막 1장에서 인용.

이미 산도즈의 식사를 챙겼을 것이라 생각하며 부엌에서 간단한 저녁을 들었다. 요리사는 휴양소의 역사와 화산 분화 당시의 상황에 대해 이야기를 늘어놓았다.

"식당에는 진짜 모닥불을 피워 놨죠." 존이 홍합 파스타 한 접시를 해치우자 코시모 수사가 말했다. "불법이지만 여기 해안 지역에서는 발각당할 염려가 없거든요." 바람이 증거를 없애 줄 터였다. "브랜디 한 잔 하시겠어요, 신부님?"

코시모가 그러면서 유리잔을 건넸다. 존은 이 매력적인 제안에 딱히 반대할 이유를 찾지 못했기 때문에, 모처럼 온기를 쬐며 휴식을 취하기 위해 요리사가 일러 주는 대로 벽난로를 찾아갔다.

식당 안은 불똥을 튀기며 타오르는 모닥불 주위를 제외하면 온통 어두컴컴했다. 모서리마다 배치된 가구들이 흐릿하게 보였지만, 존은 망설임 없이 모닥불 앞에 가장 가까이 놓인 등받이가 높고 천을 씌운 의자로 향했다. 그리고 편안히 앉아 불가의 고양이처럼 아무 생각 없이 휴식을 취했다. 은은한 호두나무 마감과 수 세기도 더 전에 조각되었지만 바로 오늘도 열심히 닦고 광을 낸 벽난로 장식까지, 아름다운 방이었다. 그는 나무가 아주 풍부해서 이처럼 장식이나 땔감으로 자유롭게 사용하던 시절은 과연 어땠을까 상상했다.

존은 모닥불 쪽으로 두 발을 뻗으며 다음번 교황 선출에 '하얀 연기'라고 부르는 신호가 오를까 궁금해했다. 눈이 어둠에 익숙해지자, 문설주가 달린 커다란 창문 앞에 서 있는 산도즈의 모습이 보였다. 그는 멀리 아래쪽 해변의 바위들이 달빛을 반사하고, 파도가 모래사장을 넘나드는 광경을 내다보고 있었다.

"지금쯤 주무시고 계실 줄 알았는데요." 존이 조용히 말했다. "힘든 여행이었죠?"

산도즈는 대답하지 않았다. 분명 피곤할 텐데도 끊임없이 방 안을 거닐었고, 존에게서 멀리 떨어진 의자에 잠시 앉았다가 다시 일어서기도 했다. 존이 생각했다. '거의 다 됐군, 이제 거의 다 됐어.'

하지만 산도즈가 입을 열었을 때, 그 내용은 존이 기대하거나 예상했던 고해 성사가, 그 자신을 용서하기 위한 고백이나 이해를 구하기 위한 설명이 아니었다. 오히려 일종의 감정적인 표출에 가까웠다.

"신을 경험하고 있소?" 산도즈가 두서없이 그렇게 물었다.

그 질문이 이토록 불편하게 느껴지다니 이상한 일이었다. 예수회는 신비주의에 경도되는 일이 드물었고, 일반적으로 카멜라이트파나 트라피스트파 혹은 카리스마파를 따랐다. 예수회 구성원들은 학문이든 아니면 보다 실용적인 사회봉사든, 자기 일에서 신을 발견하는 경향이 있었다. 그들은 맡은 바 소명이 무엇이든 신의 이름으로 헌신했다.

"직접적으로는 아닙니다. 그러니까, 친구나 한 개인처럼은 아니라는 말입니다." 존은 스스로를 성찰했다. "그렇다고 '작고 속삭이는 목소리'*를 통해서도 아니고 말입니다." 그는 한동안 타오르는 불꽃을 응시했다. "하느님을 그분의 자녀들에게 봉사하는 과정에서 발견한다고 말할 수밖에 없겠군요. '내가 배고플 때 나를 먹여 주고 내가 목마를 때 마실 것을 주었으며 내가 나그네일 때 나를 환영해 주었고 내가 벗었을 때 입혀 주었고 아플 때 보살펴 주었고 옥에 갇혔을 때 나를 찾아 주었기 때문이니라.'**"

모닥불이 작고 부드러운 소리를 내며 타오르는 동안 그 말이 허공을 떠돌았다. 산도즈는 거닐기를 멈추고 방 한쪽 구석에 선 채로 미동도 하지 않았다. 그의 얼굴에는 그림자가 드리웠고, 모닥불이 양손에 매

---

* 열왕기 19장 12절. 예언자 엘리아에게 나타난 한없이 부드러운 모습의 하느님을 형용한 것.
** 마태복음 25장 35절.

달린 금속제 외골격을 비추었다.

"그 이상을 바라지 마시오, 존. 신이 당신의 마음을 부숴 버릴 테니까."

그러고 나서 산도즈는 방을 나갔다.

홀로 자신에게 주어진 방으로 향하던 산도즈는 닫힌 문을 보고 우뚝 멈춰 섰다. 그는 양손을 움직이기 위해 악전고투하는 동안 활화산 같은 분노를 느꼈지만, 곧 화를 가라앉히고 문을 여는 단순한 과제에 집중했다. 그리고 주먹 하나가 들어갈 정도로 문을 열어 둔 채 방에 들어갔다. 문을 세차게 닫아 버리고 싶은 충동이, 우리 안에 갇히는 두려움과 맞먹을 정도였다. 무언가를 때려 부수거나 던지고 싶은 욕구가 치밀어 올랐다. 그는 나무 의자에 몸을 웅크리고 앉아 양팔을 흔들며 마음을 가라앉히려고 애썼다. 머리 위 전등은 여전히 켜진 채로 두통을 악화시켰다. 하지만 일어서서 스위치를 끄러 가기가 두려웠다.

욕지기가 지나가고 눈을 뜨자, 좁은 침대 옆의 간이 탁자 위에 놓인 오래된 정기 간행용 롬(ROM) 디스크가 보였다. 그것에는 뒤가 비치는 반투명한 메모 용지가 붙어 있었다. 산도즈는 자리에서 일어나 그 내용을 읽었다. '산도즈 박사, 당신이 자리를 비운 사이 막달라 마리아에 대한 재평가가 이루어졌소. 아마 이런 새로운 견해에 관심이 있을 거라 생각하오.—V로부터.'

구토는 더 이상 나올 만한 것이 없을 때가 지나서도 오랫동안 계속되었다. 메스꺼움이 좀 가라앉자, 그는 땀투성이로 몸을 떨며 허리를 폈다. 그리고 손을 움직여 디스크를 재생하기 위한 태블릿을 집어 든 후 벽에 내동댕이쳤다. 산도즈는 소매로 입 주위를 닦고, 문을 향해 돌아섰다.

7
클리블랜드와 산후안

2015년~2019년

존 캐럴 대학의 일을 마치고 선호하는 임지를 질문받자, 에밀리오 산도즈는 푸에르토리코의 라페를라로 돌아가고 싶다고 요청했다. 그 요청은 안틸레스 교구의 행정 심사를 받아야 했지만, 산도즈는 뉴올리언스 교구의 돌턴 웨슬리 야브로가 전화했을 때 놀라지 않았다.

"밀리토, 진심이냐? 이제 너도 좀 편하게 지내라고 르모인 대학에 교수 자리를 마련해 놨는데. 레이가 네 녀석을 언어학 교수 자리에 앉히려고 이 사람 저 사람을 들들 볶고 난리도 아니었단 말이다."

야브로의 텍사스식 어양은 잘 아는 사람이 아니면 거의 알아듣기가 불가능했다. 그는 마음만 먹으면 완벽한 표준 영어를 구사할 수도 있었지만, 산도즈에게 이렇게 말하곤 했다. "녀석아, 우리가 한 서약을 생각하면 세상에 즐길 거리가 얼마나 있겠난 말이다. 그러니 나는 말이라도 재미나게 하겠다 이거다."

"압니다. 르모인도 아주 멋진 곳이지만……."

"시라쿠사 날씨도 그렇게 나쁘지는 않은데." 야브로가 뻔뻔하게 거

83

짓말을 했다. "그리고 녀석아, 라페를라는 뭐든 쉽게 잊는 법이 없단 말이다. 가서 무슨 일을 당할지 몰라."

"알고 있습니다, DW." 산도즈가 진지하게 말했다. "그래서 돌아가려는 겁니다. 안식으로 인도해야 할 유령들이 있어서요."

야브로는 훗날 이때의 일을 곱씹어 봤다. 그를 찬성하게 만든 건 애정일까, 아니면 죄책감일까? 야브로는 언제나 좋건 나쁘건 지난 일에 절반쯤 책임을 느끼고 있었다. 물론 그것은 오만이었다. 결정을 내린 사람은 산도즈 자신이었다. 하지만 야브로는 어린 산도즈에게 잠재된 가능성을 알아봤고, 그를 라페를라 밖으로 끄집어낼 기회가 왔을 때 한순간도 주저하지 않았다. 산도즈는 야브로의 기대를 훌쩍 뛰어넘었다. 하지만 그럼에도 치러야 할 대가는 있는 법이었다.

"그렇다면 알겠다." 마침내 야브로가 말했다. "내가 한번 알아보마."

2주 후에 자신의 사무실에 들어선 산도즈는 메시지가 도착했다는 표시가 깜빡이는 것을 발견했다. 메시지 파일을 열어 보는 손이 살짝 떨리자 자신이 불경스럽게도 입맛을 들인 터키식 커피를 탓했지만, 사실은 긴장 때문이라는 사실을 알고 있었다. 솔직히 그것을 인정하고 나자 다시 침착해질 수 있었다. Non mea voluntas sed tua fiat. 제 뜻이 아니라 아버지 뜻대로 하소서. 그는 무엇이든 시키는 대로 할 준비가 되어 있었다.

라페를라로 보내 달라는 요청은 아무런 이견 없이 받아들여졌다.

그해 12월, 산도즈는 산후안에서 에드워즈 부부에게 전화를 걸었다. 그들의 얼굴이 보고 싶었고 또 자기 모습도 보여 주고 싶어서, 영상 통화를 위한 추가 요금도 지불했다.

"와서 나랑 같이 일합시다."

산도즈가 말했다. 병원에서 자원봉사를 하던 의사가 그만뒀고, 그 자리를 대신하려는 사람이 없었다. 앤은 어떨까? 거의 전지전능에 가까운 능력을 보유한 엔지니어 겸 주택 관리인인 조지는 건물을 보수하고, 아이들에게 다양한 기술을 가르치고, 앤과 외부의 더 큰 병원들 그리고 아이들과 교사들을 연결해 줄 통신망을 다시 작동시키는 역할을 맡을 수 있었다.

에드워즈 부부가 대답하기도 전에, 산도즈는 라페를라에 대해 냉혹할 정도로 객관적으로 설명했다. 그는 이 지역에 전혀 환상을 품고 있지 않았고, 에드워즈 부부 또한 그러기를 바랐다. 그들이 가질 수 있는 희망은 수천 명의 가엾은 영혼이 슬럼가로 흘러드는 동안 몇몇의 삶이라도 구원할 기회를 얻는 것뿐이었다.

"글쎄, 잘 모르겠네." 앤이 미심쩍은 어투로 말했지만, 산도즈는 그녀의 눈을 보고 속마음을 알아차릴 수 있었다. "칼싸움이 많이 일어날 거라고 약속할 수 있어?"

산도즈는 한 손을 들고 맹세했다.

"주말마다 일어날 겁니다. 총상도 있을 테고요. 자동차 사고도 잦을 겁니다."

그들 모두 이런 농담이 심각한 상황에 대한 반어적인 표현이라는 사실을 알고 있었다. 열세 살짜리 아이들이 임신한 상태로 배가 아프다며 찾아올 것이다. 케이폭유(油) 공장에서는 사람들의 등과 어깨가 함몰되고, 손목이 망가지고, 무릎이 찢겨 나갔다. 생선 가공 공장에서는 상처투성이로 하얗게 변한 손이 내장의 독소와 박테리아에 감염되어 썩어 갔다. 패혈증, 당뇨병, 흑색종, 무분별한 낙태, 천식, 결핵, 영양실조, 성병 등등. 술과 약물과 절망과 분노가 사람들의 가슴을 멍들게 했다. '가난한 이들이 언제나 너희 곁에 함께하리라.'라고 예수회는 이야기한다. 산도즈는 생각했다. '그 말은 경고일까, 아니면 고발일까?'

그는 앤이 묵묵히 생각에 잠긴 조지를 돌아보는 모습을 지켜봤다.

"망할 베이비 붐 세대 전체가 은퇴하고 있어. 6900만 명의 늙다리들이 골프를 치면서 자기네 치질에 대한 불평이나 늘어놓는 거지." 조지가 콧방귀를 뀌었다. "대규모 장례 전문 회사가 생기는 것도 시간문제야."

"우리 둘 다 골프를 치게 될 것 같지는 않은데. 라페를라에 가도 좋을 것 같지 않아?"

"그래, 여기를 뜨는 거야." 조지가 앤의 말에 맞장구쳤다.

그렇게 해서 2016년 5월, 에드워즈 부부는 앤이 인수한 병원으로부터 언덕을 따라 여덟 층의 계단 위에 자리한 임대 주택으로 이사했다. 산도즈는 시간을 내서 그들이 자리 잡는 일을 도왔다. 일단 침대를 마련하고 나자 부부의 최고 관심사는 커다란 나무 탁자와 그 주위에 놓을 의자들을 구하는 일이었다.

산도즈는 자신의 일을 단순하게 시작했다. 전도소 시설을 청소하고 물건들을 정리한 다음, 조용히 이웃들과 다시 안면을 익혔다. 그리고 처음에는 야구 리그나 방과 후 수업처럼 이미 존재하는 프로그램들 안에서 일했다.

하지만 그는 언제나 이 아이 혹은 저 아이가 자기 자신의 힘으로 이 동네를 벗어날 가능성을 염두에 두고 있었다. 누군가 신경만 써 준다면 가능한 일이었다. 그래서 볼리타* 티켓을 잔뜩 산 다음 아이들에게 나눠 주고 통계학 재능을 시험했다. 조지는 그런 아이들을 끌어들여

---

* 스페인어로 '작은 공'이라는 뜻이며, 복권의 일종이다.

자신의 웹 링크를 가지고 놀게 해 주는 한편, 수학을 잘할 만한 몇 명에게는 기초적인 공부를 가르쳤다. 또 산도즈는 차에 치여 죽은 개 때문에 울고 있던 한 어린 여자아이를 앤에게 데려가 첫 번째 조수로 삼게 했다. 아이의 이름은 마리아 로페즈였고, 심성이 착했으며 배울 준비가 되어 있었다.

그리고 펠리페 레예스라는 이름의 작은 악동도 있었다. 녀석은 병원 바로 앞에서 훔친 물건을 팔곤 했는데, 온갖 경험이 풍부한 앤 에드워즈조차 깜짝 놀랄 정도로 입이 거칠었다. 산도즈는 그 아이가 물건을 사지 않는 행인들을 욕하기 위해 두 가지 언어를 사용하는 것을 듣고는 이렇게 말했다. "넌 장사 솜씨는 최악이지만, 말은 잘하는구나!" 그는 펠리페에게 라틴어로 욕하는 법을 가르쳤다. 결국에는 미사에 참석할 뿐 아니라 예수회 센터 일까지 돕게 했다.

앤은 첫 달 동안 병원 기록을 검토하며 그동안 여기서 이루어진 처방에 우울한 기분을 느꼈다. 그녀는 재고 약품을 점검하고, 장비를 개선하고, 물자를 보충하는 한편 응급 환자를 처리했다. 주로 잘린 손가락, 감염, 위험한 임신과 조산, 기생충, 총상이 많았다. 그리고 이 섬의 의료인 중 누가 기꺼이 그녀가 이송하는 환자들을 받아 주는지 서서히 배워 갔다.

조지도 자리를 잡고 앉아서 끝없는 목록을 작성하고, 병원의 모든 문과 창문 그리고 약품 서랍의 자물쇠를 교체하고, 예수회 센터와 웹 그리고 도서관을 연결하는 소프트웨어를 점검하고, 앤이 주문한 쓸 만한 중고 의료 기기를 설치했다. 조지 자신을 위한 취미 생활로는, 천문학에 대한 오랜 관심을 충족하기 위해 아레시보에서 안내원으로 일했다.

그 천문대에서 조지는 지미 퀸과 만났고, 지미는 그들 모두를 라카트로 이끌었다.

  푸에르토리코로 이사 오고 몇 달 후, 어느 날 아침 식사를 하던 중에 앤이 물었다.

  "조지, 에밀리오가 자기 가족에 대해서 뭐라고 말한 적이 있었나?"

  "아니, 당신 말을 듣고 보니 한 번도 없었던 것 같은데."

  "지금쯤이면 우리가 만나 봤어야 할 것 같은데. 모르겠네. 뭔가 내가 알지 못하는 사정이 있는 것 같아. 아이들은 에밀리오를 잘 따르지만, 나이 든 사람들은 이상하게 거리를 두더라고."

  실은 단순히 거리를 두는 것 이상이었다. '적의에 가깝지.' 앤은 생각했다.

  "글쎄, 라페를라에는 작은 교회들이 많이 있잖아. 어쩌면 일종의 종교적인 경쟁의식일 수도 있고. 모르는 일이지."

  "우리가 파티를 열면 어떨까? 병원에서 말이야. 서로 친해질 계기가 될 수도 있잖아."

  "그러자고." 조지가 어깨를 으쓱해 보였다. "공짜 음식은 언제나 사람들을 끌어모으기 마련이니까."

  그래서 앤은 그사이 친해진 몇몇 동네 여자들의 도움을 받아 음식을 준비했다. 앤으로서는 놀랍게도, 평소에 가정적인 면모라고는 찾아볼 수 없는 조지가 매우 열성적으로 준비 과정을 거들었을 뿐 아니라 파티 자체에도 적극적으로 참여했다. 그는 아이들에게 사탕과 작은 장난감을 나눠 주고, 직접 만든 로켓을 발사하고, 천진하게 장난을 걸었다. 산도즈 역시 숨겨 둔 마술 실력을 선보였다. 그는 프로에 가까운 솜씨로 모여든 아이들의 탄성과 웃음을 자아냈을 뿐 아니라, 아이들의 어머니와 할머니, 이모와 형과 누나까지 끌어들여 앤을 놀라게 했다.

"대체 어디서 마술을 배운 거야?"

나중에 아이들 무리가 어른들의 다리 사이로 뛰어다니며 아이스크림을 핥는 사이 앤이 산도즈에게 속삭였다.

산도즈는 눈을 굴렸다.

"북극권 근처에서는 밤이 얼마나 긴지 아세요? 마침 마술 책을 한 권 찾았고, 연습할 시간은 아주 많았죠."

파티가 끝나자 앤은 마지막 아이가 떠나는 모습을 지켜본 후 병원 건물의 뒤뜰로 향했다. 그리고 자기가 가장 좋아하는 남자 둘이서 논쟁을 벌이고 있는 장면을 목격했다.

"걘 당신 말을 그대로 믿었다고요!"

산도즈가 색종이 조각들을 치우며 소리쳤다.

"오, 그럴 리 없어! 농담인 줄 알았을 거야."

조지가 쓰레기를 봉투에 채워 넣으며 대꾸했다.

"무슨 소리야? 누가 뭘 믿었는데?" 앤이 아이스크림의 잔해를 치우러 가며 물었다. "거기 탁자 아래 접시가 있을 거야, 에밀리오. 좀 집어 주겠어?"

산도즈는 탁자 밑에서 그릇을 끄집어내 다른 접시들 위에 쌓았다.

"아이 하나가 조지한테 몇 살이냐고 물었는데……."

"그래서 내가 백열여섯 살이라고 대답해 줬지. 농담인 줄 알았을걸."

"조지, 걘 고작 다섯 살이라고요! 당신 말을 믿었어요."

"이런, 잘했어. 이웃 사람들과 친해지는 멋진 방법이네, 조지. 그 집 아이들에게 거짓말이나 하고!"

앤은 그렇게 말했지만, 두 남자가 아이들에게 하는 거짓말과 스탠드 업 코미디 사이의 도덕적인 차이에 대해 논쟁을 시작하자 미소를 짓지 않을 수 없었다. 그들이 아이들을 즐겁게 해 주고 얻은 단순한 만족감으로 밝아진 모습을 보며, 앤은 저런 남자들이야말로 아버지가 돼야 했다고 생각했다. 그런 생각을 하자 조금 슬퍼졌지만 오래 연연하진 않았다.

첫 번째 행사가 너무 성공적이라, 앤은 여러 차례 더 크고 심지어 더 즐거운 파티를 열었다. 그리고 언제나 파티에 모종의 건강 문제를 결부시켰다. 열한 살 이상의 모든 사람에게 콘돔을 나눠 주며 피임에 대한 지식을 가르치거나, 혹은 여섯 살 미만의 아이들을 대상으로 예방 접종, 머릿니 검사, 혈압 점검 따위를 실시하곤 했다. 잔치가 끝난 다음 주에는 언제나 평소보다 많은 환자가 찾아왔다. 그중 몇몇이 몇 년 동안 참아 왔던 '사소한 골칫거리'는 종종 심각한 의학적 사안으로 판명되곤 했다. 조지는 예수회 센터에서 좀 더 많은 시간을 보내기 시작했고, 거기서 몇몇 새로운 아이들과 친해졌다. 작은 일들이지만 어떻게든 진전을 이루고 있다는 느낌을 얻기에는 충분했다. 사람들은 그들이 여기 와서 기뻐하는 것처럼 보였다.

시간이 지나면서 앤은 산도즈에 관한 이야기를 조금씩 듣게 되었다. 그 이야기는 심각하게 망가진 가족과 일종의 지저분한 생업에 관한 내용을 포함하고 있었다. 생각해 보면 아주 놀랄 일은 아니었다. 앤은 툭 하면 사람들 앞에서 볼썽사납게 징징거리며 자기 속내를 다 털어놓는 세대의 일원으로서, 산도즈의 침묵에 대해 복잡한 감정을 느꼈다. 혼자 간직하는 상처는 자칫 곪아서 독이 되기 쉬웠다. 그러나 한편으로 묵묵히 참아 낼 수 있는 능력이 존경스럽기도 했다. 당연히 산도즈는 아무리 친한 친구들에게도 불우한 어린 시절에 대해 말하지 않을 권리가 있었다. 혹은 자신을 좋게 보는 친구들이기에 오히려 드러내고 싶지 않은 것일 수도 있었다. 그래서 앤은 자신의 호기심이 지나치다고 느꼈고, 산도즈에게 결코 가족에 대해 물어보지 않았다.

물론 그렇다고 해서 이웃 중 그와 닮은 사람들을 찾아보는 일을 그만뒀다는 이야기는 아니다. 앤의 인류학적인 안목에 의하면, 산도즈의 얼굴에는 독특하고 변화무쌍한 특징이 있었다. 때로 검은 턱수염과 귀족적인 눈, 그리고 지성미가 드러나는 생기 넘치는 얼굴은 할리우드의 스페인계 배우처럼 보였다. 그러나 다음 순간 그녀의 눈에 보이는 것은 피부 아래 숨어 있는 수수께끼 같은 골격과 타이노족* 특유의 강인한 선이었다. 앤은 꽃 시장에서 마주친 한 품위 있는 여성에게서 같은 특징을 발견하고, 산도즈의 손위 누이일 수도 있겠다고 생각했다. 하지만 산도즈는 한 번도 누이나 형제가 있다고 이야기한 적이 없었다. 앤은 어떤 사람이 그처럼 평범한 일에 대해 그렇게까지 과묵하다면, 보통 그럴 만한 이유가 있기 때문이라는 사실을 알고 있었다. 그래서 산도즈에게 실제로 형제가 있다는 사실을 알게 되었을 때, 전혀 마음의 준비가 안 된 상태는 아니었다. 앤을 놀라게 한 것은 오히려 산도즈에 대한 자기 자신의 감정이었다.

어느 날 밤 산도즈가 전화를 걸어 병원에서 만나자고 했을 때, 앤은 내반족(內反足)을 앓는 환자 때문에 집에서 관련 문헌을 조사하던 중이었다. 산도즈의 발음은 불분명했지만 술에 취한 것 같지는 않았다.

"에밀리오, 무슨 일이야? 어떻게 된 거야?"

앤은 자신이 얼마나 겁에 질렸는지 깨닫고 놀라며 그렇게 물었다.

"와, 와 보면 알아요. 말하기가 힘들어요."

조지는 그가 관심이 있는 어떤 심야 관측 촬영 때문에 아레시보 천문대에 올라가고 없었다. 앤은 무슨 일이 벌어졌는지 알려 주기 위해 남편에게 전화를 걸었지만, 막상 자신도 아는 바가 별로 없어서 빨리

---

* 절멸된 서인도 제도의 아라와크 인디언 부족.

돌아오라고만 했다. 그런 다음 병원까지 여덟 층의 계단을 서둘러 내려갔다. 병원은 불이 꺼진 채 아무도 없는 것처럼 보여서 혹시 자기가 산도즈의 말을 잘못 알아들었나 걱정했다. 그러나 다행히 문이 열려 있었고, 산도즈는 어둠 속에 홀로 앉아 그녀를 기다리는 중이었다.

앤은 불을 켜자 눈에 들어온 산도즈의 모습에 놀랐지만, 의사로서 침착함을 유지하며 가운과 장갑을 착용했다.

"우리 신부님께서." 그녀는 산도즈의 턱을 잡고 얼굴 이쪽저쪽을 살피며 차분하고 부드러운 목소리로 말했다. "반대쪽 뺨을 내미신 모양이네. 그것도 반복적으로. 웃지 마. 입술 상처가 벌어지잖아."

앤은 이런 종류의 상황에 익숙했기 때문에 우선 산도즈가 주먹에 찰과상을 입거나 손가락이 부러지지 않았는지부터 확인했다. 산도즈의 손은 깨끗했다. 앤이 손을 잡은 채로 인상을 쓰자, 그는 시선을 피했다. 앤은 한숨을 내쉬며 저장실의 자물쇠를 열고 들어가 약장에서 필요한 약품을 챙겼다. 산도즈의 동공 반응은 정상이었고, 자신에게 전화를 걸 수도 있었다. 말투가 어눌했던 이유는 입 안이 터졌기 때문이지 신경을 다치지는 않았다. 뇌진탕은 없었지만 얼굴이 엉망이었다. 앤이 약품을 챙기고 있을 때 옆방에서 산도즈가 말했다.

"갈비뼈가 나간 것 같아요. 뭔가 부러지는 소리가 들렸거든요."

앤은 잠시 주저하다가, 압력 주사총에 면역 체계를 촉진하는 약물을 넣어서 그에게 돌아갔다.

"상처를 보여 줘." 그녀는 산도즈가 볼 수 있도록 주사총을 들어 올렸다. "셔츠를 벗을 수 있겠어? 도와줄까?"

산도즈는 겨우겨우 단추를 풀었지만, 피에 젖은 셔츠를 청바지 밖으로 꺼낼 수가 없었다. '어쩌면 두드려 팬 사람이 상대가 신부라는 사실을 몰랐을 수도 있겠군.' 앤은 산도즈를 도와 셔츠를 벗기고 불필요한 접촉을 피하려고 애쓰며 소매에서 팔을 빼냈다. '메이플 시럽 같은 색의 피부야.' 속으로 그렇게 생각했지만 그저 "갈비뼈가 부러진 게 맞아."라고만 말했다. 산도즈의 등에 생긴 멍을 보니, 뒤쪽에서 가해진 타격 때문에 갈비뼈가 밖을 향해 부러졌다는 사실을 알 수 있었다. 누가 그랬는지 몰라도 쓰러져 있을 때 발로 찬 모양이었다. 아마 신장을 겨냥했겠지만 위치가 조금 높았다. 폐는 멀쩡한 것 같았지만, 앤은 산도즈를 이동식 촬영 장치로 데려가 상체의 내부 장기를 검사했다. 그리고 촬영 결과를 기다리는 동안, 주사총을 놓고 눈 주위의 상처에 마취약을 뿌렸다.

"여기는 꿰매야겠지만 다른 상처는 의료용 접착제로 해결할 수 있을 거야."

검사 결과는 괜찮아 보였다. 오른쪽 여섯 번째 갈비뼈가 부러졌고, 일곱 번째는 실금이 가 있었다. 물론 아프겠지만 생명이 위험하진 않았다. 마취약은 빠르게 작용했다. 산도즈는 앤이 얼굴을 닦아 내고 상처를 봉합하는 동안 얌전히 앉아 있었다.

"좋아, 이제 어려운 부분이야. 갈비뼈를 붕대로 감아야 하니까 두 팔을 들어. 그래, 나도 알아." 산도즈가 숨을 삼키자 그녀가 부드럽게 말했다. "다음 주쯤 되면 엄청 아플 거야. 당분간은 재채기를 하지 않는 편이 좋을걸."

앤은 자기가 산도즈에게 그렇게 가까이 다가가는 일을 스스로 얼마나 어렵게 여기는지 깨닫고 솔직히 놀랐다. 그 순간까지는 자신이 나이가 들었다는 사실을, 그리고 아이가 없다는 사실을 잘 받아들이고 있다고 확신했다. 이 아름다운 남자는 그녀로 하여금 두 가지 전제 모두를 다시 생각하게 했다. 산도즈는 아들처럼 느껴지기도 하고 연인처럼 느껴지기도 했다. 정말이지 부적절한 감정이었다. 하지만 앤 에드워즈는 이런 느낌이 무엇인지 알고 있었으며, 자기 자신을 속이는 데 익숙하지 못했다.

앤은 붕대를 다 감고 나서, 산도즈가 숨을 고르는 동안 주사총을 장전했다. 그러고는 동의를 구하지 않고 두 번째로 그의 팔에 주사총을 갖다 대며 말했다.

"고통은 내일 봉헌드려도 되니까, 오늘은 그냥 자. 앞으로 20분 내에는 잠자리에 들어야 해."

산도즈는 반박하지 않았다. 어쨌거나 너무 늦은 시각이었다. 앤은 주사총을 거두고 산도즈가 셔츠를 다시 입도록 도왔다. 그리고 그가 스스로 단추를 채우는 동안 주변을 정리했다.

"이제 말해 줄 거야?"

마침내 앤이 책상 끝에 걸터앉은 채 물었다. 산도즈는 이마 위로 흘러내린 머리카락 사이로 그녀를 올려다봤다. 검은 머리카락이 하얀 붕대와 대비를 이루었다. '뺨에 난 흉터가 아주 멋있어질 거야.'

"아뇨, 안 할래요."

"글쎄." 앤이 산도즈가 일어날 수 있게 부축하며 조용히 말했다. "술집에서 여자를 놓고 싸웠을 리는 없겠지. 하지만 내 천박한 호기심을 충족시켜 주지 않는다면, 더 충격적인 설명을 생각해 낼 수도 있어."

"형을 보러 갔었어요."

산도즈가 그녀의 눈을 흘깃 쳐다보며 말했다.

'그러니까 형제가 있긴 있었군.' 앤이 생각했다.

"그리고 그 형이 '잘 돌아왔다, 에밀리오.'라면서 흠씬 두들겨 팬 거야?"

"대충 비슷해요." 잠시 침묵이 흘렀다. "난 노력했어요, 앤. 솔직한 마음으로 노력했다고요."

"그랬으리라 믿어, 에밀리오. 자, 이제 집으로 가자."

그들은 병원을 나서 계단을 올라가기 시작했다. 신부는 약 기운에 취해서 앤이 누군가의 시선과 질문에 고개를 흔드는 것을 알아차리지 못했다. 조지는 계단 중간에서 그들과 마주쳤다. 산도즈는 가벼운 편이었지만, 에드워즈 부부가 둘 다 달라붙어서야 겨우 그를 계단 끝까지 부축해서 집에 들일 수 있었다. 앤이 손님용 침대를 준비하고 조지가 옷을 벗기는 동안 산도즈는 비틀거리며 서 있었다. 그는 침대 시트에 피가 묻을까 봐 걱정하며 웅얼거렸다.

"시트는 어쩌고요?"

"시트 따위에 신경 쓰는 사람은 아무도 없어. 어서 눕기나 해."

조지가 말했다. 산도즈는 이불을 덮기도 전에 잠들었다.

앤은 손님방 문을 닫고 나와, 어두운 복도에서 조지의 친숙한 팔에 안겼다. 그녀가 울고 있다는 사실에 두 사람 모두 아주 놀라지는 않았다. 조지는 꽤 오래 그녀를 안고 있었고, 한참 후 두 사람은 부엌으로 갔다. 앤은 저녁 식사를 데우며 사건의 일부를 설명했다. 그리고 조지는 그녀가 의도한 것보다 더 많은 사실을 짐작했다.

그들은 식당으로 자리를 옮겨 잡동사니를 한쪽으로 치운 다음 말없이 수저를 들었다.

"내가 왜 당신과 사랑에 빠졌는지 알아?" 조지가 갑자기 물었다. 앤은 뚱딴지같은 질문에 의아해하며 고개를 흔들었다. "스페인어 수업 첫날, 교실에 들어가기도 전에 복도 끝에서 당신이 웃는 소리를 들었지. 당신 모습은 보이지 않았어. 난 그냥 옥타브를 처음부터 끝까지 넘나드는 끝내주는 웃음소리만 들었을 뿐이지. 그리고 그 소리를 다시 듣고 싶었어."

앤은 부드럽게 포크를 내려놓고 테이블을 돌아 조지의 의자 옆에 섰다. 조지가 팔로 앤의 허리를 감싸자 그녀는 조지의 머리를 자신의 배에 가져다 댄 채 토닥였다.

"우리 영원히 살자고, 영감탱이."

앤이 조지의 은발 머리를 쓸어 넘긴 다음 허리를 굽혀 그에게 키스했다. 조지는 앤을 올려다보며 미소를 지었다.

"좋아." 그가 상냥한 말투로 동의했다. "하지만 단지 당신이 연금 보험을 들었던 그 보험 판매원을 열 받게 만들기 위해서일 뿐이야."

그러자 앤이 웃음을 터뜨렸다. 마치 종소리처럼 높은 도에서부터 내려오는, 옥타브를 넘나드는 웃음소리였다.

다음 날 아침, 앤은 잠을 설친 끝에 아침 일찍 일어났다. 그리고 하얀색 목욕 가운 차림으로 산도즈를 보러 갔다. 그는 어젯밤 침대에 누였을 때와 거의 같은 자세로 곤히 잠들어 있었다. 앤은 조지가 부엌에서 커피를 끓이는 소리를 들었지만, 아직 그와 얼굴을 마주할 마음의 준비가 되어 있지 않았다. 대신 그녀는 욕실로 들어가 문을 닫았다. 어깨에서 가운을 벗은 다음, 전신 거울을 향해 돌아섰다.

그 자리에서 앤은 일생에 걸친 엄격한 식단 조절과 수십 년의 발레 연습이 만들어 낸 결과물을 검토했다. 그녀의 몸매는 임신으로 망가진 적도 없었다. 폐경기가 왔을 때는 호르몬 대체 요법을 사용했다. 표면적으로는 심장 마비와 골다공증의 위험성 때문이었다. 아담한 체격에 푸른 눈의 금발 머리 아가씨였던 앤은 20년 동안 담배를 피웠고, 의대에 들어간 뒤에야 금연을 결심했다. 하지만 실제로는 아이들을 기르며 얻는 보상도 없는데 그랬던 건 인공적으로 중년기를 연장시켜 상대적인 젊음의 환상에 매달렸기 때문이다. 눈에 보이지 않는 한은, 나이가 들어가는 현실도 견딜 수 있었다. 거울에 비친 모습은 대체로 만족스러웠다.

앤은 산도즈의 눈에 자기가 어떻게 비칠지 상상하며, 그가 자신에게 끌리는 설득력 있는 시나리오를 머릿속에 떠올려 보려고 했다. 거울로부터 눈을 돌리지 않기 위해서는 의지력을 발휘할 필요가 있었다.

결국 생각을 멈추고 돌아서서 샤워기를 틀었다. '그래, 사위야.' 물줄기가 벌거벗은 어깨를 두드리는 감촉을 느끼며 생각했다. 사가드족 풍습에 따르면 장모에게 사위는, 나이 차이에도 불구하고 격의 없이 시시덕거리거나 농담을 주고받을 수 있는 상대였다. 그녀도 그런 존재를 필요로 했다. 인류학을 공부했던 게 오랜 세월이 지나 결국에는 도움이 됐다.

문득 앤은 산도즈가 그녀로부터 무엇을 구했을까 궁금해졌다. '아들이로군. 마치 아들 같아.'

앤은 샤워를 마치고 몸을 닦아 낸 뒤 청바지와 티셔츠를 입었다. 아침마다 반복하는 일종의 의식에 몰두하느라 간밤의 고민을 거의 잊고 있었다. 하지만 욕실을 나가기 전, 마지막으로 거울에 비친 자신에게 눈길을 던졌다. '이 나이치고는 나쁘지 않잖아.' 그렇게 쾌활하게 생각하고는, 복도에서 마주친 조지의 엉덩이를 움켜잡아 그를 놀라게 했다.

산도즈가 깨어났을 때 집은 텅 비어 있었다. 조용히 누워서 몸의 감각이 되살아나기를 기다리는 동안, 자기가 어째서 이 침대에 있는지 기억해 냈다. 머리에서 느껴지는 둔중한 통증 때문에 차라리 일어나는 편이 낫겠다는 생각이 들었다. 최대한 가슴 부위를 움직이지 않으려고 애쓰면서, 팔과 배의 근육을 이용해 몸을 일으켰다. 그러고는 침대 머리의 나무판을 붙들고 섰다.

침대 옆 의자에 놓인 목욕 가운의 주머니에는 새 칫솔이 잘 보이게 꽂혀 있었다. 전날 입었던 옷은 세탁을 마친 상태로 서랍장 위에 개켜져 있었다. 그리고 침실용 탁자에는 약병과 함께 앤이 써 놓은 메모지가 눈에 띄었다. '두 알은 일어나서 먹고, 두 알은 자기 전에 먹어. 먹어도 그로기 상태는 되지 않는 약이니까 걱정하지 말고. 부엌에 가면 커피가 있어.'

산도즈는 잠시 '그로기 상태'가 뭔지 어리둥절했다. 문맥상 메스꺼움을 말하는 것 같았지만, 나중에 찾아보기 위해 머릿속에 담아 뒀다.

욕실에 선 산도즈는 갈비뼈를 감싸고 있는 붕대를 어떻게 해야 할지 몰랐고, 결국 샤워를 하지 않기로 했다. 가능한 한 깨끗하게 몸을 닦고 나서 멍하니 거울을 쳐다보니, 현란한 색깔의 멍과 붓기가 눈에 들어왔다. 오늘이 무슨 요일이고 지금 몇 시인지 생각하자 갑작스러운 당혹감이 밀려왔다. 오늘이 일요일이라면 큰일이었다. 그가 나타나지 않으면 그렇지 않아도 몇 없는 신도들이 실망할 것이다. '아냐.' 그는 날짜를 기억해 냈다. '오늘은 토요일이 분명해.' 어린 펠리페 레예스만 혼자 성당에 나와 미사 준비를 하고 있을 터였다. 산도즈는 펠리페가 그에게 퍼부어 댈 환상적인 라틴어 욕지거리를 생각하며 웃음을 터뜨렸다. 하지만 가슴의 통증 때문에 웃음을 멈출 수밖에 없었고, 문득 다음 날 성체를 들어 올리는 일이 엄청나게 힘들 거라는 사실을 깨달았다. 전날 밤 앤이 했던 말이 떠올랐다. "고통은 내일 봉헌해도 되니까." 단지 비꼬는 말에 지나지 않았지만, 의외로 핵심을 찌르고 있었다.

산도즈는 천천히 옷을 입었다. 부엌으로 가자 앤과 조지가 그를 위해 남겨 둔 신선한 빵과 오렌지가 있었다. 여전히 배가 약간 아팠기 때문에 두통을 달래 줄 블랙커피만 한 잔 마시기로 했다.

에드워즈 부부의 집을 나설 준비가 되었을 때는 벌써 오후 2시였다. 산도즈는 자신에게 진심 어린 욕설을 한 차례 허락하고 나서, 해변가에 있는 자기 집까지 가는 동안 마주치게 될 사람들의 시선을 견디기 위해 마음의 준비를 했다.

산도즈는 자신을 불러 세우는 사람마다 각기 다른 이야기를 들려줬다. 집으로 돌아가는 동안 그의 해명은 점점 더 웃기고 말도 안 되는 내용으로 변해 갔다. 전에는 아는 체도 않던 사람들이 그의 대답에 웃고 나서는 멋쩍게 도움을 제안했다. 아이들은 어머니가 전해 주라고 시킨 음식을 들고 와서 심부름을 자청했다. 펠리페가 질투를 부렸다.

다음 날 산도즈는 왼손만 사용해서 봉헌할 빵과 포도주를 들어 올려야 했다. 그러나 이날의 아침 미사에는 그가 푸에르토리코로 돌아온 이후 가장 많은 신도가 참석했다. 심지어 앤도 미사를 보러 왔다.

8

아레시보 천문대

2019년 5월

그해 봄, 지미 퀸이 야노구치에게 제출한 서면 제안이 ISAS 내부에서 다양한 논의를 거친 끝에 승인되었다. 소피아 멘데스가 고용되고, 중개인은 이번 제안의 경쟁적인 측면에 동의했다. 소피아 자신은 성공과 실패의 판단 기준을 분명하게 제시했다. 한동안 밀고 당기는 협상이 계속됐지만, 결국 ISAS는 그녀의 제안을 받아들였다. 만약 소피아가 이기면 중개인은 보통의 경우보다 세 배의 요금을 받기로 했다. 빚을 청산하고도 남는 금액이었다. 그러나 소피아가 진다면 ISAS는 한 푼도 지불하지 않고 한계가 드러난 프로그램을 채택할 수 있었다. 그러면 중개인은 소피아와 한 계약을 ISAS 프로젝트에 소요된 기간만큼 합법적으로 연장할 수 있었다. 지미는 매우 기뻐했다.

그러나 4월 말에 싱가포르 프로젝트를 마무리하고 ISAS 일의 준비에 들어간 소피아 멘데스는 기뻐하지 않았다. 그저 차가운 중립성을 유지한 채, 불확실한 가능성에 대한 기대감을 차단하고 현재 상황에 집중했다. 그녀가 여태까지 살아남을 수 있었던 이유는 조상으로부터 물려받은 가르침과 스스로의 경험에 힘입어, 감정으로 판단을 흐리지 않고 현실을 있는 그대로 파악할 줄 알았기 때문이었다. 이는 여러 세기 동안 그녀의 가문에 큰 도움을 준 재능이었다.

1492년 스페인에서 유대인이 추방당하기 전, 멘데스 가문의 선조들은 은행가였고 왕의 재무관이었다. 그들은 이베리아반도에서 쫓겨난 뒤에도 오스만 제국의 환영을 받았다. 오스만 제국은 가톨릭 군주인 페르디난드와 이사벨라가 스페인에서 몰아낸 세파르디인 상인과 천문학자, 의사와 시인, 기록 담당자, 수학자, 통역가와 외교관, 철학자, 그리고 멘데스 가문 사람들과 같은 은행가를 기쁘게 받아들였다. 세파르디인은 오래지 않아 제국에서 가장 생산적이고 활동적인 계층으로 자리를 잡았다. 그들은 과거 스페인 왕궁에 봉사했을 때처럼 성공적인 술탄을 섬긴 총신들의 명단에서 가장 윗줄을 장식했다. 세상에 탈무드와 저명한 의사이자 철학자인 마이모니데스를 선보인 문화는 다시 한번 영향력과 존경심을 획득했다.

하지만 상황이 변했고, 오스만 제국은 터키로 전락했다. 20세기의 멘데스 가문을 이끌어간 인물들은 출중하면서도 과묵했다. 외부인에게 가문의 역사를 자랑하지는 않았지만, 후손들이 그런 영광의 시기를 잇게 내버려 두지도 않았다. 그들은 과거를 그리워하며 시간을 낭비하지 않았다. 그보다는 현재 처한 상황에서 최선을 다했다. 그리고 그들의 최선은 보통 대단히 훌륭한 결과를 낳았다. 소피아는 바로 그런 가문의 후계자였다. 돈과 영향력은 사라지고 없어도 자부심과 명석함 그리고 지성은 여전히 남아 있었다.

이스탄불이 제2차 쿠르드 전쟁의 광기에 휘말려 조각조각 나뉘었을 때, 소피아 멘데스는 열세 살이었다. 음악가였던 어머니는 소피아가 열네 살 생일을 맞이하기 전, 마구잡이로 쏘아 댄 박격포탄에 목숨을 잃었다. 몇 주 지나지 않아 경제학자였던 아버지도 식량을 구하러 나갔다가 그대로 실종되고 말았다. 아마도 죽었을 것이다. 책과 음악과 사랑과 배움으로 가득했던 유년기는 그렇게 끝이 났다. UN군이 봉쇄한 이스탄불에서 탈출할 방법은 없었고, 고립된 도시는 스스로 붕괴하기 시작했다. 무의미한 대학살의 한가운데 홀로 남겨진 그녀는 찢어지게 가난했다. 800년에 걸친 세파르디인의 전통에 따라, 그녀는 열두 살 하고도 6개월이 지난 나이가 되었을 때부터 bogeret l'reshut nafsha, '그녀 자신의 영혼에 대한 권위를 지닌 성인'이었다. 유대교 율법은 삶을 선택하라고 가르쳤다. 그래서 소피아 멘데스는 자존심 때문에 죽음을 택하는 대신 자기가 팔 수 있는 것을 팔아서 살아남았다.

그녀의 고객은 대부분 폭력으로 미쳐 버린 청소년들이 아니면, 예전에는 훌륭한 가장이자 좋은 남편이었지만 이제 수백 개의 난폭한 민병대 중 하나에 소속된 남자들이었다. 한때는 이 국제도시가 번영하는 원동력이 되었던 인종적 다양성이, 이제 샌프란시스코나 사라예보 혹은 베이루트에서 그랬듯이 무수한 내분의 원인이 되고 있었다. 소피아는 돈이나 음식부터 먼저 받는 법을 배웠고, 자신의 몸이 유린당하는 동안 정신을 다른 데로 돌리는 법도 터득했다. 죽음에 대한 공포가 치명적인 분노로 변할 수 있으며, 그녀의 품에서 흐느끼던 남자들이 볼일을 마치고 나면 그녀를 죽이려 들 수도 있다는 사실도 배웠다. 그래서 칼을 쓰는 법을 익혔다. 무엇보다 모든 사람이 전쟁으로부터 배우는 단 한 가지 사실을 배웠다. 오직 살아남는 것만이 중요하다는 사실을.

장클로드 주베르가 길모퉁이에 늘어선 소녀들 가운데 소피아를 선택한 이유는, 1년 반 동안 거리에서 지낸 후에도 그녀가 여전히 아름다웠기 때문이다. 그 프랑스인은 언제나 대비가 만들어 내는 아름다움에 끌렸다. 소피아의 경우에는 창백한 피부와 검은 머리카락과 짙은 눈썹, 귀족적인 행동거지와 더러운 여학생 교복, 어린 나이와 원숙한 경험이 대비를 이루었다. 주베르는 돈이 있었고, 그 지경이 된 이스탄불에서도 돈만 있다면 무엇이든 살 수 있었다. 그는 소피아에게 좋은 옷을 사서 입혔고, 샤워기가 작동하는 호텔 방을 빌려 몸을 씻게 했다. 소피아는 몹시 굶주려 있었지만 음식을 게걸스럽게 먹지 않았고, 주베르가 베푼 이 모든 친절과 그 이후 찾아온 일까지 어떤 감사나 수치심도 없이 받아들였다. 주베르는 다시 한번 그녀를 찾았고, 두 사람은 함께 저녁 식사를 하며 전쟁과 외부 세계 그리고 사업에 관한 이야기를 나눴다.

"나는 일종의 선물 중개인이야." 주베르가 의자 등받이에 몸을 기대고 배를 어루만지며 말했다. "어려운 환경에 처한 전도유망한 젊은이들을 후원하는 일단의 사람들을 대표한다고 할 수 있지."

주베르는 아메리카 대륙의 빈민가와 고아원에서 부모가 없거나 있더라도 너무 가난해서 제대로 된 교육을 받지 못하는 영리하고 의지가 강한 아이들을 발굴하는 방법으로 많은 돈을 벌었다.

"당연한 얘기지만 브라질이 가장 먼저 고아원을 민영화했지."

에이즈와 결핵, 콜레라 혹은 단순한 탈선의 결과로 수십만 명에 달하는 아이들이 고아가 되거나 버려지자, 브라질 정부는 결국 두 손을 들고 자신들의 무능력을 인정할 수밖에 없었다. 하지만 주베르의 후원자들에게는 능력이 있었다.

"모두에게 득이 되는 거래야. 국민의 납세 부담도 덜해지고, 아이들은 적절한 방식으로 생계와 교육을 지원받지. 그리고 투자자들은 아이들이 평생 버는 돈에서 일정 비율을 돌려받는단다."

그리고 활발한 2차 시장이 형성되었다. 수학 시험에서 비범하게 높은 점수를 받은 여덟 살짜리 아이에게 투자하거나, 의대생의 장래 수

입에 대한 권리를 젊은 생명공학자의 수입에 대한 권리와 맞바꿀 수 있는 일종의 증권거래소가 만들어진 것이다. 진보주의자들은 기겁했지만, 주베르와 같은 사람들은 이런 식으로 금전적인 가치를 부여하면 아이들이 빈민가에서 총탄에 맞아 죽을 가능성이 줄어든다는 사실을 알고 있었다.

"그렇지만 가장 전도유망하고 야심 있는 젊은이들은 평생 그런 계약에 매여 있어야 한다는 사실에 불만을 품지. 허탈한 나머지 일하기를 거부하기도 해. 생각해 보면 그런 일이 이만저만한 낭비가 아니라는 걸 알겠지." 주베르는 좀 더 공정한 계약도 가능하다고 제안했다. 예를 들면 투자자들이 제공하는 교육 기간을 포함해 20년 동안 지속되는 계약이었다. "나 같은 중개인은 재능 있는 사람에게 일을 찾아 주고 괜찮은 보수를 받지. 그리고 계약이 끝난 후에도, 마드무아젤, 그대에겐 평판과 경험 그리고 연줄이 그대로 남게 돼. 새로운 삶을 위한 탄탄한 기반이 생기는 거지." 물론 소피아는 일에 영향을 미칠 수도 있는 여러 가지 질병이나 장애에 대한 검사를 받아야 했다. "뭐든 예상치 못한 문제가 발견되면, 그리고 해결이 가능하다면 네 동의하에 치료할 거야. 물론 그 비용은 계약상의 장래 채무에 포함될 테고."

소피아는 자신의 후원자들이 투자금에 물가 상승률을 고려해 4퍼센트를 더한 다음 계약 기간 동안 복리로 계산한 금액을 벌 수 있다면, 20년이 지나기 전에도 주베르에게서 벗어날 수 있도록 하는 조항을 넣자고 제안했다. 주베르는 매우 기뻐했다.

"마드무아젤, 그대의 사업적인 감각에 갈채를 보내지 않을 수 없군. 아름다우면서도 현실적인 사람과 함께 일하는 건 기쁜 일이지!"

그 조항은 소피아로 하여금 가능한 빨리 많은 돈을 벌고자 하는 동기를 부여하므로 양측 모두에게 이득이었다.

그들의 관계는 이후로 화기애애하게 지속되었다. 계약에 합의하는 악수를 나눈 이후로, 주베르는 소피아의 몸에 다시는 손대지 않았다. 그 나름의 직업 윤리였다. 그리고 소피아의 선생과 교관 들은 그녀가 공부하는 기계나 다름없다는 사실을 발견했다. 어린 시절부터 여러 언어를 접했던 소피아는 라디노어*와 고전 히브리어, 프랑스 문학, 비즈니스 영어를 알았고, 이웃이나 학교 친구한테서 배운 터키어를 말할 수 있었다. 투자자들은 소피아를 활용할 여지를 늘리기 위해 일본어와 폴란드어를 추가로 가르쳤고, 그녀가 AI 분석에 타고난 재능을 보이자 즉시 이 분야의 교육을 지시했다. 위대한 세파르디식 전통에 입각한 그녀의 프로그램은 엄격한 논리적 명확성이 돋보였으며, 하나의 주제에서 다른 주제로 이행하는 과정이 우아하면서도 단순했다.

주베르는 후원자들과 함께 큰돈을 벌었고 많은 축하를 받았다. 그는 처음 소피아를 발견했을 때, 뭔가 대단히 훌륭한 것을 구출해 낸다는 느낌을 받았다. 더러움과 굶주림에 가려진 침착함과 지성을 알아봤고, 그런 안목 덕분에 큰 보상을 얻었다.

이제 소피아 멘데스는 감정에 의해 흐려지는 일이 없는 눈으로, 구속의 기간이 끝나는 시점을 바라보고 있었다. 해야 할 일은 어떤 천문학자가 하는 업무를 배운 다음, 보다 빠르고 저렴하고 또 정확하게 해내는 프로그램을 만드는 것뿐이었다. 소피아는 희망과 두려움 모두에 저항했다. 어느 쪽이든 자신을 약하게 만들 수 있기 때문이었다.

소피아가 천문대에 나오기 시작한 첫날, 야노구치 박사는 그녀를 조지에게 소개했다.

---

* 스페인계 유대인 언어.

"에드워즈 씨는 우리의 자원봉사자 중 가장 학식이 풍부한 분입니다." 소피아가 그녀의 아버지가 살아 있었다면 비슷한 또래였을 은발에 마른 체격의 남자와 악수하는 동안, 야노구치가 그렇게 말했다. "상당수의 관광객과 학자 들이 이 천문대를 방문하죠. 조지 씨가 일반적인 안내를 해 주겠지만, 뭐든 주저하지 말고 질문해도 괜찮습니다. 이분은 뭐든지 다 알거든요! 그리고 견학이 끝나고 나면, 지미 퀸 씨와 일을 시작할 수 있을 겁니다."

소피아는 직경 300미터에 달하는 아레시보 전파 망원경의 크기에 놀랐다. 거대한 알루미늄 접시가 자연적으로 형성된 산맥의 침강 지대에 설치되어 있었다. 접시 위쪽으로는 조종 가능한 수백 톤짜리 안테나가 주위 언덕에 세워진 지지탑의 케이블에 매달려 있었다.

"이 망원경은 구식 위성 TV 안테나와 똑같은 방식으로 작동한다오." 조지는 그렇게 말해 놓고, 소피아가 텔레비전을 기억하기에는 너무 어리지 않나 잠시 고민했다. 나이를 짐작하기가 어려웠다. 스물네 살이라고 해도 서른네 살이라고 해도 믿을 것 같았다. "전파 망원경은 접시에 부딪히는 모든 전파를 구면 초점에 집중시키고, 그렇게 반사된 신호는 위쪽에 설치된 증폭 시스템과 주파수 변조기로 향하는 거요." 조지는 소피아와 함께 접시의 가장자리를 따라 걸으며 손으로 장치들을 가리켰다. "거기서 신호를 정보 처리 장치가 내장된 건물로 보내지." 바람 소리 때문에 조지는 크게 외쳐야 했다. "천문학자들은 전파의 분극과 밀도 그리고 주기를 분석하기 위해 본질적으로 아주 정교한 분광계와 같은 장치를 사용해요. 작동 원리에 대해서는 지미 퀸이 설명해 줄 거요. 물론 원한다면 나한테 물어봐도 괜찮소."

실내로 들어가기 전에, 조지가 몸을 돌려 소피아에게 물었다.

"전에도 이런 시스템을 다뤄 본 적이 있소?"

"아니요." 소피아는 몸을 떨며 대답했다. 고지대에서는 날씨가 쌀쌀할 거라는 점을 예상했어야 했다. 그리고 어떤 프로젝트를 시작할 때, 압도당하는 느낌이 들 수 있다는 점도 말이다. 소피아는 언제나 아무런 사전 준비도 없이 일을 시작했다. 이번처럼 뭔가 이해할 수 없거나, 아니면 단순히 그녀의 능력을 벗어나는 대상과 마주칠 가능성은 늘 존재했다. 소피아는 등을 곧게 펴고 생각했다. '나는 멘데스야. 내 능력을 벗어나는 일이란 없어.' "하지만 할 수 있어요."

조지는 크게 말하는 그녀를 곁눈질로 쳐다보고는, 앞질러 걸어가서 주 건물로 들어가는 문을 열었다.

"물론 그럴 거라 믿소. 한데, 이번 주말에 특별한 계획이 없다면 산후안으로 와서 저녁이나 같이 드는 게 어떻겠소……."

그리고 두 사람은 문 안으로 들어갔다.

지미 퀸을 처음 만난 소피아 멘데스는 속으로 오늘은 분명 이런저런 것들의 크기 때문에 놀라는 날이 틀림없다고 생각했다. 그녀는 어딜 가든 어른 중에서는 가장 키가 작은 사람이 되는 일에 익숙했지만, 지미 퀸처럼 큰 사람 옆에 서 보기는 처음이었다. 지미와 악수하기 위해 소피아는 까치발을 들어야 했고, 한순간 자기가 아버지의 친구를 만나는 열 살짜리 소녀가 된 듯한 느낌을 받았다.

소피아는 지미를 따라 일터로 향했다. 함께 옛날 스타일의 이동식 패널로 만들어진 작은 연구실이 늘어선 통로를 따라 걷는 동안, 지미는 문틀이나 파이프에 부딪히지 않기 위해 연신 고개를 숙여 댔다. 그는 걸어가면서 커피 머신과 화장실의 위치를 가리켰는데, 자기 가슴 높이까지 오는 칸막이 때문에 소피아에겐 보이지도 않는다는 사실을 모르는 모양이었다. 지미의 연구실에 도착한 소피아는 책상의 가운데 서랍이 빠져 있는 것을 알아차렸다. 아마 무릎을 부딪히지 않으려고 그랬나 보다고 짐작했다.

지미로 말하자면, 함께 자리에 앉기도 전에 소피아 멘데스에게 반쯤 반해 있는 상태였다. 우선 소피아는 여태까지 그가 실제로 본 여자 중 가장 아름다웠다. 그리고 그녀가 자신의 키에 대해 일언반구도 하지 않았다는 점에 이미 깊은 인상을 받았다. 지미는 소피아가 한심한 농구 이야기나 "그 위쪽 날씨는 좀 어때요?" 같은 끔찍한 농담을 하지 않고 1분만 더 버틴다면, 맹세코 그녀와 결혼하겠노라 다짐했다. 하지만 그가 미처 청혼하기도 전에, 소피아는 노트북을 열고 작업의 개요에 대한 질문을 던졌다.

산도즈에게서 이미 소피아가 잡담을 즐기지 않는다는 경고를 들었기 때문에, 지미는 당황하지 않고 12-75라고 불리는 밝은 영역에서 데이터를 수집하는 과정부터 설명하기 시작했다.

"그곳에는 중심 엔진 근처에 천체의 안정적인 배열이 존재하고, 수직으로 자리 잡은 두 개의 제트 기류가 광속의 절반에 달하는 속도로 물질을 쏘아 내고 있죠." 그는 소피아가 받아 적을 수 있도록 개방형 디스플레이 화면 위에 스케치를 해 가며 말했다. "이런 구조는 서로 궤도상에 맞물린 두 개의 블랙홀과, 그 주위를 둘러싼 두 개의 은하일지도 모르죠, 이런 모양으로 말입니다, 아시겠어요? 엘리자베스 킨저리라는 광학물리학자는 자기가 그 점을 확인할 수 있는 새로운 방법을 찾아냈다고 생각하고 있습니다. 그래서 그 학자는 이 데이터를 12-75처럼 쌍둥이 은하라고 믿어지는 퀘이사와 비교하고 싶어 해요. 여기까지 무슨 말인지 이해하시겠습니까?"

소피아는 노트북에서 눈을 들어 날카로운 시선으로 지미를 응시했다. "아주 똑똑한 여자야. 과소평가하지 말게나." 산도즈는 그렇게 말했었다. 지미는 목청을 가다듬었다.

"그러니까, 하늘의 이 부분을 광학 망원경과 전파 망원경 모두로 관측하자는 아이디어죠. 엘리자베스는 우리가 언제쯤 관측을 할 수 있는지 최소한 두세 차례는 물어보는 중입니다. 우리는 천체 상태와 지구의 날씨에 맞춰서 일해야 하거든요."

"왜 그 사람은 궤도 망원경을 사용하지 않죠?"

"그럴 만한 자금이나 영향력이 없으니까요. 하지만 지상에서 관측한 결과로도 많은 것을 알 수 있습니다. 자, 어쨌든 이곳의 전파 망원경을 사용하려면 먼저 스케줄을 협의하고, 비나 뭐 그런 게 오지 않기를 바라야 합니다. 날씨가 좋지 않으면 관측이 어렵거든요. 드물지만 때로는 악조건 속에서 관측을 하기도 합니다. 그런 경우에 대해서 지금 말씀드릴까요?"

"아뇨, 나중에요. 지금은 대략적인 사항만 설명해 주세요."

"알겠습니다. 어디 보자, 일단 우리가 관측을 하기로 결정하면 제가 노이즈 플로어를 확인해야 합니다." 소피아가 눈을 들었다. "관측할 영역에서 오는 신호가 배경 잡음과 분간할 수 있을 만큼 충분히 강한지를 살핀다는 뜻입니다. 전자 장비는 전자적인 잡음을 만들어 내죠. 전자들이 기계를 이루는 금속 안에서 자기들끼리 부딪히니까요. 우리는 수신기를 액체 헬륨으로 아주 차갑게 식힙니다. 왜냐하면 온도가 낮아지면 전자의 움직임이 느려지고 그러면 잡음이……" 소피아가 다시 눈을 들었다. "네, 물론 알고 계시겠죠. 넘어가겠습니다. 만약 관측할 신호가 아주 희미하면, 우리는 돌아다니면서 장비들을 끕니다. 촬영에 사용하지 않는 컴퓨터나 전등, 에어컨 등 뭐든지 말입니다. 그런 다음 저는 기준 신호를 판별합니다. 기준 신호란 이미 알려진 전파 발생원

109

을 말하죠. 저는 그런 신호들도 제거해서 시스템을 조율합니다."

"어떻게 기준 신호를 판별하죠? 간단하게 설명해 주세요."

"온라인에 방대한 목록이 있습니다. 우리는 그중에서 목표 신호에 가장 가까운 것을 고르죠. 보통은 그냥 가상 오실로스코프로 신호를 관찰합니다. 기준 발생원으로부터 오는 신호가 어떻게 생겼는지 아니까요."

"만약 신호가 예상한 것과 다르면요?"

'에밀리오가 일밖에 모르는 여자라고 했었지. 그래도 밥은 먹어야 할 텐데…….'

"퀸 씨. 만약 신호가 예상과 다르면요?"

소피아가 스타일러스 펜을 든 채 눈썹을 추켜세우며 되풀이해서 물었다.

"그래서 기술이 필요한 겁니다. 이 접시들은 기본적으로 모두 수제품입니다. 그래서 언제나 변덕을 부리죠. 케이블 연결 문제나 접지 문제 같은 것들 말입니다. 날씨도 영향을 미치고 시간이나 주위 소음도 마찬가지죠. 이런 장비에 대해서 잘 알고 있어야 합니다. 그리고 모든 변수를 제거하고 나면 직감을 사용해서 어떤 요인이 왜곡이나 방해, 혹은 빗나간 신호를 발생시킬 수 있는지 판단해야죠. 한번은……." 지미가 다시 활기를 띠며 말했다. "우리가 ET 신호, 그러니까 외계에서 보낸 신호를 발견했다고 생각했죠. 우리는 몇 달마다 같은 신호를 잡았지만 도무지 정체를 알 수 없었습니다. 그런데 알고 보니 오래된 학교 버스의 점화 장치에서 나는 소리더군요. 우리는 그 학교 학생들이 천문대로 견학을 올 때마다 신호를 잡았던 겁니다."

지미는 이미 자기를 노려보는 소피아의 시선에 사로잡혀 있었다. 그가 진지하게 말했다.

"보세요, 지금 농담으로 당신 시간을 낭비하려고 하는 이야기가 아닙니다. 이런 것들까지 고려하지 않으면 당신이 만든 프로그램이 화성에서 지적 생명체를 발견했다고 주장할지도 몰라요. 그리고 화성에 호주 사람밖에 없다는 사실은 모두가 알고 있지 않습니까?"

소피아는 자신도 모르게 미소를 지었다. 지미가 예리하게 지적했다.

"아하, 당신도 호주인들과 일해 본 적이 있나 보군요."

소피아는 잠시 표정 관리를 해 보려고 애썼지만, 결국 웃음을 터뜨렸다.

"맥주가 아무리 미지근해도 마실 수만 있으면 괜찮다 아입니까."

그녀는 호주식 억양을 아주 그럴싸하게 흉내 내며 말했다. 지미도 웃음을 터뜨렸지만, 현명하게도 더는 과욕을 부리지는 않았다.

"잘돼 가오?"

소피아가 일을 시작하고 한 달쯤 지났을 때, 조지 에드워즈가 물었다. 그들은 종종 함께 점심을 먹곤 했다. 소피아는 조지에게 물어볼 거리들을 모아 뒀다가 그가 천문대에 오는 날 질문했다.

"진도가 느려요. 퀸 씨는 아주 협조적이지만……." 소피아는 커피가 담긴 두꺼운 머그잔을 양손으로 든 채 조지를 올려다보며 말했다. "쉽게 산만해지더군요."

"당신 때문이겠지."

조지는 그녀의 반응을 떠보려고 일부러 그렇게 말했다. 자신의 뇌를 세포 단위로 무자비하게 해체하는 일에만 관심을 가진 이 여자에게 지미가 홀딱 반했다는 사실은 이미 알고 있었다. 소피아는 그저 고개를 끄덕일 뿐이었다. 조지는 그녀를 살피며 생각했다. '얼굴을 붉히지도

않고, 동정심을 드러내지도 않는군. 로맨틱한 타입이 아닌 것만은 분명해.'

"그래서 일이 어려워졌어요. 차라리 적대감 쪽이 다루기 쉽죠." 소피아는 카페테리아 건너편의 페기 승을 힐끗 보았다. 조지는 인상을 찌푸렸다. 페기는 만만한 상대가 아니었다. "반면에 무시당하는 것보다는 차라리 사랑의 열병이 낫고요. 나를 가르치려 들거나 수작을 걸려고 하지 않고 유능한 전문가로 대우해 줘서 고마워요, 에드워즈 씨."

"글쎄, 이걸 수작을 건다고 생각하지 않았으면 좋겠군." 조지가 담담하게 말했다. "저녁 식사 초대는 아직 유효한데, 어떻소?"

소피아는 조지가 한 번 더 초대하면 받아들이기로 했던 기억을 떠올렸다. 사람들은 종종 소피아가 하는 일에 적대적이었고, 그래서 그녀까지 미워했다. 어린 시절 이후로는 누군가의 집에 초대받았던 적이 없었다.

"기꺼이 받아들이죠, 에드워즈 씨."

"잘됐군. 앤도 당신을 만나고 싶어 하고 있소. 일요일 오후? 2시쯤?"

"전 좋아요. 고마워요. 그건 그렇고 전파 수신에 미치는 기후의 영향에 대해 질문이 좀 있는데요."

소피아가 접시를 한쪽으로 치우고 노트북을 꺼내며 말했다. 그리고 두 사람은 일 얘기를 시작했다.

일요일에 소피아는 끔찍한 교통 체증을 고려해서 일찌감치 차를 몰고 산후안으로 출발했다. 주차 공간을 찾기는 어려웠지만 꽃집은 쉽게 발견할 수 있었다. 소피아는 에드워즈 박사, 그러니까 앤을 위해 꽃다발을 샀다. 사실 그녀는 푸에르토리코를 좋아했고, 스페인어와 라디노어가 매우 유사하다는 사실에 즐거운 놀라움을 느꼈다. 철자와 어휘에 차이는 있었지만 기초적인 단어와 문법은 비슷한 부분이 많았다. 소피아는 꽃집 주인에게 에드워즈 부부의 집 주소를 말하고 가는 길을 물었다. 그리고 그가 일러 준 대로 계단을 올라, 흰색과 노란색이 섞인 분홍색 회반죽으로 벽을 칠한 집을 향했다. 거리를 내다보는 발코니로 통하는 문과 창문이 모두 열려 있어서, 어떤 여자의 목소리가 또렷하게 들렸다.

"조지? 병원에 있는 펌프 수리했어?"

"아니, 깜빡했는데." 소피아는 조지의 목소리를 알아들었다. "젠장, 고쳐 놓을게. 내 목록에 적혀 있다고."

커다란 웃음소리가 울렸다.

"그놈의 목록에는 물론 세계 평화 달성도 적혀 있겠지. 내일 펌프를 써야 한단 말이야."

소피아가 문을 두드렸다. 하얀 머리카락을 위로 틀어 올린 앤 에드워즈가 팔꿈치까지 밀가루를 묻힌 채로 문을 열었다.

"어머, 세상에! 똑똑하기만 한 줄 알았더니 예쁘기까지 하네. 당신 성격이 몹시 나쁘기를 바라요, 아가씨." 앤 에드워즈가 호기롭게 말했다. "그렇지 않으면 난 신이 공정하다는 믿음을 잃어버리고 말 거야."

소피아가 어떻게 내답해야 할지를 몰라 하는 와중에 조지 에드워즈가 부엌에서 소리쳤다.

"속으면 안 돼. 그 사람은 작년에 클리블랜드가 월드 시리즈를 날려 버렸을 때 이미 신이 공정하다는 믿음을 잃었으니까. 앤이 기도를 드릴 때는 오직 야구 경기의 아홉 번째 이닝뿐이거든."

"대통령 선거 전날 밤에도 간절히 기도를 드렸어요. 하지만 신은 텍사스 출신의 공화당원이더라고." 앤이 그렇게 단언하고는 부산스럽게 소피아를 거실로 안내했다. "부엌으로 와서 우리랑 같이 있어요. 저녁 준비가 거의 다 됐어요. 꽃이 너무 예쁘네요, 아가씨, 물론 당신도 너무 예쁘고요."

그들은 멋진 터키식 양탄자가 깔린 거실을 지나갔다. 책과 그림이 소박하지만 아늑해 보이는 가구들 사이로 어지럽게 널려 있었다. 앤은 소피아가 집 안을 유심히 살피는 모습을 보고, 밀가루를 날리며 손사래를 쳤다.

"우리가 여기 산 지 1년밖에 안 됐거든요. 정리를 좀 해야겠다고 생각은 하는데 도무지 시간이 나질 않아요. 뭐, 언젠간 하겠죠."

"전 이대로가 좋은데요." 소피아가 솔직하게 말했다. "소파에 누워서 잠들 수 있는 그런 장소 같아요."

"말도 어쩜 그렇게 예쁘게 할까!"

앤이 아주 기뻐하며 외쳤다. 산도즈가 꼭 그런 식으로 잠들곤 했다.

"오, 소피아, 이 엉망인 꼴을 보고 그렇게 생각해 주다니 정말 고맙네요."

그들은 부엌에서 조지와 합류했다. 그는 소피아를 앤이 카드놀이용 좌석이라고 부르는 의자에 앉힌 다음 와인 한 잔을 건넸다. 소피아가 와인을 홀짝거리고 있는 동안 조지는 샐러드에 들어갈 채소를 썰었다. 그리고 앤은 뭔지 몰라도 밀가루가 들어가는 음식을 만드는 일에 다시 착수했다.

"칼을 쓰는 일은 조지가 다 해요. 나는 손을 베이면 안 되거든요. 감염의 위험이 너무 커요. 병원의 응급실에 있을 때는 우주비행사 같은 복장을 하지만, 그래도 손을 다치지 않게 조심하는 게 좋죠. 이런 쿠키 좋아해요?"

"어, 네, 어머니가 그런 쿠키를 구워 주시곤 했어요."

소피아는 머랭이 올려진 과자에 대한 기억에 조금 놀랐다.

"아하, 내가 운 좋게 맞혔네요." 앤이 중얼거렸다. 메뉴는 쉬웠고, 앤은 즐겁게 요리할 수 있었다. 세파르디식 요리는 기본적으로 지중해풍이었다. 가볍고 세련되고 채소와 향료를 강조했다. 앤은 세파르디인들이 로쉬 하샤나*와 다른 명절에 내놓는 팬데리카스(pandericas), 즉 '귀부인의 빵' 만드는 법을 찾아냈다. 디저트로는 쿠키를 곁들인 복숭아 멜바**를 준비했다. "먹어 보고 맛이 괜찮은지 알려 줘야 해요. 책을 보고 만든 거라서."

그들은 저녁 식사를 한 후 거실에서 터키식 커피를 마셨고, 대화 주제는 음악으로 넘어갔다. 조지는 소피아가 한쪽 구석의 낡은 피아노를 바라보는 시선을 알아차렸다. 조지가 그녀에게 말했다.

"거의 안 쓰는 물건이지. 지난번 세입자가 놔두고 갔소. 내다 버리려고 했는데, 지미 퀸이 피아노를 칠 줄 알더라고. 그래서 지난주에 조율을 해 뒀지."

"소피아, 피아노를 연주할 줄 아나요?"

앤이 물었다. 단순한 질문이었기 때문에, 소피아가 망설이는 모습은 다소 뜻밖이었다.

"어머니가 음악 선생님이라, 저도 어릴 때 레슨을 받았어요." 마침내 소피아가 말했다. "하지만 마지막으로 피아노 앞에 앉아 본 게 언젠지 기억도 안 나요." 사실은 기억하고 있었다. 그날, 음악실 창문으로 햇빛이 비스듬히 비쳐 들었고 어머니는 고개를 끄덕이며 조언을 하다

---

* 유대교의 신년제.
** 설탕에 조린 과일을 아이스크림과 곁들인 디저트.

가 피아노 앞에 앉아 시범을 보이기도 했다. 고양이가 건반 위로 뛰어올랐다가 어머니의 손짓에 밀려 카펫 위로 떨어졌다. 이따금 어디선가 총소리나 박격포탄이 떨어지는 소리가 들릴 때마다 연습은 중단되었다. 그녀는 마음만 먹으면 그날의 모든 것을 다 기억해 낼 수 있었다.

"연습을 안 한 지 너무 오래됐어요."

"그래도 한번 해 보시오." 조지가 말했다.

"뭐든 연주할 줄 안다는 것만 해도 어디예요. 내가 다룰 수 있는 악기라고는 라디오밖에 없는데. 피아노를 들려줘요, 소피아." 앤이 무미건조한 대화 말고도 할 일이 생겼다는 사실에 반색하며 소피아를 설득했다. 소피아는 예의 바르지만 조용한 손님이었고, 저녁 식탁의 분위기는 나쁘지 않았지만 앤의 평소 기준으로 볼 때 너무 가라앉아 있었다. "조율사가 제대로 손을 봤는지, 아니면 우리가 또 약삭빠른 푸에르토리코 사람에게 속았는지 모르겠네요."

"아니 정말로, 한 곡도 기억이 안 나요."

소피아의 항변은 친절하지만 단호한 태도로 묵살되었다. 막상 피아노 앞에 앉자, 솜씨가 녹슬긴 했지만 곡조가 하나둘 떠오르기 시작했다. 소피아는 악기에 다시 익숙해지느라 한동안 헤맸지만, 금세 감을 되찾았다. 그녀는 피아노 연주를 마치고 나서 떠날 핑계를 댔지만, 조지가 디저트로 나올 복숭아 멜바의 존재를 상기시키자 조금 더 머무르기로 했다.

디저트를 먹는 동안, 앤은 소피아에게 언제든 들러서 피아노를 치라고 권했다. 하지만 그녀의 성격을 고려해서 이렇게 덧붙였다.

"이건 미리 경고해 둬야겠네요. 지미 퀸이 이따금 저녁을 먹으러 내려오곤 해요. 그러니 나중에 그 사람이랑 마주칠지도 몰라요." 그러고 나서 마치 오후 내내 그 생각을 하지 않았던 사람처럼 말했다. "그건 그렇고, 우리가 함께 아는 사람이 또 있더라고요. 에밀리오 산도즈라고 기억해요?"

"언어학자요. 네, 기억해요."

"세상 정말 좁지 않소? 사실 그 친구야말로 우리가 여기 오게 된 이유거든."

조지가 그렇게 말하고는 자신들이 푸에르토리코에 오게 된 이야기를 간략하게 들려줬다.

"그럼 여러분은 선교사로군요."

소피아는 떨떠름한 기분을 드러내지 않으려고 애쓰며 말했다.

"어머, 세상에, 아니에요! 우린 그저 동정심이 풍부한 늙은이들이죠. 성가신 진보주의자에 공상적 박애주의자이기도 하고요. 난 가톨릭 신자로 길러졌지만 한참 전에 교회 나가는 걸 그만뒀어요."

"앤은 아직도 맥주를 좀 마셨을 때면 가톨릭 신자처럼 말하기도 하지만, 난 철저한 무신론자요. 그래도, 예수회 사람들이 좋은 일을 많이 하는 건 사실이지……."

그들은 잠시 병원과 예수회 센터에 대해 이야기했다. 하지만 대화는 곧 천문대에서 소피아가 하는 일로 옮겨 갔고, 앤은 조지가 소피아에게 기술적인 사항을 설명하는 동안 그녀답지 않게 조용해졌다. 소피아가 일할 때 보여 주는 놀랄 만한 영리함은 사회생활에서 드러나는 다소 신기할 정도의 서투름과 흥미로운 대조를 이뤘다.

앤은 조지와 소피아를 지켜보며 생각했다. '과연. 그래, 뭐가 그렇게 매력 있다는 건지 이제 알겠어.'

그날 밤 침대에서 앤은 조지에게 바싹 다가가 그를 끌어안았다. 조

지는 약간 숨이 가빠 오는 것을 느꼈다. '젠장, 달리기를 다시 시작해야겠군.'

"오, 달콤한 인생의 수수께끼여. 내가 마침내 당신을 찾아냈다네." 앤이 노래를 부르자, 조지가 웃음을 터뜨렸다. "사랑스러운 아가씨던데." 앤이 문득 소피아에 대해 생각하며 말했다. 여태까지 우아하다는 말이 그렇게 잘 어울리는 여자를 본 적이 없었다. 아담하면서도 완벽한 여성이었다. 하지만 너무나 폐쇄적이고 방어적이었다. 앤은 좀 더 따스한 심성을 지닌 사람을 기대했다. 적어도 산도즈와 지미가 모두 매력을 느낀 여자라면 그럴 줄 알았다. 그리고 앤이 판단하기로는 조지까지도 그녀에게 끌리고 있었다. 앤이 잠시 생각하더니 덧붙였다. "아주 똑똑하기도 하고. 어째서 에밀리오가 그렇게 안달했는지 알겠더라고. 그리고 지미도."

"흐음." 조지는 어느새 반쯤 잠든 상태였다.

"유대인 엄마의 관점에서 생각하면 예수의 진짜 문제는, 참한 유대인 아가씨와 결혼해서 가정을 꾸리지 못했다는 거야. 불쌍한 것. 이렇게 말하면 신성모독일까?"

조지가 팔꿈치에 기대 몸을 일으키고는 어둠 속에서 앤을 쳐다봤다. "쓸데없는 소리 하지 마, 앤."

"알았어, 알았다고. 그냥 농담한 거야. 어서 자자."

하지만 두 사람 모두 한동안 잠들지 못한 채, 어둠 속에서 각자의 생각에 잠겼다.

9
나폴리
2060년 4월

막 동이 틀 무렵, 존 칸도티가 잠에서 깨어나 옷을 입고 있는데 누군가 문을 두드렸다.

"칸도티 신부님?" 에드워드 수사가 복도에서 조용하지만 다급한 목소리로 그를 불렀다. "신부님, 혹시 에밀리오 산도즈 신부님을 보셨습니까?"

존이 문을 열었다.

"어젯밤 이후로는 못 봤는데, 왜요?"

땅딸한 몸매에 머리가 헝클어진 에드워드 베어는 거의 화난 표정이었다.

"지금 그분 방에 다녀오는 길이에요. 침대는 잠들었던 흔적이 없고, 방 안에서 토했더군요. 지금 어디 계신지 찾을 수가 없어요."

스웨터를 걸치며 존은 에드워드 수사를 밀치고 산도즈의 방으로 향했다. 산도즈가 사라졌다는 사실을 믿을 수가 없었다.

"토사물은 제가 치웠어요. 어제 드신 걸 죄다 게워 낸 모양이에요."

둘이서 복도를 서둘러 걷는 동안, 에드워드가 존의 등 뒤에서 가쁜 숨을 몰아쉬며 말했다. "애당초 많이 드시지도 않았는데 말이죠. 화장실은 벌써 확인해 봤는데, 거기도 안 계세요."

존은 고개를 방 안에 들이밀고, 아직까지 남아 있는 토사물과 비누 냄새를 맡았다.

"젠장." 그가 사납게 뇌까렸다. "젠장, 젠장, 젠장. 왜 이런 일을 예상 못 한 거지! 내가 근처에 머물러야 했어. 그럼 소리라도 들었을 텐데."

"제 잘못이에요, 신부님. 왜 제가 바로 옆방에 있겠다고 하지 않았는지 모르겠어요. 하지만 요즘은 밤에 절 찾지 않으셔서……." 에드워드는 존이 아니라 스스로를 상대로 변명하듯 말했다. "지난밤에 들여다봤어야 했는데, 방해하고 싶지 않았거든요. 혹여 그분이…… 그분이 신부님과 이야기하고 싶다고 하셨는데. 제가 짐작하기로는 그분이……."

"나도 그런 줄 알았습니다. 어쨌든, 봐요. 멀리는 못 갔을 겁니다. 식당은 확인해 봤어요?"

공황 상태에 빠지지 않으려고 애쓰면서, 두 사람은 건물 안을 뒤졌다. 존은 모퉁이를 돌 때마다 산도즈의 시체를 발견하게 될까 봐 걱정했다. 섬 출신인 산도즈가 해안에 내려갔을지도 모른다는 생각이 들자, 총장 신부나 경찰에 연락해야 하는 것이 아닌지 고민했다.

"바깥을 찾아봅시다."

존이 제안했고, 두 사람은 건물의 서쪽으로 나갔다.

아직 해가 완전히 뜨기 전이라 돌로 된 발코니는 어스름에 잠겼고 아래쪽 해변도 마찬가지였다. 지중해로부터 불어오는 세찬 바람 때문에 제대로 자라지 못하고 뒤틀린 나무들이 금빛과 초록빛 안개로 뒤덮여 있었다. 농부들은 벌써 밭을 갈기 시작했지만, 봄 날씨는 여전히 흐리고 추웠다. 다들 베수비오 화산의 분화 때문이라고 말했다. 근심과 추위로 몸을 떨며, 존은 발코니 밖으로 몸을 내밀고 해안가를 살폈다.

마침내 산도즈를 발견한 존은 안도의 한숨을 내쉬고, 바람 소리 너머로 외쳤다.

"에드워드 수사? 에드워드 수사!"

에드워드는 추위에 맞서 잔뜩 몸을 웅크리고 두 팔을 술통 같은 가슴 앞에 교차시킨 채, 자전거 대수를 확인하기 위해 차고로 향하던 중이었다. 그는 희미하게 들리는 존의 목소리를 듣고 돌아섰다. 존이 아래쪽을 가리키며 소리쳤다.

"찾았어요! 해변에 있습니다."

"제가 내려가서 모시고 올까요?" 에드워드가 발코니로 돌아오며 외쳤다.

"아니에요! 내가 모셔 오죠. 코트 좀 가져다주겠어요? 분명 꽁꽁 얼어 있을 테니까."

에드워드 수사는 구르듯 달려가 코트 세 벌을 챙겼다. 잠시 후 돌아온 그는 가장 큰 코트를 존에게 입히고, 산도즈에게 건네줄 또 한 벌을 건넸다. 그리고 존이 해변으로 이어지는 길고 구불구불한 계단을 내려가는 동안 자신도 한 벌을 걸쳤다. 존이 멀리 가기 전에 에드워드 수사가 큰 소리로 불러 세웠다.

"신부님? 조심하세요."

'그게 무슨 소리지?' 존은 처음에 에드워드 수사가 축축한 돌계단에서 미끄러지지 않도록 조심하라고 경고하는 줄 알았다. 하지만 곧 로마에서 산도즈를 처음 만났던 날, 자신에게 다가오던 산도즈의 모습을 기억해 냈다.

"알겠어요. 별일 없을 겁니다." 에드워드 수사는 회의적인 표정이었다. "정말로요. 자기 자신에게 아무 짓도 하지 않았다면, 다른 사람을 해치지도 않겠죠."

하지만 존도 말처럼 확신하지는 못하고 있었다.

바람 때문에 산도즈는 존이 다가오는 발소리를 듣지 못했다. 존은 그를 놀라게 하고 싶지 않아서 일부러 헛기침을 하고, 최대한 시끄러운 소리를 내며 자갈투성이의 모래사장을 가로질렀다. 산도즈는 돌아보지 않았지만 움직임을 멈추고 커다란 바위 옆에서 기다렸다. 이 지역에서 흔히 보이는 이런 바위들은 언덕 위쪽의 오래된 건물들을 짓기 위한 석재를 제공해 왔다. 말하자면 자기 자신의 일부를 예수회에 십일조로 바친 셈이다.

존은 산도즈 근처에 다다르자 걸음을 멈췄다. 그리고 자신도 바다 쪽으로 시선을 돌려, 원을 그리며 날던 물새들이 잿빛 파도 위로 내려와 앉는 모습을 바라봤다.

"한동안 수평선을 보지 못해 답답했죠." 평소와 다를 바 없는 어조였다. "뭔가 멀리 있는 대상에 집중하면 마음이 편해지거든요." 존의 얼굴과 손은 추위 때문에 아플 지경이었다. 그는 몸을 떨며 산도즈가 어떻게 그처럼 아무렇지도 않게 있을 수 있는지 의아하게 생각했다. "간 떨어지는 줄 알았습니다. 다음번에 어딜 가시려거든 미리 말씀 좀 해주세요, 네?" 그는 팔에 아무렇게나 걸려 있는 코트를 내밀며 산도즈에게 한 걸음 다가섰다. "춥지 않으세요? 코트를 가져왔습니다."

"내게 다가오면 피를 보게 될 거요."

존은 코트 자락이 모래와 자갈에 쓸리는 것도 모르고 팔을 늘어뜨렸다. 가까이 다가서자, 그가 아무렇지 않다고 여겼던 상태가 실은 너무 팽팽한 나머지 멀리서는 알아볼 수 없는 억눌린 긴장감이라는 사실을 알 수 있었다. 산도즈는 몸을 돌리더니 바위에 자연적으로 생긴 선반 같은 공간을 향해 손을 뻗었다. 그 위에는 주먹만 한 돌멩이들이 한 줄로 나란히 놓여 있었다. 팔에 달린 보철 장치가 마침내 벼랑 위로 모습을 드러낸 태양 빛을 받아 갑자기 번뜩였다. 산도즈가 손가락으로 돌멩이를 움켜쥐자, 땀에 젖은 옷 위로 드러난 등 근육이 경련처럼 꿈틀거렸다. 그 모습을 지켜보던 존의 몸에도 저절로 힘이 들어갔다.

산도즈는 이제 아침 햇살 속에 빛나고 있는 지중해 쪽으로 몸을 돌렸다. 그리고 나이 든 야구 선수처럼 우아한 동작으로 몸을 뒤로 젖혔다가 돌멩이를 던졌다. 손가락이 제때 펴지지 않아, 돌멩이는 모래사장에 처박혔다. 산도즈는 기계적으로 선반으로 돌아가 다시 한번 돌멩이를 집어 들고 돌아서서 자세를 잡은 다음 던졌다. 마지막 하나까지 던지고 나자, 허리를 굽히고 다시 돌멩이를 주워 모았다. 그리고 힘들어서 숨을 헐떡거리면서도, 돌멩이를 하나씩 조심스럽게 바위 선반 위에 줄을 맞춰 늘어놓았다.

안타깝게도 대부분의 돌멩이는 산도즈가 서서 던진 자리로부터 몇 걸음 떨어지지 않은 곳에 떨어져 있었다.

어느새 해가 중천에 떠올랐다. 코트를 벗어 던진 존 칸도티는 해변에 주저앉아 말없이 산도즈를 지켜보고 있었다. 에드워드 수사도 그와 합류하여 마찬가지로 산도즈를 지켜봤다. 그의 포동포동한 뺨을 타고 흘러내린 눈물은 바닷바람에 금세 말라붙었다.

10시쯤 되었을 때, 상처가 터지고 피가 흐르기 시작하자 에드워드는 산도즈와 대화를 시도했다.

"제발, 산도즈 신부님, 이제 그만하세요. 그만하면 충분해요."

산도즈는 몸을 돌리더니 둘 중 한 사람이 존재하지 않는 것처럼 감정을 읽을 수 없는 검은 눈동자로 에드워드 너머의 공간을 응시했다. 존은 그저 지켜보는 것 외에는 자신들이 할 수 있는 일이 없다는 사실을 깨닫고, 부드럽게 에드워드를 끌어당겼다.

두 시간이 넘도록 존과 에드워드 수사는 산도즈가 고통스럽게 발전해 나가는 모습을 지켜봤다. 손가락이 점점 제대로 움직이면서, 돌멩이가 하나둘 바다를 향해 날아가기 시작했다. 그리고 새로운 돌멩이가 선반 위의 빈자리를 채웠다. 마침내 산도즈는 연속해서 열두 개의 돌멩이를 해변에서 제법 떨어진 물속으로 던져 넣을 수 있게 되었다. 그는 지친 표정으로 몸을 떨며 잠시 바다 쪽을 바라본 후, 아침 내내 그를 지켜봤던 두 사람을 향해 걸어왔다. 그는 그들 앞에서 멈추지도 않았고 그들을 쳐다보지도 않았지만, 지나쳐 가면서 한마디를 던졌다.

"막달라가 아니야, 라자로지."

빈첸초 지울리아니는 그날 아침 발코니에서 목격한 장면에 감동하였는지도 모른다. 하지만 해변에서 이어지는 계단을 따라 올라오는 세 사람을 지켜보는 그의 표정에는 아무런 감정도 드러나 있지 않았다. 산도즈는 올라오는 길에 두 차례나 심하게 비틀거렸다. 동틀 무렵 엿보이던 격렬한 분노는 이제 위험한 수준의 적개심으로 변해 있었다. 지울리아니는 산도즈가 존 칸도티와 에드워드 베어가 내민 도움의 손길을 사납게 뿌리치는 모습을 볼 수 있었다.

그들은 지울리아니 신부가 로마가 아닌 여기에 있다는 사실을 전혀 모르고 있었다. 사실 그는 나폴리 피정의 집에 한발 먼저 도착해, 산도즈의 바로 옆방을 차지했다. 그리고 산도즈가 자신이 계획한 대로 무너지기를 참을성 있게 기다렸다. '13세기 도미니크회 수사들은 목적이 수단을 정당화한다고 믿었지.' 지울리아니는 입 속으로 중얼거렸다. 예수회 역시 그런 철학을 받아들였을 뿐 아니라, 수단을 보다 다양화했다. 신에게 봉사하기 위해 필요하다면, 영혼을 구제하기 위해서라면, 무슨 짓이든 할 수 있었다. 지울리아니는 지금 같은 경우에는 속임수가 정당화될 수 있을 뿐 아니라 직접적인 접근보다 낫다고 여겼다. 그래서 V라는 서명을 남겼고, 마치 펠커(Voelker)처럼 산도즈를 '박사'라고 칭했다. 산도즈의 반응은 라카트에서 일어난 일에 대해 컨택트 컨소시엄이 주장하는 혐의를 확인시켜 주었다. 그리고 지울리아니가 예상한 대로, 펠커가 그 사실을 알고 있다는 생각은 산도즈의 불안정한 자기 통제를 무너뜨리기에 충분했다.

산도즈와 존, 에드워드로 이루어진 단출한 일행이 벼랑을 다 오르는 데는 거의 30분이 걸렸다. 그 모습을 지켜보던 지울리아니 신부는 다시 그림자 속으로 숨었다가, 세 사람이 가까이 다가오고 나서야 부드럽지만 예상치 못한 목소리로 그들을 놀라게 했다.

"저런, 에밀리오." 빈첸초 지울리아니가 무미건조한 어조로 말했다. "사람들이 상징성을 알아보지 못할 수도 있으니 다시 한번 비틀거려 보지 그러시오? 에드워드 수사는 분명 계단을 올라오는 내내 골고디 언덕에 대해 생각했겠지만, 여기 칸도티 신부는 현실적인 사람이라 아침 식사 시간이 한참 지났다는 데 정신이 팔렸을지도 모르니 말이오." 자신이 끌어낸 분노를 마주하는 지울리아니에게 비틀린 만족감 따위는 없었다. 그는 여전히 가볍게 비꼬는 말투로 이야기를 계속했다. "15분 후에 내 사무실로 오시오. 그 전에 좀 씻도록 하고. 그 방에 깔린 카펫은 아주 비싼 물건이거든. 그 위에 피라도 흘리면 안타까운 일이 아니겠소."

　20분 후 지울리아니의 사무실로 안내된 산도즈는 말끔하게 씻었지만, 전날 토하고 나서 지금까지 아무것도 먹지 못한 상태였다. 뿐만 아니라 힘들게 로마를 탈출한 이후 한숨도 자지 못했다. 안색은 창백했고 두 눈은 붉게 충혈되어 있었다. 그리고 오늘 아침에는 스스로 지독한 시련을 내리기까지 했다. '잘됐군.' 지울리아니는 생각했다.

　그는 앉으라고 권하지 않고, 산도즈가 방 한가운데 서 있도록 내버려 뒀다. 그 자신은 커다란 책상 뒤에 앉은 채로 꼼짝도 하지 않았다. 빛이 그의 등 뒤에 난 창문으로 들어오고 있어서 전체적인 윤곽만 눈에 들어올 뿐 표정을 알아보기는 어려웠다. 낡은 시계가 째깍거리는 소리를 제외하면 방 안에는 침묵만이 흘렀다. 총장 신부가 마침내 입을 열었을 때, 그 목소리는 조용하고 부드러웠다.

　"지금까지 예수회 선교사들이 경험하지 못한 형태의 죽음이나 폭력은 없소. 런던에서는 예수회의 목을 매달고, 창자를 들어낸 후 사지를 찢었소." 그가 담담하게 말했다. "에티오피아에서는 배를 갈랐지. 이로쿼이족에 의해 산 채로 화형을 당하기도 했소. 독일에서는 독살당했고, 태국에서는 십자가에 못 박혔소. 아르헨티나에서는 굶어 죽었고, 일본에서는 머리가 잘렸으며, 마다가스카르에서는 내장이 꺼내졌고, 엘살바도르에서는 총에 맞아 죽었소." 지울리아니는 자리에서 일어나, 역사학 교수 시절의 오래된 버릇대로 방 안을 천천히 거닐기 시작했다. 그러더니 서가 앞에 잠시 멈춰 서서 낡은 책 한 권을 꺼내 들고, 페이지를 넘기며 이야기를 계속했다. 다시 거닐기 시작한 지울리아니는 자신이 말하는 어떤 단어도 특별히 강조하지 않았다. "우리는 위협당하고 겁박당했소. 매도당했고, 누명을 썼고, 일생 동안 감옥에 갇히기도 했소. 우리는 구타당했소. 불구가 되었소. 강간당했소. 고문당했소. 그리고 망가졌소."

이제 지울리아니는 산도즈를 정면으로 마주 보고 섰다. 눈동자의 번뜩임이 들여다보일 정도로 가까운 거리였다. 산도즈의 표정에는 변화가 없었지만, 몸은 눈에 보일 정도로 떨리고 있었다. 지울리아니는 산도즈와 눈을 마주친 채로 매우 부드럽게 말을 이었다.

"그리고 우리는, 순결과 복종을 서약한 우리는, 홀로 고립된 상황에서 결정을 내리기도 했소. 그런 결정들은 때로 추문을 낳았고 비극으로 끝났소. 혼자서, 우리는 공동체 안에서 결코 일어나서는 안 될 끔찍한 실수를 저지르곤 했소."

지울리아니는 깨달음의 충격을, 진실과 마주한 표정을 기대했다. 한순간 지울리아니는 자신의 판단을 의심했다. 하지만 그는 산도즈로부터 수치심을, 그리고 절망감을 봤다고 확신했다.

"당신이 유일하다고 생각하는 거요? 정말로 그렇게 오만할 수 있는 거요?" 진심으로 놀랍다는 투였다. 이제 산도즈는 빠르게 눈을 깜빡이고 있었다. "우리가 하는 일이 우리가 치러야 하는 대가만큼 가치가 있는지 의심했던 사람이 당신밖에 없다고 생각하시오? 그렇게 죽어 간 모든 사람 중에 당신만이 유일하게 신을 잃어버렸다고 생각하시오? 오직 당신만이 그런 일을 경험했다면, 어째서 우리에게 절망이라는 이름의 죄악이 있다고 생각하시오?"

'용기 있는 사람인 것만은 확실하군.' 산도즈가 시선을 돌리지 않기에 지울리아니는 전략을 바꿨다. 그는 책상으로 돌아가 앉아서 노트스크린을 집어 들었다.

"건강 상태에 대한 최근의 보고서에 따르면 당신이 보이는 것만큼 아프지는 않다는군. 의사들이 뭐라고 했더라? '심인성 신체 수축'이라던가. 난 전문 용어는 질색이오. 내 생각에 결국 당신이 우울증이라는 이야기 같소만. 나라면 좀 더 직설적으로 표현하겠소. 난 당신이 자기연민에 빠져 있다고 생각하오."

산도즈가 고개를 홱 치켜들었다. 그 얼굴은 젖은 돌에 새긴 조각과도 같았다.

한순간 산도즈는 운다는 이유로 뺨을 얻어맞고 당황한 어린아이처럼 보였다. 그런 인상은 너무 순식간에 사라졌고, 너무 예상 밖이었기 때문에 거의 인식할 수도 없었다. 하지만 몇 달이 지난 후, 그리고 남은 평생, 빈첸초 지울리아니는 그 순간을 기억했다.

"나로서는 당신의 그런 태도에 질렸소." 총장 신부는 의자에 몸을 기댄 채 사무적으로 말했다. 그에게는 산도즈가 마치 수련 수사처럼 여겨졌다. 자기가 눈앞의 상대보다 한 살이 어린 동시에 열 살이나 많다는 것은 참으로 이상한 느낌이었다. 지울리아니는 노트스크린을 한쪽에 치우고 선고를 앞둔 판사처럼 두 손을 앞으로 모은 채 자세를 바로했다. "당신이 지난 6개월 동안 스스로를 다루듯이 다른 누군가를 다뤘다면 폭행죄에 해당할 거요." 그가 산도즈를 향해 단호하게 말했다. "이제 그만하시오. 지금 이 시각부터 당신 자신의 육체를 존중하시오. 신의 피조물에 대해 합당한 예의를 갖추란 말이오. 우선 손이 치료될 때까지 기다렸다가 합리적이고 적절한 물리 치료를 받도록 하시오. 정기적으로 식사를 하고 휴식을 취하시오. 당신에게 은혜를 베푼 친구를 대하듯 당신 자신의 몸을 대하시오. 두 달 내로 나를 다시 만나야 하니까. 그때 우리는 당신이 수행했던 임무에 대해 검토할 거요." 지울리아니는 돌연 엄격한 목소리로 한 단어 한 단어를 끊어 말했다. "당신의 상급자들과 함께 말이오."

그러고 나서 다행히도 예수회 총장 신부 빈첸초 지울리아니는 자신에게 대대로 전해져 내려오는 끔찍한 짐을 벗어 던졌다.

"앞으로 두 달 동안, 아니 그 후에도, 당신의 책임이 아닌 일 때문에 자신을 괴롭히지 마시오. 알겠소?"

긴 침묵이 흘렀다. 산도즈는 마침내 거의 알아차릴 수도 없을 만큼 작게 고개를 끄덕였다.

"좋소."

지울리아니가 조용히 일어나 문 쪽을 향했다. 그는 문을 열자마자 걱정스러운 표정으로 서 있는 에드워드와 마주치고도 놀라지 않았다. 존은 몸을 웅크리고 두 손을 무릎 사이에 끼운 채, 조금 떨어진 복도에 긴장하고 지친 상태로 앉아 있었다.

"에드워드 수사." 총장 신부가 쾌활하게 말했다. "산도즈 신부가 지금 아침 식사를 하러 갈 거라는군. 그대와 칸도티 신부도 함께 식당으로 가서 뭘 좀 드는 게 어떻소?"

10

산후안

2019년 8월 2일~3일

그해 8월의 어느 따뜻한 밤에 벌어진 일을 돌이켜 볼 때마다, 앤 에드워즈는 항상 그날 저녁 식사 자리에 함께했던 사람들 모두의 별자리가 궁금했다. '점성술에 대해 검증해 볼 수 있는 멋진 사례인데.' 누군가의 별자리는 틀림없이 이렇게 경고했을 것이다. '마음의 준비를 단단히 하라. 오늘 밤 이후로 모든 것이 달라진다. 모든 것이.'

앤이 토요일 날 저녁 식사를 하러 오라고 청하자, 산도즈는 아무렇지도 않은 말투로 조지가 지미 퀸과 소피아 멘데스도 초대하면 좋을 것 같다고 말했다. 앤은 어쩐지 불안한 기분이 들었지만 별생각 없이 찬성했다. 사람이야 많을수록 더 즐거운 법이니까.

산도즈는 클리블랜드에 있을 때 이후로 소피아를 본 적이 없었다. 마치 그가 의도적으로 피하는 것처럼 보일 정도였다. 그리고 불편한 이야기이지만, 사실이 그랬다. 글쎄, 앤은 남녀 간의 호감을 소중한 우정으로 전환하려면 어떻게 해야 하는지 알고 있었다. 또한 산도즈가 그렇게 해낼 수 있으리라 믿었다. 그래서 그녀는 이를 위한 중립적인 장소를 기꺼이 제공할 의사가 있었다. 그리고 소피아는? '감정 결핍이지.' 앤은 남몰래 진단했다. 아름다운 외모 말고도 바로 그런 점이 남자들을 끌어당기는지도 몰랐다. 지미는 자신이 사랑의 열병에 걸렸다고 고백한 지 오래였다. 물론 산도즈에게도 유사한 경험이 있다는 사실은 전혀 모르고 있었다. 그리고 조지에게도 말이다. '나야 뭐라고 할 입장이 아니지만. 하느님 맙소사, 다들 주책이야! 오늘 밤 이 집에는 페로몬이 넘쳐나겠군.'

그래서 그녀는 토요일 오후에 진료소 문을 닫고 이들이 어쩌면 서로를 사촌처럼 편히 대하도록 저녁 식사 자리를 마련하리라 결심했다. 무엇보다 에밀리오와 소피아든, 지미와 소피아든, 커플처럼 대해서는 안 되었다. 좋은 분위기를 유지하되 과하지는 말자고 앤은 단단히 마음먹었다.

그 주 금요일, 지미 퀸은 소피아에게 자기 일 중 외계 지성체 탐사와 관련된 부분을 설명하기 시작했다.

"SETI는 다른 종류의 관측과 비슷하게 진행되지만 중요도가 떨어지죠." 그들은 헤드셋과 장갑을 낀 채 가상의 구식 오실로스코프 앞에 앉아 있었다. 어떤 가상 현실 기술자의 장난 섞인 아이디어였다. "우리가 다른 일 때문에 망원경을 쓰고 있지 않을 때면 SETI가 다른 행성으로부터 오는 전파를 체계적으로 탐지해요. 그 프로그램은 외계의 메시지일 가능성이 있는 신호라면 무엇이든 수집하죠. 일정한 주파수를 가진 것 중에서 등록된 라디오 방송이나 군부대 통신처럼 발신원이 확실한 경우가 아니라면 무엇이든 말이에요."

"이미 매우 정교한 패턴 인식 프로그램을 사용하고 있겠군요."

"맞아요. SETI 프로그램은 오래되었지만 훌륭한 물건이죠. 그리고 ISAS가 아레시보를 인수했을 때 신호 처리 장치를 최신 기종으로 교체했거든요. 그래서 시스템은 이미 수소 원자의 진동이나 항성에서 나오는 소음처럼 지성체의 교신 시도가 아니라는 사실이 분명한 잡다한 신호들을 걸러낼 줄 알아요." 지미가 신호를 하나 골라서 예로 들었다. "얼마나 웃긴 모양인지 보이죠? 이건 항성에서 나오는 전파 신호예요. 완전히 불규칙적이고, 소리는 이렇게 들리죠." 그가 말하면서 이 사이로 쉭쉭거리는 소리를 냈다. 그리고 새로운 신호를 하나 골랐다. "자, 의사소통을 위한 전파는 어떤 식으로든 진폭 변조를 거친 지속적인 주파수 반송파를 사용해요. 차이를 알겠어요?" 소피아가 고개를 끄덕였다. "SETI는 1400만 가지가 넘는 채널에서 수억 개가 넘는 신호를 탐지해요. 소음들 사이에서 어떤 규칙적인 패턴을 찾는 거죠. 시스템이 뭔가 흥미로운 걸 발견하면 시각과 날짜, 발신원의 위치, 주파수 그리고 신호의 지속 시간을 기록해요. 문제는 그렇게 기록하는 전파의 수가 너무 많다는 거예요."

"그러니까 당신의 일은 지성체의 교신 시도일 리가 없는 전파를 걸러내는 거군요."

"맞아요."

"그러면……."

스타일러스 펜을 들고 고글의 한쪽 렌즈를 젖히며, 소피아는 다음으로 전달받을 일련의 정보를 머리에 담기 위한 준비에 들어갔다. 지미가 자신의 헤드셋을 벗더니 소피아가 헛기침을 할 때까지 그녀를 빤히 쳐다봤다.

"먼저 뭐 하나만 물어봐도 괜찮아요? 잠깐이면 돼요." 지미는 소피아가 한숨을 내쉬자 재빨리 그녀를 안심시켰다. "왜 손으로 필기하는 거죠? 그냥 녹음하는 게 더 편하지 않나요? 아니면 타자를 해서 바로 파일에 기록하든가요."

그녀가 일하는 방식에 누군가 의문을 제기하는 경우는 처음이었다.

"난 그냥 당신이 하는 말을 그냥 받아 적기만 하는 게 아니에요. 들으면서 정보를 체계적으로 정리하고 있어요. 만약 녹음한다면 그걸 다시 듣기 위해 원래 인터뷰에 걸린 만큼의 시간을 더 소비해야 해요. 그리고 몇 년에 걸쳐 나만의 속기 방법을 만들어 냈어요. 그래서 타자를 하는 것보다 손으로 쓰는 게 빨라요."

"아하." 지미가 말했다. 소피아가 이렇게 길게 말하기는 처음이었다. 데이트까지는 아니지만, 그래도 일종의 대화라고 할 수는 있었다. "내일 밤에 조지와 앤의 집에 갈 건가요?"

"그래요. 퀸 씨, 부탁인데 일 이야기를 계속할 수 있을까요?"

지미는 다시 헤드셋을 쓰고 화면으로 시선을 돌렸다.

"좋아요, 전 먼저 표시된 신호들을 검토하는 작업부터 시작해요. 요즘은 이들 중 상당수가 500킬로미터 정도 떨어진 마약 공장들이 주고받는 암호로 된 통신이에요. 그치들은 항상 위치를 바꾸고 주파수도 계속 변경하죠. 보통은 지구와 너무 가깝기 때문에 소프트웨어가 알아서 걸러내지만, 때로는 전파가 소행성이나 뭐 그런 데 희한하게 반사되는 바람에 먼 우주에서 오는 신호처럼 보이기도 하죠."

지미는 열심히 기록을 살피면서 점점 자기가 하는 일에 빠져들기 시작했다. 이제는 소피아에게 설명한다기보다 스스로에게 이야기하고 있었다. 그 모습을 곁눈질하면서 소피아는 남자들이 여자를 쫓아다닐 때보다 일에 몰두할 때 더 매력적으로 보인다는 사실을 자기들 스스로도 알고 있을지 궁금했다. 여자에 목을 매는 남자는 별로였다. 하지만 그럼에도 불구하고 놀랍게도 지미 퀸이 점점 좋아지고 있었다. 소피아는 고개를 흔들어 그런 생각을 털어냈다. 그녀의 삶에는 그럴 만한 여유가 없었다. 그래서 지미 퀸이 품고 있는 환상이 무엇이든 더는 부추기고 싶지 않았다. 소피아 멘데스는 결코 책임질 수 없는 약속을 하는 사람이 아니기 때문이었다.

"흥미롭군요." 지미가 말했다. 소피아가 다시 렌즈로 눈을 돌리자 테이블 모양의 신호가 보였다. "보이죠? 여기 배경 소음과 구분되는 신호가 대략…… 지속 시간을 한번 봅시다. 여기 있군요. 약 4분 정도 계속되다가 사라지는군요." 그가 웃고는 말을 이었다. "이런, 젠장, 이건 지구상의 신호가 틀림없어요. 여기 이 부분 보여요?"

지미가 신호의 윗부분을 가리켰다.

"진폭 변조 방식의 지속적인 반송 주파수네요."

"바로 그거예요." 지미가 웃음을 터뜨렸다. "이 근처에서 보내는 신호일 거예요. 아마 티에라 델 푸에고에서 하는 무슨 종교 방송 같은 전파가 저기 시마쓰 사가 짓고 있는 새 호텔에 반사되거나 했겠죠. 그 왜 무중력 운동장이 들어간다는 건물 있잖아요?"

소피아가 고개를 끄덕였다.

"뭐, 어쨌거나 덕분에 내가 외계 신호일지도 모르는 전파를 어떻게 다루는지 보여 줄 수 있게 됐군요. 봐요, 이런 식으로 펼쳐 놓으면 꼭 심장 박동처럼 보이죠." 지미가 그렇게 말하며 손가락으로 테이블 모양을 따라갔다. "자, 이제 윗부분만 따서 진폭의 범위를 변경해 보겠습니다." 그렇게 하자 원래 수평으로 보였던 선들이 이제는 들쭉날쭉해졌다. "보이죠? 진폭이 다양해졌어요……. 흠, 솔직히 그렇게 많이 변하지는 않았군요." 지미가 말끝을 흐렸다. 신호는 어쩐지 친숙하게 보였다. "근처에서 보낸 전파가 틀림없군."

지미가 중얼거리며 신호를 만지작거리는 동안, 소피아는 잠시 기다렸다. '4분의 3박자네.' 그녀는 신호를 보며 생각했다.

"퀸 씨?" 그러자 지미가 렌즈를 젖히고 소피아를 쳐다봤다. "퀸 씨, 괜찮다면 이제 기존의 패턴 인식 소프트웨어에 대한 세부 사항을 파악하고 싶은데요. 제가 참고할 만한 문서 자료가 있겠죠?"

"물론이죠." 지미가 화면을 끄고 가상 현실 장비를 벗은 후 자리에서 일어났다. "예전 자료를 전부 이송하진 않았거든요. 원래는 보내야 하지만 신경 쓰는 사람이 별로 없어서, 아직 슈퍼컴퓨터에 그대로 저장되어 있어요. 이리 와요, 자료에 접속하는 방법을 가르쳐 줄게요."

토요일 저녁 소피아 멘데스가 골란 하이츠 카베르네 와인 한 병을 지참하고 정확한 시각에 에드워드 부부의 집을 찾았을 때, 지미 퀸은 이미 얼큰하게 취해서 큰 소리로 떠들고 있었다. 그는 멋지게 주름 잡힌 바지와, 소피아가 입는다면 너무 커서 목욕 가운처럼 보일 법한 화려한 색의 광택 나는 셔츠 차림이었다. 소피아는 지미가 언제나처럼 기뻐하며 자신을 맞이하자 무의식중에 미소를 지었다. 그녀는 옷과 머리에 대한 지미의 칭찬에 감사한 다음, 그가 더 말할 기회를 주지 않고 부엌으로 피신했다.

"에밀리오는 좀 늦을지도 몰라요." 앤 에드워즈가 그녀의 뺨에 입맞추며 말했다. "야구 시합 때문에요. 혹시 전신에 깁스를 하고 나타나도 놀라지는 말아요. 요즘 팀이 1위를 바짝 추격하고 있어서 에밀리오가 목숨 걸고 뛰거든요."

하지만 10분도 지나지 않아서, 소피아는 기쁜 말투로 점수를 보고하는 산도즈의 목소리를 들을 수 있었다. 바쁘게 조지와 지미에게 인사를 한 산도즈는 곧바로 부엌을 향했다. 방금 샤워를 마친 그의 머리카락은 아직도 젖은 채였고, 셔츠 뒷자락은 바지 밖으로 삐져나와 있었다. 산도즈는 앤에게 꽃다발을 선물한 후 짧고 예의 바르게 입맞춤을 했다. 그는 앤의 뒤쪽에 있는 선반에서 화병을 꺼내더니 물을 채우고 꽃을 꽂았다. 그리고 싱크대에서 잠시 꽃을 손질한 뒤, 화병을 식탁 위에 올려놓았다. 마치 자기 집인 것처럼 자연스러운 행동이었다. 그제야 그는 한쪽 구석에 놓인 의자에 앉아 있는 소피아를 알아차렸다. 표정은 여전히 진지하고 엄숙했지만, 눈빛에 따스함이 감돌았다.

그는 화병에서 꽃 한 송이를 뽑아 물기를 털어낸 다음, 고개를 기울여 짧고 정중하게 인사했다.

"Senorita. Mucho gusto. A su servicio.(아가씨, 뵙게 되어 영광입니다. 무엇이든 분부만 내리시죠.)"

전에 소피아를 화나게 했을 때처럼 스페인 귀족 신사를 흉내 내며 과장된 예절을 취했다. 소피아는 산도즈의 불우한 어린 시절을 알게 된 이제야 그 농담을 이해했고, 웃으며 꽃을 받았다. 그는 미소를 짓고, 천천히 시선을 돌려 막 부엌으로 들어서는 지미 쪽을 쳐다봤다. 지미까지 들어오자 부엌은 초만원이었다. 앤은 자기가 움직일 수 있게 모두 나가라며 소리쳤고, 산도즈는 지미를 부엌에서 밀어냈다. 두 사람은 소피아가 모르는 뭔가를 두고 실랑이를 벌였는데, 언뜻 들어도 쓸데없는 이야기였지만 그들에겐 익숙한 논쟁거리가 분명했다. 앤은 소피아에게 반데리야*가 담긴 접시를 건넸고, 함께 식탁에 음식을 나르기 시작했다. 얼마 지나지 않아 자연스럽고 활기찬 대화가 오갔다. 음식은 훌륭했고 와인은 체리 향이 났다. 이 모두가 다음으로 일어난 일에 기여했다.

저녁 식사를 마치자 모두 거실로 자리를 옮겼다. 소피아 멘데스는

---

* 스페인식 꼬치요리.

어른이 된 이후 처음으로 편안한 기분을 느꼈다. 에드워즈 부부의 집은 층층나무처럼 이국적이면서도 아름답고 안전하게 다가왔다. 전적으로 환영받는 느낌이었고, 여기 있는 모두가 자기를 좋아할 준비가 되어 있다는 인상을 받았다. 그녀가 누구든, 여태까지 무슨 짓을 했든 상관없이. 소피아는 앤에게, 심지어 조지에게도, 주베르를 만나기 전에 겪었던 일들을 이야기할 수 있을 것 같았다. 그러면 조지는 그녀를 용서할 테고, 앤은 소피아가 용감하고 지혜롭게 해야 할 일을 했다고 말해 줄 것이다.

저녁이 깊어 밤이 되자 대화가 늘어지기 시작했다. 앤이 지미더러 피아노를 연주해 보라고 하자, 모두가 그 말에 찬성했다. 지미는 무릎을 거의 건반과 같은 높이에서 바깥쪽으로 벌리고, 두 발은 페달을 밟기 위해 안쪽으로 모았다. 마치 장난감 피아노 앞에 앉은 아이 같다고 소피아는 생각했다. 하지만 연주 솜씨는 우아하고 능숙했으며 커다란 두 손이 건반을 완전히 지배하고 있었다. 지미가 사랑 노래가 분명한 곡조를 부르자, 소피아는 얼굴을 붉히지 않으려고 애썼다.

"지미, 날 흠모하는 건 알고 있지만, 너무 티를 내지는 마." 앤이 지미의 귀에다 대고 속삭이는 척하며 말했다. 그녀는 소피아를 곁눈질하며, 지미가 너무 몰입하기 전에 분위기를 바꾸고자 했다. "조지가 바로 옆에 있잖아! 그리고 어쨌거나 이 노래는 너무 느끼해."

"이 나쁜 놈 같으니, 저리 꺼지지 못해." 조지가 웃음 섞인 말투로 나무라며 지미를 피아노에서 몰아냈다. "소피아, 당신 차례요."

"피아노 칠 줄 알아요?"

지미가 소피아에게 자리를 내주기 위해 서두르다가 피아노 의자에 다리를 부딪혔다.

"조금요." 소피아는 솔직히 덧붙였다. "당신만큼 잘하진 못해요."

소피아는 슈트라우스의 소품을 연주하기 시작했다. 어렵지는 않지만 예쁜 곡이었다. 자신감을 얻은 그녀는 모차르트의 곡을 시도했다. 그러나 어려운 부분에서 곡조를 잃어버리고 말았다. 다들 장난스럽게 놀리며 격려했지만, 그녀는 포기하고 말았다.

"너무 긴장했나 봐요, 이렇게 못하다니."

소피아는 쓴웃음을 지으며 피아노에서 몸을 돌렸다.

그녀는 지미의 훌륭한 연주에 부응하지 못한 자신의 기량 부족을 사과하고 그에게 피아노를 양보할 생각이었다. 하지만 그 순간, 산도즈와 눈이 마주쳤다. 자기가 원해서 그런지, 타고난 천성 때문인지, 아니면 분위기 때문인지 몰라도 그는 다른 사람들과 조금 떨어져 구석 자리에 앉아 있었다. 와인과 사람들의 온기에 들떠서 그랬는지도 모른다. 소피아는 자기 자신도 명확히 알 수 없는 이유로, 산도즈에게 친숙할 것 같은 곡을 연주하기 시작했다. 아주 오래된 스페인 노래였다. 그러자 모두가 놀랄 만한 일이 벌어졌다. 어쩌면 산도즈 자신도 놀랐을 것이다. 그는 자리에서 일어나 피아노 옆으로 다가가더니 맑고 투명한 테너로 노래하기 시작했다.

소피아가 그의 목소리에 맞춰 키를 변화시켰고 이어서 템포도 바꿨다. 산도즈의 눈이 살짝 가늘어졌지만, 곧 그녀가 이끄는 대로 단조에 맞춰 두 번째 소절을 시작했다. 소피아는 그가 자신의 의도를 알아차렸다는 사실에 기뻐하며, 또 다른 노래를 대위법에 따라 부르기 시작했다.

소피아의 목소리는 투박한 콘트랄토였다. 남자인 산도즈가 더 높은 음을 부르는데도 불구하고, 아니 어쩌면 그랬기 때문에 두 사람의 목소리는 환상적인 조화를 이루었다. 그리고 한동안 에밀리오 산도즈와 소피아 멘데스가 함께 부르는 노래 외에는 세상의 모든 소리가 사라졌다.

지미는 질투로 마음이 불편해 보였다. 앤이 지미의 뒤로 다가가서 가늘지만 탄탄한 팔을 그의 커다란 어깨에 둘렀다. 그리고 자기 얼굴을 지미의 얼굴 가까이 붙였다. 딱딱하게 굳어 있던 지미의 몸이 풀리자, 앤은 팔에 잠시 힘을 주었다가 그를 놓아줬다. 그런 다음 허리를 펴고 조용히 선 채로 노래를 들었다. '라디노어로군.' 그녀는 스페인어와 히브리어가 뒤섞인 가사를 듣고 생각했다. 소피아가 부르는 노래는 아마 스페인 곡조를 세파르디식으로 바꾼 듯싶었다.

조지를 보니 그도 나름대로 뭔지 모를 어떤 결론을 내린 것이 분명했다. 노래에 대해서가 아니라 두 사람으로부터 불가피하게 느껴지는 어떤 감정에 대해서. 다음 순간 앤은 속으로 분석하기를 그만두고, 노래에 귀를 기울였다. 그녀는 몸을 떨지 않으려고 애썼다. 서로 다른 두 노래는 한 음에서 만났다가 다시 헤어지기를 반복했다. 그리고 끝부분에 이르러, 마침내 화음과 대위가 결합했다. 수 세기 동안 이어져 내려온 가사와 곡조와 목소리가 뒤섞여 하나의 단어와 음정으로 거듭났다.

앤은 억지로 산도즈의 얼굴에서 눈을 돌렸다. 그리고 노래에 대한 사람들의 찬사를 끌어내며 분위기를 환기했다. 지미도 최선을 다했지만, 10분이 지나자 할 일이 있다고 변명하며 큰 소리로 작별 인사를 했다. 그것은 대규모 탈출을 알리는 신호였다. 마치 계획하지도 기대하지도 않았던 친밀감으로부터 그들 모두가 거리를 두고 싶어 하는 것 같았다. 앤은 집주인으로서 산도즈와 소피아가 떠날 때까지 기다려야 할지 잠시 망설였다. 하지만 그들이 마음을 진정시키고 평소 상태로 돌아오려면 시간이 필요해 보였다. 그래서 그럴싸한 핑계를 대며 지미를 쫓아 문밖으로 나갔다.

앤이 어둠 속에서 지미를 따라잡았을 때 그는 광장으로 통하는 길을 반 넘게 내려가던 참이었다. 주변의 주택가는 조용했지만, 늦게까지 북적이는 라페를라 쪽에서 바닷바람을 타고 간간이 음악 소리가 들려왔다. 지미는 앤의 발소리를 듣고 몸을 돌렸다. 앤은 두 사람의 눈높이가 같아지도록 두 계단 높은 곳에서 걸음을 멈췄다. 추운 날씨가 아니지만 지미는 몸을 떨고 있었다. 털실 같은 머리가 마구 헝클어져, 마치 거대한 누더기 인형처럼 보였다. 얼굴에는 바보 같은 초승달 모양의 미소가 그려져 있었다.

"자살이 실행 가능한 선택지라고 생각하세요?" 지미가 서투른 농담을 던졌다. 앤은 그 말을 못 들은 척했지만, 눈에는 연민이 깃들어 있었다. "왜 내가 피아노를 연주할 때 좀 더 빨리 멈추게 하지 않았어요? 오늘 밤 이후로 소피아와 눈을 마주칠 수 있을지 모르겠어요." 그가 한탄했다. "맙소사, 소피아는 내가 완전히 바보라고 생각할 게 틀림없어요. 하지만 세상에, 앤." 지미는 나직하게 외쳤다. "그 사람은 신부라고요! 그래요, 알아요, 아주 잘생긴 신부죠. 크고 못생긴 구제불능의 돌대가리 아일랜드계 놈이 아니라……."

앤이 지미의 입술에 손가락을 가져다 댔다. 그녀는 열두 가지도 넘는 위로의 말을 떠올릴 수 있었다. 누구도 사랑을 강요할 수는 없다거나, 세상 사람 절반은 짝사랑 때문에 괴로워한다거나, 절벽 위의 꽃은 실제보다 아름다워 보이기 마련이라거나, 지미가 착하고 지적이며 멋진 남자라거나…… 하지만 그중 무엇도 도움이 될 것 같지는 않았다. 앤은 지미와 같은 계단으로 내려갔다. 그리고 청년의 체격에 다시 한번 놀라면서, 그의 가슴에 머리를 기대고 끌어안았다.

"젠장, 앤." 지미가 그녀의 머리 위에서 속삭였다. "그 사람은 신부라고요. 이건 불공평해요."

"그래, 지미, 불공평해." 앤이 그를 달랬다. "정말 불공평하지."

늦은 밤이라 아레시보로 운전해 돌아가는 데는 한 시간도 채 걸리지 않았다. 아파트 주차장에 차를 세울 때쯤 지미는 울음을 그쳤고, 취하고 싶은 욕구도 거의 사라진 상태였다. 이런 상황에서 술을 마시는 것은 너무 유치한 행동이라 싫었다. 소피아는 결코 그를 부추긴 적이 없었다. 자기 혼자 환상을 품었을 뿐이다. 게다가 정말이지, 그가 산도즈에 대해 무엇을 안단 말인가? 신부도 사람이다. 에일린 퀸 여사는 학창 시절 지미가 신부님들에 대한 숭배와 경탄에 가득 차서 하교할 때마다 그렇게 상기시키곤 했다. 사제 서품을 받는다고 성자가 되는 것은 아니었다. 그리고 어쨌거나, 다른 종교에서는 성직자들이 결혼해서 아이를 낳기도 했다.

'젠장, 노래 한 곡 불렀을 뿐인데 나는 그 둘을 결혼시키고 애까지 낳게 하는군! 내가 상관할 일이 아니잖아.'

하지만 두 사람이 노래하는 소리를 머릿속에서 몰아낼 수가 없었다. 그 모습은 마치……. 잠을 청해 봐야 소용없었다. 지미는 읽던 책을 몇 페이지 넘겼지만 집중이 되지 않아 방 저편으로 집어 던졌다. 찬장 주위를 뒤져 보고는, 남은 음식을 가져가라는 앤의 말을 들을 걸 그랬다고 후회했다. 결국 지미는 자리에서 일찍 일어나기 위해 댔던 핑계를 실천하기로 마음먹고 천문대 시스템에 접속했다. SETI 기록을 열고 금요일 오후 소피아와 함께 보다 말았던 부분을 골랐다. 월요일에 그녀를 다시 보면 미치도록 민망할 것이다. 지미는 될 수 있는 한 준비를 철저히 해서, 곧장 본론부터 시작하는 방식으로 그 상황을 타개하려는 계획을 세웠다.

2019년 8월 3일 일요일, 새벽 3시 57분, 제임스 코너 퀸은 헤드셋을 벗고 의자 등받이에 몸을 기댔다. 그는 식은땀을 흘리며 숨을 들이켰다. 현재로서는 이 세상에서 자기 혼자만 알고 있는 이 사실을, 확실한 증거에도 불구하고 도저히 믿을 수가 없었다.

"오, 예수님." 지미는 아득한 과거에 의지해서 미래를 마주했다. "성모 마리아여."

그는 손으로 눈을 문지르고 마구 헝클어진 머리를 쓸어 넘겼다. 그리고 한동안 멍하니 앉아 있다가, 앤에게 전화를 걸었다.

11
아레시보 천문대

2019년 8월 3일

"농담이겠지." 앤이 속삭였다. "지미, 망할 새벽 4시에 전화해 놓고 나중에 장난이라고 하면……."

"장난 아니에요."

"누구 다른 사람한테 말했어?"

"아뇨. 당신이 처음이에요. 우리 엄마가 날 죽이려 들겠지만, 당신한 테 먼저 말하고 싶었어요." 앤은 어둠 속에 벌거벗은 채로 서서 미소를 지었다. 그리고 퀸 여사에게 마음속으로 사과를 전했다. 지미의 다급한 목소리가 다시 들려왔다. "조지를 깨워서 가상 현실 통신망에 접속하라고 전해 줘요. 난 에밀리오와 소피아에게도 전화해야 하니까."

앤은 아무 말도 하지 않았지만, 지미는 그녀의 침묵을 이해했다.

"그 노래 덕분이에요. 두 사람이 부르던 노래에 관한 생각을 멈출 수가 없었고, 그래서 신호를 보는 순간 음악이 떠올랐어요. 혹시 이것도 무슨 음악이라면 일단 알아듣기만 해도 어디서 보냈는지 알 수 있겠다고 생각했죠. 그래서 디지털 사운드 프로그램으로 잡음을 제거했어요.

앤, 그건 태어나서 한 번도 들어 본 적 없는 음악이었어요."

"지미, 그냥 네가 잘 모르는 종류의 음악이 아닌 건 확실해? 남오세티야 음악이라든지, 노르웨이 음악이라든지. 내 말은, 지구상에도 별의별 것들이 다 있잖아."

"앤, 세 시간 동안이나 모든 가능성을 검토하고 확인했어요. 이건 정말로, 진짜로, 절대로 지구상의 신호가 아니에요. 반사된 것도 아니고 해적 기지나 마약 상선도, 군사 통신도 아니라고요. 골드스톤 천문대의 파일도 확인해 봤어요. 하지만 거기 있는 누구도 아직 이 신호를 본적이 없어요. 이건 외계에서 온 음악이에요, 앤, 그리고 또 뭐가 있는지 알아요?"

"이런, 지미, 뜸 들이지 말고! 뭔데?"

"이들은 우리와 가까운 이웃이에요. 알파 센타우리 근처에서 엄청나게 시끄러운 파티가 열렸던 모양이죠. 지구까지 음악 소리가 들린걸 보면 말이에요. 여기서 고작 4광년 떨어진 거리예요. 그 정도면 사실상 옆집이나 다름없다고요."

"맙소사. 세상에. 지미, 공식적으로 보고해야 하는 거 아니야?"

"아직은 괜찮아요. 지금은 저밖에 모르니까. 친구들에게 먼저 알리고 싶었어요. 그러니까 소리를 질러서라도 조지를 깨워서 통신망에 접속하라고 해요."

"아니, 들어 봐. 만약 이게 진짜라면, 가상현실로는 부족해. 나는 진짜 현실을 원한다고. 에밀리오에게 우리 집으로 오라고 해. 중간에 소피아를 태워서 천문대로 갈 테니까. 우리는 그러니까, 한 25분 내로 출발할 거야. 천문대에 도착하면 시간이……."

앤은 계산을 할 수가 없었다. 머릿속이 텅 빈 상태였다. 세상에. 음악이라니. 4광년 밖에서.

지미가 대신 말했다.

"6시쯤 되겠네요. 좋아요. 천문대로 갈게요. 그리고 앤?"

"그래, 알아, 먹을 걸 가져갈게. 가다가 도넛 가게에 들리면 돼."

"아뇨. 그러니까, 음, 도넛 좋네요. 하지만…… 고마워요. 제가 하려던 말은 그거였어요. 지난밤 일 말이에요."

"이런, 한 번 안아 주고 감사의 표시로 이런 소식을 들을 수 있다면 언제든 환영이야. 귀여운 녀석 같으니. 이따 보자고. 그리고 지미? 축하해. 환상적인 발견이야."

맑고 쌀쌀한 아침이었다. 에드워즈 부부와 친구들은 아직 햇살이 창백할 무렵 천문대에 도착했다. 주차장에는 경비원의 차를 제외하면 지미의 작은 포드밖에 없었다. 방문 기록에 서명하는 동안 경비원이 물었다.

"개인적인 견학인가요, 에드워즈 씨?"

"아니, 지미 퀸이 우리한테 보여 주고 싶은 게 있다고 하더군. 사람들이 붐비지 않을 때 오는 편이 나을 것 같아서 말이야."

조지가 말했다. 앤은 순진한 척 웃으며 경비원에게 도넛 몇 개를 건넸다.

지미는 밤을 꼬박 새우느라 눈이 붉게 충혈된 상태였지만 너무 흥분한 나머지 피곤한 줄도 모르고 있었다. 사람들이 좁은 연구실로 비집고 들어가자, 지미는 앤이 내민 도넛을 허겁지겁 베어 물며 음악을 재생했다.

주로 목소리로 이루어진 노래였다. 타악기 소리가 배경에 깔렸고, 어쩌면 현악기 소리도 들리는 듯했지만 뭐라 단정 짓기 어려웠다. 지미가 어느 정도 손질을 했는데도 여전히 잡음이 많이 섞여 있었다. 그리고 의심할 여지 없이 외계의 것이었다. 딱히 말로 설명할 수는 없지만, 목소리의 음색과 화음이 그냥 달랐다. 지미가 그들에게 말했다.

"우리 목소리와 어떻게 다른지 성문 분석 결과를 그래프로 보여 줄 수 있어요. 바이올린 소리와 트럼펫 소리의 차이를 표시하는 것처럼요. 달리 어떻게 표현해야 할지 잘 모르겠네요."

"비과학적인 말인 줄 알지만, 들어 보니 그냥 알겠어." 앤이 동의했다. "아레사 프랭클린의 목소리를 한 음절만 들어도 알 수 있는 것과 마찬가지야. 그냥 달라."

처음에는 다들 그저 짤막한 노래를 되풀이해 듣기만 했다. 전파는 뭔가 멋진 부분이 막 시작되려는 찰나 끊겼고, 사람들은 그때마다 투덜거렸다. 그러다 세 번째로 듣고 나서 앤이 말했다.

"자, 우리가 이 노래에서 뭘 알 수 있지? 집단으로 노래를 부르고 선창자도 따로 있어. 그러니 사회적인 조직이 존재한단 얘기네. 우리가 이렇게 노래하는 소리를 들을 수 있다면 공기를 호흡한다고 가정해도 괜찮을까?"

"음파를 전달하는 일종의 대기가 존재한다고 가정할 수 있겠지." 조지가 말했다. "하지만 반드시 우리가 호흡하는 공기와 같다고는 할 수 없어."

"그럼 그들은 폐와 같은 기관을 가졌고, 입도 달렸고, 공기나 혹은 뭐가 됐든 자신들이 호흡하는 대기를 내뱉을 때 조절할 수 있다는 거네." 앤이 정리했다.

"그리고 들을 수도 있겠죠, 그렇지 않다면 노래를 부를 이유가 없으니까. 안 그래요?" 지미가 말했다.

"내가 볼 때 언어에 성조가 있는 것 같지는 않아요. 노래하는 소리만 듣고 알기는 어렵지만요. 문장 구조는 존재해요. 자음과 모음이 있고, 마치 성문 폐쇄음처럼 목에서 나오는 소리도 들려요." 산도즈는 과연 그들에게 목이 있을까 하는 의문을 떠올리지는 못했다. "지미, 다시 한 번 들어 볼 수 있을까?"

지미는 노래를 다시 재생시켰다. 일행의 가장자리, 거의 지미의 작은 방 바깥쪽으로 이어진 복도에 서 있던 소피아는 산도즈를 관찰했다. 그녀가 클리블랜드에서 예수회를 위해 일할 때 추출했던 그 과정이 실제로 일어나고 있었다. 산도즈는 어느새 노래를 조금씩 흉내 내며 후렴 부분의 구절에서 음소를 파악하려 시도하고 있었다. 소피아는 말없이 그에게 노트북과 스타일러스 펜을 건넸다.

"내 생각엔 이 언어를 배울 수 있을 것 같아요." 산도즈는 딱히 누구에게랄 것도 없이, 노래에 정신이 팔린 채로 그렇게 말했다. 그는 이미 반쯤 확신하고 있었다. "지미, 내가 좀?"

지미는 의자를 굴려, 산도즈가 기계를 조작할 수 있게 자리를 내주었다.

"지미, 자네 주파수를 많이 변조했나?" 조지가 물었다. "원래 이렇게 들리는 거야, 아니면 실제로는 곤충 떼의 날갯짓이나 고래의 노랫소리 같은 거야?"

"아니에요, 제가 할 수 있는 한도 내에서는 원래 소리에 가장 가깝게 복원한 거예요. 물론 대기의 밀도에 따라 달라지겠지만요." 지미가 대답하고 나서 잠시 생각에 잠겼다. "가만, 그들은 라디오를 가지고 있어요. 그럼 최소한 진공관도 있다는 이야기가 되네요, 그렇죠?"

"아니야." 조지가 반박했다. "진공관의 발명은 사실 일종의 요행이었어. 바로 고체 상태로 넘어가는 것도 얼마든지 가능하지. 하지만 그들이 전기를 이해하고 있다는 것만은 분명해." 모두가 그 생각에 대해 곱씹어 보느라 잠시 대화가 끊겼다. 산도즈가 필기를 고쳐 가면서 느린 속도로 반복 재생하는 노랫소리만 들릴 뿐이었다. "그리고 틀림없이 화학도. 금속과 비금속, 전도체에 대한 지식도 있을 거야. 마이크로폰은 탄소나 뭐 그런 종류의 가변 저항기가 필요하거든. 그리고 건전지를 만들었다면 아연과 납도 있겠군."

"파랑 전파에 대한 이론도요." 지미가 맞장구를 쳤다. "라디오의 존재가 많은 것을 의미하네요."

"대중 매체도 있을 거야." 앤이 주장했다. "그리고 모여 앉아서 파동 이론을 생각해 낼 만큼 여유로운 사람들도 있겠지. 즉, 어쩌면 경제 인구를 포함하는 계층 사회가 존재할 수 있다는 의미라고."

"야금학도요." 지미가 말했다. "대번에 라디오부터 만들 수는 없어요, 그렇잖아요? 먼저 금속으로 다른 물건들부터 만들었겠죠. 장식품, 무기, 금속제 도구 같은 거요."

"모두 가능한 이야기야." 조지는 여전히 충격에서 헤어나지 못한 채로, 웃으며 고개를 흔들었다. "자, 여러분, 평범성 이론이 결국 한 건 했군그래." 소피아가 질문의 의미로 눈썹을 추켜세우자, 조지가 설명했다. "지구가 특별할 것 없다는 이론이야. DNA가 만들기 꽤 쉬운 분자인 만큼 이 우주에는 수많은 생명체가 있을 거란 주장이지."

"하느님 맙소사." 앤이 탄식했다. "인류의 지위가 엄청나게 내려가네. 우리가 우주의 중심인 줄 알았는데, 이제 보라고! 또 다른 지성체가 나타났잖아. 흐음." 그녀는 표정이 변하더니 짓궂은 눈빛으로 산도즈를 쳐다봤다. "신은 어느 쪽을 더 사랑할까, 신부님? 아아, 정말 발칙한 생각이지 뭐야. 지적인 종족 간의 경쟁이라니! 신학이 어떻게 될지 생각해 보라고, 에밀리오!"

노래를 계속 반복 재생하면서 매번 더 많은 부분을 알아듣고, 어느

새 한두 가지 패턴을 찾아내고 있던 산도즈는 순간적으로 동작을 멈췄다. 하지만 그가 뭐라고 답하기도 전에, 앤이 다시 입을 열었다.

"지미, 알파 센타우리라고 했지. 거긴 어떻게 생겼어?"

"아주 복잡해요. 태양이 세 개죠. 우리 것과 아주 비슷한 노란색 태양 말고도 붉은색과 오렌지색의 두 개가 더 있어요. 사람들은 오래전부터 이 항성계가 행성이 존재하기 좋은 환경이라고 생각해 왔죠. 하지만 태양이 세 개나 되기 때문에 관측하기가 쉽지 않고, 그렇게까지 노력할 만한 가치도 없다고 여겨졌어요. 맙소사, 이제 관심의 초점이 되겠군요."

한동안 토론이 이어졌다. 조지와 앤, 지미는 저마다 이런저런 추리와 가정을 내놓고 때로는 논쟁을 벌이기도 했다. 산도즈는 기계로 돌아가 노래를 다시 한번 들었지만, 이내 재생을 멈췄다.

소피아 혼자만 노래 자체에 대한 의견이나, 외계 가수들에 대한 어떤 추측도 하지 않았다. 하지만 토론이 시들해지다 마침내 멈추자 그녀가 물었다.

"퀸 씨. 어떻게 그 신호를 오디오로 출력해 볼 생각을 했나요?"

지미는 너무 흥분한 나머지 간밤에 느꼈던 부끄러움을 까맣게 잊어버리고 있었다. 그렇다고 인제 와서 그런 일에 신경 쓰기에는 기분이 너무 좋았다. 그가 차분하게 말했다.

"그게, 어젯밤에 다들 노래를 불렀잖아요. 그리고 예전에 학교 다닐 때, 소비에트 기록 보관소의 오래된 음반들을 디지탈화할 수 있게 손보는 아르바이트를 했었거든요. 그냥 내 눈엔 그 신호가 음악처럼 보였어요. 그래서 한번 해 보기로 했죠."

"당신이 직관에 따라 행동했다고 봐야겠군요."

"그런가 봐요. 그냥 그런 예감이 들었어요."

"다른 천문학자라도 그 신호가 음악처럼 보인다는 사실을 알고 같은 결론을 내렸을까요?"

"모르겠네요. 어쩌면요. 그래요, 누군가 결국엔 그런 생각을 했겠죠."

"당신 생각엔, 혹시라도 당신이 나에게 제안했을 가능성이 있나요? 이런 신호를 가려내기 위해 AI 시스템이 모든 신호를 오디오로 분석해야 한다고요."

"외계 신호일 가능성을 제거하기 위해 그래야 한다고 했을 수는 있죠. 그러니까 우리는 항상 일련의 소수라든지, 일종의 수학적인 배열을 예상했어요. 전 뭐든 음악처럼 보이는 신호는 절대 외계의 것이 아니라고 주장했을 거예요. 기억나요? 어제 말이에요." 지미는 입이 찢어져라 하품을 하더니 자리에서 일어나 기지개를 켰다. 앤은 몸을 숙여 지미의 팔을 피했고, 조지는 구석으로 이동해야 했다. "이제 그저께로군요. 그때 이 신호가 음악일지도 모른다는 생각을 했고, 그래서 지구상의 신호라고 가정했어요. 만약 외계에서 온 신호가 확실했다면, 음악이라는 생각은 절대 못 했겠죠. 왠지 몰라도 난 언제나 음악이면 외계 신호가 아니라고 판단해요. 동시에 둘 다일 거라는 생각은 못 하죠."

"그래요. 이상한 일이죠. 나라도 그렇게 생각했을 거예요." 소피아는 감정이 드러나지 않는 어조로 말했지만, 금속제 팔찌를 돌리고 또 돌리고 있었다. 서른일곱이나 서른여덟쯤 되면 아마 그녀의 계약이 끝날 것이다. 영원히 계속되진 않는다. '그런 내기를 하다니 너무 자만했어.' "퀸 씨. 당신 일자리는 안전해요. 내가 만든 시스템은 이 신호를 잡아내지 못했을 거예요. 이 프로젝트를 축소하라고 권해야겠어요. 요청을 받고 결과를 제공하는 부분은 내가 자동화할 수도 있을 거예요. 스케줄을 조정하는 부분도요. 그거라면 한두 달 안에 끝낼 수 있어요."

"우리가 거기 갈 수도 있어요……. 마음만 먹는다면, 안 그래요?" 산 도즈가 소피아의 발언 뒤에 따라온 침묵을 깨고 말했다. "그러니까 거 기 갈 방법이 있을 거예요. 우리가 시도해 보기로 결정만 한다면."

다른 사람들이 멍하니 그를 쳐다봤다. 그들은 모두 소피아의 난처한 처지를 생각하고 있었다.

"운석을 이용하면 돼요, 아니, 소행성이죠?" 산도즈는 스스로의 말을 정정하며 소피아를 똑바로 바라봤다. "1500년대에 사람들이 대서양을 건너기 위해 사용했던 작은 나무배와 비교해서 나쁠 것도 없어요."

오직 소피아만이 그가 무슨 말을 하려는지 이해했다.

"맞아요." 처음으로 그녀가 산도즈에 의해 주의가 분산되는 것에 기 뻐하며 말했다. "사실 소행성은 그렇게 나쁘지 않아요. 광부들의 숙소 는 오히려 편안할 수도 있어요."

"그래, 맞아." 조지가 거들고 나섰다. "이미 매스 드라이버와 생명 유지 장치가 있으니까. 충분히 큰 소행성을 구하기만 하면 엔진에 슬 래그를 지속적으로 공급할 수 있지. 지금도 작은 규모로는 그렇게 하 고 있어. 소행성대에서 암석을 지구 궤도로 보내기 위해서 말이야. 몇 년 전인가, 충분히 큰 암석만 있다면 얼마든지 더 멀리 갈 수 있을 거 라는 생각이 들더군. 다만 태양계를 벗어날 이유가 없었을 뿐이지."

"지금까지는요." 산도즈가 말했다.

"지금까지는." 조지가 동의했다.

"무슨 소리들을 하는 거야?" 앤이 물었다. "소행성이라니?"

조지가 웃음을 터뜨렸고, 산도즈는 기쁨이 넘치는 표정이었다.

"소피아. 앤에게 당신이 예전에 했던 일에 대해 들려주시오, 그 오 바……."

"오바야시 사에서 말이죠." 소피아가 조지를 대신해서 말을 맺었다.

그녀는 앤을 바라보더니 다시 다른 사람들을 둘러봤다. 그리고 입을 열기 전에 작은 경탄의 미소를 지었다. "클리블랜드에서 산도즈 박사와 일하기 바로 전이었어요. 난 오바야시 사의 소행성 채굴 부서에서 작업 프로그램을 만들었죠. 그들은 원격 분석에 드는 비용과 소행성을 포획해서 채굴한 다음 우주 공간에서 금속을 제련하는 비용을, 그렇게 생산한 제품을 지구로 배달해서 판매했을 때 받을 수 있는 예상 가격과 비교해서 계산할 수 있는 AI 시스템을 주문했어요. 그리 많은 직관이 필요한 일은 아니었죠. 미래의 금속 가격을 예측하는 부분을 제외하면 말이에요." 그녀가 인상을 찌푸리며 말했다. "박사님 말이 맞아요. 부분적으로 채굴된 소행성은 운송 수단으로 사용될 수 있어요."

소피아가 말하는 동안 몸을 앞으로 기울이고 그녀를 주시하던 산도즈는 손뼉을 한 번 치더니 다시 의자에 앉았다.

"하지만 4년이나 걸리잖아?" 앤이 이의를 제기했다.

"4년이면 그리 나쁘지 않아요." 산도즈가 대답했다.

"우와." 지미가 소피아와 산도즈를 쳐다봤다. "좋아요. 먼저, 4년이 아니라 4.3년이에요. 그리고 그냥 4.3년이 아니라 4.3광년이죠. 3분의 1광년만 해도 장난이 아닌 거리라고요. 어쨌든 광년이라는 건 빛이나 전파가 이동하는 데 걸리는 시간을 표현하는 단위지 우주선에 관한 이야기가 아니에요. 우주선으로는 훨씬 더 오래 걸릴 거예요……. 하지만 그래도……."

지미는 말을 멈추고 생각에 잠겼다. 조지가 소피아의 노트북과 스타일러스 펜을 달라는 몸짓을 했다. 산도즈는 자신의 파일을 저장하고 나서 조지에게 그것들을 건넸다.

"좋아, 한번 계산해 보자고." 조지가 화면을 지우고 태블릿에 공식을 적기 시작했다. "초의 제곱당 9.7미터라면, 중력은 1G야. 여정의 절반

동안 가속을 한 다음 암석을 180도 회전시키고 나머지 절반은 감속한다면…….”

한동안 숫자를 중얼거리고 키보드를 두드리는 소리 외에는 정적만이 흘렀고, 지미는 조지가 손으로 답을 구하는 동안 온라인으로 계산을 시작했다. 하지만 지미로서는 속상하게도, 조지가 먼저 풀이를 마쳤다.

“거기까지 가려면 4년이 아니라 17년이 걸리는군.” 조지는 산도즈가 그 차이에 놀라서 의기소침한 것처럼 보이자 그에게 말했다. “젠장. 앤이 대학원에 다닌 기간이 그보다 더 길다고!” 앤이 콧방귀를 뀌었지만 조지는 말을 이었다. “수면과 기상 시각을 규칙적으로 유지하면서 승무원들이 잠자는 동안에는 2G로 속력을 올리면 어떨까? 그러면 시간이 절약될 뿐 아니라 광속에 더 가까워져서, 상대성 효과의 도움도 있을 거야. 타고 있는 사람들에게는 더 빨리 가는 것처럼 느껴지는 거지.”

나름대로 계산을 계속하던 지미가 말했다.

“잠깐 있어 봐요, 승무원에게는 6개월에서 7개월로 느껴질 거예요.”

“6개월에서 7개월이라고!” 산도즈가 외쳤다.

“맙소사.” 지미가 화면의 숫자들을 노려보며 고개를 끄덕였다. “1G로도 계속해서 가속하면 1년이 채 안 걸려서 광속에 아주 가까이 다가갈 수 있어요. 한 93퍼센트 정도로요. 누가 아인슈타인 좀 데리고 와 볼래요? 암석이 다 떨어지면 어쩌지……. 소행성이 얼마나 커야 할까요?”

그는 혼자서 묻고 답하며 계산에 열중했다.

“잠깐만. 승무원들이 잠자는 동안이라는 부분이 이해가 안 가는데.” 앤이 말했다. “누가 깨어 있으면서 우주선을 조종해야 하는 거 아니야?”

“아냐, 항해는 거의 자동으로 이루어질 거야. 적어도 목적지에 가까워지기 전까지는." 조지가 앤에게 말했다. "그냥 맞는 방향으로 쏘아 올린 다음에……."

"기도하는 거죠." 산도즈가 조금은 정신 나간 사람처럼 웃었다.

잠시 모두가 입을 다물었고, 방 안에 침묵이 내려앉았다.

"이제 어쩌죠?"

지미가 물었다. 어느새 아침 8시가 다 되어 가고 있었다. 지미는 슬슬 마사오 야마구치에게 먼저 알리지 않았다는 이유로 무슨 문제가 생기지는 않을까 걱정되기 시작했다.

산도즈가 엄숙한 표정으로 두 눈을 빛내며 그 질문에 대답했다.

"임무를 계획하기 시작해야지."

정적이 흐른 후, 앤이 자신 없는 웃음을 터뜨렸다.

"에밀리오, 가끔은 당신이 농담을 하는 건지 아닌지 알 수가 없어. 임무라니 어떤 임무를 말하는 거지? 과학적인 임무 아니면 종교적인 임무?"

"둘 다요." 산도즈는 종종 남들을 당황하게 하는 장난스러우면서도 진지한 태도로 짧게 답했다. "소피아, 조지, 지미. 처음에는 그저 해 본 생각이었지만…… 정말로 가능해요, 그렇죠? 소행성을 이용해서 거기까지 갈 수 있잖아요?"

소피아가 고개를 끄덕였다.

"맞아요. 에드워즈 씨가 말씀한 대로, 그런 아이디어가 나온 지는 제법 오래됐어요."

"엄청나게 많은 돈이 들 텐데." 조지가 지적했다.

"아뇨, 그렇지는 않아요. 제가 아는 몇몇 무허가 모험 채굴업자들이라면 수지가 맞지 않는 소행성을 헐값에 팔 거예요. 엔진도 달린 채로요. 물론 적은 돈은 아니지만 개인이 아니라 단체라면 엄두도 못 낼 정도는 아니죠…….

소피아가 말끝을 흐리면서 산도즈를 보자, 모두의 시선이 그를 향했다. 어째선지 산도즈는 그녀가 방금 한 말이 아주 우습다는 생각이 들었다.

아무도 산도즈가 지금 무슨 생각을 하는지 모르고 있었다. 산도즈는 수단에서 존 캐럴 대학으로 가라는 상부의 명령을 받았던 당시를 떠올렸다. 거기서 그는 소피아를 만났다. 그리고 앤과 조지를 만났으며, 그들은 지미를 찾아냈다. 그 지미가 지금, 모두를 여기로 데려왔다. 산도즈는 어둠 속에서 손을 움직여 눈 위로 흘러내린 머리카락을 정돈했다. 그리고 하나같이 자신을 응시하고 있는 사람들을 마주했다. '다들 내가 정신줄을 놓은 줄 아는군.'

"아까는 충분히 자세하게 듣지 못했어요." 산도즈가 제정신을 차리고는 말했다. "일이 어떻게 가능하다는 건지 다시 한번 가르쳐 줘요."

한 시간에 걸쳐 조지와 지미 그리고 소피아가 개략적인 아이디어를 그에게 설명했다. 소행성의 채굴 과정은 다음과 같다. 먼저 모험 채굴 업자들이 적합한 소행성을 선택하고 포획해서 생명 유지 장치를 단다. 소행성에 설치된 엔진은 규산염을 분쇄, 지구 궤도의 정제소까지 이동하기 위한 연료로 사용한다. 마지막으로 20톤의 정제된 금속을 예전 제미니호*의 탈출 장치처럼 일본 해안의 회수 지점에 조준해서 떨어뜨린다. 이런 시스템을 응용하면 장거리 여행도 가능하다. 언어학자이자 사제로 훈련받은 산도즈는 그들이 말하는 아인슈타인 물리학을 이해하는 데 어려움을 겪었다. 아인슈타인의 이론에 따르면 알파 센타우리까지 가는 데 걸리는 시간이 지구상에서 볼 때는 17년 정도지만, 광속에 가까운 속도로 여행하는 소행성의 승무원에게는 6개월로 느껴진다

---

* 미국의 유인 우주 비행 계획인 제미니 계획의 일환으로 발사된 유인 우주선.

는 것이다.

조지가 산도즈를 안심시켰다.

"이걸 한 번 듣고 이해하는 사람은 아무도 없어. 그리고 이 문제를 생각하는 대부분의 사람은 그저 수학적인 계산의 결과로만 받아들이지. 하지만 자네가 알파 센타우리에 갔다가 곧바로 돌아온다고 해 보자고. 지구에 도착하면 자네가 알던 사람들은 서른일곱 살을 더 먹었지만 자네는 떠날 때 모습 그대로인 거야. 왜냐하면 광속에 가까운 속도로 여행할 때 시간이 더 느리게 흐르기 때문이지."

어떻게 여행 경로를 정할 수 있는지에 대한 지미의 설명은 심지어 이해하기 더 어려웠다. 그리고 착륙 문제가 있었다. 실패할 가능성이 크다고, 조지와 지미 그리고 소피아가 모두 인정했다. 하지만 그렇다고 해서 불가능한 것도 아니라고 그들은 생각했다.

앤도 산도즈만큼 열심히 귀를 기울였지만, 회의적인 입장을 견지했고 이 모든 일이 어리석기 짝이 없다는 결론을 내렸다. 결국 그녀가 입을 열었다.

"좋아, 그렇다고 쳐. 나 개인적으로는 자기 부상 열차가 어떻게 떠 있는지도 이해하기 어려우니까. 하지만 봐, 잘못될 수 있는 일이 수십만 가지도 넘어. 도착하기 전에 소행성 전체를 다 소모해서 연료가 떨어질 수도 있어. 자칫하면 채굴 과정에서 소행성이 조각날 수도 있고. 잘못해서 성간 물질과 충돌하면 모두가 원자 단위로 분해되겠지. 항성으로 돌진하게 될지도 몰라. 행성에 착륙하려고 하다가 추락할 수도 있어. 착륙을 했는데 호흡이 불가능할 수도 있어. 먹을 게 아무것도 없을 수도 있어. 그 노래를 부른 자들이 당신들을 잡아먹을 수도 있다고! 에밀리오, 그만둬. 진지하게 하는 말이야."

"알고 있어요." 산도즈가 웃었다. "나도 진지해요."

앤은 자기 편을 들어 줄 사람을 찾아 방 안을 둘러봤지만 아무도 없었다.

"다들 이게 얼마나 말도 안 되는 소린지 모르겠어?"

"'신은 우리에게 성공을 요구하지 않는다. 다만 시도를 요구할 뿐이다.'"

산도즈가 조용히 인용했다. 그는 연구실 가장 구석에 가만히 앉아서, 팔꿈치를 무릎 위에 올리고 두 손을 느슨하게 마주 잡은 채 즐거운 눈으로 앤을 올려다봤다.

"그러시겠지. 내 앞에 테레사 수녀를 데려와도 소용없어." 앤은 점차 화가 치밀었다. "이건 멍청한 짓이야. 당신들 모두 미쳤어."

"아냐." 조지의 의견은 확고했다. "가능한 일이야, 적어도 이론적으로는."

"앤, 이 방에 모여 있는 우리들은 이 일을 성공으로 이끌 수 있는, 혹은 적어도 시도해 볼 수 있는 상당한 경험이 있어요." 산도즈가 말을 이었다. "지미, 자네가 천문학적 관측 목표를 포착할 때 사용하는 기술로 그런 소행성의 항로를 조정할 수 있을까?"

"당장은 못 하지만, 지금부터 연구를 시작한다면 모든 준비가 끝나기 전에 할 수 있을 거예요. 활용할 만한 아주 훌륭한 천문학 프로그램들이 있거든요. 현재 알파 센타우리가 어디 있는지 파악한다고 되는 게 아니에요. 몇 년 후든 우주선이 거기 도착할 때의 위치를 겨냥해야 하니까요. 하지만 단순한 천체 역학의 문제예요. 그냥 프로그램을 돌리기만 하면 해결할 수 있죠. 문제는 일단 거기까지 가더라도 행성을 찾아야 한다는 점이에요. 아마 실제로는 그 부분이 더 어려울 거예요."

산도즈가 소피아를 돌아봤다.

"만약 당신에게 선택의 여지가 있다면 다시 한번 예수회를 위해 일할 용의가 있습니까? 이런 임무를 수행하는 데 필요한 모든 구성 요소를 확보하고 조직화하는, 그러니까 제반 준비를 맡아서 말입니다. 당신이라면 채굴 업계에 연줄도 있을 텐데, 그렇지 않나요?"

"물론이에요. 그런 프로젝트는 내가 보통 하는 AI 분석과는 다르겠지만, 그렇다고 더 어렵지는 않겠죠. 나에게 권한만 주어진다면 당연히 준비 작업을 해낼 수 있어요."

"그 임무의 본질이 사실은 종교적이라도 말인가요?"

"내 중개인은 반대하지 않을 거예요. 당신도 알다시피 주베르는 전에도 예수회와 일한 적이 있으니까요."

산도즈의 검은 눈동자가 모호한 빛을 띠었다.

"내가 예수회의 상급자들을 대변할 수는 없지만, 나는 그분들에게 당신에 대한 중개인의 계약상 권리를 사들인 다음 파기하라고 제안할 겁니다. 그리고 당신이 자유로운 몸이 되면 직접 계약하라고 말입니다. 중개인이 아니라 당신의 선택에 따라서요."

"내 선택이라고요?" 소피아는 너무 오랜 세월 동안 선택권을 가져 본 적이 없었다. "반대할 이유가 없네요. 나로서는 반대할 이유가 없어요."

"잘됐군요. 조지, 채굴용 소행성의 생명 유지 장치가 당신이 익숙한 해저 장치와 얼마나 다르죠?"

조지는 곧바로 대답하지 않았다. '내가 여태까지 익혔던 모든 기술이, 여태까지 옮겨 다녔던 그 모든 거리가. 전부 다, 내 모든 삶이, 이때를 위한 연습이었던 거야.' 그는 산도즈를 바라보며 흔들림 없는 목소리로 말했다.

"똑같네. 물에서 산소를 추출하는 대신 암석을 사용하는 것뿐이야. 산소는 채굴 작업과 엔진에 공급할 연료 생산의 부산물이지. 지미와 마찬가지로 우리가 출발 준비를 마칠 때까지는 최신 기술을 익힐 수 있을 테고."

"이런, 이제 그만들 해." 앤이 단호하게 말하며 산도즈를 똑바로 응시했다. "이건 너무 지나쳐. 에밀리오, 지금 정말로 조지를 이 일에 끌어들일 생각이야?"

"나는 지금 정말로, 이 방에 있는 모두를 끌어들일 생각입니다. 앤도 포함해서요. 당신의 인류학적 전문 지식은 우리가 외계 지성체와 접촉할 때 큰 도움이 될 거예요."

"그만두라니까!"

"그리고 의사이기도 하고 요리도 할 줄 알죠. 완벽한 기술적 조합이에요." 산도즈는 앤의 외침을 무시한 채 웃으며 말했다. "왜냐하면 우리는 누군가 다리가 부러지기만 기다리며 빈둥거리고 있을 의사를 데려갈 만한 여유가 없으니까요."

"당신들 모두 피터 팬이 되어 네버랜드로 떠날 채비를 갖추고는 나더러 웬디가 되라고 하는군. 멋지기도 해라! 갑자기 무례한 손동작 한 가지가 떠오르네." 앤이 쏘아붙였다. "에밀리오, 당신은 내가 만나 본 중에 가장 분별 있고 이성적인 신부였어. 그런데 이제는 신이 우리가 이 행성에 가기를 원한다는 이야기를 하다니. 내가 제대로 알아들은 거 맞아?"

"맞아요, 놀랍게도 난 그렇게 믿고 있습니다." 산도즈가 인상을 찌푸리며 대답했다. "미안해요."

앤이 분노로 할 말을 잃은 채 그를 응시했다.

"미쳤어."

"봐요, 앤. 어쩌면 당신 말이 맞을 수도 있어요. 이 모든 게 다 미친 생각이죠." 산도즈는 구석 자리에서 일어나 지미의 단말기 뒤쪽 테이블에 걸터앉아 있는 앤에게 다가갔다. 그러고는 한쪽 무릎을 꿇은 채 그녀의 손을 잡았다. 진지한 애원이라기보다는 장난스러운 동작이었다. "하지만, 앤! 지금은 아주 특별한 순간이에요, 그렇지 않아요? 그러니 이 특별한 순간만큼은, 우리들이 하필이면 바로 지금, 여기 이 방 안에 모이게 된 데는 어떤 이유가 있다는 생각을 즐기도록 해 봐요. 아니, 내 말이 끝날 때까지 기다려요! 아까 조지가 한 말은 틀렸어요. 이 지구에 생명이 탄생한 것은 기적이에요." 그가 주장했다. "우리들의 존재는 종으로서나 개인으로서나 매우 특별해요. 우리가 서로를 안다는 사실은 우연의 결과예요. 하지만 그래도 우리는 여기에 있어요. 그리고 이제 또 다른 지적인 종족이 우리 가까이 있으며, 그들이 노래를 부른다는 사실을 알아요. 노래를 부른다고요, 앤." 앤은 자신의 손을 잡은 산도즈의 손에 점점 힘이 들어가는 것을 느꼈다. "우리는 그들에 대해 알아야 해요. 선택의 여지가 없어요. 우리는 그들을 알아야만 해요. 당신이 말했잖아요, 앤! 신학이 어떻게 될지 생각해 봐요."

앤은 대답하지 않았다. 다만 산도즈를 보고, 그런 다음 나머지 사람들을 한 명씩 차례로 쳐다볼 뿐이었다. 박식하고 영리한 소피아는 이 임무를 시작하는 데 대처 불가능한 경제적 혹은 기술적 어려움은 없다고 생각하는 것처럼 보였다. 지미는 벌써 천문학적인 문제들을 해결하는 일에 착수하고 있었다. 마지막으로 그녀가 오랜 세월 사랑하고 믿어 왔던 조지는, 자기들 또한 이번 일에 참여해야 한다고 생각했다. 그리고 산도즈. 그는 신을 이야기하고 있었다.

"앤, 최소한, 시도는 해 봐야 하지 않을까요?"

산도즈가 간청했다. 앤에게는 그가 마치 어머니에게 모터사이클을 타고 전국 일주를 할 수 있다고 설득하려는 열일곱 살짜리 소년처럼 보였다. 하지만 산도즈는 열일곱 살이 아니었고, 앤 또한 그의 어머니가 아니었다. 그는 중년으로 다가가는 사제였고, 그녀가 상상하기 어려운 무언가에 사로잡혀 있었다.

"예수회 상급자들에게 제안해 볼 생각이에요." 산도즈가 차분한 목소리로 말하며 자리에서 일어섰지만, 앤의 손을 놓지는 않았다. "이 일이 불가능하다고 판명될 수백 가지, 아니 수천 가지 가능성이 있어요. 나는 기꺼이 하느님의 결정에 따를 생각이에요. 혹은 운명이라고 해도 좋겠죠. 당신에게 그 편이 더 이성적으로 느껴진다면 말이에요."

앤은 여전히 대답하지 않았지만, 산도즈는 그녀의 눈빛이 변하는 것을 볼 수 있었다. 완전히 승복한 것은 아니지만 일종의 걱정스러운, 마지못해 허락하는 기색이었다. 어쩌면 다만 판단을 유보할 뿐인지도 몰랐다.

"누군가는 갈 거예요, 언젠가는." 산도즈가 앤에게 장담했다. "가지 않기에는 너무 가까워요. 음악은 너무 아름답고요."

앤 에드워즈의 일부는 이 발견에 흥분하고, 역사가 만들어지는 순간에 이토록 가까이 있다는 사실을 영광스럽게 생각했다. 그리고 더 깊은 내면에 자리한 그녀 자신조차 거의 인식하지 못하는 일부는 산도즈가 믿는 것처럼 보이는 바를, 신의 존재를 믿고 싶어 했다.

오래전 한때, 앤은 인간이 자신의 삶에서 신의 존재에 대한 증거와 직면했을 때 어떻게 대처하는가 하는 문제에 대해 진지하게 생각해 본 적이 있었다. 서구 지혜의 보고라고 할 수 있는 성경의 내용이, 실제로 일어났던 역사적 사실인지 혹은 그저 꾸며낸 신화에 불과한지 몰라도 이 문제에 대한 해답을 제시해 준다고 그녀는 생각했다. 신이 시나이 반도에 거했음에도 사람들은 불과 몇 주 만에 황금 송아지 앞에서 춤을 췄다. 신의 아들이 예루살렘에 걸어 들어가고 며칠이 지나자, 사람들은 그를 십자가에 못 박은 다음 일상으로 돌아갔다. 신성과 마주할 때마다 사람들은 지극히 평범한 일상으로 도피했다. 마치 다음과 같은 우주적인 객관식 문제에 답하는 것과도 같다. 불꽃이 이는데도 타지 않는 가시덤불*을 본다면, 어떻게 하겠는가? 1)911에 전화한다. 2)핫도 그를 가져와서 굽는다. 혹은 3)신을 인지한다. 극소수의 사람들만이 어떤 사건 앞에서 신을 인지할 것이라고 앤은 생각했다. 나머지 대다수는 그저 신경 안정제를 찾을 것이다.

앤은 자신의 차가운 손을 산도즈의 따뜻한 손에서 빼냈다. 그리고 자신의 가슴 앞으로 두 팔을 교차시켰다.

"커피가 필요해."

그녀는 투덜거리며 연구실을 나갔다.

---

* 출애굽기 3장 2절.

12
지구

2019년 8월 3일~4일

2019년 8월 3일 일요일 아침 9시 13분, 아레시보 천문대의 경비원은 지미 퀸의 손님들이 돌아가는 것을 확인했다. 기지개를 켜기 위해 잠깐 책상 앞을 벗어난 경비원은 조지 일행이 흔드는 손에 답례를 했다. 반 시간쯤 뒤 마사오 야노구치가 아레시보에 도착했다. 그가 천문대에 들어갈 때 경비원이 말했다.

"올라오는 길에 조지와 마주치셨겠네요."

야노구치는 유쾌하게 고개를 끄덕였지만, 서둘러 지미 퀸의 연구실로 향했다.

오전 10시, 조지 에드워즈가 푸에르토리코에 있는 소피아 멘데스의 아파트 건물 주차장에서 차를 빼고 있을 때 캘리포니아 바스토 외곽에서 이른 아침부터 골프를 즐기던 히데오 기쿠치 박사는 마사오 야노구치의 전화를 받기 위해 경기를 중단했다. 그리고 45분이 채 지나지 않아, 골드스톤 천문대의 직원들이 회의를 열고 아레시보의 발견을 확인했다. 몇몇 직원은 할복을 고려했다. 지미보다 먼저 그 발견을 알아차렸어야 할 교대 감독자는 즉시 사임했고, 정말로 자살하지는 않았지만 다음 날 아침 숙취로 거의 죽을 뻔했다.

그 일요일 아침 오전 10시 20분, 소피아 멘데스는 터키식 커피 한 주전자를 끓였다. 그녀는 주의를 분산시킬 만한 요인을 차단하기 위해 원룸 아파트의 창문에 달린 값싸고 못생긴 커튼을 닫았다. 그리고 아레시보 전파 망원경에 대한 요청 스케줄을 자동으로 관리할 AI 시스템을 코딩하기 위해 자리에 앉았다. 그녀는 산도즈 박사의 이야기를 머릿속에서 몰아냈다. Arbeit macht frei. 일이 자유를 준다.* 소피아가 냉철하게 생각했다. 계속해서 일하면 언젠가 자유를 살 수 있다. 그래서 그녀는 일했다. 그날이 좀 더 빨리 올 수 있도록.

오전 11시 30분, 라페를라로 돌아간 에밀리오 산도즈는 뉴올리언스의 D. W. 야브로에게 전화를 걸어 한동안 이야기를 나눴다. 그러고는 성당 겸 주민 센터로 달려가, 서둘러 사제복을 걸치고 11시 35분에 몇 안 되는 신도들을 위해 미사를 집전했다. 그날의 설교는 믿음의 본질에 대한 것이었다. 앤 에드워즈는 참석하지 않았다.

로마 시각으로 저녁 5시 53분, 뉴올리언스 교구의 D. W. 야브로가 보낸 비디오 송신이 예수회의 31대 총장 신부인 토마스 다 실바가 즐기던 늦은 오후의 토막잠을 방해했다. 총장 신부는 방으로 돌아가지 않았고, 그날 저녁 식사에도 나타나지 않았다. 살바토르 리베라 수사는 손도 대지 않은 접시를 치우며, 음식을 낭비하는 일에 대해 음산하게 투덜거렸다.

현지 시각으로 오전 11시 45분, 주미 일본 대사가 전세기 편으로 워싱턴을 떠나 세 시간 30분 후 산후안에 도착했다. 그가 비행기에 타고 있는 동안, 지미의 발견에 대한 뉴스가 시스템에서 시스템으로 전달

---

*아우슈비츠 수용소의 정문에 쓰여 있던 악명 높은 구호.

되어 천문학계를 강타했다. 사실상 거의 모든 전파 천문학자들이 하던 일을 때려치우고 망원경을 알파 센타우리에 조준했다. 물론 우주의 기원을 연구하느라 생명이 살건 말건 행성에 대해서는 큰 관심을 보이지 않는 몇몇 학자만큼은 예외였다.

전 세계 언론이 아레시보로 모여들기를 기다리는 동안, ISAS의 기록 담당자는 천문대의 직원들에게 이 역사적인 순간에 동참하기 위해 찾아든 각양각색의 고위층과 포즈를 취하도록 시켰다. 지미 퀸은 주위에서 벌어지는 소동에 약간 기가 질린 나머지, 이번에도 역시 언제나처럼 자신이 맨 뒷줄 가운데 서야 한다는 사실을 농담거리로 삼을 기회를 놓쳤다. 유치원 시절부터 지미는 항상 반에서 가장 키가 컸다. 그래서 집에 있는 단체 사진이란 단체 사진은 죄다 그가 맨 뒷줄 가운데 서 있는 것밖에 없었다. 사진 촬영을 마치고 나서, 지미는 허락을 구하고 어머니에게 전화를 걸었다. 안 하는 것보다는 늦게라도 하는 게 나았다.

그리니치 표준 시각으로 21시 30분, 기자 회견은 전 세계에 생방송으로 중계되었다. 최근에 이혼한 아일린 퀸 부인은 매사추세츠 주 보스턴에서 홀로 텔레비전을 시청했다. 그녀는 눈물을 흘리고 웃음을 터뜨리고 스스로를 다독이며, 누군가 지미에게 머리를 자르거나 최소한 빗기라도 하라고 말해 주기를 바랐다. '셔츠 꼴이 저게 뭐람!' 그녀는 언제나처럼 지미의 옷 고르는 취향에 불만을 터뜨렸다. 기자 회견이 끝난 후에는 자기가 아는 모든 사람에게 전화를 걸었다. 단 한 사람, 케빈 퀸이라는 망할 인간만 빼고.

오후 5시 56분, 아레시보의 기자 회견이 끝나기도 전에 이재에 밝은 열다섯 살짜리 소년 둘이 지미 퀸의 공용 웹 주소를 타고 그의 집에 설치된 시스템에 침입했다. 그리고 문제의 음악을 전자적으로 재생하는 데 필요한 코드를 훔쳤다. 아레시보 시스템의 보안은 철저했지만, 정직하기 이를 데 없는 지미로서는 자기 자신의 컴퓨터에 복잡한 락을 걸다는 생각을 해 본 적도 없었다. 몇 주가 지나서야 그는 자기가 그런 도둑질을 예상하지 못한 탓에, 그 아이들로부터 코드를 사들인 역외의 불법 미디어 회사들이 엄청난 돈을 벌어들였다는 사실을 깨달았다.

기자 회견이 끝났을 때 도쿄는 월요일 아침 8시 30분이었다. 외계 음악을 복제해서 판매할 수 있는 권리에 대한 문의가 거의 즉각적으로, ISAS에 홍수처럼 밀려들었다. 일본 우주과학 연구소의 소장은 SETI 프로그램이 포착한 모든 통신은 인류 공동의 소유라는 오랜 협약을 지적하며 UN 사무총장에게 전권을 일임했다.

조지와 함께 저녁 식사를 준비하던 앤 에드워즈는 이 소식을 라디오로 듣고 속이 뒤틀렸다.

"우리가 그 망할 프로그램에 자금을 댔잖아. 정작 돈을 낸 건 우리라고. SETI에 대한 아이디어 자체가 미국에서 나온 거야. 만약 이걸로 누군가 돈을 번다면, 그건 미합중국이라야 해. UN이나 일본이 아니라!"

조지가 콧방귀를 꾸었다.

"그래 맞아, 칼 세이건만큼 돈을 긁어모을 수 있을 텐데, 그 사람 죽은 지도 20년이나 지났지만 말이야." 그가 말하면서 슬쩍 눈치를 봤다. "그러니까 우리가 거기에 간다면 얼마나……."

"시작할 생각도 하지 마, 조지."

"아이고 무서워라."

앤은 천천히 싱크대에서 몸을 돌려, 눈을 가늘게 뜨고 40년 넘게 사랑해 온 남편을 쳐다봤다. 그리고 손을 닦고 나서 수건을 반듯하게 접어 조리대에 올려놨다. 그녀가 예쁘게 웃으며 제안했다.

"엿이나 먹어. 그리고 죽어 버려." 조지가 웃음을 터뜨리는 바람에 그녀는 더욱 짜증이 났다. "웃지 마, 조지! 당신은 지금 당신이 알고 사랑하는 사람 모두를 남겨 두고 가겠다는 거잖아!"

"그래. 그리고 설령 살아서 돌아온다고 해도 아는 사람들은 전부 늙어 죽고 없겠지!" 조지가 호전적인 말투로 인정했다. "그래서 뭐? 어차피 머지않아 죽을 사람들이야. 당신은 그걸 옆에서 지켜보고 싶다는 거야?" 앤이 눈을 깜박였다. "보라고. 아득한 옛날 당신 선조들이 유럽에서 배를 타고 출발한 것도 당시로서는 다른 행성으로 가는 일이나 다를 바 없었어. 그들 역시 아는 사람 모두를 남겨 두고 떠나왔다고! 그리고 앤, 당신이 누굴 떠난다는 거야? 우리 부모님은 오래전에 돌아가셨어. 우리에겐 아이도 없어. 우린 심지어 고양이 한 마리도 없다고, 젠장."

"우리에겐 서로가 있잖아……." 앤이 약간 방어적으로 말했다.

"바로 그거야. 그러니까 우리가 같이 간다면……."

"맙소사, 그만둬. 알았어? 그냥 그만하라고." 앤이 다시 싱크대를 향해 돌아섰다. "어차피 우리 같은 늙은 바보 한 쌍에게 그런 일을 제안할 리 없어."

"내기할까?" 앤은 그렇게 묻는 조지의 목소리에서 자기만족의 즐거움을 느꼈다. "신부들도 새파랗게 젊지 않기는 매한가지야. 그리고 요즘 예순 살은 예전과는 다르지."

"젠장, 조지! 난 정말 이 이야기가 지긋지긋하단 말이야!" 앤이 난폭하게 몸을 돌리며 말했다. "그러니까 제발 그만해. 내가 화낼 때 더 예쁘다고 말하면 창자를 꺼내 버릴 줄 알아." 그녀가 으르렁거리며 디저트용 포크를 휘둘렀다. 조지가 웃음을 터뜨리자 앤도 기분을 가라앉혔다. 그녀가 진지한 눈빛으로 말했다. "알았어. 꿈을 즐기라고. 마음껏 즐겨. 하지만 조지, 만약 정말로 그들이 제안한다면? 난 절대로 안 한다고 대답할 거야. 그러니까 더는 말할 필요도 없어."

그날 밤 에드워즈 부부의 저녁 식사 시간은 유난히 조용했다.

유난히 길었던 일요일도 끝나갈 무렵, 지미는 마사오 야노구치의 사무실로 불려 갔다. 야노구치는 지미의 엉망으로 구겨진 옷과 붉게 충혈된 눈을 보고 그가 대략 36시간 정도 깨어 있었던 모양이라고 추정했다. 그는 퀸에게 앉으라는 손짓을 하고는, 우스꽝스러울 정도로 길쭉한 뼈대가 의자에 맞는 모양으로 접히는 모습을 구경했다. 야노구치의 책상에는 경비원이 작성한 기록이 놓여 있었다.

"퀸 씨, 멘데스 양과 에드워즈 씨의 이름은 알겠습니다. 에드워즈 박사는 에드워즈 씨의 부인이겠죠. 한데, E. J. 산도즈는 누구죠?"

"제 친구입니다. 저, 신부님이죠. 다들 제 친구들입니다. 죄송합니다. 박사님께 먼저 연락을 드렸어야 했지만, 새벽 4시인 데다 100퍼센트 확신하지는 못했기 때문에……."

야노구치는 침묵이 방 안을 채우도록 내버려 뒀다. 지미는 시계를 손목에서 몇 바퀴나 돌리며 소피아가 몇 시간 전에 하던 행동을 무의식적으로 흉내 내고 있었다. 그는 잠시 바닥을 내려다보다가 야노구치와 시선을 마주쳤지만 이내 고개를 돌리고 말았다.

"제가 틀렸으면 어쩌나 싶어서, 누군가 다른 사람에게 먼저 들려주려고……." 지미는 말을 멈췄고, 이번에 고개를 들었을 때는 시선을 피하지 않았다. "거짓말이네요. 전 알았습니다. 확신했어요. 그냥 친구들에게 먼저 들려주고 싶었어요. 그 사람들은 저한테 가족 같은 존재거든요, 야노구치 박사님. 하지만 그러면 안 되는 거였는데, 변명의 여지가 없네요. 사표를 쓰겠습니다. 죄송합니다."

"사과를 받아들입니다, 퀸 씨." 야노구치가 경비원의 수첩을 덮고 책상에서 작은 종이 한 장을 들어 올렸다. "멘데스 양이 이 메모를 저한 테 남겼습니다. AI 프로젝트를 요청과 회신에만 국한하는 쪽으로 축소 하자고 제안했더군요. 이 의견에는 저도 동의해야 할 것 같습니다. 당 신이 프로젝트에 내기를 도입하자고 제안한 덕분에 ISAS는 상당한 비 용을 절약하면서 이 일을 추진할 수 있게 되었습니다." 야노구치는 메 모를 한쪽으로 치웠다. "당신이 계속 멘데스 양에게 협조해 줬으면 좋 겠군요. 하지만 더 이상 지금 사무실로 출근할 필요는 없습니다." 야 노구치는 지미가 반사적으로 튀어나오려는 말을 다스리는 모습을 보 고, 젊은이의 자기 수양에 만족하며 말을 이었다. "내일 아침부터는 문 제의 송신이 어디서 왔는지 추적하는 정식 업무를 책임지도록 하세요. 당신은 다섯 명의 직원을 감독하게 될 겁니다. 24시간 내내, 두 명씩 교대로 일하도록 하세요. 그리고 바스토나 다른 천문대에서 비슷한 업 무를 맡은 직원들도 관리해 줬으면 좋겠군요."

야노구치가 일어서자, 지미도 따라 일어섰다.

"역사적인 발견을 축하합니다, 퀸 씨." 마사오 야노구치는 양팔을 옆 구리에 붙인 채로 짧게 허리를 숙였다. 나중에 지미는 자신이 그날 벌 어졌던 어떤 일보다 야노구치의 이런 동작에 더 놀랐다는 사실을 깨달 았다. 야노구치가 제안했다. "집까지 태워다 드리겠습니다. 운전할 만 한 상태가 아닌 것 같군요. 내일 아침에도 제 기사를 보내도록 하죠. 오늘 밤은 차를 여기 두고 가셔도 됩니다."

지미는 멍한 나머지 아무 말도 할 수 없었다. 야노구치는 웃음을 터 뜨리더니 지미를 데리고 주차장으로 향했다.

그날 밤, 산도즈는 태어나서 두 번째로 잠을 설치고 있었다.

그가 이 아파트를 공짜로 사용할 수 있는 이유는 건물이 점점 육지를 침식해 들어오는 바다와 너무 가까이 위치해서였다. 더 이상 아무도 감히 이 집에 머물고 싶어 하지 않았고, 건물 주인은 세놓기를 포기했다. 산도즈는 언제나처럼 작은 침실에 홀로 누워 해수면에 반사된 달빛이 여기저기 갈라지고 금이 간 천장을 아름답게 수놓는 장면을 감상하고, 가까이서 들려오는 몽환적인 파도 소리에 귀를 기울였다. 쉽게 잠들 수 없으리라는 사실을 알았기 때문에 애써 눈을 감지도 않았다.

산도즈는 지난밤 벌어진 것과 같은 일에 어느 정도는 준비가 되어 있었다. "이 세상에는 인간들이 더럽게 많으니까 말이다." 한번은 야브로가 그에게 경고한 적이 있었다. "언젠가, 어디선가, 그중 하나둘은 네 녀석을 정신 못 차리게 할 거라 이 말이다. 두고 보아라." 그래서 소피아 멘데스를 만나기 전에도, 산도즈는 그녀와 같은 누군가가 나타나리라 예상하고 있었다. 그는 더 이상 그녀가 불러일으킨 혼란을 부정하지 않았다. 그저 자연스러운 반응이 자신이 서약한 바와 일치하게 만드는 데 시간이 필요하다는 사실을 받아들일 뿐이었다.

산도즈는 서약에 대해 진지하게 의심해 본 적이 없었다. 그는 그런 서약을 신의 사도로 기꺼이 일하기 위해 필수 불가결한 조건으로 받아들였다. 그리고 때가 오자 진심을 다해 맹세했다. 하지만 열다섯 살 때는 어땠는가? 그 시절 누가 그더러 사제가 될 거라고 말했다면 어리석은 소리 말라며 비웃었을 것이다. 아, 그래, 야브로는 산도즈에 대한 고소를 취하하고, 누군가 다른 사람이 그를 쏴 죽이기 전에 섬 밖으로 내보냈다. 얼마간 고마운 마음이 들기도 했지만, 처음에는 하루빨리 열여덟 살이 되어 자기 마음대로 할 수 있는 날이 오기만을 고대했다. 뉴욕으로 가야지. 마이너리그에 입단할까. 권투선수도 괜찮을 거야. 플라이급으로. 살이 더 찐다면 웰터급도 좋지. 그래야만 한다면 다시 마약을 팔 수도 있어.

예수회 고등학교에서 보낸 첫 달은 충격이었다. 그는 다른 학생들보다 경험이 풍부한 대신 학문적으로는 훨씬 뒤처져 있었다. 괴롭힐 때가 아니면 그에게 말을 거는 소년은 거의 없었고, 산도즈도 굳이 남들과 어울리고 싶은 생각이 없었다. 야브로는 한 가지만 약속하라고 요구했다. 아무도 때리지 않겠다고 말이다. "주먹 단속 잘하라는 말이다, 자식아. 더 이상 싸움질은 안 돼. 정신 똑바로 차려야 한다, 이 녀석아."

가족 중 아무도 그에게 전화를 걸거나 편지를 쓰지 않았고, 찾아오는 사람도 당연히 없었다. 야브로는 첫 학기가 끝난 후, 형이 무사히 달아났지만 아직도 모든 일이 산도즈의 잘못이라며 비난하고 있다는 소식을 전했다. '형 따위 엿이나 먹으라지. 누가 신경이나 쓸 줄 알고?' 그는 사납게 중얼거리며 다시는 울지 않겠다고 맹세했다. 그리고 그날 밤 학교의 담을 넘었다. 거리에서 창녀를 샀고, 엉망으로 취했다. 다시 반항적으로 돌아왔다. 산도즈가 나가는 모습을 누가 봤는지도 모르지만, 뭐라고 하는 사람은 없었다.

2학년으로 올라가고 여덟 달이 지나자 뭔가가 달라졌다. 기숙 학교에서 지내는 삶의 조용하고 질서 정연한 분위기가 그를 유혹하기 시작한 것이다. 위기도, 갑작스러운 공포도, 총성도, 한밤중의 비명도 없었다. 폭력도 없었다. 매일 계획대로 흘러갔고, 놀랄 일이라곤 없었다. 스스로도 놀랐지만 그는 라틴어에 소질이 있었다. 심지어 상도 탔다. "참 잘했어!" 산도즈는 그 말이 듣기 좋았다. '참 잘했어.' 그는 머릿속에서 되뇌었다.

3학년 때는 성적이 더 좋았다. 거의 한 해 내내 사제들과 논쟁을 벌이느라 바빴는데도 불구하고 말이다. 그가 알고 있는 한 종교란 전부 개소리에 지나지 않았다. 신부들이 어떤 이야기들은 사실 신앙심에 의

한 허구라고 자유롭게 인정했을 때, 산도즈는 무장 해제당했다. 하지만 그의 성격을 잘 알고 있는 신부들은 그가 쓰레기라고 일컫는 대상을 스스로 파헤치게 했다. 수 세기 동안 모든 방문자를 위해 주의 깊게 보존되고 제공되어 온 진실의 핵심을 찾아내게 만든 것이다.

시간이 지나면서 산도즈는 가슴속에 있는 무언가가 느슨해지는 느낌을 받았다. 마치 심장을 틀어쥐고 있던 보이지 않는 손이 사라진 것 같았다. 그리고 어느 날 밤 짧은 무언의 꿈속에서, 꽉 다문 장미 봉오리가 꽃잎을 한 장 한 장 펼치며 활짝 피어나는 장면을 목격했다. 그리고 잠에서 깨어나 몸을 떨었다. 자는 동안 흘린 눈물로 얼굴이 젖어 있었다.

산도즈는 이 꿈에 대해 아무에게도 말하지 않았고 그 자신도 잊으려고 노력했다. 그러나 열일곱 살이 되자, 그는 신부가 되기 위한 수련 과정에 들어갔다.

많은 사람이 놀랐지만, 야브로는 산도즈가 16세기에 예수회를 설립한 바스크 병사와 많은 공통점을 가지고 있다는 사실을 지적했다. 로욜라의 이그나티우스와 마찬가지로 에밀리오 산도즈는 폭력과 죽음 그리고 끔찍한 공포에 대해 알고 있었으며, 수행 기간 동안 침묵의 나날을 보낸 끝에 그런 과거를 돌아보고 그로부터 벗어날 수 있게 되었다.

다른 젊은이들로 하여금 사제의 길을 포기하게 만드는 난관들이 그에게는 안식이나 다름없었다. 율수*, 예배의 운율, 침묵, 목적의식. 심지어 금욕 생활까지도. 자신의 혼란스러운 유년기를 돌아볼 때, 산도즈가 경험한 성교는 모두 애정이 아니라 힘이나 오만 또는 욕망에 의한 행위였기 때문이다. 그는 금욕하는 삶이야말로 일종의 은총이라고 믿는 데 거부감이 없었다. 그런 식으로 수련 과정을 마친 후 본격적인

---

* Ordo Regularis. 수도 생활의 규칙.

배움이 시작되었다. 산도즈는 고전과 인문학, 그리고 철학에 대한 수업을 들었다. 예수회 고등학교에서 학생들을 가르치기도 했다. 그리고 수년에 걸친 신학 공부를 마치고 제3수련기**를 거쳐 최종 서원을 맞이했다. 처음 예수회의 수련 과정에 들어온 학생 열 명 중 세 명 정도만 끝까지 남았다. 그리고 소년 시절의 그를 아는 많은 사람에게는 놀랍게도, 산도즈가 그 가운데 포함되어 있었다.

그러나 그토록 오랜 시간에 걸친 준비에도 여전히 산도즈의 영혼 속에 가장 크게 울려 퍼지는 기도는 이 같은 절규였다. '주여, 당신을 믿나이다. 불신에서 나를 구해 주소서.'

산도즈는 예수의 삶에서 큰 감동을 받았다. 반면 예수가 베풀었다고 하는 기적들은 오히려 믿음에 장애가 되었다. 그래서 스스로에게 그런 기적들을 합리적인 관점에서 설명하곤 했다. '마치 일곱 개의 빵과 일곱 마리 생선밖에 없는 것처럼 보일 정도로 식량이 부족했다는 말이겠지. 사람들이 자기 몫의 음식을 낯선 자들과 나눠 먹었다는 자체가 기적이라는 뜻일 거야.' 그는 어둠 속에서 그렇게 생각하곤 했다.

산도즈는 자신이 불가지론자에 가깝다는 사실을 알면서도 인내심을 잃지 않았다. 그는 인식할 수 없는 대상의 존재를 부정하기보다는, 자기 자신의 믿음이 충분하지 못함을 인정하고 의심을 정면으로 마주하며 기도했다. 군인 이그나티우스 로욜라는 살인과 매춘을 저지르고 자신의 영혼을 엉망으로 타락시킨 인물이었다. 그런 그조차 어떤 사람이 기도를 통해 보다 선량하게 행동하고 보다 분명하게 생각할 수 있다면, 기도를 드릴 만한 가치가 있다고 말했다. 한번은 야브로가 말했다. "녀석아, 조금만 덜 잡놈처럼 굴어도 그게 어디냔 말이다." 그리고 그와 같은 고상하지는 못해도 관대한 기준에 따라, 산도즈는 자기 자신

** 예수회에서 최종 서원을 하기 전의 엄격한 수련 기간.

이 하느님의 자식이라고 믿을 수 있었다.

그래서 언젠가는 자신의 영혼이 진정한 믿음을 찾게 되기를 바라면서도 스스로의 현재 모습에 만족했다. 자기가 요즘 들어 조금 덜 잡놈처럼 군다고 해서, 신이 보잘것없는 에밀리오 산도즈에게 몸소 그 존재를 증명하리라 기대하지 않았다. 사실 아무것도 바라지 않았다. 이미 받은 것만으로도 어떻게 더 감사할 도리가 없었다. 정말로 신이 존재해서 그런 감사의 마음을 알거나 받을 수 있는지는 크게 상관없었다.

따사로운 8월의 어느 날 밤, 침대에 누워 있던 산도즈는 어떤 존재도 느끼지 못했다. 어떤 목소리도 듣지 못했다. 언제나처럼 이 우주에 오직 혼자인 듯한 고독감을 느꼈다. 하지만 만약 신이 인간에게 어떤 계시를 내린다면, 오늘 아침 아레시보에서 그가 받은 것이야말로 정확히 그에 해당한다는 생각을 좀처럼 떨쳐 버릴 수가 없었다.

그러고 나서 산도즈는 잠들었다. 다음 날 아침 동이 트기 직전, 그는 꿈을 꾸었다. 어딘가 좁은 장소에서 어둠 속에 앉아 있는 꿈이었다. 그는 혼자였고, 주위는 귓가에 맥박 소리가 들릴 정도로 조용했다. 다음 순간 있는 줄도 몰랐던 문이 열렸다. 문 뒤쪽으로 눈부신 빛이 보였다.

그 후로 오랜 세월에 걸쳐, 이 꿈이 처음에는 그를 지탱했고 나중에는 그를 괴롭혔다.

13

지구

2019년 8월~9월

산도즈가 병원의 열린 문 주위를 어슬렁거리고 있는 모습을 보았을 때 앤 에드워즈는 막 아침 진료를 끝낸 참이었다. 그녀는 잠깐 멈칫했다가, 진료실을 나가 병원에 딸린 작은 접객실로 들어섰다.

산도즈가 문밖에 서서 작은 소리로 물었다.

"나한테 화났어요?"

"화가 나긴 했지." 앤이 손을 닦고 문 쪽으로 걸어가며 까칠하게 말했다. "그런데 누구한테 화난 건지는 잘 모르겠어."

"하느님한테가 아닐까요?"

"당신이 말끝마다 신을 들먹이지 않을 때가 더 좋았어." 앤이 투덜거렸다. "점심은 먹었어? 집에 가서 30분 정도 쉴 건데. 남은 파스타가 좀 있어."

산도즈는 어깨를 움츠렸다가 고개를 끄덕이고는 앤이 병원 문을 잠그는 동안 잠자코 기다렸다. 그들이 여든 개의 계단을 올라 집으로 가는 동안, 앤은 이따금 마주치는 사람들의 인사에 답례할 때를 제외하면 한 번도 입을 열지 않았다. 그들은 집에 도착하자마자 부엌으로 향했다. 산도즈는 한쪽 구석에 놓인 의자에 앉아, 앤이 부산스럽게 두 사람이 먹을 점심을 준비하는 내내 그녀를 지켜봤다.

"종종 사람들의 행동만 보고는 그들이 신을 믿는지 아닌지 분간하기가 어려워요." 산도즈가 평소와 다름없는 말투로 이야기했다. "당신은 신을 믿나요, 앤?"

앤은 낡아 빠진 전자레인지를 작동시킨 다음 산도즈를 향해 돌아섰다. 그리고 조리대에 몸을 기댄 채, 병원에서 마주친 후 처음으로 그와 시선을 맞췄다. 그녀가 차갑게 말했다.

"나는 내가 쿼크를 믿는 것과 같은 방식으로 신을 믿어. 양자물리학이나 종교를 직업으로 삼은 사람들은 나에게 자기들이 쿼크나 신의 존재를 믿을 만한 이유가 있다고 말하지. 그리고 내가 자신들이 배운 것을 배우는 데 일생을 바친다면, 나 또한 그들처럼 쿼크나 신을 보게 될 거라고."

"그 말이 진실이라고 생각해요?"

"나한테는 다 알 수 없는 소리로 들려."

앤은 어깨를 으쓱하더니 돌아섰다. 그리고 오븐에서 접시를 꺼내 식탁으로 가져갔다. 산도즈는 의자에서 일어나 식당으로 그녀를 따라갔다. 그들은 마주 앉아 점심을 먹기 시작했다. 열린 창문으로 산들바람과 함께 이웃집 사람들의 말소리가 들려왔다.

"그런데도 당신은 착하고 도덕적인 사람처럼 행동하죠."

산도즈가 예상한 대로 앤은 그 말을 듣더니 폭발했다. 그녀는 쨍그랑 소리가 나도록 포크를 접시에 내려놓은 후 물러나 앉았다.

"있잖아? 난 사람이 착하거나 도덕적으로 행동하는 이유가 종교밖에 없다는 생각이 아주 짜증 나. 난 하고 싶은 대로 할 뿐이야." 앤이 한마디 한마디를 꾹꾹 눌러서 말했다. "희망이나 보상, 처벌이 없어도. 내가 선량하게 행동하게 만들기 위해서 천국으로 꼬드기거나 지옥으로 겁줄 필요는 없어. 내가 할 말은 그게 다야."

산도즈는 앤이 다시 포크를 집어 들고 식사를 계속할 만큼 분이 가라앉았을 때까지 기다렸다.

"당신은 고결한 사람입니다."

그는 존경심을 담아 고개를 숙였다.

"말은 잘하네."

앤이 입 안 가득 음식을 넣은 채로 투덜거렸다. 그녀는 자기 앞에 놓인 접시를 노려보며 포크로 리가토니 한 조각을 찔렀다.

"우리 사이에는 당신이 생각하는 것보다 더 많은 공통점이 있어요." 산도즈가 그렇게 말하자 앤이 고개를 들었다. 하지만 그는 더 설명하려 들지 않았다. 앤이 입 안에 든 음식을 삼키려고 애쓰는 동안, 산도즈는 접시를 한쪽으로 치우더니 사무적인 말투로 이야기를 시작했다. "지난 몇 주 동안 아주 많은 일이 일어났어요. 우리 물리학자들은 중고 소행성을 운송 수단으로 이용할 수 있고, 알파 센타우리까지 실제로 18년 안에 도착할 수 있다는 점을 확인했죠. 목성이나 금성이 지속적인 융합을 일으킬 만큼 충분히 컸다면, 우리 태양계도 알파 센타우리처럼 보였을 거라고 하더군요. 따라서 우리 계획은 그 항성계에 도착한 다음, 지구나 화성과 같은 위치에 있는 행성을 찾는 거예요. 항성과 거대 가스 행성 사이에서 말이죠."

"듣기엔 그럴싸하군."

그렇게 내뱉은 앤의 반응을 주의 깊게 살피면서, 산도즈는 이야기를 계속했다.

"조지는 이미 우리가 행성 운동을 영상으로 파악할 수 있는 기술을 제안했어요. 일단 우리가 알파 센타우리에 도착하면 자기가 그 기술을 이용해서 전파 탐사를 보완할 수 있다더군요."

산도즈는 경악과 분노를 예상했지만, 앤은 체념하는 표정이었다. 문득 조지가 정말로 앤을 남겨 두고 떠날지도 모른다는 생각이 들었다. 그런 가능성을 떠올리자 등줄기가 서늘해졌다. 앤과 조지는 그들의 폭넓고 유용한 전문 기술 외에도 상당한 수준의 지적 능력과, 둘이 합쳐 120년도 넘는 세상에 대한 경험을 지녔다. 뿐만 아니라 두 사람 모두 육체적인 강건함과 감정적인 안정성을 겸비하고 있었다. 둘 중 한 사람만 지구에 남을 수도 있다는 생각은 해 보지도 못했다.

이번 임무를 제안한 이후로, 산도즈 자신도 일이 진행되는 속도에 놀라고 있었다. 농담처럼 웃으며 시작한 일이 눈덩이처럼 불어나며 사람들의 삶을 바꿔 버렸다. 이미 깜짝 놀랄 만큼 많은 시간과 비용이 투입되었다. 진행 속도만 놀라운 것이 아니라, 조각들이 너무 척척 맞아들어가서 불안할 정도였다. 요즘 들어 산도즈는 매일같이 잠을 이루지 못했다. 그는 이 모든 일을 자기 자신이 시작했다고 생각하는 것과, 전부 신의 뜻이라고 생각하는 것 중에서 어느 쪽이 더 견디기 어려운지 결정할 수가 없었다. 밤마다 머릿속에서 벌어지는 이런 논쟁에서 산도즈가 스스로를 안심시킬 수 있는 유일한 방법은, 자기보다 더 현명한 사람들이 결정을 내리고 있다고 믿는 것이었다. 신은 믿지 못해도 예수회 조직과 자신의 상급자들, 예컨대 D. W. 야브로와 다 실바 총장 신부는 믿을 수 있었다.

이제 또다시 의심 속에 갇힌 느낌을 받았다. 이 모든 일이 실수는 아닐까? 자신이 에드워즈 부부의 결혼 생활을 파탄 내고 있는 것일까? 그러나 산도즈는 최근 들어 찾아온 어떤 생각에 의지해 평정을 되찾았다. 이번 임무가 성사된다면, 앤과 조지는 반드시 거기 참가할 운명이라고 확신했다. 산도즈가 다시 이야기를 시작하자, 앤은 조용하고 침착하게 귀를 기울였다.

"이 임무가 자살 행위라면 예수회가 절대 허락하지 않았을 거예요, 앤. 만약 현재 기술로는 이번 항해에 성공할 리가 없었다면, 시도하지도 않았을 거라고요. 합리적인 성공 가능성이 보일 때까지 기다렸겠죠. 벌써 이 계획을 위해 10년 치 식량이 준비되고 있어요. 혹시라도 실제로 여행에 걸리는 시간이 물리학자들의 예상과 다를 경우를 대비해서요. 계획서는 소행성이 왕복 여행에 충분한 정도에 그치지 않고, 예비로 한 번 더 거기까지 갈 수 있는 양의 연료를 제공할 수 있는 크기라야 한다고 명시하고 있어요. 누가 알아요? 대기가 우리가 호흡하기에 적당하지 않거나 착륙할 수 없을 수도 있잖아요. 그러면 우리는 가능한 많은 정보를 수집해서 그냥 돌아오면 그만이에요."

"우리라니? 벌써 정해졌어? 당신도 가는 거야?"

"아직 승무원이 확정되진 않았어요. 하지만 총장 신부님이 사실은 아주 종교적인 분이라서요." 산도즈가 반어법을 사용해서 말했다. "이번 발견이 하느님의 뜻이라고 생각하고 계시죠." 그는 이 말이 앤을 다시 화나게 만든 것을 보고 웃음을 터뜨렸다. "어쨌거나, 논리적으로 생각해 봐도 임무에는 나 같은 사람이 필요해요. 만약 그 노래를 부른 이들과 접촉할 수 있다면 언어학자의 존재가 유용할 테니까요." 그는 앤도 함께 간다면 자신에게 정말 큰 의미가 될 거라고 말하고 싶었지만, 이미 이 주제에 대해 너무 많은 이야기를 한 것 같았다. 그는 의자를 밀고 일어나 두 사람의 접시를 모두 들고 부엌으로 가져갔다. 앤에게는 보이지 않는 곳에서 소리쳤다. "앤, 부탁 하나만 해도 돼요?"

"뭔데?" 앤이 의심스럽게 되물었다.

"옛 친구가 찾아올 예정이에요. 여기서 식사를 좀 대접할 수 있을까요?"

"젠장, 에밀리오! 푸에르토리코에는 식당도 없어? 당신이랑 조지 때문에 내가 이 섬에 사는 들고양이 한 마리까지 남김없이 거둬 먹이게 생겼어."

산도즈가 부엌에서 나오더니 팔짱을 낀 채 문설주에 몸을 기댔다. 그는 얼굴에서 장난기를 거두고 미소를 지었다.

"알았어, 누가 오는데?"

앤이 그 미소에 넘어가지 않으려고 애쓰며 퉁명스럽게 물었다.

"돌턴 웨슬리 야브로, 예수회의 뉴올리언스 교구장입니다. 남부 침례교의 바티칸이라 할 수 있는 텍사스 주 와코 출신이죠."

산도즈는 마치 집사가 무도회에 입장하는 손님을 소개하듯 똑바로 서서 격식을 차리며 말했다. 앤은 패배감에 사로잡혀 머리를 감싸 쥐었다.

"바비큐. 허시퍼피. 양배추. 붉은 콩과 수박. 바카디 카르타 블랑카를 곁들여서!" 그녀가 경탄 어린 목소리로 울부짖었다. "멀리서 온 손님을 위해 요리하고 싶은 충동을 도저히 거부할 수가 없어."

"바로 그렇소이다, 부인." 에밀리오 산도즈가 텍사스 억양으로 말했다. "따지고 보면 D. W. 야브로만큼 멀리서 오는 손님도 드물다 이거외다."

앤이 웃으며 뒤쪽의 서가로 손을 뻗어, 표지가 두꺼운 책 한 권을 산도즈에게 던졌다. 산도즈는 한 손으로 그 책을 받아서 다시 앤에게 던졌다. 그들은 더는 임무에 대해 이야기하지 않았다. 일종의 휴전이 성립된 것이다.

"퀸 박사님, 일레인 스테판스키가 문제의 외계 송신이 사기극이라고 했는데요. 이에 대해 하실 말씀이 있습니까?"

이제 지미는 아침 8시에 기자들이 자기 집 문밖에 기다리고 있어도 더는 놀라지 않았다. 그리고 그들이 자기를 계속해서 박사라고 높여 부르는 일에 더 이상 재미있어하지도 않았다. 그는 사람들의 무리를 뚫고 자신의 포드 자동차를 향해 나아갔다.

"할 말 없습니다." 지미가 운전석에 올라타자, 기자들은 자동차를 둘러싸고 마이크를 들이대며 질문 세례를 퍼부었다. 지미는 차창을 내렸다. "이봐요, 그러다 바퀴에 발이 깔립니다. 좀 물러나 주겠어요? 저 출근해야 한다고요."

"왜 다른 송신은 없는 거죠?" 누군가 외쳤다.

"그들이 보내지 않는 건가요, 아니면 우리가 듣지 못하는 건가요?" 또 다른 누군가가 물었다.

"우린 계속 귀를 기울이고 있어요." 지미는 과학계 전체, 그리고 전세계 인구의 상당수가 주시하는 상황에서 일단의 전파 천문학자들을 지휘해 추가적인 송신을 포착하는 일에 총력을 기울이고 있었다. 하지만 아직까지 성과는 없었다. "심지어 우리가 보내기도 합니다. 하지만 그쪽에서 우리가 외치는 소리를 듣고 손을 흔드는지 보려면 최소한 9년 가까이 걸려요." 지미는 그렇게 말하고 차창을 올렸다. "이제 정말 가봐야 해요."

"퀸 박사님, 몽골의 후미족 노래를 들어 보셨나요? 스테판스키는 그 음악이 변조되어 SETI 기록에 들어간 거라고 하던데요. 그게 사실입니까?"

"수피족 노래는 어떤가요, 퀸 박사님?"

인터넷상에는 외계 음악의 존재를 믿지 않는 회의론자들이 넘쳐나기 시작했다. 그들은 잘 알려지지 않은 전통 음악을 거꾸로 재생하거나 주파수를 변조해서 올리고 있었다. 지구상의 음악이라고 해도, 특히 전자적인 조작이 가해지면 얼마나 이질적으로 들릴 수 있는지 보여 주기 위해서였다.

"네, 물론 들어 봤죠, 전부 괴상하게 들리더군요." 지미는 아직도 사람들의 질문을 무시하고 빠져나가기가 어려웠지만, 조금씩 그러는 법을 배워 가고 있었다. "하지만 우리가 잡아낸 것과 비슷하게 들리는 음악은 하나도 없었어요. 그리고 난 박사가 아닙니다, 알겠어요?"

그는 사람들에게 사과하며 차를 움직여 아레시보 천문대로 향했다. 천문대 앞에는 또 다른 기자 무리가 기다리고 있었다.

대중 매체도 결국에는 시들해졌다. 전 세계의 전파 천문대들은 8월 3일 이전에 진행하던 프로젝트로 하나둘 되돌아갔다. 하지만 로마에서는 계속해서 암호화된 통신이 예수회의 정확한 명령 체계를 따라 전해지고 있었다. 총장 신부로부터 교구장과 교구목을 거쳐 임무가 할당된 일반 사제에게로. 실제적인 결정들이 내려졌고, 과학자로 이루어진 다수의 팀이 조직되었다.

예수회의 31대 총장 신부인 토마스 다 실바는 여전히 그 신호가 진짜라고 확신했다. 이번 임무를 위한 신학적인 배경은 수십 년도 더 전, 이 우주에 또 다른 지적 종족이 존재한다는 어떤 증거도 없던 시절부터 마련되었다. 단지 우주의 크기만 생각해 봐도 인류가 창조의 유일한 목적이 아니라는 사실은 알 수 있었다. 그리고 이제는 증거까지 찾았다. 신에게는 다른 자녀가 있었다. 그리고 토마스 다 실바는 예수회의 대처 방안을 결정해야 할 때가 되자, 발견이 이루어진 날 저녁에 자신과 통화했던 에밀리오 산도즈의 대담하고 투박한 말을 인용했다.

"다른 대안은 없습니다. 우리는 그들에 대해 알아야 합니다."

2019년 8월 30일, 다 실바의 개인 비서인 피터 라이넘이 이에 대해 의문을 제기했다. 그러나 총장 신부는 미소를 지으며 외계의 가수들과 접촉하고자 하는 정교하고 복잡한 계획에 들어가는 비용에 대한 비서의 불만을 일축했다.

"피터, 자네는 그 외계 음악과 가장 비슷하게 들리는 모든 지구상의 음악들이 본질적으로 성스럽다는 사실을 눈치채지 못했나?" 총장 신부는 그렇게 되물었다. 다 실바는 위대한 영성을 지녔지만, 사업적인 감각이라고는 전혀 없는 사람이었다. "수피족, 탄트리족, 후미족. 나는 그 사실이 매우 흥미롭네."

피터 라이넘은 논쟁하려 들지 않았지만, 총장 신부가 헛된 환상을 좇고 있다고 생각하는 기색이 역력했다. 사실 피터 라이넘은 이 사업에 들어가는 막대한 자금에 이미 질려 있는 상태였다.

자신의 비서가 의구심을 감추지 못하는 모습을 보자, 토마스 다 실바는 웃으며 설교할 때처럼 손가락을 치켜들고 선언했다.

"Nos stulti proptur christum."

'글쎄요.' 라이넘은 속으로 중얼거렸다. 완벽하게 겸손하려면 "그리스도 앞에서 바보가 되어야" 할 수도 있겠지만, 단순히 그냥 바보가 되고 말 가능성도 배제할 수 없었다.

네 시간 후 두 번째 송신이 포착되었을 때, 피터 라이넘은 놀라면서도 분한 마음을 느꼈고 토마스 다 실바는 순수하게 기뻐했다.

최근 들어 줄어든 관심에도 불구하고, 몇몇 전파 망원경이 두 번째 신호를 잡아냈다. 이후 '사기극'이라는 단어는 외계의 노래에 대한 논란에서 영영 사라졌다. 그리고 그 음악의 발원지를 향한 예수회의 탐사 계획을 알고 있던 몇 안 되는 사람들은 크게 안도하는 한편 진심으로 기대하기 시작했다.

결국 앤 에드워즈가 계획에 참여하도록 설득한 것은 조지도 산도즈도 아닌, 어떤 버스 사고였다.

해안 도로를 따라 동쪽으로 향하던 트럭 한 대가 커다란 바윗덩이를 피하고자 잠시 갓길로 올라갔다가, 도로로 재진입하는 과정에서 너무 시간을 지체하고 말았다. 트럭은 몇 초 동안 반대쪽 차선을 달렸고, 마침 모퉁이를 돌아 나오던 버스의 옆구리를 들이받았다. 트럭 운전사는 그 자리에서 즉사했다. 버스 승객들 가운데 열두 명이 사망했고, 나머지 쉰세 명은 중경상을 입었으며 상당수가 히스테리를 일으켰다. 앤이 전화를 받자마자 출발해서 병원에 도착했을 때는, 이미 제정신이 아닌 환자의 가족과 변호사 들이 로비에 가득했다.

앤은 우선 부상자 분류를 돕고 난 후, 응급실로 이동해 동료들과 함께 머리에 심각한 부상을 당한 60대 여성을 구하기 위해 노력했다. 로비에 있던 그녀의 남편과도 이야기를 나눴다. 그들은 미시간에서 온 관광객들이었다.

"바깥 풍경을 보라고 마누라를 창가 자리에 앉혔소. 나는 바로 그 옆에 앉았지." 남자는 계속해서 얼굴 한쪽을 손으로 매만졌다. 그의 아내가 부상을 당한 방향이었다. "이 여행은 내 생각이었소. 마누라는 손주들을 보러 피닉스에 가고 싶어 했는데. 내가 안 된다고, 뭔가 색다른 경험을 하자고 말했소. 피닉스에는 매년 갔으니까."

할 말을 찾지 못한 앤은 그의 아내를 살리기 위해 최선을 다하겠다고 웅얼거린 후 다음 할 일로 넘어갔다.

새벽 무렵 최악의 고비가 지나가고, 응급실을 거쳐 간 환자들은 각각 기다리던 친지들에게 보내지거나 병실에 입원하거나 혹은 영안실로 실려 갔다. 앤은 병원을 나서는 길에, 열린 문 사이로 미시간에서 온 남자가 아내의 머리맡에 앉아 있는 모습을 보았다. 병상 주위를 에워싼 기계에서 나오는 불빛들이 남자의 얼굴을 물들이고 있었다. 앤은 뭐라고 위로를 하고 싶었지만 몇 시간이나 서 있었던 탓에 피로가 몰려왔다. 생각나는 말이라고는 "다음번엔 피닉스에 가세요."뿐이었지만 그렇게 말할 수는 없는 노릇이었다. 그때 이상하게도 「라 보엠」의 마지막 장면이 떠올라, 남자의 어깨에 손을 올리며 속삭였다.

　"용기를 내세요."

　집에 돌아왔을 때, 아직 옷을 입은 채 깨어 있던 조지가 커피를 권했다. 하지만 앤은 우선 씻고 나서 몇 시간 눈을 붙이기로 했다. 그녀는 샤워기에서 흐르는 물줄기를 맞으며 자신의 벗은 몸을 내려다봤다. 그러자 머리에 부상을 당한 여자의 모습이 떠올랐다. 그 여자의 몸 상태는 괜찮았다. 수십 년을 더 살지도 몰랐다. 하지만 자기 손주들이 자라는 모습을 결코 볼 수는 없을 것이다. 오늘 아침까지만 해도 멀쩡하던 여자가 한순간에 식물인간이 되어 버렸다. 세상에. 앤은 몸을 떨었다.

　비누 거품을 씻어 낸 후, 욕실에서 나왔다. 머리에 수건을 두르고 탄탄한 몸에는 목욕 가운을 걸친 채 거실로 가서 조지의 맞은편 자리에 앉았다.

　"좋아. 나도 가겠어."

　조지는 몇 초가 지나서야 그 말을 이해할 수 있었다.

　"될 대로 되라지." 남편이 알아들은 것처럼 보이자 앤이 말했다. "휴가 중에 버스 사고를 당해서 죽는 것보다는 낫지 않겠어."

9월 13일, 장클로드 주베르는 소피아 멘데스의 남은 계약 기간을 인수하는 문제를 논의하기 위해 영상 통화를 하고 싶다는 메시지를 받았다. 상대방이 자기의 이름이나 소개한 사람도 밝히지 않았기 때문에, 주베르는 영상을 통한 대면을 거부했다. 하지만 암호화되어 몇몇 네트워크를 경유하는 전자 통신에는 동의했다. 주베르가 범죄자는 아니었지만 그가 하는 사업은 질시와 반감, 그리고 끊임없는 논란의 대상이 되고 있었다. 아무리 조심해도 지나치지 않았다.

자기 방식대로 다시 이루어진 접촉에서, 주베르는 자신이 최근 멘데스 양 때문에 손해를 봤다는 사실을 지적했다. 그 대가로 그녀와 주베르의 계약이 다소 연장되었다. 협상의 상대방에게 7년 반의 권리를 인수할 의향이 있는가? 그렇다고 했다. 주베르는 10년에 걸친 분할 상환을 예상하고 가격과 이율을 제시했다. 그러자 좀 더 낮은 가격을 일시불로 내겠다는 대답이 돌아왔다. 양측의 협의점이 도출되었다. 당연하게도 주베르는 자신이 싱가포르 달러를 선호한다고 언급했다. 상대방이 잠시 시간을 끌다가 즐로티화(貨)로 지급하겠다는 제안을 해 왔다. 이번에는 주베르가 망설일 차례였다. 폴란드 화폐는 변동이 심했다. 하지만 단기적인 환차익을 볼 수 있는 가능성도 그만큼 컸다.

좋소, 주베르가 동의했다. 그리고 화면 위로 숫자들이 넘쳐흐르는 모습을 지켜봤다. 장클로드 주베르는 조금 더 부유한 남자가 되었다. Bonne chance, ma cherie. 행운을 빌어요, 나의 아가씨.

9월 14일, 알파 센타우리에서 온 세 번째 신호가 잡혔다. 두 번째 신호로부터 15일이 지난 시점이었다. 승리감에 사로잡힌 아레시보 직원들은 자기들의 일자리를 위협했던 작고 차가운 여자에게 처음에 가졌

던 반감을 떨치고, 소피아 멘데스를 위해 성대한 송별 파티까지 열어
줬다. 조지 에드워즈가 카페테리아에서 음식을 배달시켰다. 많은 사람
이 피자와 케이크 조각을 먹기 위해, 그리고 소피아에게 행운을 빌어
주기 위해 들렀다. '물론 다른 곳에서요. 어디든 아레시보에서는 멀리
떨어진 곳에서 잘하라는 말이죠.' 사람들은 악의 없이 웃으면서 그렇
게 말했지만 결코 농담만은 아니었다. 소피아는 애증이 엇갈리는 작별
인사를 차분하고 우아하게 받아들였지만, 빨리 그 자리를 벗어나고 싶
어 하는 것처럼 보였다. 야노구치 박사와 맺은 계약이 끝나자, 그녀는
지미 퀸에게 작별 인사를 하고 조지 에드워즈에게 감사의 마음을 전했
다. 그리고 조지의 아내와 산도즈 박사에게 안부를 전해 달라고 부탁
했다. 조지는 알 수 없는 미소를 짓고는 그들 모두가 언젠가 어떤 식으
로든 다시 만나게 될 거라고 말했다.

그날 오후, 몇 주 동안 계속된 일 때문에 지친 채로 자기 아파트에
도착한 소피아는 그대로 침대에 쓰러졌다. 그리고 눈물을 흘리지 않으
려고 애썼다. '바보 같아. 빨리 정신 차려야지.' 하지만 소피아는 다음
일을 맡을 준비가 되었다고 주베르에게 말하기 전에, 하루 정도 쉴 필
요가 있음을 인정했다. 주베르가 8월에 연락해서 예수회의 소행성 프
로젝트에 관해 이야기한 적이 있었다. 그 일은 흥미로운 작업이었다.
지금 처지에서 나름대로 위안을 삼을 만한 점이라고 그녀는 생각했다.

산도즈로서는 매우 실망스럽게도, 예수회는 주베르를 통해서만 소
피아를 고용하려 했다. 소피아는 산도즈가 받은 충격의 크기에 놀랐
다. 사업은 사업이라고, 그녀는 산도즈에게 말했다. 그리고 애초에 그
가 자기 입으로 본인에게 그런 권한이 없다고 말했던 사실을 상기시켰
다. 소피아는 애초에 희망을 품지도 않았고, 그래서 새삼스럽게 낙심
할 이유도 없다고 그를 달랬다. 산도즈는 그 말을 듣고 더욱 침울해하

는 것 같았다. 이상한 사람이라고 소피아는 생각했다. 지적이지만 너무 순진했다. 그리고 환경의 변화에 너무 느리게 반응했다. 하지만 다시 생각해 보면 그녀를 제외한 대부분의 사람이 그랬다.

소피아는 언제나처럼 틀어 올렸던 머리를 풀고 욕조에 물을 받았다. 뜨거운 물이 미지근하게 식을 때까지 몸을 푹 담글 작정이었다. 한가롭게 욕조에 물이 차기를 기다리며, 무슨 소식이라도 있을까 싶어 메시지를 확인했다.

소피아는 협상 내용을 두 번이나 읽었지만 여전히 믿을 수가 없었다. 폐기 숭의 못된 장난이라고 생각한 그녀는 거기 담긴 순전한 악의에 숨이 막혔다. 격렬한 분노로 손을 떨면서 욕조의 수도꼭지를 잠그고 머리카락을 다시 묶었다. 그리고 폐기 숭을 추적할 생각으로 메시지에 삽입된 암호를 해독하기 시작했다. 그러는 동안 폐기에게 되갚아 줄 방법을 상상했다. '어떻게 하면 합당한 대가를 치르게 할 수 있을까, 이런 무분별하고 잔인한……'

폐기가 이 일과 아무 상관이 없다는 사실을 깨닫는 데는 채 몇 분도 걸리지 않았다. 메시지의 암호는 실제로 주베르의 것이었다. 두 사람의 관계가 시작된 초기에 소피아가 직접 만든 암호였다. 시간이 지나면서 바뀐 부분도 있었지만, 자기 작품을 알아보지 못할 리는 없었다.

기록을 검토하면서 소피아는 정말로 이 내용대로 합의가 이루어졌다는 사실을 확인했다. 국제 통화 거래소에 접속하자, 주베르가 즐로티화를 보유함으로써 하룻밤 사이에 2.3퍼센트의 이득을 봤다는 사실을 알 수 있었다. 반대로 싱가포르 달러의 가치는 떨어졌다. 주베르의 행운은 여전했다. 하지만 소피아는 네트워크에서 그 돈의 출처를 찾아낼 수 없었다. '대체 누가 이런 짓을 한 거지?' 주베르는 합리적인 사람이었고, 한 번도 그녀에게 불법적이거나 혐오스러운 일을 시킨 적이 없었다. 하지만 그럴 수도 있다는 가능성은 언제나 존재했다.

그녀에 대한 권리가 법적으로 이전된 것은 분명했다. 소피아는 자신의 계약과 관련된 민사 기록을 살폈다. 등록은 모나코에서 이루어졌다. 소피아는 생각에 생각을 거듭했다. '이제 누가 나를 소유하지? 또 어떤 돈에 굶주린 흡혈귀가 나를 가지게 된 거지?' 정확한 파일을 찾아서 마지막 항목을 읽었다. 그리고 손으로 입을 가리며 뒤로 물러나 앉았다. 목이 너무 메어 숨이 막힐 지경이었다.

계약 종료. 자유 행위자. 문의 사항: 본인에게 직접 연락할 것.

어딘가 멀리서 우는 소리가 들렸다. 소피아는 비틀거리며 창가로 다가가 커튼을 열었다. 그리고 근처에서 울고 있는 아이를 찾았다. 당연하지만 아무도 없었다. 밖에서 우는 소리가 여기까지 들릴 리 없었다. 잠시 후, 그녀는 욕실로 걸어가 코를 풀고 얼굴을 씻었다. 그리고 이제 앞으로 무엇을 할지 생각했다.

그로부터 이틀 뒤, 앤 에드워즈는 초인종 소리에 문으로 나갔다. 그러자 키 크고 마른 50대 사제의 뒤쪽에 다시 소년으로 돌아간 듯한 모습의 산도즈가 서 있었다. 그날 밤 늦게 침실에 두 사람만 있을 때, 앤은 눈을 커다랗게 뜨고 조지에게 기어 들어가는 목소리로 고백했다.

"그렇게 못생긴 사람은 난생처음 봤어. 내가 뭘 기대했는지 모르겠지만 그래도…… 우와!"

"그래, 젠장, 텍사스의 예수회 신부라길래 나는 귀도 사르두치* 복장을 한 말보로맨을 상상했는데." 조지가 속삭이며 인정했다. "세상에,

---

* 미국의 코미디언 돈 노벨로가 분한 가상의 인물로, 선글라스를 쓰고 줄담배를 피워 대며 가십 칼럼니스트 겸 록 비평가로 활동하는 신부.

대체 어느 쪽 눈을 봐야 하는 거야?"

"당신을 바라보는 쪽 눈을 봐야지." 앤이 단호하게 답했다.

"난 DW가 마음에 들어, 정말이야. 하지만 저녁 식사를 하는 내내 혹시 내가 그 사람 머리에 봉투를 씌우면 화를 낼까 하는 생각만 했다고."

조지가 그렇게 말하다가 갑자기 웃음을 터뜨렸고, 그러자 앤도 따라서 웃기 시작했다. 얼마 지나지 않아 두 사람은 끔찍하고 부끄러운 기분을 느끼면서도 서로 부둥켜안고 미친 듯이 웃어 댔다. 하지만 그들이 재미있어하는 대상이 바로 복도 끝 거실에 있었기 때문에 가능한 조용히 웃으려고 노력했다.

"하느님 맙소사, 우린 너무 못됐어!" 앤이 제정신을 차리려고 애쓰다가 실패하며 헐떡였다. "이러면 안 되는데. 하지만 제기랄! 한쪽 눈은 자기 마음대로 굴러다니잖아!"

"불쌍한 눈알 같으니."

조지가 순간적으로 정신을 가다듬고, 동정심 섞인 목소리를 내려고 애쓰며 조용히 말했다. 잠시 침묵이 흐르고 두 사람은 각자 야브로의 모습을 머릿속에 그렸다. 코는 이상한 각도로 비뚤어지고 눈은 사팔뜨기에, 웃을 때마다 벌어지는 입술 사이로는 제멋대로 난 치아가 드러났다.

"난 못된 여자가 아니야." 앤이 이해를 구하는 눈빛으로 속삭였다. "하지만 뭐랄까, 그 사람 얼굴을 고쳐 주고 싶은 마음이 자꾸 들어. 그 마음 알겠어?"

"차라리 우리가 봉투를 쓰면 어떨까?"

조지가 물었다. 앤은 흐느끼며 배를 움켜쥐더니 침대로 쓰러져 베개에 얼굴을 묻었다. 조지도 도저히 못 참겠는지 그녀의 뒤를 따랐다.

사실 그날 저녁 식사는 웃음이 가득했다. 그리고 에드워즈 부부가 침실에 들어가기 전까지만 해도 야브로의 외모 때문에 웃는 일은 전혀 없었다.

"앤 에드워즈 박사님, 조지 에드워즈 씨." 산도즈가 문가에 서서 정중하게 자신의 손님을 소개했다. "이분은 예수회의 뉴올리언스 교구장을 맡고 계신 돌턴 웨슬리 야브로 신부님입니다."

"텍사스 주 와코에서 왔소이다, 부인."

"네, 알고 있어요. 남부 침례교의 성지죠."

앤은 야브로의 외모를 보고 깜짝 놀랐지만, 그때는 전혀 티를 내지 않았다. 그리고 야브로가 내민 손을 마주 잡으며 다가올 일에 대한 마음의 준비를 했다.

"만나서 정말 반갑소, 부인. 에밀리오에게 말씀 많이 들었소이다." 야브로는 제멋대로 굴러다니는 두 눈을 사악하게 빛내며 씩 웃더니 텍사스 억양으로 말했다. "그리고 텍사스 주 전체를 대표해 작년 월드 시리즈에서 댈러스가 클리블랜드에 당한 참혹한 패배에 깊은 동정심을 표하는 바외다."

"뭐, 우리 모두 각자 짊어져야 할 십자가가 있는 법이죠, 신부님." 앤이 당당하게 탄식했다. "텍사스에서 미사를 집전하기가 쉽지는 않으실 거예요. 교회 안에 있는 사람들이 죄다 '오, 하느님 다시 한번 우리에게 석유를 주소서, 이번에는 절대 낭비하지 않겠습니다.'라는 기도만 하고 있을 테니 말이에요."

야브로가 으르렁거렸고, 그렇게 두 사람의 말다툼이 시작되었다. 자신에게 너무나 큰 의미가 있는 사람들이 서로를 마음에 들어 하지 않으면 어쩌나 걱정하던 산도즈는 햇살처럼 환한 미소를 지으며 구석 자리에 있는 자기 의자에 가서 앉았다. 그러고는 흥미진진하게 구경하기 시작했다. 저녁 식사를 하는 내내 바비큐 소스처럼 화끈하고 다채로운

대화가 오갔다. 이야기의 주제가 정치 쪽으로 흐르자, 최근에 열기를
더해 가는 대통령 선거가 화제로 나왔다. 언제나처럼 텍사스 출신의
후보가 기염을 토하는 중이었다.

조지가 불평했다.

"텍사스 출신은 이미 여러 차례 시험해 봤잖소."

"그리고 당신네 겁쟁이들은 계속해서 임기 한 번만 치르게 하고 그
들을 우리에게 돌려보냈다 이거외다!"

야브로의 외침에 조지가 지적했다.

"린든 존슨, 조지 부시."

"아니, 아니, 아니외다. 부시를 텍사스 출신이라고 할 수는 없소이
다." 야브로가 반박하며 근거를 댔다. "진짜 텍사스인들은 결코 '서머
(summer)'라는 단어를 동사로 사용하지 않는단 말이외다."

산도즈가 말없이 냅킨을 건네자, 앤이 받아서 코를 닦았다.

"깁슨 휘트모어." 조지가 계속해서 말했다.

"그래, 좋소이다. 그 작자는 나도 실수였다고 인정한다 이거외다. 설
명서가 뒤꿈치에 붙어 있지 않으면 자기 부츠에 찬 물도 못 빼낼 위인
이었으니까. 그래도 샐리는 사람이 참 괜찮소이다. 두 분 마음에도 꼭
들 거라고 내가 보증하는 바외다."

그러자 산도즈가 정보를 제공했다.

"정말로 저 보증을 믿는다면 D. W. 야브로는 두 분에게 비싼 값에
팔 만한, 실제로 예수가 못 박혔던 진품 십자가의 멋진 조각도 가지고
있답니다."

식사를 시작하고 세 시간이 지나자 야브로가 마침내 더 이상 못 먹
겠다고 선언하며 마지못해 식탁에서 떨어져 앉았다. 그리고 세 가지
이야기를 더 풀어 놓아서 나머지 사람들이 숨을 헐떡이며 배를 움켜쥘

때까지 웃게 했다. 한 시간이나 더 지나서야 네 사람은 자리에서 일어나 접시와 잔들을 부엌으로 옮기기 시작했다. 그리고 부엌의 환한 조명 아래서, 마침내 야브로가 그들을 방문한 진짜 이유를 밝혔다.

"자, 여러분, 내가 온 고장에서는 도로 한가운데 있는 거라고 해 봤자 노란 선이랑 죽은 아르마딜로밖에 없소이다." 야브로가 양손을 문 위쪽에 걸치고 고릴라처럼 기지개를 켜며 말했다. "그래서 빙빙 돌리지 않고 단도직입적으로 말하겠소이다. 내가 총장 신부님께, 그분의 앙상하고 노쇠한 포르투갈 엉덩이에 축복 있으라, 에밀리오가 이번 임무에 두 분과 함께 가야 한다고 추천할 작정이라 이거외다. 물론 두 분만 좋다면 말이외다."

조지가 식기 세척기에 접시를 넣는 동작을 멈췄다.

"이렇게 간단히? 시험이나 면접도 없이 말이오? 진심이오?"

"두말하면 잔소리라 이거외다. 내가 보증하는데, 두 분에 대해서는 이미 샅샅이 알아봤소이다. 공공 기록이나 그 밖의 것들까지."

사실은 두 사람의 자격을 검토하기 위해 무수한 인력이 동원됐고, 예수회 소속이 아닌 자들을 일행에 포함하는 문제를 놓고 내부적으로 치열한 논쟁이 벌어졌다. 다양한 부류를 뒤섞어 승무원을 구성한 역사적인 선례는 많았다. 또한 폭넓은 경험을 지닌 인물들을 선발하는 자체는 논리적으로 타당했다. 하지만 결국 이런 결정이 내려진 이유는 단지 총장 신부인 다 실바가 그것이 신의 뜻이라고 판단했기 때문이었다.

"그리고 오늘 밤이 면접이었군요." 앤이 눈치 빠르게 말했다.

"예, 부인. 그렇다고 할 수 있소이다." 야브로가 말을 이어 가는 동안, 텍사스식 억양과 말투가 다소 누그러들었다. "에밀리오가 처음부터 제대로 한 겁니다. 여러분은 대부분의 필요한 능력과 기술을 이미 가졌어요. 서로의 관계 또한 확립되어 있습니다. 우리가 여기저기 알아보면서 혹시 무슨 꺼림칙한 구석은 없을까 모든 가능성을 다 고려했지만, 내 생각에는 아무 문제도 없어 보입니다. 두 분이 몇 달 동안 계속 내 얼굴을 쳐다보며 지내야 한다는 점을 참아 낼 수만 있다면 말이외다."

앤이 자리에서 일어나더니 발레 동작처럼 한쪽 발끝으로 돌아섰다. 싱크대의 유리잔들이 갑자기 그녀의 관심을 독차지하려 들었다. 앤은 어깨를 떨지 않으려고 애썼다.

"당신도 가시오?" 조지가 경탄할 만한 자제심을 발휘하며 물었다.

"그렇소이다. 말하자면 그게 또 총장 신부님이 이번 일을 하느님의 뜻으로 여기는 이유 중 하나라 이거외다. 누군가가 두세 번은 사람들을 실어 날라야 한단 말이외다. 우리가 문제의 행성을 찾는다 해도, 여전히 거기 어떻게 착륙하느냐 하는 문제가 남아 있다는 사실을 알고 계시리라 믿소이다."

"스코티*한테 전송시켜 달라고 하면 되죠."

마침내 손님을 마주 볼 수 있게 된 앤이 밝은 목소리로 제안했다. 산도즈가 접시를 한가득 안고 몸을 숙인 채, 야브로의 팔 밑을 통과해 부엌으로 들어왔다.

"나는 일반적인 우주 왕복선을 사용해야 할 거라고 생각했소." 조지가 말했다. "물론 거기 라디오가 있다고 해서 꼭 공항이 있으란 법은 없지만……."

"그러니까 말이외다. 활주로가 있다는 보장이 없으니까 착륙할 만한 일종의 평지나 사막을 찾아야 한다는 거외다. 그렇다고 부드러운 땅에 내리다가는 착륙 장치가 말썽을 부려서 승무원들이 좌초될 수도 있소이다." 야브로가 잠시 말을 멈췄다. "그러니 수직 이착륙기를 사용하는 편이 낫지 않겠소이까?"

---

*「스타 트렉」의 등장인물.

"깜빡하고 말을 안 했는데, DW는 해병대에서 복무했어요."

산도즈가 앤이 씻고 있는 그릇들을 닦기 위해 행주를 집어 들며 말했다. 요즘 들어 예전처럼 표정을 관리하기가 어려웠다. 갈수록 표정이 눈빛을 따라가고 있었다. 앤이 야브로를 곁눈질했다.

"당신이 종군 신부였을 리는 없다는 불길한 예감이 드네요."

"부인 말이 맞소이다, 종군 신부는 아니외다. 80년대 후반에서 90년대 초반까지 복무했으니까, 내가 아직 로욜라의 수의(囚衣)를 입고 징역살이를 시작하기 전이란 말이외다. 해병대 조종사로 있으면서 해리어 기를 몰았소이다, 이제 한번 상상해 보라 이거외다."

앤은 그가 시사하는 바를 제대로 파악하지 못하면서도, 야브로가 전투기를 조종하는 장면을 상상했다. 그리고 사팔뜨기인 야브로가 어떻게 원근감을 파악하는지 궁금하게 여겼다. 하지만 곧 메이저 리그 야구 선수였던 르로이 존슨을 떠올렸다. 그도 사팔뜨기지만 꾸준히 2할 9푼 이상의 타율을 올렸다. 앤은 그들의 두뇌가 시야 문제를 보완해 준다고 추측했다.

"양산형 비행기로는 안 될 거요." 조지가 말했다. "우주선에 쓰이는 것과 같은 이중 표면을 가진 기체를 특별히 주문 생산해야 하겠지. 그래야 대기권 진입에도 견딜 수 있을 테니."

"그렇지 않아도 사람들이 준비하고 있소이다." 야브로가 씩 웃었다. "어쨌든, 알고 보니 소행성에 탑재되는 착륙정의 조종법이 수직 이착륙기와 아주 비슷하더라 이거외다. 우주 암석에도 활주로가 없기는 마찬가지니까. 그리고 여기 때마침 전직 해리어 기 조종사가 있소이다."

이번에는 앤도 그 의미를 깨달았다.

"좀 소름 끼치지 않소이까? 우연의 일치가 너무나 많다 이거외다. 우리 고향 속담이지만, 길 가다 봤는데 거북이가 담장 위에 앉아 있다

195

면, 절대로 그놈이 스스로 거기까지 올라갔을 리 없다는 정도는 분명하단 말이외다." 야브로는 앤과 조지가 마주 보는 모습을 지켜보며 이야기를 계속했다. "토마스 다 실바 총장 신부님 자신은 아마도 하느님께서 거북이들을 담장 위에 올려놓고 다닌다고 생각하는 모양인데. 나는 잘 모르겠지만, 솔직하게 말하자면 그런 생각 때문에 며칠 밤 동안 잠이 안 오더라 이거외다." 야브로가 다시 기지개를 켜더니 비뚤비뚤한 미소를 지어 보였다. "내가 아직 예비군 소속이라, 그간 비행 연습을 계속했소이다. 그래서 남은 시간 동안에는 소행성 모는 연습만 하면 된다는 거외다. 엄청 재미있지 않소이까? 그런데, 에드워즈 박사님이 친절하게도 내게 내주실 예정인 손님방은 어디에 있소이까?"

"이런 젠장, 이게 누구야!" 시드니에 본부를 둔 오바야시 사의 소행성 채굴 부서 부책임자인 이언 세키자와가 외쳤다. "소피잖아! 다시 보니 엄청 반갑구먼! 이게 얼마 만이지? 3년?"

"4년이죠." 소피아가 그렇게 말하며 화면에서 살짝 물러났다. 두 사람 사이에 놓인 전자적인 거리에도 불구하고, 그녀를 와락 끌어안으려고 달려드는 이언으로부터 안전하다는 느낌이 들지 않았다. "나도 다시 봐서 반가워요. 시스템은 아직 쓸 만한가요? 여전히 당신 요구 사항에 들어맞고 있어요?"

"그럼, 갓난아이 엉덩짝에 들어간 손가락처럼 딱 들어맞는구먼." 이언은 소피아의 눈이 커지자 씩 웃어 보였다. 이언의 조부는 오키나와 출신이지만, 그와 그가 사용하는 언어는 완전히 오스트레일리아식이었다. "우리 애들이 술이 떡이 되도록 처마신 다음에도 물건은 잘 찾아오고 있으니까. 소피가 우리한테 그 일을 해 주고 나서 이윤이 12퍼센트나 올랐구먼."

"그 말을 들으니 기쁘네요." 그녀가 진심으로 만족하며 말했다. "그런데 당신에게 부탁하고 싶은 일이 있어요, 이언."

"뭐든 말만 하라고, 아가씨."

"비밀리에 하는 부탁이에요, 이언. 당신이 고려해 줬으면 하는 암호화된 사업 제안이 있어요."

"주베르가 무슨 지저분한 짓이라도 하나?" 이언이 의심으로 눈을 가늘게 떴다.

"아니에요. 나 이제 독립했어요." 소피아가 미소를 지었다.

"뭐라고? 소피! 무진장 잘됐구먼! 그럼 이게 너 혼자 벌이는 일이야, 아니면 누구를 대리하는 거야?"

"익명으로 남고 싶어 하는 고객들을 대리하고 있어요. 그리고 이언, 만약 흥미가 있다면 이번 일은 당신 선에서 처리해 줬으면 좋겠어요."

"제안서를 보내라고. 한번 볼 테니까." 이언이 단도직입적으로 말했다. "해킹당한다 싶으면 코드를 폐기해 버리겠구먼. 그럼 되겠지, 아가씨?"

"고마워요, 이언. 도움에 감사드려요."

소피아는 화상 연결을 끊고 나서 코드를 전송했다.

소피아가 보낸 제안을 검토하면서 이언은 생각에 잠겼다. 그녀는 얼음과 다량의 규산염을 함유한 상당한 크기의 폐기된 암석을 원하고 있었다. 여덟 명의 승무원을 수용할 수 있는 선실과 엔진, 채굴용 로봇까지 포함해서 말이다. 중고 장비를 구할 수 없으면 새로 설치해도 좋다고 했다. 이언은 대체 누가 어떤 이유로 그런 물건을 원하는지 궁금했다. 마약 공장인가? 하지만 그렇다면 채굴용 장비가 왜 필요하지? 그래, 얼음을 캘 수도 있지, 그런데 규산염은 왜 또 많아야 한다는 거야?

한동안 머리를 굴렸지만 좀처럼 그럴싸한 해답이 떠오르지 않았다.

어쨌거나 이언의 입장에서는 남는 장사였다. 소피아가 AI 기술로 마법을 부리기 전에는 이 분야에서 일하기가 더 어려웠다. 오스트레일리아인 채굴업자들은 오바야시 사에 빚진 장비 융자금을 상환하고도 평생 먹고살 만한 돈을 벌 수 있는 대박을 기대하며 암석에서 암석으로 옮겨 다녔다. 하지만 백 명의 채굴업자 중 아흔아홉 명은 파산하거나 미치거나 혹은 양쪽 모두에 해당하는 결과를 맞았고, 그들의 마지막 소행성은 장비가 설치된 상태로 버려졌다. 그러면 소행성에 대한 권리는 오바야시 사로 넘어갔고, 그들은 수지가 맞으면 언제나 기재를 회수했다. 그래서 이언은 소피아의 의뢰인이 요구한 사항에 들어맞는 소행성을 열두 개도 더 보유하고 있었다.

"니미, 네가 나를 모르는데 난들 너를 알겠느냐."

이언은 사무실에 혼자 앉아서 부드럽게 흥얼거렸다.

소피아는 괜찮은 가격을 제시했다. 이언은 이번 거래를 '노후화된 장비 판매'로 묶어 버릴 수도 있었다. 그런 암석들은 어차피 염병할 쓸데라곤 없었다. '하나 정도 팔아 치워서 안 될 이유도 없구먼. 그리고 그걸 어디다 사용하든, 내가 뭔 상관이야?'

단기 임대한 작은 방에서 이언 세키자와의 대답을 기다리며, 소피아 멘데스는 창밖으로 예루살렘의 슬럼가를 내려다봤다. 그리고 자신이 왜 여기에 왔을까 스스로에게 물었다.

처음 자유를 손에 넣었을 때, 소피아는 전과 다를 바 없이 일하기로 했다. 그녀는 로마의 예수회에 자신의 새로운 입장을 알리고 앞서 협상했던 제반 업무를 기꺼이 맡겠다고 그들을 안심시켰다. 그리고 계약서를 자기 이름으로 다시 쓰기 위한 약속을 잡았다. 보수의 30퍼센트가 선금으로 지급되고 나서 세계 어디서든 계약을 수행할 수 있다는 사실을 깨닫자, 그 돈으로 이스라엘행 비행기표를 샀다. 왜 그랬을까?

안식일에 촛불을 켜는 어머니도, 식사 때마다 고대의 축가를 부르는 아버지도 없으니 유년기의 종교적인 삶과는 단절된 상태였다. 하지만 오랫동안 떠돌아다닌 그녀는 어떻게든 고향으로 돌아가야 할 필요를 느꼈다. 자신이 어딘가에 속할 수 있는지 알고 싶었기 때문이다. 이스탄불에는 그녀를 위해 남아 있는 것이 없었다. 이제는 평화를 되찾았지만, 거리에는 여전히 폐허만 가득했다. 스페인과의 연고는 너무 빈약하고 희미했으며 단지 역사적인 관계에 지나지 않았다. '그렇다면 이스라엘로 가자. 가장 최초의 고향으로.'

예루살렘에 도착한 첫날, 소피아는 난생처음으로 미크바를 찾았다. 미크바는 유대인들이 제례적인 목욕을 하는 장소였다. 아무 데나 골라서 들어갔는데, 알고 보니 신부들이 결혼식을 준비하는 곳이었다. 소피아를 담당한 미크바 직원은 처음에 그녀가 결혼식을 앞둔 신부인 줄 알았다가, 연인조차 없다는 사실을 알고는 안타까워했다.

"이렇게 예쁜데! 이런 몸매를 가지고! 이렇게 아까울 데가!" 그렇게 외치더니, 소피아가 얼굴을 붉히자 웃음을 터뜨렸다. "이제 여기 머물러요! 알리야*를 해서, 멋진 유대인 남자를 만나서 예쁜 아이를 잔뜩 낳는 거예요, 알았죠!"

그렇게 선량한 참견에 차마 반박할 수는 없었다. 그리고 소피아는 직원이 몸을 씻겨 주고 치장해 주는 동안, 자신이 왜 굳이 반박하고 싶

---

* 이스라엘 이주. 구 소련이나 동유럽권의 정치 불안·반(反)유대주의에 불안을 느낀 그 지역의 유대계인들이 이스라엘로 이주하는 일.

었는지 의아하게 생각했다. 씻고 나자 머리카락과 손톱을 포함한 모든 부분이 깨끗하고 부드러워졌으며 윤기가 흘렀다. 몸에서 화장품과 먼지, 그리고 지난 과거가 모두 씻겨 나갔다. '왜 머무르면 안 되지?'

소피아는 하얀 시트로 몸을 감싼 채 미크바 안으로 이끌려 들어갔다. 그리고 복잡한 모자이크 타일이 붙어 있는 계단을 내려가 맑고 뜨거운 물속에 몸을 담갔다. 미크바 직원이 반쯤 닫힌 문 뒤에 사려 깊은 태도로 서서, 히브리식 기도문을 일러 줬다.

"세 번이에요. 몸 구석구석 물이 닿도록 깊숙이 들어가요. 느긋하게 계세요, 아가씨. 저는 이제 나가 있을게요."

세 번째로 수면 아래 들어갔다 나오며, 소피아는 젖은 머리카락을 이마 뒤로 넘기고 눈가의 물기를 훔쳤다. 몸무게가 완전히 사라지고 주위의 시간이 멈춰 버린 느낌이었다. 머릿속으로 옛 기도문의 구절들이 흘러갔다. 원래는 힘든 겨울이 지나고 처음 수확한 과일을 맛볼 때 올리는 축복의 기도였다. '이제는 새로운 시작의 기도로 쓰이고 있지.' 소피아가 기억해 냈다. 인생의 전환점이 찾아올 때 드리는 기도였다. 그대에게 축복이 있을지어다, 우주 만물의 주관자시여, 우리를 창조하시고, 우리를 지탱하시어, 우리가 이 계절을 맞이할 수 있게 하셨나니…….

어쩌면 미크바 직원이 결혼과 출산 이야기를 해서 산도즈 생각이 났는지도 모른다. 소피아 멘데스는 주베르와 보낸 마지막 밤 이후로 줄곧 남자들과 거리를 두었다. 너무 일찍 너무 많은 일을 겪었던 것이다. 하지만 그럼에도 소피아는 사제들의 독신 생활이 야만적이라고 여겼다. 또한 가톨릭 전반에 걸친 박해와 죽음에 대한 집착, 순교의 전통, 로마 시대 형사 처분의 도구로 사용되었던 십자가를 상징물로 삼는 끔찍한 폭력성에 혐오감을 느꼈다. 처음 산도즈와 함께 일할 때는 초인적인 자제력이 필요했다. 그는 장례식 복장을 한 스페인 사람이자 이단 심문과 추방을 저지른 자들의 후예였고, 사바스*의 포도주와 빵을 훔쳐다 피와 살이라는 식인종을 연상케 하는 야만적인 의식으로 바꿔 버린 도적들의 종교를 대표하는 인물이었다.

언젠가 앤과 조지의 집에서, 카리브산 럼주 덕분에 어색함이 많이 사라졌을 때 소피아는 이 점에 대해 산도즈를 도발한 적이 있었다.

"대체 미사라는 게 무슨 의미가 있는지 내게 설명해 봐요!"

산도즈는 잠시 접시에 남아 있는 닭 뼈를 응시하며 침묵에 잠겼다. 잠시 후 그가 신중하게 말했다.

"다윗의 별을 생각해 봐요. 두 개의 삼각형이 하나는 위쪽으로, 하나는 아래쪽으로 겹쳐져 있죠. 내가 보기에 다윗의 별은 아주 강력한 상징이에요. 신성은 아래로 내려오고, 인간성은 위로 올라갑니다. 미사는 그 공간 안에서 이루어지죠." 산도즈가 투명하고 순수한 눈으로 소피아를 마주 보았다. "나는 그 공간이 신과 인간이 하나가 되는 곳이라고 이해하고 있습니다. 그리고 어쩌면 약속이죠. 우리가 신을 향해 간다면 신도 우리를 향해 오리라는 약속. 우리와 우리의 가장 평범하고 인간적인, 예컨대 빵을 먹거나 포도주를 마시는 행동조차 신성해질 수 있다는 약속 말입니다." 산도즈가 예의 그 해가 떠오르는 듯한 미소를 짓자, 검은 얼굴에 여명이 찾아왔다. "이 정도가 제가 할 수 있는 최선의 설명이군요, 세뇨리타 멘데스. 온종일 고생하고 나서 럼주 세 잔을 마신 상태로는요."

자기가 잘못 판단했을 수도 있다고 소피아는 인정했다. 무지 때문에. 혹은 편견 때문에. 산도즈는 그녀를 개종시키려는 노력을 전혀 하지 않았다. 그는 인상적인 지성의 소유자였고, 맑은 영혼과 성취욕을

---

* 유대교 및 3세기 이후 기독교의 안식일.

지닌 사람으로 보였다. 소피아는 신이 자신들을 그 가수들과 접촉하도록 인도한다는 그의 믿음에 어떻게 대처해야 할지 알 수 없었다. 유대인 중에서도 신이 이 세상에 적극적이고 의도적으로 개입한다고 믿는 사람들이 있었다. 하지만 홀로코스트 이후로는 그런 믿음을 유지하기가 어려웠다. 물론 그녀 자신의 경험에 비춰 봐도, 구원의 기도는 신에게 닿지 않는 것이 분명했다. 장클로드 주베르를 신의 사자로 여기지 않는 이상은 말이다.

그러나 이스라엘은 600만의 주검을 딛고 일어섰다. 주베르는 그녀를 이스탄불에서 꺼냈다. 그녀는 살아 있었다. 그리고 이제 자유로웠다.

그날, 소피아는 강한 목적의식을 가지고 미크바를 나섰다. 그리고 방에 돌아가서 산후안에 있는 산도즈에게 전화를 걸었다. 겸손이나 허세를 가장하지 않고 솔직하게 이야기했다.

"당신의 프로젝트에 참가하고 싶어요. 항해 준비뿐 아니라 승무원으로도 계약하기를 원해요. 내 전 중개인은 객관적인 평가를 할 수 있는 입장이죠. 그 사람이 이번 프로젝트에 대한 나의 지적인 적합성을 확인하는 추천서를 써 줄 거예요. 나는 새로운 환경에 빨리 적응하고, 기술적으로나 문화적으로도 매우 폭넓은 경험이 있어요. 그리고 대원들이 마주칠 수 있는 여러 가지 문제에 대해 다른 관점을 제시할 수 있다는 장점도 있어요."

산도즈는 전혀 놀라지 않았다. 도리어 소피아의 제안을 상부에 전달하겠다고 분명하면서도 예의 바르게 말했다.

그리고 야브로라는 특이한 사람을 만났다. 그는 소피아에게 이런저런 이야기를 들려주는 한편 교활하고 영민한 질문을 던졌으며, 그녀를 두 번이나 웃게 했다. 마지막에 야브로는 알아듣기 어려운 텍사스 억양으로 이렇게 말했다.

"그러니까 회사에서는 애당초 아가씨가 엄청나게 영리하고 일 처리도 무진장 빠르니까 고용했다 이거외다. 그리고 아가씨가 노새 여섯 마리보다 더 열심히 일한다는 사실은 우리도 다 알고 있단 말이외다. 내가 볼 때 아가씨는 마음만 먹는다면 뭐든 금방 배울 텐데, 그 점도 우리가 그 가수들을 만날 때 큰 도움이 될 거외다. 하지만 개인적으로는 그런 이유들보다, 당신 외모가 더 마음에 든단 말이외다. 나도 내가 말도 못 하게 못생긴 줄 잘 알고 있소이다. 그러니 아가씨를 함께 데려가야, 사람들이 나랑 같이 여덟 달 동안 바위 안에 갇혀 있어도 자기 눈을 뽑아 버리고 싶지 않게 만들 수 있을 것 같다 이거지. 물론 총장 신부가 승인을 해야겠지만, 적어도 나는 아가씨만 좋다면 환영하는 바외다."

소피아가 야브로를 빤히 쳐다봤다.

"그 말이 '예스'라는 뜻인가요?"

야브로가 씩 웃었다.

"예스."

소피아는 창밖으로 통곡의 벽을 볼 수 있었다. 너무 멀어서 기도하는 소리는 들리지 않았다. 그러나 그녀는 관광객과 순례자의 물결이 저마다 벽을 가리키고, 기도하고, 눈물을 흘리고, 소원을 적거나 감사의 말이 적힌 작은 종잇조각을 오래된 돌 틈바구니에 끼우는 모습을 지켜봤다. 그리고 그제야 자신이 왜 여기 왔는지 깨달았다. 소피아는 과거에 작별을 고하기 위해 이스라엘을 찾았던 것이다.

소피아는 그녀의 시스템이 메시지 도착을 알리는 소리를 듣고 파일을 열었다. 그리고 한 단어로 이루어진 이언 세키자와의 답장에 미소를 지었다.

'찾았구면.' 화면에는 그렇게 쓰여 있었다.

그해, 르네상스 시대의 몇몇 위대한 예술품이 비공개로 개인 투자자들에게 팔렸다. 런던의 경매장에서는 여태까지 값어치를 매길 수 없다고 여겨졌던 동양의 도자기들이 마침내 새 주인을 찾았다. 오랫동안 묵혀 둔 여러 부동산과 증권이 신중하게 계산된 시점에 조용히 시장에 나왔고, 상당한 가격에 팔렸다.

이득을 취하고, 몇몇 자산을 현금화하고, 자본금을 재배치하기 위한 일이었다. 필요한 총 경비는 소피아 멘데스가 예견했던 대로 무시할 만한 액수가 아니었다. 하지만 그렇다고 예수회가 무일푼이 되는 일은 없었다. 또한 지구상에서 예수회가 추진하는 임무나 자선 사업에 영향을 미치지도 않았다. 그런 계획들에 필요한 자금은 교육 및 연구 시설, 그리고 임대 사업과 특허 권리를 통해 벌어들이는 현찰로 충당되고 있었다. 새로운 방식으로 벌어들인 돈은 빈의 안전하고 믿을 만한 은행에 예치되었다. 전 세계의 예수회 신부들은 공공 매체나 사적인 정보망에서 자신들의 재정 활동에 대해 언급하는지 주시하다가, 관련 정보를 발견할 경우 5번지에 위치한 총장 신부의 사무실로 보고하라는 지시를 받았다. 하지만 그해가 다 가도록 그런 일은 없었다.

14

나폴리

2060년 5월

베수비오 화산도 봄의 도래를 영원히 늦출 수는 없었다. 날씨가 풀리자, 에밀리오 산도즈는 바깥에서 더 쉽게 잠들 수 있다는 사실을 깨달았다. 어쩌면 눈꺼풀 위로 쏟아지는 햇살이 그가 잠들어 있는 동안 두려운 어둠을 몰아내 주기 때문인지도 몰랐다. 그는 햇볕에 데워진 바위에 등을 대고 누워, 파도 소리와 새소리를 들으며 잠들곤 했다. 식은땀을 흘리고 욕지기를 느끼며 깨어나는 일도 줄었다. 때로는 무섭거나 끔찍하지 않은, 단지 아리송한 꿈을 꾸기도 했다.

산도즈는 라페를라에서 온 어린아이와 함께 해변에 있었다. 그는 사과를 하고 있었는데, 꿈속에서는 두 손이 멀쩡했음에도 불구하고 더는 마술을 보여 줄 수 없었기 때문이다. 아이는 바라카트처럼 홍채가 두 개인 기이하고 아름다운 눈으로 산도즈를 쳐다보며, 아이 특유의 확신이 실린 목소리로 말했다. "그러면 다른 마술을 배워요."

"Padre, c'e qualcuno che vuol vedervi."

산도즈는 거칠게 숨을 몰아쉬며 혼미한 정신으로 일어나 앉았다. 꿈속에서 아이가 했던 말이 여전히 귓가에 울리고 있었다. 반드시 잊지 않고 기억했다가 나중에 무슨 뜻인지 생각해 봐야 할 것 같았다. 그는 자신을 잠에서 깨운 소년에게 짜증을 부리고 싶은 충동에 저항하며 팔뚝 뒤쪽으로 눈을 비볐다.

"……un uomo che vuol vedervi."

'어떤 남자가 당신을 만나고 싶어 해요.' 소년이 그렇게 말하고 있었다. 이 아이 이름이 뭐였더라? 지안카를로. 열 살짜리였다. 녀석의 어머니는 나폴리의 레스토랑에 식자재를 납품하는 농부였다. 가끔 피정의 집에 사람이 너무 많아서 음식이 부족하면, 지안카를로가 부엌에 채소를 배달하곤 했다. 녀석은 종종 아픈 사제에게 메시지를 전하라거나, 계단을 오를 수 있도록 부축하라는 등의 잔심부름을 기대하며 주위를 어슬렁거렸다.

"그라치에."

산도즈는 그 단어가 이탈리아어로 고맙다는 뜻이기를 바라며, 확신 없는 목소리로 말했다. 그는 소년에게 자기가 혼자서도 계단을 올라갈 수 있다고 말하고 싶었지만, 어휘들이 생각나지 않았다. 너무 오래전이었고, 너무 많은 언어들 이전이었다.

몸을 추스르며 조심스럽게 일어나 자신의 안식처인 커다란 바위에서 기어 내려갔다. 맨발로 디딜 곳을 찾던 산도즈는 소년이 갑자기 뾰족한 목소리로 속사포 같은 이탈리아어를 쏟아 내자 깜짝 놀랐다. 너무 빨랐고, 너무 복잡했다. 그는 알 수 없는 말을 이해하라고 강요받는 데 대한 분노와 고작 그 정도도 알아듣지 못하는 자신에 대한 좌절을 동시에 느꼈다.

'진정하자.' 산도즈가 스스로를 달랬다. '이 아이의 잘못이 아니야.' 착한 아이였다. 아마 그가 신발도 신지 않고 장갑만 끼고 있으니, 호기심이 들었을 것이다.

"무슨 말인지 모르겠구나. 미안하다."

마침내 말한 산도즈는 자기 뜻이 전해졌기를 바라며 다시 움직였다. 소년은 고개를 끄덕이고 어깨를 움츠리더니, 산도즈가 거의 다 내려오자 잡아 주려고 손을 내밀었다. 하지만 산도즈는 감히 그 손을 잡지 못하고 혼자 힘으로 땅에 내려섰다. 그는 지안카를로가 자신의 손에 대해 아는지, 안다면 무서워하지는 않는지 궁금했다. 다시 보철 기구를 시도하려면 일주일은 더 기다려야 했다. 그동안에는 존 칸도티가 준 손가락 없는 장갑을 끼고 있었다. 존이 예견한 대로, 어떤 문제에 대해서는 훌륭하고 간단한 해결책이 되어 주는 장갑이었다. 예를 들어 남들이 보지 못하게 손을 가린다든지.

산도즈는 잠시 바위에 기댔다가, 미소와 함께 모래사장 건너편의 긴 돌계단을 턱짓으로 가리켰다. 지안카를로가 마주 미소를 지었고, 두 사람은 우정 어린 침묵 속에서 걸음을 옮겼다. 소년은 산도즈가 절벽 위로 올라가는 내내 가까이 머물렀고, 두 발을 모아 깡충깡충 계단을 오르며 시간을 때웠다. 젊고 건강한 소년은 넘치는 활력을 낭비하면서, 쇠약한 사람과 동행하는 불편을 해소하고 있었다. 시간이 오래 걸리긴 했지만 그들은 때때로 잠깐씩 멈춰 섰을 뿐 무사히 계단을 끝까지 올라왔다.

"Ecco fatto, padre! Molto bene!(다 왔어요, 신부님! 잘하셨어요!)"

지안카를로가 산도즈를 칭찬했다. 마치 어린아이가 뭔가 아주 간단한 일에 성공했을 때, 어른들이 기를 북돋아 주기 위해 사용하는 말투 같았다.

소년의 말투와 태도를 보고 산도즈는 상대방이 곧 자신의 등을 토닥이리라 짐작했다. 예상하고 있었기 때문에 신체적인 접촉이 이루어져도 참아 낼 수 있었다. 그는 이제 '그라치에'가 이탈리아어라고 확신하며 소년에게 다시 한번 정중하게 감사를 표했다. 그러고는 비틀거리며 돌아섰다. 눈앞의 아이가 보여 준 선량한 마음씨에 훈훈한 기분이 드는 한편으로, 죽어 버린 또 다른 아이에 대한 기억 때문에 괴로움이 찾아왔다. 힘겹게 미소를 지으며 손짓으로 아이를 보냈다. 그리고 실내로 들어가기 전에 기운을 차리기 위해, 계단 끄트머리의 돌 의자에 앉았다.

산도즈의 내면에는 복종의 습관이 여전히 사라지지 않고 있었다. 그래서 두려움이 가슴을 요동치게 만들어도, 총장 신부가 부르면 모습을 나타냈다. 해변에서 여기까지 올라오는 시간보다 마음을 다잡는 시간이 더 오래 걸렸다. 산도즈는 총장 신부의 명령에 따라 규칙적인 생활, 규칙적인 식사, 규칙적인 운동을 하고 있었다. 일단 기회가 주어지자 그의 육체는 스스로를 치료하며 회복되어 갔다. 앤이라면 반쯤 농담으로 잡종 우세를 들먹였을 것이다. 두 대륙의 인종이 지닌 강점이 뒤섞인 덕분이라고 말이다.

산도즈는 이따금 돌아오는 항해의 끝 무렵 피가 배어나는 손을 지켜보며 경험했던 기이한 평화를 생각했다. '이게 나를 죽일 거야, 그러면 더는 이해하려고 노력할 필요도 없겠지.'

당시에 그는 예수가 무덤 속에서 악취를 풍기며 돌아온 라자로에게 감사를 기대했을까 궁금했다. 어쩌면 라자로 역시 모두를 실망시켰을지도 모른다.

작고 통통한 체격을 한 초로의 남자가 산도즈를 기다리고 있었다. 그는 검은색 빵모자에 짙은 단색의 양복 차림이었다. '랍비로군.' 산도즈는 가슴이 내려앉는 기분을 느꼈다. '소피아의 친척인 모양이야, 아마 육촌쯤 되겠지. 내게 설명을 요구하러 온 거야.'

남자는 산도즈의 발소리를 들었는지 이쪽으로 돌아섰다. 거의 회색으로 변한 무성하고 곱슬거리는 턱수염 사이로 조금 슬픈 듯한 미소를 지으며, 그가 말했다.

"No me conoces?(절 모르겠어요?)"

세파르디인 랍비라면 스페인어를 알 수도 있었다. 하지만 낯선 사람에게 저런 말을 다정하게 할 리는 없었다. 산도즈는 자신이 견딜 수 없는 좌절감 속으로 빠져드는 것을 느끼며 시선을 돌렸다.

하지만 남자는 산도즈가 놀라는 모습을 보고 그의 불안한 정신 상태를 알아차린 모양이었다.

"죄송합니다, 신부님. 당연히 못 알아보시겠죠. 신부님이 떠날 때 저는 아직 어렸으니까. 면도를 시작하기도 전이었죠." 남자는 웃으며 자신의 턱수염을 가리켰다. "그리고 보시다시피 지금도 면도는 안 하고 있어요."

산도즈는 당황해서 사과의 말을 하며 뒤로 물러나기 시작했다. 그때 남자가 갑자기 라틴어로 욕설과 조롱을 퍼부어 댔다. 문법은 흠잡을 데 없이 정확하고 내용은 끔찍했다.

"펠리페 레예스!" 산도즈가 놀라서 입을 벌린 채 숨을 들이켰다. 너무 놀란 나머지 뒷걸음질을 칠 정도였다. "믿을 수가 없군. 펠리페, 네가 노인이 되다니!"

"충분히 오래 기다리면 그런 일들이 벌어지게 마련이죠." 펠리페가 씩 웃었다. "그리고 노인이라뇨, 겨우 쉰한 살이라고요! 그렇게 많은 나이도 아니에요. 성숙했을 뿐이죠. 우린 그렇게 표현하는 걸 더 좋아해요."

잠시 동안, 두 사람은 서로 마주 본 채로 눈에 보이는 변화와 그렇지 않은 변화를 받아들였다. 그러다 펠리페가 주문을 깨뜨렸다. 그는 산도즈가 오기를 기다리는 동안, 탁 트인 창문 앞에 있는 작은 탁자 양쪽으로 의자 두 개를 가져다 놓았다. 펠리페는 산도즈에게 앉으라고 손짓하며 그를 위해 의자를 빼 주었다.

"앉아요, 앉으세요. 너무 말랐네요, 신부님! 샌드위치나 뭐 그런 거라도 주문해 드려야 할 것 같아요. 여기서는 밥도 안 주나요?"

펠리페는 자기도 모르게 지미 퀸에 대해 이야기를 할 뻔했다가 입을 다물었다. 대신에 조용히 앉아서 산도즈를 바라보며, 상대방이 충격에서 벗어날 시간을 주었다.

산도즈가 마침내 말문을 열었다.

"네가 랍비인 줄 알았어!"

"고마워요." 펠리페가 담담하게 말했다. "사실은, 신부님이 저를 사제로 만드셨어요. 저는 예수회 소속이에요, 옛 친구여. 하지만 지금은 로스앤젤레스에 있는 유대교의 신학대학에서 교편을 잡고 있죠. 제가 말이에요! 비교신학 교수가 되었다니까요!"

그는 산도즈가 놀라는 모습을 보고 웃음을 터뜨렸다.

다음 몇 시간 동안 그들은 어린 시절의 언어로 라페를라에 대한 추억을 나누었다. 산도즈로서는 고작 5~6년 전의 일이었기에 자기가 펠리페보다 더 많은 이름을 기억하고 있다는 사실에 놀랐다. 하지만 펠리페는 모두에게 그 이후 어떤 일이 일어났는지 알았고, 산도즈에게 들려줄 이야기가 100가지도 넘게 있었다. 어떤 이야기는 즐거웠고 어떤 이야기는 슬펐다. 물론 산도즈가 떠나고 나서 40년도 넘는 세월이 흘렀으니 많은 이야기가 죽음으로 끝나도 놀랄 일은 아니었다. 하지만 그래도…….

산도즈의 부모는 오래전에 세상을 떠났지만, 펠리페에게는 형이 있었다.

"안토니오 루이스는 신부님이 떠나고 몇 년 후에 죽었어요."

"어떻게?" 산도즈가 겨우 목소리를 내서 물었다.

"예상했던 그대로요." 펠리페가 어깨를 움츠리며 고개를 흔들었다. "알잖아요, 그는 그 물건을 다루고 있었으니까요. 그쪽에 연관되면 항상 결말이 안 좋죠. 재판을 받지는 않았어요. 돈을 빼돌리다가 아이티인들에게 살해당했죠."

산도즈는 왼손이 죽을 만큼 아팠고, 두통 때문에 집중하기가 힘들었다. '너무 많은 사람이 죽었어. 너무 많은 사람이 죽었어······.'

"······그래서 클라우디오는 로사에게 식당을 팔았어요. 그런데 로사가 결혼한 양아치 놈이 식당을 말아먹었죠. 몇 년도 안 가서 완전히 망했어요. 로사는 이혼했지만 그 후로는 재기하지 못했죠. 하지만 마리아 로페즈를 기억하세요? 에드워즈 박사님 병원에서 일했던? 마리아 로페즈 기억하시죠?"

"그래, 물론이지." 이제 햇빛 때문에 눈을 가늘게 뜨며, 산도즈가 물었다. "마리아는 결국 의대에 갔나?"

"그건 아니고요." 펠리페가 차를 가져다준 형제에게 감사의 미소를 짓기 위해 말을 멈췄다. 두 사람 모두 차를 청한 적 없었고, 누구도 찻잔에 입을 대지 않았다. "하지만 잘 풀렸죠. 에드워즈 박사님이 그 애한테 큰돈을 남겼어요, 알고 계셨어요? 마리아는 크라쿠프 대학의 경영대학원에 들어갔고, 그보다도 더 큰돈을 벌었죠. 어떤 폴란드 남자랑 결혼했고요. 자식은 낳지 않았어요. 하지만 라페를라 아이들을 위한 장학 재단을 설립했죠. 신부님이 한 일이 여전히 결실을 맺고 있어요."

"그건 내가 한 일이 아니야, 펠리페. 앤이 한 일이지."

산도즈의 짐작으로는 소피아의 계약을 사들인 것도 앤과 조지가 분명했다. 산도즈는 가끔 앤이 은퇴를 위해 모아 둔 돈을 전부 날려 버리면 얼마나 재미있을까 말하며 웃었던 일을 기억하고 있었다. 그는 앤이 웃는 모습을 기억했다. 펠리페가 떠나 주었으면 싶었다.

펠리페는 산도즈가 느끼는 고통을 눈치챘지만, 조용한 목소리로 그가 베풀었던 선행의 결과에 대해 계속 이야기했다. 추크 섬의 나무들이 이제는 다 자라 거목이 되었다. 10대 시절 예수회의 문맹 퇴치 프로그램에서 읽고 쓰는 법을 배운 소년이 유명한 시인으로 성장했다. 그의 작품들은 북극의 아름다움과 자기 민족의 영혼으로 빛났다.

"그리고 홀리오 몬드라곤이라고 기억나세요? 신부님이 여기저기 건물에 낙서하는 짓을 그만두게 하고 성당 벽에 그림을 그리도록 시켰던 아이 말이에요. 엄청나게 출세했어요! 녀석의 작품은 가격이 어마어마하다고요. 그리고 너무 아름다워서, 가끔은 저까지도 그만한 가치가 있다는 생각이 들 정도예요. 사람들이 녀석의 초기 작품을 보기 위해 성당에 찾아온다니까요. 상상이 가세요?"

산도즈는 눈을 감은 채 앉아 있었다. 자신으로부터 영감을 받아 성직의 짐을 짊어진 사내를 보고 있을 수가 없었다. 그가 무엇보다 책임지고 싶지 않은 일이었다. 예레미야의 말이 떠올랐다. '나는 더는 신을 언급하거나 그분의 이름으로 말하지 않겠노라.' 그리고 그때 펠리페가 산도즈 앞에 무릎을 꿇었다. 머릿속에 울리는 아우성 사이로 펠리페의 말소리가 들렸다.

"신부님, 신부님께 무슨 일이 일어났는지 제게 알려 주세요."

알려 달라고, 이해시켜 달라는 말이겠지. 산도즈는 자신의 두 손을 내밀었다. 그 흉측함을 보여 주기가 자신의 내부에서 무슨 일이 있었는지 보여 주기보다 훨씬 더 쉬웠기 때문이다. 그러자 펠리페가 부드럽게 장갑을 벗고 팔이 절단된 부분을 드러냈다. 서보모터와 마이크로 기어의 익숙한 소음, 기계 관절에서 나는 금속성이 들렸다. 하지만 놀랄 만큼 진짜 같은 인공 피부로 덮여 있어, 일부러 귀를 기울이지 않으면 잘 모를 정도였다.

펠리페는 자신의 차가운 기계 손으로 산도즈의 손가락을 잡았다.

"싱 신부님은 정말 대단해요, 그렇지 않나요? 지금 생각하면 믿기 어렵지만 저는 한동안 갈고리를 달고 지냈다고요! 싱 신부님이 의수를 만들어 준 뒤에도 한동안은 아주 침울해 있었죠." 펠리페가 고백했다. "누가 편지 폭탄을 보냈는지, 그리고 왜 그랬는지 끝까지 알아내지 못했어요. 하지만 이상하게도 어느 정도 시간이 흐르고 나니 오히려 제게 일어난 일에 감사하게 됐어요. 보시다시피 전 지금 제가 있는 자리가 행복해요. 그래서 저를 여기까지 오게 만든 한 걸음 한 걸음에 감사하고 있죠."

침묵이 흘렀다. 펠리페 레예스는 엉덩이에 쥐가 나기 시작하자, 갑자기 자기가 정말로 노인이 되어 가고 있다는 느낌을 받았다. 그는 두 발로 일어서서 산도즈의 얼굴이 쓰디쓰게 변하는 모습을 지켜봤다.

"그 나쁜 놈이! 펠커가 나한테 가 보라고 너를 보냈나?" 산도즈는 이제 자리에서 일어나 펠리페에게서 멀어지고 있었다. 그는 빠른 걸음으로 두 사람 사이의 거리를 벌렸다. "왜 내 침대에 이삭 조그의 전기를 가져다 놓지 않았는지 궁금했지. 더 좋은 방법이 있어서 그랬던 거로군. 나보다 더 크게 다친 내 옛 친구 말이야. 그 개자식이!" 산도즈가 믿을 수 없다는 투로 말했다. 분노에 사로잡힌 나머지, 말이 유창하게 나오고 있었다. 그가 갑자기 멈춰서더니 펠리페를 향해 돌아섰다. "내게 내가 받은 축복을 헤아려 보라고 말하기 위해 여기까지 찾아왔나, 펠리페? 내가 감명이라도 받을 줄 알았어?"

펠리페 레예스는 그리 크지 않은 키를 곧추세웠다. 그리고 산도즈를, 어린 시절의 우상이자 이 모든 일에도 불구하고 여전히 사랑하는 인물을 똑바로 마주 봤다.

"펠커가 아니에요, 신부님. 총장 신부가 내게 와 달라고 했어요."

산도즈가 갑자기 조용해졌다. 다시 입을 열었을 때, 조용하고 거의 차분하기까지 한 목소리에는 억눌린 분노가 담겨 있었다.

"아. 그럼 네 임무는 내가 이렇게 호들갑을 떠는 일을 부끄럽게 여기도록 만드는 것이겠군. 자기 연민에 빠져 있는 꼴을 말이야."

펠리페는 더 이상 할 말을 찾지 못했고, 산도즈가 독사처럼 자신을 노려보는 가운데 침묵이 흐르도록 내버려 둘 수밖에 없었다. 갑자기 산도즈의 눈이 위험하게 빛났다. 펠리페는 그것이 깨달음의 빛이라는 사실을 알고 있었다.

"그리고 청문회도, 그렇지?" 산도즈가 이제는 달래는 듯한 말투로 물었다. 그는 눈썹을 치켜세우고 입은 살짝 벌린 채로 확인을 기다렸다. 펠리페는 고개를 끄덕였다. 가슴 아프게도 산도즈의 목소리에 조소와 경멸이 더해졌다. "청문회란 말이지. 당연히 그렇겠지! 신이여!" 그가 하늘을 향해 외쳤다. "완벽하군. 내가 기대했던 바로 그대로의 은혜야. 그리고 너는 여기 악마의 대변인 노릇을 하기 위해 왔군그래, 펠리페?"

"이건 이단 심문이 아니에요, 신부님. 아시잖아요. 전 그저 돕기 위해……."

"그래." 산도즈가 부드럽게 말했다. 미소를 지었지만 눈은 웃고 있지 않았다. "진실을 밝혀내는 일을 돕기 위해 왔겠지. 내가 말하게 만들기 위해서."

펠리페 레예스는 그가 할 수 있는 한 산도즈의 눈빛을 견뎠다. 결국에는 시선을 돌렸지만, 산도즈의 부드럽고 잔인한 목소리를 멈출 수는 없었다.

"난 네가 상상조차 할 수 없는 진실을 겪었어, 펠리페. 그리고 지금도 겪고 있지. 그들에게 가서 말해. 손은 아무것도 아니라고. 그들에게 말해. 자기 연민도 많이 나아진 거라고. 내가 뭘 말하든 중요치 않아. 내가 너에게 무슨 이야기를 들려주든 중요치 않아. 그게 어땠는지 너희 중 누구도 절대 알지 못할 거야. 그리고 장담하는데, 알고 싶지도 않을 거야."

펠리페가 다시 고개를 들었을 때, 산도즈는 가 버리고 없었다.

로마의 사무실에 돌아가 있던 빈첸초 지울리아니는, 곧 펠리페의 실패에 대한 소식을 전해 들었다.

사실 총장 신부는 에밀리오 산도즈를 기소하기 위해 펠리페 레예스를 부른 것이 아니었다. 재판이 열릴 예정은 없었고, 따라서 악마의 대변인도 필요하지 않았다. 산도즈가 사용하는 느슨한 구어적 의미에서도 그런 일은 없을 터였다. 다가올 청문회는 예수회의 다음번 라카트 탐사 임무에 도움을 얻으려는 목적에서 열릴 예정이었다. 펠리페는 명망 높은 비교신학 연구의 전문가였다. 지울리아니는 산도즈가 라카트 임무의 세부 사항을 설명하는 데 펠리페가 도움이 되리라 기대했다. 하지만 총장 신부가 펠리페 레예스를 부르면서 모종의 기대를 했다는 사실을 부인할 수는 없었다. 펠리페는 산도즈가 좋았던 시절에 알고 지냈던 사람이고, 파키스탄의 대학에서 공부하던 중 사고로 불구가 되었다. 산도즈가 그런 그를 보고 자신만 그런 불행을 겪지는 않았다고 생각하기를 바라는 마음도 있었다. 그래서 지울리아니는 자신이 이 점에서 산도즈를 얼마나 오판했는지 깨닫고 상당히 실망스러웠다.

지울리아니는 한숨을 내쉬며 책상에서 일어나 창문으로 다가갔다. 그리고 빗줄기 사이로 바티칸을 응시했다. '산도즈와 같은 사람들은 얼마나 무거운 짐을 지고 세상에 나갔는가.' 그는 400여 명이 넘는 사람들의 희생을 통해 자리 잡은 전통에 대해 생각하며 수련 시절에 공부했던 예수회 선열들의 성스럽고 헌신적인 삶을 되짚었다. 그 멋진 구절이 뭐였더라? "학문적으로 그리고 정신적으로 빈틈없이 훈련받은 사람들." 그들은 용기와 지혜로 고난, 고독, 고갈과 질병을 견뎌 냈다. 고문과 죽음마저 기쁘게 맞이했다. 같은 종교를 믿는다 해도 그들만큼 신앙이 굳건하지 못한 이들로선 쉽게 이해하기 어려운 태도였다. 너무나 많은 영웅적인 이야기들, 그리고 너무나 많은 순교자가 있었다. 이삭 조그도 그중 하나였다. 그는 1300킬로미터를 걸어 신세계의 내륙으로 들어갔다. 1637년의 유럽인에게는 라카트만큼 이질적인 땅이었다. 이삭 조그가 주님의 품으로 끌어들이고자 했던 인디언들은 그를 마녀라 부르며 두려워하다가, 나중에는 그의 온유함을 조롱하고 경멸했다. 그는 정기적으로 구타를 당했으며, 손가락 마디마디가 조개껍질로 만든 칼에 의해 잘려 나갔다. 산도즈가 조그를 떠올린 것도 놀랄 일은 아니었다. 네덜란드 상인들이 여러 해 동안 학대와 핍박을 당하던 이삭 조그를 구출해서 프랑스로 돌려보냈다. 거기서 그는 기적적으로 회복할 수 있었다.

정말이지 놀랍게도 조그는 돌아갔다. 자리에서 일어나자마자 다시 배를 타고 모호크족에게 향하면서, 그는 무슨 일이 일어날지 틀림없이 알았을 것이다. 그리고 결국 모호크족에게 살해당했다. 끔찍한 방식으로.

그런 사람들을 어떻게 이해해야 할까? 지울리아니는 한때 궁금하게 여겼다. 제정신인 사람이 어떻게 자신의 운명을 알면서 그런 삶으로 돌아갈 수 있단 말인가? 머릿속에서 들리는 목소리 때문에 미쳐 버렸던 걸까? 수모와 고통을 좇는 피학대성 변태였을까? 그와 같은 현대의 역사가는, 설사 예수회의 역사가라 해도, 그런 의심을 피해 갈 수 없었다. 조그는 수많은 순교자 중 하나에 불과했다. 조그와 같은 사람들은 미친 것일까?

아니다, 지울리아니는 마침내 그렇게 결론지었다. 그들을 내몬 것은 광기가 아니라 영원의 수학이었다. 신으로부터 격리되어 끝없는 고통을 겪어야 할 영혼들을 구제하여 신의 곁에서 영원한 행복을 누리게 만들기 위해서라면, 어떠한 짐도 너무 무겁지 않고 어떠한 대가도 지나치게 크지 않았다. 조그 본인도 자신의 어머니에게 쓴 편지에서 이렇게 말하고 있었다. "100만 명의 사람들이 갖은 고초를 겪는다 해도 단 하나의 영혼을 예수 그리스도에게 이끌 수 있다면 그것이 헛되다 말할 수 있을까요?"

'그래. 예수회는 순교할 준비가 되어 있었어. 반면에 생존은 다루기 어려운 문제야. 때로는 살아남기보다 죽는 편이 더 쉬울 수도 있는 법이지.'

"저 계단들이 진짜로 싫어지기 시작하고 있어요." 존 칸도티가 해변을 가로질러 걸어오며 말했다. 산도즈는 언제나처럼 바위에 등을 기대고, 양손을 웅크린 무릎 사이에 늘어뜨리고 있었다. "정원에서 생각하면 안 되겠어요? 건물 바로 근처에 생각하기 딱 좋은 장소가 있던데."

"날 내버려 두시오, 존."

산도즈가 눈을 감고 인상을 찌푸렸다. 이제는 존도 그런 표정이 무시무시한 두통 때문이라는 사실을 알고 있었다.

"군대식으로 말하자면, 전 까라면 깔 뿐입니다. 레예스 신부가 절 보냈어요." 존은 욕을 들어먹을 각오를 했지만, 산도즈는 자제력을 되찾고 있었다. 혹은 그저 신경 쓰지 않을 뿐인지도 몰랐다. 존은 산도즈로부터 몇 발짝 떨어진 모래사장에 서서 한동안 바다를 바라봤다. 멀리 저물어 가는 햇살을 받아 빛나는 범선과, 여느 때처럼 떠다니는 고깃배 들이 보였다. "이럴 때면 예전에 아버지가 종종 하셨던 말씀이 생각나요." 존이 철학적으로 말했다. 산도즈가 고개를 들어 지친 눈빛으로 존을 쳐다봤다. 또 다른 비난을 예상하고 체념한 표정이었다. "밤낮없이 화장실에서 뭔 짓거리를 하는 거야?" 존이 갑작스럽게 외쳤다. "네가 나와야 다른 사람들도 화장실을 쓸 거 아냐!"

산도즈는 고개를 뒤로 젖히고 바위에 기댔다. 그리고 웃고 또 웃었다.

"이제야 듣기 좋은 소리를 내는군요." 존이 자기가 해낸 일에 즐거워하며 씩 웃었다. "그거 아세요? 여태까지 신부님이 웃는 소리를 들어 본 적이 없었어요. 한 번도요."

"「영 프랑켄슈타인」이로군! 「영 프랑켄슈타인」에 나오는 대사잖소." 산도즈가 숨을 들이켰다. "내 형과 나는 그 영화를 외우다시피 했소. 어렸을 적에 백 번도 더 봤거든. 난 멜 브룩스 감독을 정말 좋아했지."

"명작이죠. 「오디세이」, 「햄릿」, 「영 프랑켄슈타인」. 어떤 것들은 결코 사라지지 않아요."

산도즈가 다시 웃음을 터뜨리며 소매로 눈물을 닦고 숨을 골랐다.

"당신이 내게 하룻밤 자고 나면 괜찮아질 거라거나 뭐 그런 소리를 할 줄 알았소. 그랬다면 당신을 죽여 버렸을 거요."

존은 잠시 그 말에 대해 생각했지만, 곧 관용적인 표현일 뿐이라고 판단했다.

"그럴 리가! 그렇다면 나의 존재 자체가 죄악을 불러오는 셈이 아니 겠습니까." 그가 요하네스 펠커를 흉내 내서 점잔 빼며 말했다. "박사 님의 바위에 같이 좀 앉아도 되겠습니까?"

"사양하지 말고 앉으시오."

산도즈는 몸을 움직여 칸도티에게 자리를 내주며, 펠리페와의 재회 가 남긴 여운을 털어냈다.

존은 구부러진 코를 앞세우고 양 팔꿈치와 무릎, 그리고 커다란 발 을 총동원해 기어 올라갔다. 그는 산도즈의 작고 단단한 체격, 그리고 아직까지도 여전히 민첩한 몸놀림이 부러웠다. 존이 바위의 단단한 표 면에 편안하게 자리 잡고 앉자, 두 사람은 한동안 해 지는 풍경을 감상 했다. 어둠 속에서 계단을 올라야 하겠지만 이제는 둘 다 익숙한 길이 었다.

저녁노을이 푸르스름하게 깊어질 무렵, 존이 침묵을 깨고 말했다.

"제가 볼 때 신부님은 세 가지 중에 선택할 수 있어요. 첫째, 말씀했 던 대로 떠나는 길. 예수회를 떠나고, 사제직도 그만두는 거죠."

"그리고 어디로 가란 말이오? 또 무엇을 하란 말이오?" 산도즈의 옆 얼굴은 그들이 앉아 있는 바위처럼 단단했다. 그는 기자가 방 안에 난 입했던 이후로 떠난다는 이야기를 하지 않고 있었다. 비로소 바깥 상 황을 깨달았던 것이다. "알다시피 난 덫에 걸렸소."

"부자가 될 수도 있어요. 언론은 당신과 인터뷰를 허락하는 대가로 예수회에 엄청난 금액을 제시했죠."

산도즈가 그를 돌아봤고, 존은 어스름 속에서 상대방의 목구멍을 타 고 올라오는 담즙 냄새를 거의 맡을 수 있을 정도였다. 그는 산도즈에 게 뭔가 말할 기회를 주기 위해 기다렸다. 하지만 산도즈는 해 저문 바 다로 시선을 돌렸다.

"두 번째, 청문회에 참석할 수도 있어요. 무슨 일이 일어났는지 설명하는 거예요. 우리가 다음에 무엇을 할지 결정하는 일을 돕는 거죠. 우리가 당신 곁에 있을 거예요, 에밀리오."

웅크린 무릎에 팔꿈치를 기댄 채, 산도즈는 길고 앙상한, 창백한 해골 같은 손가락으로 머리를 감쌌다.

"내가 말하기 시작하면 당신들은 그 내용을 마음에 들어 하지 않을 거요."

'우리가 감당하기엔 진실이 너무 추하다고 여기고 있어.' 존은 에드워드 그리고 펠리페 레예스와 다급히 이야기를 나눈 후 계단을 내려오며 그렇게 생각했었다. 에드워드는 이미 자신의 이야기가 공공연히 알려졌다는 사실을 산도즈가 모를 수도 있다는 의견을 제시했다.

"에밀리오, 우리는 아이에 대해 알고 있어요." 존이 조용히 말했다. "그리고 사창가에 대해서도."

"아무도 몰라." 산도즈가 희미한 목소리로 말했다.

"모두가 알아요, 에밀리오. 에드워드 베어와 병원의 사람들 말고도요. 컨택트 컨소시엄이 모든 이야기를 다 공개했어요……."

산도즈가 갑자기 일어서서 바위를 기어 내려갔다. 그는 어두워진 해변에 내려서더니, 두 손을 교차시켜 겨드랑이에 끼운 채 남쪽을 향했다. 존이 바위에서 뛰어내려 그를 쫓아 달렸다. 그리고 산도즈를 따라 잡은 다음, 어깨를 움켜쥐고 강제로 마주 보며 외쳤다.

"얼마나 더 이 모든 일을 담아 둘 수 있다고 생각해요? 얼마나 더 오랫동안 당신 혼자서 감당할 생각이냐고요?"

"내가 할 수 있는 한 오랫동안 그럴 생각이오, 존." 산도즈가 칸도티의 손에서 어깨를 비틀어 빼며 냉담하게 말했다. 그리고 그로부터 등을 돌렸다. "내가 할 수 있는 한."

"그러고 나서는요?"

칸도티가 산도즈의 등 뒤에 대고 외쳤다. 산도즈가 몸을 돌려 그를 마주 봤다.

"그러고 나서는." 산도즈가 위협적으로 말했다. "세 번째 길을 선택할 거요. 당신이 듣고 싶었던 이야기가 그거 아니었소, 존?"

그는 가늘게 몸을 떨며 서서, 무심한 눈빛을 던졌다. 얼굴 피부가 광대뼈 위로 팽팽하게 당겨져 있었다.

존의 분노는 나타났을 때처럼 빠르게 사라져 버렸다. 그가 무슨 말을 하려고 입을 벌렸지만, 산도즈가 가로막았다.

"몇 개월 전에 했어야 했지만, 안타깝게도 내겐 아직 자부심이 남아 있소. 그래서 신이 이 잔인한 농담을 완성하게 내버려 두지 않는 거요."

그렇게 말하는 산도즈의 목소리는 밝았지만, 눈빛은 무시무시했다.

"그게 나를 살아 있게 하고 있소, 존. 약간의 자부심, 그게 내게 남아 있는 전부요."

그래, 자부심이었다. 하지만 또한 두려움이기도 했다. 그 죽음의 잠 속에서 어떤 꿈을 꾸게 될지 알 수 없으므로.

15

태양계

2021년

스텔라 마리스 호

2021년~2022년, 지구 기준

"애니, 정말 멋졌어! 나중에 가서 보라고. 바위가 꼭 거대한 감자처럼 생겼어. 보자마자 머펫 쇼*생각밖에 안 나더군. 우, 우, 우주의 감자!"

앤이 웃음을 터뜨렸다. 감자 모양이라는 말도 재미있었고, 조지가 집에 돌아와서 마음이 놓이기도 했다. 비록 야브로와 함께 추가적인 장비를 구하는 동안 잠깐 머물다 갈 뿐이라도 말이다. 앤은 과학 기술에 익숙하긴 해도, 지식이나 확신을 통한 믿음을 갖지는 못한 여자였다. 그래서 그녀는 지난 4주간 불안하기 짝이 없었다. 하지만 조지는 사기충천해서 돌아왔고, 앤이 그를 산후안 공항에서 집으로 태워 오는 동안 그녀의 불안감을 자신의 열정 속에 묻어 버렸다.

"엔진은 한쪽 끝에 달렸고 원격 카메라 등은 반대쪽 끝에 달렸어. 하지만 일종의 사팔뜨기처럼 안쪽으로 들어가 있어서 나아가는 방향을 똑바로 향하지는 않아."

"왜?"

---

* 못생긴 인형들이 등장하는 성인용 TV쇼.

"'성간 쓰레기'에 부딪혀서 렌즈가 상하는 일을 방지하기 위해서야, 사랑하는 자기. 대신에 카메라는 여러 개의 거울에 초점을 맞추지. 거울들은 노출되어 있지만 일종의 층층 구조라 영상의 화질이 떨어지면 한 꺼풀 벗겨 내면 되는 거지. 왜, 진흙탕 경주에서 모터사이클 헬멧의 얼굴 가리개가 하나씩 젖힐 수 있도록 여러 겹으로 되어 있는 것과 마찬가지야. 맙소사, 당신 정말 예쁘군!" 앤은 계속 도로를 주시하고 있었지만, 눈가의 섬세한 주름이 즐거움으로 깊어졌다. 그녀는 머리를 조지로서는 '올렸다'는 정도밖에 알 수 없는 어떤 모양으로 묶었고, 크림색 실크 드레스에 진주 목걸이까지 걸치고 있었다. 조지가 말했다. "그래서 어쨌든 그게 감자라고 치면, 긴 쪽에 도킹을 하는 거야. 버터를 바르는 쪽 말이야."

"혹은 잘해 봐야 마가린 맛밖에 안 나면서 버터인 척하는, 콩으로 만든 저지방 물질을 바르는 쪽 말이지."

앤이 막히는 도로를 바라보며 투덜거렸다.

"이 튜브 속으로 날아 올라가면 에어록이 있지만, 도커에서 에어록으로 가려면 우주복을 착용해야 해. 그런 다음 벽면이 전부 차폐된 좁은 바위 통로를 지나면 만일의 경우를 대비해서 또 다른 에어록이 있지."

"만일의 경우라니 어떤?"

앤이 궁금해서 물었지만, 조지는 그녀의 말을 거의 듣고 있지 않았다.

"거길 통과하면 생활 공간이야. 차폐가 가장 잘된 중심부에 위치하지. 그리고 애니, 그 안은 아름다워. 뭐랄까 약간 일본풍이더라고. 벽 대부분이 아주 밝은 패널로 되어 있어. 어둠 속에서 미쳐 버릴 염려는 없지. 일종의 창호지 같은 거야." 그 말에 앤이 고개를 끄덕였다. "자, 내부는 네 개의 동축 실린더로 이루어져 있어, 알겠어? 바깥쪽 실린더에 침실과 화장실이 있고. 방들은 파이 모양인데……."

"방 하나는 운동 장소와 의료 장비를 위해 남겨 뒀겠지?"

"그럼요, 의사 선생님. 일단 물건은 들여놨지만, 거기 가면 당신이 원하는 방식으로 다시 정리해야 할 거야."

조지가 나머지 부분을 떠올리기 위해 눈을 감았다 뜨더니, 똑바로 앞을 바라봤다. 그의 눈은 산후안의 교통 체증이 아니라 곧 자신들의 집이 될 독특하고 멋진 우주선을 보고 있었다. 아늑하면서도 항해다운 느낌을 주는 물건이었다. 모든 것이 적절한 자리에 있었고 전체적으로 질서 정연하면서도 놀랄 만큼 편안했다.

"그다음 안쪽 실린더에는 붙박이 탁자와 의자가 달린 거실과 그리고 부엌이 있는데, 아주 훌륭해. 당신 마음에 들 거야. 마크 로비쇼가 요리를 한다는 사실을 알고 있었어? 프랑스식으로. 그 사람 말로는 소스를 듬뿍 넣는다는데…….."

"알고 있어. 매력적인 사람이더라. 넷상에서 자주 만나고 있어."

"……하지만 중력이 생길 때까지는 튜브로 음식을 먹어야 해. 아! 그리고 내가 로봇으로 바위의 남는 공간을 파서 욕조를 만들었어. 일본식 욕실처럼 먼저 비누칠을 하고 헹궈 낸 다음 탕 속에 몸을 담그는 거지."

"우우, 그건 정말 마음에 든다." 앤이 기분 좋은 소리를 냈다. "얼마나 큰데?"

조지가 몸을 기울이더니 그녀의 목에 키스를 했다.

"충분히 커. 자 이제, 중심부에는 울버턴 튜브로 사용하기 위한 보다 동축된 실린더 두 개가 있어, 이해가 가? 바깥쪽 실린더 구멍에 나무들을 심어 놓은 거야. 그래서 나뭇잎은 생활 구역으로 나오고 뿌리는 중심부로 수렴하지, 알겠어? 모든 공기와 거의 모든 쓰레기를 나무 실린더에서 정화해. 전에도 그런 걸 본 적 있지만 맙소사, 이건 정말 아름다워! 마크가 어떤 나무들을 심을지 고르느라 몇 달이나……."

조지는 나무에 관한 이야기를 좀 더 한 다음 함교로 넘어갔고, 어떻게 채굴 로봇들이 발사 장치에 연료를 공급하는지 설명했다. 그리고 앤은 조지와 소피아와 지미가 귀환하는 길에 소행성을 자동으로 항해하게 만들 AI 프로그램을 개발할 예정이라는 이야기를 들었다. 지구의 방송과 태양 전파의 주파수를 추적해서 알파 센타우리로 가는 동안 지미가 하는 것과 같은 방식으로 계산을 할 수 있는 프로그램이었다. 지미가 목숨을 잃을 경우를 대비해서였다. 그리고 그들 모두가 가상 비행 시뮬레이터로 착륙선의 조종 방법을 배워야 했다. 만에 하나 야브로가…….

이야기가 거기까지 진행되었을 때 앤이 주차장에 차를 세우고 시동을 껐다. 긴 침묵이 흘렀고, 두 사람 모두 사망자가 발생할 수도 있다는 생각에 정신이 번쩍 들었다. 그들은 여덟 명의 승무원이 지닌 기술이 서로 중복되도록 교차 훈련을 받고 있었다.

"그냥 우주선이 돌아오는 길에는 알아서 날 거란 이야기야." 조지가 마침내 말했다.

"거기가 내가 좋아하는 부분이야." 앤이 단호하게 말했다. "'돌아오는 길'이라는 부분."

앤은 여전히 공식적인 회의론자의 역할을 견지하고 있었지만, 지난 18개월은 그녀의 내면을 놀랄 만큼 변화시켰다. 벌써 몇 차례나 임무 전체가 수포가 될 것처럼 보였다. 하지만 그럴 때마다 예수회의 노력과 기도가 문제를 해결하자 앤은 놀라지 않을 수 없었다.

첫 번째 소행성은 1G에 못 미치는 가속력에도 무너질 가능성이 있는 단층선을 보유한 것으로 드러났다. 두 번째 소행성은 원격 분석 결과 철분의 함량이 너무 높아, 장기적으로 엔진에 무리가 갈 수 있다는 사실을 파악하기 전까지만 해도 완벽해 보였다. 그로부터 며칠 뒤에 한 예수회 과학자가 저녁 기도를 드리다가 문득, 자신의 하중 계산이 원통형으로 생긴 바위라는 전제에 지나치게 얽매여 있다는 사실을 깨달았다. 그는 우선 기도를 끝까지 마친 다음 재빨리 자신이 세운 가설들을 재고했다. 그러고 나서 여러 다른 시간대에 흩어져 있는 예수회 동료들의 잠을 깨웠다. 열두 시간이 지나고, 소피아 멘데스는 이언 세키자와와 접촉해서 찾아야 할 소행성의 범위를 거의 모든 형태로 넓히라고 지시할 권한을 부여받았다. 단지 중심축을 기준으로 어느 정도 대칭적이기만 하면 상관없었다. 며칠 지나지 않아 이언이 답신을 보내왔다. '타원형에 가까운 바위를 하나 찾았는데, 이거면 괜찮을지 모르겠구먼?' 물론 아주 괜찮았다.

야브로의 착륙선에 적용할 이중 표면에 대해서도 비슷한 문제가 있었다. 우주 공간의 상상할 수 없는 추위와 대기권 돌입 및 탈출시의 폭발적인 열기 속에서 모두 기능할 수 있는 재료를 구해야 했기 때문이다. 군납 계약은 수익성이 좋아서 언제나 민영 프로젝트보다 우선이었다. 이 문제를 해결하기 위해 치열한 기도와 영민한 기술적, 외교적 수완이 동원되었다. 뜻밖에도 인도네시아의 군사 정부가 무너지는 바람에 우주선을 제작하기 위한 인도네시아 공군의 주문이 취소되었다. 덕분에 소피아 멘데스는 익명의 투자 그룹을 위해 주문한 재료를 예정보다 몇 달이나 더 빠르게 수령할 수 있었다.

시간이 흐를수록, 수많은 난관에도 불구하고 계속해서 임무에 유리한 쪽으로 주사위 눈이 나온다는 사실을 무시하기 어려워졌다. 승무원들은 훈련을 계속했고, 임무에 대한 확신 여부가 일정에 영향을 미치지는 않았다. 하지만 그들 모두 각기 다른 정도의 놀라움을 경험했다. 예수회 구성원 사이에서도 반응은 엇갈렸다. 마크 로비쇼와 에밀리오 산도즈는 미소를 지으며 이렇게 말했다. "봤죠? Deus Vult.(신께서 원하신다.)" 반면 D. W. 야브로와 안드레이 옐라치치는 놀란 표정으로 고개를 저었다. 조지 에드워즈와 지미 퀸 그리고 소피아 멘데스는 이런 사건들이 조그만 기적이냐 아니면 커다란 우연이냐 하는 문제에 대해 불가지론적인 태도를 고수했다.

앤은 아무런 말도 하지 않았지만, 시간이 흐를수록 믿음이라는 유혹에 저항하기가 점점 더 힘이 들었다.

그리고 그렇게, 운명 혹은 우연 혹은 신의 인도하에, 앤이 '1. 손톱깎이를 가져갈 것'부터 목록을 작성하기 시작한 후로 19개월 12일이 지났다. 그녀는 마침내 '0G에서 토하기'라는, 반 장난 삼아 써 넣었던 마지막 항목에 표시를 할 수 있게 되었다. 어릴 때 울렁거림이 심해서 놀이터의 그네조차 타지 못했던지라 배 속의 내용물이 허파 쪽으로 역류하기만 해도 우주 멀미가 시작되리라는 생각에 질려 버렸다. 의학의 진보에도 불구하고, 모든 여행자의 15퍼센트가 아직 우주 멀미에 시달리고 있었다. 하지만 이런 사태를 피할 방법이 전혀 없지는 않았다. 앤은 야브로가 신봉하는 붙이는 멀미약을 사용했고, 다시 숨을 쉴 수 있게 되자마자 그 멀미약을 저주했다.

그래도 전체적으로는 스스로를 자랑스럽게 여길 수 있었다. 앤을 제외한 모두는 그녀가 겁에 질릴 거라 예상했다. 그래서 당연하지만 이번 여행을 즐겨서 그들의 기대를 배신하기로 했다. 그리고 실제로도 그렇게 되었다. 수직 상승은 엄청나게 시끄러울 뿐 거의 움직이는 느

낌조차 없었다. 그러고 나서 마하1을 향해 달리는 동안, 의자에 결박
당한 채로 가속도가 4G까지 중첩되는 과정을 체험하는 스릴이 찾아왔
다. 그러다 갑자기 소음이 더 이상 그들을 쫓아오지 못했다. 하늘은 빠
른 속도로 점점 어두워졌고, 야브로가 애프터버너의 스위치를 내렸다.
앤은 안전띠에 묶인 채 너무 심하게 앞쪽으로 내동댕이쳐진 나머지 심
장이 파열하는 줄 알았다. 그때 바로 앞에 있는 조종석 창문 너머로 달
이 보였고, 짙은 어둠을 배경으로 떠오르는 지구의 청록색 테두리도
보였다. 아시아가 그들의 발밑에서 너무도 아름다운 석양 속으로 접어
드는 순간, 앤의 몸이 의자에서 떠오르기 시작했다.

그때 예상치 못했던 선명한 깨달음이 찾아왔다. 전혀 기대하지 않
던 일이지만, 바로 그 순간 그녀는 신의 존재에 대한 확신을 경험했다.
그런 느낌은 찾아왔을 때만큼이나 빠르게 사라졌다. 하지만 앤에게 산
도즈가 옳았다는, 그들이 이 불가능한 일을 해내고 여기 오기로 정해
져 있었다는 믿음을 흔적처럼 남겼다. 그녀는 경외감에 사로잡혀 몸을
떨며 산도즈를 보았다. 그리고 그가 잠들어 있는 모습을 보자 이유 없
이 화가 치밀어 올랐다.

두 시간 30분 정도 상승하고 나자, 소피아가 항해 경로를 설정하기
위해 몸을 띄웠다. 아마 그녀의 동작을 눈으로 쫓기 위해 고개를 돌렸
기 때문일 것이다. 앤은 배 속이 아니라 내이(內耳)가 뒤집히는 느낌을
받았다. 아무런 경고도 없이 신체가 현재의 특수한 환경에 맞서 반란
을 일으켰다. 그리고 몇 분 동안 정신없이 구역질하고 코를 풀었다. 겨
우 정신을 차리자 문득 배가 고팠다. 앤은 안전띠를 풀고 몸을 띄우며
마치 와이어에 매달린 메리 마틴이 된 것 같은 기분을 느꼈다. 그리고
조종석을 향해 날아가던 중 격벽에 호되게 부딪혔다.

"아야!" 그녀는 비명을 지르고 별다른 생각 없이 덧붙였다. "제기랄."

앤은 자기가 산도즈를 깨우지 않았기를 바라며 그쪽을 흘끗 쳐다봤다. 하지만 산도즈는 눈을 뜨더니 앤을 보며 창백하게 웃었다. 그제야 앤은 그가 잠든 적이 없으며, 다만 멀미를 참느라 꼼짝도 하지 않고 있었다는 사실을 알아차렸다.

마침 그때 야브로가 뒤를 돌아보며 물었다.

"배고픈 사람?"

그 질문의 효과는 즉각적이고도 인상적이었다.

산도즈가 뭐라고 말하는 것도 같았지만, 앤은 그가 자신이 겪었던 반란을 구경꾼 없이 혼자서 극복할 수 있도록 내버려 뒀다. 그리고 점심을 먹기 위해 야브로와 소피아에게 합류했다. 식사는 치약 튜브처럼 생긴 포장 안에 들어 있는 훌륭한 감자 수프였다. 속이 좀 진정되고 놀랄 만큼 맛있는 음식을 먹고 나니 기분이 상당히 괜찮아졌다. 여유가 좀 생기자, 이번에는 우울한 생각이 들었다. 다른 모든 사람과 마찬가지로 무중력의 영향으로 얼굴이 퉁퉁 부었는데도, 서른두 살의 소피아가 스무 살 한창나이에 신부 화장을 했던 날의 앤보다 더 예뻐 보였기 때문이다. 혈장과 림프액의 급격한 재분배조차 소피아의 미모를 완전히 가리지는 못했다. 부기 때문에 오히려 얼굴선이 더 부드러워져 마치 상아색 달걀 같았고, 짙은 눈썹은 동그란 눈꺼풀 위쪽으로 고요한 활을 그렸으며, 작게 오므린 입술은 차분하고 침착해 보였다. 마치 무감정한 비잔틴풍 초상화 같았다.

반면 야브로는 평소보다도 더 보기 흉했다.

'미녀와 야수로군.' 앤은 그들이 머리를 맞대고 항로에 대해 뭔가 의논하는 모습을 보며 그렇게 생각했다. 소피아와 야브로 사이의 우정은 기이하면서도 순수했고, 어째선지 잘 알 수는 없지만 감동적인 구석마저 있었다. 소피아와 함께 있을 때면 야브로는 일부러 순박한 시골 사람인 척하는 행동을 그만뒀고, 방 안의 공기도 덜 잡아먹는 것처럼 보였다. 소피아도 야브로 곁에서는 경계심을 늦추고 진심으로 편안함을 느끼는 듯했다. 앤은 생각했다. '놀라워. 누가 예상이나 했을까?'

소피아가 임무에서 차지하는 비중이 커지는 데 대해서는 반대가 있었다. 다른 승무원들이 아니라, 총장 신부의 사무실에서 난색을 보인 것이다. 예수회는 기꺼이 그녀에게 제반 준비 작업을 맡겼지만, 승무원으로 포함하기는 꺼려했다. D. W. 야브로는 소피아를 참가시키기 위해 총장 신부와 직접 담판을 지어야 했다. 그리고 이 텍사스 사내는 자신이 그 일을 해냈다는 사실을 매우 기뻐했다.

우선 소피아 멘데스는 타고난 조종사였다. 그녀는 대담하면서도 세심했고, 복잡한 시스템에 논리적으로 접근했다. 그리고 한때 장클로드 주베르에게 이익을 안겨 줬고, 이제는 야브로를 즐겁게 만드는 특유의 냉철한 능률성으로 교관들이 가르치는 기술을 흡수했다.

"학습 곡선이 제트기의 비행경로 같소이다. 곧장 올라가기만 하니까 말이외다." 야브로는 총장 신부 앞에서 그렇게 선언한 뒤 명랑하게 덧붙였다. "이제 내가 언제 죽어 버려도 괜찮다 이거외다. 그 아가씨가 사람들을 태우고 내리고 다 알아서 할 테니까. 그 아가씨만 있으면 안심이라 이거외다, 내가 보증하는 바외다."

하지만 야브로는 단순히 소피아의 신앙을 문제 삼지 않기만 했던 것은 아니다. 그에게는 사람들을 자기 안으로 이끌어 신을 발견하게 하는 재주가 있었다. 그 자신도 가장(假裝)의 대가인 야브로는 사람의 내면을 꿰뚫어 볼 줄 알았다. 그는 먼저 자기 자신에게, 그리고 마지막으로 총장 신부에게 다음과 같이 말했다. 설사 이 미친 짓거리나 다름없는 임무에서 다른 성과를 전혀 얻지 못하더라도, 하나의 영혼이 스스로를 치유하고 완전해질 수 있도록 돕는 일을 시도하고 싶다고 말이다. 오래전, 존 F. 케네디는 미국이 달에 가야 한다고 제안했다. 그 일이 쉬워서가 아니라 어렵기 때문이었다. 그리고 그것이 바로 D. W. 야브로가 소피아에게 주는 선물이었다. 자신의 한계를 시험할 만큼 어려운 일에 도전해서 자기 자신의 가능성을 느끼고 내면의 무언가를 찾을 기회.

그리고 야브로는 자기가 소피아에 대해 잘 아는 만큼 그녀 역시 자신에 대해 잘 안다는 사실을 놀라워하면서도 환영했다. 언제나 털털한 카우보이 흉내를 내며 냉철함과 세심함을 감추고 있지만, 59세의 야브로는 주의 깊고 유능한 리더였다. 한때 비행 중대의 사령관이던 그는 전투 상황을 겪으며 인간이 통제할 수 없는 변수가 많다는 사실을 배웠다. 또한 그렇기 때문에 통제할 수 있는 사항에 대해서는 반드시 완벽하게 대비해야 한다는 흔들림 없는 신념이 있었다. 그리고 이런 측면에서 소피아는 능히 야브로의 적수가 될 만했다.

일행에 속한 두 명의 만물박사 D. W. 야브로와 소피아 멘데스는 마젤란이 1519년에 스페인에서 출발한 이래 미지의 세계를 향한 가장 위대한 항해를 조직하고 통제하기 위해 씨름했다. 그들은 함께 몇백 군데의 독립적인 태스크 포스가 작업한 결과물을 수집하고 습득한 다음에 방침을 결정했다. 그리고 언제나 추가적인 가능성, 더 나은 해결책, 더욱 철두철미한 계획을 찾기 위해 매달렸다. 상상할 수 있는 모든 만일의 사태에 대비해야 했다. 동시에 사막의 열기, 열대의 폭우, 극지의 혹한, 평원, 산악, 하천에서 사용할 수 있는 장비를 최대한 중첩해 화물의 부피를 줄여야 했다. 그들은 음식 저장 시스템을 연구했고, 가능한 육상 운송 수단을 고려했다. 커피를 가져갈지 아니면 커피 없이 지내는 법을 배워야 하는지를 놓고 격렬한 논쟁을 벌였고, 정원을 꾸밀 수 있기를 바라며 씨앗을 가져가는 일이 생태적으로 어떤 영향을 미칠지 논의했다. 또 교역 상품에 대해 의견을 제시했다. 그들은 소리를 질렀고, 사이가 소원해졌고, 다시 화해했고, 엄청나게 웃었다. 그리고 결코 있을 법하지 않은 일이지만 서로를 무척 좋아하게 되었다.

마침내 여행을 위해 소행성에 물자를 적재하는 날이 찾아왔다. 야브로와 소피아는 먼저 조지 에드워즈와 마크 로비쇼를 올려보내, 소행성의 생명 유지 시스템을 점검하고 정비한 후 최초의 물자 선적을 돕도록 했다.

예수회 소속의 마크 로비쇼는 몬트리올에서 온 자연학자 겸 수채화가였다. 마흔네 살로 금발 머리가 희끗희끗해지고 있었지만, 엄청난 동안이었고 조용한 말투와 부드러운 눈빛의 소유자였다. "전형적인 수줍고 귀여운 남자야." 앤은 마크가 고등학교 시절 여학생들과 선생님들 모두에게 인기 있는, 사랑스럽긴 하지만 언제나 과제물을 일찍 내고 A를 받는 얄미운 부류의 소년이었을 거라고 단정했다. 마크는 울버턴 튜브의 나무들과 민물고기를 기르는 수족관의 관리를 맡았다. 그들이 가져가는 포장 식품을 보충할 신선한 음식을 공급하기 위한 시설이었다. 조지는 울버턴 튜브와 거기 연결된 물-공기 추출 시스템의 소프트웨어 및 기계적 측면을 관리하기로 했다. 두 사람은 지난 한 해 동안 서로의 전문 분야를 공부했고, 마크의 조용하고 세심한 성격은 조지의 활기와 도전 정신이 넘치는 인생관과 좋은 균형을 이루었다.

다음으로 올라간 사람은 스물여덟 살의 항해와 통신 전문가 제임스 코너 퀸, 그리고 예수회 소속의 음악 연구가 앨런 페이스였다. 서른아홉 살의 페이스 신부는 호리호리한 영국 신사로, 살아오는 동안 많은 것을 보아 왔고 또 그 전부를 잘 알고 있다고 주장하는 듯한 심드렁한 눈빛의 소유자였다. 앨런 페이스의 이런 특징은 야브로를 걱정스럽게 만들었다. 그는 스트레스 테스트 도중 심장 발작으로 쓰러진 안드레이 옐라치치를 대신해 마지막 순간에 합류했다. 아직도 애도의 대상이 되고 있는 안드레이는 대체 가능한 인원이 아니었지만, 앨런도 자격은 충분했다. 좀 예민한 성격이기는 해도 훌륭한 음악가였다. 또한 많은 음악가가 그렇듯 정확하고 정연한 사고의 소유자로, 실제로 수학을 부전공하기도 했다. 그는 아마추어 피아니스트인 지미 퀸과 교차 훈련을 받았다. 그들은 점점 늘어 가는 외계 노래의 파편들에 관해 예비 연구를 진행하는 한편, 소행성을 알파 센타우리로 운항하기 위한 기술적인 요령을 익혔다.

마지막으로 마흔 살의 에밀리오 산도즈, 그리고 남편과 마찬가지로 예순네 살인 앤 에드워즈가 소행성에 올랐다. 다른 사람들이 훈련을 위해 흩어져 있는 동안 이 두 사람은 푸에르토리코에 남았다. 라페를라에서 산도즈가 하던 일을 인수하기 위해 새로운 사제가 파견되었다. 그리고 산도즈는 병원에서 앤의 감독하에 정식으로 의사 조수 과정을 밟았다. 그들은 특히 지구 밖에서 마주칠 수 있는 의료적인 응급 사태에 병원이나 약국 혹은 정교한 장비의 도움 없이도 대처하는 법을 익히는 데 중점을 두었다. 한편 산도즈는 다시 한번 앤의 언어 선생님이 되었고, 이번에는 소피아의 AI 프로그램을 사용해서 앤이 외계 언어를 배울 준비를 하도록 도왔다. 그들은 매일 밤 함께 외계로부터 온 송신을 틀어 놓고 연구했다. 참고할 만한 자료가 전혀 없다시피 했지만, 반복되는 구절을 골라 그 언어의 리듬에 익숙해지려고 애썼다.

그들에게는 분석해야 할 자료가 무척 많았고, 이는 앨런 페이스도 마찬가지였다. 시간이 지날수록 수신 패턴은 안정적으로 되어 갔다. 2021년 6월을 즈음해서는 대부분의 전파 천문학자들이 다른 프로젝트로 돌아갔고, 망원경 관리자들은 그저 15일과 27일의 주기를 번갈아 가며 알파 센타우리 쪽으로 초점을 돌리기만 했다. 정기적으로 열리는 음악회에 주파수를 맞추면 그만이었다. 음악은 결코 오래 지속되는 법이 없었고, 몇 분 후에는 신호가 소음으로 바뀌곤 했다. 한번은 같은 테마가 반복된 적도 있지만 노래는 항상 서로 달랐다. 때때로 첫 번째 노래처럼 부르고 답하는 형식이 등장하기도 했다. 때로는 독창이었고, 때로는 합창이었다.

어떤 측면에서 가장 흥미로운 일은, 어느 정도 시간이 흐르자 각각의 가수들을 구분할 수 있게 되었다는 것이다. 이들 중 가장 두드러지는 목소리는 숨 막힐 듯한 힘과 달콤함, 오페라와 같은 장엄함을 지니고 있었다. 하지만 그는 언제나 최면적이고 우아한 찬송가를 꾸밈없이 불렀기 때문에, 듣는 사람은 아름다움과 진실에 대해 생각할 뿐 목소리의 화려함은 거의 알아차리지 못했다.

그 목소리의 주인공은 바로 갈라트나의 레시타, 흘라빈 키서리였다. 언젠가 에밀리오 산도즈를 파멸시킬 자였다.

붙이는 멀미약이 우주 멀미를 완전히 없애지는 못해도, 그 시간은 줄여 주는 것 같기는 했다. 이륙하고 열두 시간 정도 지난 후 D. W. 야브로가 "저기 좀 보란 말이외다!" 하고 외쳤을 때는 앤과 에밀리오 산도즈 둘 다 상태가 괜찮아져 있었다. 그들은 조심스럽게 몸을 띄워 조종석 창문으로 다가갔다. 처음으로 소행성의 희미한 모습이 눈에 들어왔다.

앤과 마찬가지로 조지의 열정적인 설명을 들었던 산도즈는 실망스러운 표정을 지었다.

"뭐예요, 감자만 있고 사워크림이 없어요? 부추도 없고?"

앤이 키득거리며 몸을 밀어 화물칸의 자기 자리로 돌아갔다.

"그리고 중력도 없지."

앤은 어깨 너머로 그렇게 말했다. 음흉한 미소가 어려 있었다.

"그게 중요한 의미가 있는 거예요?"

산도즈가 뒤쪽으로 가서 앤과 합류하며 낮은 목소리로 물었다.

"두 사람 안전띠를 매시오." 야브로가 명령했다. "아직까지 질량이 남아 있으니까, 도킹에 실패하면 목이 부러질 수도 있소이다."

"젠장. 저게 무슨 말이야, 도킹에 실패한다니? 전에는 한 번도 그런 소리를 한 적이 없었잖아."

앤이 투덜대며 자리에 앉아서 안전띠를 조였다.

마찬가지로 안전띠를 맨 산도즈는 앤의 얼굴에 떠오른 표정을 잊지 않고 있었다. 그가 다그쳤다.

"그래서, 중력이 없어서 어떻다는 거예요? 빨리 말해요, 뭔데요? 뭐냐고요!"

"어떻게 말해야 할까?" 앤은 얼굴을 붉히면서도 아주 예의 바른 목소리로 차분하게 말했다. "조지와 나는 거의 45년 동안 결혼 생활을 했어. 우린 가능한 모든 방식으로 다 해 봤지. 무중력 상태에서만 빼고 말이야."

산도즈가 손으로 입을 가렸다.

"그렇겠죠. 그런 생각은 한 번도 못 했지만, 당연히……."

"당신은 그런 생각을 한 번도 못 했겠지. 하지만 난 말이야, 토하기를 멈추고 나서부터는 그거 말고 다른 생각을 거의 못 했어." 앤이 비장하게 말했다.

도킹 절차는 원활하게 진행되었다. 비행 내내 일하느라 바빴던 야브로와 소피아는 거의 곧장 자신들의 선실로 들어갔다. 심지어 승객으로 타기만 했던 산도즈와 앤조차 너무 피곤한 나머지 처음으로 우주선을 보는 흥분에도 불구하고 바로 침대, 즉 허공에 매달린 침낭으로 들어갔다.

새로 도착한 사람들이 자는 동안, 조지, 마크, 앨런과 지미는 도커에서 마지막으로 남아 있는 몇 가지 물건을 옮겼다. 저장 공간의 구조는 수많은 고민 끝에 결정되었다. 가속 상황에서 화물이 어떻게 움직일지 예측하기가 어려웠기 때문이다. 실제로 생활 공간의 모든 측면은 처음에는 무중력 상태에서, 그리고 일단 가속을 시작한 뒤에는 고물 방향을 아래쪽에 두고 기능하도록 설계되었다. 따라서 다음 날 두 개의 연소 장치 중 하나가 탈락하기 전까지는 모든 화물을 신중하게 배치해야 했다.

지미가 다음 날 아침 그렇게 늦게 일어난 이유 중 일부는 그런 작업이 몇 시간이나 걸렸기 때문이기도 했다. 하지만 그건 어디까지나 이유의 일부에 지나지 않았다. 지미의 어머니는 언젠가 그를 아침에 등교시키는 일이 죽은 사람을 부활시키는 일에 가깝다고 말한 적도 있었다. 지미는 결코 자발적으로 일찍 일어나는 일이 없었고, 우주에서조차 아침을 몹시 싫어했다. 그래서 무중력 상태에서 몸을 씻는 악전고투를 마치고 휴게실로 갔을 때, 그는 자기 때문에 추진이 늦어져서 미안하다고 사과할 준비가 되어 있었다. 하지만 놀랍게도 아침 식탁에는 아직 앤과 조지의 모습이 보이지 않았다. 즉, 자기가 꼴찌는 아니었다. 지미는 하루 중 이맘때면 늘 그러듯 말없이 먹거리를 뒤졌고, 튜브에 담긴 커피와 음식 창고에서 찾아낸 랍스터 수프를 마셨다. 조금 지나 카페인이 효과를 발휘하기 시작하자, 그는 모두가 뭔가를 기다리고 있다는 사실을 눈치챘다.

그가 막 야브로에게 추진이 언제로 예정되어 있냐고 물어보려는데, 앤과 조지의 방에서 웃음소리가 들려왔다. 지미는 사람들을 보며 물었다.

"저 안에서 뭘 하는 걸까요?"

순수한 질문이었지만, 산도즈는 마구 웃기 시작했고 야브로는 손으로 얼굴을 가렸다. 앨런 페이스는 모르는 척하려고 엄청나게 애쓰고 있는 것이 분명했지만, 마크는 웃음을 터뜨렸고 소피아의 어깨도 떨리고 있었다. 하지만 소피아가 곧 조리실 벽 뒤로 돌아가 버려서 지미는 그녀의 얼굴까지 확인할 수는 없었다.

"뭐예요?" 지미가 다시 입을 열었지만, 이제 앤은 귀에 들릴 정도로 웃어 댔고 잠시 후 조지의 목소리가 선실 안에서 울렸다. "자, 관중 여러분, 우린 여기 환상의 나라에서 큰 실망감을 겪고 있습니다."

야브로가 폭소를 터뜨렸지만, 앨런은 여전히 침착한 태도를 유지하며 말했다.

"내 생각에는 아마 뉴턴의 제3법칙 때문에 어려움을 겪는 모양이오."

아직 잠이 덜 깬 지미는 잠시 생각하다가 멍하니 말했다.

"모든 작용에는 크기가 같고 방향이 반대인 반작용이 항상 존재한다……"

마침내 그도 알아차렸던 것이다.

"조지 저 양반 단단히 붙잡고 있느라 힘들 거외다."

야브로가 그렇게 말하자, 앨런 페이스조차 더 견디지 못하고 웃음을 터뜨렸다. 하지만 마크 로비쇼는 힘차게 물품 창고로 몸을 날리더니, 잠시 후 천사와 같은 미소를 띠며 돌아왔다. 이 중년의 가브리엘 대천사는 손에 5센티미터 너비의 은색 접착테이프를 들고 있었다. 그는 앤과 조지의 방문을 살짝 열더니, 마치 화장실에 휴지가 떨어졌을 때 건네주는 것처럼 한 손으로 테이프를 내밀었다. 산도즈가 스페인 억양이 살짝 들어갔지만 낭랑한 목소리로 칼 말든*의 TV 광고를 흉내 냈다.

"'접착테이프! 절대 잊지 마세요.'"

앤이 웃음 섞인 비명을 질렀다. 조지는 밖에다 고함을 질렀다.

"여기서 중력을 조금이라도 얻을 수는 없겠지?"

그러자 야브로가 마주 외쳤다.

"있는 건 부력뿐이지 말이외다."

그렇게 라카트로 향하는 예수회 임무의 첫 번째 아침이 시작되었다.

"자, 신사 숙녀 여러분, 스텔라 마리스 호가 이제 태양계를 벗어나고 있습니다."

지미가 함교에서 그렇게 외쳤다. 지구를 출발하고 정말 얼마 지나지 않아서였다.

여기저기서 환호성이 올랐다. 야브로가 커피 잔을 두 손으로 감싼 채 탁자 위로 몸을 숙이며 능글맞게 말했다.

"멘데스 양, 내 생각에는 당신이 역사상 최고 멀리까지 방랑한 유대인으로 기록될 것 같소이다."

소피아가 웃었다.

"저 사람, 저 말 한마디 하려고 몇 달을 별렀어."

조지가 벽시계로 최초의 시차 발생을 확인하며 코웃음을 쳤다.

"아직 도착하려면 멀었어요?"

앤이 명랑하게 물었다. 주위에서 야유와 비난이 쏟아졌다.

---

* 미국의 영화배우.

"뭐, 난 재밌었어요, 앤." 산도즈가 식탁을 차리며 진심 어린 어조로 말했다. "원래 내 기준이 좀 낮긴 하지만요."

엔진이 점화된 순간부터 중력이 완전히 돌아오자, 소행성을 타고 알파 센타우리로 여행하는 일이 순식간에 정상적으로 보이기 시작했다. 객관적으로는 그게 얼마나 미친 짓이든 말이다. 그들이 뭔가 평범하지 않은 일을 하고 있다는 사실을 보여 주는 것은 휴게실에 걸려 있는 두 개의 달력 겸 시계밖에 없었다. 조지는 입을 벌린 채 정신없이 그 시계를 바라보고 있었다. 손으로 '우리'라고 써 붙인 배의 시계는 별다른 점이 없었다. 하지만 '그들'이라고 쓰여 있는 지구 기준 시계는 컴퓨터로 계산된 속도에 의해 보정되고 있었다.

"좀 보라고. 벌써 차이가 나고 있어."

조지의 말대로 지구 시계의 초침이 눈에 띄게 빨라지고 있었다.

"난 아직도 이게 헷갈려요."

산도즈가 시계를 흘낏거리며 말했다. 그는 식탁에 냅킨을 차리는 중이었다. 앤과 야브로는 몇 달 전 이 냅킨을 두고 큰 말다툼을 벌였더랬다. 앤의 논리는 다음과 같았다.

"난 반년 동안이나 당신네 남자들이 소매로 입가를 닦는 모습은 못 보겠어요. 이 여행이 마초적인 인내심 테스트가 되어야 할 이유는 없다고 봐요. 고난에 빠지는 일은 목적지에 도착하고 나서 겪어도 충분하다고요."

"식탁에서 쓸 휴지라니, 저장 공간의 어리석은 낭비란 말이외다."

야브로는 그렇게 반격했다. 결국 소피아가 종이 냅킨의 무게는 고작 800그램이고 그 때문에 소리 지르며 싸울 가치가 없다고 지적하며 말했다.

"싸우려면 차라리 커피를 가지고 싸워야죠."

'그리고 신께 감사하게도.' 산도즈는 생각했다. '이번에도 여자들이 논쟁에서 이겼지.'

"우리의 속도는 점점 더 높아져서 광속에 가까워지지." 조지가 인내심을 가지고 다시 한번 설명했다. "그러면 지구 시계의 시간도 더 빨리 흐르게 돼. 여행이 중반에 접어들어 최고 속도에 이르면, 이 배 안의 사흘마다 지구에선 3년이 흐를 거야. 물론 지구 쪽에서 볼 때는, 그러니까 누군가 우리가 여기 위에 있다는 사실을 안다면 말이지만, 이 배 안의 시간이 느려져서 하루가 넉 달로 변한 것처럼 보이겠지. 그게 상대성이야. 어떤 관점에서 보느냐에 따라 달라지는 거지."

"그래요, 그건 알겠어요. 하지만 왜죠? 왜 그렇게 되는 건데요?"

산도즈가 끈질기게 물었다.

"Deus vult, mes amis.(신의 뜻이죠, 내 친구들.)" 마크 로비쇼가 조리실 쪽에서 쾌활하게 외쳤다. "하느님이 그렇게 원하시기 때문이죠."

"내 생각에는 그거야말로 정답이야." 조지가 말했다.

"축하! 우리에겐 성대한 축하가 필요해!" 앤이 마크와 함께 우주에서 제대로 요리한 첫 번째 음식을 내오며 외쳤다. 토마토소스 스파게티와 울버턴의 채소로 만든 샐러드, 그리고 토스카나산 적포도주 농축액을 다시 물에 푼 음료였다. "아, 중력이 돌아와서 너무 좋아!"

"정말요? 난 무중력 상태가 좋았는데."

소피아가 식탁에 앉으며 말했다. 조지가 앤 쪽으로 몸을 기울이며 뭐라고 귓속말을 했다. 앤이 조지를 때리자 다들 미소를 지었다.

"당신은 멀미를 안 하니까 그렇죠!"

산도즈가 에드워즈 부부를 무시하며 그렇게 투덜거렸다. 그래도 앤은 그 말에 수긍하는 반응이었다.

"뭐, 그럴 수도 있지만요." 소피아가 인정하며 말을 이었다. "내가 원하는 만큼 높이 있을 수 있다는 점이 정말 좋았어요."

때마침 지미 퀸이 학교에서 돌아와, 우스꽝스러운 동작으로 의자에 몸을 던졌다. 앉아 있을 때조차 그는 소피아를 내려다보고 있었다.

"소피아랑 내가 협상을 했어요." 지미가 사람들에게 말했다. "소피아가 농구에 대해 아무 말도 안 하면 나도 미니 골프 이야기를 안 하기로 말이에요."

"멘데스 양, 앞으로도 무중력 상태를 경험할 일은 많소이다. 우리가 목적지에 도착해서 조사를 하려면 일단 멈춰 서야 하니까, 또 키가 커진 기분을 느낄 기회가 있지 말이외다." 야브로가 말했다.

"그리고 우리가 절반 정도 갔을 때도 엔진 출력을 반대 방향으로 바꿔야 하지." 조지가 지적했다. "우주선을 돌리는 동안에는 자유 낙하 상태에 있게 될 거야."

"앤이랑 그걸 한 번 더 시도할 건가요?" 지미가 물었다. 후추를 가지러 조리실로 가던 앤이 그 말을 듣고 지미의 뒤통수를 때렸다. "있잖아요, 조지, 공유할 생각이 아니라면 나머지 우리한테 불공평한 일이라고요."

앨런 페이스가 지미의 말에 불편한 표정을 지었지만, 나머지 사람들은 야유하며 휘파람을 불었다. 그들은 감사 기도를 드린 후 서로 웃고 떠들며 음식을 건넸다. 마치 조지와 앤의 집으로 돌아가 저녁 식사를 하는 것 같았다. 야브로는 승무원들이 전반적으로 서로 잘 어울리는 모습에 흐뭇해하며 한동안 이런저런 대화가 오가도록 내버려 뒀다. 그러다가 한 손을 들고 말했다.

"자, 신사 숙녀 탐험가 여러분, 주목하시오. 여기 내일부터 시작할 일정표가 있소이다."

하루는 시간 단위로 나뉘어 있었다. 예수회 소속인 네 명이 미사를 드리는 동안, 야브로 식으로 표현하면 '민간인'인 네 명에겐 자유 시간이 주어졌다. 물론 누구라도 미사에 참석하기를 원한다면 대환영이었다. 명목상의 일요일을 제외하면, 매일 세 시간의 수업이 있었다. 훈련을 더 심도 있게 진행하고 정신 건강을 유지하기 위해, 그리고 승무원 각자가 다른 모든 사람의 전공 분야에 대해 최소한 표면적인 지식이라도 확보하기 위해서였다. 여기에 더해서 매일 한 시간은 신체 훈련을 해야 했다.

"가능한 모든 상황에 대비해야 한단 말이외다." 전직 편대 사령관이 말했다. "아무도 빈둥거릴 수는 없소이다."

정기적인 유지 관리 작업과 당번제로 맡을 임무도 있었다. 우주에서도 옷과 접시는 씻어야 했다. 그 밖에도 필터를 교환하고, 나무와 물고기를 돌보고, 머리카락과 각질 그리고 정체불명의 부스러기들을 진공으로 빨아들여야 했다. 설사 엄청난 속도로 신만이 아는 어딘가를 향해 여행하는 도중이라도 말이다. 하지만 각자가 개인 프로젝트를 추진할 시간도 있었다. 우주선 컴퓨터의 기억 장치에는 거의 서구 지식의 총합에 가까운 내용과 상당량의 비서구권 데이터가 담겨 있기에 할 일이 부족할 리는 없었다. 그리고 매일 점심 식사 후에는 협동 프로젝트를 함께 수행하자고 야브로가 제안했다.

"내가 이 문제에 대해서 여기 멘데스 양이랑 의논을 좀 해 봤는데." 그가 한쪽 눈으로 소피아를 가리키며 말했다. "페이스 신부님이 우리한테 헨델의 메시아 전곡을 부를 수 있게 가르쳐 주기로 했소이다."

"아주 멋진 곡이죠." 그렇게 말한 소피아는 식탁 주위의 사람들이 말 없이 놀라는 것을 느끼며 어깨를 움츠렸다. "메시아가 나타나기를 기대하면서 그 노래를 배운다고 해도 이의는 없어요. 난 그저 헨델이 아직은 좀 이르다는 거죠."

또다시 야유와 휘파람이 터져 나왔고, 조지가 추임새를 넣었다.

"잘한다, 소피아!"

그리고 앤이 더없이 행복한 말투로 외쳤다.

"우리 식탁에 또 다른 싸움꾼이 등장했어!"

D. W. 야브로는 씩 웃으며 소피아가 마치 자신의 개인적인 승리라도 되는 양 쳐다봤다. '어떻게 보면 그렇기도 하지.' 앤이 생각했다.

"그래도 진지하게 생각해 보면, 우리가 여기까지 온 이유는 결국 음악 때문입니다. 또한 그 가수들에 대해 우리가 확실하게 아는 한 가지는 그들이 노래를 부른다는 것뿐이기도 합니다." 앨런 페이스가 약간 현학적이기는 하지만 정확하게 지적하며, 대화를 진지한 논의로 이끌려고 시도했다. "음악이 우리가 의지할 유일한 의사소통 수단일 가능성이 큽니다."

조용한 가운데 포크와 접시가 달각거리는 소리만 들렸다. 앤이 막 뭐라고 쏘아붙이려 할 때, 소피아 멘데스가 말했다.

"오, 전 그렇게 생각하지 않아요. 산도즈 박사님은 열세 가지 언어를 완벽하게 구사하고, 그중 여섯 개는 불과 3년 남짓한 기간 동안 익혔어요." 그녀는 페이스의 말에 놀라서 입을 벌리고 있는 지미에게 샐러드를 건네며 차분히 말했다. "저랑 내기할래요? 우리가 성공적으로 그들과 접촉한다면 저는 산도즈 박사님이 두 달 안에 기초적인 문법을 알아낸다는 쪽에 기꺼이 돈을 걸겠어요."

소피아는 명랑하게 웃어 보인 뒤, 스파게티를 입에 넣으면서 기대에 찬 눈빛으로 앨런을 쳐다봤다.

"나도 한 몫 끼고 싶소이다, 앨런." 야브로가 편안한 목소리로 말했다. 그는 앨런 쪽 어딘가를 바라보고 있는 것 같았지만, 소피아나 멘데스 쪽을 보고 있을 수도 있었다. "소피아가 이기면 우리 모두 한 달간 당신을 '앨'이라고 부르겠소이다."

"저런, 그건 판돈이 너무 크군요." 앨런이 부드럽게 물러났다. "내가 말을 실수했네, 산도즈."

"난 괜찮습니다."

산도즈가 조금 딱딱하게 말하더니, 식탁에서 일어나 반쯤 먹다 남은 접시를 들고 조리실로 향했다. 분명 입맛이 달아난 모양이었다.

산도즈는 자기가 일어난 후 앤이 대화를 이어 가는 소리를 듣고 고맙게 생각하며 냄비를 닦는 데 집중했다. 자신의 감정을 다스리던 산도즈는 등 뒤에서 소피아 멘데스의 목소리가 들려오자 깜짝 놀랐다. 그리고 그것이 그를 더욱 화나게 했다.

"뭐가 더 기분 나쁜가요?" 소피아가 산도즈의 옆을 지나쳐 자신의 접시를 선반 위에 놓으며 담담하게 물었다. "누군가 당신을 모욕하는 것과 누군가 당신 편을 들어 방어해 주는 것 중에?"

산도즈는 냄비를 닦던 손길을 멈췄다. 그는 다른 사람이 자기 속내를 읽는 일에 익숙하지 않았다. 산도즈는 두 손을 잠시 싱크대에 걸쳤다가, 곧 결연한 태도로 설거지를 계속하기 시작했다.

"난 괜찮습니다."

산도즈가 소피아를 쳐다보지도 않은 채 다시 그렇게 말했다.

"세파르디인이 스페인인에게 자부심을 가르쳤다고들 하죠." 소피아가 말을 이었다. "사과할게요. 적절하지 못한 행동이었어요. 다시는 그런 일이 없을 거예요."

산도즈가 돌아섰을 때, 그녀는 가 버리고 없었다. 그는 거칠게 욕설을 내뱉고는 대체 어째서 자기가 신부답게 성격을 다스릴 수 있다고 믿게 되었는지 궁금하게 생각했다. 결국 그는 어깨를 펴고 젖은 손으로 머리카락을 쓸어 넘긴 다음 휴게실로 돌아갔다.

"내가 아주 거만한 놈은 아닙니다." 산도즈가 식탁 앞에서 그렇게 선언해 사람들의 시선을 모은 뒤, 말을 이어 갔다. "하지만 열심히 노력하면 언젠가 그렇게 될 수도 있겠죠."

사람들이 놀라서 웃자, 산도즈는 앨런에게 과하게 반응해서 미안하다며 사과를 구했다. 앨런 역시 선선히 자신의 실수를 인정했다.

산도즈는 다시 식탁에 앉아서 다른 사람들이 이야기에 몰두할 때까지 기다렸다가, 자신의 왼쪽에 앉아 있는 소피아에게 슬쩍 몸을 기울여 조용히 말했다.

"Derech agav, yeish arba-esrei achshav."

"내가 말을 실수했군요."

소피아가 앨런 페이스를 흉내 내서 말했다. 산도즈를 직접 바라보고 있지는 않았지만, 그녀의 눈이 반짝 빛났다.

"R 발음을 약간 굴리긴 하지만 다른 억양은 아주 훌륭하네요."

산도즈는 거의 이스라엘 태생이라고 해도 믿을 만큼 유창한 세파르디식 히브리어로 이렇게 말한 것이다. '그건 그렇고, 이제는 열네 가지입니다.'

지미 퀸과 앤 에드워즈 그리고 D. W. 야브로 모두 소피아의 표정을 알아차렸다. 그들은 각자 다른 이유에서 그런 일에 매우 민감했기 때문이다. 또 그들은 시간이 한참 흐르고 나서 한 가지를 더 깨달았다. 바로 이날을 마지막으로 거의 1년 동안 산도즈가 한 번도 그녀의 옆자리에 앉지 않았다는 사실을 말이다.

16

스텔라 마리스 호

2031년, 지구 기준

항해가 시작되고 다섯 달쯤 지난 어느 날, 저녁 식사를 마친 후 누군가 산도즈의 문을 두드렸다. 그가 조용히 말했다.

"들어와요."

그러자 지미 퀸이 방 안으로 고개를 들이밀었다.

"시간 좀 있어요?"

"잠깐만, 스케줄 좀 확인해 보고." 산도즈가 침대에서 몸을 일으켜 다리를 꼬고 앉더니 가상의 수첩을 들여다보는 시늉을 했다. "화요일? 11시에서 15시 사이에?"

지미가 씩 웃으며 방 안으로 들어와 문을 닫았다. 그는 전에 한 번도 들어와 본 적 없는 작은 방 안을 둘러보며 말했다.

"제 방이랑 똑같네요." 좁은 침상, 책상과 의자, 우주선의 예비 컴퓨터 시스템에 연결된 단말기. 유일한 차이는 벽에 매달린 십자가였다. "세상에, 너무 밝잖아요! 뜨겁기도 하고요. 꼭 해변에 있는 것 같네요."

신부는 눈을 가늘게 뜨더니 어깨를 추켜올렸다.

"무슨 말을 하겠어? 나 같은 라틴계는 햇볕이 쨍쨍하고 따뜻한 날씨를 좋아한다고." 그렇게 말하면서도 산도즈는 지미가 좀 더 편해지도록 벽의 밝기를 낮췄다. 그는 읽고 있던 롬 태블릿을 옆으로 치우고 지미에게 권했다. "앉아."

지미가 책상에서 의자를 당기더니 앉아서 잠시 주위를 살폈다.

"에밀리오. 뭐 하나 물어봐도 될까요? 개인적인 질문인데?"

"물론 괜찮아." 산도즈가 약간 신중하게 말했다. "대답한다고 약속은 못 하지만."

"어떻게 참으세요?"

지미의 입에서 갑자기 속삭임이 터져 나왔다.

"그러니까, 미치겠어요! 저기, 이런 말 한다고 민망해하지 말았으면 좋겠는데, 왜냐하면 지금 내가 미친 듯이 민망하거든요. 하지만 이제 야브로 신부님조차 예뻐 보인다고요! 소피아는 나한테 관심 없는 게 분명하고……."

산도즈가 더 이상 듣고 싶지 않다는 듯이 한 손을 들었다.

"짐, 자원했을 때 이미 승무원의 구성을 알고 있었잖아. 설마 멘데스 양이 자네 즐거움을 위해 승선했다고 생각하는 건 아니겠지?"

"물론 아니죠!" 지미는 그렇게 말했지만, 그쪽 방향의 가능성을 조금이나마 기대하고 있었기 때문에 부끄럽고 분한 기분이 들었다. "그냥 이렇게 힘들 줄은 몰랐어요."

"그렇군."

산도즈가 눈을 옆으로 굴리며 중얼거렸다. 입가에 잠깐 미소가 스치고 지나갔다.

"그렇다니까요. 세상에, 끔찍해요!"

지미가 웃음을 터뜨리며 긴 팔로 머리를 감싸고 괴로운 듯 몸을 둥글게 말았다. 잠시 후 다시 허리를 펴고 앉아서 솔직한 말투로 물었다.

"저기, 진짜로요. 어떻게 하는 거예요? 그러니까 제가 어떻게 해야 할까요?"

지미는 뭔가 극기심에 대한 선문답이나 기도에 관한 이야기를 기대 했기 때문에, 산도즈가 그를 똑바로 바라보며 "혼자서 해결해, 짐."이 라고 말했을 때 잠시 무슨 뜻인지 이해하지 못했다. 마치 누군가에게 잘 가라는 인사를 하는 듯 평탄한 어조여서 처음에는 자기더러 그만 나가 달라는 말인가 생각하기도 했다. 지미가 제대로 알아듣기까지는 조금 시간이 걸렸다.

"아, 뭐, 네, 그러고 있기는 하지만……."

"그럼 혼자서 더 자주 해. 온종일 그 생각이 들지 않을 때까지."

"신부님도 그렇게 하세요? 그러니까, 어느 정도 시간이 지나고 나면 더는 그런 욕구가 안 드나요?"

산도즈의 표정이 굳었다.

"신부에게도 사생활은 있어, 짐."

산도즈를 만나고 나서 처음으로, 지미는 자신이 뭔가 선을 넘었다는 느낌을 받았다. 그래서 그는 최대한 빠르게 뒤로 물러섰다.

"죄송해요. 정말로요. 신부님 말이 맞아요. 그런 질문을 해서는 안 됐는데. 맙소사."

산도즈가 불편한 기색이 역력한 얼굴로 탄식했다.

"내 생각에, 이런 상황에서는…… 알았어. 첫 번째 질문에 먼저 답해 주지. 500명의 성직자를 대상으로 조사한 결과, 그중 498명이 자위를 한다고 응답했어."

"나머지 두 사람은요?"

"초보적인 추리야, 왓슨. 안 한다고 대답한 두 사람은 팔이 없는 게

뻔하잖아." 지미가 미처 정신을 차리기도 전에, 산도즈가 건조한 말투로 계속했다. "두 번째 질문에 대해서는, 25년이 지났는데도 아직 욕구가 계속된다고 말해 줄 수밖에 없군."

"하느님 맙소사! 25년이라고요."

"자네가 외친 첫 마디가 두 번째 마디를 설명해 주는군." 산도즈가 손가락으로 머리를 쓸어 넘겼다. 결코 그만둘 수 없는 신경질적인 버릇이었다. 산도즈는 손을 내려서 무릎 위에 올렸다. "사실 자네는 신부나 수녀보다 더 어려운 상황에 처해 있어. 금욕주의와 욕구불만은 다른 거니까. 우리는 단지 기회가 없는 게 아니라 적극적으로 선택을 한 거지."

지미가 아무 말도 하지 않자, 산도즈가 조용한 목소리와 진지한 표정으로 말을 이었다.

"솔직히 말할 테니 들어 봐. 신부들이 서약을 지키는 능력은 저마다 달라. 잘 알려진 사실이지, 안 그래? 만약 어떤 신부가 한 달에 한 번씩 남몰래 여자를 찾아간다면, 제 딴에는 한계까지 참는지 몰라도 일부 결혼한 남자보다 더 자주 섹스를 한다고 볼 수도 있지. 하지만 그럼에도 그 신부에게는 여전히 금욕주의에 대한 이상이 남아 있어. 그래서 시간이 더 지나면 그런 신부라고 해도 금욕주의를 관철하게 되는 날이 올지도 모르지. 우리라고 욕망을 느끼지 않는 것은 아니야. 우리는 단지 영적으로, 그런 고행이 의미를 가지는 지점에 도달하기를 바라는 것뿐이지."

지미는 아무 말이 없었다. 그는 맞은편에 앉아 있는 남자의 평소답지 않게 심각한 얼굴을 바라봤다. 그리고 다시 입을 열었을 때, 지미의 목소리는 어쩐지 더 성숙하게 들렸다.

"신부님은 그런 지점에 도달했나요?"

예상치 못하게 산도즈의 표정이 밝아지며 뭔가를 말하려 했다. 하지만 그러다 손가락으로 검은 머리카락을 쓸어 올리며 시선을 옆으로 피했다.

"신부에게도 사생활은 있어."

그는 그렇게 말할 뿐이었다.

그날 밤 지미는 자기 침대에 누워서, 어느 저녁 푸에르토리코에서 앤과 나눴던 대화를 떠올렸다. 지미는 에드워즈 부부의 집에 저녁을 먹으러 갔었고, 조지가 먼저 잠자리에 들었다. 그는 누군가 앤과 단둘이 이야기를 나누고 싶어 하면 귀신같이 알아차리곤 했다. 처음으로 외계 전파를 수신하고 3주가 지났을 때였다. 모든 사람이 자기를 걱정하는 바람에 지미는 일레인 스테판스키가 옳아서 자기가 사기극의 피해자가 될까 봐, 혹은 심지어 사기극의 주범이 될까 봐 우울해하고 있었다. 그는 여전히 일터에서 소피아를 자주 만났고, 산도즈와 함께 있으면 불편한 기분이 들었다. 두 사람이 혹시 서로 좋아하는 사이가 아닐까 생각했기 때문이다. 그는 질투심과 죄책감을 동시에 느끼며 괴로워했다.

지미는 한동안 말을 돌려 가며 눈치를 봤지만, 앤은 그가 하고 싶은 이야기를 알고 있었다.

"아니, 내가 볼 때는 두 사람 사이에 아무 일도 없어." 앤이 단호하게 말했다. "너도 알겠지만 난 설사 무슨 일이 있다고 해도 비난하지 않을 거야. 에밀리오가 소피아를 사랑한다면 두 사람 모두에게 잘된 일이지. 적어도 내 의견은 그래."

"하지만 그분은 성직자잖아요!" 마치 그게 모든 일을 정하기라도 하는 양, 지미가 투덜거렸다. "서약을 했다고요!"

"맙소사, 지미! 왜 사람들은 성직자가 누구를 사랑하게 되면 그렇게까지 엄격하게 구는 거지? 그게 뭐 그렇게 큰 잘못이라고?" 앤이 따졌다. "여자를 사랑하는 일이 뭐가 그렇게 나쁘다는 거야! 아니면 설사그저 여자랑 한 번씩 자고 싶어 한다고 해도 말이야, 미치겠네."

지미는 할 말을 잃었다. 그는 때때로 앤의 노골적인 표현에 놀라곤했다. 앤은 포도주 잔을 들어 올렸지만, 마시지는 않고 손안에서 천천히 흔들었다. 그녀는 은은한 조명 아래 빛나는 진홍색 액체를 들여다보며 할 말을 골랐다.

"우리는 모두 서약을 해, 지미. 선량한 의도가 언제까지나 계속되고또 진실하기를 바라는 일에는 뭔가 아주 아름답고, 감동적이고, 고귀한구석이 있어. 우리 대부분은 누군가를 사랑하고 존중하고 소중히 여기겠다는 약속을 하지. 그리고 그때만큼은 다들 진심이야. 하지만 2년, 12년 혹은 20년이 지나고 나면 변호사들이 이혼 절차를 협상하곤 해."

"앤이랑 조지는 약속을 어기지 않았잖아요."

앤이 웃음을 터뜨렸다.

"귀엽기도 하지. 내가 하나 가르쳐 줄게. 난 적어도 네 번은 결혼했어, 그것도 매번 다른 남자와." 그녀는 이야기를 계속하기 전에 잠시지미가 그 말을 곱씹어 보도록 기다렸다. "그 남자들의 이름은 모두 조지 에드워즈지만, 지금 침실에서 나를 기다리는 남자는 내가 아주 오래전에 결혼했던 그 청년이랑은 전혀 다른 사람이야. 아, 물론 여전한 점도 있지. 조지는 항상 재미있고 절대로 시간 관리를 못 해. 그리고…… 흠, 나머지는 말하기가 좀 그렇네."

"하지만 사람은 누구나 변해요." 지미가 조용히 말했다.

"바로 그거야. 사람은 변해. 문화도 변화고. 제국조차 흥망을 겪지.

젠장. 지형도 변해! 10년 정도 지날 때마다 조지와 나는 우리가 서로 변했다는 사실에 직면해. 그리고 달라진 우리 두 사람이 새롭게 결혼 생활을 꾸리는 게 맞는지 고민을 하지." 앤이 다시 의자에 몸을 묻었다. "그래서 서약이 어려운 문제인 거야. 왜냐하면 세상에 영원한 일은 없거든. 그래, 그래! 이제 좀 감이 잡히네." 앤이 바깥쪽 어딘가에 시선을 고정시킨 채 허리를 펴고 앉았다. 그 모습을 보고 지미는 앤조차 모든 해답을 다 알고 있지는 않다는 사실을 깨달았다. 지미는 그런 깨달음이 오랜 시간에 걸쳐 그녀로부터 배웠던 것 중에서 가장 위안이 되는지, 아니면 가장 낙담스러운지 알 수가 없었다. "어쩌면 그토록 모호한 무언가를 위해 그토록 근본적인 무언가를 포기할 수 있는 사람이 얼마 없기 때문에, 우리는 스스로를 보호하기 위한 심산으로 성직자들이라도 서약을 지켰으면 하고 바라는지도 몰라. 그리고 그들이 언제나 그리고 영원히 그런 서약에 따라 살아가지 못하면 엄청난 비난을 퍼붓는 거지." 그녀가 몸을 떨더니 우울한 말투로 덧붙였다. "하지만, 지미! 얼마나 부자연스러운 말이야. '언제나 그리고 영원히'라니! 그건 인간의 단어가 아니야. 심지어 바위조차 언제나 그리고 영원히 한결같지는 못해."

지미는 당시 앤의 격렬한 반응에 깜짝 놀랐다. 그는 앤과 조지가 너무나 오랫동안 행복한 결혼 생활을 지속해 와서 모든 사람에 대해 높은 기준을 가지고 있을 거라 생각했다. 약속은 약속이라고 지미는 그녀에게 말하고 싶었다. 그래서 산도즈를 미워하고, 어머니를 떠난 아버지를 원망할 수 있도록. 그리고 자신만은 다를 거라고, 결코 자신의 아내를 거짓말로 속이거나, 버리고 달아나거나, 바람을 피우지 않으리라고 믿을 수 있도록 말이다. 자신이 사랑에 빠진다면 언제나 그리고 영원히 한결같을 거라고 믿고 싶었다.

"짐, 네가 너 자신의 영혼을 스스로 재볼 때까지는 그런 문제로 성급하게 성직자나 혹은 다른 누구라도 비난해서는 안 돼." 앤이 그렇게 말하더니 서둘러 덧붙였다. "너를 꾸짖으려는 건 아냐, 우리 아가. 그저, 네가 직접 겪어 보기 전에는 오래전에 선의로 한 약속을 지키는 일이 정확히 어떤 건지 알 수 없다는 이야기야. 계속 거기 매달려야 하는지, 아니면 뒤늦게라도 실수를 바로잡아야 하는지? 용감하게 맞서 싸울 건지, 아니면 패배를 인정하고 피해를 최소화할 건지?" 그리고 그녀는 약간 멋쩍어하면서 인정했다. "짐작하겠지만 나는 이런 문제에서 정말 고집불통이었어. 후퇴는 없다, 항복도 없다! 하지만 이제는? 지미, 솔직히 난 우리 모두가 젊었을 때 한 맹세를 지킨다고 해서 세상이 더 나아질지 아니면 나빠질지 잘 모르겠어."

지미는 침대에 누운 채로 그 모든 것에 대해 생각해 보려고 애썼다. 부모님의 이혼은 끔찍했지만, 그러고 나서 어머니는 닉을 만났다. 닉은 어머니를 열정적으로 사랑했고, 이제 그녀는 닉의 아이들에 둘러싸여 행복하게 지내고 있었다. 결국 모든 일이 괜찮게 풀렸다.

그리고 그는 산도즈와 소피아에 대해서도 생각했다. 지미는 소피아에 대해 별로 아는 바가 없었다. 그녀가 UN의 봉쇄 당시 이스탄불에서 가족을 잃었고, 중개인과 계약을 하여 그 도시를 탈출할 수 있었다는 정도였다. 그리고 물론 처음에는 정말이지 깜짝 놀랐지만, 그녀가 유대인이라는 사실도 알고 있었다. 소피아는 자신이 승무원 중에서 유일하게 가톨릭 신자가 아니라는 점에 그다지 신경 쓰지 않는 것처럼 보였다. 또 그녀는 앤의 유쾌하지만 불경스러운 면을 배워 가면서도, 신부들의 헌신 또한 존중했다. 지미는 문득 요즘 소피아가 앤의 행동을 거의 따라 하다시피 한다는 점을 깨달았다. 그녀는 앤으로부터 애정 어린 동작들, 짧은 포옹이나 양손으로 턱을 받치는 자세, 짓궂은 눈빛을 하고 머리를 쓸어 넘기는 습관, 실없는 농담 따위를 배우고 있었다. 물론 아직도 어딘가 딱딱하게 느껴지긴 했지만, 정상적인 삶을 살았더라면 당연히 누렸을 자신의 권리를 되찾으려는 중이었다. 그녀로부터 따스함의 조짐이 보이자 지미는 한때 이를 유혹으로 오해하기도 했다. 하지만 이제는 단순한 우정의 표현이었다는 점을 이해하고 있었다.

지미는 소피아의 의도를 잘못 해석하는 바람에 그런 기회를 날려 먹고 말았다. 그래서 이제는 마음을 고쳐먹었다. '소피아가 다시 우정을 느낄 만큼 우리 사이가 편안해지면, 친구 사이로도 만족하겠어.' 충분히 있을 수 있는 일이었다. 몇 달씩이나 좁은 선실에서 함께 생활하다 보면 어느 정도 친밀한 관계가 되는 일을 피할 수 없었다. 문득 지미는 이런 상황이 산도즈에게는 얼마나 힘들까 궁금해졌다.

스텔라 마리스 호에 승선하고 처음으로 진짜 저녁 식사를 했던 날 이후, 산도즈는 앤과 야브로를 제외한 모두를 성으로 부르기 시작했다. 그가 외치곤 했다. "멘데스, 이 필터 당신이 벌써 확인했어요? 이번 주에 내가 할 일이었는데." 예전에 소피아는 누구든 박사님이나 씨 같은·호칭을 붙여서 불렀지만, 산도즈가 태도를 바꾸자 얼마 지나지 않아 그를 따라 하기 시작했다. "파일 좀 지워요, 산도즈. 공용 램의 용량이 다 되어 간다고요." 이런 방식으로 그들은 서로 이름을 부르지 않으면서도, 부자연스러울 정도로 격식을 차리지 않을 수 있었다. 아마 불필요한 긴장감을 낮추고 서로의 관계를 좀 더 동료답게 만들기 위한 산도즈만의 방법인지도 몰랐다.

하지만 여전히 그 둘 사이에는 성적인 긴장감이 존재한다고 지미는 확신했다. 두 사람이 함께 무슨 일을 하거나 가까이 있다가 서로 손이라도 스치면, 산도즈는 어색하게 몸을 틀거나 살짝 옆으로 비켜서며 신체적인 접촉을 피하려고 애썼다. 때로는 우연이라도 옆자리에 앉을 수 있는 법이고, 따라서 두 사람이 한 번도 그런 적이 없다는 사실은 의미심장했다. 그리고 스텔라 마리스 호에는 언제나 음악과 노래가 넘쳐났지만 그들의 두 번째 합창은, 8월의 그날 저녁처럼 심장이 멈출 듯한 친밀감의 재현은 이루어지지 않았다.

산도즈는 너무나 자연스럽고 재미있는 인물이라서, 주위 사람들은 종종 그가 신부라는 사실을 잊어버렸다. 그래서 그가 미사를 드리거나, 일상적인 노동을 기도의 한 형태로 삼는 예수회의 방식대로 뭔가 평범한 일을 비범하게 처리하는 모습을 보면 깜짝 놀라곤 했다. 하지만 심지어 지미조차 산도즈와 소피아가 서로 잘 어울린다고, 또 그들이 함께 아이를 낳는다면 분명히 예쁘고 영리하며 사랑스러울 거라고 생각했다. 지난 수 세기 동안의 다른 동정적인 가톨릭 신자들과 마찬가지로, 이제는 지미도 왜 산도즈 같은 남자가 신에 대한 사랑과 소피아 멘데스 같은 여자에 대한 사랑 가운데서 선택을 해야만 하는지 궁금했다.

지미는 스스로에게 물었다. '에밀리오가 정말로 자신의 서약을 언제나 그리고 영원히 지킨다면 내 기분이 어떨까?' 놀랍게도 슬플 것만 같았다. 그리고 예전에는 이런 종류의 일에 그토록 엄격했던 앤조차 자신에게 동의하리라는 사실을 알 수 있었다.

동료들이 자신의 성생활에 대해 이처럼 노골적이면서도 애정 어린 토론을 나눴다는 사실을 알더라도 에밀리오 산도즈는 그다지 놀라지 않았을 것이다. 신부로 살아가는 일의 가장 난처한 측면 중 하나는, 금욕주의가 가장 사적인 동시에 가장 공공연한 삶의 한 부분이라는 점이었다.

산도즈의 언어학 교수 중 한 명이던 새뮤얼 골드스타인이라는 남자는 그가 이 단순한 사실의 중요성을 이해할 수 있게 도움을 줬다. 새뮤얼은 한국에서 태어났고, 그래서 이름만 들어도 그가 입양되었다는 사실을 알 수 있었다. "내가 어릴 때 힘들었던 건, 사람들이 그냥 한 번 보기만 해도 나와 내 가족에 대해 뭔가 근본적인 차이를 알아차린다는 점이었죠. 마치 이마에 '입양아'라고 쓰여 있는 커다란 네온사인을 달고 다니는 기분이었어요. 입양됐다는 사실이 부끄럽지는 않아요. 그저 내가 스스로 그 사실을 밝힐 기회가 있기를 바랐을 뿐이죠. 당신 같은 신부들도 그런 측면이 있어요."

　그 말을 듣고 산도즈는 새뮤얼이 옳다고 생각했다. 신부복을 입고 있을 때면 마치 머리 위에 '정상적인 성생활을 하지 않고 있음'이라고 적힌 표지판을 달고 다니는 기분이 들었다. 신도들은 자기들이 산도즈의 삶에 대해 뭔가 근본적인 사항을 알고 있다고 전제했다. 그들은 그의 삶에 대해 저마다 의견을 품었다. 금욕주의가 정확히 어떤 것인지 이해하지도 못하면서 사람들은 그의 선택이 우습거나 혹은 역겹다고 생각했다.

　이상하게도 신부복을 벗고 여자와 결혼한 사람들이 오히려 금욕주의를 더 옹호하곤 했다. 마치 스스로 그런 고행을 포기했기 때문에 오히려 그 가치를 더욱 자유롭게 인식할 수 있는 것 같았다. 산도즈는 그런 전직 사제 한 명과 만나 이야기를 듣고 나서야 성경에 나오는 '값진 진주'의 비유를 제대로 이해할 수 있었다. 성욕을 넘어선 인간애, 고독을 넘어선 사랑, 신실함과 용기 그리고 관대함에 기반을 둔 성 정체성. 그리고 무엇보다 창조와 창조주에 대한 초월적인 인식…….

　그런 고행을 기꺼이 감내하는 사람들의 수만큼이나, 균형 감각과 목적의식을 잃어버릴 위험도 컸다. 산도즈 역시 섹스를 피하는 일이 너무 힘든 나머지, 굶주린 사람이 음식을 그리듯 온종일 야한 생각만 하며 지내는 시기를 거쳤다. 결국 그는 단순한 중간 기착지로서 자위행위를 받아들였다. 그때까지 욕구와 타협하고 나서 자신을 사랑하는 여자에게 슬픔밖에 주지 못하는 사람들, 술로 외로움을 희석하는 사람들, 혹은 최악의 경우로서 자기가 욕망을 느낀다는 사실을 부정하며 낮에는 성직자로 밤에는 난봉꾼으로 이중생활을 하는 사람들을 모두 봐 왔기 때문이다.

온갖 함정과 혼란을 극복하고 금욕주의를 관철하기 위해, 산도즈는 불굴의 의지를 발휘해서 고통스러울 정도로 세심하고 정직하게 자기 자신을 인식해야 했다. 누군가 그 진주에 정말로 그가 지불한 만큼의 가치가 있느냐고 묻는다면 "그렇다"라고 대답하기 위해, 고독과 함께 살아가는 법을 배웠다. 날마다, 밤마다, 그리고 해마다.

누가 그런 일들에 대해 말할 수 있을까? 수많은 언어를 구사하는 에밀리오 산도즈도 자기 영혼의 중심에 대해서는 말문이 막혔고 적당한 표현을 찾을 수 없었다.

산도즈는 신을 친구처럼 느끼거나 다가가지 못했고, 여느 독실한 신자들처럼 하느님께 쉽고 친근하게 말을 붙일 수도, 혹은 시로써 하느님을 찬양할 수도 없었기 때문이다. 그런데도 나이가 들면서, 처음에는 거의 무지 속에서 걸어왔던 길이 점차 분명하게 보이기 시작했다. 그리고 자신이 이처럼 이상하면서도 어려운 길을, 신에게로 향하는 부자연스럽고 말로 표현할 수 없는 길을, 맹목적인 독실함이나 아름다운 시가 아니라 단지 의지력과 인내심에 의지해서 걷도록 부름을 받았다고 점점 더 확신하게 되었다.

이 점이 그에게 어떤 의미인지 아무도 알지 못했다.

17

나폴리

2060년 6월

사문(查問) 첫날 에밀리오 산도즈가 총장 신부의 집무실로 들어오는 모습을 보며 요하네스 펠커는 인상을 찌푸렸다. 그리고 이 모든 일이 로마로부터 멀리 떨어진 곳에서, 아름다움과 악덕을 먹고 사는 언론 매체의 시선을 벗어난 곳에서 벌어지고 있다는 사실에 감사했다. '이 사악한 남자가 얼마나 많은 사람을 타락시켰을까?' 펠커는 씁쓸한 의문을 떠올렸다. '그들이 죽기 전에? 이자가 그들도 죽였을까? 그 아이를 죽인 것처럼?'

존과 에드워드가 산도즈와 함께 들어왔다. 에드워드가 문을 열었고, 존은 산도즈가 앉을 의자를 빼 주었다. '사악한 마법에 걸린 하수인이 따로 없군.' 심지어 지울리아니조차 관용적인 태도를 보이며 산도즈를 애지중지하고 있었다. 예수회의 평판과 입지에 헤아릴 수 없는 손상을 입힌 자를 말이다. 그렇게 생각하던 펠커는 문득 지울리아니가 자신을 응시하고 있다는 사실을 깨달았다.

"안녕하시오, 여러분." 빈첸초 지울리아니는 펠커에게 태도를 주의

하라는 무언의 경고를 보낸 뒤, 유쾌한 목소리로 세 사람을 맞았다.

"에밀리오, 많이 좋아진 모습을 보니 기쁘오."

"감사합니다, 총장 신부님." 산도즈가 웅얼거렸다.

희끗희끗해지기 시작한 검은 머리카락이 어느새 많이 길어 있었다. 검은색 옷을 날씬하고 우아하게 차려입은 산도즈는 두 달 전만큼 병약해 보이지 않았다. 이제 두 발로 굳건히 섰으며 안색도 훨씬 나아졌다. 하지만 정신적으로는 어떤 상태인지 지울리아니는 전혀 알 수 없었다. 산도즈는 펠리페 레예스가 도착한 뒤로 기본적인 인사나 저녁 식사 자리에서 몇 마디를 제외하면 거의 말을 하지 않았다. 심지어 존 칸도티조차 그의 입을 열 수가 없었다. 지울리아니는 생각했다. '애석하군, 저 이가 속으로 어떤 생각을 하는지 알 수 있다면 도움이 될 텐데.'

총장 신부는 자신의 책상에서 일어섰다. 그리고 청문회 기간 동안 사용할, 18세기에 만들어진 최고급 탁자의 한쪽 끝에 가서 앉았다. 높이 달린 집무실의 창문은 바깥 공기가 들어올 수 있게 열어 놓아, 얇은 커튼이 산들바람에 부드럽게 흔들렸다. 축축한 회색의 봄이 지나고 찾아온 여름은 여느 때보다 선선했다. 다른 사람들이 자리를 잡고 앉는 모습을 지켜보며, 지울리아니는 이 정도면 비가 자주 오긴 해도 쾌적한 날씨라고 생각했다. 펠리페 레예스도 집무실 구석에 놓인 의자에서 일어나 탁자로 다가왔다. 그리고 어느 자리를 고를까 잠시 망설이더니, 산도즈 근처로 가서 앉았다. 펠커가 그 옆자리를 고르자, 펠리페는 산도즈 옆자리에 앉은 존과 정면으로 마주 보게 되었다. 에드워드 베어는 사람들의 눈에 띄지 않고 청문회를 지켜보는 동시에 산도즈가 자신을 잘 볼 수 있게 할 요량으로 창문 근처에 자리를 잡았다.

지울리아니가 말문을 열었다.

"여러분, 나는 먼저 이 자리의 성격이 재판도 아니고 심문도 아니라는 점을 분명히 해 두고 싶소. 우리의 목적은 라카트 임무 도중 일어난 사건들의 진상을 파악하는 것이오. 그 사건들에 대한 산도즈 신부의 개인적인 관점과 깊은 통찰이 우리가 알고 있는 부분적인 사실을 보다 명확하게 해 주길 바라는 바요. 물론 우리에게도 산도즈 신부에게 알려 줄, 내가 알기로는 그가 모르는 정보들이 있소."

좀처럼 앉아서 말하는 법이 없는 지울리아니는 결국 자리에서 일어나 사무실 안을 서성이기 시작했다.

"우리 중 나이가 많은 몇몇 사람은 스텔라 마리스 호가 태양계를 벗어나고 대략 1년쯤 뒤에 벌어졌던 일을 기억하고 있을 거요. 오바야시 사의 이언 세키자와 씨는 예수회가 라카트로 우주선을 보냈다는 자신의 의심을 공공연히 밝혔지. 엄청나게 격렬한 반응이 일어났소, 에밀리오. 우리가 예상했던 대로 말이오. 자기 나라로 돌아간 세키자와는 같은 기술을 사용해서 스텔라 마리스 호의 뒤를 쫓겠다는 상세한 계획을 UN에 제출했소. UN으로서는 상업적인 컨소시엄이 외계의 가수들과 직접 접촉할 수 있도록 승인하는 수밖에 다른 방도가 없었지. 컨택트 컨소시엄의 승무원은 외교적인 요인을 고려해 모든 인류를 대표할 수 있도록 구성되었소." 지울리아니가 걸음을 멈추더니 산도즈를 쳐다봤다. "당신도 우 싱렌과 트레버 아이슬리를 기억할 거요, 에밀리오."

"그렇습니다."

지울리아니가 어떤 반응을 기대했다면 실망할 수밖에 없는 대답이었다.

"컨택트 컨소시엄의 우주선 마젤란 호는 스텔라 마리스 호보다 3년 더 늦게 라카트로 출발했소. 그리고 안타깝게도 이 시점에는 일이 좀 더 복잡해지고 있었소. 사람이 지구에서 라카트로 가는 데는 17년이 걸리지만 전파 신호는 4년 반이면 도착하오. 그래서 혼란스러운 중첩이 발생했고, 사건의 순서를 파악하기 어려웠소. 당신들 일행이 라카트에 착륙하고 3년이 지나서는 연락이 완전히 두절됐다는 사실을 상기시켜야만 하겠소, 에밀리오." 여전히 아무런 반응도 없었다. "마젤란 호가 행성 근처에 도착했을 때, 승무원들은 당신네가 모두 죽었다는 사실을 몰랐지. 그래서 당신들과 교신을 시도했소. 아무런 대답도 없자, 스텔라 마리스 호에 승선해 기록에 접근했소. 그리고 그들로서는 당신들이 그 행성의 지적 종족과 성공적으로 접촉했다는 판단을 내릴 수밖에 없었지……."

산도즈는 여전히 창밖을 내다보고 있었다. 그 모습이 신경에 거슬린 지울리아니는 마치 딴청 피우는 대학원생을 봤을 때처럼 반응했다.

"실례지만, 산도즈 신부, 이 이야기에 흥미가 없다면……."

산도즈가 눈썹을 치켜세우며 고개를 돌려 총장 신부를 바라봤다.

"듣고 있습니다, 총장 신부님."

목소리는 차분하고 뚜렷했으며 건방진 기색은 없었다. 하지만 두 눈은 다시 정원 너머의 언덕으로 돌아갔다.

"좋소. 중요한 내용이라 그렇소. 우리가 아는 바에 의하면 마젤란 일행은 통신이 끊기기 전 당신들이 마지막으로 보고했던 지점에 착륙했소. 그들은 12주 만에 당신을 찾아냈소. 그리고 당신을 곤경에서 구해내고 상처를 치료하기 위해 상당한 고초를 겪었지." 여전히 아무런 반응도 없었다. "우리가 파악하기로 당신은 그 후 스텔라 마리스 호로 옮겨졌소. 우주선은 당신을 태우고 태양계로 돌아오도록 프로그램되었고, 당신은 홀로 지구에 돌아왔소." 지울리아니가 말을 멈추고 목소리 톤을 변화시켰다. "아주 힘든 항해였을 거라고 짐작하오."

처음으로 에밀리오 산도즈가 끼어들었다.

"그랬습니다." 거의 자기 자신에게 들려주는 것처럼 여전히 창밖을 바라보며 그가 말했다. "상상할 수 없을 정도로 힘들었죠."

그 말은 멀리서 들리는 새소리처럼 희미하게 방 안을 맴돌았다.

"그랬을 거요." 한참 뒤에 뭔가를 떨쳐 버리듯 총장 신부가 말했다. "어쨌거나, 마젤란 일행의 전파 송신은 그 후로도 3년 보름 동안 이어졌소. 그러고 나서 모든 연락이 끊겼소. 우리는 그들에게 무슨 일이 일어났는지 전혀 모르오. 뿐만 아니라 왜 우리가 보낸 일행의 통신이 3년 만에 두절되었는지도 알지 못하오. 그리고 우리는 당신이 이런 수수께끼들에 대해 어느 정도 설명해 줄 수 있을 거라고 믿소, 에밀리오."

총장 신부가 펠커에게 고개를 끄덕이자, 그가 텅 빈 태블릿을 산도즈 앞에 놓았다. '이거 참, 대단히 재미있는 구경거리가 되겠군.' 펠커가 생각했다.

"하지만 우리가 먼저 해야 할 일은, 유감스럽게도 우와 아이슬리가 보내온 아주 불미스러운 주장을 확인하는 것이오." 산도즈가 시선을 들자, 지울리아니는 말을 멈추고 잠시 그의 얼굴을 살폈다. 무슨 말인지 모르겠다는 표정이 거짓으로 꾸며 낸 것 같지는 않았다. "우리는 당신이 스스로를 변호해서 말할 수 있을 만큼 충분히 건강해질 때까지 기다렸소. 라카트는 민사 재판권이 미치기엔 너무 먼 장소요. 당신에 대해서 형사 소송이 제기된 바는 없소. 하지만 이들의 고발은 매우 거슬리는 것이었고, 재판이나 증거는 없음에도 불구하고 심각한 파급 효과가 일어났소." 펠커가 탁자 위로 몸을 기울여 화면을 불러왔다. 지울리아니가 다시 말을 이었다. "이 고발들은 전파로 보내진 것이고, 따라서 12년 전 일반에 공개되있소. 부디 시간을 들여서 주의 깊게 읽어 보시오. 그에 대한 당신의 반박을 들을 수 있기를 바라오."

산도즈가 기록을 다 읽는 데는 대략 10분 정도가 걸렸다. 끝으로 갈수록 명확하게 알아보기 힘들었고, 그래서 어떤 부분은 몇 번이나 다시 읽은 다음에야 겨우 이해할 수 있었다. 매우 괴로운 일이었다.

산도즈는 컨택트 컨소시엄의 이야기에 완전히 놀라지는 않았다. "우리는 아이에 대해 알고 있어요." 존이 그렇게 말했었다. "그리고 사창가에 대해서도." 하지만 기록의 내용은 너무나 터무니없고 불공평해서 실제로 의미를 제대로 파악하기 어려웠다. '내 마음이 스스로를 보호하려 드는군.' 바로 이날까지, 이 방 안에 있는 다른 사람들이, 그리고 전 세계가 12년 전에 무슨 이야기를 들었는지 모르고 있었다. 그리고 그 빌어먹을 이야기가 어떻게 들렸을지는 상상조차 할 수 없었다.

하지만 그럼에도 이 기록은 몇 가지를 설명해 줬으며, 산도즈는 그 사실에 감사했다. 이해할 수 없을 정도로 두통이 너무 심해서 자기가 뇌종양에 걸린 게 아닐까 의심하기도 했었다. 이제 적어도 사람들이 보이는 적개심과 혐오감을 이해할 수는 있게 되었다. 아이슬리와 우가 자신을 그런 시선으로 봤던 이유, 그리고 그들이 틀림없이 했을 생각⋯⋯. 하지만 보고서의 다른 부분들은 여전히 의문과 분노를 불러일으켰다. 그는 다시 한번 모든 내용을 이해하려고 시도했고, 자신이 뭔가 잘못 말하거나 오해를 초래한 바가 있는지 되짚어 봤다. '여기 이딘가 단서가 있어.' 산도즈는 나중에라도 기억나기를 바라며 그렇게 생각했다. 지금처럼 부담스러운 상황이 아니라면 찾아낼 수 있을지도 모른다. 그러자 두통이 심해졌고, 머릿속에 온갖 것들이 깜빡이며 떠오르기 시작했다.

지난 몇 달간 종종 산도즈는 신경질적인 비명과 뒤틀린 농담 사이에 매달려 있었다. 돌아오는 항해 도중, 산도즈는 비명이 두통을 더 심하게 만든다는 사실을 깨달았다.

"더 나쁠 수도 있었습니다." 산도즈가 마침내 입을 열었다. "비가 올 수도 있었죠."

한편 농담은 다른 모든 사람을 화나게 했다. 지울리아니와 펠리페는 착잡한 표정이었다. 펠커는 격분하고 있었다. 존은 농담을 받아들였지만 그조차도 타이밍이 몹시 나쁘다고 생각했다. 산도즈는 어느새 흐릿해진 시야로 에드워드 베어를 찾았지만, 그는 더 이상 창가에 없었다.

"이제는 누군가 당신에게 설명을 해 줘야 할 것 같군요, 산도즈. 이게 단지 당신 개인에 국한된 불명예가 아니라는 점을 말입니다." 펠커가 쏘아붙였다. 그의 목소리가 산도즈의 귓가를 망치처럼 두드렸다. "이런 고발이 공개되자 예수회의 평판도 땅에 떨어졌습니다. 이제 우리는 전 세계에 열네 군데의 수련소밖에 운영하고 있지 않다고요! 그리고 그조차도 사람이 부족해서……."

"그만둬요, 펠커!" 존이 마주 외쳤다. "그건 책임 전가에 불과해요! 우리가 가진 모든 문제에 대해 에밀리오를 탓할 수는 없습니다."

두 사람의 언쟁에 펠리페의 목소리까지 더해지자, 산도즈는 금방이라도 머리가 깨져 버릴 것만 같았다. 두개골을 이루는 작은 뼈들이 산산이 흩어지는 기분이었다. 그는 어떻게든 고함 소리로부터 달아나려고, 이 모든 것에서 벗어나 자기 안으로 파고들려고 시도했지만 숨을 장소를 찾을 수가 없었다. 지난 몇 주 동안, 어떤 질문에 대답하고 어떤 질문을 어떻게 회피할지 결정하면서 벽돌 하나하나를 신중하게 쌓아 올렸다. 이제 모든 일로부터 어느 정도 거리를 두고 있으므로 자기가 청문회를 견뎌 낼 수 있다고 확신했다. 하지만 주의 깊게 쌓아 올린 방어벽이 어느새 무너지고 있었다. 그리고 산 채로 가죽이 벗겨져 생살이 드러나는 듯한, 마치 그 모든 일이 다시 벌어지고 있는 듯한 느낌을 받았다.

"그만하면 됐소." 지울리아니가 논쟁을 멈추자 방 안이 갑자기 조용해졌다. 다시 말을 이었을 때, 총장 신부의 목소리는 매우 온화했다. "에밀리오, 이 고발 중 사실인 부분이 조금이라도 있소?"

에드워드 수사는 편두통의 징조인 눈자위가 희게 변하는 현상이 산도즈에게 나타난 걸 알아차리고는, 그가 구토를 시작하기 전에 방에서 데리고 나갈 수 있기를 바라며 다가가던 중이었다. 하지만 에드워드조차 동작을 멈추고 산도즈가 대답하기를 기다렸다.

"모두 사실입니다." 산도즈는 그렇게 말했지만, 머릿속에서 으르렁거리는 소리 때문에 자신의 음성조차 듣기 어려웠다. 모두가 다시 소리를 지르기 시작했고, 그래서 아마도 그가 다음에 한 말은 아무도 듣지 못한 것 같았다. "하지만 모두 틀렸습니다."

산도즈는 에드워드 베어가 팔 밑에 손을 넣고 자신을 일으키는 것을 느꼈다. 계속해서 이야기가 오갔고, 에드워드의 목소리가 바로 귓가에서 울렸지만 그는 한마디도 알아듣지 못했다. 산도즈는 자신을 반쯤 들다시피 해서 방 밖으로 끌어내는 사람은 존 칸도티가 틀림없다고 생각했다. 그리고 자기 다리는 멀쩡하다고 항의하려고 시도했다. 그들은 산도즈가 토하기 전에 간신히 돌로 포장된 복도에 내려놓을 수 있었다. 그는 카펫을 못 쓰게 만들지 않아서 기뻤다. 구토가 끝나자 누군가 주사를 놓았다. 산도즈는 계단 위로 실려 올라가고 있음에도 끝없이 추락하는 듯한 끔찍한 기분이 들었다.

'모두 사실이야.' 약 기운이 도는 것을 느끼며 그가 생각했다. '하지만 모두 틀렸어.'

마젤란 호의 승무원들은 예수회 일행이 라카트 시간으로 2년이 넘게 머물렀던 카샨 마을 근처에 착륙했다. 그러나 그들을 맞이한 것은 사제들이 아니라, 나중에 루나라는 이름으로 불린다는 사실을 알게 된 성난 군중이었다. 루나는 덩치가 매우 컸을 뿐 아니라 몹시 동요하고 있어서, 우는 자신이 그 자리에서 살해될 줄로만 알았다. 마젤란 일행이 막 착륙선으로 후퇴하려 할 때, 아주 어려 보이는 작은 루나 하나가 군중을 헤치고 트레버 아이슬리에게 곧장 다가왔다. 그리고 놀랍게도 영어로 말을 걸었다.

아이는 자신의 이름을 아스카마라고 소개하며 아이슬리에게 "밀로를 찾으러 왔나요?"라고 물었다. 아스카마는 아이슬리가 에밀리오 산도즈 신부, 아이가 부르는 이름대로라면 '밀로'의 친척이라고 확신하는 듯했다. 그들이 산도즈 신부와 닮은 다른 사람은 보지 못했는지 묻자, 아스카마는 나머지 이방인들은 모두 죽었다고 대답했다. 하지만 거듭거듭 "밀로는 죽지 않았어요."라며 그가 지금 가이주르라는 도시 안에 있다고 말했다. 마젤란 일행은 서서히 아스카마가 그들을 거기로 데려가고자 한다는 사실을 이해했다. 그들은 가이주르에 도착하고 나면 신부가 이 상황에 관해 설명해 주기를 바랐다.

일행은 바지선을 타고 강을 따라 도시로 향했다. 가는 동안 루나 사람들이 강둑에 서서 소리를 질렀고, 한번은 돌을 던지기도 했다. 공격의 대상은 우연히 검은색 옷을 입고 있던 트레버 아이슬리가 분명했다. 앞서 방문한 선교사들이 이 행성 주민에게 나쁜 인상을 준 것이 확실해 보였다. 바로 그들이 예상하고 두려워했던 그대로였다.

도시 사람들은 적대감을 공공연히 드러내진 않았지만, 길을 걷는 인간들을 말없이 주시했다. 아스카마는 일행을 수파아리 바게이주르라는 자에게 데려갔다. 그들은 그가 일종의 학자라고 생각했다. 알고 보니 수파아리는 산도즈 신부와 오랜 기간 함께 공부했고, 놀랄 만큼 훌룽한 영어를 구사했지만 아스카마에 비해 억양이 두드러졌다. 지배 계급인 자나아타의 일원으로, 척 보기에도 엄청난 부자였다. 또 비록 아스카마를 다소 급하게 내보내긴 했지만 손님 대접도 훌륭했다. 아스카마는 인간들과 함께 머물 수는 없었지만 수파아리의 커다란 저택 어딘가에 있도록 허락을 받았다. 실제로 일행은 아이를 자주 만날 수 있었다. 수파아리는 에밀리오 산도즈가 한때 자신의 집에 머물렀다는 아스카마의 말을 확인해 주었지만, 더 이상 함께 살지는 않는다고 밝혔다. 왜냐고 그들은 물었다. "그는 지금 어디 있습니까?" 수파아리는 에둘러 말했다. 수파아리는 이방인 산도즈를 위해 "그의 본성에 더 걸맞은" 장소를 마련했다고 이야기한 다음 다른 주제로 말을 돌렸다.

다음 몇 주 동안 마젤란 일행은 매우 즐거운 시간을 보냈다. 수파아리는 공통 언어에 대한 자신의 지식을 뽐냈고, 인간들의 질문에 최선을 다해 대답했다. 수파아리는 그들이 요청한 대로 다른 영향력 있는 자나아타들을 소개하기도 했다. 하지만 다른 자나아타들은 하나같이 냉담하고 무심했으며, 무역이나 문화적 교류에 관심을 보이지 않았다. 뭔가 험한 일이 벌어지고 있는 것이 분명했다. 평소에는 점잖은 수파아리조차 어느 날 오후에는 화를 내며 루나가 도시 근처 강가에서 몇몇 자나아타를 공격해 죽었냐는 이야기를 들려줬다. 전에는 한 번도 이런 일이 없었다고 했다. 수파아리는 그들에게 이전에는 루나와 자나아타의 관계가 언제나 좋았다고 말했다. 수파아리는 현 상황이 예수회라고 불리는 이방인들의 책임이라는 의견을 가지고 있었다. 균형이 깨졌다. 전통이 무너졌다.

마젤란 일행은 거듭해서 산도즈 신부의 이름을 언급하며 자세한 설명을 듣고 싶어 했다. 하지만 수파아리는 당분간 그를 보여 줄 생각이 없는 것 같았다. 결국 신부의 위치를 알아내서 우와 아이슬리를 거기로 데려간 것은 수파아리 바게이주르가 아니라 아스카마라는 아이였다.

에밀리오 산도즈는 충격적인 타락 상태에서 발견되었다. 신부가 머무는 건물은 매음굴이 분명했고, 그는 거기서 남창으로 일하고 있었다. 그들이 산도즈를 발견했을 때, 그가 처음으로 취한 행동은 자신에게 그토록 헌신적으로 굴었던 아스카마라는 아이를 살해하는 것이었다. 그들은 질문을 했지만, 신부는 히스테리 반응을 보이며 대답을 거부했다. 더 큰 일들 때문에 정신이 없던 자나아타들은 이 사건을 문제 삼지 않았고, 산도즈의 신병을 컨소시엄 측에 넘겼다. 우와 아이슬리는 어떤 종류의 수사도 할 수 있는 위치가 아니었고, 그래서 산도즈를 지구로 돌려보낼 권한을 가진 당국에 넘기기로 결정했다. 그들은 수파아리 바게이주르에게서 받은 엄청난 선물들과 함께 그 신부를 스텔라마리스 호로 옮겼다. 그리고 마젤란 일행은 바라카트들과 관계를 개선하는 일에 전념했다.

그리고 몇 주에 걸쳐 도시 근교의 자나아타 거주지에 루나의 추가적인 공격이 있었다. 우와 아이슬리는 임박해 보이는 내전에 휘말리지 않기 위해 수파아리의 환대에 감사를 전한 다음 마젤란 호로 돌아갈 계획을 세웠다. 거기서 사태가 진정되기를 기다리거나 아니면 행성의 다른 지역 탐사를 시도할 생각이었다. 우의 마지막 통신은 그들 일행이 수파아리 바게이주르가 제공한 호위 병력과 함께 착륙선으로 돌아갈 예정이라고 보고했다. 그리고 마젤란 일행의 소식이 끊겼다. 이제 살아서 라카트로부터 돌아온 사람은 신부이자 남창이며 살인자인 에밀리오 산도즈가 유일했고, 그는 차라리 죽기를 바라고 있었다.

에드워드 베어는 산도즈의 호흡이 안정되자, 마침내 약효가 들기 시작했다고 판단했다. 두통이 시작되자마자 먹는 약을 썼다면 훨씬 더 효과적이었을 터였다. 산도즈는 좀처럼 아픈 티를 내지 않았기 때문에, 에드워드는 언제나 그런 조짐에 주의를 기울였다. 하지만 이번에는 통증이 깜짝 놀랄 만큼 갑작스럽게 찾아들었다. 놀랄 일도 아니었다. 다른 사람들이 뭔가 단서를 얻을 생각으로 아주 작은 반응까지도 놓치지 않고 유심히 지켜보는 가운데 그런 고발장을 읽는다면, 멀쩡한 사람이라도 머리가 아플 것이다.

에드워드 베어는 전에도 이런 종류의 통증을 목격한 적이 있었다. 영혼이 아우르지 못하는 벌을 육체가 대신 받는 것이다. 때로는 산도즈가 겪는 것처럼 두통이었다. 때로는 심한 요통이나 만성적인 복통의 형태로도 나타났다. 알코올 중독자 중에는 감각을 마비시켜 그런 통증을 없애기 위해 술을 마시는 경우가 종종 있었다. 너무 많은 사람이 영혼의 고통을 육체에 묻는다고 에드워드는 생각했다. 심지어 일반인들이 생각하기로는 그런 문제에 대해 더 잘 알 것 같은 성직자들조차 말이다.

에드워드 수사는 이렇게 앉아서 산도즈가 자는 모습을 지켜보고 그를 위해 기도하며 많은 시간을 보냈다. 당연한 일이지만 에드워드는 산도즈를 돌보는 임무를 할당받기 전에도 그에 관한 이야기를 들어서 알고 있었다. 또한 그의 육체를 돌보면서 손의 흉터 말고도 예의 추문을 말없이 증명해 주는 다른 부위의 상처까지 알게 되었다. 그런 이야기가 처음으로 알려진 시기는 에드워드 베어가 아직 결혼 생활을 하고 있던 시절, 지금과 같은 삶은 상상조차 하지 못했을 뿐 아니라 그 주인공 중 하나를 직접 만나게 될 줄은 꿈에도 몰랐던 때였다. 하지만 당연히 흥미는 있었다. 어쨌거나 세기의 뉴스였기 때문이다. 그는 짓궂은 암시와 극적인 폭로, 그리고 라카트 임무가 지닌 과학적이고 철학적인 중요성을 무색하게 만든 사람들의 격분을 기억했다. 그러고 나서 또다시 수수께끼의 통신 두절이 발생했고, 사람들은 어떤 설명이든 들을 수 있는 유일한 희망인 산도즈를 오래도록 기다렸다.

산도즈의 생존 자체가 기적이라고까지는 할 수 없어도 충분히 신기한 일이었다. 고물 컴퓨터가 운행하는 고물 우주선을 타고 몇 달이나 혼자 떠돌던 그는 자동 조난 신호를 받고 출동한 구조선에 의해 소행성대의 오바야시 구역에서 발견되었다. 그때쯤에는 이미 영양실조가 너무 심각해서 치료된 손의 상처가 다시 벌어졌고, 결합 조직이 떨어져 나가고 있었다. 오바야시 사가 제때 그를 구조하지 못했다면 출혈과다로 목숨을 잃었을 터였다.

에드워드 수사는 산도즈가 산 채로 발견되어 다행이라고 진심으로 믿는 사람은 자기 혼자뿐일지도 모른다는 사실을 깨달았다. 존 칸도티조차 상반되는 감정을 느끼고 있었는데, 차라리 죽음이 산도즈에게는 덜 잔혹한 신의 자비로 보였기 때문이다.

에드워드는 산도즈가 아스카마를 살해한 일이나, 예수회 선교사들에 의해 촉발된 폭동에 대해 어떻게 생각해야 할지 알 수 없었다. 하지만 에밀리오 산도즈가, 불구에 곤궁하고 철저하게 혼자인 그가 설사 남창으로 드러났다 한들 누가 비난할 수 있겠는가? 적어도 에드워드 베어는 아니었다. 에드워드는 산도즈가 원래는 얼마나 강인한 사람인지, 그리고 그가 라카트에서 발견된 당시와 같은 처지에 놓일 때까지 얼마나 많은 일이 있었을지 어느 정도 감을 잡고 있었다. 반면에 요하네스 펠커는 산도즈를 단지 외부적인 통제가 사라지자마자 끔찍한 행위를 저지르고 만 위험한 범죄자로 여겼다. '우리는 남들에게서 자기와 닮은 부분을 볼 때 상대방을 두려워하게 되지.' 에드워드는 그렇게 생각하며, 펠커가 비번일 때 무슨 짓을 하고 다니는지 궁금하게 여겼다.

누군가 작게 문을 두드렸다. 에드워드는 조용히 몸을 일으켜서 복도로 나갔다. 등 뒤로 문을 당겼지만 완전히 닫지는 않았다.

"잠들었소?" 총장 신부가 물었다.

"네, 한참 잘 겁니다." 에드워드가 부드럽게 말했다. "한번 구토가 시작되면 약을 주사할 수밖에 없죠. 그러면 완전히 뻗습니다."

"좀 쉬는 게 그에게도 좋을 거요." 빈첸초 지울리아니가 양손으로 얼굴을 문지르며 길고 고르지 못한 한숨을 내쉬었다. 그는 에드워드 수사를 보더니 고개를 흔들었다. "그는 전부 사실이라고 인정했지. 하지만 맹세컨대 단지 할 말을 잃었을 뿐일 거요."

"총장 신부님, 솔직하게 말씀드려도 되겠습니까?"

"물론이오. 부탁하오."

"살인에 대해서는 뭐라고 말하기 어렵습니다. 그로부터 진정한 분노를 봤으니까요. 정직하게 말하면 잠재된 폭력성을 목격했습니다. 비록 언제나 자기 자신에 대한 것이기는 하지만요. 그래도 총장 신부님, 아마 의학적 보고만 들으셨을 겁니다. 전 봤습니다……." 에드워드가 말을 멈췄다. 그는 이 사실을 다른 누구에게도, 심지어 산도즈에게도 말한 적이 없었다. 처음에 산도즈는 너무 아픈 나머지 침대에서 일어나지도 못했고 말조차 할 수 없었다. 어쩌면 보고서가 너무 간략했는지도 모른다. 어쩌면 총장 신부는 산도즈가 겪은 비역질의 결과가 어땠는지, 그가 얼마나 끔찍한 상태였는지 전달받지 못했는지도 모른다……. "가혹한 상처였습니다." 에드워드가 단호하게 말하며, 지울리아니가 눈을 깜빡일 때까지 그를 빤히 쳐다봤다. "그는 고통을 즐기는 사람이 아닙니다. 만약 남창으로 일했다면 그 일이 즐겁지는 않았을 겁니다."

"그런 일이 그다지 즐겁다고 생각해 본 적은 없지만, 에드. 무슨 말인지는 알겠소. 에밀리오 산도즈는 타락한 난봉꾼이 아니라는 거지."

지울리아니는 문가로 걸어갔지만, 방 안에 들어가기 전에 잠시 망설였다. 대부분의 사람은 단순했다. 그들은 안전, 권력, 혹은 자신감이나 확신, 유능함을 추구했다. 싸워야 할 이유, 풀어야 할 문제, 편히 쉴 장소를 원했다. 가능성은 다양하지만 일단 누가 무엇을 찾고 있는지 알면 상대방을 이해할 수 있었다. 지울리아니는 검은 머리카락과 침대보에 반쯤 가려져 있는 이국적인 얼굴을 응시하며 막막한 심정으로 속삭였다.

"예수 그리스도의 이름으로, 그래서 대체 이자는 어떤 사람이란 말인가?"

그가 지난 60년 동안 이런저런 방식으로 줄곧 숙고했던 문제였다. 지울리아니는 대답을 기대하지 않았지만 등 뒤에서 목소리가 들려왔다.

"그저 한 영혼이지요." 에드워드 베어가 말했다. "신을 찾는."

빈첸초 지울리아니는 복도에 서 있는 키 작고 뚱뚱한 남자를 바라보다가 다시 산도즈에게 시선을 돌렸다. 그는 자기 자신에게 피해를 입히지 못하도록 약을 맞고 잠들어 있었다. '만약에 그 말이 정답이라면?' 지울리아니는 생각했다. '줄곧 그래 왔다면?'

산도즈는 깊은 밤이 지나서야 정신을 차렸다. 그는 침대 옆 독서등이 켜져 있는 것을 보고 조용하게 말했다. 잠이 덜 깨서 목소리가 가라앉아 있었다.

"이제 괜찮소, 에드. 계속 거기 있을 필요 없소. 가서 좀 주무시오."

대답이 없자 그는 팔꿈치로 몸을 일으키고 고개를 돌렸다. 그리고 에드워드 베어가 아닌 빈첸초 지울리아니를 보았다.

산도즈가 머릿속에 떠오른 단어를 내뱉기도 전에 지울리아니가 말했다.

"에밀리오, 미안하오." 지울리아니는 차분하고 확고한 목소리로 그가 감수하고 있는 미리 계산된 위험을 숨겼다. "당신은 판결을 내릴 자격이 없는 사람들에게, 항변도 할 수 없는 상태에서 비난을 받아 왔소. 어떻게 사과를 해야 할지 모르겠소. 당신이 나를 용서할 거라고 기대하진 않소. 혹은 우리 중 누구라도 말이오. 미안하오." 그는 자신의 말이 메마른 땅에 내린 비처럼 스며드는 모습을 지켜봤다. '그래. 역시 그렇게 생각하고 있었군.' "당신만 괜찮다면, 난 다시 시작하고 싶소. 쉽지 않다는 걸 알지만, 이 모든 일에 대한 당신의 의견을 우리에게 들려줘야 한다고 생각하오. 그리고 우리는 귀를 기울여야 한다고 믿소."

산도즈가 굳은 표정을 지었다. 자부심이 잠으로는 풀리지 않는 피로와 싸우고 있었다.

"나가시오." 에밀리오 산도즈가 마침내 말했다. "그리고 문을 닫아요."

지울리아니는 그렇게 했다. 그리고 자기 방으로 돌아가려다가 무슨 소리를 듣고 걸음을 멈췄다. 그가 한 말은 그저 도박에 지나지 않았다. 산도즈가 어떻게 느끼고 있을지 추측해 봤을 뿐이다. 하지만 그 소리를 듣자, 빈첸초 지울리아니는 복도에 멈춰 서 있을 수밖에 없었다. 나무문에 머리를 기대고 두 손으로 문틀을 움켜쥔 채, 그 울음소리가 그칠 때까지 귀를 기울였다. 그리고 절망이 어떤 소리를 내는지 알게 되었다.

18

스텔라 마리스 호

2039년 9월, 지구 기준

"난 됐어요."

산도즈의 말에 소피아가 한숨을 쉬었다.

"세 장요."

"내 손모가지를 잘라 버리고 싶군."

야브로가 자신이 손에 들린 카드를 짜증스럽게 보며 말했다.

"난 숙련된 외과의사예요." 앤이 말했다. "그런 문제라면 내가 도와 줄 수 있어요."

산도즈가 웃음을 터뜨렸다.

"이 지경이면 누가 도와줘도 어쩔 수 없다 이거외다. 나는 죽겠소."

"난 한 장 바꿀래요." 앤이 앨런에게 말했다.

"딜러는 세 장 바꿉니다. 산도즈, 알고 있겠지만 이건 드로 포커 (draw poker)라네. 처음 받은 패를 고수할 필요는 없어." 앨런 페이스가 자기 몫으로 카드 세 장을 뽑으며 참을성 있게 설명했다. "카드를 드로 할 수 있다고."

"화가는 로비쇼예요." 산도즈가 냉정하게 대꾸했다. "'드로잉'은 그 사람이 하는 거죠. 난 내 카드를 고수하겠어요."

"날 끌어들이지 마세요." 마크가 휴게실에 딸린 작은 체육관에서 외쳤다.

"한가하게 카드놀이나 하고 좋겠군요." 지미가 함교에서 말했다. 그와 조지는 세 개의 태양 사이에 펼쳐진 광대한 지역의 영상을 살피며 얼룩진 띠나 어긋난 점처럼 궤도에 행성이 존재한다는 사실을 보여 줄 눈에 띄는 차이를 찾고 있었다. 그들은 몇 주째 알파 센타우리 항성계의 공전면 위를 0.25G의 속도로 선회하는 중이었고, 모두가 지루하고 멍한 상태였다. "어떤 사람들은 실제로 일을 하고 있는데 말이죠."

"원한다면 앤과 내가 자네에게 맹장 수술을 해 줄 수도 있어." 산도즈가 목소리를 살짝 높이며 제안했다. 그러고는 다시 카드로 시선을 돌렸다. "두 개 받고 두 개 더."

소피아와 앤이 카드를 접었다. 앨런은 울버턴 튜브에서 길러낸 땅콩을 두 개 더 걸었다. 잠깐 휴식을 취하기 위해 자리에서 일어난 조지가 휴게실 쪽으로 둥실둥실 떠왔다. 그리고 앤 뒤로 다가와서 그녀가 던져 버린 카드를 확인했다.

"배짱도 없기는! 나 같으면 이 패로 안 죽었어!"

앤이 조지를 노려봤지만, 그는 아내의 목 뒤에 쪽 소리를 내며 입을 맞췄다. 4분의 1G는 무척 즐거웠다.

산도즈는 땅콩 네 개에 다시 네 개를 더 걸었다. 그리고 의자에 몸을 기대며 눈을 가늘게 뜨고 담배를 피우는 시늉을 했다.

"내 패를 확인하려면 땅콩 여덟 개가 필요할 겁니다, 페이스."

앨런은 산도즈의 험프리 보거트 흉내를 무시하고 땅콩을 걸었다. 산도즈의 패가 개패일 수도 있었다. 두 사람이 카드를 펼쳤을 때 앨런이 외쳤다.

"5라고? 지금 5원페어를 들고 카드를 바꾸지 않았다는 건가? 산도즈, 난 자네를 절대 이해할 수 없을 걸세. 왜 나머지 세 장을 바꾸지 않았나?"

산도즈가 환한 미소를 짓더니 어깨를 으쓱했다.

"4원페어를 이기는 데는 5원페어로 충분하잖아요? 이제 내가 선입니다. 판돈을 거세요, 신사숙녀 여러분, 판돈을 걸어요."

카드가 다시 돌아갔다. 산도즈의 전염성 있는 유쾌함이 탁자 주위로 퍼져 나갔고, 다들 그가 나눠 준 카드를 열심히 들여다봤다.

"완벽한 포커페이스라 이거외다." 야브로가 그렇게 말하며 고개를 절레절레 흔들었다. "저 녀석은 무슨 카드를 받아도 웃으니까 말이지. 좋은 패도 웃고 나쁜 패도 웃긴다는 식이외다."

"그 말이 맞아요." 산도즈가 상냥하게 동의했다. "앨런, 소원 풀어 드리죠. 아무 카드나 하나 골라 봐요. 그럼 내가 바꿀 테니까."

앨런이 산도즈가 들고 있는 카드 중에서 가운데 한 장을 골랐다. 그리고 산도즈는 카드 더미의 제일 위에 놓인 한 장을 뽑았다. 예상대로 산도즈는 이번에도 자기 패가 웃긴 모양이었다. 그가 포 카드를 들었는지 플러시를 들었는지 알 방도가 없었다. 돈을 걸 차례가 되자 산도즈는 땅콩 더미 전부를 가운데로 밀고 재촉했다.

"올인입니다. 카드를 펴 봐요, 앨런."

그들은 다시 카드를 펼쳤고, 앨런은 분개하며 외쳤다.

"믿을 수가 없군! 스트레이트라니."

산도즈는 이제 웃다 못해 흐느끼고 있었다.

"그리고 더 안타까운 건, 앨런 당신이 스트레이트를 만들어 줬다는 거죠. 카드를 바꾸기 전에는 아무 패도 아니었어요!" 그는 땅콩을 앨런 쪽으로 밀어 주고는 한 손을 들고 부처의 무심한 표정을 흉내 냈다. "비결은 마음을 비우는 겁니다. 나는 승부에 집착하지 않거든요."

그러자 앤과 소피아, 야브로가 일제히 "거짓말쟁이!"라고 외치며 짜증스럽게 투덜거렸다. 그들은 모두 산도즈가 야구 시합을 하면서 그야 말로 얼굴 가죽이 벗겨질 정도로 미친 듯이 홈을 향해 슬라이딩하는 모습을 본 적이 있었다. 앨런은 그들의 폭발적인 반응에 놀라서 눈을 휘둥그레 떴다.

"저 친구 완전히 완전 헛소리하는 거요, 앨런." 조지가 그에게 말했다. "포커에 집착하지 않는 이유는 그냥 땅콩을 안 좋아해서 그런 거지. 만약 야구 시합을 하는데 당신이 3루로 도루를 할 것 같으면 아마 2루에서 당신 심장을 칼로 찌를 거요."

"그 말도 맞아요." 산도즈는 사람들의 비난에도 아랑곳하지 않고 평온한 목소리로 인정하며 카드를 정리했다. "그리고 건포도를 걸고 카드를 쳤다면 좀 달랐을 거예요. 건포도는 좋아하거든요."

"건포도로 하면 카드에 묻잖아요." 소피아가 지적했다.

"당신은 항상 그렇게 실용적으로 구는 일이 지치지도 않아요?" 산도즈가 물었다.

"빙고." 지미가 조용히 말하는 소리가 들렸다.

"아니, 이건 포커지." 산도즈가 지미의 말을 정정했다. "빙고는 네모난 카드를 가지고 숫자 위에 콩을 올려놓는 게임이고……."

그는 지미가 휴게실로 건너오자 입을 다물었다. 한 명 한 명씩, 사람들이 몸을 돌려 지미를 바라봤다. 그리고 꼼짝 않고 기다렸다.

"행성이에요." 지미가 멍하니 말했다. "찾았어요. 행성을 찾았다고요. 가수들의 행성은 아닐지도 모르지만, 어쨌든 행성을 찾았어요."

여정의 중간에 소행성을 돌려 엔진의 방향을 바꾸고 감속을 시작한 이후로, 스텔라 마리스 호는 2주마다 멈춰서 정기적으로 광역대 영상화 작업을 수행했다. 일행은 엔진을 완전히 끈 채 상대적으로 강해지긴 했지만 이상하게도 여전히 간헐적인 전파 신호에 귀를 기울였다. 스텔라 마리스 호가 알파 센타우리 항성계를 적정한 각도에서 영상화하기 위해 공전면을 벗어나 그 '위'로 올라가자, 신호가 중간에 끊기는 일보다 훨씬 더 이상하고 걱정스러운 현상이 벌어졌다. 전파가 완전히 사라진 것이다. 결국에는 모든 일이 잘 풀릴 거라는 마크의 믿음부터 어떻게 된 영문인지 알아낼 수가 없어서 눈에 띄게 좌절하는 조지까지 반응의 정도는 다양했지만, 전체적으로 불안해하는 분위기였다. 하지만 산도즈는 이상하게도 마음의 짐을 덜어낸 듯했고, 심지어는 즐거워 보이기까지 했다. 그는 쾌활하게 이제 배를 돌려서 집에 가자고 말했다가 다른 사람들로부터 반대와 원성을 샀다.

이제 그들은 모두 함교의 화면 앞에 모여 지미가 앞뒤로 재생하는 영상을 들여다보고 있었다. 영상마다 밝기가 조금씩 다른, 빛나는 점 하나가 조금씩 움직이고 있었다. 지미가 말했다.

"봐요. 반사되는 햇빛만 가지고도 차이를 알 수 있죠. 여기는 지금 일종의 만월과 같은 상태예요."

사람들이 외치는 소리를 듣고 소형 체육관에서 나온 마크 로비쇼가 지미의 어깨 너머로, 가운데 태양에서 좀 더 가까운 얼룩 하나를 가리켰다.

"여기도요. 또 하나 있네요."

"와, 눈이 좋네요. 확실해요. 저것도 행성이에요."

"지미, 이 지역을 확대해 볼 수 있습니까?"

마크가 목에 수건을 두른 채로 물었다. 그는 여전히 숨을 가쁘게 쉬고 있었지만, 이제 러닝머신 때문은 아니었다.

"그럴 필요 없어요. 지금 이건 실시간 관측이에요, 여러분. 그냥 망원경으로 보면 된다고요."

몇 분 후 그들은 첫 번째 행성을 직접 볼 수 있었다. 회색빛에 표면이 울퉁불퉁한 털 뭉치 같은 모양이었다. 그리고 마크가 찾아낸 두 번째 행성은 훨씬 큰 데다 두 개의 위성을 가지고 있었다.

"달들이야." 조지가 부드럽게 말하며 앤의 어깨에 팔을 두르고 그녀를 가까이 끌어당겼다. "달들이라고!"

"첫 번째 행성은 잊어버려요. 저기가 거깁니다." 마크가 확고한 자신감을 가지고 말했다. "적당한 크기의 달은 행성의 운동을 규칙적으로 만들어서 안정적인 기후 패턴이 발달하게 되죠. 만약 물이 있다면 달들은 조수를 만들어 내고, 조수는 생명을 탄생시킵니다." 앤이 그를 쳐다보며 눈썹을 치켜들고 무언의 질문을 던졌다. 자연학자는 미소를 지었다. "신이 그런 방식을 좋아하기 때문이죠, 마담."

그리고 모두가 한꺼번에 말하기 시작했다. 그들은 지미와 조지와 마크를 축하하고, 달을 가진 행성까지 가는 데 얼마나 오래 걸릴지 논의했다. 흥분이 몇 주간 무의미한 나날을 보내면서 생겨난 지루함을 몰아냈다. 정신없이 재잘거리는 소리는 야브로가 산노즈를 돌아보고 이렇게 외치는 바람에 잦아들었다. "녀석아, 그러다 쓰러지기 전에 얼른 앉으란 말이다!" 야브로는 화면 주위의 사람들을 밀치고 휴게실의 의자와 탁자 쪽으로 향했다. 그리고 산도즈가 바닥에 부딪히기 전에 그를 붙들었다.

처음에는 웃음이 터져 나왔다. 산도즈가 실이 끊어진 꼭두각시 인형처럼 넘어졌지만, 낮은 중력 때문에 그 과정이 너무 느려서 우습게 보였던 것이다. 앨런 페이스는 산도즈가 장난으로 그런다고 생각했고 여느 때처럼 그의 습관적인 경박함에 짜증을 냈다.

앤이 곧바로 야브로를 뒤따랐다. 사람들이 웃음을 멈추고 놀라기 시작하자, 그녀가 사무적으로 말했다.

"괜찮아요, 기절했을 뿐이에요."

앤은 혼자서도 산도즈를 바닥에서 들어 올릴 수 있었다. 0.25G에서 그의 몸무게는 14킬로그램 정도에 불과했다. 하지만 지적인 동등함과 별개로 앤 에드워즈는 이런 문제에 대한 남자들의 감수성을 존중하는 편이었다. 그래서 자기 대신 산도즈를 선실로 옮겨 달라는 의도에서 야브로를 올려다봤다. 그리고 야브로가 몸을 떠는 모습에 놀랐다. 그때 앤에게 어떤 생각이 떠올랐고, 많은 일이 보다 분명하게 다가왔다.

"지미, 나 대신 에밀리오를 방으로 좀 데려다주겠어?"

앤은 극적인 효과를 최소화하려고 일부러 무미건조한 목소리로 외쳤다. 야브로가 산도즈의 방문을 열고 지미가 들어갈 수 있게 옆으로 비켜섰다. 거대한 누더기 인형 같은 생김새의 지미가, 마찬가지로 누더기 인형처럼 늘어져 있는 산도즈를 짊어지고 있었다. 앤은 이 상황에 대해 3초간 고려한 후, 야브로를 꼭 끌어안고 안심시켰다. 짧지만 애정 어린 포옹이었다. 곧 그녀는 지미 곁을 비집고 작은 선실 안으로 들어갔다. 그리고 지미가 나가자 그의 뒤에서 문을 닫았다.

산도즈는 이미 깨어나 있었다. 앤은 야브로가 문밖에서 텍사스 억양으로 커다랗게 외치며 모두를 웃게 하고 대화를 다시 행성으로 이끌어 가는 소리를 들었다. 목소리가 잦아들자 앤은 다시 산도즈를 돌아봤다. 이제 그는 일어나 앉아서 두 다리를 침대 옆에 내놓은 채 커다란 눈을 깜빡거리고 있었다.

"어떻게 된 거죠?"

"기절했었어. 행성을 보고 놀란 모양이지. 자율신경계의 작용 때문일 거야. 팔다리가 차가워지는 느낌이 들다가 온통 새하얗게 변하는 거지."

산도즈가 고개를 끄덕였다.

"전에는 한 번도 그런 적이 없었어요. 참 이상한 느낌이군요."

그는 머리를 맑게 하려고 고개를 절레절레 흔들었다. 그리고 두 눈을 다시 크게 떴다.

"워, 워, 잠깐 그냥 앉아 있어. 혈압이 안정되려면 시간이 좀 있어야 해."

앤은 벽에 머리를 기대고 팔짱을 낀 채, 의사의 눈으로 산도즈를 살폈다. 하지만 속으로는 자신이 방금 본 장면을 생각하고 있었다. 산도즈는 작게 웃더니 가만히 앉아서 몸 상태가 스스로 안정되기를 기다렸다.

"솔직히 좀 놀랐어." 앤이 조심스레 말했다. "당신이 놀라는 걸 보고."

"내가 행성 때문에 놀라서요?"

"맞아. 그러니까, 이 모든 게 다 당신 생각이었잖아. 난 당신이 이 일에 대해 뭐랄까, 신과 직접 통하는 줄 알았거든."

앤은 자기가 생각하는 만큼 빈정대며 말하지는 않았다. 사실 그녀의 표정은 거의 딱딱하게 굳어 있었다. 그녀 자신을 보호하기 위한 장난기가 희미하게 엿보일 뿐이었다.

산도즈는 두 번이나 뭔가 말하려다 다시 멈추며 한참 동안 말없이 앉아 있었다. 그러다 마침내 입을 열었다.

"앤, 뭐 좀 얘기해도 될까요? 우리끼리 비밀로 하고?" 앤이 마치 산도즈가 쓰러졌을 때처럼 천천히 벽을 타고 바닥으로 미끄러지더니 다리를 꼬고 앉아 그를 올려다봤다. "아무에게도 이런 말을 한 적은 없어요, 앤, 하지만……." 산도즈가 다시 말을 멈추고 신경질적으로 웃었다. "이건 일종의 기록일 거예요, 그렇죠? 열네 가지 언어를 할 줄 알면서도 마땅한 말을 찾을 수가 없다니."

"말하기 싫으면 하지 않아도 돼."

"아니에요, 누군가에게 이야기해야 해요. 누군가가 아니라, 당신에게요. 당신에게 이 이야기를 해야만 해요, 앤. 난 지금 모든 사람이 내가 항상 거기 있다고 생각했던 지점에 이제 막 도착했어요."

산도즈가 어디서부터 시작해야 할지, 그리고 어디까지 이야기해야 할지 고민하는 동안 또다시 침묵이 흘렀다. 앤은 산도즈의 안색이 돌아오는 모습을 보고 기뻐하며 가만히 기다렸다. 그러다 문득 그가 얼굴을 붉히고 있다는 사실을 알아차리고 감동을 받았다. '자기 고백은 거의 섹스와도 같지. 자신의 영혼을 있는 그대로 내보이기란 쉬운 일이 아니야.'

"이해해야 해요, 앤. 난 일곱 살 때 신부가 되기로 결심하는 그런 사람이 아니에요. 난 어릴 때, 글쎄, 당신도 라페를라를 봤잖아요, 그렇죠? 하지만 거기서 자란다는 게 어떤 일인지는 상상도 못 할 거예요." 기억이 물밀듯이 밀려들자, 산도즈는 다시 한번 말을 멈췄다. "어쨌든 예수회는, 특히 DW는 내게 다른 종류의 삶을 보여 줬어요. 내가 은혜를 갚으려고 신부가 되었다는 이야기는 아니에요. 그래요, 인정해요, 아마 그런 이유도 있었겠죠. 하지만 나는 그런 사람이 되고 싶었어요. DW 같은 사람 말이에요."

"작은 야망은 아니었네." 앤이 침착한 눈빛으로 말했다.

산도즈가 숨을 깊이 들이켰다.

"그래요. 커다란 야망이었죠. 그렇다고 무조건적인 영웅 숭배는 아니었어요. 나는 이런 삶을 원했고, 후회는 없어요. 하지만, 앤, 내가 사람들이 행동하는 방식만 보고 그들이 신을 믿는지 아닌지를 알기 어렵다고 말했던 거 기억나요?" 산도즈가 조심스럽게 앤을 살피며 충격이

나 실망의 기색을 찾았지만, 그녀는 겁에 질리거나 심지어 끔찍하게 놀란 것 같지도 않았다. "있잖아요, 당신이라면 좋은 신부가 될 거예요."

"망할 금욕 생활만 아니라면 말이야." 앤이 웃었다. "그리고 교황이 계속 그러는데 나한테 X염색체가 너무 많잖아. 주제를 바꾸지 말라고."

"알았어요, 알았어." 산도즈가 다시 주저했지만, 마침내 단어들이 쏟아져 나오기 시작했다. "나는 당신이 말한 그 물리학자들 같았어요. 물리학자들은 지적으로 쿼크를 믿지만, 그렇다고 쿼크를 느끼지는 못하잖아요. 나는 토마스 학파의 신에 대한 논쟁을 복기할 수도 있고 스피노자를 논할 수도 있고, 여하튼 그럴싸한 말은 다 할 수 있어요. 하지만 신을 느끼지는 못했어요. 원래 그런 사람이 아니니까요. 나는 신의 개념을 방어할 수 있지만, 변호사들이 듣는다면 죄다 전문(傳聞) 증거라고 할 거예요. 그중 무엇도 나 자신의 감정적인 진실은 아니니까요. 마크 같은 사람과는 달라요." 그는 몸을 웅크리더니 무릎을 끌어안았다. "그러니까, 내 안에는 신이 거기 있기를 바라는 부분이 있지만 그 부분은 사실 비어 있었다는 말이에요. 그래서 나는 생각했죠, 뭐, 아직 때가 아닌가 보지. 어쩌면 언젠가는……. 그리고 솔직히 말하자면 난 뭐랄까 그런 종류의 일들을 좀 우습게 여겼어요. 왜 예수님이 마치 자기의 개인적인 친한 친구라도 되는 양 말하는 사람들 있잖아요?" 그의 목소리는 매우 낮았고 얼굴은 어이없다는 표정을 짓고 있었다. "난 언제나 생각했어요. 그래, 그래, 그리고 당신은 아마 세탁소에서 엘비스도 봤겠죠."

"이봐! 그게 뭐가 문제라는 거야!" 앤이 언짢아하며 외쳤다. "나도 클리블랜드 하이츠에 있는 잡화점에서 롤링스톤스의 키스 리처즈를 본 적 있단 말이야."

산도즈는 웃더니 다시 침대로 올라가 벽에 등을 대고 앉았다.

"알았어요, 알았어. 그런데 어느 날 아침 나는 이 전화를 받았던 거죠. 그리고 우리 모두 지미의 사무실에 앉아서 믿기 어려운 음악을 들었고, 나는 이렇게 말했죠. 우리가 거기 갈 수 있을까? 그러자 조지와 지미와 소피아가 말했죠. 그럼, 문제없어, 수학 공식만 풀면 돼. 그리고 당신은 우리가 미쳤다고 생각했죠? 그게, 나도 그랬어요, 앤. 그러니까 처음에는, 전부 다 일종의 게임이었어요! 난 사실 그게 신의 뜻이라는 생각을 즐겼을 뿐이었던 거예요."

앤은 당시 산도즈가 보였던 장난기를 기억했다. 그때는 정말 이상하게 보였더랬다.

"난 계속해서 누가 이 게임을 멈춰 주기를 기대했어요. 그리고 모두가 나를 놀리며 실컷 웃는 거죠. 그러면 다시 일상으로 돌아가서 오르테가를 상대로 유치원으로 쓸 수 있게 건물을 내달라고 졸랐겠죠. 그리고 리치 곤살레스랑 위원회랑, 동쪽 끝에 있는 하수도 문제를 두고 실랑이를 벌였을 테고, 뭐 그런 일들 있잖아요, 알죠? 하지만 계속 진행이 됐어요. 총장 신부랑 소행성이랑 비행기랑, 수많은 사람이 이 미친 생각에 매달려서 일했어요. 난 계속해서 누가 말해 주기를 기다렸어요. 산도즈, 이 멍청아, 아무것도 아닌 일을 가지고 이 무슨 난리야! 하지만 무슨 일들이 계속해서 일어났죠."

"야브로가 말했던 것처럼, 빌어먹게 많은 거북이들이 빌어먹게 많은 담장 위에 올라갔지."

"맞아요! 그래서 매일 밤 침대에 누워서 잠을 설쳤어요. 알잖아요, 난 말하는 중간에도 잠드는 사람이에요. 그런 내가 밤새도록 깨어 있으면서 생각했어요. 지금 무슨 일이 벌어지고 있는 거지? 그리고 나의 일부는 이렇게 말했죠. 하느님이 네게 뭔가를 말씀하려 하시잖아, 이 멍청한 자식아. 그리고 또 다른 일부는 이렇게 말하고요. 하느님은 푸에르토리코 출신의 건달에게 말을 걸지 않아. 무슨 말인지 알겠어요?"

"왜 그런 생각을 하지? 난 반쯤 신앙을 가진 한 불가지론자로서 또 다른 반불가지론자에게 묻는 거야, 무슨 말인지 알겠지."

"뭐, 좋아요. 푸에르토리코 부분은 취소할게요. 하지만 신이 누군가를 편애하면 불공평하잖아요. 내가 뭐 그리 특별하다고 하느님이 굳이 말씀을 전하겠어요, 안 그래요?"

산도즈는 힘이 빠진 듯 한동안 입을 다물었다. 그리고 앤은 그가 자기 생각을 파악하고 정리할 수 있도록 내버려 뒀다. 잠시 후 산도즈는 앤을 보고 웃더니 침대에서 기어 내려와 옆에 앉았다. 두 사람의 어깨가 맞닿고 무릎이 구부러졌다. 나이 차이는 비슷한 몸집에 비하면 덜 중요한 것처럼 보였다. 앤은 문득 열세 살 무렵 가장 친한 친구와 이런 식으로 앉아서 서로의 비밀을 이야기하고 이런저런 궁리를 했던 기억을 떠올렸다.

"그래서, 무슨 일들이 계속 일어났어요. 마치 신이 정말 거기 있어서 그 모든 일을 일어나게 만드는 것처럼요. 그리고 어느새 나도 마크처럼 그럴 때마다 'Deus Vult(신의 뜻)'이라고 말하고 있었어요. 하지만 여전히 전부 어떤 거대한 농담처럼 보였어요. 그리디 어느 날 밤, 문득 이게 정말 보이는 그대로일 가능성을 생각했어요. 뭔가 특별한 일이 벌어지고 있다고, 하느님이 나를 위해 뭔가 염두에 두고 계신다고 말이에요. 그러니까, 하수도관 같은 거 말고요……. 그리고 여러 번, 심지어 지금도, 내가 돌아 버린 게 틀림없고 이 모두가 미친 짓이라고 생각하기도 했어요. 하지만 때로는, 앤, 때로는 그저 믿을 수 있을 때도 있었어요. 그리고 그럴 때면……" 산도즈의 목소리가 점점 작아져서 속삭임에 가까워졌다. 그는 마치 뭔가를 잡으려는 듯, 무릎에 올려놓고 있던 손을 들었다. "놀라웠어요. 내 안에서 모든 일이 다 이해가 됐어요. 내가 했던 모든 일, 내게 일어났던 모든 일, 그 전부가 여기로 이어져 있었죠. 지금 내가 있는 바로 여기 말이에요. 하지만, 앤, 왜 그런지 몰라도 난 그게 무서웠어요……."

앤은 산도즈가 더 할 이야기가 남았는지 기다리다가, 그가 침묵을 지키자 잘은 모르지만 생각나는 말을 해 보기로 했다.

"자기가 사랑에 빠졌다는 걸 인정할 때 가장 끔찍한 점이 뭔 줄 알아? 발가벗은 느낌이야. 스스로를 위험에 빠뜨려 놓고는 방어조차 하지 않는 거지. 옷도 없고 무기도 없어. 숨을 곳도 없어. 완전히 취약한 상태가 되는 거야. 그걸 참아 낼 수 있는 유일한 이유는 상대방도 자기를 사랑할 거라는 믿음이지. 그리고 상대방이 자기를 상처 주지 않을 거라고 믿기 때문이야."

산도즈가 놀라서 그녀를 쳐다봤다.

"맞아요, 그거예요. 내가 그냥 믿으려고 할 때면 바로 그런 느낌을 받아요. 마치 내가 사랑에 빠진 것처럼, 신 앞에 벌거벗은 것처럼요. 그리고 당신이 말한 것처럼 끔찍해요. 하지만 그러면 또 내가 무례하고 배은망덕한 것처럼 느껴지기 시작해요. 이해할 수 있어요? 신이 나를 사랑한다는 사실을 계속 의심한다는 게 말이에요. 그러니까, 개인적으로요." 그는 반쯤은 믿을 수 없다는 듯, 그리고 반쯤은 놀랍다는 듯 코웃음을 쳤다. 그리고 잠시 손으로 입을 가렸다가 뗐다. "너무 오만하게 들리나요? 아니면 미친 소리 같아요? 신이 나를 사랑한다고 생각하는 게."

"나에겐 완벽하게 말이 되는 소리처럼 들리는데." 앤이 어깨를 으쓱하고 미소를 지으며 말했다. "당신은 사랑하기 아주 쉬운 사람이야."

그녀는 자신의 말이 얼마나 자연스럽게 들리는지, 또 얼마나 속이 시원한지 느끼고 즐거워했다.

산도즈는 앤을 보기 위해 고개를 뒤로 젖혔다. 그의 눈빛이 부드러워졌고, 확신에 찬 진실이 의심을 물리쳤다. 그가 조용히 말했다.

"Mader de mi corazon.(사랑하는 나의 엄마.)"

"Hijo de mi alma.(귀여운 내 아들.)"

앤이 부드러우면서도 확신에 찬 목소리로 대답했다. 그 순간이 지나가자 그들은 다시 다정한 친구 사이로 돌아가서 함께 각자의 무릎을 들여다봤다. 그리고 마법의 주문이 깨지자, 산도즈가 웃음을 터뜨렸다.

"우리가 여기 더 있으면, 스캔들이 날 거예요."

"그렇게 생각해?" 앤이 눈을 크게 뜨며 말했다. "기분 좋은데!"

산도즈가 일어서서 앤에게 손을 내밀었다. 앤은 낮은 중력 덕분에 쉽게 일어날 수 있었지만, 필요한 것보다 조금 더 오래 그의 손을 잡고 있었다. 두 사람은 서로 끌어안으려다가 다시 한번 웃었다. 누구의 팔이 누구의 어깨 위로 올라가야 하는지 판단하기 어려웠기 때문이다. 앤이 문을 열고 신중하게 외쳤다.

"좋아요, 누가 이 남자에게 샌드위치 좀 갖다줘요."

그러자 지미가 소리쳤다.

"에밀리오, 바보 같으니! 마지막으로 먹었을 때가 언제예요? 내가 항상 챙겨 줘야 해요?"

소피아도 응수했다.

"어쩌면 다음에는 건포도로 카드를 쳐야겠어요."

하지만 그녀와 지미는 이미 산도즈를 위한 식사를 준비해 놓고 있었다. 그리고 모든 일이 다시 정상으로 돌아왔다. 소행성 안에서, 알파 센타우리 위에서, 신의 계시를 찾아가며.

"우리 아버지한테 뷰익이 한 대 있었는데, 꼭 이런 식으로 몰았소이다." D. W. 야브로가 문득 투덜거렸다. "그 돼지 같은 양반은 운전을 해도 정말 개같이 했다 이거외다."

아무도 감히 웃지 못했다. 지난 2주 동안, D. W. 야브로와 소피아 멘데스는 쉬지 않고 일하며 스텔라 마리스 호를 행성에 점점 더 가까이 접근시켰다. 이 과정은 위험하고 어려웠으며, 야브로는 때때로 깜짝 놀랄 만큼 성마르게 굴었다.

모두들 짜증이 나 있는 상태였다. 마침내 야브로가 함선을 적당한 궤도에 진입시키는 데 성공하자, 자유 낙하가 시작되었다. 그리고 상황은 더욱 나빠졌다. 그들은 여기까지 오기 위해 3년이 넘는 기간 동안 노새처럼 일했다. 그리고 이제 목적한 행성이 바로 눈앞에 있었다. 8개월이 넘도록 좁은 공간에서 함께 지내면서도 그들은 놀랄 만큼 사이가 좋았다. 하지만 그럼에도 그간 쌓인 긴장과 불안, 답 없는 걱정들은 있었다. 서로 소리를 지르며 싸우는 일은 거의 없었지만, 사람들이 말대꾸를 삼킬 때마다 찾아오는 갑작스러운 침묵에서 그런 점이 분명히 드러났다.

그중 야브로가 가장 심하게 으르렁대며 사소한 실수나 세부 사항에 대한 주의 부족, 혹은 말실수를 가지고 사람들에게 화를 냈다. 산도즈는 다른 이들보다 딱히 심할 것도 없었지만, 가장 자주 그런 화풀이의 대상이 되었다. 야브로가 일정표를 재정립하기 위한 법을 내놓았을 때 산도즈가 그러면 비일정표가 된다고 농담하자, 야브로는 그가 눈을 내리깔 때까지 노려보더니 "진지하게 못 하겠거든, 차라리 조용히 닥치고 있으란 말이다."라고 말했다. 그리고 산도즈는 며칠 동안이나 입을 다물고 지냈다. 한번은 아침 식사 자리에서 갑작스럽게 명령조로 이야기를 늘어놓아 다른 사람들의 심기를 불편하게 만들었다. 마지막에는 산도즈를 겨냥해 특히 날카로운 말투로 명령했다. 산도즈가 어색한 분위기를 전환하기 위해 "감자튀김을 대령하라는 명령입니까?"라고 말하자, 화를 머리끝까지 내며 아주 빠르고 억양이 강한 구어체의 스페인어로 뭐라고 쏘아붙였다. 다른 사람들은 아무도 알아듣지 못했지만, 그 효과로 볼 때 무슨 뜻인지 짐작할 수 있었다.

앤이 야브로에게 가서 심리학의 과잉 보상이란 일반적인 주제로 잠깐 이야기를 해 보려고 했지만, 한 시간도 지나지 않아 훈계를 듣는 처지가 되었다. 그녀가 소금통의 뚜껑을 깜빡하고 덮지 않아서, 구멍으로 흘러나온 내용물이 며칠 동안 이리저리 떠다녔던 것이다. 그래서 야브로가 저장고의 문을 열자 작은 눈보라가 몰아쳤다. 불쾌한 대화가 오갔고 조지까지 다툼에 말려들었다. 모두를 진정시키기 위해 소피아와 지미가 둘 다 끼어들어야 했다.

결국 0G에 대한 적응이 끝나고 욕지기가 수그러들자 겨우 질서가 돌아왔다. 그리고 모두들 다시 한번 합리적이고 효율적으로 행동하기 시작했다. 그들은 먼저 철저한 조사부터 시작했다. 몇 개의 위성을 행성 주위에 쏘아 올려 대기와 지형에 대한 자료를 수집했다. 이렇게 먼 거리에서는 바다와 대륙의 경계가 분명히 보였다. 전반적으로 녹색과 푸른색 뒤섞인 보라색 바탕에, 여기저기 붉은색과 갈색과 노란색이 뒤섞이고, 구름과 아주 작은 극지방의 하얀색이 성에처럼 드리워져 있는 느낌이었다. 지구와 꼭 같지는 않았지만 아름다웠고, 사람들의 감정을 강하게 자극했다.

가장 큰 놀라움은 라디오 신호의 갑작스러운 재등장이었다. 달들로부터 행성으로 다가가는 동안, 믿을 수 없을 만큼 강력한 전파가 폭발적으로 밀려들었다.

"달들을 겨냥하고 있어요." 지미는 항성계를 스케치하며 물리적으로 어떻게 돌아가는지 연구하다가 그 사실을 깨달았다. 어떤 달에도 토착 생물이나 식민지의 흔적은 보이지 않았다. "왜 라디오를 달들에 겨냥하고 있는 걸까요?"

"이온층이 없기 때문이야!" 어느 날 오후 자기 선실에서 대기 자료를 분석하던 조지가 휴게실로 둥실둥실 떠오며 승리감에 차서 말했다. 전파 문제에 대해 생각하지 않고 있었더니 갑자기 해답이 떠올랐다. "신호를 반사시키기 위해 달들을 이용하고 있는 거야."

"바로 그거예요!" 함교에서 외친 지미가 휴게실로 몸을 날려 거대한 오랑우탄처럼 기둥에 매달렸다. 그리고 빙글빙글 돌다가 멈춰 섰다. "그래서 우리가 지구에서 15일이나 27일마다 한 번씩밖에는 신호를 잡아낼 수 없었던 거예요!"

"무슨 말인지 모르겠어." 앤이 소피아와 함께 주방에서 점심 식사를 준비하다가 말했다.

"전파를 잡아 둘 이온층이 없으면 신호를 가시선(可視線)으로 보낼 수밖에 없지. 지구에 있는 극초단파 전송탑처럼 말이야." 조지가 설명했다. "더 넓은 지역에 방송을 하고 싶으면, 아주 강한 신호를 달에 겨냥해야 해. 그러면 반사된 전파가 원뿔 모양으로 행성 표면에 넓게 퍼져 나가니까."

"그러니까 우리는 그렇게 흩어진 신호를, 달들이 지구와 일직선이 될 때마다 잡아냈던 거예요." 지미가 작은 수수께끼를 풀어낸 행복감에 환호했다.

"이온층이 뭔데?" 앤이 물었다. 지미가 헉 소리를 내며 그녀를 쳐다봤다. "미안. 전에도 그 단어를 들어 본 적은 있지만 그게 뭔지 자세히는 몰라. 난 의사야, 짐, 천문학자가 아니라고!*"

---

*「스타 트렉」의 캐릭터 닥터 맥코이의 대사를 인용한 것이다.

조지는 웃음을 터뜨렸지만, 첫 번째 「스타 트렉」 시리즈를 알기에는 너무 어렸던 지미는 농담을 이해하지 못했다.

"좋아요. 태양 광선이 대기권의 가장 위에 있는 대기 분자에서 전자를 분리해 내요, 알겠어요? 그러면 이온이 생기죠." 지미가 설명을 시작했다.

"다들 주목!" 야브로가 함교에서 휴게실로 날아오며 말했다. "내일 아침 9시까지 전원 여태까지 배운 모든 내용을 요약해서 제출하시오. 그걸 가지고 내가 결정해야 할 게 있소이다."

그가 자기 선실 안으로 사라지자, 남아 있던 사람들은 고개를 흔들며 투덜거렸다. 야브로의 뒷모습을 바라보던 앤이 소피아를 돌아봤다.

"어떻게 생각해? 생리 중인가?"

"일종의 애정 표현 방식이에요." 소피아가 미소 지었다. "편대 사령관이 다시 복귀한 거죠. 그 사람은 자기가 책임진 이들이 지나친 열의나 초조함 때문에 죽기를 바라지 않아요. 하지만 여기까지 와서 지표면을 밟아 보지 않고 돌아가고 싶은 사람은 없겠죠, 특히 야브로는 더할 테고요. 압박감이 아주 심할 거예요."

"무슨 말인지 알겠어." 앤은 그런 분석에 감탄하면서도 뭔가 한 가지가 빠졌다고 느꼈다. 그리고 소피아가 그 사실을 모르는 건지 아니면 매우 신중한 건지 궁금하게 생각했다. '신중한 거로군.' 앤이 결론을 내렸다. 소피아는 뭐든 놓치는 법이 없는 데다 야브로를 아주 잘 알았다. "어느 쪽으로 기울고 있을까? 알겠어?"

"글쎄요, 좀처럼 자기 생각을 말하지 않아서요. 제가 조사한 바로는 우리가 지표면에서 생존할 수 있어요. 어쩌면 야브로가 혼자 내려갈 수도 있고, 아니면 한두 명만 대동하고 나머지는 배에 남겨 둘 수도 있죠."

앤이 눈을 감더니, 무중력 상태에서 가능한 만큼 축 늘어졌다.

"아, 소피아, 필요한 것보다 1분이라도 더 오래 이 안에 머무느니 차라리 죽고 말겠어, 진짜야."

소피아는 눈앞의 여인이 처음으로 원래 나이만큼 들어 보여서 놀랐다. 그리고 잠시 앤이 울음이라도 터뜨리지 않을까 두려워했다. 소피아는 앤이 자기한테 수백 번도 더 해 준 것처럼, 그녀를 끌어당겨 짧고 부드럽게 포옹했다. 충동적인 행동은 아니었다. 소피아가 충동적으로 행동하는 경우는 거의 없었다. 다만 이제야 마침내 남들에게 다시 베풀 수 있을 만큼 충분히 많은 애정을 받았던 것이다.

"오, 소피아, 난 당신들 모두를 사랑해." 앤이 웃으며 소매로 눈가를 닦았다. "그리고 당신들 한 명 한 명이 죽을 만큼 지겨워. 이리 와. 이 남정네들을 먹이자고."

다음 날 아침은 앤이 여태까지 참석했던 어떤 자리보다 더 긴장되고 힘들었다. 참석(參席)했다고는 해도, 이 경우에는 어디 앉아 있는 것이 아니라 떠 있었지만. 그녀는 정신을 집중하려 했지만 그러기가 어려웠고, 착륙선의 연료가 이 행성의 대기 중에서 제대로 연소할 것인지에 대해 긴 토론이 벌어지는 동안 엄청나게 안절부절못했다. 행성의 공기는 인간이 호흡할 수 있었고, 날씨는 무척 덥지만 죽을 정도는 아니었다. 천둥번개와 돌개바람이 시도 때도 없이 일었는데, 계절 때문일 수도 있고 세 개의 태양이 이 행성에 쏟아붓는 엄청난 양의 에너지 때문일 수도 있었다.

마크의 프레젠테이션은 자세했지만 실망스러웠다. 그는 생태적인 지역 구분을 정확하게 파악할 수 있었다. 그러나 라벤더색에 가까운 부분이 대체 뭔지 누가 알겠는가? 여름철의 낙엽수림일 수도 있고 초원일 수도 있으며, 침엽수림이나 심지어는 어마어마한 조류 더미일 수도 있었다. 마크가 어깨를 움츠리며 지적했다.

"그게 뭐든 간에, 아주 많습니다." 지형은 자신감을 가지고 해석하기가 좀 더 쉬웠다. 어떤 부분은 분명 열려 있는 수역처럼 보였지만, 마크는 알고 보면 늪지대일지도 모른다고 경고했다. 갯벌은 엄청나게 넓었는데, 달이 여러 개라는 점을 고려하면 놀랄 일도 아니었다. 명백한 우각호와 여러 줄기의 하천도 있었다. 그는 경작된 토지가 존재한다고 믿었지만 이렇게 말했다. "농경지와 잡목림은 서로 혼동하기 아주 쉽습니다."

'그냥 가자고.' 마크가 이야기를 늘어놓는 동안 앤이 생각했다. '이따위 쓸데없는 짓은 집어치우고. 그냥 내려가잔 말이야. 샌드위치를 좀 싸서, 그놈의 빌어먹을 착륙선을 타고 밑으로 내려가서 문을 열면 살거나 죽거나 하겠지.'

자기 자신의 짜증에 놀란 앤은 주위를 둘러봤고 다른 사람들의 표정에서도 같은 기분을 읽어 낼 수 있었다. 하지만 그때 마크가 말했다.

"그리고 여기가 전파 송신의 발원지입니다." 여기저기서 숨소리와 중얼거림이 들렸다. 마크는 해안 가까이 있는 지역의 윤곽을 그렸다. "이건 산으로 둘러싸인 높은 계곡에 자리 잡은 도시로 보입니다. 내가 예상했던 도로망은 없지만, 여기 이 선들은 여러분이 보고 있는 두 줄기 강, 그러니까 여기랑 여기로 이어지는 운하일 수도 있습니다. 이건 항구일지도 모르고요. 이 반원형의 지역은 항구에 들어서기에 좋은 위치죠."

대륙에는 그 외에도 도시로 보이는 지점들이 더 있었지만, 그들은 음악을 듣고 여기까지 왔기 때문에 다른 도시 근처에 착륙하는 선택지는 논의에서 제외되었다. 이와 같은 의견 일치에도 불구하고, 문제의 도시로부터 얼마나 가까운 장소에 착륙할 것인지를 두고 논쟁이 벌어졌다.

앨런 페이스는 이론의 여지가 존재한다는 자체에 놀라움을 표시했다. 그는 도시 거주자들과 즉시 그리고 직접적으로 접촉하고 싶어 했다.

"물론 산도즈가 언어를 배울 수 있겠지만, 음악적인 의사소통은 당장이라도 가능할 겁니다. 우리가 18세기에 과나리족을 처음 만났을 때 음악을 이용했던 것처럼 말이죠. 또, 사비에르와 리치의 선례도 있습니다. 그들은 일본과 중국에서 최대한 빨리 도시를 방문했고 처음부터 교육받은 계층을 상대했죠."

"어느 날 오후 갑자기 눈 부신 빛과 함께 외계인들이 나타나면 이 사람들이 겁먹지는 않겠소이까?" 야브로가 앨런에게 물었다.

"프랑스에서 왔다고 하면 되죠."

산도즈가 사려 깊게 제안했다. 심지어 앨런조차도 웃음을 터뜨렸다.

"어쩌면 우리를 보고 그렇게 놀라지 않을지도 몰라요. 인류는 수백 년 동안이나 외계인에 대해 생각해 왔잖아요." 지미 퀸이 말했다. 그는 산도즈의 말을 못 들은 척했지만 얼굴에는 웃음이 걸려 있었다. "태양과 달이 이렇게 많으니, 이 행성 주민들은 틀림없이 천문학에 관심이 많을 거예요."

"그렇게 생각해, 짐?" 앤이 처음으로 토론에 끼어들며 그렇게 물었다. "태양이 세 개나 되니까, 완전히 어두워지는 경우가 많지 않을 텐데. 어쩌면 밤하늘에 전혀 주의를 기울이지 않을 수도 있어."

"달들에 전파를 쏘고 있잖아요."

소피아와 지미가 동시에 말했다. 모두가 웃었고, 앤은 어깨를 움츠리고 고개를 끄덕이며 패배를 인정했다.

"어쨌거나, 내가 보기엔 우리가 최신 기술이 존재하는 지역에 가기 위해 최선을 다해야 할 것 같소. 난 여기 이게⋯⋯." 조지가 도시 근처의 고산 지대에 있는 호수를 가리켰다. "수력 발전 댐이라는 데 내기를 걸어도 좋소. 그리고 이쪽을 봐요. 여긴 배수로일 거요. 만약 이곳 주민들이 이런 걸 건설할 줄 알고 달들을 이용해서 전파를 반사시키는 방법을 생각해 낼 수 있다면, 최소한 지구의 19세기나 20세기 수준의 기술 진보를 이뤘을 거요. 따라서 아마 합리적이고 지적인 종족일 거란 말이지. 난 우리가 과감해져야 한다고 생각하오. 도시 한가운데 착륙합시다."

마크는 이런 논리에 큰 불안감을 드러냈고, 야브로에게 직접 호소했다.

"야브로 신부님, 전 우리가 지적인 종족과 교류하기 전에 먼저 이 행성을 조사해야 한다고 생각합니다. 다른 이유보다도 우리에게 무슨 일이 생길 경우를 대비해서 다음번에 올 일행을 위해 기본적인 생태학적 자료를 수집해서 보내 줘야 합니다. 우리는 먼저 상황을 파악할 필요가 있습니다."

야브로가 앤을 돌아봤다.

"우리가 다시 중력에 익숙해지는 데 얼마나 걸리겠소이까?"

"조지 말로는 이 행성이 지구보다 약간 작다는군요. 따라서 중력 또한 우리가 익숙한 것보다 좀 낮을 거예요. 그건 유리한 점이죠. 하지만 우린 근육량과 골밀도가 상당히 줄어들었고, 다리도 멀리 걷기에는 너무 약해져 있어요. 그리고 솔직히 모두들 혼란스러운 상태예요. 앨런, 당신이 이 행성 주민들의 악기를 직접 보고, 그들과 함께 노래하고 싶어서 죽을 지경이라는 건 잘 알고 있어요. 하지만 접촉은 상당히 위험한 일이에요. 정말로 당신이 지금 어떤 종류의 위험에도 대처할 준비가 되어 있다고 느끼나요?"

앨런이 얼굴을 찌푸렸다.

"아닌 것 같습니다."

"나도 그래요. 난 우리가 2주에서 3주 정도 들여서 지표면의 환경에
익숙해질 필요가 있다고 생각해요. 근력을 기르고 햇빛에 다시 적응하
면서요."

"그렇게 하면 한정된 지역에서라도 동식물상을 연구할 시간 또한
생길 겁니다." 마크가 말을 이었다. "그리고 우리에게 안전한 먹거리
나 마실 거리를 찾아볼 수도 있고요……."

토론은 그 후로도 한참 동안 계속되었다. 결국 야브로는 한 달 동안
머무를 수 있는 물자를 가지고 이 행성 주민들이 거주하지 않는 지역
에 착륙을 시도한 다음, 환경을 조사하고 나서 이후 계획을 세우기로
했다. 그리고 훗날의 일이지만, 그들 모두는 이번에도 역시 결국은 산
도즈에 의해 앞으로 나아가게 되었다는 사실을 깨달았다.

"나는 신중하게 접근하자는 마크와 앤의 의견에 찬성합니다. 하지만
어느 쪽이든 논리적인 근거가 있고, 어차피 경험적으로 검증할 방법은
없어요. 그래서 앞으로 어느 시점에는 우리가 무조건적인 믿음을 가져
야 한다고 생각합니다." 그리고 나서 산도즈는 스스로도 놀라며 덧붙
였다. "만약 하느님이 우리를 여기까지 데려왔다면, 인제 와서 우리를
버리지는 않을 겁니다."

그리고 설사 산도즈가 자기 자신이 하는 말을 전적으로 믿고 있지
않았다고 해도, 앤 외에는 그 사실을 알아차린 사람이 없었다.

19

라카트 착륙

2039년 10월 13일, 지구 기준

이후 며칠 동안은 육체적으로나 정신적으로나, 그들이 여태까지 경험했던 중 가장 힘든 시간이었다. 우선 준비한 물건 중 당장 유용하게 쓰일 만한 것들을 골라 착륙선으로 옮겨야 했다. 그들이 자리를 비우는 동안 소행성의 시스템을 잠가 둬야 했다. 그리고 전파 송수신기가 그들의 보고를 받아서 암호화한 다음 지구로 보내도록 설정해야 했다. 또한 선내 컴퓨터들은 원격으로 접속할 수 있는 상태로 남겨 둬야 했다.

야브로는 모든 사항을 두 번씩 확인하면서 오류를 집아내고 실수를 바로잡았다. 한때는 야브로의 횡포에 분개했던 앤도, 이제는 그를 재평가하기 시작했다. 그가 그렇게 성화를 부린 이유가 있었다. 야브로가 꾸준히 지도력을 발휘하며 애썼는데도, 준비 과정이 막바지에 이르자 다들 제정신이 아니었다. 사람들은 자기가 뭔가를 잊어버리거나 실수를 저지르기라도 하면 어떤 재앙이 닥치거나 누군가 목숨을 잃는 결과가 될까 봐 남몰래 두려워했다. 그래서 야브로가 하던 일을 멈추고 모두 모이라고 했을 때, 그들은 히스테리 상태에 빠지기 직전에 건져진 것 같은 기분을 느꼈다.

야브로가 사람들에게 말했다.

"맡은 일을 오늘 오후 5시까지 다 마무리하고, 그런 다음에는 신경 끄라 이거외다. 뭐가 잘못될 수도 있다는 생각은 접어 두고. 이제 좀 진정을 해야겠소이다. 다들 너무 신경이 곤두서 있소이다. 오늘은 다들 일찍 잠자리에 들란 말이외다. 잠이 안 오거든 그냥 쉬기라도 하십시다. 우리는 9시에 미사를 드린 다음 내려갈 거외다." 야브로가 피곤에 지친 사람들의 눈을 하나하나 들여다보며 미소 지었다. "다들 잘해 낼 거외다. 나는 내 생명과 영혼을 걸고 여러분을 믿소이다. 여러분 한 명 한 명을, 그리고 여러분 모두를. 그리고 오늘 밤 잠자리에 눕거든 다들 에밀리오가 했던 말을 좀 생각해 봤으면 좋겠소이다. 하느님이 우리를 여기까지 데려다 놓고 인제 와서 내칠 리는 없다는 이야기를 말이외다."

그날 밤, 앤은 잠든 조지 곁을 빠져나와 휴게실을 가로질러 야브로의 선실로 향했다. 그녀는 부드럽게 문을 두드렸다. 조용히 이야기를 나누고 싶었지만 자고 있다면 굳이 깨울 생각은 없었다.

"누구요?" 야브로가 조용히 물었다.

"앤이에요."

잠시 아무 말도 없다가, 이내 문이 열렸다.

"반갑소이다. 들어오시오. 의자를 내어 드려야 할 텐데……."

앤은 웃으며 떠 있기에 적당한 장소를 물색했다. '대학원생의 논문 제목 같군. 무중력 상태에서 적절한 거리를 확보하는 방법에 대한 문화적 고찰이라.'

"오래 방해하진 않겠어요, DW 당신도 쉬어야 할 테니까. 난 그냥 당신이 내일 에밀리오를 착륙선에서 가장 먼저 내리도록 할 생각이 있는지 물어보고 싶어서 왔어요."

앤은 가만히 서서 야브로가 생각에 잠기는 모습을 지켜봤다. 무슨 역사적 의미가 걸린 문제는 아니었다. 이번 착륙을 어떤 식으로든 기록할 계획은 없었다. 기자도, 사진 촬영도, 네트워크를 통한 동영상 중계도 없었다. 기록과 홍보, 방송, 뉴스에 미쳐 있는, 공적이고 사적인 삶의 모든 행동이 관중을 의식하고 이루어지는 세상이지만, 스텔라 마리스 호의 항해는 비밀리에 시작되었다. 임무 또한 조용히 수행될 예정이었다. 예수회 사람들은 당연히 누가 이 행성에 가장 먼저 발을 디뎠는지 신경 쓰지 않을 터였다. 심지어 총장 신부에게 전달될 내부 보고서에도 그에 대한 언급은 없을 것이다. 소식이 도착했을 때 누가 총장 신부가 되어 있을지는 모르지만. 하지만 아무리 그래도 처음으로 행성에 내리는 것은 일행의 명실상부한 지휘자인 야브로의 권리이자 의무였다. 에밀리오 산도즈가 처음 제안하긴 했지만, 이미 이 일은 야브로의 임무가 되어 있었다. 그는 누구보다 열심히 그리고 가장 오랜 시간을 일했고, 많은 신경을 썼으며 집중해서 세세한 부분까지 처리했다. 앤은 그런 점을 잘 알았고 또 존중하고 있었다.

한참 시간이 흐른 뒤, 야브로는 고개를 들고 앤을 쳐다봤다. 너무 강렬하게 응시한 나머지 두 눈이 거의 같은 방향을 볼 정도였다. 앤은 야브로가 이 문제에 대해 그녀와 의논을 해야 하는지 고민하고 있다는 사실을 알아차렸고, 그래서 잠자코 기다렸다. 마침내 야브로는 완전히 무방비한 표정으로, 사투리나 억양도 잊어버린 채 말했다.

"그러니까 당신은 그러는 편이 적절하다 보시오? 설마 그렇게 생각하는 이유가……." 그는 말을 잇기 전에 잠시 망설였다. "개인적인 호감 때문은 아닐 거라 믿소."

"DW, 내가 조금이라도 그럴 가능성이 있다고 생각했으면 아예 말을
꺼내지도 않았을 거예요." '괜찮아요.' 앤은 그렇게 말하고 싶었다. '그
는 사랑하기 쉬운 사람이죠. 나도 이해해요.' "다른 사람들도 반대하지
않을 거예요. 그리고 그 자신에게는 아주 큰 의미가 있을 거라고 믿어
요. 영적으로요." 그녀는 자기가 그런 단어를 말했다는 사실이 부끄러
운 나머지 헛기침을 했다. "내가 당신의 전문 분야에 참견했다고 기분
상하지 않았으면 좋겠어요."

야브로가 손사래를 쳤다.

"아니, 당연히 아니외다. 난 당신의 판단을 믿소이다. 나보다 당신
이 산도즈와 훨씬 더 가깝소이다, 앤." 그는 앤이 그 말을 받아들이는
지 잠시 지켜보고 나서, 창백하고 피로에 찌든 얼굴로 붉게 충혈된 눈
을 문질렀다. "그리고, 알겠소이다. 나는 좋소이다. 산도즈가 먼저 내
릴 거외다. 다만 바깥에 나가는 일이 안전해 보일 때의 얘기외다! 저기
내려갔는데 너무 위험할 것 같으면 아무도 못 나가게 하겠소이다."

"오, DW! 당신 정말 멋진 사람이에요! 우리를 착륙선에서 내리지
못하게 하려고 생각만 해도, 내가 당신 비행기를 씹어 먹어 버릴 거예
요. 말릴 수 있으면 말려 봐요."

야브로가 웃음을 터뜨렸다. 앤은 그를 안으려다 말고 손을 내밀었
다. 야브로는 그녀가 내민 손을 잡더니 놀랍게도 그 손에 입을 맞췄
다. 스웨터 차림으로 허공에 떠 있는 그가 남부 신사처럼 정중하게 말
했다.

"그럼 이만, 에드워즈 양. 부디 푹 주무시오, 아시겠소이까?"

그날 밤에는 일행 모두가 나름대로 죽음과 일종의 부활에 대한 마음의 준비를 했다. 어떤 이는 고해를 했고, 어떤 이들은 사랑을 나눴으며, 지쳐 잠든 어떤 이는 어린 시절의 친구나 오랜 세월 잊고 지냈던 조부모에 대한 꿈을 꿨다. 그들 모두 각자의 방식으로 두려움을 이겨 내고, 여태까지 살아온 삶과 다음 날이면 벌어질지도 모르는 일을 받아들이기 위해 노력했다.

몇몇 사람에게는 인생이 완전히 달라진 과거의 어떤 시점이 존재했다. 당시로서는 너무나 고통스러웠지만, 이제야 비로소 그 의미를 알 것 같았다. 소피아 멘데스는 지금까지도 '주베르를 만나기 전'이라는 말로밖에 표현할 수가 없는 시절과 비로소 화해했다. 지미 퀸은 어머니 곁을 떠나 자기 자신의 삶을 살고자 했던 일이 잘못일지도 모른다는 걱정을 떨쳐 버릴 수 있었다.

마크 로비쇼와 앨런 페이스는 자신들이 여태까지 제대로 된 삶을 살았다는 느낌을 받았다. 또한 언제나 소망했던 대로, 신이 자신들의 예술적인 행위를 기도로 인정했다는 확신을 얻었다. 그리고 이제 신이 자신들에게 그것을 통한 봉사를 허락하리라 기대했다.

앤과 조지 에드워즈, 그리고 D. W. 야브로와 에밀리오 산도즈에게는 이번 항해가 그들이 무작위로 임했던 행동들에 의미를 부여했다. 어떤 일을 하고 어떤 일은 하지 않기로 선택했던 모든 순간과, 그때 그들이 내렸던 모든 결정, 신중하게 고민했거나 섣부르고 즉흥적으로 판단했거나 상관없이 전부.

'과거로 돌아간다고 해도 나는 이 모든 일을 다시 하겠어.' 그들은 각자 그렇게 생각했다.

그리고 마침내 그때가 왔다. 사람들은 소음과 열기 그리고 점점 걷잡을 수 없이 심해지는 진동에도 불구하고, 마음속으로 어젯밤 느꼈던 감정들을 차분하게 재확인했다. 기체가 버틸 가능성은 점점 더 희박해졌고, 그들이 아직 이름조차 모르는 행성의 대기권에서 산 채로 불타버릴 가능성은 점점 더 커졌다. '이건 내가 선택한 길이야.' 그들은 저마다 생각했다. '내가 지금 이 자리에 있다는 사실에 감사해.' 모두는 각자의 방식으로 신의 뜻에 자신을 맡겼다. 이제는 무슨 일이 벌어지든 그것이 주어진 운명이라고 믿었다. 적어도 그 순간에는 그들 모두가 신과 사랑에 빠져 있었다.

하지만 에밀리오 산도즈가 그중에서도 가장 심했다. 그는 실제로 두려움이나 불안감을 거의 느끼지 않았다. 모두들 조종간이나 안전띠나 팔걸이나 누군가 다른 사람의 팔에 매달려 있을 때, 그의 양손은 활짝 열려 있었다. 지겹도록 이어지던 엔진의 비명이 마침내 잦아들고, 귀가 멀지 않았나 의심스러울 정도의 정적이 찾아왔다. 산도즈는 너무도 자연스러워 보이는 동작으로 에어록에 들어가 해치를 열었다. 그리고 혼자서 밖으로, 지구에서는 결코 알지 못했던 낯선 항성들의 햇빛 속으로 걸어 나갔다. 그는 미지의 식물들이 발산한 기체를 가슴 가득 들이쉬며 무릎을 꿇고 기쁨의 눈물을 흘렸다. 한참 동안 그렇게 기도를 드리자 내면의 공허함이 채워지는 것이 느껴졌다. 또한 신에 대한 자신의 사랑이 완전해졌다는 진심 어린 믿음이 찾아왔다.

산도즈가 비틀거리며 일어나더니, 웃다가 울다가 눈부시게 밝은 표정으로 양팔을 활짝 벌린 채 몸을 돌려 사람들에게 돌아왔다. 그 모습을 본 사람들은 하나의 영혼이 초월성을 획득하는 장면을 목격하고 있다고 느꼈다. 그리고 자신들이 남은 생애 동안 이 순간을 기억하리라는 사실을 깨달았다. 그들은 각자 착륙선에서 내리며 어느 정도는 산도즈와 같은 아찔한 환희를 경험했다. 마치 기계로 만들어진 자궁에서 몸을 떨고 눈을 깜빡이며 빠져나오듯, 그들은 새로운 세계에 다시 태어나는 느낌을 받았다.

심지어 앤조차, 이성적인 앤조차, 그와 같은 느낌을 즐겼다. 그리고 이런 기분이 단지 죽음을 피했다는 안도감 때문이거나, 얼굴이 붓고 다리가 가늘어졌던 증세가 역전되면서 뇌의 혈압이 급격히 떨어지는 현상이 더해졌기 때문이라고 큰 소리로 떠들어서 분위기를 망치지는 않았다. 그들 중 누구도, 믿음에 대한 어떤 소망도 지니고 있지 않은 조지조차, 이런 초월적인 느낌으로부터 완전히 예외는 아니었다.

그리고 황홀할 정도로 유쾌한 나날이 이어졌다. 에덴동산에 소풍을 온 아이들처럼 그들은 보이는 모든 생물에 이름을 붙였다. 날잡쉬풀, 코끼리새, 깡총이 그리고 뚜벅이, 새까만 예수회 수사와 갈색의 프란시스파 수사, 부글이와 꿈틀이, 빨대코와 복슬꼬리. 초록색 꼬마와 파란 등과 예쁜이, 그리고 허리를 굽힌 채 걸어 다니며 먹이를 찾는 리처드 닉슨. 또한 수도회 목록을 완성하기 위해, 검은색에 흰색 줄무늬가 있는 녀석은 도미니크회 수사라고 이름 붙였다. 씨앗이 거북이 등딱지와 비슷하게 생긴 거북나무도 있었고, 갈색 꽃이 땅콩처럼 붙어 있는 땅콩덤불도 있었다. 잎사귀가 장미꽃잎처럼 부드러운 식물은 아기다리라 불렀고, 암퇘지 귀 모양의 나뭇잎이 달린 나무는 돼지나무라고 불렀다.

행성에는 생물이 번성하는 데 필요한 모든 환경이 존재했다. 날아다닐 대기, 헤엄칠 물, 파고들 흙, 먹이가 될 뿐 아니라 몸을 숨길 수도 있는 초목까지. 형태는 기능을 따른다는 원리는 지구와 마찬가지였다. 이 행성의 생물들 역시 햇빛을 받기 위해 높이 올라가고, 짝짓기를 위해 자신을 뽐내고, 씨앗을 잔뜩 뿌리거나 혹은 몇 안 되는 새끼를 잘 돌보고, 밝은 색상으로 포식자에게 독이 있음을 경고하고, 눈에 잘 띄지 않기 위해 보호색을 사용했다. 하지만 동물 진화의 순수한 아름다움과 독창성은 숨이 막힐 정도였고 식물의 화려함은 넋이 나갈 정도였다.

진화론과 다윈의 적자생존에 대한 지식 덕분에 보는 눈이 남들과 다른 앤과 마크는 무엇이든 발견할 때마다 즐거워서 어쩔 줄을 몰랐다. 비록 내포된 의미는 달랐지만, 그들은 계속해서 같은 말을 반복해서 외쳤다. "오 하느님, 정말 멋져!" 그리고 나머지 사람들이 지쳐서 바닥에 눕고 싶어진 후로도 한참이나 더, 부드럽지만 다급한 앤과 마크의 목소리가 들려왔다. "와서 이것 좀 봐요! 어디 가 버리기 전에 빨리 와 봐요!" 이런 외침은 일행 모두가 아름다움과 신기함과 놀라움에 질릴 때까지 계속되었다.

야브로는 바다 위로 진입했고, 마치 마약 밀수꾼처럼 우듬지라고 부를 만한 것들 위를 낮게 날았다. 그는 개활지를 발견하자마자, 마크가 점찍었던 평원까지 가지 않고 그 자리에 착륙하기로 신속한 결정을 내렸다. 나무들 사이의 틈을 메우고 자란 키 크고 무성한 풀숲 덕분에 일행은 안전하게 숨어 있다는 느낌을 받았다. 날씨가 맑을 때면 그들은 야외에서 무기도 지니지 않은 채로 잠들었다. 대형 포식자나 공격적인 독충을 걱정하기에 그들은 너무 무지하거나 혹은 너무 신실했다. 갑자기 폭우가 쏟아지면 천막 밑에 들어가 피했지만, 흠뻑 젖을 때까지 비를 맞는 경우도 흔했다. 아무도 신경 쓰지 않았다. 밤은 너무 짧았고 낮은 너무 따뜻해서, 옷이 아무리 젖어도 금세 말랐다. 그들은 마치 모닥불 옆의 개들처럼 나뭇잎 아래서 낮잠을 즐겼고, 따스한 햇볕을 쬐며 꾸벅꾸벅 졸았다.

그렇게 졸고 있을 때조차 그들은 주위 환경을 온몸으로 느꼈다. 바람에 실려 오는 수천 가지 나무들의 향기는 박주가리, 소나무, 앉은부채, 레몬, 재스민 혹은 잔디 내음 같기도 한 동시에 그중 무엇과도 달랐다. 다른 세계의 박테리아에 의해 초목이 부패하는 냄새는 축축하고 진했다. 그런 냄새들을 하나하나 인지하고 분류하기에는 그들이 깔고 앉는 바람에 으깨진 수풀에서 풍기는 떡갈나무 향내가 너무 강했다. 세 번의 여명과 세 번의 석양이 오가는 긴 하루마다, 소리는 지저귐부터 끽끽거림, 윙윙거림에 이르는 다양한 합창으로 바뀌었다. 때로는 그런 소리를 내는 동물을 알아맞힐 수도 있었다. 날카로운 쉭쉭거림은 그들이 초록색 꼬마라고 부르는, 도마뱀과 닮은 생물이 내는 소리였다. 깜짝 놀랄 만큼 커다란 마찰음은 비늘로 뒤덮인 작은 두 발 동물이 숲속에서 자신의 영역을 지키느라 내는 소리였다. 하지만 대부분의 경우, 소리들은 일행 중 몇몇이 숭배하는 신처럼 수수께끼로 가득했다.

개활지 너머에 대한 정찰은 언제나 짝을 지어, 착륙선과 야영지에서 보이고 들리는 범위 안에서만 제한적으로 이루어졌다. 하지만 너무 오랜 시간을 함께 보낸 나머지, 일행 모두는 이따금 야브로가 세운 규칙을 어기고 혼자 있으려 들었다. 조용히 그간의 경험을 돌이켜 생각하고 이해한 다음 또 다른 경이 속으로 전진할 준비를 마칠 시간이 필요했기 때문이다. 그래서 소피아는 산도즈가 마치 사암처럼 층을 이룬 바위에 등을 기댄 채 어둠 속에 홀로 앉아 있는 모습을 발견하고 놀라지 않았다. 잠이 들었는지 두 눈은 감겨 있었다.

때로는 현실이 만화경 속의 색유리 조각처럼 갑자기 변하는 순간이 있다고, 나중에 소피아는 생각했다. 자신을 의식하지 못한 채 휴식을 취하고 있는 산도즈를 내려다보며 그녀는 문득 그가 더는 젊지 않다는 사실을 깨달았다. 그리고 자신에게 밀려드는 감정의 파도에 놀랐다.

산도즈는 항상 일하거나 웃거나 공부하고 있었으며, 그의 활력과 유머는 나이를 잊게 했다. 소피아는 산도즈와 함께 일하면서 그의 삶에 대해 어느 정도 알게 되자, 그를 자신과 동류로 인식했다. 그는 언제나 새로운 환경과 장소에서, 새로운 언어로 새로운 사람들과 함께 새로운 임무를 시작하고 또 시작하는 영원한 초보자였다. 이는 두 사람의 공통점이었다. 그들은 끊임없이 밀려드는 변화에 대처하며 마치 온실 속의 작물처럼 강제로 빨리 꽃을 피워야 했고, 아무리 불가능해 보이는 일이라도 단지 적당한 수준을 넘어 훌륭하고 우아하게 해내며 희열을 느꼈다.

산도즈는 유연하고 적응력이 뛰어나지만 권위적이지는 않았다. 어쩌면 주문에 맞춰 일하면서 자신이 숙련된 장인이라고 느끼고 있을지도 몰랐다. 소피아는 그가 살아오는 동안 단 한 번이라도 누구에게 직접적으로 명령을 내린 적이 있을까 하는 의문이 들었다. 또한 만약 자기가 에밀리오 산도즈로부터 언어를 배웠다면 명령형이 존재한다고 상상이라도 할 수 있었을지 궁금했다. 아마도 이 모든 점이, 그녀가 언제나 어느 정도는 미성숙하다고 여기는 산도즈의 개성을 이루는 데 공헌했을 터였다. 그처럼 지적이고 활기찬 성인이 권위에 기꺼이 복종하다니 이상한 일이지만 예수회의 수련 과정은 바로 그런 면에 중점을 두고 있었다. 그에게는 유치하진 않지만 분명 어린아이 같은 면이 있었다. 그러나 소피아는 이제 산도즈의 처진 눈꺼풀과, 처음 만났을 때보다 훨씬 깊어진 입가 주름을 알아볼 수 있었다. 이 사람은 반평생을 질투심 많은 신에게 바쳤다고 소피아는 생각했다.

'그리고 내 삶의 아마 3분의 1 정도는 주베르에게 바쳤지. 그리고 그 전에는…… 내가 어떻게 다른 사람에게 삶을 낭비했다고 말할 수 있을까?'

소피아는 산도즈에게 좀 더 가까이 다가갔다. 푹신한 부엽토와 풀더미가 그녀의 발소리를 흡수했다. 소피아는 거의 무릎을 꿇다시피 자세를 낮췄다. 그녀의 손이 산도즈의 얼굴 가까이 드리워진, 검은색과 은색이 뒤섞인 머리카락으로 향했다. 그녀는 마치 나비를 잡을 때처럼 조심스럽게 손가락을 뻗었다. 그녀가 움직이는 기척에 산도즈가 눈을 떴다. 그리고 소피아는 자기도 모르게 앤으로부터 배운 수법을 이용해 속마음을 숨겼다.

"산도즈!" 그녀는 산도즈의 머리카락을 가볍게 쥐고 장난스럽게 그의 눈 쪽으로 잡아당겼다. "이걸 좀 봐요! 머리가 세고 있어요, 할아버지."

산도즈가 웃음을 터뜨렸다. 소피아는 마주 미소 지으며 자세를 바로하고 주위를 둘러봤다. 마치 그녀가 방금 외면한 남자보다 더 흥미로운 무언가가 이 세상에 존재한다는 듯이.

"그래서, 당신은 스스로의 선택에 만족합니까?" 대답이 없자 산도즈가 다시 한번 물었다. "여기 와서 행복한가요?"

"네, 나 자신의 선택에 만족해요." 소피아는 양손을 다 들어 숲을 가리킨 다음 산도즈를 향해 돌아섰다. "이 광경만으로도 그 모든 수고를 할 만한 가치가 있었잖아요, 안 그래요?"

소피아는 산도즈가 과거의 자신이 어땠는지 알고 있다는 사실을 늘 의식했고, 그런 점이 자신에 대한 그의 생각에 어떤 그림자를 드리우고 있는지 신선한 궁금증을 느꼈다.

"어젯밤에 꿈을 꿨어요." 산도즈가 그녀에게 말했다. "난 공중에 떠 있었죠. 그리고 꿈속에서, 나 자신에게 말했어요. 왜 전에는 한 번도 날 생각을 안 해 봤지? 이렇게 쉬운데."

"렘(REM)수면을 매개로 한 수상돌기 형성 과정이네요. 당신의 뇌가 오랜 무중력 상태 이후에 입력된 이 모든 새로운 감각들을 조직화하려고 시도하는 거예요."

산도즈가 눈을 가늘게 뜨고 소피아를 바라봤다.

"당신 앤과 너무 많은 시간을 함께 보내는 것 같아요. 이번 임무의 여자들은 죄다 왜 이 모양일까?" 그가 갑자기 물었다. "내가 사전에서 따분함이라는 말을 찾아보면, 아마 이렇게 나와 있을 겁니다. '시적인 심상에 대한 면역성. 멘데스, 소피아 항목을 참조할 것.' 난 그 꿈이 종교적인 계시라고 생각했어요."

'기도하고 있었구나.' 소피아는 깨달았다. '자고 있었던 게 아니라.' 산도즈의 목소리는 밝고 장난스러웠다. 하지만 이 땅에 내리던 날 산도즈의 얼굴을 봤던 소피아는, 그가 진심으로 말하고 있다는 사실을 알 수 있었다. 그녀는 자신에게 밀려드는 감정을 파악하고 그 이름을 알아내기 위해 애썼다. 그리고 그것이 다름 아닌 애정이라는 사실을 깨달았다. '그건 불가능해, 이런 일이 일어나게 놔둘 수는 없어.'

산도즈가 말을 계속했다.

"날 괴롭히는 것 말고, 다른 용건이라도……?"

소피아가 눈을 깜빡였다.

"아, 그래요, 있어요. 일할 시간이에요. 앤이 당신을 찾아오라고 했어요."

"누가 다쳤나요?" 산도즈가 일어서며 물었다.

"아뇨, 하지만 로비쇼가 현지 음식 공급원에 대한 실험을 시작할 준비를 마쳤대요. 앤은 자기가 반응을 관찰할 때 당신이 도와주기를 바라고 있어요."

그들은 사이좋게 장난을 치며 야영지로 돌아갔다. 하지만 소피아는 산도즈와 거리를 두려고 애썼다. 그녀는 여태까지 오랫동안 산도즈 혼자서 두 사람 모두를 위해 짊어지고 있던 짐을, 결국 자기도 모르게 나누게 되었다는 사실을 드러낼 만한 행동은 하지 않았다. 소피아 멘데스는 어쨌거나, 자신의 것이든 다른 사람의 것이든 불문하고 감정을 차단한 덕에 지금껏 살아남을 수 있었다. 지나간 시절에 그녀 자신을 보호하기 위해 익혔으며 이제는 다른 사람을 위해 명예롭게 사용해야 할 기술이었다. '나는 멘데스야. 내가 할 수 없는 일은 없어.'

앤은 노트북에서 눈을 들어 산도즈와 소피아가 다른 사람들과 합류하는 모습을 바라봤다. '결국 일이 그렇게 됐군.' 앤은 그렇게 생각했지만 곧 당면한 일에 주의를 집중했다.

그녀가 천막 실험실 앞에 둘러앉은 일행에게 말했다.

"고기부터 시작해 볼 거예요. 마크가 먼저 시도하고 싶어 했지만, 0G에서 대부분의 시간을 토하는 일에 소비했으니 더 무리하지 않는 편이 낫다고 판단했어요. 지미는 덩치도 크고 건강한 데다 입 근처에 가져다 두기만 하면 아무거나 잘 먹어요. 난 이 고기가 독성이 있다고 해도 지미는 살아남을 거라고 생각해요." 지미는 웃음을 터뜨렸지만 약간 긴장하고 있는 것처럼 보였다. 앤이 하는 말은 농담이 아니었다. "에밀리오, 당신과 나는 다음 24시간 동안 교대로 지미를 지켜볼 거야. 먼저 내가 세 시간 동안 관찰하고 그다음 당신이 계속하는 거지."

"뭘 관찰하면 되죠?" 산도즈가 앨런과 조지 사이에 앉으며 물었다.

"처음 한 시간 안팎에 구토가 있는지 살피고, 다음에는 복부의 통증, 그러고 나서는 내장의 통증 여부를 봐야지. 그리고 설사를 하는지, 한다면 단순히 성가신 정도인지 많이 괴로울 정도인지 아니면 생명이 위험할 정도인지 파악하고. 그리고 또……" 그녀는 계속해서 지미를 쳐다보며 진지하게 말했다. "뇌에서 뇌졸중과 같은 출혈이 발생하거나, 장이나 간 그리고 신장에 크고 작은 손상을 입을 가능성도 있어. 그런 손상은 일시적일 수도, 영구적일 수도 있지."

"국립 보건원은 이런 실험을 절대 허가하지 않을 거예요." 지미가
말했다.

"실험실의 쥐들이 완벽한 필체로 동의서에 서명한다고 해도 허가하
지 않겠지. 하지만 우리는 연구 승인을 받으려고 하는 게 아냐. 지미,
너도 위험성은 알고 있지? 마크와 내가 100번이 넘게 실험했지만, 식
물이나 동물처럼 복합적인 구조는 무한에 가까운 화합물을 포함하고
있어. 네가 포기하면 자기가 먼저 하겠다고 앨런이 자원했어."

지미는 포기하지 않았고, 그들은 초록색 꼬마의 고기를 조금 불에
구웠다. 그 동물은 수가 많을 뿐 아니라 잡기도 쉬웠기 때문이다. 모두
지미가 첫 번째 시식을 준비하는 모습을 지켜보고 있었다.

마크가 지미에게 지시했다.

"그냥 30초 동안 입 안에 넣고 있다가 뱉어 버려요, 알겠죠? 입술이
나 입 안이 따끔거리거나 얼얼하진 않습니까?"

"아뇨, 맛이 괜찮은데요. 소금을 좀 뿌리면 더 낫겠어요. 꼭 닭고기
맛이 나요."

사람들은 지미가 예상했던 대로 신음 소리를 냈다. 그는 환하고 행
복한 미소로 답했다.

"자, 이제 한 입 더 물고 이번에는 삼켜 봐요." 마크가 지미에게 말했
다. 지미는 작은 다리 한 쌍에 달린 고기를 전부 먹어 치웠다. 그러자
마크가 소리를 질러서 다들 깜짝 놀랐다. 마크도 소리를 지를 줄 안다
는 사실을 몰랐기 때문이다. "다신 그러지 마세요, 알겠습니까? 실험에
는 절차가 있고 그건 지켜야 한단 말입니다!"

지미가 멋쩍어하며 사과했지만, 그가 감수한 위험에도 불구하고 이
후 24시간 동안 아무런 부작용은 없었다. 그들이 마셨던 빗물과 마찬

가지로 초록색 꼬마의 고기도 인체에 무해한 모양이었다.

그리고 실험은 계속되었다. 지미는 사람들이 채집한 먹거리를 각각 한 입씩 맛보았다. 지미에게 별 탈이 없다면, 앨런과 야브로가 다음 차례로 시도하고 그다음에는 조지와 마크, 그리고 마지막으로 소피아가 먹어 볼 예정이었다. 앤과 산도즈는 통제 집단의 역할을 하면서 그들이 맛본 음식물을 기록하고 그 반응을 추적하며, 누군가 탈이 나면 응급 처치를 하기로 했다. 지미가 처음에 경솔하게 행동했던 때를 제외하고는 모두들 마크가 세워 둔 절차를 철저하게 준수했다. 누구든 따끔거림이나 얼얼함을 느낀다면 잠재적인 독성을 의미했다. 그런 음식은 꼼꼼하게 기록한 뒤 다시는 시도하지 않았다. 따끔거림이나 얼얼함이 없다면 그 음식은 어느 정도 맛이 있다는 얘기였고, 그러면 한 입 더 베어 물고 이번에는 삼켰다. 15분을 기다린 다음 좀 더 먹어 봤다. 한 시간이 지나면 다시 상당량을 섭취한 만큼 지미처럼 운이 좋기를 바랐다.

그들은 많은 종류를 맛 때문에 제외했다. 대부분의 나뭇잎은 너무 썼고, 과일은 너무 신맛이 강했다. 어떤 과일은 맛이 아주 좋았지만 지미조차도 설사를 했다. 앨런이 한 번 발진을 일으켰고, 마크도 한 차례 구토를 했다. 하지만 조금씩 인체에 무해해 보이는 먹거리의 목록이 늘어났다. 다만 그런 음식에서 어떤 유용한 영양분을 얻을 수 있는지는 아직 미지수였다. 그 점을 알기 위해서는 시간이 필요했고, 주로 지구에서 가져온 음식물로 이루어진 식단에서 현지의 먹거리로 구성된 식단으로 천천히 변경해야 했다.

새로운 행성이 너무나 마음에 들고 만족스러웠기에 일행은 몇 주 동안이나 스텔라 마리스 호로 돌아가지 않았다. 그들은 행성의 아름다움에 찬탄하고, 해들의 따스함을 즐기며 숲속에서 안전하게 지냈다. 마침내 식량까지 자급자족할 가능성이 보이자, 아직 이름도 모르는 이 행성이 마치 고향처럼 느껴졌다. 그들은 이 행성이 자신들을 보살피고 환영한다고 믿었다.

최초의, 그리고 유일한 나쁜 징조는 단순히 어느 날 아침 앨런이 늦잠을 잔 일이었다. 그때쯤은 규율이 많이 느슨해져 있어서, 야브로도 처음에는 내버려 두다가 아침 식사를 하라고 그를 깨웠다. 장난스럽게 앨런을 발끝으로 툭툭 치던 그는 곧 걱정스럽게 그의 어깨를 잡고 흔들었다. 아무런 반응도 없자 야브로는 앤을 소리쳐 불렀다. 앤은 사태가 심상치 않음을 직감하고 의료 도구를 가져왔다.

앨런의 이름을 부르고 계속 말을 걸면서 앤은 진찰을 했다. 기도는 열려 있었다. 호흡과 심박은 불규칙했다.

"앨런, 일어나렴. 이제 그만 일어나, 아침 먹어야지." 앤은 앨런에게 어머니의 목소리처럼 들리기를 바라며 그렇게 말했다. 야브로는 성사 의례를 시작했다. 동공이 팽창한 채로 고정되어 있었다. "페이스 신부님! 이러다 미사에 늦겠어요!"

어떤 방법도 소용이 없었다. 그들은 갖은 수단으로 앨런의 의식을 깨워 돌아오게 하려고 애썼다. 맥박이 약했다. 만약 응급실이었다면 앤은 한 팀 전체를 불러 모아 앨런의 호흡기에 관을 삽입하고 전기 충격을 가했을 것이다. 그녀는 환자의 심장 박동이 완전히 멈출 때까지, 아니 그 이후에도 포기하지 않도록 훈련받았다. 15분 후, 누군가 앤의 어깨에 손을 얹고 끌어당겨 인공호흡을 멈추게 했다. 앤도 이해하며 앨런을 포기했지만 여전히 축 늘어진 손을 놓지 않았다. 결국 야브로가 앤을 떼어 놓고 그녀가 잡고 있던 손을 앨런의 차갑게 식어 가는 가슴 위에 올려놓았다.

"부검해야겠어요." 앤이 말했다. 야브로는 말없이 고개를 끄덕였다. 그들은 원인을 알아내야 했다. "당장 시작해야 해요. 시신을 보존할 방법이 없으니, 이 온도에서는……."

"무슨 말인지 알겠소. 그렇게 합시다."

앤이 하는 일에 대해 누구보다 잘 아는 조지가 부검을 도왔다. 앤과 조지는 허리 높이의 탁자를 가져다 놓고, 착륙선에서 가져온 방수포로 주위를 가렸다. 조지는 앤이 부검하는 중간중간 손을 씻을 수 있도록 가까운 시내에서 물을 한 통 가득 떠 왔다. 그리고 검은색 플라스틱 물주머니를 전부 가득 채워 따뜻하게 데워지도록 햇볕 아래 늘어놓았다. 부검이 끝나면 앤이 몸을 씻고 싶어 할 거란 점을 알고 있었기 때문이다. 놀라서 굳어 있던 소피아가 마침내 정신을 차리고 일어나서 조지를 돕기 위해 다가갔다. 조지는 앤과 함께 쓰는 천막을 걷어 야영지로부터 조금 떨어진 자리에 다시 설치하고 있었다. 조지가 소피아에게 조용히 감사 표시를 한 후 설명했다.

"이번처럼 앤이 환자를 살리지 못했을 때는 함께 있기가 힘들다오. 저이의 그런 모습에는 결코 익숙해질 수가 없을 거요. 부검이 끝나면 한동안 앤을 혼자 있게 해 주는 게 좋아요."

그러는 동안 산도즈는 앨런의 몸을 들어서 투박한 탁자 위에 올려놓는 일을 도왔다. 그리고 야브로와 지미, 마크가 방수포 바깥으로 나간 다음에도 여전히 남아 있었다.

"내가 조수 역할을 할까요?"

산도즈는 진심으로 그렇게 물었지만 얼굴은 이미 창백해져 있었다.

"됐어." 앤이 퉁명스럽게 말하더니 목소리를 부드럽게 바꿨다. "이런 장면은 보지 않는 편이 좋아. 들릴 만큼 가까이 있지도 말아. 난 천 번도 넘게 부검을 해 봤어, 에밀리오. 이런 일에 익숙하다고."

하지만 앤으로서도 이런 경우는 처음이었다. 부검했던 시신들은 이렇게 생생하지도 않았고, 친구도 아니었다. 사실 이번 부검은 살아오며 겪었던 수많은 참담한 경험 중에서도 최악이었다. 그리고 가장 부질없는 짓이기도 했다. 몇 시간 후, 앤은 앨런의 시신을 봐 줄 만한 상태로 수습한 뒤 신부들을 불렀다. 그들이 앨런에게 수의를 입힌 후 또다른 방수포로 감쌌다. 요란한 노란색을 띤 플라스틱 천은 그 안에 가려진 죽음만큼이나 부적절하고 받아들이기 어려웠다.

어느새 땅거미가 지고 있었다. 사람들은 작은 모닥불 주위에 둘러앉아 근처에서 물이 떨어지는 소리를 들었다. 앤은 자신의 몸에서 피와 뇌수와 배설물과 위장 속에 들어 있던 내용물을 씻어 내고 냄새를 없애기 위해 비누칠을 했다. 그러면서 조금 전에 본 장면과 들었던 소리를 머릿속에서 몰아내려는 헛된 노력을 계속했다. 잠시 후 그녀는 젖은 머리카락을 말리며 많이 차분해진 표정으로 옷을 갖춰 입고 나타났다. 주위가 너무 어두워서 야브로는 앤이 얼마나 피곤하고 화난 상태인지 알아보지 못했다. 어쩌면 앤이 단련된 전문가로서 죽음에 둔감할 거라고, 그래서 이번 일이 그녀에게 어렵지 않았을 거라고 생각했는지도 모른다. 그래서 그는 앤을 모닥불 근처로 불러 결과를 물었다.

"앤을 내버려 두시오." 조지가 앤을 끌어안고 천막 쪽으로 돌려세우며 말했다. "내일 들어도 늦지 않소."

"아뇨, 괜찮아요." 하지만 앤의 표정은 전혀 괜찮지 않아 보였다. "오래 걸리지 않을 테니까. 분명한 사인을 찾을 수 없었어요."

"발진이 있었어요, 박사님. 어쩌면 먹었던 과일에 알레르기 반응을 일으킨 게 아닐까요?" 마크가 조용히 의견을 제시했다.

"그건 며칠 전의 일이었어요." 앤이 참을성 있게 말했다. "그리고 발진은 아마 접촉성 피부염일 거예요. 혈중 히스타민 농도가 높아진 흔적은 없었어요. 하지만 그래도 앨런이 어제 먹었던 음식은 전부 우리 목록에서 제외해야 해요."

앤이 다시 몸을 돌려 천막 쪽을 향했다. 거기서 조지와 함께 눕고, 그의 팔에 안겨 자신이 살아 있다는 것을 상기하며 그 사실에 기뻐하고 싶었다.

"동맥류는요?" 산도즈가 물었다. "어쩌면 혈관이 이미 파열되기 직전의 상태였다가 마침 지금 터졌는지도 몰라요."

그들은 구체적인 사실에서 위안을 얻고 싶어 했다. 앤은 그 점을 깨달았다. 죽음과 마주하면 사람들은 이유를 찾는다. 죽음의 자의성과 그에 대한 무지로부터 자신들을 보호하기 위해서였다. 앤은 24시간 동안 깨어 있었다. 나머지 일행도 마찬가지였지만 그들은 그저 기다리기만 했다. 앤은 허리에 손을 얹고 땅바닥을 응시하며, 분노를 가라앉히기 위해 숨을 깊이 들이쉬었다. 그러고는 부드럽지만 명확하게 말했다.

"에밀리오. 난 이 상황에서 할 수 있는 한 철저하게 부검을 했어. 얼마나 더 상세하게 알고 싶은 거야? 내출혈 흔적은 어디에도 없었어. 심장이나 폐에 혈전도 없었어. 소화 기관에 염증도 없었지. 폐에 물이 찬 것도 아니야. 간은 특히 상태가 좋았어. 신장과 방광이 감염되지도 않았고. 뇌졸중도 아니야. 뇌는……." 목소리를 차분하게 유지하기가 힘들었다. 뇌가 해부하고 조사하기 가장 어려운 부위였기 때문이다. "멀쩡했어. 내가 알려진 사인을 선언할 수 있을 만한 어떤 육체적 징후도 없었어. 앨런은 그냥 죽었어. 왜 죽었는지는 나도 몰라. 사람들은 언젠가 모두 죽어. 알겠어?"

앤은 다시 한번 돌아서서 걸어가려 했다. 어딘가 혼자 앉아서 울 수 있는 장소가 필요했다. 그리고 야브로가 이렇게 물었을 때, 거의 비명을 지를 뻔했다.

"다리에 있던 물린 자국은 어떻소? 그리 크진 않았고 우리 모두 물린 적이 있긴 하지만, 어쩌면……. 앤, 뭔가 이유가 있을 게 틀림없소."

"이유를 원해요?" 앤이 야브로를 돌아보며 물었다. 그는 그녀의 말투에 놀라서 말을 멈추고 자신의 상념으로부터 빠져나왔다. "이유를 원하냐고요. Deus vult, pater.(신의 뜻이에요, 신부님.) 신이 그가 죽기를 원했어요, 신부님. 됐나요?"

앤은 야브로에게 충격을 주기 위해, 그들 모두에게 충격을 주고 입을 다물게 만들기 위해 그렇게 말했다. 그리고 자기 뜻대로 되는 모습을 보고 쓰디쓴 기쁨을 느꼈다. 그녀는 야브로가 말을 중간에 멈추고 입을 벌린 채 꼼짝도 하지 않는 모습을 보았다. 마크는 자신이 습관적으로 외치던 말을 앤이 그런 식으로 잔인하게 사용한 데 놀라서 눈만 깜빡거리고 있었다.

"왜 그렇게 받아들이기가 힘들죠, 여러분?" 앤이 차가운 시선으로 물었다. "왜 좋은 일이 있을 때는 하느님 덕분이라고 하면서, 이따위 일이 벌어지면 의사의 잘못이 되는 거죠? 어째서 환자가 회복하면 신에게 감사하고, 환자가 죽어 버리면 의사를 탓하냐고요. 살면서 단 한 번이라도, 빌어먹을 단 한 번이라도 누군가 환자의 죽음에 대해 신을 탓하는 말을 들어 봤으면 좋겠어요. 내가 아니라요."

"앤, DW는 당신을 탓하는 게 아니에요."

지미의 목소리였다. 앤은 조지가 자신의 팔을 잡는 것을 느꼈지만 몸을 흔들어 뿌리쳤다.

"염병할, 그래, 아니겠지! 다들 이유를 원해요? 내가 생각할 수 있는 이유는 하나밖에 없어요. 그리고 당신들이 그걸 좋아하든 말든 상관없어요. 난 앨런이 왜 죽었는지 몰라요. 내가 그를 죽인 게 아니에요. 젠장, 때로는 사람들이 그냥 죽어요!" 말하는 동안 앤의 목소리가 갈라졌고, 그래서 그녀는 더욱 화가 치밀어 올랐다. "설사 이 세상의 모든 의료 기술을 다 가져다가 살리려고 개지랄을 해 봐도, 설사 그가 훌륭한 음악가라도, 설사 어제까지만 해도 건강했다고 해도, 설사 죽기엔 빌어먹게 젊은 나이라도 말이에요. 때로는 그냥 죽는 거예요, 알겠어요? 이유는 신에게 가서 물어봐요. 나에게 묻지 말고."

조지는 분을 못 이겨 눈물을 흘리는 앤을 끌어안고 조용히 말했다.

"DW는 당신을 탓하는 게 아니야, 앤. 아무도 당신을 탓하지 않아."

앤도 그 사실을 알고 있었다. 하지만 그 순간에는 모든 일이 자신의 잘못처럼 느껴졌다.

"오, 젠장, 조지!" 앤이 소매로 코를 닦아 내며 속삭였다. 그녀는 울음을 멈추려고 애썼지만 실패하고 말았다. "빌어먹을. 난 앨런을 그렇게 좋아하지도 않았단 말이야." 앤이 무기력하게 지미와 소피아를 향해 돌아섰다. 그들은 어느새 그녀의 곁에 다가와 있었다. 하지만 앤이 쳐다보는 대상은 신부들이었다. "앨런은 음악 때문에 여기까지 왔는데 한 번 들어 보지도 못했어요. 이게 어떻게 공정해요? 악기들을 보지도 못했다고요. 여기까지 앨런을 데려온 이유가 뭐죠? 이렇게 죽으려고 그랬나요? 대체 신은 무슨 생각으로 이따위 빌어먹을 장난질을 허는 거냐고요?"

스텔라 마리스 호에서 지내는 오랜 기간 동안 서로 많은 이야기가 오갔다. 사람들은 여전히 저마다 간직한 비밀이 있었지만, 몇몇은 어린 시절의 기억을 남들과 공유했고 마크 로비쇼도 그중 하나였다.

마크는 일곱 살 때부터 신부가 되기로 마음먹었던 그런 종류의 남자는 아니지만, 어떻게 보면 비슷한 경우였다. 그는 다섯 살 때 급성 림프구성 백혈병으로 진단받았다. 다행히도 그 당시는 캐나다가 무상 의료 혜택을 제공하고 있었다. 그가 사람들에게 말했었다. "백혈병은 그렇게 고통스럽지도 않아요. 대부분은 그저 아주아주 피곤할 뿐이죠. 그리고 피곤한 아이가 잠을 자야 하는 것처럼 나는 죽어야 한다고 느낄 뿐이에요. 힘든 건 화학 요법이었죠."

마크의 어머니는 최선을 다했지만, 돌봐야 할 다른 아이들이 있었다. 그래서 마크의 간호는 친할머니가 맡게 되었다. 어쩌면 그녀는 자기 아들이 마크의 질병에 대한 부담감 때문에 가족을 버리고 떠난 것을 보상하기 위해 그 일을 자청했는지도 몰랐다. 할머니는 마크의 침대 머리맡에 앉아 퀘벡 주의 옛날이야기를 들려주고 손자와 함께 기도도 했다. 그리고 자가 골수 이식이라는 새로운 치료법을 사용하면 반드시 완치될 수 있다고 그를 안심시켰다.

"몇 년만 더 전이었어도 그런 종류의 백혈병에 걸리면 죽을 수밖에 없었어요. 치료법이 발견된 건 기적이었습니다. 할머니는 문자 그대로 기적이라고 확신했죠. 하느님이 저를 살렸다고 말이에요."

"당신은요, 마크?" 소피아가 물었다. "당신도 그게 기적이라고 생각했나요? 그래서 신부가 되기로 한 거예요?"

"오, 아뇨, 난 하키 선수가 되고 싶었어요." 마크가 놀라서 웃음을 터뜨리며 말했다. 사람들이 믿으려 들지 않자 더욱 목소리를 높였다. "고등학교 때 잘나가는 골키퍼였다고요!"

그 시점에서 스포츠로 화제가 넘어갔고, 다시는 마크의 어린 시절로 되돌아오지 않았다. 하지만 소피아의 말이 아주 틀린 것은 아니었다. 비록 마크 로비쇼가 삶이란 하느님의 선물이라고, 주는 것도 거둬 가는 것도 그분의 뜻이라고 분명히 깨닫게 된 때는 그로부터 10년이나 지난 후였지만 말이다.

마크의 할머니가 지녔던 묵주는 그와 함께 라카트까지 왔고, 모든 생명은 나약하고 덧없으며 신만이 영원하다는 그의 확신도 마찬가지였다. 그러나 마크는 앤이 자신의 의문에 대한 그런 답변을 부적절하고 불만족스럽게 여기리라는 점을 알고 있었다. '왜?' 그녀는 이렇게 물을 것이다. '왜 꼭 그런 식이라야 하는 거죠?'

라카트의 첫 번째 태양이 떠오르기 몇 시간 전, 마크가 앨런의 시신을 지키는 동안 지미는 천막 사이를 오가며 귀를 기울이고, 동의하고, 합의점을 찾고 메시지를 전달했다. 마크는 일행 모두가 한 번씩은, 언젠가 앨런 페이스가 문제를 일으킬지도 모른다고 남몰래 생각한 적이 있다는 사실을 알고 있었다. 하지만 그들 중 누구도 이런 식의 문제는 예상하지 못했다. 또한 다른 사람도 아닌 앤 때문에 다툼이 생길 줄은 꿈에도 몰랐다.

밤의 소음이 잦아들고 오렌지빛 태양이 떠오르기 시작하자, 마침내 지미가 개활지를 가로질러 마크에게 다가왔다. 마크가 조용히 말했다. "중재자에게 축복 있으라, 외교 활동은 잘 돼 갑니까?"

지미는 해가 떠오르는 쪽이라 그들이 동쪽이라고 부르는 방향을 바라봤다. 그리고 손가락을 꼽아 가며 사람들의 이야기를 정리했다.

"조지는 DW가 앤을 너무 몰아붙인 게 잘못이라고 생각하고 있어요. 앤은 자기가 화를 냈다는 사실을 부끄러워하면서 20년 동안의 좌절이 한꺼번에 떠올라서 그랬다고 말하고요. DW는 그 점을 이해하면서 앤이 기운을 차리도록 기다렸어야 했다며 후회하고 있어요. 에밀리오도 앤을 이해하지만 마크 당신의 기분이 상했을까 봐 걱정하고 있고요. 소피아는 욥이라도 앤의 질문에 답하지는 못했을 거라면서 욥이 신에게 직접 물어봐야 한다고 말하던데요."

예상치 못하게 마크가 미소를 지었다. 오렌지색 햇빛이 숲의 동쪽 끝을 뚫고 들어와 마크의 희끗희끗한 머리카락에 닿았고, 그를 마치 젊은 시절처럼 금발로 되돌려 놓았다. 마크는 눈부시게 아름다운 아이였고 중년에 접어든 지금까지도 얼굴선이 좀 더 부드러워졌을 뿐, 여전히 사랑스러운 미모를 간직하고 있었다.

"미안하지만 야브로 신부님께 내가 오늘 미사를 집전하겠다고 전해 주겠습니까? 그리고 에드워즈 박사님더러 꼭 미사에 참석해 달라고 말해 줄 수 있죠?"

지미는 마크가 더 할 말이 있을까 해서 기다렸지만, 신부는 그저 조용히 돌아섰다. 오래된 묵주에 달린 구슬들이 오직 마크만, 아니 어쩌면 신 역시도 들을 수 있는 부드러운 리듬을 타고 다시 돌아가기 시작했다.

추도 미사가 시작되기 전에 앨런을 여기 묻어야 하는지, 화장해야 하는지 아니면 스텔라 마리스 호로 옮겨야 하는지를 놓고 짧지만 치열한 토론이 벌어졌다. 문제는 앨런의 몸에 있는 박테리아가 이 행성의 생태계를 오염시킬지도 모른다는 점이었다. 앤은 마크가 자신과 같은 입장을 취하자 크게 안도했다.

"우리는 착륙선에서 내린 순간부터 생태계에 영향을 주고 있어요." 앤이 하도 울어서 쉬어 버린 목소리로 말했다. "우리는 호흡하고 구토하고 배설하고 머리카락과 피부 조직을 떨어뜨렸죠. 우리가 가져온 박테리아는 이미 죄다 퍼졌다고요."

"환상을 갖지는 맙시다." 마크 로비쇼가 거들었다. "우리의 존재는 이미 이 행성 역사의 일부가 되었습니다."

그래서 그들은 무덤을 팠고, 노란 방수포에 쌓인 시체를 그 가장자리에 가져다 놓았다. 부활 전례가 시작되었고, 때가 되자 마크는 앨런 페이스와 그가 작곡한 음악의 아름다움과 불과 몇 주 전에 그가 완전한 노래들을 들으면서 누렸던 기쁨을 이야기했다.

"이번 항해에서 앨런을 위한 보상이 없지는 않았습니다. 하지만 앤의 질문은 여전히 남아 있습니다. 왜 하느님은 그를 여기까지 데려와서, 이제 죽게 내버려 뒀을까?" 마크는 잠시 말을 멈추고 소피아를 쳐다봤다. "유대인 현자들은 우리에게 성경의 처음 다섯 권을 포괄하는 토라 전체가 신의 이름에 관한 내용이라고 말합니다. 그렇게 많은 이름을 가지고도 그들은 묻습니다. 신에게는 얼마나 더 많은 모습이 있는가? 교회의 신부들은 하느님이 수수께끼이며 인간이 알 수 없는 존재라고 말합니다. 하느님 자신도 성서에서 '나의 길은 너희의 길과 다르며 내 생각은 너희의 생각과 다르도다.'라고 말씀하고 있습니다."

숲속의 소음은 이제 사라지고 없었다. 세 개의 태양이 한꺼번에 뿜어내는 열기 때문에 한낮에는 많은 동물이 그늘로 들어가 오수를 즐겼다. 신부들도 속인들도, 모두 더위에 지쳐서 마크가 이만 끝내기를 바랐다. 하지만 마크는 앤이 자신과 눈을 마주칠 때까지 기다렸다가 말을 이었다.

"인류는 앤이 어젯밤 한 것과 같은 질문을 던지지만 결코 쉬운 답을 얻지 못합니다. 어쩌면 우리가 답을 이해하지 못하기 때문일 수도 있고, 하느님의 방식이나 하느님의 생각을 알 수 없기 때문일 수도 있습니다. 결국 우리는 단지 아주 영리한 꼬리 없는 원숭이에 지나지 않으며, 최선을 다해도 한계는 있습니다. 어쩌면 우리는 알 수 없는 존재를 알 수 없기 때문에, 모두 불가지론자가 될 수밖에 없는지도 모릅니다."

산도즈가 고개를 들고 마크를 쳐다봤다. 산도즈의 얼굴은 매우 평온했다. 마크는 그 사실을 눈치채고 미소를 지었지만, 이야기를 계속했다.

"유대인 현자들은 또한 우리에게 이렇게 말합니다. 신은 자신의 아이들이 논쟁으로 자신을 이길 때, 아이들이 스스로의 힘으로 일어서서 머리를 사용할 때 춤을 춘다고 말입니다. 그래서 앤이 한 것과 같은 질문은 물어볼 가치가 있습니다. 인간이 그런 의문을 품는 것은 당연한 일입니다. 우리가 계속해서 하느님께 답을 내놓으라고 요구한다면, 언젠가는 전부 이해할 수 있을지도 모릅니다. 그리고 그런 날이 오면 우리는 영리한 원숭이 이상의 존재가 되어, 신과 함께 춤출 것입니다."

20

나폴리

2060년 6월

"레예스, 긴장 풀게! 여기까지 나왔으면 이제 훨씬 덜 위험하네."

"훨씬 덜 위험한 거지 위험하지 않은 건 아니지 않습니까." 펠리페 레예스가 총장 신부에게 심술궂은 말투로 대답했다. 그들은 이제 육지가 보이지 않는 지점에 도착했기 때문에 암초에 부딪힐 가능성이 훨씬 줄어들었다. 지울리아니는 암초야말로 만 지역에서 항해를 할 때 가장 큰 위험이라는 사실을 잘 알았다. 하지만 펠리페는 좀처럼 안심하지 못하고 있었다. "해안선이 보일 때가 훨씬 더 좋았습니다."

지울리아니는 햇살 속에서 씩 웃었다. 그들은 돛을 활짝 편 채 우현으로 바람을 받으며 달리고 있었다. 지울리아니는 펠리페에게 키를 잡게 시켰다. 상완과 팔꿈치만으로도 배를 조종할 수 있으리라 생각했기 때문이다. 보통은 초보자에게 바람에 따라 돛을 움직이는 방법을 가르치고, 자신은 키를 잡았다. 하지만 의수를 단 펠리페는 돛에 달린 밧줄을 잡을 만큼 아귀힘이 세지 못했다.

"오늘은 일요일을 포함해서 거의 10년 만에 내가 최소한 네 건의 회의에 참석하지 않는 첫날이라네." 총장 신부가 말했다. 그는 허리까지 벌거벗고 있었는데, 드러난 상체는 볕에 그을렸고 어깨 근육이 우람했다. 그 나이치고는 대단히 훌륭한 몸매였다. 반면 땅딸막하고 근육도 없는 펠리페는 셔츠를 입고 있었다. "계속 그런 식이라 난 회의에 들어가기 전에 항상 통회(痛悔)의 기도를 드리곤 했지. 통계적으로 볼 때, 내가 회의 중에 죽어 버릴 가능성이 꽤 컸으니까. 머리 조심하게."

펠리페는 필요한 정도보다 훨씬 더 낮게 몸을 숙여 뒤쪽으로 지나가는 활대를 피했다. 그는 아빌라의 성녀 테레사가 계시를 받을 때만큼이나 생생한 환각을 경험하고 있었다. 바로 자기가 갑판에서 떨어져 바다 밑으로 가라앉는 장면이었다.

"에밀리오 일은 안됐지만 덕분에 물 위로 나올 기회가 생겨서 기쁘군."

"항해를 좋아하시는군요." 펠리페가 지울리아니를 쳐다보며 말했다.

"오, 그렇다네. 좋아하고말고. 신께 맹세코 내가 여든 살이 되면 한 해 동안 휴가를 내서 전 세계를 항해할 걸세!" 그가 선언했다. 바람이 거세지며 좌현 쪽으로 방향이 바뀌었다. "항해는 노화에 대한 완벽한 해독제라네, 레예스. 범선에서는 모든 일을 느리고 신중하게 해야 하지. 대부분은 늙은 몸뚱이라도 순항하는 동안 필요한 일은 뭐든지 해낼 수 있어. 그리고 바다가 교훈을 주기로 마음먹었다면 글쎄, 어차피 대자연의 힘 앞에서는 늙으나 젊으나 무력하긴 마찬가질세. 그러니 무엇보다 경험이 중요하지. 머리 조심하게."

그들은 한동안 침묵 속에서 항해를 계속했다. 고깃배를 지나치며 거기 탄 어부 두 사람과 인사를 나누기도 했다. 펠리페는 방향 감각을 상실해서 자신들이 대체 어디로 가는지 알 수 없었지만, 만 안쪽을 돌고 있다는 인상을 받았다. 어부들이 잔뜩 바다에 나와 있었다. 이렇게 늦은 오후에, 희한한 일이었다.

"어제 산도즈를 같이 데리고 나오려고 시도해 봤네. 좋아할 줄 알았지. 마치 내가 동반자살이라도 하자고 한 것처럼 쳐다보더군."

"아마 배 타기가 무서워서 그랬을 겁니다."

펠리페는 사실 자기도 무서워하고 있다는 사실이 너무 티 나지 않기를 바라며 말했다.

"하지만 자네들은 섬 출신이잖나! 어떻게 바다를 두려워할 수가 있지?"

'자네들이라.' 펠리페는 지울리아니가 복수형으로 말한 것을 알아차렸다. 티가 많이 난 모양이었다.

"간단합니다. 폭풍우와 오염 때문이죠. 유독 물질과 상어도요. 섬에 살다 보면 육지에 머물러야 한다는 교훈을 얻을 수 있습니다." 펠리페는 수평선을 바라봤다. 그리고 먹구름을 의식하지 않으려 애썼다. "전 수영을 배운 적이 없습니다. 에밀리오도 아마 마찬가지일 겁니다. 이러나저러나 지금은 너무 늦었죠."

그가 팔에 달린 보철 장치를 들어 보이며 말했다.

"수영할 필요는 없을 걸세, 레예스." 총장 신부가 펠리페를 안심시켰다. 그는 한동안 침묵을 지키다가 지나가는 말투로 입을 열었다. "산도즈에 대해 말해 보게. 나는 어릴 때 그를 알았지, 그러니까, 그는 수련 과정에서 나의 한 해 선배였네. 신에게 가장 사랑받는 총아라고, 우리 후배들은 그를 그렇게 불렀네. 머지않아 그가 천사들의 반란을 이끌게 될 거라고……. 모든 면에서 최고였지. 라틴어부터 야구까지." 산도즈는 그 농담을 듣고 나서, 싸구려 종교화에 등장하는 사탄처럼 턱수염을 길렀다. 인제 와서 돌이켜 보면 유치한 놀림에 대한 멋진 대응이었다고 지울리아니는 생각했다. "그리고 나중에는 학자로서 명성을 전해

들었네. 자기 분야에서 아주 뛰어났다고 하더군. 교구 신부로서는 어떤 사람이었나?"

펠리페는 가만히 앉아서 한숨을 내뱉었다. 의심했던 대로였다. 총장 신부가 자신을 항해에 초대한 이유는 이 질문을 하기 위해서였다.

"좋은 신부였습니다. 아주 호감 가는 사람이었죠. 젊었고요. 유머 감각이 뛰어났어요. 운동도 잘했습니다."

같은 사람이라고는 믿기 힘들었다. 그 모든 따스함과 재미는 사라지고 없었다. 이런 상황에서는 놀랄 일도 아니었다. 청문회는 좀처럼 잘 풀리지 않았다. 산도즈는 주로 단음절로 대답했고, 기술적 논의에 대한 질문을 받으면 자기가 반쯤 흘려들었다고 말하며 좀처럼 기억해 내지 못했다. 펠리페는 그런 모습을 안타깝게 여겼다. 산도즈는 때로 말문을 잃거나 혼란스러워하는 것처럼 보였고, 압박을 받으면 화를 내며 방어적으로 굴었다.

그들은 다시 키를 돌려서 또 다른 고깃배를 향해 나아갔다. 이번에는 어부가 총장 신부를 불렀다. 펠리페는 지울리아니가 7월에 있을 결혼식에 참석하겠노라 확인하는 말을 알아들었다. 총장 신부는 많은 어부들과 아는 사이처럼 보였다.

"바스라 여단에 대해 들어 본 적 있으십니까?"

펠리페가 문득 그렇게 물었다.

"없네. 그게 뭔가? 바스라는 쓰레기라는 뜻 아닌가?"

"맞습니다. 지금 생각해 보면 그야말로 에밀리오다운 행동이었죠. 초창기, 그가 막 라페를라로 돌아왔을 때의 일입니다. 그 동네는…… 글쎄요, 아시겠지만 빈민가였죠. 불법 거주자가 많았습니다. 동쪽 끝에는 판자촌이 들어서 있었고요. 당연히 행정 조직에 편입되지 못했고, 아무도 쓰레기를 가져가지 않았어요. 그래서 사람들은 쓰레기를 바다나 절벽 아래로 버렸죠. 그런데 에밀리오가 거리에서 쓰레기를 줍기 시작했습니다. 몇 봉지나 채워서 에드워즈 부부의 집 앞에 뒀습니다. 시에서 가져가게 만든 거죠. 시의회와 문제가 생겼지만, 에드워즈 부부는 그게 자기네 쓰레기라고 주장했어요. 한동안은 그런 변명이 통했죠."

"머리 조심하게."

펠리페는 허리를 굽혀 이번에는 불과 몇 센티미터 차이로 활대를 피하고 고개를 들어 이야기를 계속했다.

"처음에는 아이들이 그냥 에밀리오 주위를 따라다녔어요. 아이들한테 인기가 아주 많았거든요. 어쨌든, 그렇게 따라다니는 아이들에게 그가 그 봉지를 하나씩 나눠 줬습니다. 얼마 안 가서 쓰레기 봉지를 든 꼬마 아이들의 행렬이 에밀리오의 뒤를 따라와, 에드워즈 부부의 집 앞에 어마어마한 양의 쓰레기를 쌓아 놨어요. 그런데 그 집 근처가 아주 멋진 관광지였거든요. 그래서 엄청난 항의가 쏟아졌죠."

"대충 알겠군. 시에서 결국 방송에 아주 적합한 외모를 가진 신부를 상대로 화젯거리를 만들기보다는 그 동네의 쓰레기를 수거하는 편이 낫겠다고 판단했겠군."

"맞습니다. 그러니까, 에밀리오는 아주 매력적인 사람이었죠. 하지만 지옥불이 얼어붙을 때까지라도 계속해서 쓰레기를 가져다 나를 사람이기도 했고요. 그리고 그는 아이들이 뭔가 건설적인 일을 하고 있다고 지적했습니다. 시의회더러 바로 그 아이들이 산후안에서 소매치기를 할 수도 있다는 생각을 해 보라고 말했죠, 그래서……."

지울리아니는 또 다른 어부에게 손을 흔들었다.

"있잖나, 예전부터 나는 에밀리오에 관한 이야기를 들을 때마다 내가 아는 사람과 동일 인물이라고 생각하기가 어려웠네. 빈말로라도 그가 매력적이라고 하기는 힘들지. 내가 수련 과정에서 만난 사람 중 가장 음침한 성격이었거든. 절대 웃지 않았지. 죽어라 공부했고. 야구를 할 때도 아주 난폭했다네."

"글쎄요, 뭐랄까, 라틴계 소년들은 아직도 F라는 글자에 영감을 받으니까요. 그들은 'feo, fuetre, formal'한 남자가 되고 싶어 하죠." 펠리페는 말을 멈추고, 지울리아니 신부가 스페인어를 이해하는지 보기 위해 고개를 들었다. "'추하고, 강하고, 심각한 사람' 말입니다. 마초적인 이상형이죠. 제 생각에 에밀리오는 어릴 때 괴롭힘을 많이 당했을 겁니다. 덩치도 작고 잘생겼으니까요. 그래서 아주 심각하고 꼬장꼬장한 사람이 되어서 만회하려 했겠죠."

"글쎄, 나라면 심각하고 꼬장꼬장하다기보다 적대적이고 뚱한 사람이라고 하겠네만. 그러니까, 나는 한 번이라도 그가 웃는 모습을 본 적이 있는지 모르겠네. 혹은 세 단어 이상을 연달아 말하는 걸 들어 본 적이 있는지도 말일세. 한데 사람들이 그에 대해 이야기할 때는 하나같이 매력적이고 재미있는 사람이라고 한단 말이지. 대체 같은 사람이 맞는 건가? 머리 조심하게." 지울리아니가 또 다른 고깃배를 향해 손짓했고, 펠리페는 고개를 끄덕이며 키의 위치를 바꿨다. "게다가 뭐, 영화배우들의 성대모사를 하고 마술을 부린다고, 아이들한테 인기가 많았단 말이지……" 그는 잠시 멈췄다가 펠리페가 아무 말도 하지 않자 혼자 중얼거렸다. "난 언제나 그가 딱딱하고 쌀쌀맞은 사람이라고 생각했는데, 알고 보니 친구를 사귀는 불가사의한 능력이 있단 말일세! 칸도티와 베어는 그를 위해서라면 뜨거운 석탄 위를 걷기라도 할 기세야."

"여기 반대편에 앉아도 될까요? 이쪽 팔이 아파 와서요."

"물론이네. 그냥 내가 하는 편이 낫겠나? 난 기회가 될 때면 혼자서도 자주 항해를 한다네."

펠리페는 자신이 키를 포기하고 싶지 않다는 사실을 깨닫고 놀랐다.

"아뇨. 그냥 이쪽 손으로 바꾸기만 하면 됩니다. 괜찮아요." 그는 그렇게 말하고 나서 자리를 옮기기 위해 조심스럽게 일어났다. 마침 파도가 몰아쳐서 다소 갑작스럽게 주저앉았지만, 어쨌든 다시 키를 잡았다. "이제 항해의 재미를 좀 알 것 같습니다. 사실 배를 타 보는 게 처음이거든요. 총장 신부님은 언제 항해를 시작하셨죠?"

"어릴 때였네. 우리 가족에게 10미터짜리 쾌속정이 있었거든. 여덟 살 때 아버지가 천문 항법에 대한 문제를 풀게 시키셨지."

"총장 신부님, 제가 솔직히 말씀드려도 되겠습니까?"

잠시 침묵이 흘렀다.

"있잖나, 레예스." 지울리아니가 눈을 가늘게 뜨고 수평선을 바라보며, 마침내 입을 열었다. "내가 이 자리에 질색하는 한 가지는, 모두가 내게 솔직히 이야기하기 전에 허락을 받으려고 한다는 걸세. 뭐든 하고 싶은 말을 하게. 그리고 나를 빈스라고 부르게, 알겠나?"

불의의 일격을 당하고, 펠리페가 짧게 웃음을 터뜨렸다. 눈앞의 남자를 빈스라고 부를 엄두는 결코 내지 못할 거라는 생각이 들었다. 하지만 곧 그가 물었다.

"언제 처음으로 신발을 가져 보셨습니까?"

이번에는 지울리아니가 불의의 일격을 당할 차례였다.

"잘 모르겠네. 걸음마를 배울 때였겠지, 아마도."

"전 열 살 때 처음 신발을 가져 봤습니다. 산도즈 신부가 선물했죠. 자랄 때 학교에 갈 수 있을지 의문을 품어 본 적이 있으십니까? 대학 이야기가 아닙니다. 그 누구라도 신부님이 고등학교에 가지 못할 거라고 상상해 본 적이 있을까요?"

"무슨 말인지 알 것 같네." 지울리아니가 조용히 말했다. "없네. 의문의 여지가 없었지. 나는 내가 교육을 받을 거라고 절대적으로 확신했네."

"당연히 그러셨겠죠." 펠리페가 악의 없이 어깨를 으쓱하며 말했다. 그는 지울리아니와 같은 환경을 타고난 사람에게는 그런 태도가 자연스러운 것이라는 사실을 알고 있었다. 굳이 '당신 어머니는 당신 아버지가 누군지 알았겠죠, 당신은 교양 있는 부모를 두었고, 요트, 집, 자동차를 살 돈이 있었겠죠.'라고 말할 필요는 없었다. "그러니까, 사제의 길을 걷지 않았다면 지금쯤 은행가나 병원 관리자나 뭐 그런 자리에 계실 겁니다, 안 그렇습니까?"

"그래, 그럴 수도 있지. 아마 그런 종류의 일을 하고 있었을 걸세. 수출입이나 재정과 관련된 일자리는 쉽게 구했을 테니."

"그리고 원하는 직업을 갖는 일이 아주 당연하다고 생각하셨겠죠? 영리하고, 교육을 받았고, 열심히 일하니까요. 어떤 사람이 되건, 무슨 일을 하건, 어느 자리에 있건 그럴 만한 자격이 있다고 느끼셨을 겁니다." 총장 신부는 대답하지 않았지만 객관적인 진실을 부인하지도 않았다. "제가 신부가 되지 않았다면 뭐가 되었을지 아십니까? 도둑입니다. 혹은 더 나빴을 수도 있겠죠. 에밀리오가 저에게 관심을 가졌을 때, 전 이미 도둑이었습니다. 그도 어느 정도는 알았지만, 차까지 터는 줄은 몰랐었죠. 아홉 살짜리가 말이에요. 아마 열세 살이 되기 전에 차량 절도를 졸업했을 겁니다."

"그리고 만약 D. W. 야브로가 에밀리오 산도즈에게 관심을 가지지 않았다면?" 지울리아니가 조용히 물었다. "에밀리오는 뭐가 되었을 것 같나?"

"'세일즈맨'이 되었을 겁니다." 펠리페는 지울리아니가 그 은어를 알아듣는지 살폈다. "블랙 타르 헤로인을 파는 거죠. 멕시코에서 만들어서 아이티를 경유합니다. 산도즈 가문의 전통이었어요. 그 집 사람들은 다들 감옥살이를 했습니다. 산도즈의 조부는 감옥에서 암살당했고, 부친의 죽음은 소규모 갱 전쟁을 촉발했죠. 형은 마약 대금을 빼돌리다 살해당했습니다."

펠리페는 말을 멈추고 자신이 지울리아니에게 이런 말을 할 권리가 있는지 궁금하게 여겼다. 하지만 그중 일부는 이미 공적인 기록이었다. 산도즈의 파일에도 아마 이 정도는 포함되어 있을 테고, 어쩌면 훨씬 더 많은 내용이 들어 있을 터였다.

"보십시오." 이제는 펠리페도 자신이나 산도즈의 삶과, 빈첸초 지울리아니처럼 돈과 지위와 안전을 타고난 사람들의 삶 사이에 놓인 냉혹한 간극을 이해하고 있었다. "아직도 수십 년간 신부로 살아온 저보다 도둑이었던 예전의 제가 더 진짜처럼 느껴질 때가 있습니다. 빈민가에서 기어 나와 교육을 받는다는 건 영원한 외부인이 되는 일입니다."

그는 깊은 당혹감을 느끼며 말을 멈췄다. 지울리아니는 장학생들이 교육을 받기 위해 치르는 대가를 결코 이해하지 못할 것이다. 이해해 주지 않는 가족, 뿌리, 원래 인격으로부터, 한때 자기 자신이었던 예전의 '나'로부터 불가피하게 멀어질 수밖에 없었다. 펠리페는 왠지 화가 나서 더 이상 에밀리오 산도즈에 대해 아무것도 이야기하지 않기로 마음먹었다. '궁금하면 직접 물어보라지.'

하지만 총장 신부는 말했다.

"그래서 자네들은 규칙을 기억하고 굴욕에 노출되지 않기 위해 애쓰는군."

"그렇습니다."

"그리고 자네들이 원래 부류에서 얼마나 완전히 벗어났다고 느끼는지에 비례해서 딱딱하고 형식적이 되는 거로군."

"그렇습니다."

"고맙네. 많은 점이 설명되는군. 진작 알았어야 했는데······."

나폴리 항을 향해 배를 돌려서 또 다른 고깃배에 다가가자 이번에도 시끄러운 이탈리아어가 두 사람의 대화를 방해했다. 펠리페는 마침내 이들에 대한 뭔가를 알아차렸다. 그는 묘한 표정으로 물었다.

"이 어부들 중에 진짜로 고기를 잡는 사람이 있기는 한가요?"

"아니. 아마 없을걸세." 지울리아니가 상냥하게 말했다. "자기들이 어디로 배를 몰아야 하는지는 잘 알지만 고기를 잡지는 않겠지."

이제는 어리둥절해하며 펠리페가 그를 쳐다봤다.

"이 사람들과 모두 아는 사이시죠?"

"맞네. 대부분은 육촌들이지."

펠리페가 눈치를 챈 듯하자, 지울리아니가 씩 웃었다.

"믿을 수 없군요. 마피아라니! 저 사람들은 마피아예요, 그렇죠?"

펠리페는 눈이 휘둥그레졌다.

"이런, 세상에. 나라면 그런 말을 입에 올리지 않겠네. 아무도 그런 말을 하지는 않지. 물론 저들의 주 수입원이 뭔지 나는 확실히 알지 못한다네." 지울리아니가 밀가루처럼 부드럽게 메마른 목소리로 인정했다. "하지만 경험에서 우러난 추측은 해 볼 수 있지." 그가 펠리페를 흘끗 보고는 거의 웃음을 터뜨릴 뻔했다. "그리고 어쨌거나 마피아는 시칠리아 사람들이지. 나폴리에서는 카모라라고 부르네. 결국에는 같은 뜻이지만." 지울리아니가 혼잣말처럼 중얼거렸다. "재미있지 않나. 나의 조부와 에밀리오 산도즈의 조부가 같은 업종에서 일했다니. 산도즈는 우리 할아버지를 떠올리게 하는 구석이 있었는데, 이제야 그 이유를 알겠군. 그분도 자기 부류끼리 있을 때는 아주 매력적인 사람이었지만 신뢰하지 않거나 불편한 사람들 앞에서는 언제나 딱딱하게 굴고 경계심을 늦추지 않았거든. 그래서 나는 그분과 가까운 사이라는 사실이 일종의 특권이라고 느꼈지. 아마 할아버지를 위해서라면 뜨거운 석탄 위라도 걸었을 걸세. 머리 조심하게."

펠리페는 어안이 벙벙한 나머지 움직이지 못하고 있었다. 그래서 지울리아니가 그를 잡아당겨 활대에 부딪히지 않도록 해야 했다. 지울리아니는 펠리페에게 잠시 새로 알게 된 사실을 받아들일 시간을 준 다음, 옛 추억을 떠올리며 다시 말을 이었다.

"내 아버지는 상대적으로 깨끗했지만 그래도 가족의 재산이 더러운 방식으로 벌어들인 돈이라는 사실에는 변함이 없었지. 나는 열일곱 살쯤 되었을 때 그런 일들을 알게 되었네. 이상주의적일 나이가 아닌가, 열일곱 살이면." 총장 신부가 펠리페를 흘낏 쳐다봤다. "사람들이 사제의 길을 걷게 되는 동기가 얼마나 다양한지 알면 놀랄 걸세. 내 경우에는 가난의 맹세가 속죄의 방법이라고 생각했지."

그는 돛을 접고, 직접 키를 잡아 배를 항구로 몰았다.

"내가 처음으로 가졌던 쾌속정은 할아버지의 선물이었네. 더러운 돈으로 산 물건이지. 생각해 보니 아마 이 배도 마찬가지겠군. 그리고 굳이 따지자면 우리가 이렇게 얘기하는 동안에도 에밀리오 산도즈에게 그가 필요로 하는 사생활과 보호를 제공하는 것 또한 그런 돈이지. 그래서 우리가 나폴리에 있는 걸세, 레예스. 우리 집안이 이 도시를 소유하고 있기 때문이야."

"이런 장갑을 만드는 법은 어디서 배웠소?" 산도즈가 존에게 물었다.

그들은 정원의 포도나무 아래 놓인 나무 탁자에 서로 마주 보고 앉아 있었다. 보철 장치의 서보모터가 단속적으로 윙윙거렸다. 존 칸도티가 가장 최근에 만든 장갑을 바느질하는 동안, 산도즈는 끈질기게 탁자 위의 조약돌을 하나씩 집어 컵 안에 떨어뜨렸다. 그리고 잠시 후 컵에 든 조약돌을 다시 탁자 위에 쏟아 놓고 반대편 손의 움직임을 연습하기 시작했다.

존은 앞서 만든 장갑에 결함이 있다는 사실을 알고 거의 기뻐하다시피 했다. 솔기가 손가락 사이에 너무 가까이 붙어서 상처 조직이 쏠리고 쓰라렸다. 하지만 덕분에 두 사람 사이에 대화의 계기가 생겼고, 일종의 평화가 다시 자리 잡을 수 있었다. 산도즈는 끔찍했던 청문회의 첫날 이래, 자신이 무방비 상태로 당하도록 내버려 뒀다고 나무랐을 때를 제외하면 거의 존에게 말을 거는 일이 없었다.

"내가 이따위 일에 대비할 수 있도록 도와주기 위해 당신이 있는 줄 알았소." 다음 날 존이 다가가자 산도즈가 으르렁거렸다. "내가 아무것도 모르고 그 방에 걸어 들어가게 만들다니, 빌어먹을. 당신은 내게 경고해 줄 수도 있었소, 존. 그들이 내게 무슨 말을 할지 알려 줄 수도 있었단 말이오."

존은 어쩔 줄을 몰랐다.

"난 그러려고 했어요! 젠장, 나도 노력했다고요! 게다가 어쨌거나 당신도 알고 있는 사건들인데……."

순간 그는 산도즈가 자신을 때릴 거라고 생각했다. 터무니없게도 작고 병들고 두 손이 망가진 사내가 화를 내며 자신을 공격할 거라고 여겼던 것이다. 하지만 산도즈는 그러는 대신 돌아서서 멀리 걸어가 버렸다. 그리고 일주일이 넘도록 그를 쳐다보지도 않으려고 했다.

오늘은 드디어 분노를 다 소진했는지, 산도즈는 그저 피곤하고 우울하게만 보였다. 아침부터 앨런 페이스의 죽음에 대해 검토하느라 힘든 모양이었다. 에드워드 베어는 그 사람의 심장에 소섬유가 생겼을지도 모른다는 의견을 제시했다. 그렇다면 부검을 해도 원인을 파악할 수 없었을 것이다. 하지만 산도즈는 무관심해 보였다. 누가 알겠는가? 존이 오늘 오후 장갑을 새로 만들어 주겠다고 하자, 산도즈는 못 이기는 척 어깨를 움츠렸다. 최소한 존이 새 장갑을 꿰매는 동안에는 같은 탁자에 앉아 있을 모양이었다.

"장갑과 신발을 만드는 일을 직업으로 했었죠."

존이 말하자, 산도즈가 고개를 들었다.

"내가 떠날 때는 모든 게 대량 생산되고 있었는데."

"네, 뭐, 지금도 대개는 그렇지만, 한때 우리 같은 사람들이 인간 노동의 존엄성을 되찾으려고 했었죠." 존이 조금 부끄러워하면서 냉소적으로 말했다. "모두가 기술을 익혔고, 손으로 만든 물건만 구입하려 들었어요. 그렇게 시장을 형성하려고 했죠. 꼭 러다이트나 히피는 아니지만 대충 비슷한 종류였어요. 신발을 만들어서 세계를 구하자, 그런거 있잖아요."

산도즈가 자신의 손을 들자, 보철 장치가 그림자 속에서 흐릿하게 드러났다.

"나와는 상관없는 운동이로군. 조약돌을 컵에 넣는 일이 하나의 시장을 이루지 않는 이상은 말이오."

"뭐, 어쨌든 오래전에 지나간 일인데요. 이제는 그걸 꽤 잘 다루는군요."

칸도티가 골무로 보철 장치를 가리키며 말했다. 몇 달 전만 해도 산도즈가 주먹 크기의 돌을 잡기 위해서는 거의 피투성이가 되어야 했다.

"난 이 물건들이 아주 싫소." 산도즈가 딱 잘라서 말했다.

"그래요? 왜죠?"

"드디어 쉽게 답할 수 있는 간단한 질문을 하는군. 내가 보철 장치를 싫어하는 이유는 아프기 때문이오. 난 고통에 지쳤거든." 산도즈는 시선을 돌려, 나무 그늘 바깥의 눈 부신 햇살 아래 벌 떼가 장미와 원추리 꽃 사이를 오가는 모습을 바라봤다. "손도 아프고 머리는 망치로 두드리는 것 같은데 보철 장치 때문에 팔까지 욱신거리고 있소. 언제나 지옥에 있는 것 같은 기분이오. 이제는 아주 지긋지긋하오, 존."

존 칸도티는 산도즈가 불평하는 소리를 처음으로 들었다.

"팔 이리 주세요. 제가 벗겨 드릴게요. 괜찮죠?" 칸도티가 자리에서 일어나, 보철 장치에 달린 벨트를 풀려고 탁자를 가로질러 다가갔다. "오늘은 충분히 했어요. 어서요."

산도즈는 망설였다. 자기가 혼자서 보철 장치를 채울 수도 풀 수도 없다는 사실 역시 싫었다. 평소에는 에드워드 수사가 그 일을 해 줬다. 산도즈는 에드워드가 그보다 더한 일을 해 주는 데도 익숙했지만, 병원을 떠난 이후 다른 누구에게도 자기 몸을 건드리도록 허락하지 않았다. 그래서 존의 친절을 받아들이기가 힘이 들었다. 마침내 그는 양손을 하나씩 내밀었다.

눌리고 지친 근육에 피가 다시 돌아오느라, 보철 장치는 언제나 풀 때가 더 아팠다. 산도즈는 눈을 감고 딱딱한 표정으로 통증이 둔해지기를 기다렸다. 그러다가 존이 자신의 한쪽 팔을 잡고 감각을 되돌리기 위해 마사지를 시작하자 깜짝 놀랐다. 그는 누군가 이 장면을 보고 참기 힘든 말을 할까 봐 두려워하며 팔을 잡아당겨 뺐다. 존도 같은 생각이 들었는지 아무 말도 없었다.

"뭐 좀 물어봐도 될까요, 에밀리오?"

"존, 제발. 오늘 이미 천 가지도 넘는 질문에 답했소."

"다른 게 아니라…… 그들이 왜 이런 짓을 한 거죠? 고문이었나요? 그러니까, 너무 공들여서 한 일 같아서요."

산도즈가 거칠게 한숨을 내쉬었다.

"내가 그 이유를 완전히 이해하고 있는지 확신할 수는 없소. 그들은 그런 절차를 '하스타아칼라'라고 불렀소." 그는 상인이 구매자에게 기다란 천을 보여 주는 것처럼 두 손을 탁자의 거친 표면에 늘어놓았다. 그리고 별다른 감정을 드러내지 않은 채 그것들을 응시했다. "고문은 아니었소. 때때로 자나아타들은 친한 친구에게 이런 시술을 한다더군. 수파아리는 우리가 이 상처 때문에 얼마나 고생하는지 보고 놀랐소. 자나아타의 손에는 우리처럼 그렇게 신경이 광범위하게 분포하고 있지 않아서 그럴 거요. 그들은 정교한 수작업을 좀처럼 하지 못하니까. 그런 일은 모두 루나가 하지."

존은 오싹한 기분을 느끼며 아무 말도 하지 않았지만 바느질을 멈추고 귀를 기울였다.

"심미적인 이유에서 이루어지는 일인 것도 같소. 아마 긴 손가락이 더 아름답다고 생각하는 모양이오. 혹은 우리를 통제하려는 방법일지도 모르고. 우리는 일할 필요가 없었지만 바꿔 말하면 할 수도 없었지. 우리를 돌봐 주는 하인들이 있었소. 그때까지 살아 있던 사람은 마크 로비쇼와 나뿐이었소. 내 생각에 이런 손은 오히려 명예롭게 여겨지는 대상이었소." 산도즈의 목소리가 한층 더 딱딱하게 변했고 신랄함이 돌아왔다. "그런 명예가 누구를 위한 것인지는 확신할 수 없소. 아마 수파아리겠지. 자기가 쓸모없는 식객을 부양할 수 있다는 사실을 보여 주는 방식이었다고 생각하오."

"중국의 귀족 여성들이 전족을 하는 것과 비슷하군요."

"아마도. 그렇소, 어쩌면 그런 것일지도 모르오. 마크는 이것 때문에 죽었지. 계속해서 출혈이 멈추지 않았소. 그는…… 나는 그들에게 상처를 압박하라는 말을 전하려고 시도했소. 하지만 출혈은 결코 멈추지 않았소."

그가 조금 더 자신의 손을 쳐다보더니 눈을 빠르게 깜빡이며 시선을 돌렸다.

"당신도 다쳤잖아요, 에밀리오."

"그렇소. 나도 다쳤지. 그리고 마크가 죽는 걸 지켜봤소."

멀리 어디서 개 한 마리가 짖기 시작하자, 곧 다른 한 마리도 따라 짖었다. 어떤 여자가 개들한테 소리를 질렀고 잠시 후 남자가 여자한테 소리를 질렀다. 산도즈는 반대쪽으로 몸을 돌려 다리를 의자 위에 올리더니 무릎을 끌어당겨 얼굴을 파묻었다. '오, 안 돼, 또 시작이로군.' 존이 생각했다.

"에밀리오? 괜찮아요?"

"괜찮소." 산도즈가 고개를 들며 말했다. "그냥 여느 때와 같은 두통일 뿐이오. 깨지 않고 잠잘 수만 있다면……."

"요즘도 악몽을 꾸나요?"

"단테의 지옥에서 웃긴 부분만 전부 삭제한 것 같은 꿈이오."

일종의 농담이었지만 둘 중 누구도 웃지 않았다. 그들은 한동안 그렇게 앉아서 각자의 생각에 빠져들었다. 잠시 후 존이 말했다.

"에밀리오, 처음에 당신과 앤 에드워즈가 여전히 통제군으로 있는 동안 마크가 현지 음식을 먹기 시작했다고 했어요, 그렇죠?"

"젠장, 존. 날 좀 내버려 두시오." 산도즈가 자리에서 일어섰다. "난 해변으로 내려갈 거요, 알겠소?"

"아뇨, 기다려요! 미안해요, 하지만 중요한 일일 수도 있어요. 당신이 먹었는데 마크는 먹지 않았던 뭔가가 있나요?" 산도즈가 알 수 없는 표정으로 존을 응시했다. "마크가 괴혈병에 걸렸다면요? 어쩌면 그래서 그가 죽었을지도 몰라요. 당신보다 더 오래 현지 음식을 먹었거나, 당신이 그가 먹지 않았던 어떤 음식으로부터 비타민C를 얻었기 때문에요. 어쩌면 그래서 출혈이 멈추지 않았는지도 몰라요."

"가능한 얘기요."

마침내 산도즈가 말했다. 그는 다시 몸을 돌리고 햇빛 속으로 몇 걸음 나아가다, 자기도 모르게 비명을 지르며 우뚝 멈춰 섰다. 그리고 기둥처럼 꼼짝도 하지 않고 섰다.

존이 다급히 일어나서 탁자 옆을 돌아, 햇빛 때문에 눈살을 찌푸리며 그에게 다가갔다.

"뭐죠? 왜 그래요?" 산도즈가 몸을 굽히고 거칠게 숨을 몰아쉬었다. 이제 겁에 질린 존은 그가 심장 마비에 걸렸다고 생각했다. 혹은 의사들이 경고했던 자연 골절이거나. 갈비뼈나 등골뼈가 아무런 예고 없이 갑자기 부러질 수도 있다고 했었다. "말해 봐요, 에밀리오? 아픈가요? 뭐가 잘못된 거죠?"

산도즈가 입을 열자, 학생을 가르치는 언어학 교수의 정확하고 명료한 말투가 흘러나왔다.

"하스타아칼라는 단어는 아마 '스타아카'를 어근으로 하는 크산 복합어의 하나일 거요. 접미사 '알라'는 비슷하거나 유사하다는 의미지. 혹은 가깝다는 뜻일 수도 있소. 접두사 '하'는 어근에 마치 동사와 같은 적극적인 측면을 부여하오. 스타아카는 일종의 담쟁이덩굴이었소." 산도즈가 초점 흐린 눈을 크게 뜨며 차분하고 정제된 목소리로 말했다. "매우 예뻤지. 우리가 아는 담쟁이덩굴과 마찬가지로 더 크고 강한 나무를 타고 올라가지만, 가지가 늘어져서 자라는 습성이 있소. 마치 버드나무처럼 말이오." 그는 손을 들어 손가락을 손목에서부터 우아하게 늘어뜨렸다. 마치 버드나무 가지처럼 혹은 스타아카 덩굴처럼. "뭔가를 상징하는 단어였소. 나는 문맥상 그 사실을 알았지. 수파아리는

339

설명하려고 노력했던 것 같지만 너무 추상적이었소. 나는 그를 믿었기에 하스타아칼라에 동의했지. 오, 하느님."

존은 이 새로운 깨달음을 의식의 표면으로 끄집어내려는 산도즈의 노력을 지켜봤다. 그는 지적인 난산을 겪고 있었다.

"나는 마크에 대해서도 동의했소. 그리고 그는 죽었지. 나는 수파아리를 탓했지만, 내 잘못이었소." 산도즈는 새하얗게 질린 얼굴로 몸을 떨면서, 자신이 방금 도출해 낸 불가피한 결론에 대한 동의를 구하며 존을 쳐다봤다. 존은 산도즈의 논리에 따르기를 단호하게 거부했다. 더는 이 남자가 짊어지고 있는 죄책감을 더할 만한 어떤 것도 승인할 수 없었다. 하지만 산도즈는 멈추지 않았다. "확실하오, 그렇지 않소. 하스타아칼라, 스타아카처럼 만든다는 뜻이오. 보다 강한 누군가에게 육체적으로 의존하고 있다는 사실이 눈에 잘 보이게 만드는 거요. 수파아리는 우리에게 하스타아칼라를 제안했소. 그자가 나를 정원으로 데려가 담쟁이덩굴을 보여 줬지만 나는 연관 관계를 파악하지 못했지. 그자는 마크와 나를 보호하고 부양하겠다고 제안한 거요. 나는 그자를 믿을 수 있다고 생각했소. 그래서 나의 동의를 구했을 때 승낙했지. 그리고 감사 표시를 했소."

"그건 오해였어요. 에밀리오, 당신이 알 수 없는⋯⋯."

"난 알 수 있었소! 방금 당신에게 말한 내용을 전부 알고 있었단 말이오. 그저 생각을 하지 않았던 거요!" 산도즈는 존의 반박을 들으려고 하지 않았다. "그리고 마크는 죽었소. 맙소사, 존. 오, 주여."

"에밀리오, 당신 잘못이 아니에요. 담쟁이덩굴에 대해 이해했다고 해도 당신들 손에 이런 짓을 할 줄은 차마 몰랐을 거예요." 산도즈의 어깨를 잡은 존이 무너져 내리는 그를 따라 자기도 무릎을 꿇으며 말했다. "로비쇼는 이미 아픈 상태였을지도 몰라요. 당신이 그의 손을 자른 게 아니에요, 에밀리오. 당신이 그가 죽을 때까지 피를 흘리게 만든 게 아니에요."

"내 책임이오."

"책임이 있는 것과 비난받아 마땅한 것은 달라요." 존이 완강하게 말했다.

무의미한 구분이었고 그다지 위로가 될 만한 말도 아니었지만, 그것이 자기 앞에서 한 남자가 땅바닥을 구르는 상황에 존 칸도티가 갑작스레 생각해 낼 수 있는 최선이었다.

며칠 후 새벽 1시가 넘은 시각이었다. 빈첸초 지울리아니는 악몽의 첫 번째 신호를 들었다. 그는 에드워드 베어를 하룻밤 쉬게 한 다음, 산도즈의 옆방에서 책을 읽다가 졸고 있었다.

"노인들은 잠이 없거든." 에드워드가 베어에게 말했다. "자네까지 지쳐 쓰러지면 그에게도 도움이 안 되네."

산도즈의 침대 근처에는 드러나지 않게 도청기가 설치되어 있어서, 밤이면 총장 신부의 방으로 그가 내는 소리를 전달했다. 막 부모가 되어 아기가 조금만 숨을 설쳐도 어쩔 줄 모르는 사람처럼 지울리아니는 산도즈의 숨소리가 거칠고 불규칙해지자마자 완전히 잠에서 깨어났다.

"그 사람 깨우진 마세요." 에드워드는 그동안 제대로 잠을 못 잔 데다, 이제는 일주일에 서너 번씩 찾아오는 산도즈의 악몽을 지켜본 감정적인 여파 때문에 퀭해진 눈으로 그렇게 일렀다. "언제나 같은 꿈은 아니고, 때로는 자기 혼자서 악몽을 이겨 내기도 하니까요. 그냥 대야만 준비해 놓으세요."

지울리아니는 잠옷을 걸치고 복도로 나가서, 잠시 귀를 기울이다 산도즈의 방으로 들어갔다. 보름달이라 그의 눈이 빛에 적응하는 데 조금 애를 먹었다. 산도즈가 조용해지자 지울리아니는 안도하며 돌아서려 했다. 그때 갑자기 산도즈가 숨을 헐떡이며 일어나 앉았다. 그는 힘도 감각도 없는 손가락을 이불 아래서 꿈틀거리며 침대 밖으로 나오려고 발버둥 쳤다. 방 안에 자기 말고 누가 있다는 사실을 의식하지 못하는 것 같았다. 지울리아니는 침대 곁으로 다가가 그가 이불을 치울 수 있도록 도와주고, 구역질이 멈출 때까지 대야를 들고 있었다.

에드워드 수사가 구토의 격렬함을 과장한 것이 아니었다. 빈첸초 지울리아니는 아주 많은 뱃멀미를 경험한 선원이었지만, 이처럼 내장을 쥐어짜는 듯한 증상은 한 번도 본 적이 없었다. 구토가 끝나자 지울리아니는 대야를 가져가 씻은 다음 플라스틱 잔에 물을 담아 왔다. 산도즈는 물 잔을 받아서 손목 사이에 어색하게 끼우고 입술로 가져갔다. 그는 대야에 몇 번 침을 뱉더니 지울리아니가 물 잔을 가져가게 했다.

지울리아니가 다시 방을 나가서 젖은 수건을 가지고 돌아왔다. 그리고 산도즈의 얼굴에서 땀을 닦아 냈다. 산도즈가 비꼬듯이 말했다.

"아, 베로니카.*"

세 번째로 돌아온 지울리아니는 방구석의 나무 의자로 가서 다음에 벌어질 일을 기다렸다. 잠시 산도즈는 그저 말없이 몸을 떨며 침대 가장자리에 쭈그리고 앉아서 산발이 된 검은 머리카락 사이로 지울리아니를 응시하고 있었다.

"그래, 구경하러 온 거요?" 산도즈가 마침내 입을 열었다. "매춘부가 어떻게 자는지 보려고 말이오. 보시다시피 매춘부는 잠을 잘 이루지 못하고 있소."

"에밀리오, 그런 식으로 말하지 마시오."

---

* 십자가를 진 예수의 얼굴에서 흘러내리는 피땀을 닦아 준 성녀.

"단어 선택이 마음에 안 드시오? 처음에는 나도 그렇더군. 하지만 다시 생각해 봤소. 매춘부란 남들의 즐거움을 위해 몸이 망가진 사람 아니오? 그렇다면 나는 신의 매춘부가 맞소. 그리고 망가졌지." 그는 이제 침착했다. 최소한 육체적인 반응은 사라지고 있었다. "예전에 당신네 개자식들이 날 뭐라고 불렀더라?"

"신의 총애를 받는 자."

지울리아니가 거의 들리지 않게 말했다. 그는 60년이나 지난 지금에 와서야 부끄러움을 느꼈다.

"그랬었지. 기억하고 있나 궁금했소. 신의 총애를 받는다! 왕의 애첩에 대해서도 그런 식으로도 말하지 않던가? 혹은 미동(美童)에 대해서 말이오. 왕의 총애를 받는다고?" 산도즈가 뒤틀린 웃음을 터뜨렸다. "충분히 거리를 두고 보면 내 삶은 재미있을 정도로 대칭적이라오."

지울리아니는 눈을 깜빡였다. 산도즈는 그 반응을 보고 음울하게 웃었다. 그리고 몸을 돌리더니 손목으로 베개를 집어 침대 머리판에 놓고 등을 기댔다. 그는 살짝 억양이 들어간 목소리로 나직하고 차분하게, 노래하듯 읊조렸다.

"달이 졌구나, 그리고 묘성도 졌구나. 밤이 깊었도다. 나처럼 악명 높은 사람과 한 침실에 있어도 괜찮겠느뇨?"

연극적이고 치기 어린 말투였다. 그는 얇고 멍든 팔을 느긋하게 뻗어 침대 머리판 위에 올려놓고, 한쪽 무릎을 들었다.

이불보만 없었다면 아주 음탕한 자세로 보였을 거라고 지울리아니는 생각했다. 동시에 산도즈의 머리 바로 위에 걸려 있는 십자가상의 형태를 의도적으로 비꼬는 행동이기도 했다. 빈첸초 지울리아니는 이미 예전에 한번 이와 같은 양날의 조롱에 걸려든 적이 있었다. 하지만 더는 낚이기를 거부했다. 이제는 산도즈가 풍자를 통해 자신에게 붙여진 별명에 대한 경멸감을 드러내곤 한다는 사실을 알고 있었다.

"당신은 두렵지 않소?" 산도즈가 아주 신실한 표정으로 다그쳤다. "혼자서, 어떠한 도움도 없이 추문을 불러일으킬 수도 있는 상황에 처했는데?"

놀랄 정도로 정확한 지적이었다. 지울리아니는 자기 자신의 목소리에 귀를 기울이고, 스스로의 경건한 확신을 비춰 보았다. 그리고 눈길을 돌리지 않기가 어렵다는 사실을 깨달았다.

"내가 어떻게 하면 당신을 도울 수 있겠소, 에밀리오?"

"식물인간도 꿈을 꿀까? 머리에 총알 한 발이면 도움이 될지도 모른다는 생각이 종종 들곤 하오."

지울리아니는 자기도 모르게 화가 나서 표정을 굳혔다. 이자는 결코 순순한 법이 없었다.

"그게 안 되면 매일 밤 마시고 뻗을 만큼 충분한 술을 줘도 좋을 거요." 산도즈가 계속했다. "어차피 두통은 계속되고 있으니까. 숙취를 느끼지도 못하겠지."

지울리아니가 자리에서 일어나 문을 향해 움직였다.

"가지 마시오."

그 말은 도전 같기도 했고 애원 같기도 했다.

지울리아니는 잠시 멈춰 섰다가 다시 방 한구석의 의자로 돌아갔다. 힘든 밤이었지만 노인에겐 잠이 없는 법이었다.

21

라카트

두 달째, 접촉

이제 일곱 명이 되어 버린 예수회 일행은 앨런 페이스의 죽음으로 정신이 번쩍 드는 기분이었다. 그들은 마음을 추스리고, 거의 한 달이나 머물렀던 에덴동산을 떠나기 위한 준비를 시작했다.

장례식이 있던 날 오후, 짐을 정리하는 D. W. 야브로의 머릿속에는 아직도 예수회 찬송가인 「구하여 얻으라」의 마지막 구절이 맴돌고 있었다. 그는 가수들을 찾아 나서기에 앞서 스텔라 마리스 호에 다녀오는 일에 대한 찬반양론을 신중하게 검토했다. 착륙선의 연료는 제한되어 있었다. 첫 번째 착륙 당시 소진된 양에 기초해서 산정하면 착륙선의 연료 탱크에는 모선에서 지상을 왕복하는 데 필요한 분량의 103에서 105퍼센트 정도가 남아 있었다. 그나마도 엄청난 행운이라고 생각하며, 그는 하늘을 흘낏 올려다봤다. 소행성에는 다섯 번 왕복하고도 남을 정도의 연료가 비축되어 있었다. '빠듯하게 사용하면 여섯 번도 가능할지 모른다. 일단 다섯 번으로 치자.' 야브로는 그렇게 생각했다. 이 행성을 떠날 때 사용할 연료를 제하면, 4년 동안 물자와 교역품을 옮기기 위해 네 번 왕복할 수 있었다. 물론 비상사태에 대비한 여분을 고려한 계산이었다.

현재로서는 어떤 물건이 교역에 유용할지 전혀 알지 못했다. 하지만 식량이 떨어질 시점은 짐작할 수 있었다. 점점 더 현지의 물과 음식으로 보충한 덕분에 원래 예상했던 것보다 물자가 더 오래 지속되고 있었다. 통제군 역할을 하는 앤과 산도즈만 지구에서 가져온 식품을 섭취했고, 두 사람 모두 먹는 양이 많지 않았다. 그리고 이제는 식량을 소비할 사람의 수도 한 명 줄었다. 하지만 야브로는 적어도 12개월분의 물자를 비축한 제대로 된 식량 창고가 있어야 마음이 놓이겠다고 생각했다. 그래서 모두를 불러 처음 가져온 화물에 포함시키지 않았던 것들의 목록을 작성하라고 시켰다.

야브로 자신의 목록에는 라이플이 포함되어 있었다. 누구와도 빌어먹을 말싸움을 하고 싶지 않았기 때문에 아무에게도 말하지 않고 총을 가져올 작정이었다. 그리고 밧줄도 더 필요했다. 또 죽어도 인정하기 싫었지만 커피도 더 가지고 내려오고 싶었다. 폭풍우가 칠 때면 말 그대로 머리카락이 곤두섰지만, 이 행성의 기후는 대체로 온화한 편이었다. 하지만 세 개의 태양이 동시에 떠 있을 때는 너무 더워서 움직일 수가 없었다. 얇은 옷가지와 더 많은 선크림도 가져오면 좋을 것 같았다.

하지만 다른 무엇보다도 그는 초경량 비행기를 원했다. 두 사람이 탈 수 있는 아주 작은 기체로, 그들이 가져온 다른 모든 장비처럼 태양열에 의해 움직였다. 또 날개에는 15마력의 전기 엔진을 구동할 수 있는 광기전성 고분자 필름이 붙어 있었다. 아주 깜찍한 물건이었고 조종하기도 재미있었다. 처음 내려올 때는 착륙선에 모든 사람을 다 태우느라 실을 만한 공간이 없었다. 하지만 이제는 그 비행기를 가져와서 지형 정찰에 사용할 수 있었다. 마크의 지도는 훌륭했지만, 야브로는 일행이 육로로 전진하기 전에 먼저 날아가서 자기 눈으로 확인하기를 원했다.

그는 팔 밑에 태블릿을 끼고 개활지를 가로질러 앤 에드워즈에게 향했다. 앤이 고개를 들어 야브로가 다가오는 모습을 지켜봤다. 그녀는 무릎 위에 스텔라 마리스 호의 라이브러리 시스템과 연결된 노트북을 올려놓고 자신의 기록을 검토하고 있었다.

"심장 내막염이었을 수도 있겠어요." 야브로가 충분히 들릴 만한 거리까지 다가오자 앤이 말했다. "심장 판막이 박테리아에 감염되면 나타나는 증상이죠. 우리가 출발하기 직전에 새로운 형태의 심장 내막염이 발견되었다는 이야기를 들었어요. 건강한 사람도 순식간에 죽을 수 있다더군요. 그리고 지구에서조차 부검으로 알아내기는 더럽게 어려운 병이에요."

야브로가 투덜거리며 그녀의 옆에 쭈그리고 앉았다.

"그가 어디서 박테리아에 감염됐겠소이까?"

"죽었다 깨나도 모르죠." 앤이 얼굴 앞에서 손을 흔들어 그들이 작은 벌레라고 부르는, 각다귀 같은 곤충 떼를 쫓으며 말했다. "원래부터 가지고 있다가 어떤 이유로 면역 체계가 약화하여 발병했는지도 몰라요. 자외선에 의해 면역 체계가 약해질 수도 있는데, 여긴 자외선이 아주 강하거든요."

"하지만 확실한 건 아니잖소이까. 그 빌어먹을 심장 뭐라는 병이 말이외다."

야브로가 나뭇가지를 하나 집어 들더니, 손으로 조금씩 굽혀 가며 원 모양을 만들었다.

"그래요. 그냥 현재로서 생각할 수 있는 최선의 추측일 뿐이죠." 앤이 노트북을 덮었다. "앨런이 죽은 지 하루밖에 지나지 않았다니 믿기지가 않네요. 어젯밤 일은 미안했어요."

"아니, 내가 미안하오." 야브로가 한쪽 눈으로 앤을 보더니 이내 시선을 돌려 숲 쪽을 응시했다. 그는 나뭇가지를 옆으로 던졌다. "내가 생각이 짧았소이다. 그러잖아도 힘들었을 텐데."

앤이 손을 내밀었다.

"화해하는 거예요?"

"그렇소이다." 야브로가 대답하며 앤의 손을 마주 잡았다. 잠시 후 손을 놓고 일어나다가 무릎이 아픈지 신음을 흘렸다. "한데 내가 다음에 무엇을 할지 알고 나서도 나랑 친구 하고 싶을는지 모르겠소이다."

앤이 눈을 가늘게 뜨고 그를 올려다봤다.

"스텔라 마리스 호로 다시 올라갈 건데, 조지를 보조 파일럿으로 데려갈 생각이외다."

"맙소사."

그들이 재빠른 에디라고 이름 붙인 청록색 동물이 앤의 발 옆을 지나쳐 근처 수풀 속으로 잽싸게 사라졌다. 숲속에서는 도미니크회 수사의 울음소리가 들렸다.

"가상 비행 장치로 훈련할 때 조지가 가장 뛰어났소이다, 앤. 그래서 나는 그가 실제 조종도 연습했으면 좋겠소이다. 그리고 조지는 내가 물자를 싣는 동안 생명 유지 장치를 점검할 수도 있으니까 말이외다. 조지는 우주 멀미도 거의 한 적이 없소이다. 그러니 이번에도 괜찮지 않겠소이까. 당신이 화낼 줄은 알지만 암만 궁리해 봐도 이게 최선이라 이거외다."

"그이도 아마 하고 싶어 할 거예요." 앤이 슬프게 말했다. "이런 세상에, 난 생각만 해도 싫어요."

"나는 허락을 구하는 것이 아니외다, 에드워즈 양." 말은 그렇게 했지만 야브로의 목소리는 매우 부드러웠다. 그가 비뚤비뚤한 웃음을 지었다. "나중에 다들 있는 데서 욕먹느니, 미리 얘기하고 둘만 있을 때 욕먹는 편이 낫겠다고 생각했을 뿐이외다."

"욕하기도 귀찮네요." 앤은 몸을 떨면서도 웃음까지 지어 보였다. "아, 몰라요. 조지가 산산조각이 날까 봐 걱정하며 안절부절못하는 게 처음 있는 일도 아니니까요. 아니면 갈가리 찢기거나. 도로에 납작하게 깔리거나. 벌레처럼 짜부라지거나. 저 인간이 취미라고 했던 짓들을 생각하면!"

그녀는 급류타기, 암벽등반 그리고 비포장 도로용 오토바이를 떠올리며 고개를 흔들었다.

"엠파이어 스테이트 빌딩에서 뛰어내린 남자에 대한 오래된 농담을 들어 본 적 있소이까?"

"그럼요. 떨어지는 내내 이렇게 말했다죠. '아직까진 괜찮군. 아직까진 괜찮군. 아직까진 괜찮군.' 조지의 삶을 요약하면 딱 그래요."

"조지는 잘해 낼 거외다, 앤. 비행기도 괜찮은 물건이고 조지에겐 재능이 있소이다. 가기 전에 다시 가상 장치로 훈련도 시킬 테고 말이외다." 야브로가 그녀를 내려다보며 뺨을 긁고 미소를 지었다. "나도 괜히 서두르다가 추락하거나 할 생각은 없소이다. 착륙을 잘못해서 빈대떡 신세가 된다고 순교자로 추대될 리도 없으니까 말이외다. 우리는 충분히 조심할 거외다."

"DW 당신은 조심하겠죠. 나만큼 조지를 잘 안다면 그런 소리는 못할 거예요." 앤이 경고했다.

막상 닥치자, 비행은 순조롭게 이루어졌고 조지는 멋지게 착륙을 해

냈다. 앤은 차마 그 장면을 보지 못하고 손으로 눈을 가린 채 산도즈와 지미 뒤에 숨어 있었다. 마침내 그녀가 두 남자와 자기 손가락 너머로 내다봤을 때, 조지는 이미 환호성을 지르며 착륙선에서 내리고 있었다. 그러고는 곧장 앤에게 달려오더니 그녀를 안아 들고 빙글빙글 돌고 잠시 후 비행이 얼마나 멋졌는지 신나게 이야기를 늘어놓았다.

소피아는 미소를 지으며 두 사람을 지나쳐, 비행 후 점검을 하는 야브로를 도와주러 갔다. 좌현 날개 쪽으로 움직이며 그녀가 조용히 말했다.

"좀 창백해 보이네요."

"조지가 잘하긴 했소이다." 야브로가 투덜거렸다. "기술이 아니라 배짱으로 조종하는 정신 나간 인간치고는 말이외다."

"예상했던 것보다 다소 스릴 넘치는 비행이었나 보네요."

소피아가 눈으로만 웃으며 건조하게 말했다. 야브로는 툴툴거리며 비행기의 동체 밑으로 들어가서 심작 박동이 정상으로 돌아올 때까지 우현 쪽을 점검하는 데 전념했다.

앤이 아직도 몸을 떨면서 다가와, 소피아가 만든 가상 비행 프로그램의 효과가 분명하게 드러난 데 대해 축하의 말을 했다.

"하느님께 감사하다고 말할 뻔했지 뭐야!" 그녀가 더 어린 여인을 끌어안으며 작게 말했다. "하지만 당신에게 고마워, 소피아."

소피아가 칭찬에 감사하며 대답했다.

"나도 두 사람이 무사히 돌아와서 한시름 덜었다고 인정할 수밖에 없네요."

"착륙선이 다시 돌아온 것도 좋은 일이죠, mes amis(나의 친구들)."

마크가 지미와 함께 화물칸에서 짐이 든 상자를 꺼내며 냉철하게 말했다. 그리고 지상에서 기다리던 모두가 말없이 동감했다. 착륙선은

이 행성에서 벗어나기 위한 유일한 수단이었고, 다들 그 사실을 잘 알고 있었다.

하늘을 나는 일에 홀딱 반한 조지는 이제 초경량기도 조종해 보고 싶어 했지만, 다음 날 그 투명한 꼬마 비행기를 조립하는 데 만족해야 했다. 야브로가 이미 마크와 함께 첫 비행을 하기로 정해 뒀기 때문이었다. 자연학자의 눈으로 실제 지형과 식생이 우주에서 본 영상과 일치하는지 확인하기 위해서였다.

조지와 야브로가 행성을 떠나 있는 동안 지상의 승무원들은 초경량기를 위한 40미터짜리 활주로를 만들며 시간을 보냈다. 아직 뽑아내야 할 나무 그루터기가 두 개 남아 있었고, 그런 다음에는 적당량의 비가 내릴 때까지 기다려야 했다. 그래야 진창이 생기지 않으면서도 푸석푸석한 흙이 잘 다져지기 때문이다. 그래서 거의 일주일이 지나서야, 야브로와 마크는 그들이 위치한 개활지 북서쪽의 낮은 산지를 가로지르는 강과 협곡 위를 비행할 수 있었다.

두 번의 시끄러운 착륙과 한 번의 이륙에도 불구하고, 다행히 아직은 누구도 그들이 여기 있다는 사실을 아는 것 같지 않았다. 야브로는 거주 지역을 지나갈 가능성을 최소화하며 비행경로를 짰다. 이 행성에 항공 운송이 발달하지 않았다는 사실은 분명해 보였다. 스텔라 마리스호에 있을 때, 조지는 가수들이 사용하는 AM 라디오 주파수를 알아냈다. 그는 예수회 일행이 서로 떨어지게 되면 극초단파와 사실상 추적이 불가능한 광대역 암호로 무선 통신을 해야 한다고 주장했다. 그래야 너무 일찍부터 관심을 끌지 않을 수 있다고 말이다. 그럼에도 야브로와 마크는 정찰 비행의 막바지에 무선 장치를 꺼 둘 수밖에 없었다.

그들이 신호 중계를 위해 사용하는 위성들은 행성 전역을 포괄하지 못했고, 활주로를 사용할 수 있게 된 시점이 하필 통신이 불가능한 기간과 겹쳤다.

통신이 두절된 마지막 다섯 시간을 포함해 총 열다섯 시간이 흐른 뒤 지미가 고함을 지르며 정적을 깨뜨렸다. 곧 사람들의 귀에 초경량기의 모터 소리가 들렸고, 그들은 모두 일어나 하늘을 올려다보며 작은 비행기의 형체를 찾았다.

"저기요!"

소피아가 외쳤다. 그들은 야브로가 원을 그리며 날다가 거칠게 착륙하는 모습을 지켜봤다.

마크는 활짝 웃으며 비행기에서 내렸다. 그가 사람들에게 말했다.

"마을을 찾았어요! 여기서 강을 따라 6~7일쯤 걸어가면 되는 거리에 있습니다. 강으로부터 30미터쯤 되는 높이의 절벽 위에 있더라고요. 거의 못 보고 지나칠 뻔했어요. 건축 형태가 아주 흥미롭더군요. 아나사지족의 절벽 주거지와 비슷하지만 기하학적인 구조는 아니었어요."

"오, 마크!" 앤이 신음했다. "누가 건축 구조 따위에 신경을 쓴다고 그래요?"

"가수들은 찾았소? 어떻게 생겼던가?" 조지가 물었다.

"못 봤소이다." 야브로가 조종석에서 내려 몸을 풀며 말했다. "환장할 노릇이지. 버려진 지역 같지는 않았는데. 유령 마을은 아니었소이다. 한데 개미 새끼 한 마리도 없었단 말이외다."

"아주 기이하더군요." 마크가 동의했다. "강 건너편에 착륙해서 한참 지켜봤지만 마을에는 아무도 없었어요."

"그럼 이제 어떻게 하죠?" 지미가 물었다. "사람이 사는 다른 마을을 찾아봐야 하나요?"

"아니. 우리는 마크와 야브로 신부님이 오늘 발견한 마을로 가야 해."

모두가 돌아서서 멍한 표정으로 산도즈를 쳐다봤다. 산도즈는 아무도 자기가 이 문제에 대해 의견을 내리라고 예상하지 못했다는 사실을 깨달았다. 그는 습관적으로 머리를 쓸어 넘기는 동작을 멈출 수 없었지만, 허리를 곧게 펴고 여느 때와 달리 자신감 넘치는 목소리로 다시 한번 말했다.

"우리는 한동안 여기 숨어 지냈어요. 이 행성에 익숙해지기 위해서 말입니다, 그렇죠? 그리고 이제 우리를 드러내지 않으면서 마을을 조사할 수도 있는 가능성이 생겼어요. 내가 볼 때는 일이 한 단계 한 단계 진행되고 있는 것 같은데요. 아마 다음번에는 우리가 만나기로 되어 있는 이들을 만날 수 있겠죠."

마크 로비쇼가 눈을 반짝이며 야브로 쪽으로 돌아서서 침묵을 깨고 질문을 던졌다.

"신부님 생각에는, 이 마을이 담장 위의 거북이 같습니까?"

야브로가 콧방귀를 뀌며 짧게 웃고는 목 뒤쪽을 문지르며 한동안 바닥을 내려다봤다. 그는 과거에 거북이 이야기를 했던 일을 진심으로 후회하고 있었다. 야브로는 고개를 들어 민간인들을 쳐다봤다. 조지와 지미는 당장이라도 짐을 싸서 출발할 기세였다. 그는 고개를 설레설레 흔들며 앤과 소피아에게 말없이 호소했다. 그녀들이 뭔가 논리적이거나 현실적인 의견을 내지 않을까 싶어서였다. 하지만 앤은 손바닥을 위로 향한 채 어깨를 움츠릴 뿐이었고, 소피아는 그저 이렇게 물었다.

"날 수 있는데 왜 걸어가야 할까요? 난 초경량기를 운송 수단으로 사용해야 한다고 생각해요. 연료 문제도 없고요. 몇 번에 걸쳐 사람과 장비를 실어 나르면 돼요."

그 말에 야브로는 졌다는 듯 두 손을 들고 하늘을 올려다봤다. 그리고 뒷짐을 진 채, 혼잣말로 대체 쉬운 일이 하나도 없다고 투덜거리며 이리저리 거닐었다. 마침내 멈춰 선 야브로는 소년에서 남자가 될 때까지 거의 30년 동안 알아 왔던 에밀리오 산도즈를 응시했다. 산도즈가 자신 없는 목소리로 속삭였던 믿기 어려운 고백들이 지금도 귓가에 선했다. 야브로는 눈물을 참기 위해 애쓰며 잠시 깊은 감회에 사로잡혔다. 이 영혼은 그가 결코 예상하거나 바라지도, 심지어 거의 이해하지도 못했던 방식으로 뿌리를 내리고 자라나 꽃을 피웠다. 그리고 자신은 그 과정을 줄곧 지켜봐 왔다. '그야말로 신비로군!' 그는 경탄을 금치 못하며 생각했다. '난 푸에르토리코의 신비를 손에 넣은 거야.'

모두들 야브로의 결정을 기다리고 있었다. 그가 마침내 말했다.

"좋소이다. 나야 반대할 이유가 없으니까. 왜 안 되겠소이까? 강을 따라 좀만 내려가면, 마을에서는 잘 안 보이는 위치에 착륙할 만한 평지도 있었소이다. 제일 무거운 장비들을 멘데스 양과 함께 실으면 될 것 같소이다. 무게가 거의 안 나가는 사람이니까 말이외다. 퀸은 칫솔 하나만 가지고 타야겠지만."

일행은 환호성을 지르며 서로 손뼉을 부딪쳤다. 이제 앞으로 나아갈 준비가 되었다는 공감대가 형성되자 다들 정신없이 떠들어 댔다. 그런 소동의 한가운데, 에밀리오 산도즈는 조용히 서 있었다. 사람들의 이야기에 귀를 기울이는 것처럼 보였지만, 주위에서 벌어지는 계획에 대한 논의는 전혀 듣고 있지 않았다. 그가 다시 정신을 차렸을 때, 소피아 멘데스의 모습이 눈에 들어왔다. 그녀 역시 다른 사람들에게서 떨어진 곳에 서서 지적인 탐색의 눈빛으로 자신을 바라보고 있었다. 산도즈는 동요하지 않고 그녀와 시선을 마주쳤다. 그리고 그 순간은 곧 지나갔다.

야브로는 초경량기에 일행을 한 명씩 태워서 숲 바깥으로 공수했다. 그들은 강줄기를 따라 내려가다가 좀 더 건조한 구릉지대로 접어들어 야브로가 찾아낸 착륙 지점을 향했다. 야영과 의사소통을 위한 도구, 그리고 2개월 치의 식량은 지참했지만 나머지 화물 대부분은 착륙선에 남겨 뒀다. 야브로는 착륙선의 입구를 봉하고 눈에 띄지 않도록 잘 숨겼다. 사람들은 모두 활주로에서 하늘로 날아오르기 전에 앨런 페이스의 무덤을 돌아봤다. 누군가 꽃을 가져다 놓았지만, 아무도 그에 대해 언급하거나 자기가 했다고 인정하지 않았다.

산맥 동쪽의 모든 것은 숲속보다 더 작고 덜 화사해 보였다. 푸른색과 초록색, 라벤더색이 좀 더 어둡고 칙칙했다. 또한 동물 종들은 안전을 위해 은신과 잠행에 주로 의존했다. 나무와 같은 식물도 있었지만, 숲의 경우와 달리 나뭇잎이 우거질 자리를 여러 개의 줄기와 구부러진 가지들이 대신하고 있었다. 그날 저녁 두 번째 일몰과 세 번째 일몰 사이, 다른 사람들이 새로운 식품 저장소를 확보하고 있을 때 조지가 바위틈에서 자외선 산란을 피할 만한 장소를 찾아냈다. 그들은 일하는 내내, 가까이 다가오기 전에는 거의 보이지 않는 검푸른 색의 작은 동물 때문에 깜짝깜짝 놀라곤 했다. 마치 뇌조처럼 갑자기 땅에서 날아오르며 심장마비를 유발하는 습성이 있어 앤은 녀석에게 관상동맥이라는 이름을 붙였다. 여기서는 숲속과 달리 조용하게 말해도 목소리가 크게 들렸다. 그날 밤 그들은 별다른 논의 없이도 서로 천막을 가까이 쳤다. 착륙 이후 처음으로 일행은 낯설고 어색한 느낌을 받았다. 그리고 약간은 두려운 마음으로 침낭에 들어가 애써 잠을 청했다.

다음 날 아침, 마크는 사람들을 데리고 조심스럽게 계곡을 내려갔다. 일행을 마을이 보이는 지점으로 안내했지만, 처음에는 아무도 마크가 어디를 가리키는지 알아차리지 못했다. 그가 내리쬐는 자외선 속에서 하늘을 날아가는 도중에 그곳을 발견한 일은, 기적이라고 할 수는 없을지는 몰라도 충분히 경이로운 일이었다. 주위 환경에 동화될 의도로 지어진 석조 건물과 테라스는 절벽 가장자리의 층층이 침식된 지형에 완전히 녹아들어 있었다. 지붕들은 지반의 침강과 바위 모양을 흉내 내기 위해 갖가지 높이와 재료로 만들어졌다. 입구 또한 정방형이나 통일된 형태가 아니라, 자연 상태의 바위들이 강을 향해 쪼개지고 무너진 돌출부와 조화를 이루는 다양한 모양새였다.

이렇게 멀리서도 강을 내다보는 테라스 안쪽에 바로 이어진 수많은 방을 볼 수 있었다. 주위의 덩굴과 나뭇잎에 가려진, 갈대로 엉성하게 만든 파라솔들이 한낮에도 그늘을 드리웠다. 이렇게 상대적으로 조잡한 구조는 이 마을에 얼마 전까지 사람들이 살았다는 야브로의 인상을 뒷받침했다. 누가 계속적으로 관리하지 않는 이상 폭풍우가 몇 번만 몰아쳐도 버티지 못했을 것이기 때문이다.

"전염병일까요?"

지미가 앤에게 부드럽게 물었다. 여전히 마을 주민들의 모습은 보이지 않았고, 텅 빈 건물들을 지켜보고 있자니 으스스한 기분이 들었다.

"아니, 그건 아닐 거야." 앤이 조용히 말했다. "그러면 주위에 시체가 널려 있거나, 장례를 치르고 있거나 뭐 그랬겠지. 어쩌면 전쟁이 벌어져서 다들 대피하지 않았을까?"

그들은 한동안 마을을 지켜보며, 인구수를 추정하기도 하고 사라진 주민들에 대한 암울한 결론을 내리는 등 이런저런 생각과 의견을 제시했다.

"자, 자, 그러고 있지들 말고 좀 더 가까이 가 봅시다." 마침내 야브로가 말했다.

그는 조지와 지미에게 휴대용 무전기를 들려주고, 강과 절벽 동쪽으로 완만하게 이어진 평지가 훤히 내려다보이는 높은 위치에 파수꾼으로 세웠다. 그러고 나서 마크더러 나머지 사람들을 절벽 가장자리로 안내하게 시켰다. 그들은 테라스를 통해 건물 안으로 들어가서 은밀한 관광을 시작했다.

"곰 세 마리 동요에 나오는 소녀가 된 기분이에요."

앤이 그렇게 속삭였다. 그들은 방 안을 들여다보며 복도를 따라 이동했고, 절벽 외부로 이어진 산책로를 따라 방향을 잡았다.

"이 사람들이 어떻게 생겼는지 알 수 있는 예술 작품이 있으면 좋을 텐데 말입니다."

마크가 말했다. 벽에는 회칠도 색칠도 되어 있지 않았고, 조각상도 찾아볼 수 없었다. 구상적인 예술 작품은 어디에도 없었다. 가구는 대체로 드물었지만, 여기저기서 주민들의 손재주가 훌륭하다는 증거가 드러났다. 몇몇 방에는 화려한 색으로 아름답게 짜인 커다란 쿠션들이 자리를 차지하고 있었다. 다른 방에는 나무처럼 결이 있는 재료로 만든 낮은 받침대가 있었는데, 아마 탁자나 의자로 보였다. 목공 솜씨가 매우 뛰어났다.

주민들이 서둘러 떠난 것 같지는 않았다. 분명히 주방으로 보이는 방들이 존재했지만 남겨진 음식은 없었다. 일행은 아마 식품을 보존하기 위한 용기로 보이는 밀봉된 상자들을 발견했지만, 보존 상태를 해칠까 봐 열어 보지 않았다. 냄비, 그릇, 접시 등 온갖 종류의 도자기가 높다란 돌 선반에 쟁여져 있었고, 칼과 같은 날붙이는 머리 위 높은 위치의 서까래에 매달려 있었다.

"분명 손이 있겠네." 앤이 칼 손잡이를 보며 말했다. "날 보고 저것들을 잡으라고 하면 어떻게 해야 할지는 잘 모르겠지만, 어떤 종류든 손가락을 사용해야 할 거야."

"우리보다는 지미의 키에 더 가깝겠네요."

소피아가 앤에게 말했다. 거의 모든 물건이 그녀의 손에는 닿지 않는 높이에 있었다. 지구에서도 마찬가지였지만, 여기서는 정도가 훨씬 더 심했다. 그녀는 모든 구조가 아주 낮거나 아주 높다는 점이 이상하다고 생각했다.

처음이라 그런지 방들의 구조에 일행이 알아볼 수 있는 어떤 규칙성은 없었다. 공간의 크기와 형태는 다양했고 종종 자연적으로 발생한 공동의 넓이를 확장한 경우도 있었다. 어떤 아주 큰 방에서 그들은 거대한 바구니가 잔뜩 쌓여 있는 광경을 발견했다. 그보다 좀 더 작은 방에는 아름다운 마개 달린 유리병에 다양한 액체가 담겨 있었다. 사람들은 언제라도 수수께끼의 원주민과 마주칠 수 있다는 점을 염두에 둔 채, 한동안 을씨년스러운 침묵 속을 돌아다녔다. 마침내 그들이 떠나려고 할 때, 무전기에서 울리는 조지의 목소리가 정적을 깨뜨렸다.

"야브로?"

앤은 다른 사람도 아닌 자기 남편의 목소리에 소스라치게 놀라 거의 제자리에서 뛰어오를 뻔했다. 여기저기서 긴장한 웃음소리가 터져 나오자, 야브로가 사팔뜨기 눈을 부라리며 조용히 시켰다.

"듣고 있소이다."

"저녁 식사에 누가 오는지 맞혀 보시오."

"얼마나 멀리 있소이까? 수는 몇 명이고?"

"지금 막 첫 번째 무리가 여기서 북동쪽으로 8킬로미터 정도 떨어진 언덕을 돌아 나오는 모습을 봤소." 잠시 침묵이 흘렀다. "와, 이런, 수가 아주 많소. 걷고 있소. 큰 개체도 있고 작은 개체도 있소. 가족인 것 같소. 물건을 들고 있소. 내가 보기엔 바구니 같소."

다시 한번 짧은 침묵이 있었다.

"우리가 어떻게 했으면 좋겠소이까?"

야브로가 빠르게 사람들의 의견을 모은 뒤 막 뭐라고 말하려는 순간, 산도즈가 가장 가까운 테라스를 향했다. 그는 나가는 길에 잠시 멈춰 서더니 뜻밖에도 조지가 기다리는 지점으로 출발하기 전에 나무 덩굴에서 작은 꽃들을 땄다. 야브로는 입을 벌린 채 산도즈가 떠나는 모습을 지켜보다가, 앤과 마크 그리고 소피아 쪽으로 시선을 돌렸다. 그런 다음 무전기에 대고 말했다.

"지금 갈 테니까 그 위쪽에서 봅시다."

그들은 산도즈의 뒤를 따라 마을에서 나왔고, 협곡 위의 평지에서 지미와 조지에게 합류했다. 높은 곳에 올라서자 포장되지 않은 길 저편으로 수백에 이르는 개체들이 다가오는 모습이 보였다. 어떤 내면의 지시에 따라, 산도즈는 이미 서두르지도 주저하지도 않은 채 일정한 보폭으로 길을 따라 내려가고 있었다.

"아무래도 더 이상 명령을 내리는 사람은 내가 아닌 것 같소이다."

야브로 딱히 누구에게랄 것도 없이 그렇게 말했다. 그러자 마크가 입을 열었다.

"아, mon ami(내 친구여), 내 생각엔 지금 우리가 담장 위에 있는 것 같습니다. 그리고 여기까지 우리 힘으로 올라오지도 않았어요. Deus qui incepit, ipse perficiet."

'신이 이 일을 시작했고, 이제 완성할 것이다.' 마크가 한 말에 대해 생각해 본 앤은 따뜻한 날씨에도 몸이 떨렸다.

여섯 명은 산도즈의 뒤를 따라 걸어가면서 그가 몸을 굽히고 빛나는 조약돌과 나뭇잎 따위를 손에 잡히는 대로 줍는 모습을 지켜봤다. 그는 자신의 행동이 미친 짓으로 보일 거라는 사실을 깨달았는지 나머지 일행을 돌아보고는 눈을 빛내며 짧게 웃었다. 하지만 사람들이 채 뭐라고 말하기도 전에 다시 몸을 돌려, 원주민들과의 거리가 절반으로 줄어들 때까지 길을 따라 나아갔다. 그리고 멈춰 서서 약간 가쁜 숨을 몰아쉬었다. 어느 정도는 여기까지 걸어오느라 힘들어서였고, 또 어느 정도는 지금 이 순간이 의미하는 바에 흥분해서였다. 나머지 사람들도 가까이 다가갔지만, 이 일에 대해서는 산도즈의 주도권을 인정하고 몇 걸음 뒤에 멈춰 섰다. 검은색과 은색이 뒤섞인 그의 머리카락이 산들 바람에 휘날리고 있었다.

이제 그들은 높고 선율이 있는 목소리를 들을 수 있었다. 두런두런 이야기의 조각들이 미풍을 타고 흘러왔다. 처음에는 원주민 무리에서 어떤 질서도 알아볼 수 없었지만, 곧 야브로는 작은 개체들이 안쪽에 모여 있고 맨 앞쪽과 양옆으로는 크고 강해 보이는 개체들이 자리 잡고 있다는 사실을 깨달았다. 최소한 그가 보기로는 무장하지 않은 상태였지만, 경계심을 드러내며 예수회 일행을 똑바로 응시하고 있었다.

"저들을 놀라게 해서는 안 되니, 성급하게 움직이지 맙시다." 야브로가 신중하게 목소리를 높여 모든 사람, 특히 산도즈에게 들리도록 그렇게 지시했다. 검은색 옷을 차려입은 산도즈는 등을 곧게 편 채로 꼼짝도 하지 않고 서 있었다. "저쪽에서 우리를 전부 볼 수 있게 좀 흩어져 있는 게 좋겠소이다. 양손은 저쪽이 볼 수 있는 위치에 두고 말이외다."

두 집단 중 어느 쪽도 공황 상태에 빠지지는 않았다. 마을 주민들은 산도즈가 있는 위치에서 몇백 걸음 아래 멈춰 서더니 커다랗게 잘 만든 바구니를 내려놓았다. 바구니에는 뭔가가 가득 들어 있었지만, 덩치가 작은 개체들조차 쉽게 다루는 모습을 보면 그렇게 무겁지는 않은 듯했다. 원주민들은 옷을 입지 않았지만, 많은 수가 팔이나 목에 밝은색의 리본을 달고 있었다. 바람이 불자 리본들이 물결치며 흔들리고 펄럭였다. 산들바람이 갑자기 강해지자 야브로는 문득 진한 향기를 맡았다. '꽃향기로군, 저들에게서 꽃향기가 나고 있어.' 그는 바구니들이 성기게 짜여 있다는 점에 다시 한번 주목했고, 안에 하얀 꽃들이 담겨 있다는 사실을 깨달았다.

잠깐 두 집단은 그저 가만히 서서 상대를 바라보기만 했다. 어른들은 아이들이 떠들지 못하게 달랬고, 웅성대며 의논하는 소리도 잦아들어 침묵만 흘렀다. 원주민 무리가 조용해지자, 야브로는 그들이 토론할 때 누가 말을 하고 누가 침묵을 지키는지 눈여겨봤다. 맨 앞과 양옆을 지키는 자들은 이야기에 참여하지 않고 경계 태세를 유지했다.

야브로가 명령 체계를 살피는 동안 앤 에드워즈는 해부학적 구조를 연구했다. 원주민들의 모습은 인간과 크게 다르지 않았다. 몸의 전체적인 형태가 유사했다. 이족보행을 하고 사지 중 앞쪽의 두 개는 물건을 쥐거나 조작하는 목적에 특화되어 있었다. 뿐만 아니라 얼굴 생김새도 인간과 비슷했다. 그리고 차이가 나는 부분도 앤의 관점에서는 충격적이거나 흉측하게 보이지 않았다. 그녀는 여기서나 아니면 고향별 지구에서도 많은 다른 종에게서 아름다움을 발견했으며, 이 경우에도 마찬가지였다. 커다랗고 움직이는 귀들이 머리 양옆으로 높이 솟아 있었다. 크고 아름다운 눈은 마치 낙타처럼 속눈썹이 풍성했고, 사분한 느낌이었다. 코는 볼록하고 끝이 넓었으며, 부드러운 곡선을 그리며 인간에 비해 다소 도드라지는 주둥이 부위로 이어졌다. 커다란 입에는 입술이 달려 있지 않았다.

물론 다른 점도 많았다. 육안으로 알아볼 수 있는 수준에서 가장 두드러진 차이는 인간에게 꼬리가 없다는 점이었다. 이는 그들의 고향 행성에서도 이례적인 특징이었다. 앤은 지구상의 거의 모든 척추동물이 가지고 있는 꼬리가 왜 유인원과 기니피그에게만 없는지 늘 의아하게 생각했다. 그리고 인간이 여기서나 지구에서나 마찬가지로 특이한 또다른 점은, 상대적으로 털이 없다는 점이었다. 원주민들의 샴고양이처럼 날씬한 근육질 신체에는 부드러운 털이 빈틈없이 자리 잡고 있었다. 몸은 담황색으로 빛났고, 눈가에는 클레오파트라의 화장처럼 예쁜 갈색의 무늬가 있었다. 그리고 등줄기를 따라서는 좀 더 어두운 색이 분포하고 있었다.

"너무 아름다워요."

앤이 찬탄했다. 그리고 저토록 고르게 잘생긴 종족이 인간을 추하다고 생각하면 어쩌나 걱정했다. 자신들은 납작한 얼굴에 희거나 붉거나 갈색 혹은 검은색인 털 쪼가리가 붙어 있는 데다, 키는 저마다 달랐고 성별에 따라 수염이 나기도 안 나기도 했다. '우리는 이국적으로 보이겠지. 사실은 이성적(異星的)이라고 해야겠지만.'

원주민 사이에서 중키에 성별을 가늠할 수 없는 개체가 앞으로 나섰다. 앤은 거의 숨 쉬는 것조차 잊어버린 채, 그 원주민이 자신들에게 다가오는 모습을 지켜봤다. 그녀는 마크 역시 자신과 비슷한 생물학적 고찰을 하고 있었다는 사실을 깨달았다. 이 원주민이 좀 더 가까이 오자 그가 이렇게 말했기 때문이다.

"눈을 좀 봐요, 앤!"

각각의 눈에는 홍채가 두 개였다. 그것들은 서로 크기가 다른 두 개의 동공 주위를 8자 모양으로 감싸며 수평으로 배열되어 있었다. 마치 오징어의 눈을 닮은 모양이었다. 여기까지는 멀리서도 알아봤던 특징이었다. 그녀를 얼어붙게 한 것은 색깔이었다. 거의 보라색에 가까운 짙은 푸른색 눈동자가 샤르트르 대성당의 스테인드 글라스처럼 빛나고 있었다.

산도즈는 가만히 서서 그 원주민이 어떻게 할지 결정하도록 내버려 두었다. 마침내 이 개체가 입을 열어 말을 시작했다.

다양한 모음과 부드럽게 울리는 자음으로 이루어진 경쾌하고 빠른 언어였다. 노래를 통해 접했던 짧고 날카로운 성문폐쇄음이나 박자에 따른 변동은 전혀 없었고, 마치 흐르는 물처럼 유려하게 들렸다. 앤은 지구에서 들었던 언어보다 이쪽이 더 아름답다고 생각했지만 가슴이 내려앉았다. 마치 이탈리아어가 중국어와 다른 정도로, 가수들의 언어와는 전혀 달랐기 때문이다. 그녀는 생각했다. '그 모든 노력이 헛수고였다니.' 다른 모든 사람과 마찬가지로 산도즈에게 가수들의 언어에 대해 배웠던 조지 역시 같은 생각을 하고 있었던 모양이다. 그는 앤에게 몸을 기울이며 속삭였다.

"젠장.「스타 트렉」에서는 다들 영어를 했잖아!"

앤은 팔꿈치로 조지를 찔렀지만, 곧 웃으며 그의 손을 잡고 대화에 귀를 기울였다. 원주민이 말을 마치고 산도즈의 대답을 기다리자, 조지와 맞잡은 손에 힘이 들어갔다.

"무슨 말인지 모르겠습니다." 에밀리오 산도즈가 부드럽고 명확한 목소리로 말했다. "하지만 당신이 가르쳐 주면 배울 수 있습니다."

다음에 일어난 일은 산도즈를 제외한 예수회 일행 모두를 어리둥절하게 했다. 말하던 원주민이 무리로부터 여러 명의 개체를 치례로 불러낸 것이다. 그중에는 반쯤 자란 아이들도 포함되어 있었다. 각각의 개체는 산도즈의 차분한 시선에 눈을 맞추며 짧게 말했다. 그러면 산도즈는 같은 말을 반복했다.

"무슨 말인지 모르겠습니다."

그는 이들이 저마다 다른 언어 혹은 방언을 사용하고 있다는 점을 거의 확신했다. 그중 하나는 실제로 가수들의 말이었다. 그는 이들이 통역사며, 원주민의 우두머리가 그들이 공통적으로 알고 있는 언어를 찾으려 한다는 사실을 깨달았다. 그런 시도가 실패하자 어른이 자기 무리로 돌아갔다. 그리고 한참에 걸쳐 논의가 이루어졌다. 그러고 나서 앞서 봤던 어느 누구보다도 한참 작은 어린아이 하나가 또 다른 어른에게 이끌려 앞으로 나섰다. 어른은 부드러운 말로 아이를 달래서 혼자 산도즈에게 다가가도록 했다.

깡마르고 홀쭉해서 마치 막대기처럼 볼품없는 아이였다. 아이가 겁을 내면서도 천천히 앞으로 나오는 모습을 보고, 산도즈는 천천히 무릎을 꿇었다. 원주민 어른이 자기를 내려다보던 것처럼 아이를 내려다보지 않기 위해서였다. 그들은 한순간 주위의 동족들을 잊어버린 채 서로에 대해서만 모든 주의를 집중했다. 아이가 더 가까이 다가오자 산도즈는 손바닥을 위로 한 채 한 손을 내밀고 말했다.

"안녕."

아이는 아주 잠시 망설이더니 손을 내밀어 산도즈의 손 위에 올려놓았다. 손가락이 길고 따뜻한 손이었다. 그러더니 산도즈만큼이나 맑고 부드러운 목소리로 말했다.

"찰랄라 카에리."

그리고 앞으로 몸을 숙여 머리를 산도즈의 목덜미에 기댔다. 살짝 숨을 들이마시는 소리가 들렸다.

"찰랄라 카에리."

산도즈가 따라 하고는 아이의 동작을 똑같이 흉내 내서 인사했다.

원주민들이 큰 소리로 웅성거리기 시작했다. 인간들은 깜짝 놀라서 뒷걸음질 쳤지만, 산도즈는 아이로부터 눈을 떼지 않았다. 아이는 겁을 내지도 물러나지도 않고 있었다. 산도즈는 아이의 손을 부드럽게 자기 쪽으로 잡아당기며 말했다.

"에밀리오."

이번에는 아이가 그의 말을 따라 했는데 모음을 잘 분간하지 못하는지 이렇게 들렸다.

"밀리오."

산도즈는 굳이 아이의 발음을 고쳐 주지 않았다. '그 정도면 충분히 비슷해, chiquitita(작은 소녀야), 잘했다.' 어째선지 그는 눈앞의 아이가 어린 소녀라는 결론을 내리고 있었다. 그리고 이미 아이를 마음 깊이 사랑하며 자신의 영혼을 숨김없이 내보였다. 그는 아이가 자기 손을 잡아당기리라는 사실을 알고 가만히 기다렸다. 아이는 그렇게 했지만, 가슴이 아닌 이마로 손을 가져갔다.

"아스카마."

아이가 말했고 산도즈가 따라 했다. 첫 번째 음절에 강세가 있었고 두 번째와 세 번째 음절은 한데 뭉쳐서 빠르게 말했으며, 마지막에 억양이 살짝 내려갔다.

산도즈는 이제 자세를 바꿔 길바닥의 고운 황토 먼지 위에 다리를 꼬고 앉았다. 아스카마도 그와 마주 보기 위해 조금 움직였다. 그는 원주민과 지구인 두 집단 모두가 자신들을 옆에서 볼 수 있도록 자리를 잡았다. 다음 동작을 하기 전에, 아이를 앞으로 보낸 어른 쪽으로 고개를 돌렸다. 그 어른은 원주민들의 무리 근처에 서서 아스카마로부터 눈길을 떼지 않고 있었다. 산도즈는 놀란 척 몸을 뒤로 젖히며 숨을 들이켜고 눈을 크게 떴다.

"아스카마, 이게 뭐지?"

그러고는 소녀의 귀 뒤쪽에서 꽃 한 송이를 찾아냈다.

"시 자오!"

아스카마가 이번에는 산도즈의 말을 따라 하지 않고, 깜짝 놀라서 외쳤다.

"시 자오." 산도즈가 반복했다. "꽃."

그는 입을 쩍 벌린 채 놀라고 있는 어른 쪽을 흘깃 살폈다. 별다른 움직임이 없자, 계속해서 허공으로부터 꽃 두 송이를 만들어 냈다.

"사 자이!"

아스카마가 외치며, 복수형일 수도 있는 표현을 그에게 알려 줬다.

"그렇지, 사 자이, chiquitita." 산도즈가 웃으며 중얼거렸다.

곧 다른 아이들이 앞으로 나왔고, 부모들도 더 가까이 다가왔다. 결국 지구인과 원주민이 한데 어우러져 산도즈와 아스카마를 둘러쌌다. 그들은 산도즈의 마술에 매료된 채, 그가 조약돌과 나뭇잎과 꽃을 나타났다가 사라졌다가 다시 나타나게 만드는 광경을 지켜봤다. 그 사이 산도즈는 숫자와 명사로 보이는 단어들을 배웠고, 보다 중요한 놀라움과 어리둥절함과 기쁨의 표현들을 익혔다. 또한 마술을 부리는 동안 아스카마의 얼굴을 지켜보고, 어른들과 다른 아이들의 반응을 살폈다. 그리고 어느새 그들의 몸짓 언어를 파악한 다음, 즐거운 마음으로 흉내 냈다.

신과 신의 모든 작품에 대한 사랑으로 미소 지으며 산도즈가 마침내 두 팔을 활짝 벌리자 아스카마는 행복하게 그의 무릎에 올라앉았다. 그리고 두꺼운 근육으로 이루어진, 끝이 가는 꼬리를 몸 주위로 편안하게 말고 자리를 잡았다. 그녀는 구름 사이로 드러난 세 줄기 햇살 아래, 산도즈가 다른 아이들과 인사하며 이름을 외우는 모습을 지켜봤다. 산도즈는 프리즘이 된 자신이 신의 순백과 같은 사랑을 받아들인 다음 주위 모든 방향에 흩뿌리는 듯한 느낌을 받았다. 그런 감동은 거의 육체적인 것에 가까웠다. 그는 아이들이 하는 말을 열심히 따라 하며 즉석에서 음조와 억양, 음소의 패턴을 익혔다. 그리고 틀릴 때마다 아스카마가 조용히 정정해 주면 진지하게 듣고 반복했다.

분위기가 좀 더 혼잡해지자, 산도즈는 장난칠 기회를 잡았다. 그는 아이들이 사용하는 언어의 가락과 전체적인 소리를 흉내 냈는데, 태도는 더없이 진지했지만 실은 아무 말이나 주워섬기고 있었다. 이 작전은 기쿠유족에게는 잘 통했지만, 추크 섬 사람들은 기분 나쁘게 받아들였다. 다행히도 이 행성의 원주민들은 재미있어하는 것처럼 보였다. 그들은 아이들이 꺅꺅거리며 그와 이렇게 우습고 바보 같은 방식으로 말하려고 서로 다투는 모습을 보면서도, 소리를 지르거나 위협적인 동작을 취하지 않았다.

이런 식으로 시간이 얼마나 지났는지 전혀 알 수 없었지만, 결국 산도즈는 아스카마의 무게 때문에 등이 저리고 다리가 마비되어 간다는 사실을 인식했다. 무릎에서 아스카마를 내려놓고 비틀거리며 일어섰지만, 여전히 아이의 손은 잡고 있었다. 산도즈는 마치 처음 보는 것처럼 주위를 둘러봤다. 그리고 지미와 소피아를 발견했다. 소피아가 외쳤다.

"마술이라니! 나를 속였어요, 산도즈!"

그녀의 AI 프로그램에 이런 방법은 전혀 들어 있지 않았기 때문이다. 다음으로 마크 로비쇼를 찾아보니 군중 속에서 작은 아이 하나를 어깨 위에 올려놓고 있었다. 아이가 어른들 너머로 산도즈의 마술을 볼 수 있게 해 주기 위해서였다. 그리고 야브로가 있었다. 놀랍게도 그는 두 눈에 눈물을 가득 머금고 있었다. 산도즈는 한참 이리저리 살피고 나서야 서로 팔짱을 끼고 있는 조지와 앤 에드워즈를 찾아낼 수 있었다. 앤 역시 울고 있었지만, 조지는 그를 똑바로 바라보며 아이들의 야단법석 너머로도 들릴 만큼 목청을 높여서 이렇게 외쳤다.

"혹시 누가 물어보면 난 백열여섯 살인 거야!"

에밀리오 산도즈가 고개를 뒤로 젖히고 웃음을 터뜨렸다.

"하느님!" 그는 햇살 속으로 외친 다음 몸을 숙여 아스카마의 머리

꼭대기에 입을 맞췄다. 그리고 아이를 자신의 품 안으로 끌어당겼다. 신의 모든 피조물을 포옹하는 몸짓이었다. "하느님." 눈을 감고 아이를 허리에 매단 채 다시 한번 속삭였다. "저는 이 일을 위해 태어났나이다!"

그것은 단순한 진실이었다. 어떤 말로도 그의 삶을 설명할 수는 없었다.

22

나폴리

2060년 6월

"그럼 이 아이가 당신으로부터 말을 배우고, 또 당신에게 말을 가르치기 위해 배정된 거로군요. 맞습니까?" 요하네스 펠커가 물었다.

"본질적으로는 그렇습니다. 루나는 거래를 위해 많은 언어를 알아야 하는 상업 민족입니다. 우리와 마찬가지로 그들도 아이들이 언어를 빠르고 쉽게 배우니 그 점을 활용하는 겁니다. 이해가 갑니까? 언제든 새로운 거래 관계가 형성되면 아이 하나를 정해서 그 가족과, 마찬가지로 아이가 있는 외국의 대표단이 함께 기릅니다. 몇 년만 지나면 아주 복잡한 의사소통도 가능해지죠. 그리고 해당 언어는 대대로 전해지게 됩니다. 그렇게 여러 세대에 걸쳐 거래 상대방과 안정적인 관계를 확립할 수 있습니다."

흐리고 바람 한 점 없는 날이었다. 6월이라 날씨가 따뜻해서, 창문은 모두 열어 두었다. 끊임없이 들리는 빗소리가 에밀리오 산도즈의 부드럽게 이어지는 독백과 잘 어울렸다. 빈첸초 지울리아니는 일정을 바꿔, 청문회가 오후에 열리도록 했다. 산도즈가 밤새 악몽에 시달리면 오전에 잘 수 있게 해 주기 위해서였다. 이 방법은 제법 도움이 되는 것 같았다.

"그리고 그들은 당신이 그런 역할을 하는 아이라고 생각했군요?" 요하네스 펠커가 물었다.

"그렇습니다."

"아마 다른 일행보다 다소 작았기 때문이겠군요." 펠리페 레예스가 짐작했다.

"그래. 또 내가 마치 통역사처럼 최초의 의사소통 시도를 전담하기도 했으니까. 실제로, 꽤 오랫동안 우리 중에서는 지미만 어른으로 여겨졌어. 그 친구 키가 루나의 평균 신장과 비슷했거든."

"그들이 처음에 겁먹지는 않았소? 분명 당신들 같은 존재를 본 적이 없었을 텐데. 난 그 점이 신기하오." 지울리아니가 말했다.

"루나는 새로운 대상에 매우 관대합니다. 그리고 우리는 육체적으로 그들에게 위협이 안 된다는 점이 자명했죠. 그들은 분명히 우리가 뭐든 간에 거래를 하기 위해 찾아왔다고 생각했을 겁니다. 자신들의 세계관에 맞춰 우리를 판단한 거죠."

"최초 접촉시 그 아스카마란 아이가 몇 살 정도였다고 추정합니까?"

펠커가 다시 아이에 대해 물었다. 지울리아니는 산도즈의 표정이 변하지 않는 점을 주목했다. 그의 목소리는 여태까지와 마찬가지로 평온하고 차분했다.

"처음에 에드워즈 박사는 아스카마가 인간 아이로 치면 일곱 살에서 여덟 살 정도 될 거라고 생각했습니다. 하지만 나중에 우리는 그 아이가 다섯 살 정도밖에 안 됐다는 결론을 내렸습니다. 서로 다른 종을 비교하기는 어려운 일이지만, 우리는 루나의 성장 속도가 상대적으로 빠르다는 인상을 받았거든요."

펠커가 이 대답을 받아 적는 동안 지울리아니가 말했다.

"나는 지성과 성장 속도가 반비례 관계라는 생각을 하고 있었소."

"네, 로비쇼 신부와 에드워즈 박사도 그 점에 대해 논의를 했습니다. 그리고 반드시 그렇지만은 않다는 결론을 내렸다고 생각합니다. 서로 다른 종 간에나, 아니면 같은 종 안에서도 말입니다. 제가 잘못 기억하고 있을 수도 있습니다. 어쨌거나 그런 일반화가 다른 생태계에서는 통하지 않을 수도 있습니다."

"루나의 지능에 대해 신부님이 받은 인상은 대체로 어땠나요?" 펠리페가 질문을 던졌다. "루나가 우리와 동등한 정도로 지적인가요, 아니면 더 영리하거나 덜 영리한가요?"

그날 들어 처음으로 산도즈가 망설였다.

"그들은 달라." 손을 탁자 위에서 무릎으로 옮기며 마침내 그가 말했다. "설명하기 어렵군." 그러더니 입을 다물었다. 자기 스스로도 이 문제를 고민해 보는 모양이었다. "미안하지만 그 질문에는 자신 있게 대답할 수가 없겠어. 같은 종이라고 해도 지능은 아주 다양하니까. 우리도 그렇잖은가."

요하네스 펠커가 말했다.

"산도즈 박사. 아스카마와 당신은 정확히 어떤 관계였습니까?"

"서로 지지고 볶는 관계였습니다."

산도즈가 곧바로 대답했다. 사람들이 웃었고, 펠리페 레예스는 자신이 나폴리에 도착한 이후로 산도즈가 최초로 정상적인 유머 감각을 보였다는 사실을 깨달았다.

자기도 모르게 웃으면서 펠커가 말했다.

"좀 더 자세히 설명해 주시겠습니까?"

"그 아이는 나의 선생이자 학생이었고 내 연구를 마지못해 돕기도

했습니다. 당돌하고 영리했죠. 고집도 세고 끈질겨서 아주 골칫거리였습니다. 나를 끊임없이 성가시게 했어요. 난 그 녀석을 기탄없이 사랑했습니다."

"그 아이도 당신을 사랑했나요?"

펠커가 산도즈의 마지막 말 이후로 내려앉은 침묵을 깨며 물었다. 이 남자는 어쨌든 자신이 아스카마를 죽였다고 인정한 바 있었다. 존 칸도티가 숨을 멈췄다.

"'루나가 얼마나 지적인가?'와 마찬가지로, 이것도 어려운 질문입니다." 산도즈가 담담하게 말했다. "그 아이가 날 사랑했을까요? 성숙한 형태의 사랑은 아니었을 겁니다. 적어도 처음에는. 어린아이에 불과했으니까, 그렇지 않습니까? 녀석은 마술을 좋아했죠. 나는 녀석이 상상할 수 있는 최고의 장난감이었어요. 또 녀석은 내가 자기한테 보이는 관심과, 외국인의 친구라는 지위를 좋아했습니다. 나에게 이래라저래라 하고, 틀린 점을 고쳐 주고, 예의범절을 가르치는 일도 즐겼죠. 마크 로비쇼는 녀석이 언제나 나와 함께 있고 싶어 하는 이면에는 일종의 각인과 같은 생물학적 요인이 있다고 믿었지만, 그것은 동시에 그 아이의 의식적인 선택이기도 했습니다. 아스카마는 내가 자기 명령에 따르기를 거절하면 화를 내거나 분개하기도 했고, 그러면 다들 당황하곤 했어요. 하지만, 그래요, 난 녀석이 나를 사랑했다고 믿습니다."

"연구를 '마지못해 도왔다'는 말이 무슨 뜻입니까?" 펠커가 물었다. "당신이 협조를 강요했단 말인가요?"

"그렇진 않습니다. 내 말은 녀석이 연구를 지겨워했고, 내가 집요하게 굴면 짜증을 냈다는 뜻입니다. 나 역시 녀석을 끊임없이 성가시게 했으니 말입니다. 단순히 여러 언어를 구사하는 것과 언어학자가 되는 것의 차이가 뭔지 아십니까?"

사람들이 뭐라고 웅얼거렸다. 다들 그 두 가지가 서로 다르다는 사실은 알았지만 정확히 어떤 차이가 있는지 생각해 본 적은 없었다.

"어떤 언어를 완벽하게 구사하기 위해 반드시 언어학적인 이해가 필요하진 않습니다. 뉴턴 물리학을 몰라도 얼마든지 당구를 잘 칠 수 있지 않습니까? 내 전문 분야는 인류학적 언어학입니다. 그래서 나는 아스카마로부터 단순히, 예컨대 소금을 건네 달라는 식의 일상 회화를 배우는 게 목적은 아니었죠. 언어의 바탕에 깔린 문화적 배경과 인식체계까지 파악해야 했습니다." 산도즈는 의자에 앉은 채로 자세를 바꾸며 손을 놓은 위치를 다시 한번 옮겼다. 보철 기구를 착용하고 있을 때는 양팔을 어떻게 해도 편안하지가 않았다. "예를 들어 보죠. 하루는 아스카마가 내게 아주 예쁜 유리병을 보여 주며 '아자와시'라는 단어를 사용했습니다. 처음에 나는 아자와시라는 단어가 항아리나 용기 혹은 병을 의미하는 단어라고 생각했습니다. 하지만 확신할 수는 없어서 시험을 해 봤습니다. 병의 양옆을 가리키며 이게 아자와시냐고 물었습니다. 아니라고 하더군요. 그 부분에는 따로 이름이 없었어요. 그래서 이번에는 주둥이를 가리키며 물었죠. 그것도 아자와시가 아니고 이름이 없다고 하더군요. 그래서 바닥을 가리키며 물어봤지만 그것도 아니었죠. 그리고 아스카마는 내가 멍청한 질문만 해 댄다며 싸증을 냈고 나 역시 짜증이 났습니다. 이해가 가십니까? 난 녀석이 나를 놀리는 건지 아니면 아자와시라는 단어가 병의 형태나 모양, 아니면 심지어 가격을 의미하는 말인데 내가 못 알아듣는 건지 알 수가 없었습니다. 알고 보니 아자와시란 격리된 공간을 의미하는 단어였습니다. 물건 그자체가 아니라 뭔가를 담는 기능이 더 중요했던 거죠."

"재미있군."

지울리아니가 평했다. 단순히 언어학적 개념에 대해 말한 것이 아니었다. 산도즈는 적어도 자기 전문 분야에 대해서는 의외로 유창하고 활달하게 이야기하고 있었다. 그리고 펠커가 경고했던 대로 대화의 주제를 아스카마로부터 다른 쪽으로 능숙하게 돌렸다. 오직 펠커만이 산도즈의 반응을 예측했다는 점이 흥미로웠다.

산도즈는 잠시 말을 멈추고, 보철 기구를 찬 두 손으로 천천히 조심스럽게 커피 잔을 들어 입으로 가져갔다. 잔을 다시 내려놓는 동작은 조금 갑작스러웠다. 손가락에 대한 통제권을 거의 잃어버렸기 때문이다. 도자기 부딪히는 소리가 조용한 사무실 안에 크게 울렸다. 이렇게 작고 섬세한 움직임이 아직은 그에게 어려운 모양이었다. 아무도 대놓고 쳐다보지는 않았다.

"비슷하게, 우리가 방이라고 부르는 공간을 의미하는 단어는 있지만 천장이나 바닥 같은 부분에 대응하는 말은 없습니다." 산도즈가 보철 기구에 달린 철사 때문에 반질반질 윤이 나는 탁자 표면에 흠집이 생기지 않도록 조심하며 팔을 내려놓았다. "물건의 기능에 따라 이름을 붙이는 겁니다. 예컨대 이 공간에 비가 들어오지 않도록 막아 준다는 식으로 천장에 대해 이야기를 할 수는 있습니다. 또 그들에게는 우리와 같은 국경의 개념이 없습니다. 지리적인 영역에 분포하는 자원에 대한 관점에서만 이야기를 하더군요. 이런 향수를 만들기 위한 꽃이라든지, 저런 염색을 할 수 있는 풀이라든지. 결국 난 루나에게 어떤 요소를 다른 요소와 구분하기 위해 사용하는, 경계를 표현하는 어휘가 없다는 사실을 깨닫게 되었습니다. 이는 그들의 사회 구조와 물질계에 대한 인식, 심지어 그들의 정치적 지위까지 반영하고 있습니다."

산도즈의 목소리가 떨리기 시작했다. 그는 잠시 이야기를 멈추더니 에드워드 베어를 흘낏 쳐다봤다. 에드워드 수사는 고개를 끄덕인 다음 사무실 구석으로 이동했다. 총장 신부만이 에드워드가 그 자리에서 손가락으로 목을 긋는 시늉을 하는 모습을 볼 수 있었다.

"말하자면 이런 종류의 언어학적 분석은 본질적으로 그런 점들을 포함하는 겁니다." 산도즈가 다시 팔을 무릎 위에 올리며 말을 이었다. "문법과 어휘에 숨어 있는 사고방식을 파악하고 그 언어를 사용하는 사람들의 문화와 관련짓는 것 말입니다."

"그리고 아스카마는 왜 신부님이 그렇게 단순한 개념을 어렵게 생각하는지 이해하지 못했겠군요." 펠리페 레예스가 담담하게 추측했다.

"바로 그거야. 내게 때로는 사생활이 필요하다는 사실을 그 아이가 이해하지 못해서 내가 답답했던 것과 마찬가지였지." 산도즈가 펠리페에게 대답하고 나서 부연 설명을 했다. "루나는 극도로 사회적인 종족입니다. 로비쇼 신부와 에드워즈 박사는 그들의 사회 구조가 영장류의 느슨한 동족 의식이나 사회적 연대보다는 오히려 무리 짓는 짐승들과 더 비슷하다고 생각했습니다. 루나는 우리가 혼자 있고 싶어 할 수도 있다는 사실 자체를 이해하지 못했죠. 피곤한 일이었습니다."

산도즈는 이제 그만 방에서 나가고 싶었다. 두 손이 타는 듯 아팠고, 아침에 들었던 소식을 머릿속에서 몰아내는 일이 점점 더 힘들어지고 있었다. 뭔가 개인적이 아닌 내용을 이야기하거나 강의를 하는 행위 자체는 도움이 됐다. 하지만 청문회는 벌써 세 시간째 계속되고 있고, 더는 집중하기 어려웠다…….

'환상이 사라지기 전까지는 그것이 환상에 불과하다는 사실조차 인식하지 못하는 법이지.' 그는 생각했다. 새로운 의사가 파견되어 몇 시간에 걸친 검사를 했다. 그리고 산도즈에게 손의 겉모양을 개선할 수는 있겠지만, 기능적으로는 방법이 없다는 이야기를 들려줬다. 신경은 너무 오래전에 손상되어 치료가 불가능했고, 근육도 너무 광범위하고 완전하게 망가져 있었다. 그가 지금 느끼는, 그리고 때때로 찾아오는 타는 듯한 느낌은 사지 절단 수술을 받은 사람이 경험하는 일종의 환각지(幻覺脂) 증상과도 비슷한 것이라고 했다. 손가락은 거의 정상인처럼 펼 수 있었고 양손의 두 손가락을 갈고리처럼 사용할 수도 있었다. 하지만 그게 다였다. 앞으로도 그럴 것이다…….

산도즈는 요하네스 펠커가 어떤 말을 하고 나서 방 안에 무거운 침묵이 내려앉았다는 사실을 깨달았다. '내가 얼마나 오래 이렇게 앉아 있었지?' 궁금증이 일었다. 산도즈는 다시 커피 잔으로 손을 뻗으며 시간을 벌었다.

"미안합니다." 잠시 후 그가 펠커를 쳐다보며 사과했다. "방금 뭐라고 했습니까?"

"그래요. 난 당신이 자기가 죽인 아이 이야기가 나올 때마다 자꾸 화제를 바꾼다고 말했습니다. 그리고 이번에도 또 편리하게 두통 핑계를 댈지 궁금하군요."

잔이 산도즈의 손안에서 부서졌다. 에드워드 베어가 쏟아진 커피를 닦고 존 칸도티가 도자기 조각을 주워 모으느라 작은 소란이 일었다. 펠커는 자기 자리에 가만히 앉아서 마치 돌처럼 굳어 있는 산도즈를 노려봤다.

'저들은 너무 달라.' 빈첸초 지울리아니는 탁자 양편에 마주 보고 앉아 있는 두 남자를 보며 생각했다. 하나는 흑요석과 은이었다. 다른 하나는 버터와 모래였다. 펠커가 산도즈를 얼마나 부러워하는지 그가 짐작이라도 하고 있을까 궁금했다. 그리고 펠커 스스로 느끼는 그런 감정을 알고 있는지도.

"……전력이 급증한 겁니다." 펠리페 레예스가 산도즈의 실수에 대해 사람들에게 설명하고 분위기를 수습하려 했다. "근육이 지쳐 있을 때는 전위가 불안정해질 수 있어요. 저도 항상 이런 종류의 현상을 겪습니다."

"나는 두 발로 서 있어, 펠리페." 산도즈가 부드럽지만 가시 돋친 목소리로 말했다. "네가 뭔데 나 대신 기는 거지?"

"산도즈 신부님, 전 그냥……."

밑바닥 스페인어로 잠시 사나운 말들이 오갔다.

"오늘은 이 정도면 충분한 것 같소, 여러분." 총장 신부가 가벼운 말투로 끼어들었다. "에밀리오, 잠시 이야기 좀 합시다. 나머지는 가 봐도 좋소."

산도즈는 자기 자리에 앉아서 펠커, 존 그리고 얼굴이 하얗게 질린 펠리페 레예스가 나가는 동안 기다렸다. 에드워드 베어는 문가에서 잠시 망설이다가 총장 신부에게 살짝 경고하는 눈빛을 던졌다. 하지만 지울리아니는 그 시선을 알아차리지 못했다.

두 사람만 남자 지울리아니가 입을 열었다.

"고통을 느끼는 것 같소. 두통 때문에 그러는 거요?"

"아닙니다, 총장 신부님."

차디찬 검은 눈동자가 지울리아니를 향했다.

"진짜로 두통이 왔다면 내게 말했을 거요?"

무의미한 질문이었다. 지울리아니는 말을 끝마치기도 전에 그 사실을 깨달았다. 펠커가 그런 말을 했는데 산도즈가 두통을 인정할 리는 없었다.

"총장 신부님의 카펫이 위험에 처해 있진 않습니다."

산도즈가 노골적으로 건방지게 대답했다.

"그 말을 들으니 기쁘군." 지울리아니가 명랑하게 말했다. "하지만 탁자는 상했소. 당신은 실내 장식을 험하게 대하는군. 그리고 레예스도 험하게 대했소."

"그에게는 나를 대변할 권리가 없습니다."

산도즈가 내뱉었다. 눈에 보일 정도의 분노가 되살아나고 있었다.

"그는 당신을 도우려고 했소, 에밀리오."

"내가 도움을 원한다면, 직접 청할 겁니다."

"정말 그럴 거요? 아니면 그냥 이대로 매일 밤 스스로를 갉아 먹고 있을 거요?" 그 말에 산도즈가 눈을 깜빡였다. "오늘 아침 카우프만 박사와 이야기를 나눴소. 그녀의 예후를 듣고 속이 상했겠더군. 박사는 당신이 왜 지금 달고 있는 보철 장치를 그렇게 오랫동안 참아 냈는지 이해하지 못했소. 너무 무겁고 모양도 잘못되었다고 말하더군. 왜 고쳐 달라고 말하지 않았소? 싱 신부의 기분이 상할까 봐 배려한 거요? 아니면 그것도 일종의 비뚤어진 라틴계 자존심이오?"

미묘한 일이지만 때로는 정곡을 찔렀다는 사실을 알아볼 수 있는 법이었다. 숨소리가 변했다. 자신을 통제하려는 노력이 조금 더 눈에 보였다. 지울리아니는 문득, 자신에게 더는 산도즈의 빌어먹을 스페인식 남자다움을 참아 낼 만한 인내심이 남아 있지 않다는 사실을 깨달았다.

"지금 고통스럽소? 그렇다 아니다로 답하시오."

"이것도 청문회의 일부입니까, 총장 신부님?"

산도즈가 조소하고 있다는 사실은 분명했다. 그러나 비웃음의 대상이 누구인지는 확실치 않았다.

"그렇소, 젠장, 당신은 대답해야 하오. 말하시오."

"손이 아픕니다." 산도즈가 잠시 멈췄다가 말을 이었다. "그리고 보철 장치 때문에 팔도 아픕니다."

지울리아니는 산도즈의 가슴이 빠르고 얕게 움직이는 모습을 보며 생각했다. '하느님 맙소사, 이 남자로부터 아프다는 말 한마디를 듣기가 이렇게 어려워서야!'

총장 신부는 자리에서 벌떡 일어나 탁자로부터 멀리 걸어갔다. 차분히 생각을 좀 해 보기 위해서였다. 이제 산도즈의 발한과 구토는 친숙한 일이었다. 그의 신체가 허약하다는 사실은 무자비하게 드러나 있었다. 지울리아니는 그동안 산도즈가 악몽에 시달릴 때 곁에서 간호해 왔다. 그러면서 그가 지울리아니 자신으로서는 무엇인지 짐작조차 할 수 없는 감정적인 족쇄로 스스로를 옭아매는 모습을 지켜보고 몸서리쳤다. 산도즈가 아무리 밉살맞게 굴어도, 그를 돕고자 하는 단순한 시도조차 모욕과 학대로 받아들여도, 지울리아니는 그런 광경을 결코 잊을 수가 없었다.

처음으로 마땅히 삶의 절정을 맞이해야 할 시기에 저토록 쇠약해져 버린 사람의 심정은 어떨까 궁금해졌다. 빈첸초 지울리아니는 여태껏 감기보다 심각한 질병에 걸려 본 적이 없었고, 손가락 골절보다 큰 부상을 당해 본 적도 없었다. '아마 내가 저런 상황에 처했더라도 마찬가지였을 거야, 나 역시 고통을 감추고 동정을 거부했을 테지…….'

그가 기분을 가라앉히고 탁자로 돌아와서 말했다.

"보시오, 에밀리오, 당신은 정말이지 내가 아는 가장 터프한 개자식이오. 나는 당신의 의지력에 경의를 표하오." 산도즈가 화난 눈빛으로 그를 노려봤다. "비꼬려고 하는 말이 아니오!" 지울리아니가 외쳤다. "나 개인적으로는 종이에 손가락을 베여도 전신 마취를 요청하는 사람으로 알려져 있단 말이오." 산도즈가 웃음을 터뜨렸다. 진심에서 우러나는 웃음이었다. 이 작은 승리에 고취된 지울리아니는 직접적인 호소를 시도했다. "당신은 지옥을 경험했고, 자신이 징징거리는 사람이 아니라는 사실을 아주 분명하게 증명했소. 하지만 에밀리오, 뭐가 문제인지 아무에게도 말해 주지 않는다면 대체 어떻게 우리가 당신을 돕겠소?"

잠시 후 산도즈가 거의 들리지도 않는 목소리로 말했다.

"존에게 말한 적이 있습니다. 내 손에 대해서."

지울리아니가 탄식했다.

"그렇군. 당신은 이 상황을 칸토티가 비밀을 지킬 줄 안다는 증거로 받아들여도 좋을 거요."

'그 바보가!' 이건 고해성사의 비밀을 지키는 것과는 다른 문제였다. 하긴 산도즈에게는 똑같이 느껴질 수도 있겠다.

지울리아니는 다시 자리에서 일어나 사무실에 연결된 개인 화장실로 들어갔다. 그리고 물 한 잔과 알약 몇 개를 가지고 돌아와서 산도즈 앞의 탁자에 올려놓았고 조용히 말했다.

"분명히 말하지만 난 불필요한 고통을 감내하는 일이 고결하다고 생각하는 부류의 사람이 아니오. 이제부터는 손이 아프면 약을 드시오."

그는 산도즈가 힘겹게 알약을 하나씩 집어 들어 물과 함께 삼키는 모습을 지켜봤다.

"이 약이 듣지 않으면 내게 말하시오. 알겠소? 좀 더 강한 약을 줄 테니까. 이미 싱에게 말을 전했소. 이 보철 장치의 정확히 어디가 문제인지 그에게 알려 주기를 바라오. 만약 그가 고치지 못하면 다른 사람을 데려오겠소."

그는 물 잔을 들어서 화장실에 도로 가져다 놓았다. 그리고 그 안에서 몇 분 정도 머무르다 나왔다. 지울리아니가 돌아왔을 때 산도즈는 여전히 지치고 창백한 얼굴로 탁자 앞에 앉아 있었다. 총장 신부는 기회를 놓치지 않고 책상으로 걸어가 노트북을 가져왔다. 그리고 자기 자신 외에는 이미 죽고 없는 두 사람만 접근 권한을 가지고 있는 파일을 열기 위해 암호를 입력했다.

"에밀리오, 난 야브로 신부가 쓴 보고서의 기록을 재검토했소. 작년에 오바야시 사가 당신 소식을 처음 전했을 때 한번 읽어 본 적이 있었지. 당연하지만 이번에는 좀 더 신중하게 내용을 살폈소. 야브로 신부가 당신과 아스카마라는 아이 그리고 루나 마을 사람들과의 첫 번째 만남에 대해 기술한 내용은 대략적으로는 당신의 설명과 같소. 하지만 그의 묘사는 뭐랄까, 좀 더 시적이었소. 야브로 신부는 그 경험으로 깊은 감동을 받았던 것이 틀림없소. 그리고 그 글을 읽는 나 역시 그랬지." 산도즈는 대답하지 않았고, 지울리아니는 그가 듣고 있는지 궁금했다. "에밀리오?" 산도즈가 쳐다보자 지울리아니는 말을 이었다. "야브로 신부는 첫 만남에 대한 기술의 마지막 부분에, 오직 이 보고서를 개봉하는 시점의 총장 신부에게만 전달하기 위한 감상을 덧붙였소. '나는 그가 성령으로 충만했다고 믿습니다. 오늘 나는 어쩌면 성자의 얼굴을 봤는지도 모릅니다.'"

"그만."

"뭐라고 했소?"

지울리아니가 읽고 있던 태블릿에서 고개를 들고 눈을 깜박였다. 그는 설사 개인적인 관계에서도 이런 식으로 누가 자신에게 명령하는 일에 익숙하지 못했다. 설사 그 사람이 밤마다 자기가 돌보는 대상이라도, 그 사람의 꿈 때문에 자기가 매일 잠을 설치고 있는 상황이라도 말이다.

"그만하시오. 날 너무 몰아붙이지 말란 말이오." 산도즈는 떨고 있었다. "당신은 지금 날 벼랑에서 밀고 있소, 빈스."

지울리아니가 산도즈의 형편없이 구겨진 얼굴을 들여다보며 의미를 파악하려고 애쓰는 동안, 긴 침묵이 흘렀다.

"미안하오, 에밀리오. 용서하시오."

잠시 그를 응시한 산도즈는 여전히 몸을 떨며 고개를 살짝 돌렸다.

"그게 어땠는지 당신은 모를 거요. 이해할 수 있을 리가 없소."

지울리아니는 그 말이 어떻게 보면 일종의 사과라는 사실을 깨달았다. 총장 신부가 부드럽게 제안했다.

"어쩌면 당신이 내게 설명을 시도해 볼 수도 있을 거요."

"나 자신조차 이해하지 못하는 일을 어떻게 설명할 수 있겠소?" 산도즈가 외치더니 벌떡 일어나서 몇 걸음을 가다가 다시 돌아섰다. 산도즈가 무너지는 모습은 언제나 놀라웠다. 표정은 거의 변하지 않았다. "그때 내가 섰던 자리부터 지금 내가 선 자리까지, 내게 일어났던 일을 어떻게 받아들여야 할지 모르겠소, 빈스!" 그가 두 손을 들어 올렸다가 좌절감 속에서 다시 떨어뜨렸다. 왕년에 많은 고해성사를 들었던 경험이 있는 빈첸초 지울리아니는 잠자코 기다렸다. "그중 최악이 뭐였는지 아시오? 난 신을 사랑했소." 산도즈가 이해할 수 없다는 듯 갈라진 목소리로 말했다. 그리고 시작했을 때만큼이나 갑작스럽게 울음을 그쳤다. 그는 한동안 지울리아니에게는 보이지 않는 무언가를 응시하며 섰다가 비 내리는 바깥 풍경을 내다보기 위해 창가로 걸어갔다. "이제는 모두 재가 되어 버렸소. 한 줌의 재가."

그러고는 믿을 수 없게도 웃기 시작했다. 갑자기 터져 나온 눈물만큼이나 충격적이었다.

"내 생각엔, 당신이 이 모든 일을 희극으로 보는지 아니면 비극으로 여기는지 내가 안다면, 당신에게 더 도움이 되어 줄 수 있을 것 같소."

산도즈는 총장 신부의 말에 곧바로 대답하지 않았다. 어차피 과거는 변할 수 없는데 너무 오래 침묵을 지켰다고 그는 생각했다. 지울리아니의 말처럼 비뚤어진 라틴계의 자부심 때문에 너무 오래 끌었다. 그는 때로 자신이 마치 민들레 홀씨처럼 불어오는 바람에 산산이 흩어져 여기저기 날리고 있다는 느낌을 받았다. 그런 모멸감은 견디기가 거의 불가능했다. 산도즈는 그런 감정이 자신을 죽일 거라고, 실제로 심장이 멈춰 버릴 거라고 생각했다. 그리고 때로는 차라리 죽음을 바라기도 했다. '어쩌면 이 또한 농담의 일부일지도 모르지.' 우울하게 생각한 산도즈는 창문으로부터 몸을 돌려, 아름다운 골동품 탁자의 반대편 끝에서 조용히 자신을 지켜보고 있는 나이 든 남자를 응시했다.

"내가 그걸 알고 있다면." 에밀리오 산도즈가 자기 영혼의 중심에, 그리고 스스로를 수치스럽게 만드는 고백에 최대한 가까이 다가가며 말했다. "도움을 필요로 하지도 않을 겁니다."

빈첸초 지울리아니는 바로 지금 두 사람의 인생이 기묘하게 엇갈린 이 시점에 자신이 산도즈를 이해하고자 노력하는 일이, 어떤 측면에서 보면 대단하면서도 끔찍한 특권이라고 여겼다. 산도즈를 상대하는 일은 마치 폭풍우 속의 항해만큼이나 매혹적이었다. 지울리아니는 끊임없이 변하는 바람의 세기와 풍향을 가늠할 때처럼 계속해서 주의를 기울여야 했다. 배가 뒤집히고 침몰할 위험이 언제나 도사리고 있었다. 이는 일생일대의 도전이었다.

처음에는 산도즈의 영적 상태에 대한 야브로의 평가를 무시했었다. 부정확하거나 과장된 표현으로 치부했던 것이다. 지울리아니는 종교 단체의 수장임에도 불구하고 신비주의를 믿지 않았다. 하지만 그는 에밀리오 산도즈가 스스로를 종교적인 사람으로, 에드워드 베어의 말마따나 신을 찾는 영혼으로 여겼다는 생각을 하나의 타당한 가설로서 기꺼이 받아들였다. 그리고 산도즈는 어느 시점에선가 자기가 신을 발견했으며 또한 신을 배신했다고 느꼈음이 틀림없었다. 산도즈의 말에 따르면 무엇보다 최악인 점은 그가 신을 사랑했다는 사실이었다. 이제서야 지울리아니는 산도즈의 비극을 이해할 수 있었다. 그는 그토록 은

총을 받은 상태에서 여기까지 전락하고 말았다. 한때는 신과 함께 불을 지폈지만 전부 재로 돌아가게 내버려 두고 말았던 것이다. 그는 크나큰 축복을 받고서도 매춘과 살인을 저지르는 행동으로 그에 보답했다.

틀림없이 뭔가 다른 길이 있었을 거라고 지울리아니는 생각했다. 왜 산도즈는 창부 노릇을 했던 걸까? 손을 쓰지 못한다고 하더라도 먹고 살 방법은 있었을 것이다. 구걸을 하거나 도둑질을 하거나 아니면 다른 뭐라도.

지울리아니는 수수께끼의 조각들이 맞아 들어간다고 생각했다. 산도즈는 스스로가 한 번도 자신과 같은 비인간적인, 고립되고 외로운 상황에 처해 본 적 없는 사람들로부터 부당한 비난을 받는다고 느끼는 중이었다. 지울리아니는 인간이 그런 시험에 실패한 경험조차, 당사자에게 어떤 도덕적인 권위를 부여한다는 사실을 이해하고 있었다. 그리고 그런 이유에서, 그는 산도즈에게 용서를 구하고 어느 정도 경의를 표하는 일을 어렵게 생각하지 않았다. 이런 작전은 먹혀들어 가는 것처럼 보였다. 이따금 진실한 교감의 순간들이 찾아왔고, 산도즈는 어느 정도 자신을 노출하는 위험을 감수하고서라도 상대로부터 이해받거나 혹은 그 스스로 뭔가를 이해하고자 하는 희망을 내비치곤 했다. 그러나 지울리아니는 아직도 멀었다는 사실을 잘 알았다. 그에게 보여주지 않을 뿐 아니라, 산도즈 자신도 깨닫지 못하고 있는 뭔가가 존재했다. 밤의 어둠 속에서도 그에 대한 꿈을 꿀 수는 있지만 말로는 표현할 수 없는 무언가. 밝은 빛 아래로 끌어내야 하는 무언가가 있었다.

에드워드 베어가 틀렸고 요하네스 펠커가 옳을 가능성도 배제할 수는 없었다. 어쩌면, 고립된 상황에서 산도즈는 즐기기 위해 매춘을 선택했는지도 몰랐다. 그는 신을 사랑했지만 거친 섹스 또한…… 만족스러웠을 수도 있다. 그리고 자신의 가장 내밀한 정체성에 대한 그런 진실이 세간에 알려졌기 때문에 악몽을 꾸면서 괴로워하고 있는지도 몰랐다. 존 칸도티의 말처럼 때로는 가장 단순한 해결책이 최선의 답이었다. 인간의 조건을 누구보다 낱낱이 목격한 예수가 바로 이렇게 말하지 않았던가. "멸망으로 가는 문은 크고 그 길은 넓어서 많은 자들이 그 위를 걷는도다."

'인내심이 필요해. 늙은 선원의 장점이지. 차근차근 침로를 밟아 나가는 거야.'

로마에 있는 부하들은 10년 이상의 훈련을 통해 세심하게 기른 유능한 인재들이었다. 이제는 지울리아니가 보다 많은 결정을 그들에게 위임하고, 그저 키의 손잡이를 느슨하게 잡고 있으면서 더 젊은 사람들에게 강해질 기회를 줘야 할 시간이었다. 아니, 사실은 진작 그랬어야 했다. 그리고 빈스 지울리아니는 일개 나이 든 신부로 돌아가, 일생에 걸친 경험과 지식을 총동원해 한 사람의 문제에 집중할 시간이었다. 여태까지 축적한 지혜가 있다면 모두 끄집어내 단 하나의 영혼을, 자신을 신의 매춘부라는 쓰디쓴 별명으로 부르는 남자를 구원해야 할 시간이었다. 인내심이 필요했다. 시간이 얼마나 걸릴지 짐작할 수 없는 일이었다.

빈첸초 지울리아니는 마침내 자리에서 일어나 창가로 향했다. 산도즈는 여전히 그 자리에 서서 궂은 날씨만큼이나 우울한 표정을 한 채 비 내리는 바깥 풍경을 응시하고 있었다. 지울리아니는 산도즈가 잘 볼 수 있도록 정면으로 걸어가며 그가 자신을 알아차릴 때까지 기다렸다. 절대 뒤에서 다가가 이 남자를 놀라게 해서는 안 된다는 사실을 배운 적이 있기 때문이었다.

"갑시다, 에밀리오." 빈스 지울리아니가 부드럽게 말했다. "내가 맥주 한잔 살 테니."

23

가이주르 시

두 번째 나알파

카산 마을

접촉으로부터 7주 후

수파아리 바게이주르는 라카트에 예수회 일행이 있다는 사실을 알기도 전에 이미 그들 덕에 이득을 보았다. 이 거래는 수파아리의 전형적인 방식인 동시에 아주 드문 경우기도 했다. 다른 누구보다 먼저 루나의 새로운 유행이 지닌 잠재력을 알아봤을 뿐 아니라, 그 유행이 가이주르까지 퍼지기 전에 발 빠르게 움직여 시장을 선점한 자체는 아주 수파아리다운 행동이었다. 하지만 충분한 사전 조사를 거치지 않고 도박에 가까운 모험에 뛰어든 일은 전혀 수파아리답지 않은 선택이었다. 그래서 수파아리는 이윤을 계산하는 동안에도 어쩐지 마음이 불편했다. 마치 술에 취해 벌인 하아란 결투에서 간신히 목숨을 건진 느낌이었다.

수파아리는 자신의 루나 비서인 아위잔에게 지시 사항을 불러 주고 질문을 던지면서 창고 안을 거닐던 중, 바카샤니 중 하나인 차이파스라는 여성을 발견했다. 차이파스는 문가에 서서 말을 걸어도 좋다는 허락을 기다리고 있었다. 그녀의 머리장식에 달린 무수히 많은 리본이 수파아리의 눈에 띄었다. 리본들은 마치 색채의 폭포와도 같은 형상으로 우아하게 흘러내리고 있었다. '예쁘군. 저런 차림이 유행하면 긴 리본의 수요가 다섯 배는 증가하겠어.' 수파아리는 아위잔을 향해 돌아섰다.

"심부름꾼들을 부르게. 긴 리본을 사서 쟁여 놓도록. 가능한 모든 배달 계약을 체결하게 그러니까……."

수파아리가 망설였다. 얼마나 오래 지속될까?

"누군가가 그 계약들은 나알파 여덟째 날 이전까지로 맺어야 한다고 제안합니다."

수파아리 바게이주르는 이런 종류의 결정에서 아위잔의 의견을 무시할 만큼 어리석지 않았다.

"그렇게 하게. 그리고 돌아오거든 사꽐라를 시켜서 상품들을 좀 치우게. 베린제를 좀 손해를 보더라도 새로운 물건을 들여놓을 자리를 만들라는 얘기야. 배달은 붉은빛 이후에 시키도록 하고, 알겠나?"

수파아리가 여러 해 동안 루나와 함께 일하면서 찾아낸 그들의 수많은 이점 중 하나는, 그들이 자나아타와는 달리 붉은빛 아래에서도 잘 볼 수 있다는 것이었다. 덕분에 붉고 검은 시간에 잠들어 있는 경쟁자들은 수파아리의 비밀에 대해 의심조차 하지 못했다.

그는 아위잔이 마당으로 나가 하인들을 부르는 모습을 지켜봤다. 그렇게 거래를 지시해 놓은 수파아리는 여유롭게 바카샤니 여성인 차이파스에게 다가갔다. 수파아리는 두 손을 내밀며 상대방의 언어로 인사를 건넸다.

"찰랄라 카에리, 차이파스."

그는 몸을 앞으로 기울이고 리본에서 나는 향기와 뒤섞인 그녀의 체취를 맡았다.

가이주르 시까지 혼자 여행하고, 수파아리 저택에서 그를 상대로 직접 거래할 만큼 대담하다는 점에서 차이파스 바카샨은 카샨 마을 주민 중에서도 남다른 인물이었다. 그녀는 수파아리의 인사에 두려운 기색 없이 답례했다. 복장은 다르지만 그들의 모습은 먼 거리에서 언뜻 보면 남매나 가까운 친척으로 여길 만큼 닮아 있었다. 수파아리가 좀 더 근육질에 체격도 컸는데, 수를 놓은 두꺼운 가운 때문에 그 차이가 더욱 두드러졌다. 뿐만 아니라 나막신을 신고 있어서 키도 한 뼘 정도 더 커 보였다. 머리에 쓴 모자는 수파아리의 키를 실제보다 커 보이게 해 주는 동시에 그가 상인이며 따라서 셋째라는 사실을 드러냈다. 오늘 입고 있는 의복은 자신과 상대방의 다른 점을 강조하고 있었다. 하지만 수파아리는 원한다면 얼마든지 루나처럼 보일 수도 있었다. 도시에 사는 루나처럼 땅에 끌리는 긴소매 옷을 입고 부츠를 신기만 하면 된다. 그런 가장이 불법은 아니었다. 다만 군이 그러는 경우가 없을 뿐이다. 대부분의 자나아타는 설사 셋째라고 해도 루나로 여겨지느니 차라리 죽음을 택할 것이다. 그리고 대부분의 자나아타는 설사 셋째라고 해도 수파아리 바게이주르만큼 부유하지 못했다. 부유함은 수파아리의 오명인 동시에 위안이기도 했다.

수파아리는 차이파스를 문 안쪽으로 들여, 바깥에 지나다니는 그녀의 동족들이 리본을 보지 못하도록 했다. 자신이 시장에 뛰어들기 전에 그런 일이 있어서는 안 되었다. 수파아리는 뒤따라 걷는 차이파스와 이런저런 이야기를 나누며 창고 건물을 통과했다. 그리고 마치 차이파스가 이 저택에 처음 와 보는 것처럼 자신의 사무실로 통하는 길을 안내했다. 수파아리는 차이파스더러 쿠션의 위치를 옮겨서 편히 앉으라고 한 뒤, 그녀가 좋아하는 야사파 차를 준비했다. 상대방에 대한 존중의 표시로 차를 직접 내왔고 심지어 따라 주기까지 했다. 수파아리 바게이주르는 이득이 된다면 무슨 일이든 할 수 있는 남자였다.

수파아리는 차이파스 맞은편의 쿠션에 편안하게 자리를 잡고 앉아, 최대한 그녀의 자세를 흉내 내려 애썼다. 그들은 시논자 추수의 전망이나 차이파스의 남편인 마누자이의 건강에 대해 환담을 하고, 새로운 크집 밭을 놓고 카샨과 란즈리 마을 사이에 벌어질지도 모르는 분쟁에 대한 해결책을 모색했다. 수파아리는 연장자들이 서로 합의하지 못한다면 자신이 중재 역할을 맡을 수도 있다고 제안했다. 그는 루나의 일에 군이 나서고 싶은 생각이 없었고, 카샨까지 가는 길고 지루한 여정을 즐기지도 않았다. 하지만 모두의 코에 자신의 향기를 신선하게 유지할 수 있다면 그만한 수고를 할 가치가 있었다.

"시파즈, 수파아리." 마침내 차이파스가 방문의 목적을 밝힐 때가 되었다. "누군가 당신께서 호기심을 가질 만한 물건을 가지고 있습니다."

그녀는 풀로 엮은 가방에 손을 넣어 잎으로 정교하게 싸맨 꾸러미를 꺼냈다. 차이파스가 수파아리에게 꾸러미를 건네려 하자, 그의 두 귀가 난처한 듯 내려갔다. 수파아리의 손으로는 그런 포장을 조심스럽게 벗길 수가 없었기 때문이다. 결례를 깨닫고 당황한 차이파스의 두 귀도 순식간에 내려갔다. 하지만 수파아리는 그녀의 동작을 칭찬의 의미로 받아들였다. 바카샤니 마을 주민들은 때때로 그가 사나아타라는 사실을 잊어버리곤 했다. 어떻게 보면 자신을 매우 인정해 주는 셈이라고 수파아리는 생각했다. 물론 차이파스가 수파아리의 큰형에게 이런 행동을 한다면 목숨을 잃을 테고, 둘째 형에게 그런다면 감옥에 갇히겠지만 말이다.

그는 차이파스가 루나 특유의 길고 사랑스러운 손가락으로 민첩하면서도 우아하게 꾸러미를 푸는 모습을 지켜봤다. 잠시 후 그녀는 수파아리에게 딱정벌레 같기도 하고 보기 드물게 작은 킨타이 같기도 한 물건 일곱 개를 내밀었다. 수파아리는 몸을 앞으로 기울이고 냄새를 맡았다.

그것은 수파아리가 여태까지 접했던 냄새 중 가장 희한했다. 물론 에스테르와 알데히드, 그리고 불에 탄 설탕이 섞여 있다는 정도는 알 수 있었지만 믿기 어려울 정도로 복잡한 냄새였다. 이 모든 냄새는 가운데 길게 줄이 가 있는 몇 개의 작고 조그맣고 동그란 물건에서 풍기고 있었다. 수파아리는 평소처럼 능숙하게 표정을 관리하며 자신의 흥분을 겉으로 드러내지 않았다. 하지만 마음속으로는 환희를 느끼고 있었다. 여기 마침내, 갈라트나의 레시타인 흘라빈 키서리의 관심을 끌만한 물건이 생겼기 때문이다.

"누군가의 마음이 기쁩니다." 수파아리는 차이파스를 놀라게 하지 않으려고, 온화한 즐거움의 표시로 꼬리를 올리며 말했다. "놀라운 향기로군요. 당신이 말한 것처럼 호기심이 가득합니다."

"시파즈, 수파아리! 이방인들이 누군가에게 이 카페이들을 줬습니다."

루안자어로 이방인이란 '옆 계곡에서 온 사람들'을 의미했지만 차이파스는 눈을 크게 뜨고 꼬리를 흔들며 그 단어를 말했다. 수파아리는 차이파스의 그런 모습에서 장난기를 느꼈지만, 잠자코 그녀가 자신의 무지를 즐기도록 내버려 뒀다. 차이파스가 말했다.

"아스카마가 통역을 했습니다!"

"아스카마!" 수파아리가 기쁘게 두 손을 치켜들고 우아한 손톱을 부딪쳐 소리를 내며 외쳤다. "착한 아이지요, 빨리 배우고요."

그리고 얕은 협곡의 급류만큼이나 못생기기도 했지만 상관없었다. 차이파스의 딸이 카샨 주민의 거래를 위해 통역을 맡고 있다면, 수파아리가 새로운 상대방과 독점적인 거래 관계를 맺을 수도 있었다. 자나아타 법으로는 불가능하지만 루나 관습에 따르면 그랬다. 그리고 이 경우 루나의 관습만 고려하면 충분했다. 수파아리는 루나에 대한 이해에 삶의 기반을 두고 있었다. 이런 선택이 명예를 가져다주지는 못했지만, 그가 즐기는 많은 것들을 얻게 해 주었다. 아슬아슬한 위험과 지적인 도전, 그리고 동족들의 마지못한 존경심 같은.

그들은 잠시 더 이야기를 나누었다. 수파아리는 이 작은 카페이들이 견본에 불과하고, 카샨 마을에 있는 차이파스의 집에 머무는 이방인들은 더 신기한 물건을 잔뜩 가지고 있다는 사실을 확인했다. 그리고 수파아리는 그 이방인들에게 이윤이라는 개념이 전혀 없고, 손님으로서 당연한 권리인 먹을 음식과 머물 장소를 얻는 대가로 물건을 나눠 준다는 이야기에 더욱 흥미를 느꼈다. 교활한 사기꾼일까, 아니면 아직도 예전의 순진한 방식으로 거래를 하는 유랑 민족이 일부 남아 있는 것일까?

수파아리는 작은 꾸러미를 옆으로 치우고, 방금 떠올린 생각에 집착하거나 차이파스를 추궁하지도 않는 자제심을 발휘했다. 죽지 못해 살아야 하는 그가, 운명의 굴레로부터 벗어나 후손을 볼 수도 있는 희망의 냄새를 희미하게 맡았는데도 말이다. 대신에 그는 차이파스의 찻잔을 다시 채워 주며 앞으로의 계획을 물었다. 그녀는 에자오 구역에 있는 거래 상대들을 만나러 간다고 말했다. 서둘러 집으로 돌아갈 생각은 없는 듯했다. 조만간 다른 바카샤니들이 모두 피크 뿌리를 추수하기 위해 마을을 떠날 예정이기 때문이다.

"그럼 이방인들은요?"

수파아리가 물었다. 그는 이미 머릿속으로 여행을 계획하고 있었다. 어쩌면 파르단 중순쯤, 우기가 끝난 후에. 하지만 키서리가 먼저였다. 모든 것은 홀라빈 키서리에게 달려 있었다.

"때로는 우리와 함께 가고, 때로는 카샨에 남습니다. 그들은 마치 아

이들 같습니다." 차이파스도 이 점에 대해서는 약간 혼란스러워하는
듯 보였다. "다들 여행을 하기에는 너무 작은데, 아이들을 나를 어른은
하나밖에 없습니다. 그리고 그 어른은 아이들을 걷게 내버려 둡니다!"

여태까지의 이야기가 수파아리의 호기심을 자극했다면 이제는 당황
하게 할 정도였다. 하지만 차이파스는 어느새 몸을 좌우로 흔들며 조
바심을 드러내고 있었다. 루나가 사람 수가 적은 공간에 오래 머물면
나타나는 증상이었다.

"시파즈, 차이파스." 수파아리는 지금쯤이면 아위잔이 리본 공급자
들과 계약 체결을 마쳤을 만큼 충분한 시간이 흘렀다고 계산하며 쿠션
에서 천천히 몸을 일으켰다. "당신은 너무나 먼 길을 왔습니다! 당신을
의자에 태워 에자오로 보내면 누군가의 마음이 기쁠 것입니다."

차이파스는 기쁨에 차서 꼬리를 올렸고, 시선을 돌린 채 눈을 살짝
감으며 몸을 떨기까지 했다. 이는 거의 유혹에 가까운 동작이었고, 수
파아리는 잠시 그녀가 아주 매력적이라는 생각을 했다. 하지만 그는
불꽃이 타오르기 전에 불씨를 털어냈다. 수파아리는 비록 셋째로 태어
났지만, 자신보다 사회적으로 우월한 사람들에 비해서도 높은 기준을
가지고 있었다. 수파아리 바게이주르는 여러 가지로 도회적이고 세련
된 인물이지만, 또 어떤 측면에서는 철저하게 속물적이기도 했다.

그는 하인에게 의자를 가져오라고 명령한 뒤, 하품을 참으며 차이파
스와 함께 마당에서 기다렸다. 얼마 지나지 않아서 두 번째 일몰 직후
에 의자가 도착했다. 차이파스가 의자에 올라타자 그녀의 모습은 거의
보이지 않았지만 리본에서 좋은 향기가 풍겼다. 그녀는 향수 취향이
아주 훌륭했고, 수파아리와 마찬가지로 자연스러우면서도 고상한 느
낌을 좋아했다.

"시파즈, 차이파스." 수파아리가 차분하게 말했다. "에자오까지, 그

리고 집까지 안전한 여행을 빕니다."

차이파스는 그의 인사에 답례했다. 가마꾼들이 의자를 들어 올려 몸이 흔들리자, 그녀는 숨 막힐 듯한 웃음을 터뜨렸다.

마치 군주처럼 좁은 도시의 길목에서 의자를 타고 다니는 일은 루나로서 경험해 보기 어려운 사치였다. 수파아리는 차이파스에게 기억에 남을 만한 저녁을 선사하며 진심으로 기뻐했다. 차이파스는 자나아타들이 잠들어 있는 붉은 노을 속에서, 마음 놓고 개인적인 볼일을 보는 수많은 루나 사이를 지나갈 것이다. 항구에서 불어오는 산들바람에 그녀의 새로운 리본들이 아름답게 흩날리면, 그 향기는 폭포 주변의 안개처럼 피어오를 것이다. 그리고 내일이면 가이주르 시의 모든 상인이 웃돈을 주고서라도 리본을 사들이려 하겠지만, 그때는 이미 수파아리 바게이주르가 마지막 하나까지 긁어모은 다음일 것이다.

자기가 모르는 투자자들을 부유하게 만들어 주는 것은 소피아 멘데스의 운명이었다. 그녀는 차이파스에게 새로운 유행을 발명할 수 있도록 영감을 주었던 숱 많고 검은 머리카락을 아무렇게나 뒤로 넘기고 있었다. 아스카마가 달아 준 리본은 헝클어진 머리 사이로 숨어 버리고 말았다. 소피아 멘데스는 성가신 나머지, 가위만 있으면 당장 머리카락을 싹둑 잘라 버리고 싶다고 생각했다. 습관적으로 커피를 끓였지만 날씨가 너무 더워서 도저히 마실 수가 없었다. 그래서 기껏 끓인 커피는 그녀의 팔꿈치 근처에서 식어 가고 있었다. 이는 머지않아 충격적으로 여겨질 만한 낭비였다. 하지만 지금 당장은 소피아의 관심이 아름다움, 장식, 부와 같은 것들로부터 평소보다 더 멀어져 있었다. 평소에도 그런 쪽에 관심을 두는 성격이 아니었으므로, 말인즉 까마득하게 멀어져 있었다는 뜻이다. 현재 소피아의 머릿속에는 오직 한 가지 생각밖에 없었다. 감히 자기가 멍청하다는 의견을 제시한 에밀리오 산도즈에게 해 줄 충분히 무례한 말을 찾아내는 것.

"다시 설명할 수는 있지만, 내가 당신 대신 이해를 해 줄 수는 없어요."

"정말 못 참겠네요." 소피아가 속삭였다.

"참고 못 참고의 문제가 아니라, 내 말이 맞다니까요." 산도즈도 마주 속삭였다. "각각의 어격을 따로 암기하는 편이 더 좋다면, 그냥 그렇게 해요. 하지만 패턴이 존재한다는 사실은 너무나 명백해요."

"그건 잘못된 일반화예요. 아무리 생각해도 말이 안 된다고요."

"아, 그럼 지구상의 언어들이 탁자나 의자나 모자에 성별을 부여한 다음 그에 따라 명사의 격을 변화시키는 건 말이 된다고 생각해요? 언어는 본질적으로 제멋대로인 거예요. 논리적인 걸 원한다면 미적분을 연구해야지."

"빈정대는 건 논쟁이 아니에요, 산도즈."

산도즈는 깊게 숨을 들이쉬더니, 짜증을 노골적으로 드러내며 말을 시작했다.

"알았어요. 한 번 더 설명할 테니 들어 봐요. 추상 명사와 보통 명사로 나뉘는 게 아니에요. 루안자어에 그런 규칙을 억지로 적용하려 들면 계속해서 오류를 범할 수밖에 없어요. 루안자어의 명사는 공간적인 것과 보이지 않거나 볼 수 없는 것으로 나뉘니까 말이에요." 그는 탁자 위에 놓아둔 태블릿으로 손을 뻗었다. 그리고 자신의 팔 안에서 막 잠든 아스카마를 깨우지 않으려고 애쓰며 손가락으로 화면의 한 부분을 가리켰다. "이 범주에 대해 생각해 봐요. 동물, 식물 그리고 광물 말이에요. 이 단어들은 전부 어떤 식으로든 공간을 차지한다는 공통점이 있고 그래서 모두 이런 패턴으로 격이 변화하는 거예요. 이해가 가요?" 산도즈가 화면의 또 다른 부분을 가리켰다. "반대로 이 명사들은 비공간적이에요. 생각, 희망, 애정, 학습. 이 범주는 격 변화의 두 번째 패턴을 따르죠. 여기까진 알겠어요?"

'젠장, 그러니까 보통 명사와 추상 명사가 맞잖아.' 소피아가 완고하게 생각했다.

"그래요, 알겠어요. 내가 모르겠는 건⋯⋯."

"뭘 모르겠다는 건지 알고 있어요! 내 말을 끊지 말고 좀 들어 봐요!" 산도즈는 소피아가 노려보는 시선을 무시했다. "전체적인 규칙은, 뭐든 눈으로 볼 수 있다면 공간을 차지한다고 치는 거예요. 왜냐하면 어떤 사물을 보는 것이야말로 그 대상이 공간을 차지한다는 점을 알 수 있는 방법이니까요. 그래서 첫 번째 격 변화를 사용하죠. 헷갈리는 부분은 뭐든 눈으로 볼 수 없는 것들인데, 원래부터 볼 수 없는 대상도 여기 포함되지만 꼭 그렇게 한정되지는 않아요. 이들은 모두 두 번째 격 변화를 따르죠." 그는 갑자기 몸을 뒤로 젖히더니 아스카마를 내려다봤다. 그리고 아이가 아직 잠들어 있다는 사실에 안도했다. "자, 이제 내가 틀렸다는 사실을 입증해 봐요. 부탁이니 한번 해 보라고요."

이 정도야. 소피아는 햇살 아래 드러난 상아처럼 얼굴을 빛내며 몸을 앞으로 기울이고 최후의 일격을 준비했다.

"10분쯤 전에, 아스카마가 '차이파스 루 카리 이와샨'이라고 말했어요. 그리고 당신이 비가시적인 대상에 적용된다고 주장하는 격 변화를 사용했죠. 하지만 차이파스는 덩치가 아주 커요. 당연히 차이파스는 상당한 공간을 차지하죠⋯⋯."

"바로 그거예요! 잘했어요. 이제, 생각을 해 봐요!"

산도즈는 소피아를 놀리고 있었다. 그녀가 막 화를 내려는 찰나, 갑자기 모든 것이 분명해졌다. 머리를 두 손 위로 떨구며 소피아가 중얼거렸다.

"하지만 차이파스는 여행을 떠났죠. 그래서 지금은 볼 수 없어요. 그래서 공간적인 격 변화를 사용하지 않는 거고요. 차이파스는 추상적인 존재가 아니라 구체적인 존재임에도 비가시적인 대상으로 취급하는 거예요." 그녀가 고개를 들었다. 산도즈가 씩 웃고 있었다. "난 당신이 잘난 척을 할 때가 제일 싫어요."

검고 명랑한 두 눈에는 승리의 기쁨이 떠올라 있었다. 에밀리오 산도즈는 거짓으로 겸손한 척하겠다는 서약을 한 바 없었다. 지금 것은 아주 훌륭한 분석이었고, 산도즈는 스스로를 자랑스럽게 여겼다. 또한 그는 자신이 소피아가 앨런과 했던 내기에서 이겼다는 사실도 간과하지 않았다. 일행이 루나와 접촉하고 7주밖에 지나지 않았지만, 이미 기본적인 문법을 파악했던 것이다. '젠장, 난 너무 똑똑해.' 산도즈가 생각했다. 소피아가 눈을 가늘게 뜨고 자신을 노려보며 방금 말한 규칙에 해당하지 않는 경우를 떠올리려 애쓰는 동안, 그의 미소는 점점 더 커졌다.

"알았어요, 알았어." 소피아가 툴툴거리며 태블릿을 집어 들었다. "인정해요. 당신이 옳아요. 전부 기록해야 하니까 조금만 기다려요."

그들은 좋은 팀이었다. 이 분야의 권위자는 산도즈였지만 연구 결과를 정리하는 일은 소피아가 훨씬 더 잘했다. 그녀는 빠르고 정확했으며, 이미 'E. J. 산도즈와 S. R. 멘데스'가 공동 저술한 보고서를 세 건이나 지구로 송신했다. 학술 잡지에 발표하기 위해서였다.

기록을 끝내고 나서 소피아는 고개를 들고 미소를 지었다. 어린 시절, 부모님이 종종 저녁 식사에 초대하고 했던 예시바* 학생들 역시 이

---

* 유대교의 탈무드 교육 기관.

처럼 예리한 지성과 몽상가적 기질을 겸비하고 있었다. 그들은 격렬하고 지적인 논쟁을 벌이다가도 한순간 지금의 산도즈처럼 자신의 내면에 깊이 빠져들곤 했다. 맨발을 종아리까지 드러낸 산도즈의 피부는 계피색으로 보기 좋게 그을려 있었다. 그는 헐렁한 면바지 차림이었고, 이런 날씨에는 더워서 도저히 입을 수 없는 신부복을 대신해 치수가 큰 검정색 티셔츠를 걸치고 있었다. 소피아도 산도즈와 비슷한 정도로 볕에 타고 날씬해졌으며, 옷차림도 수수했다. 왜 마누자이가 처음에 그들을 보고 '한 배에서 난 사이'라고 생각했는지 이해할 수 있었다. 마누자이가 몸짓까지 동원해서 그 말뜻을 설명했을 때, 소피아는 재미있으면서도 당황스러웠다. 하지만 루나가 왜 그런 결론에 도달했는지는 알 수 있었다.

아스카마가 신음 소리를 내며 몸을 뒤척였다. 산도즈는 현실 세계로 돌아와 경계심 가득한 눈으로 소피아를 쳐다봤다. 아스카마는 사랑스러웠지만, 쉴 새 없이 재잘대는 녀석이었다. 지금과 같은 낮잠은 기꺼운 휴식 시간이었다. 아스카마가 깨어나지 않을 것이 확실해지자 소피아가 작은 목소리로 말했다.

"지금 생각났는데, 눈이 먼 루나는 언제나 비가시적 격 변화를 사용할까요?"

"그건 흥미로운 의문점이로군요." 산도즈가 경의의 표시로 고개를 기울이며 말했다. 소피아는 자신이 충분히 지적이라는 사실을 다시 증명했다는 생각에 쓴웃음을 지었다. 산도즈는 해먹 의자를 부드럽게 흔들며 한동안 생각에 잠겼다. 그는 잘빠진 다리를 햄피이 줄기에 기대고, 손으로는 아스카마의 귀 뒤에 난 부드러운 털을 쓰다듬고 있었다. 그러다 마침내 햇살과 같은 미소가 떠올랐다. "어떤 사물을 보지는 못해도 느낄 수만 있다면, 공간을 차지하고 있다는 사실을 알 수 있잖아요! 윤곽이나 형태 혹은 질감을 나타내는 단어를 통해 확인할 수 있을 거예요. 내기할래요?"

"'레자노'가 좋겠네요, 아니면 '틴구엔'이나. 내기는 안 할래요."

"소심하기는! 내가 틀릴 수도 있어요." 산도즈가 즐겁게 말했다. "하지만 그렇지는 않을 것 같군요. 레자노부터 먼저 봅시다."

그는 아스카마의 머리 꼭대기를 내려다보며 웃었다. 그리고 햄피이 덤불 너머 초원에서 풀을 뜯고 있는 피아노트 무리를 향해 시선을 돌렸다.

"잘 어울리는 한 쌍이에요, 그렇죠?"

야브로와 함께 마을 위쪽의 계곡 가장자리를 거닐던 앤이 말했다.

"그렇소이다. 아주 잘 어울리는군."

야브로가 동의했다. 다른 사람들은 모두 일하느라 바쁘거나 아니면 잠들어 있었다. 앤과 야브로는 둘 다 잠이 오지 않아 서성이다 우연히 마주쳤다. 앤이 먼저 산책을 제안했고, 야브로는 기꺼이 받아들였다. 마누자이는 그들에게 혼자 돌아다니지 말라고 계속해서 경고했다. 그게 뭔지는 몰라도, '드자나다'에게 당할 수 있다면서 말이다. 그래서 일행은 언제나 짝을 지어 움직였다. 어떤 맹수나 괴물의 존재를 진지하게 믿어서가 아니라, 마누자이와 다른 루나를 안심시키기 위해서였다.

"질투해요? 둘 다 어떻게 보면 당신 사람이잖아요."

"맙소사, 그렇지 않소이다. 질투라는 단어는 적절한 표현이 아니외다." 야브로가 멈춰 서서 사팔뜨기 눈으로 소피아와 산도즈를 바라보았다. 그들은 햄피이 나무 속에서 아스카마와 함께 소꿉장난을 하고 있었다. "질투라기보다는 뭐랄까, 노르데임 대학과 텍사스 주립대학

미식축구팀이 코튼볼에서 맞붙는 시합을 볼 때와 비슷한 심정이외다. 내가 어떤 결과를 바라야 할지 모르겠으니."

앤은 즐거운 웃음을 터뜨리더니 야브로의 어깨에 머리를 기댔다.

"오, DW, 난 당신을 사랑해요. 진심이에요. 물론 난 항상 제복을 입은 남자에게 약했죠."

그것은 일종의 함정이었고, 야브로는 웃으며 그 안으로 걸어 들어갔다.

"댁도 그렇소이까?"

"해병대가 멋진 남자들을 원합니다."

두 사람이 남쪽으로 방향을 돌릴 때, 앤이 오래된 모병 표어를 인용해서 읊조렸다.

"그래, 맞소이다. 나도 같은 걸 원했소이다." 조용히 말하는 동안, 야브로의 두 눈은 어느 정도 똑바로 앞을 향하고 있었다. "하지만 그 시절은 오래전이고, 이제는 아주 멀기도 한 얘기외다."

"맞아요." 앤이 미소를 지었다. "야브로, 여긴 지구에서 4.3광년이나 떨어져 있어요. 당신의 정체성을 밝혀도 괜찮아요. 소피아는 이미 알고 있어요. 나도 알고요. 마크는……."

"내 고해 신부외다."

"지미와 조지는 모르지만 설사 알게 되더라도 둘 다 전혀 신경 쓰지 않을 거예요. 문제는 에밀리오죠."

야브로가 천천히 무릎을 꿇더니 앤에게 물러나라고 손짓했다. 그는 빛바랜 라벤더색 잎사귀가 우거진 덤불 위로 조심스럽게 손을 뻗더니 한동안 그대로 멈춰 있었다. 잠시 후 번개같이 손을 뻗어, 두 다리로 걷는 작은 도마뱀을 낚아챘다. 녀석은 점심거리를 찾기 위해 다른 어떤 동물이 파 놓은 굴속으로 기어 들어가는 중이었다. 앤은 덤불 속에서 뭔가가 움직이고 있다는 사실조차 눈치채지 못했다. 야브로는 일어서서 앤에게 도마뱀을 건넸다.

"너무 이뻐요! 봐요, 앞다리가 흔적 기관으로 남아 있어요." 앤이 외치며 야브로가 잘 볼 수 있도록 도마뱀을 들어 올렸다. "난 이런 동물들을 절대 찾아내지 못해요. 대단하네요."

"평생 나처럼 살아오다 보면 자신을 위장하는 방법에 대해 잘 알 수밖에 없소이다."

"그랬겠죠. 당신 말이 맞아요." 앤은 도마뱀을 다시 굴 옆에 놓아준 뒤 산책을 계속했다. "에밀리오는 당신을 매우 존경하고 있어요, DW. 그래요, 알아요. 어쩌면 지나치게 남자다운 척하는 그놈의 마초 기질 때문에 혼란스러워할지도 모르죠. 하지만 산도즈는 융통성이 있는 사람이에요."

"젠장, 나도 알고 있소이다. 그리고 나 자신을 부끄럽게 생각하지도 않소이다. 하지만 녀석이 어렸을 때 이 사실을 알았더라면, 내가 있는 근처에도 오지 않으려고 했을 거외다. 그리고 이렇게 오랜 세월 동안 모르고 지냈는데, 인제 와서 뭣 때문에 그런 얘기를 하겠소이까?"

"짐을 내려놓기 위해서요. 당신의 원래 모습 그대로 받아들여지기 위해서요." 그 말에 야브로는 앤을 쳐다보지도 않고 웃으면서 그녀의 어깨에 팔을 둘렀다. "사실을 말한다고 해서 그가 당신을 외면하리라 생각하는 건 아니겠죠."

"바로 그게 문제라는 거외다, 앤. 나는 오히려 녀석이 나한테 지나치게 신경을 쓸까 봐 걱정스럽소이다. 무슨 말이냐면 내 문제에 정신이 팔릴까 봐 걱정스럽다 이 말이외다. 사소한 일로 녀석의 주의를 분산시키고 싶지는 않소이다. 물론 차분히 생각해 본다면 결국 내가 거짓말을 한 적은 없다는 사실을 깨닫겠지만……."

"그렇다고 밝힌 적도 없죠."

야브로가 웃었다.

"그런 식으로 말하지 않았으면 좋겠소이다." 그는 멈춰 서더니 발로 흙 속에 박혀 있는 돌을 하나 파냈다. "난 녀석에게 거짓말을 한 적이 없소이다. 단지 그런 주제로 이야기를 해 본 적이 없었을 뿐이외다. 나는 녀석에게 성적 취향을 물어본 적이 없었고, 그놈도 마찬가지였소이다. 이 문제에 가장 근접했던 때라면, 언젠가 그놈이 나한테 어떤 다른 남자에 관해 물어봤을 때일 거외다. 나는 그냥 이렇게 대답했소이다. '젠장, 자기랑 똑같은 게 달린 걸 좋아하는 사람도 있는 거지.'라고."

"그랬더니 뭐라고 하던가요?" 앤이 미소를 지으며 물었다.

"액면 그대로 받아들였소이다." 야브로가 남쪽에 펼쳐진 산맥을 바라봤다. 그 너머 어딘가에 앨런 페이스의 무덤이 있었다. "앤, 나는 지금 이대로가 좋소이다. 에밀리오에게 더 이상 아무것도 바라지 않으니까 말이외다. 예전에 내 머릿속에서 어떤 일이 벌어졌는지는 내 문제일 뿐이지. 이제는 다 끝난 일이기도 하고."

앤은 반박할 수가 없었다. 자기가 야브로의 입장이라도 그렇게 말했을 거라는 생각이 들었다.

"알았어요, 알았어. 무슨 말인지 알아들었어요."

"이해해 줘서 고맙소이다, 앤. 진심으로 말이외다. 그리고 다른 상황이었다면 당신 말이 옳을 거외다. 하지만 지금 여기서는……." 야브로는 몸을 굽혀 자기가 파낸 돌을 주워 들었다. 그리고 어깨에 힘을 뺀채 그 돌을 계곡 너머로 던졌다. 돌멩이는 반대편 기슭에 약간 못 미친 절벽에 부딪혀 계곡 아래 강물 속으로 굴러떨어졌다. "난 큰 그림을 보고 있소이다. 당신도 알겠지만, 이번 임무는 모든 면에서 말도 안 될 정도로 기적에 가까웠소이다. 그리고 에밀리오가 바로 그 열쇠였단 말이외다! 나는 녀석이 나에 관한 생각으로 시간을 낭비하지 않았으면 좋겠소이다. 같은 맥락에서 멘데스 생각도 하지 않았으면 좋겠고. 자기들이 알아서 자제하는 데다, 나름대로 연구 성과를 올리고 있으니 뭐라고 할 생각은 없소이다. 그래도 솔직히 말하자면 좀 걱정스럽소이다."

잠시 침묵이 흘렀고, 앤은 땅바닥에 앉아 두 다리를 절벽 아래로 늘어뜨렸다. 야브로는 잠시 암반의 구조가 충분히 튼튼할까 고민했지만 결국 그녀의 옆에 주저앉아 허공으로 돌멩이를 던졌다.

"DW, 논쟁을 하려는 게 아니라 그냥 물어보는 거예요, 알겠죠?" 야브로가 고개를 끄덕이자 앤이 말을 계속했다. "기적의 시대가 아직 끝나지 않았다고 해 봐요. 그냥 그렇다고 치자고요. 그리고 우리는 에밀리오가 아주 특별하다는 점에 동의하고 있어요. 하지만 특별한 것은 소피아도 마찬가지 아닌가요?"

"거기까진 이의 없소이다."

"뭐랄까, 내 기억엔 사랑과 성(性)과 가족의 편을 드는 아주 설득력 있는 신학 이론이 있었던 것 같은데요. 내가 알기로 예전에 어떤 매우 권위 있는 명사가, 남자가 혼자 있으면 좋지 않다고 말했다고요. 게다가 로마는 여기서 멀어요. 자신을 숨기는 모든 동성애자도 마찬가지로 아주 멀리 있죠." 앤이 짓궂게 지적했다. "지금쯤 지구에서는 거의 20년이 지났을 거예요. 어쩌면 이제는 신부들도 결혼할 수 있을지 몰라요! 그리고 어쨌거나, 나는 에밀리오가 소피아를 사랑한다고 해서 그게 신을 배신하는 일이라고 생각할 수는 없어요."

"애니, 그런 류의 논쟁은 수백 년도 더 계속됐소이다." 야브로가 뒤쪽으로 손을 뻗어 조약돌 한 움큼을 더 집었다. 고통스러운 경련이 그의 얼굴을 스쳐 갔지만, 앤은 화제를 돌리려 하지 않았다. "이런 젠장, 난 모르겠소이다. 어쩌면 아무런 차이가 없을지도 모르지. 저 둘이 사랑을 나누고 아이를 낳는다고 해도, 하느님이 그들 모두를 사랑할 수도 있고…….” 그들은 한동안 강물이 흐르는 소리를 듣고, 어느새 첫 번째 석양으로 붉게 타오르는 서쪽 하늘을 바라보며 앉아 있었다. 야브로는 뭔가 할 말을 생각하고 있는 듯했고, 그래서 앤은 가만히 기다렸다. “이해해 줬으면 좋겠소이다. 이런 문제에 대해서는 나 스스로도 확신이 없으니까 말이외다.” 그가 부드럽게 말했다. “그렇지만 앤, 나는 성자란 천재와 마찬가지로 일종의 영감 어린 고집에서 비롯한다고 생각하고 있소이다. 한 가지 일에 끊임없이 몰두하는 것 말이외다. 내가 지금 에밀리오한테 기대하고 있는 건 그런 꾸준함과 집중력이외다.”

“DW, 진심으로 하는 말이에요?” 앤이 눈을 크게 뜨며 물었다. “당신은 에밀리오가 성…….”

“꼭 그렇게 말하지는 않았소이다! 그냥 말하자면 그렇다는 거외다. 하지만 마크와 내가 논의를 해 봤는데, 그래, 나는 어떤 가능성을 보고 있소이다. 그리고 그런 가능성을 보호하는 것이 내가 해야 할 일이외다, 앤.” 그는 잠시 망설이다가 고백했다. “어쩌면 내가 너무 성급했는지도 모르지만, 실은 로마로 보내는 보고서에 그 ‘성’으로 시작하는 단어를 좀 사용해 버렸소이다. ‘하느님과 결혼했고, 때때로 신의 사랑과 완전히 하나가 되었다.’ 그렇게 썼다 이 말이외다.” 야브로는 마지막 남은 조약돌 몇 개를 한꺼번에 던지더니, 손에서 먼지를 털어냈다. 그리고 몸을 굽혀 팔꿈치를 무릎에 얹고 커다란 손을 늘어뜨린 채, 돌멩이들이 아래쪽에서 흩어지는 광경을 감상하다가 잠시 후 말했다. “관리자의 역할이란 참 뭣 같소이다. 지구에 이딴 걸 가르치는 명문 상급 신부 학교 따위가 있는 것도 아닌데 말이외다.”

앤은 할 말을 찾지 못했다. 그녀는 서쪽 하늘에 딸기와 라즈베리, 블루베리와 망고를 곁들인 생크림처럼 뭉쳐 있는 구름을 쳐다봤다. 이 행성의 다양한 색채는 아무리 봐도 물리지 않았다.

"그리고, 앤." 야브로가 신중하게 덧붙였다. "나는 이 문제로 멘데스도 걱정하고 있소이다. 나는 그 아가씨를 아주 좋아하고, 그래서 그 아가씨가 상처받지 않았으면 좋겠소이다. 겉으로 보기에는 지성과 배짱을 겸비한, 하느님의 축복을 한 몸에 받고 태어난 여자처럼 보이지만 내면에는 깨진 유리 조각이 가득하니까. 선택해야 한다면 에밀리오는 아마 신을 선택할 거외다. 그리고 나는 소피아가 그런 선택을 어떻게 받아들일지 생각하기도 싫소이다. 그러니까 당신도 괜히 그 아가씨를 부추기지 않았으면 좋겠소이다, 내 말이 무슨 뜻인지 알겠소이까?" 야브로가 자리에서 일어섰다. 앤은 그의 얼굴이 약간 창백하다는 사실을 알아차렸다. 하지만 야브로가 다음으로 한 말에 놀라서 다른 어떤 질문도 할 수가 없었다. "소피아가 차라리 퀸 청년이나 로비쇼한테 호감을 느꼈다면 좋았을 텐데, 안타까운 일이외다."

앤도 따라 일어나서 혼란스러운 듯 인상을 찌푸렸다.

"글쎄, 지미야 당연하지만, 마크라고요? 나는 그 사람이…… 그러니까, 당신도 알겠지만, 내가 생각할 땐……."

"로비쇼가 게이라고 생각했소이까?" 야브로가 큰 소리로 웃음을 터뜨리자 대여섯 마리나 되는 관상동맥들이 허공으로 튀어 올랐다. 그는 눈에 띄게 재미있어하며 깡마른 팔을 앤의 어깨에 둘렀다. "이런 맙소사. 절대로 아니외다. 추호도 그런 일은 없소이다." 앤과 함께 걸어가면서 야브로가 설명했다. "마크 로비쇼는 말 그대로 자연과 사랑에 빠져 있소이다. 그리고 우리 친구 마크에게 여자들은 자연의 가장 아름다운 일부란 말이외다! 여자들을 좋아한다 이거요. 마크 역시 알고 보면 수수께끼 같은 사람이지. 그 친구는 모든 곳에서 신의 존재를 발견하고 있소이다. 사실 그런 생각은 거의 이슬람교의 이론에 가깝소이다. 로비쇼는 자연과 초자연을 구분하지 않는다 이 말이지. 그 친구에게는 그 둘이 한 가지나 마찬가지고, 따라서 그들 모두를 사랑한다 이 거외다. 특히 그 대상이 여성일 때는." 그는 여전히 얼이 빠져 있는 앤을 내려다보더니 웃으며 말했다. "자, 바로 이래서 관리자의 역할이 어렵다는 거외다! 교구에서는 문제의 소지를 없애기 위해 마크를 남학교에서 일하게 시켰소이다. 그 친구가 누구를 먼저 유혹하진 않았지만 빌어먹게 잘생겼으니까, 뭐 짐작이 가지 않소이까? 마크는 여자가 먼저 다가오는데 싫다고 할 수 있는 성격이 못 된단 말이외다. 그리고 여자들은 당연히 그 친구에게 먼저 다가갔소이다. 퀘벡에서는 아주 난리도 아니었다고 들었고."

"기억해 둬야겠네요." 이제는 숨쉬기가 어려울 정도로 웃어 대며 앤이 말했다. 그러고는 참지 못하고 한마디를 덧붙였다. "그럼 금욕주의는 선택적인 거네요."

"뭐, 어떻게 보자면 초창기의 마크에게는 그랬다고 할 수 있소이다. 그러다 어떤 계기로 생각을 고쳐먹게 된 거외다. 그렇지만 내가 에밀리오에 대해 이야기하려는 점이 바로 그거란 말이지. 에밀리오한테는 자연과 초자연이 당연히 별개로 존재한다 이거외다. 녀석은 모든 곳에서 신을 발견하지 않소이다. 신이 내재적이라고 생각하지도 않고. 녀석에게 신이란 저 멀리 어딘가, 노력해서 닿아야 할 곳에 존재하는 갈망의 대상이란 말이외다. 그리고 당신도 내 말을 믿는 편이 좋소이다. 금욕주의는 에밀리오에게 반드시 필요한 부분이라 이거외다. 녀석이 집중하는 방법, 자신의 삶을 한 가지에 헌신하는 방법이란 말이지. 그리고 내가 보기엔 그 방법이 통하는 것 같소이다. 녀석이 신을 찾아냈는지, 아니면 신이 녀석에게 왔는지 난 잘 모르겠지만……."

그들은 이제 햄피이 나무가 보이는 위치로 다시 돌아왔다. 서쪽에서는 저녁노을이 구리를 녹인 물처럼 흘렀다. 아스카마는 여전히 산도즈의 무릎 위에 잠들어 있었다. 소피아는 자신의 컴퓨터 태블릿을 들여다보는 중이었다. 산도즈가 그들을 발견하고 손을 흔들었다. 앤과 야브로도 마주 손을 흔들었다.

"그래요. 당신이 무슨 말을 하는지 알았어요. 난 잠자코 있겠어요. 어쩌면 모든 일이 잘 해결될지도 모르죠."

"그랬으면 좋겠소이다. 두 사람뿐 아니라 우리 모두에게 너무 위험 요소가 많으니까." 야브로가 손으로 배를 누르더니 얼굴을 찌푸렸다. "젠장."

"괜찮아요?"

"괜찮소이다. 신경성이니까. 난 모든 일에 배로 반응한다 이거외다. 알고 있겠지만 다른 이야기를 좀 하면 좋겠군."

"당신의 종교관은 어떻죠, DW?"

앤이 절벽 아래로 내려가는 길의 끄트머리에 서서 그렇게 물었다.

"아, 젠장. 내 기분이 좋을 때는 신의 두 가지 측면을 모두 받아들이려고 노력하고 있소이다. 초월적인 면과 친밀한 면 말이지. 그래도……." 그가 희미하게 웃으며 말했다. "그런데도 가끔은 신이 우주적인 코미디언이라는 생각이 들 때가 있소이다."

앤이 눈썹을 추켜세우며 그를 쳐다봤다.

"앤, 하느님은 D. W. 야브로를 가톨릭 신자인 동시에 진보주의자, 못생긴 동성애자, 그리고 괜찮은 시인으로 만들어 놓고 텍사스 주 와코에서 태어나게 만들었소이다. 당신이 생각할 때는 이게 진지한 신의 권능으로 이루어진 일 같소이까?"

두 사람은 웃으면서, 그들이 이제 집이라고 부르는 바위 속 공간으로 걸음을 옮겼다.

정작 당사자인 에밀리오 산도즈는, 자신의 고양된 영적 상태가 얼마나 관심의 초점이 되고 있는지 전혀 몰랐다. 그는 자신의 무릎 위에 옹크리고 앉아 늦은 오후의 네 번째 태양처럼 열기를 뿜어 대는 아스카마 때문에 땀을 바가지로 흘리고 있었다. 만약 사람들이 그가 신의 영광에 대해 명상하거나 루안자어의 새로운 문법 체계를 분석하는 중이라고 짐작하는 대신, 무슨 생각을 하는지 대놓고 물었다면 아마 그는 망설임 없이 대답했을 것이다. "맥주 한 잔만 마셨으면 소원이 없겠다는 생각을 하고 있었습니다."라고.

맥주 한 잔을 마시면서 한 귀로 야구 시합의 라디오 중계를 들을 수만 있다면, 완벽 그 자체일 것이다. 하지만 산도즈는 그 두 가지 축복 없이도 자신이 완전히 행복하다는 사실을 잘 알고 있었다.

지난 몇 주는 새로운 발견으로 가득했다. 지구에 있을 때, 산도즈는 수단과 북극에서 사람들이 놀라운 관용을 베푸는 모습을 목격했다. 그리고 그렇게 이타적이며 충만한 영혼을 만날 때마다 신을 이해할 수 있다는 느낌을 받았다. 한때는 의아하게 생각했다. '신이 정말 완전한 존재라면, 어째서 이 세상을 창조한 걸까?' 이제는 그 이유가 사랑을 베풀기 위해서라고 믿었다. 순수한 선물을 받고 감사하는 이들의 모습을 보는 기쁨을 위해서라고. 어쩌면 그것이야말로 신을 발견하는 길인지도 몰랐다. 자신이 무엇을 받았는지 알고, 하느님의 사랑을 깨닫고, 크고 작은 일에 감사하는…….

그렇게 충만한, 강렬하고 도치되는 느낌은 시간이 지나면 어쩔 수 없이 사라졌다. 아무도 그런 상태로 오래 머물 수는 없었다. 하지만 기억은 생생히 남아서 때로 영혼 깊숙한 부분을 자극했다. 처음에는 기도를 끝마칠 수가 없었다. 아니, 시작조차 제대로 하기가 힘들었다. 할 말이 너무나 많았기 때문이다. 하지만 시간이 지나자 평범한 일상이 자리 잡았다. 그리고 산도즈는 그조차도 선물이라고 느꼈다. 그는 여기서 모든 것을 가지고 있었다. 일, 친구들, 진정한 즐거움까지. 가끔씩 그런 깨달음이 몰려오면, 감사의 마음으로 가슴이 벅차오르곤 했다.

가장 단순한 순간들조차 커다란 만족감이 느껴졌다. 마치 지금처럼. 그는 소피아 그리고 아스카마와 함께 초원 한복판의 햄피이 나무 속에 앉아 있었다. 여기서 그들은 루나가 잠든 오후 동안, 끊임없는 간섭과 참견을 피해 일할 수 있었다. 차이파스는 그들에게 나무 안쪽의 자연적인 공간을 이용해 멋지고 시원한 보금자리를 만드는 방법을 가르쳐 줬다. 오래된 나무둥치의 지름은 5~6미터에 이르렀고, 덤불처럼 자라난 서른 내지 마흔 개의 가지에 달린 나뭇잎들이 우산 역할을 했다. 나뭇잎은 하도 빽빽하게 나 있어서 엄청나게 심한 폭우가 아니면 빗줄기가 나무 속까지 닿지도 못했다. 나무가 자라면서 가장 바깥쪽의 원을 제외한 안쪽의 가지들은 자연히 말라 죽었다. 일행은 그저 나무 속을 조금 치우고, 쿠션이나 머리 위의 가지에 매달 해먹을 가져오기만 하면 됐다.

오후의 열기, 지루한 토론, 그리고 자기가 모르는 언어의 단조로운 음색 때문에 나른해진 아스카마는 곧잘 잠들곤 했다. 그럴 때면 산도즈는 그녀의 숨소리가 느려지고, 자신의 몸에 실리는 무게가 늘어나는 것을 느꼈다. 소피아는 미소를 짓고 아이를 향해 고개를 끄덕였으며, 두 사람의 목소리는 더욱 낮아졌다. 가끔은 아무 말도 하지 않고 앉아서 아스카마가 잠자는 모습을 지켜보며 모처럼 조용한 시간을 즐길 때도 있었다.

나머지 사람들은 루나가 좋아하는 끝없는 수다와 신체적인 접촉에 불만을 토로했다. 루나는 자기들끼리뿐 아니라 이방인들과도 스스럼없이 어울렸다. 그들은 절벽 한가운데 만들어진 동굴 형태의 아늑하고 따뜻한 방에 다 같이 모여 서로의 등에 등을 맞대고, 무릎에 머리를 기대고, 어깨에 팔을 두르고, 꼬리로 다리를 감쌌다. 산도즈는 그런 모습이 아름답다고 생각했다. 그는 여태까지 자신이 얼마나 타인의 손길에 목말라 있었는지, 지난 25년간 얼마나 고립되어 있었는지, 보이지 않는 벽과 공기로 이루어진 막에 갇혀 있었다는 사실을 이제야 깨닫고 있었다. 루나는 무의식적으로 신체 접촉을 통해 애정을 표현했다. 산도즈는 그들이 마치 앤과 비슷하다고 생각했다. 비록 그녀보다 더하기는 했지만.

산도즈는 한 손으로 이마의 머리카락을 쓸어 올리며 아스카마를 내려다봤다. 그들은 조지가 산도즈를 위해 설계한 해먹 의자에 앉아 있었다. 마누자이가 조지의 그림을 보고 의자를 만들었다. 그녀는 놀라운 손재주로 풀잎을 바구니처럼 엮어서 조지가 의도한 바를 뛰어넘는 복잡한 형태의 작품을 만들어 냈다. 마누자이는 종종 산도즈, 소피아, 아스카마를 찾아 햄피이 나무를 방문하곤 했다. 산도즈는 마누자이가 루나오를 말할 때 내는 낮고 허스키한 목소리를 아주 좋아했다. 지금 생각하니 소피아의 음성과 비슷했다. 하지만 마누자이의 동족들 사이에서는 드문 특징이었다. 또한 그는 루안자어의 멜로디를 사랑했다. 루안자어의 리듬과 소리는 마치 포르투갈어를 연상시키는 부드럽고 서정적인 느낌이었다. 놀라운 구조와 재미있는 개념으로 가득한, 연구할 만한 가치가 있는 언어였다…….

소피아가 코웃음을 쳤고, 산도즈는 그녀가 의자에 다시 몸을 묻으며 사나운 시선을 던지는 모습에 자기가 옳았다는 사실을 알 수 있었다.

"레자노온타 바날자, 틴구엔타 시노아 다." 소피아가 소리내어 읽었다. "둘 다 공간적이 맞아요."

"괜찮다면 이렇게 적어 둬요." 에밀리오 산도즈가 엄숙한 얼굴로 눈을 빛내며 대꾸했다. "내가 놀랍게도 전혀 잘난 척하지 않으면서 당신이 전한 소식을 받아들였다고 말이에요."

소피아 멘데스는 자신이 거의 친구라고 부를 만큼 좋아하는 남자를 보며 예쁘게 웃었다.

"똥이나 먹어요. 그리고 죽어 버려요."

"에드워즈 박사가 당신의 어휘에 통탄스러운 영향을 미치고 있군요." 산도즈가 엄격한 투로 지적하고는, 소피아가 뭐라 대답할 틈을 주지 않고 말했다. "당신이 그렇게 말하니까 이야긴데, 똥은 당연히 공간적인 단어와 비가시적인 단어의 격 변화에 대한 일반적인 규칙에 들어맞을 겁니다. 하지만 방귀는 어떨까요? 방귀도 비가시적인 대상으로 여겨질까요, 아니면 루나오가 그런 냄새를 뭔가 확실한 존재를 암시하는 범주에 넣을까요? 경솔하게 판단하지 말아요, 멘데스 양. 나는 지금 진지한 언어학적 의문을 제기하고 있으니까. 장담하건대 이 문제로 또 다른 보고서를 쓸 수도 있을 겁니다."

소피아는 눈물을 훔치고 있었다.

"그 보고서를 어디다 제출할 건데요? 내장 기체와 무례한 소음에 대한 행성 간 학술지?"

"잠깐! 또 다른 범주가 있었군요. 소음 말이에요. 이건 쉽죠. 비가시적이니까. 그럴 수밖에 없어요. 뭐, 어쩌면 아닐 수도 있지만요. '엔로아'를 가지고 알아봅시다."

"그만둬요! 난 그만할래요. 이제 충분해요. 날씨는 너무 덥고, 이야기가 점점 바보 같은 쪽으로 흐르잖아요."

"적어도 잘난 척은 아니죠."

웃음소리에 깨어난 아스카마가 하품을 하더니 고개를 돌려 산도즈를 쳐다봤다.

"시파즈, 밀로. '잘난 척'이 뭐야?"

"어디 한번 보자." 소피아가 태블릿의 사전을 찾아보는 시늉을 했다. 그리고 아스카마의 머리 너머로 산도즈를 향해 말했다. "여기 있네! 잘난 척. 그러니까, 산도즈 콤마 에밀리오. 비슷한 단어로는 '짜증난다'가 있구나."

소피아의 말을 무시하며, 산도즈가 완벽하게 침착한 어조로 아스카마에게 말했다.

"애정을 표현하는 말이란다."

그들은 아스카마의 장난감과 컴퓨터 태블릿, 소피아가 단숨에 비워버린 커피 잔 따위를 챙겨 절벽 마을로 돌아갔다. 해가 하나는 벌써 저물었고, 다른 하나도 빠른 속도로 지는 중이었다. 붉고 흐릿한 세 번째 태양만 그나마 하늘에 머물고 있었다. 최근의 찌는 듯한 더위에 관해, 지미는 날씨가 곧 변할 것 같다는 의견을 제시했다. 거세게 쏟아붓던 빗줄기가 점점 가늘어졌고, 건조한 열기는 그나마 견딜 만해졌다. 루나는 별다른 말이 없었다. 날씨는 그냥 존재하는 대상일 뿐, 그다지 이야깃거리가 아니었다. 다만 그들도 폭풍우에 대해서는 두려워하며 많은 대화를 나누는 듯했다.

소피아는 산도즈와 아스카마보다 훨씬 먼저 마을에 도착했다. 한 떼의 아이들이 산도즈의 주위에 몰려들어 걸음을 늦췄기 때문이다. 아이들은 산도즈에게 응석을 부리고 장난을 치며 새로운 마술을 보여 달라고 졸랐다. 대부분의 바카샤니들은 한창 더운 시간 동안 낮잠을 잤고, 마을에는 이제 막 활기가 돌아오고 있었다. 산도즈는 좁은 비탈길을 오르는 중간중간 멈춰 서서 사람들과 이야기를 나누었다. 그는 자신들의 방으로 돌아오는 길목에 있는 테라스에 머물며 아이들의 새로운 재주에 감탄하거나, 그런 재주를 가르친 젊은이들에게 이런저런 칭찬 섞인 질문을 던지거나, 사람들이 건네는 음식을 먹고 달콤한 음료를 마셨다. 그는 어스름 무렵에야 일행에게 돌아왔고, 앤은 이미 모닥불을 피워 놓고 있었다. 루나는 딱히 말은 안 했지만 모닥불을 보고 놀라는 눈치였다. 그들은 홍채가 하나밖에 없는 이방인들의 작은 눈이 어둠 속에서는 잘 보지도 못할 정도로 기능조차 형편없다는 사실에 특별히 실망감을 표현하지는 않았다. 다만 이런 장애를 극복하려는 기술적인 노력의 산물을 흘끔흘끔 쳐다볼 뿐이었다.

"아이차의 아이가 벌써 걷더군요."

산도즈가 테라스를 통해 방 안에 들어서며 말했다. 아스카마와 그녀의 친구들 셋이 그의 팔다리에 달라붙은 채 신나게 떠들고 있었다.

앤이 고개를 들었다.

"수웨이네 애도 그래. 놀랍지 않아? 인간 아기라면 고개를 가누기도 힘들 텐데, 이 녀석들은 꼬리로 자기 몸을 지탱하고 있어. 미성숙한 신경계가 서툴게 작동하는 장면처럼 매혹적인 볼거리도 드물지."

"누구 갓난아기를 본 사람 있어요?" 마크가 불규칙한 형태의 커다란 방구석에 앉아 있다가 불쑥 물었다. 그는 이날 아침 대략적인 인구 조사를 마친 셈이었다. 솔직히 누가 누군지 구분하기는 여전히 어려웠다. "이 마을의 인구 구조는 아주 이상해요. 번식기가 정해져 있지 않은 이상, 연령군 사이에 공백이 너무 깁니다. 그리고 내가 볼 때는 어른에 비해 아이 숫자가 너무 적단 말이죠."

"내게는 너무 많아 보이는데요." 산도즈가 지친 목소리로 말했다. 그는 네 아이들이 만들어 내는 놀랄 만큼 시끄러운 소리 너머로도 들리도록 목청을 약간 높였다. "양 떼처럼, 벌 떼처럼, 아니 개미 떼처럼."

앤과 마크는 유아 사망률에 관해 토론하기 시작했다. 산도즈도 이야기에 끼어들려고 했지만, 아스카마가 팔을 잡아당기고 킨사가 등에 올라타려고 하는 통에 그럴 수가 없었다.

"하지만 모두들 너무 건강해 보여." 앤이 말했다.

"건강하고 시끄럽죠." 산도즈가 말했다. "시파즈, 아스카마! 아수카르 하와스 드즈르드즈. 킨사, 투파 신치즈 크즈나, 제? 조지, 제발요, 10분만 좀 도와주겠어요? 지미?"

조지가 아스카마를 안아 올렸고 지미는 나머지 아이들을 멀리 유인했다. 그제야 산도즈는 겨우 강에 내려가 몸을 씻고, 저녁 식사를 하기 전에 볼일을 해결할 틈을 얻을 수 있었다. 다시 방으로 돌아오니 인원 수가 다소 줄어 있었다. 아스카마는 산도즈가 한동안 보이지 않을 때면 곧잘 그러듯, 친구들과 놀러 가고 없었다. 마누자이는 다른 루나를 방문하러 나갔다. 아예 돌아오지 않을 수도 있고, 그날 밤을 함께 보낼 대여섯 명의 손님들과 함께 돌아올 수도 있었다. 차이파스는 무슨 일인가 처리하기 위해 장기간 멀리 여행 중이었다. 사람들은 종종 그런 식으로, 몇 시간이나 며칠 혹은 몇 주씩 사라지곤 했다. 루나에게 시간은 중요하지 않은 문제처럼 보였다. 달력이나 시계 같은 물건은 전혀 없었다. 산도즈는 시간 개념을 나타내는 어휘를 찾아내려고 해 봤지만, 수확과 관련된 몇몇 단어로 만족해야 했다.

산도즈가 식탁에 앉자, 야브로가 운을 띄웠다.

"멘데스 양 말로는 에밀리오가 오늘 아주 훌륭했다고 하던데."

"난 그렇게 말한 적 없어요." 소피아가 쏘아붙였다. "오늘 오후 그 사람이 잘난 척을 예술의 경지로 승화시켰다고 말했죠. 훌륭하다는 말은 그 사람이 한 분석에 대한 표현이고요."

"아주 명확한 구분이야." 앤이 지적하며 음식 그릇을 나무 식탁에 소리 나게 내려놓고 조지의 옆자리 쿠션에 몸을 묻으며 덧붙였다. "저 인간 자기 말이 맞았을 때는 정말 끔찍하게 굴지 않아?"

"난 겸손한 사람이에요. 다만 맡은 일을 열심히 할 뿐이죠." 산도즈가 상처받은 듯한 목소리로 말했다. 여기저기서 신음 소리가 들렸지만 그는 모르는 척했다. "그 대가로 돌아오는 건 한 무더기의 비난과 냉소뿐이로군요."

"그러니까 그 훌륭한 분석이란 게 대체 뭐냐고?" 야브로가 투덜거리며 물었다. "나도 보고서를 써야 한단 말이다, 이 녀석아."

야브로는 거의 손도 대지 않은 채 접시를 옆으로 치웠고, 마을을 지나는 동안 군것질거리를 잔뜩 얻어먹어 배가 불렀던 산도즈도 똑같은 행동을 했다. 야브로가 이미 지적한 대로 루나는 마치 지미 퀸처럼 거의 무엇이든 끊임없이 먹어 댔다. 누구의 집이라도 방문할라치면 식사 대접을 피할 수 없었고, '배가 고프지 않다' 같은 핑계는 통하지 않았다. 그런 덕분에 지구에서 가져온 식량은 예상보다 훨씬 더 오래 남아 있을 전망이었다. 하지만 루나의 음식은 제법 영양가가 높아 보이기는 해도 좀처럼 지구 사람들의 입맛에 맞지 않았다.

산도즈는 10분에 걸쳐 그날 아침 자신이 알아낸 격 변화의 규칙을 설명했다. 소피아로서는 매우 만족스럽게도, 모두들 처음에는 그녀와 마찬가지로 그가 말하는 개념이 추상 명사와 보통 명사의 차이라고 생각했다. 하지만 일단 그 안에 내재된 논리를 이해하자, 완벽하게 말이 되는 이야기처럼 보였다. 앤은 산도즈에게 정확히 30분 동안 우월감을 느낄 자격이 있노라 선언하고, 그 시간을 제공하려 했다. 하지만 산도즈는 자신이 이미 충분한 자축의 시간을 가졌다고 기분 좋게 인정하며 그와 같은 영광을 사양했다.

"아스카마가 아니었다면 이렇게 빨리 이만큼 해내지 못했을 거예요." 산도즈가 진지하게 말했다. "그리고 어쨌거나 이 언어에 대해 아직도 이해하지 못하는 부분이 많아요. 예를 들어 성(性)에 관해서는 아예 감도 못 잡겠어요."

지미가 웃음을 터뜨렸고, 야브로는 투덜거렸다.

"네 녀석이 그쪽으로 감을 잡아도 문제란 말이다."

그 말에 앤이 먹고 있던 음식이 목에 걸려 켁켁댔지만, 나머지 사람들은 모두 웃었다. 산도즈는 얼굴을 붉히며 그들에게 철 좀 들라고 말했다.

"난 이 사람들이 시청각 영상이나 가상 현실에 대해서는 어떤 격 변화를 사용할지 궁금한데."

조지가 정신없이 웃어 대며 기침하는 앤의 등을 두드리며 말했다. 그들은 루나가 보는 앞에서 기계를 사용하는 문제를 매우 신중하게 고려했다. 모두들 컴퓨터가 필요한 연구를 수행하고 있었지만, 가능한 한 루나와 같은 생활 방식을 유지하려 했다.

"마크, 루나가 그림에 대해서는 어떤 격 변화를 사용하던가요?" 산도즈가 물었다. "당신은 공간의 환상을 만들어 내잖아요. 종이 자체에 대해서는 공간적인 격 변화를 쓰겠지만, 그림에 대해서는 어때요?"

"기억이 안 나는군요. 다음번에 기회가 있으면 살펴보도록 하죠." 마크가 약속했다. "누구 칸차이가 그린 그림을 본 적 있어요? 몇 주 전 내가 초상화를 그리는 걸 보더니 재료를 달라고 하더군요. 이전에는 입체를 2차원으로 표현하는 방식을 접한 적이 한 번도 없을 게 분명한데도, 벌써 아름다운 작품을 만들어 내고 있어요."

"그래서 그런 거였군!"

조지가 외쳤다. 이 순간 전에는 자연발화처럼 갑작스럽게 느껴지는 현상이었다. 어느 순간 무역선에서 종이와 잉크, 물감이 눈에 띄더니 모두들 그림을 그리고 있었던 것이다. 마을에는 종종 그런 유행이 번지곤 했다. 그래서 불안하기도 했다. 마을 전체가 취미 삼아 따라 할까 봐 코를 푸는 일조차 주저하게 될 정도였다.

"있잖아요, 난 신이 이 사람들을 편애한다는 생각이 들기 시작했어요." 앤이 꼭 샘난 아이 같은 투로 말했다. "우선 우리보다 훨씬 더 멋진 행성을 가지고 있어요. 식물들도 아름답고, 색깔도 더 예쁘잖아요. 그리고 우리보다 잘생겼죠. 손도 더 낫고요."

루나도 손가락이 다섯 개였다. 하지만 엄지와 새끼손가락이 나머지 세 개와 완전히 마주 보고 있는 점이 달랐다. 그래서 인간으로 치면 손이 네 개 달린 것만큼 효율적으로 일할 수 있었다. 앤은 아스카마가 산도즈의 무릎 위에 앉아서 손가락을 바쁘게 놀리며 리본을 이렇게 저렇게 땋는 모습에 넋을 빼앗기곤 했다. 각각의 리본은 풍기는 향과 색의 조합이 모두 달랐다. 루나의 옷차림은 대부분 향기와 땋는 방식으로 결정되었다. 그리고 앤이 알아볼 수 있는 한도 내에서, 나머지 부분은 그 주위에 무엇을 묶느냐에 따라 달라졌다.

"그러니까, 우리는 엄지손가락이 꽤나 유용하다고 생각하지만, 루나가 보기에는 거의 불구나 다름없을 거예요."

"아니에요. 전 그렇게 생각하지 않아요." 소피아가 말했다. "와르소아에게 우리 손이 이상해 보이냐고 물어본 적이 있어요. 그랬더니 음식을 집을 수만 있다면 충분하지 않으냐고 말하더군요. 아주 실용적인 관점이죠."

"루나의 수공예 솜씨는 정말 우수하죠." 마크가 인정했다.

"손재주가 좋기는 하지." 조지가 다소 무시하는 듯한 투로 말했다. "하지만 이들이 라디오를 발명한 사람들은 아니오. 쟁기보다 더 발전한 도구라고는 없으니."

"유리와 금속, 도자기가 있잖습니까." 마크가 지적했다.

"교역을 통해 얻은 거요." 조지의 말투는 여전했다. "이 마을에서 만든 물건이 아니라. 여러분, 이런 말 하긴 싫지만 난 전반적으로 봤을 때 이 친구들이 그리 영리하지 않다고 생각하오."

산도즈는 아스카마가 아주 영리하다고 반박하려 했지만 다시 생각해 보니 조지의 말에도 일리가 있었다. 루나에게도 통찰력은 있었다. 하지만 이따금 멍청하다고는 할 수는 없어도 지각이 다소 제한된 것처럼 느껴지곤 했다.

"이 사회의 기술적인 토대는 채집이오." 조지가 역겹다는 듯 말했다. "채집을 통해 식량을 구하고 꽃도 모으지. 젠장, 대체 꽃을 모아서 뭘 하겠다는 건지."

"향수 교역을 위해서예요. 도시에는 생산 시설이 많다는 인상을 받았어요. 산도즈, 내가 그 도시의 이름을 알아냈다고 말했던가요? 가이 저르인지 가이주르인지, 하여튼 그런 이름이에요. 어쨌거나, 각각의 마을은 특화된 교역품을 가지고 있어요." 소피아는 일종의 마을 회의처럼 보이는 토론에 참석하도록 허락받았기 때문에 거기서 많은 정보를 얻을 수 있었다. "카샨의 경우는 향수 산업을 위한 꽃들이죠. 루나는 우리보다 향기에 훨씬 더 관심이 많은 듯해요. 그래서 커피를 그렇게 귀중하게 여기는 거죠."

앤이 헛기침을 하더니 씩 웃으며 야브로 쪽을 흘낏 쳐다봤다.

야브로는 앤의 시선을 외면하며 투덜거렸다. 그로서는 커피가 그들이 지닌 가장 인기 있는 교역품이라는 사실이 여전히 마음에 들지 않았다. 더 놀랍게도, 루나는 커피 자체가 아니라 그 향기를 좋아했다. 소피아가 터키식 커피를 끓이면 마누자이는 컵을 손에 쥐고 향기를 맡은 후 다른 손님들에게 돌렸다. 커피는 차갑게 식은 다음에야 소피아에게 돌아왔고, 그녀는 마지못해 잔을 비우곤 했다. 예수회 일행은 커피 한 잔으로 거의 무엇이든 대가를 지불할 수 있었다.

"하지만 조지 말이 맞아요." 지미는 조지와 마찬가지로 루나에게 질려 버리기 직전이었다. 요즈음 두 사람은 주로 우주선에서 전송받은 천문학적, 기상학적 자료를 연구하고 있었지만 그보다는 신호를 보냈던 도시에 더 관심을 보였다. "여기에 기술적인 진보라고는 거의 없다시피 하다고요. 이 사람들이 라디오를 듣는다는 단서조차 발견하지 못했어요. 이들이 가수일 리는 없어요. 심지어 음악을 좋아하지도 않잖아요!"

지미가 그렇게 말하자, 야브로가 동의한다는 뜻으로 툴툴거렸다. 그들은 이제 더는 미사에서 찬송가를 부르지 않았다. 노래하는 소리를 들으면 루나가 불안감과 당혹감을 내비쳤기 때문이다. 야브로는 처음에 미사의 의식적인 측면이 그들에게 거슬리는 줄 알았다. 루나에게는 어떤 종교적인 직역이나 행사도 없는 것처럼 보였기 때문이다. 하지만 말로만 예배를 볼 때는 루나도 불만이 없었고, 오히려 제단에 피우는 향내를 좋아했다. 따라서 그들은 의식이 아니라 노래 자체를 싫어하는 것이 분명했다.

"누군가 배와 유리, 그리고 나머지 물건들을 만들고 있습니다." 마크가 말했다. "지구의 경우를 생각해 보세요. 볼리비아의 고원 지대에 간다면 중세로 돌아간 기분이 들 겁니다. 하지만 얼마 떨어져 있지도 않은 라파즈에서는 인공위성의 부품을 설계하고 화학 물질을 합성하죠. 이 마을은 그저 보다 발전된 문명의 변방에 있을 뿐입니다."

"그리고 공정한 평가를 위해서 하는 말이지만 여기서는 산업을 발전시킬 필요 자체가 별로 없어요." 앤이 말을 이었다. "거의 항상 햇빛이 있는데…… 전등이 왜 필요하겠어요? 어디나 강줄기가 흐르는데, 도로 포장이나 육상 교통수단이 필요할까요? 식량의 종류도 풍부하고, 그저 기다렸다가 수확하기만 하면 되잖아요. 널린 게 음식인데 뭐 하러 농사를 지어요?"

"만약 지구에서 당신 같은 사람들이 우리 삶을 책임졌다면, 우린 아직 동굴에 살고 있었을 거야." 조지가 말했다.

"증명 완료네요."

지미가 손을 흔들어 주위의 돌벽을 가리키며 지적했다. 그러자 앤을 제외한 나머지 사람들이 박수갈채를 보냈다.

산도즈도 함께 웃었지만 토론이 주제를 벗어나고 있다고 생각했다. 너무 많은 사람이 확고한 의견을 내세울 때 종종 이런 일이 벌어지곤 했다. 그래서 산도즈는 언제나 세미나를 싫어했다. 아스카마는 어디 있지? 벌써 그 아이가 그리웠다. 아스카마와 언제나 함께 있다 보니 어떤 면에서는 부모 역할을 하는 기분이 들었다. 이처럼 기이하고, 종족의 경계마저 뛰어넘는 유사 부성애는 깊은 만족감을 선사했다. 하지만 바카샤니들은 그를 부를 때 이름 외에도 아스카마의 손위 형제를 의미하는 단어를 사용했다. 또한 마누자이는 이따금 산도즈가 부주의하게 잘못을 저지르면 자기 아이를 가르칠 때처럼 호되게 나무라곤 했다. 동시에 그들의 관계에는 교역품과 관련된 상업적인 측면도 있었다. 그래서 산도즈는 루나가 자신에게 무엇을 기대하는지 도통 감을 잡을 수가 없었다.

지구인들 사이에서 자신의 위치 또한 마찬가지로 혼란스러울 때가 있었다. 산도즈는 처음 미사 시간을 놓쳤을 때 겁에 질렸지만, 마크와 야브로 모두 그에게 놀라거나 화내지 않았다. 오히려 그들은 그를 이상할 정도로 조심스럽게, 마치 임신부처럼(산도즈가 떠올릴 수 있는 유일하게 적절한 비유였다.) 대했다. 그가 느끼는 감정을 말로 표현해 준 사

람은 소피아였다. "당신은 신에 취해 있어요, 산도즈." 어느 날 오후 그
녀는 단호한 말투로 산도즈에게 말했었다. 그리고 그는 아무도 모를
거라고 믿었던 자신의 내적인 상태가 생각보다 더 바깥으로 드러나고
있다는 사실을 깨달았다. 산도즈는 이 모든 상황을 차분히 돌아볼 시
간을 원했지만, 너무 많은 일이 벌어지고 있었다. 그리고 어쩌다 한가
할 때는 맥주나 야구 이외에 다른 생각을 하기가 어려웠다.

조약돌 하나가 그의 가슴에 떨어졌다.

"산도즈. 정신 차려요!" 소피아가 말했다.

"뭐죠?"

산도즈가 팔꿈치로 일어나 앉았다.

"질문이 뭐였냐면, 루안자어가 그 노래의 언어와 관련이 있냐는 거
예요."

"그렇진 않을 거예요. 내 생각으로는 비슷하지도 않아요."

"그것 보라고! 다들 들었지?" 조지가 외쳤다. "우리는 도시로 가야
한다니까!"

이어지는 논쟁에 참여하면서, 산도즈는 자신이 도시로 가는 일을 불
편하게 느끼고 있다는 사실을 깨달았다. 어쩐지 여기 있어야 할 것만
같았다. 단순히 아스카마나 마을 사람들에게 감정적인 애착을 느끼기
때문일 수도 있지만 이렇게 빨리 또 다른 언어를 익혀야 한다는 생각
을 하면 힘이 빠졌다. 물론 전에도 두 가지 혹은 세 가지의 언어를 동
시에 배운 적이 있었다. 하지만 그때는 언제나 라틴어나 영어를 할 줄
아는 사람이 있었다. 아스카마나 그녀와 비슷한 누군가가 없이 가수들
의 언어를 배우려면 상당히 고생할 것이 뻔했다. 그는 한동안 대화가
멈추기를 기다렸다가 말했다.

"내 생각엔 도시로 가기에는 아직 너무 이른 것 같아요."

그러자 야브로가 물었다.

"왜 그렇게 생각하지?"

"고작 7주밖에 안 지났어요! 난 아직 다른 언어나 다른 문화를 접할 준비가 안 됐다고요. 꼭 해야 한다면 어쩔 수 없지만, 먼저 루안자어를 좀 더 확실히 익히고 싶어요. 미안해요." 산도즈가 갑자기 사과했다. "내가 다른 사람들의 발목을 잡고 있군요. 괜찮아요. 해낼 수 있을 겁니다. 만약 다들 이동하고 싶다면 그렇게 하죠."

마크가 천천히 산도즈로부터 시선을 돌려 야브로를 쳐다봤다.

"여태까진 산도즈의 직감이 믿을 만했어요. 우리는 한 번에 한 단계 씩 진행했고, 이런 방식은 성공적이었죠. 아직도 여기서 배울 것이 아주 많습니다. 산도즈를 재촉해서……." 마크가 잠시 말을 멈추고 목청을 가다듬었다. "또 다른 언어를 배우게 하기보다는, 한동안 더 머무는 편이 나을 것 같군요."

"우리는 노래 때문에 왔다고요. 가수들에 대해 알아내려고 온 거잖 아요." 지미가 완고하게 주장했다.

"맞는 말이에요."

산도즈가 어깨를 움츠리며 마크에게 말했다. 그는 기꺼이 떠날 수도 머물 수도 있었다.

"알았소, 알았소이다." 야브로가 한 손을 들었다. "오늘 밤 당장 결 정을 내리진 않겠소이다. 하지만 이제 슬슬 이다음으로 무엇을 할 것 인지 생각하기 시작할 때가 됐소이다."

"조지, 루나의 사고방식에 좀 단순한 면이 있다는 건 인정해요. 하 지만 우린 아직 그들의 언어도 거의 할 줄 모르고, 그들에 대해 제대로 알지 못해요. 그들이 단순해 보이는 건 우리가 미묘한 차이를 구별하 지 못하기 때문일 수도 있어요. 그리고 때로는 단순한 무지와 지성의 결여를 구분하기가 쉽지 않죠. 어쩌면 루나에게는 우리가 약간 멍청해 보일 수도 있어요."

산도즈가 지적하고는 다시 쿠션에 몸을 묻었다.

"저 말이 맞아." 앤이 찬성했다. "말 좀 들어 먹으라고, 기술쟁이 돼 지들!"

"그래, 이걸 먹느니 저 말을 들어 먹겠어." 조지가 말하며, 그로서는 가축 사료라고밖에 생각할 수 없는 음식이 여전히 반도 더 남아 있는 그릇을 가리켰다. 마누자이가 신경 써서 준비한 음식이라 조금이라도 남긴다면 실례였다. "이건 먹는 게 아니라 그냥 씹는 거야."

"샐러드라고 생각하면 도움이 될 거예요." 산도즈가 천장을 올려다 보며 조언했다. "큰 도움은 안 되겠지만."

"양젖으로 만든 치즈를 넣으면 좀 나을 텐데." 마크가 불평하며 잎사 귀 하나를 집어 들더니 비판적인 눈길로 살폈다. 불만스러운 중에도 뭔 가 좋은 말을 찾는 중이었다. "루나의 요리는, 뭐라 말하기가 어렵군요."

"내 입맛에 비춰 보자면, 할 말이 꽤 많소이다." 야브로가 신랄하게 말했다.

웃으며 뭐라고 대꾸하려던 산도즈는 야브로가 평소와 달리 눈을 감 고 있다는 사실을 깨달았다.

"에밀리오." 마크가 그의 생각을 방해하며 말했다. "우리가 실험용 정원을 꾸며도 좋은지 누구에게 물어본 적 있습니까? 이제 슬슬 시작 하고 싶은데."

"우리가 우리 먹을 음식을 스스로 재배한다면 이 사람들이 우리에게 이딴 걸 먹여야 한다는 생각을 그만둘지도 모르겠군. 어쩌면 그냥 예 의를 차리는 건지도 몰라."

조지가 말했다. 정원을 꾸미기 시작하면 한동안 이 마을에 머물러야 한다는 사실은 알고 있었지만, 조지 에드워즈는 클리블랜드에 살던 시절 진지한 정원사였고 여기서 뭔가를 재배한다고 생각하니 마음이 끌렸다. 지미는 여전히 짜증을 내겠지만 그건 그의 문제였다.

앤이 고개를 끄덕였다.

"난 미식가는 아니지만 그렇다고 밤비도 아니에요. 이 안에는 잔가지가 너무 많아요."

"그나마 잔가지들이 먹을 만한데요!" 지미가 외치자, 앤이 놀라서 그를 쳐다봤다. "아니, 정말로요! 중국 요리에 나오는 국수 같은 맛이잖아요."

"난 여기 음식이 마음에 들어요." 소피아가 말했다. 여기저기서 아우성이 일었지만, 지미는 조용히 성원을 보냈다. "진짜로요. 맛있는데요. 교토에서 먹었던 음식 생각이 나요. 아니면 오사카나요."

"De gustibus non est disputandum.(오이를 거꾸로 먹어도 제멋.)" 야브로가 투덜거리더니, 우울하게 덧붙였다. "하지만 때로는 도저히 못 먹을 음식도 있는 법이외다. 아니, 이건 음식이라고 할 수도 없소이다."

산도즈는 일어나 앉아서 야브로를 한동안 쳐다보다가, 마누자이에게 정원 이야기를 해 보겠다고 약속했다. 한동안 이런저런 대화를 나누고 나서 지미가 접시를 닦기 시작했다. 언어학자들이 설거지할 차례가 끝나고 지금은 천문학자들이 당번이었다. 산도즈는 사람들이 각자의 저녁 식사 후 활동을 위해 방에서 나갈 때까지 잠시 기다렸다가, 음식에는 손도 대지 않은 채 조용히 웅크리고 앉아 있는 야브로에게 다가갔다.

"Padre?(신부님?)" 산도즈가 야브로의 옆에 주저앉아, 앙상한 손가락 뒤에 숨어 있는 지치고 일그러진 얼굴을 들여다보며 말했다. "Estas enfermo?(어디 아프세요?)"

앤이 그 질문을 듣고 도로 들어왔다. 야브로의 호흡은 얕았지만, 산도즈가 어깨에 손을 올리기 위해 다가가자 벼락 맞은 것처럼 펄쩍 뛰어오르며 외쳤다.

"가까이 오지 마!"

앤이 두 사람 사이에 끼어들어 조용히 야브로에게 뭐라고 물었다. 그는 앤의 질문에 단음절로 대답하며, 꼼짝도 못 하고 있었다. 그러다 갑자기 몸을 뒤틀며 신음하더니 자기도 모르게 산도즈의 팔을 움켜잡았다.

24

카샨 마을과 가이주르 시

나알파 3일~5일

한 시간도 지나지 않아 D. W. 야브로가 매우 아프다는 사실이 분명해졌다. 산도즈는 마누자이가 도움이 되기를 바라며 그녀를 찾아 나섰다. 마누자이는 가장 큰 방에서 사람들과 함께 뭔가를 '픽' 하는 문제에 대해 열띤 논의를 벌이고 있었다. 산도즈가 들어서자 루나는 무슨 일인가 싶어 일제히 귀를 쫑긋 세웠다. 그래서 그는 야브로의 상태를 설명하고, 그런 증상의 원인과 치료법을 알고 있는 사람이 있는지 찾았다.

"모든 병의 원인은 하나야." 마누자이가 산도즈에게 말했다. "그의 마음이 가질 수 없는 무언가를 바라기 때문이지."

"물리면 이렇게 되는 동물은 없나요?" 산도즈가 끈질기게 물었다. "그의 배에⋯⋯ 내장에 통증이 있어요. 혹시⋯⋯." 그가 손으로 뭔가를 잡는 시늉을 했다. "먹으면 이런 증세가 나타나는 음식이 있나요?"

그러자 루나들은 저마다 음식을 먹는 방식에 대한 미신적인 이야기를 끝도 없이 늘어놓기 시작했다. 누군가 긴 음식과 둥근 음식을 섞어 먹으면 병이 난다고 하자, 그게 맞는다느니 틀리다느니 혹은 일을 하

기 싫어서 댄 핑계에 불과하다느니 하는 말들이 오갔다. 그리고 몇몇
은 자신들이 항상 긴 음식과 둥근 음식을 섞어 먹지만 한 번도 아픈
적이 없었다고 했다. 산도즈는 자신이 불안해하고 있다는 사실을 보
여 주기 위해 몸을 좌우로 흔들기 시작했다. 하지만 아무런 소용도 없
었다.

마누자이는 방으로 돌아가고 싶어 하는 산도즈의 심정을 이해하는
것처럼 보였다. 그리고 산도즈를 안내하기 위해 자리에서 일어났다.
그를 혼자 보내면 방과 테라스 사이를 연결하는 좁은 길목에서 떨어지
지 않을까 염려해서였다. 아무리 이야기를 해도 마누자이는 이방인들
이 라카트에 떠오르는 가장 작은 태양의 침침하고 붉은빛 아래서는 제
대로 볼 수 없다고 굳게 믿었다. 아스카마가 심심했는지 그들을 따라
와 자기 엄마에게 매달렸다. 그러면서 산도즈를 쳐다보며 아이다운 천
진함으로 물었다.

"시파즈, 밀로. 디가 아침에 죽는 거야?"

산도즈는 할 말을 잃었다. 그는 언제나 솔직하게 말하는 사람이었
다. 솔직히 앨런 페이스의 죽음을 떠올리자 야브로가 오늘 밤을 넘기
지 못할 수도 있을 것 같았다. 하지만 그런 생각을 입 밖으로 내기에
적당한 단어를 찾지 못했다.

"어쩌면." 마누자이가 대신 대답하며 꼬리를 올렸다가 내렸다. 산도
즈는 그런 동작이 지구인으로 치면 어깨를 으쓱 추켜올리는 것과 같다
고 추측했다. "자신의 마음이 원하는 것을 얻지 못한다면."

겨우 목소리가 나오게 되자, 산도즈가 말했다.

"누군가는 디가 먹거나 마신 무언가가 그를 아프게 한다고 생각합
니다."

"때로는 음식 때문에 아플 수도 있지만, 많은 사람이 같은 음식을 먹

었는데 다만 병이 났어." 마누자이가 빈틈없는 논리를 댔다. "그가 원하는 것을 찾아서 줘야만 해."

루나의 삶에는 사생활이 존재하지 않았다. 방들의 움푹 들어가거나 불규칙하게 꺾인 부분을 특정한 용도로 구분해서 사용할 뿐이었다. 아무도 방을 완전히 소유하지는 않았고 단지 점유하기만 했다. 종종 어떤 가족이 다른 마을을 방문하러 떠나서 오랫동안 집이 비어 있을 때, 다른 가족이 그 방을 마음에 들어 하면 이사를 오기도 했다. 여행을 떠났던 사람들은 돌아와서 단순히 또 다른 방을 골라 거기서 살곤 했다. 앤과 조지 부부는 침실 문이 없다는 사실에 당황했고, 결국 마누자이와 차이파스가 사는 방의 가장 깊숙한 구석에 텐트를 쳐야 했다. 나머지 사람들은 매일 밤 다른 장소에 간이침대를 놓거나, 손님으로 방이 북적일 때는 어디든 자리가 나면 루나의 쿠션을 깔고 잠을 청했다.

야브로는 보통 방 안쪽에 침대를 놓았지만, 앤이 그를 입구 쪽으로 옮겨 쉽게 드나들 수 있도록 했다. 이미 여러 차례 배 속을 비워 낸 뒤 이제는 꼼짝도 하지 않고 누워 있었는데, 뜨겁게 데운 다음 천을 두른 돌멩이를 품에 안은 채 딱딱한 표정으로 눈을 삼고 있었다. 침대 옆의 바닥에 앉아 있던 앤이 야브로의 머리카락을 쓸어 올리고 이마에 손을 얹더니 말했다.

"내가 필요하면 불러요, 알았죠?"

야브로가 그 말을 들었는지는 알 수 없었지만, 어쨌든 앤은 자리에서 일어나 산도즈에게 다가왔다. 그는 막 마누자이랑 아스카마와 함께 돌아온 참이었다.

"뭔가 알아냈어?"

앤이 야브로의 침대로 다가가려는 산도즈를 바깥 테라스 쪽으로 잡아끌며 물었다.

"의학적으로 도움이 될 만한 건 없어요."

그는 앤에게 마누자이가 한 말을 들려줬다.

"욕구불만이라고? 프로이트적이기도 하지."

앤이 부드럽게 말했다. 그녀는 전에도 루나의 이 같은 관념을 접한 적이 있었고, 어쩌면 그야말로 사회적인 삶에 대한 루나의 근본적인 인식일지도 모른다고 생각했다. 나중에 시간이 나면 인류학적으로 고찰해 볼 만한 문제였다.

소피아가 밖으로 나와 그들에게 합류했다.

"좋아. 야브로의 상태는 빠르게 나빠지고 있어. 설사도 아주 심하고. 난 걱정돼. 꼭 벵갈 콜레라 같은 증상이야. 만약 구토와 심각한 탈수가 더해진다면, 큰 문제가 될 수도 있어."

앤이 감정을 배제한 목소리로 말했다.

"앤, 우리 모두 가끔씩 설사와 복통을 겪었어요." 산도즈가 말했다. "어쩌면 오늘 밤따라 몸 상태가 안 좋은 것뿐일 수도 있어요. 아침이 되면 괜찮아질 수도요."

"아닐 수도 있고." 앤이 심각한 표정으로 산도즈를 마주 봤다.

"그래요. 아닐 수도 있고요." 산도즈가 겨우 말했다.

"그럼 이제 어쩌죠?" 소피아가 물었다.

"물을 좀 끓인 다음 침착한 척하는 수밖에."

그렇게 대답한 앤은 테라스의 가장자리로 걸어가 계곡 너머를 바라봤다. 라카트에서는 드문 일이지만, 지금은 햇빛 한 점 없는 밤이었다. 하나만 떠오른 달은 거의 꽉 차올랐고, 구름이 없어 하늘에 별이 총총했다. 아래쪽에서는 강물이 바위에 부딪혀 거품이 일었고, 어디선가 녹슨 철문이 바람에 삐걱이는 듯한 붉은빛 모라노의 울음소리가 들렸다.

"지구에서라면 링거를 꽂고 온갖 약물을 투여할 텐데. 탈수 증상을 어쩌어찌 막을 수는 있겠지만, 야브로에게 정말 필요한 물건들은 착륙선에 있어.' '젠장.' 앤이 마음속으로 욕설을 내뱉으며 소피아를 쳐다봤다. "만약 조지가 초경량기를 조립하면 조종할 수 있겠어?"

"착륙선으로 돌아가선 안 돼!" 야브로가 외쳤다. 아프기는 해도 의식을 잃어버리거나 귀머거리가 된 것은 아니라서 앤의 이야기를 듣고 있었던 것이다. "몇 주 동안이나 돌아가지 않았단 말이외다. 활주로에 풀이 자라 있을 텐데, 빌어먹을. 내가 배탈이 좀 났다고 해서 다른 사람이 죽게 내버려 둘 수는 없소이다."

소피아가 안으로 들어가 야브로의 침대 곁에 무릎을 꿇고 앉았다.

"지면이 안 좋아도 착륙할 수 있어요. 어차피 언젠가는 돌아가야 하잖아요. 더 오래 기다릴수록 활주로 상태는 더 나빠질 거예요. 당신에게 염분과 항생제가 필요하다면, 오늘 밤 내가 가서 가져오겠어요."

사람들이 모여들어 저마다 의견을 내놓았다. 야브로는 소피아에게 자기가 괜찮다는 사실을 증명하기 위해 일어나 앉으려고 기를 썼다. 지미와 조지가 논쟁에 참여했고, 잠시 후 마크도 가세했다. 이런 사태가 벌어지기 이전에 생각했어야 하는 문제지만, 시간이 너무 정신없이 지나갔다. 뿐만 아니라 일행은 루나에게 유인 비행의 개념을 소개하는 일을 주저하고 있었다. 그랬다가 어떤 일이 벌어질 것인지 알 수 없었기 때문이다. 지구 역사의 선례에 비추어 보면 기술적으로 차이가 나는 문명 간에 교류가 이루어질 때는 대부분 부정적인 결과를 낳았다. 그들은 여기서 신으로 숭배되거나 카고 컬트*를 촉발하고 싶지 않았

---

* 과학적 탐구 원칙을 갖추지 않은 유사과학. 제2차 세계 대전 후 남태평양 어느 섬 원주민들이 전시에 봤던 미군 비행장을 재현하려고 어설프게 흉내 내었던 일화에서 유래했다.

다. 그렇지만 언젠가는 보급품을 가지러 돌아가야 했고 머지않아 활주로도 손볼 필요가 있었다. 오늘 밤에 그러면 안 될 이유가 있을까?

논쟁과 다툼에 실망한 마누자이는 아스카마의 손을 잡고 일행의 방을 떠나 테라스로 향했다. 산도즈는 마누자이가 옆을 지나갈 때 조용히 사과한 다음 방 안으로 들어갔다.

"그만들 해요." 그가 부드럽게 말하자 사람들이 이야기를 멈췄다. "DW, 그만하고 누워요. 나머지 사람들도 논쟁은 그만둬요. 의미도 없는 말다툼 때문에 집주인에게 폐를 끼치고 있잖아요. 어차피 깜깜한 밤에 초경량기를 띄울 수도 없어요, 안 그래요?"

그러자 여기저기서 억눌린 웃음소리가 터져 나왔다. 상황이 너무 급한 나머지 다른 누구도 그런 간단한 사실을 깨닫지 못하고 있었던 것이다. 산도즈는 손으로 머리카락을 쓸어 올렸다.

"됐어요. 정찰 비행은 내일 해도 늦지 않아요. 설령 DW의 상태가 괜찮아진다고 해도 그럴 거예요. 비행기에 대해서는 내가 어떻게든 설명할 수 있어요. 앤, 내가 불침번을 설게요. 나머지 사람들은 어서 잠자리에 들어요."

처음에는 아무도 움직이지 않았다. '에밀리오 산도즈의 입에서 직접적인 명령이 나오다니 놀라운걸.' 소피아 멘데스는 생각했다. D. W. 야브로도 분명 같은 점에 주목하고 있었다. 그는 누운 채로 힘없이 웃더니 말했다.

"네 녀석은 죽었다 깨나도 관리자 감이 못 된다고 생각했는데."

그러자 산도즈가 스페인어로 뭔가 무례한 말을 했다. 야브로의 침대 주위에 걱정스럽게 모여 있던 일행은 두 사람만 남겨 둔 채 사방으로 흩어졌다. 계속 물을 먹이고 설사 외에도 구토가 시작되면 자기를 부르라고 앤이 되풀이해서 주의를 주는 소리가 그들의 귓가에 맴돌았다.

그날 밤, 사람들은 야브로가 갑자기 일어나는 바람에 어쩔 수 없이 여러 차례 잠을 설쳐야 했다. 그의 상태는 시간이 지날수록 더욱 나빠졌다. 그러다 동트기 직전, 이번에는 모르려야 모를 수 없는 냄새와 함께 "오, 하느님." 하는 야브로의 신음이 들렸다. 모두들 잠든 척 누워서 산도즈가 부드러운 스페인어로 달래는 소리와 야브로가 수치스러운 나머지 흐느끼는 소리에 귀를 기울였다.

아스카마는 계속 잠들어 있었지만, 마누자이가 갑자기 일어나서 방을 나갔다. 앤은 조지 옆에 가만히 누워 주의 깊게 귀를 기울이며 여러 가지 대안을 고민했다. 산도즈는 야간 당직 간호사처럼 능숙하고 침착하게 대처하고 있었다. 야브로는 이미 수치스러워하고 있었으며 30년에 걸친 신체 접촉에 대한 금기도 어차피 깨졌다. 앤이 여기서 나서 봤자 사태를 더욱 악화시킬 뿐이었다. 산도즈가 야브로에게 설탕과 소금을 넣고 끓인 물을 더 마시라고 강권하는 소리가 들렸다. 맛이 끔찍한지 야브로가 헐떡였지만, 산도즈는 탈수 증상 때문에 죽을 수도 있다며 설득했다. 의사로서 앤은 안심하며 다시 잠을 청했다. 신의 뜻은 믿지 못해도 산도즈의 판단은 신뢰할 수 있었다.

잠시 후 마누자이가 갓난아기들의 침대에 사용하는, 풀을 엮어 만든 단순한 깔개를 한 아름 가지고 돌아왔다. 산도즈는 야브로의 엉덩이를 들어 올리게 한 뒤 그 아래 한 장을 넣었다. 마누자이는 두 이방인이 바위투성이의 어두운 길을 따라 강까지 다녀올 수 있게 안내하느라 계속해서 일어나야 했다. 그는 산도즈가 야브로를 조심스럽게 돌보는 모습을 지켜보더니 환자를 안심시키기 위해 옆에서 팔을 토닥였다. 놀랄 만큼 인간과 비슷한 행동이었다. 그러고는 어딘가 다른 곳에서 편안한 밤을 보내기 위해 떠났다.

오래전에 마크 로비쇼는 일찍 일어나는 습관이 신부 수련과 사제 서품 과정에서 살아남기 위한 충분조건은 아니라도 필요조건이기는 하다는 사실을 깨달았다. 그가 아는 몇몇 사람들은 모든 면에서 신부가 될 자격이 있었지만, 매일같이 동틀 무렵 잠에서 깨어나는 일을 도저히 해내지 못했다.

라카트의 예수회 일행 중, 보통은 마크 로비쇼가 가장 먼저 일어났고 지미 퀸이 마지막이었다. 그래서 마크가 잠에서 깨어나 주변을 둘러봤을 때 방 안은 여느 때처럼 조용했다. 아무리 일찍 일어나는 사람이라고 해도 아침에는 약간 멍하기 마련이라, 그는 지난밤에 일어났던 일들을 잊고 있었다. 그러다 상급 신부의 침대 옆에 놓인 침낭에 들어가 있는 산도즈를 보고 간밤의 상황을 떠올렸다. 마크의 눈이 야브로 쪽을 향했다. 다행히도 그 역시 곤히 잠들어 있었다.

마크는 면 반바지를 챙겨 입고 맨발로 조용히 테라스에 나갔다. 거기서는 아스카마가 앤에게 루나가 즐기는 믿을 수 없을 만큼 복잡한 실뜨기 같은 놀이를 가르치려고 애쓰는 중이었다. 마크가 질문하는 시선을 던지자, 그녀는 웃으며 하늘을 향해 눈짓했다. 그리고 자기도 모르겠다는 듯이 고개를 흔들었다.

"때로는 사람들이 그냥 낫기도 한답니다." 마크가 조용히 말했다.

"Deus vult.(신의 뜻.)" 앤이 역설적으로 대꾸했다.

마크는 그녀를 향해 마주 웃고는 길을 따라 강가로 내려갔다.

이 행성에서 일행의 존재는 위태롭기 그지없다는 사실이 다시 한번 전면에 드러났다. 야브로가 회복세를 보이고 있는데도 그들은 외줄 타기를 하는 듯한 느낌을 떨쳐 버릴 수가 없었다. 산도즈가 멍한 표정으로 얼굴을 문지르며 테라스로 나왔을 때는 이미 해가 중천에 떠 있었다. 조지와 소피아는 일종의 밧줄 사다리 같은 것을 만들어서, 그녀가 초경량기를 가능한 한 느리게 모는 동안 누군가 뛰어내려 착륙 전에 활주로의 잡초를 정리하는 방안을 논의하는 중이었다. 앤이 그런 계획의 결과로 발생할 수 있는 아주 흥미로운 복합 골절에 대해 생생하게 묘사했고, 마크는 자신이 날씨를 보면 활주로에 자라나 있을 수풀이 딱딱할지 부드러울지를 알아낼 수 있다고 주장했다. 산도즈는 망연자실해서 그들을 한동안 바라보다가 이내 몸을 돌렸다. 그리고 강가에서 볼일을 본 후 다시 침대로 돌아갔다.

산도즈는 한두 시간 더 눈을 붙이고 나서 다시 테라스로 나갔다. 이제는 야브로도 잠에서 깨어나 있었다. 그는 창백하고 흐트러진 모습이었지만 간밤보다 상태가 좋았고, 루나의 복수에 대해 농담을 하기도 했다. 지미는 뭔지 몰라도 하던 일을 멈추고 돌아와 있었다. 그리고 최소한 하나의 문제는 저절로 해결되려 하는 것처럼 보였다. 그날 아침, 지미는 마을 사람들이 어떤 종류의 수확을 위해 떠나려 한다는 사실을 알아냈다.

"피크 뿌리로군." 산도즈가 하품하며 말했다. "간밤에 얘기를 들었지."

"우리가 같이 갈 생각인지 궁금해하던데요." 지미가 말했다.

"같이 갔으면 좋겠대?" 조지가 물었다.

"아닐걸요. 그들 중 하나가 멀리까지 가야 한다면서 내가 당신들 전부를 업어서 나를 생각인지 묻던데요. 분명 농담이겠지만 말이에요. 다들 꼬리를 흔들면서 좋아했거든요. 우리가 여기 머물러도 신경 쓸 것 같지는 않아요."

사실 지미가 느끼기로는 이방인들이 따라나서지 않으면 오히려 루나가 좋아할 것 같았다. 여행은 보통 가장 걸음이 느린 동료, 주로 앤이

나 소피아의 속도에 맞춰서 이루어졌다. 아무도 불평을 하지는 않았지만, 목적지에 도달할 무렵이면 적잖은 꽃들이 이미 시들어 있곤 했다.

"그들이 모두 떠난다면, 우리가 비행기에 관해 설명할 필요가 없겠군요."

산도즈가 자리에 앉으며 말했다. 하늘은 흐렸고 머지않아 몹시 더워질 것 같았다. 소피아가 그에게 커피 한 잔을 건넸다. 아스카마가 두 테라스 건너편에서 그를 발견하고 잽싸게 달려왔다. 야브로에게 직접 물어보기는 부끄러웠는지, 산도즈에게 야브로의 상태를 잔뜩 물어 댔다. 그 밖에도 왜 밀로가 그렇게 늦잠을 잤는지, 또 다들 피크 뿌리를 캐는 데 따라갈 것인지 등등 여러 가지를 물었다.

"시파즈, 아스카마. 디가 아주 아팠어. 누군가는 우리가 여기 남아서 그가 쉬는 동안 보살펴야 한다고 생각해."

산도즈의 말에 아이는 시무룩해져서 귀와 꼬리를 아래로 늘어뜨렸다. 그러다 곧 기운을 차리고 다음 반 시간 동안 그들을 설득해서 함께 가게 하려고 노력했다. 이런 방법이 통하지 않는다는 사실이 분명해지자, 아이는 스스로를 '포레이'로 선언했다. 그리고 자기 마음이 슬프므로 디처럼 아프게 될 거라고 위협했다. 앤이 기회를 엿보다가 대체 '마음의 병'과 '포레이'가 뭔지 알아내기 위해 아스카마를 데리고 다른 테라스로 향했다.

"좋아, 들어들 보시오." 아스카마와 앤이 시야에서 벗어나자 야브로가 말을 꺼냈다. 그는 여전히 몸을 떨고 있었지만, 지휘 체계를 다시 확립할 필요가 있었다. "첫 번째 계획은 날씨가 맑아지자마자 조지가 초경량기를 다시 조립하고, 여기 멘데스 양이 로비쇼를 태워서 정찰을 하러 가는 거외다. 조종사로서 멘데스 양의 자신감은 과도한 편이지만, 마크는 죽고 싶지 않을 테니 착륙해도 좋을지 그가 판단하는 거외다. 추락하지만 않는다면 활주로를 정리할 수 있을 테고. 마크가 볼 때 착륙이 미친 짓이면 군말 없이 돌아와야 한단 말이외다, 멘데스 양."

"그래서 돌아오고 나면요?" 소피아가 물었다.

"그때는 두 번째 계획이 있소이다."

"그게 뭔데요?"

"아직 생각해 내지 못했소이다, 젠장." 라카트 행성 카샨 마을에서의 예수회 임무를 책임지는 상급 신부 돌턴 웨슬리 야브로가 자신을 비웃는 동료들을 향해 외쳤다. "나한테 너무 많은 걸 바라지 마시오! 난 아픈 사람이란 말이외다."

루나의 토론은 며칠씩 걸리곤 했지만 일단 결정이 내려지면 놀랄 만큼 효율적으로 움직였다. 순식간에 마지막 하나의 꼬리까지 시야에서 사라지자, 조지와 소피아는 초경량기를 숨겨 둔 장소로 출발했다. 그들은 한 시간도 걸리지 않아 작은 비행기를 다시 조립했고, 소피아가 짧게 시험 가동을 마쳤다. 그사이 지미는 스텔라 마리스 호에 탑재된 시스템에 연결해, 산맥 양쪽의 날씨가 모두 괜찮다는 사실을 확인했다. 앞으로 일곱 시간 정도는 비행이 가능할 만큼 햇빛이 밝을 터였다.

마크와 소피아가 서둘러 기체에 올라 안전띠를 매고 출발할 준비를 했다. 야브로가 조종석에 기대서서 허공에 손짓하며 긴급 상황의 대처 요령을 설명하는 동안, 나머지 사람들은 멀찍이서 지켜보고 있었다. 소피아가 모터에 시동을 걸자, 야브로가 뒤로 물러나 짐짓 단호한 어조로 말했다.

"추락하지 마시오, 알겠소이까? 이건 명령이오. 우리에겐 초경량기가 한 대밖에 없단 말이다. 안전하게 돌아오시오!"

"우리가 돌아올 때까지 여기 안전하게 있기나 해요!"

소피아가 웃으며 외쳤다. 작은 비행기는 빠르게 하늘로 날아올랐다. 그리고 작별 인사로 날개를 두 차례 흔들더니 날아가 버렸다.

더 이상 모터 소리가 들리지 않게 되었을 때, 앤이 말했다.

"마음에 들지 않아."

"당신은 걱정꾼이야."

조지는 그렇게 대꾸하면서도 뒤에서 앤을 끌어안고 그녀의 머리 꼭대기에 입을 맞췄다.

지미는 아무 말도 하지 않았지만, 속으로 비행해도 좋다는 말을 하기 전에 조지더러 남서쪽에서 다가오는 기상 전선을 봐 달라고 할걸 하고 후회했다.

"잘해 낼 거예요."

산도즈가 말했다. 그리고 야브로가 덧붙였다.

"그렇소이다. 멘데스 양의 조종 실력은 나보다 낫소이다."

"그래도요." 앤이 완고하게 말을 이었다. "그래도 난 이 모든 일이 마음에 들지 않아요."

그들로부터 북쪽으로 이레쯤 되는 거리에, 선창을 이웃한 수파아리 바게이주르의 장원이 바닷가 절벽을 내려다보며 자리 잡고 있었다. 수파아리도 일행과 마찬가지로 그날 하루를 자신의 존재에 대한 불안감 속에서 시작했다. 그가 하려는 모험에 걸려 있는 것은 생명과 신체가 아니라 지위와 존엄이었다. 만약 실패한다면 그가 입 밖에 내기도 꺼려하는 커다란 꿈이 산산조각 날 터였다. 그런 의미에서 보자면 판돈이 매우 큰 도박이었다.

수파아리는 훌륭한 아침 식사를 하면서 양을 주의 깊게 조절했다. 그는 오늘 하루 다시 고기 생각이 나지는 않을 정도로 충분하면서도 생각이 둔해질 정도로 배부르지는 않을 만큼 먹었다. 그는 장남으로 태어난 전사들의 단호한 의지력과, 차남으로 태어난 관료들의 치밀한 철저함을 모두 발휘해서 일 처리를 하며 아침 시간을 보냈다. 집중력이 흐트러진 것은 단 한 번, 안마당을 가로질러 창고 건물로 향하던 때였다. 그는 고개를 들어 갈라트나 궁전을 쳐다보지 않을 수 없었다. 궁전은 마치 그 안에 사는 인물과 마찬가지로 주위로부터 격리되어 있었다. 화려하지만 쓸모없는 건물이었다.

주위에서는 생산과 거래로부터 발생하는 소음 때문에 도시 전체가 울리고, 흔들리고, 덜컹거렸다. 금속을 다루는 날카롭고 시끄러운 소리가 한순간 잦아들자, 수파아리의 창고 바로 바깥쪽에서 나무 바퀴가 자갈 위를 굴러가는 육중한 소리가 들려왔다. 제조업과 상업에서 비롯한 떠들썩함이 항구의 소음과 섞여들었다. 600여 척의 배들이 남쪽 해안 전역에서 가져온 화물을 싣고 가장 큰 시장인 가이주르의 선창으로 들어서고 있었다.

어린 나이에 자신이 태어난 장원을 나선 수파아리는 두 개의 달이 떠오를 때 조수가 해안으로 끌리듯 가이주르를 향했다. 그는 암적색과 보라색의 다틴사가 담긴 거대한 바구니들을 시장으로 운반하는 루나의 화물선을 타고 강을 따라 내려왔다. 당시의 수파아리에게 자존심이란 사치에 불과했다. 그는 뱃삯을 대신해서 루나 요리사가 선원들의 식사를 준비하는 일을 거들었다. 루나로부터 그가 익히 알고 있는 경멸과 거절을 기대했지만 마스나아 타파이 해안의 아름다운 절벽을 지나는 나흘간의 항해 동안, 수파아리는 자신의 유년기 전체를 통틀어 겪었던 것보다 더 많은 친절과 우정을 경험했다. 루나는 비천한 신분이었지만, 그건 수파아리 역시 마찬가지였다. 라디나 만에 접어들어 가이주르의 강렬한 금속성 공기와 기름진 냄새를 맡을 수 있을 때쯤에는 요리사가 그를 형제라고 불렀다. 수파아리는 자신이 더 저주받아 쫓겨난 아이가 아니라 보물을 찾아 나선 남자라고 느꼈다. 가치를 알아볼 눈썰미만 있으면 되는 일이었다.

한 계절이 지나기도 전에 수파아리는 세계 최대의 상업 도시에서 이루어지는 거래의 도전과 위험을 즐기게 되었다. 그는 마침내 자기 자리를 찾았다고 생각했고, 도시 이름을 넣은 바게이주르를 공식적인 지성(地姓)으로 삼았다. 처음에 수파아리는 하인 노릇부터 시작하여 또 다른 셋째 밑에서 일했다. 고작 다섯 해 먼저 가이주르에 도착했지만, 이미 어린 수파아리의 상상을 초월하는 부를 축적한 이였다. 그 밑에서 일하며 수파아리는 거래의 원칙을 배웠다. '싸게 사서 비싸게 팔아라. 손실을 최소화하고 이익을 불려라. 시장의 동향을 파악하되 거기 끌려다니지는 말아라.' 그리고 자신만이 가진 장점을 발견했다. 수파아리는 루나로부터 기꺼이 열심히 배우려고 할 뿐 아니라 언어를 말하고, 그들의 방식을 존중하며, 그들과 직접 거래했다.

수파아리는 마을에서 생산하는 수공예품을 좀 더 좋은 값으로 팔기 위해 가이주르를 방문한, 중부 지방 출신의 한 루나가 지나치듯 한 말로부터 재산을 모을 기회를 잡았다. 그녀는 신타론의 고원 지대에 여느 때와 달리 많은 비가 내렸다면서 "올해는 라카르가 좋을 거예요."라고 말했다. 그날이 가기 전에 수파아리는 폰 강에 배를 띄우는 여러 선주를 방문했다. 그들은 닷새 안으로 항해를 떠날 예정이었다. 그들로부터 강의 수위가 높고 유속도 빠르다는 이야기를 들은 수파아리는 그때까지 저축한 돈 전부와 2년간의 무보수 노동을 담보로 삼아, 계절이 끝날 무렵 라카르를 한 묶음당 3베일에 넘기기로 하는 계약을 체결했다. 그리고 하인 일을 그만둔 다음, 육로를 통해 한창 수확 중인 라카르 밭을 방문했다. 그리고 라카르 전량을 묶음당 반 베일에 구매하기로 계약했다. 수확하는 사람들은 후한 값에 기뻐했고, 라카르 업자들은 어쩔 수 없이 약속한 가격을 치러야 했다. 그리고 수파아리 바게이주르는 여기서 얻은 이익으로 최초의 땅을 구입했다.

그는 루나 사이에서 벌어지는 일을 잘 안다는 명성을 얻었다. 그런 지식이 이윤을 낳았고, 수파아리가 축적한 부는 부러움을 샀다. 하지만 루나와 친하다는 점은 멸시의 대상이었기 때문에 가이주르의 존경받는 자나아타들 사이에서는 여전히 소외당했다. 그래서 수파아리의 세상은 경쟁자인 다른 셋째들과, 그가 좋아하기는 하지만 먹잇감에 불과한 루나로 이루어졌다.

사회로부터 소외당하는 일도 화났지만 그보다 더 근본적인 불만이 있었다. 수파아리의 삶을 무미건조하게 하고 이 모든 노력이 다 무슨 소용인지 의문을 품게 하는 불만이었다. 자신의 크고 잘 관리된 장원과 거기 딸린 하인들을 보면, 그리고 자신을 위해 일하는 창고지기, 일꾼, 집사의 분주한 활기를 보면, 유산 때문에 작고 낙후된 마을에 발이 묶여 있는 형제들을 부러워할 필요가 없을 것 같았다. 하지만 손위 형제들은 여전히 모든 셋째들이 갈구하는 권리를 가지고 있었다. 후손을 낳을 수 있는 권리를.

이런 제약에서 벗어날 방법도 있기는 했다. 첫째나 둘째가 의심의 여지 없이 죽음을 맞이하고, 셋째가 자신이 그를 암살하지 않았다는 사실을 증명할 수 있다면 길이 열렸다. 또는 불임인 손위 형제가 스스로 그런 상태가 영구적이라고 선언하고 동생에게 지위를 양도할 때도 셋째가 가족을 꾸릴 수 있었다. 혹은 아주 드문 경우지만 셋째가 시조가 되어 새로운 혈통을 시작할 수도 있었다.

수파아리 바게이주르는 이 마지막 가능성, 그리고 특별한 향기를 지닌 일곱 개의 작은 갈색 씨앗과 흘라빈 키서리가 느끼는 끔찍한 지루함에 자신의 희망을 걸고 있었다.

정오 무렵, 일상적인 업무를 모두 마친 수파아리는 뱃사공을 불러 유리장이들의 구역인 파츠나 섬으로 향했다. 나룻배가 섬의 하얀 모래 사장으로 미끄러져 들어갈 무렵, 문득 차이파스를 데려와서 플라스크를 사는 일에 대해 조언을 구했으면 좋았을걸 하는 생각이 들었다. '너무 늦었군.' 수파아리는 그렇게 생각하며 뱃사공 여자에게 돈을 지불한 다음, 첫 번째 해가 저물기 전에 데리러 오라고 당부했다. 그리고 가게들을 돌며 체계적인 사냥에 나섰고 작은 견본품 세 개를 구입했다. 고풍스럽고 장식적인 모양을 한 플라스크부터 단순하지만 유리 자체의 멋을 살린 것까지, 그가 판단하기로는 각각의 종류 중에서 가장 잘 만든 상품을 선택했다.

뱃사공이 돌아오자 에자오 근처로 데려다 달라고 부탁했다. 이미 많은 사람이 폭포수처럼 흘러내리는 리본을 매달고 있는 모습을 만족스럽게 감상하면서 차이파스를 찾아다녔다. 그리고 마침내 한 식당에서 그녀를 만날 수 있었다. 수파아리는 차이파스에게 간단한 설명을 들려주고 플라스크에 관해 의견을 물었다.

차이파스가 음식과 수파아리를 뒤로한 채 일어서서 바깥으로 나갔다. 그리고 언덕길을 올라 갈라트나의 궁전이 보이는 지점으로 향했다. 거기서는 궁전의 기묘한 대리석 기둥, 은으로 상감된 문들, 비단으로 만들어진 차양 따위가 한눈에 들어왔다. 한 쌍을 이루는 삼각형 분수에서 뿜어져 나오는 향유 방울들이 저녁노을 아래 불꽃처럼 너울거리며, 번쩍이는 타일을 붙여 놓은 벽에 그림자를 드리웠다.

"홍수 속에서, 마음은 가뭄을 원합니다." 차이파스가 돌아와서 말하더니 가장 단순한 모양의 플라스크를 수파아리 앞에 내밀었다. 그러고는 양손을 모두 내밀며 수파아리의 영혼을 건드리는 따스함을 담아 말했다. "시파즈, 수파아리. 당신이 아이들을 낳기를!"

흘라빈 키서리는 시인이었고, 자신의 칭호인 레시타(Reshtar)의 발음이 지나치게 웅장하게 들린다는 사실에 언제나 분통을 터뜨렸다.

레시타라는 칭호를 말로 하면, 느리고 위엄 있는 두 음절로 나뉜다. 재빨리 혹은 얼버무리며 발음할 수 있는 단어가 아니었다. 그래서 그 의미와는 전혀 어울리지 않는 일종의 장엄함이 느껴졌다. 사실 레시타란 단지 나머지 혹은 여분이라는 뜻이었다. 상인인 수파아리 바게이주르와 마찬가지로 흘라빈 키서리 역시 셋째로 태어난 아들이었다.

공통점은 그 밖에도 더 있었다. 둘 다 서른 해 전 같은 계절에 태어났다. 셋째로서 그들은 법정 불임이었고, 따라서 합법적으로 결혼하거나 아이를 낳을 수 없었다. 또 둘 다 셋째로 태어났음에도 주위 사람들의 예상을 뛰어넘는 성공을 이루었다. 그리고 누구로부터 물려받은 것이 아니라 혼자 힘으로 이룬 그와 같은 성공에도 불구하고, 주로 자신이 속한 사회의 경계 바깥에서 머무르고 있다는 점까지도 같았다.

공통점은 거기까지였다. 더도 덜도 아닌 중간 계급 출신인 수파아리와 달리, 흘라빈 키서리는 라카트에서 가장 오래되고 고귀한 혈통의 후손이었다. 그리고 한때는 인브로카의 왕위를 계승할 세 번째 순위를 차지하기도 했다. 레시타의 경우, 셋째로 태어났다는 사실은 가족의 수치가 아니라 시기를 잘못 타고난 귀족적인 탄생일 뿐이었다. 전통적으로 귀족 가문에서는 아들이 전사하는 경우가 많아서 자손을 많이 낳곤 했다. 수파아리의 부모에게는 자신들의 실수를 정당화할 그런 이유가 없었다. 그래서 수파아리 같은 처지의 사내들은 종종 자신이 대체 왜 태어났을까 고민했지만, 레시타의 존재 이유는 명확했다. 후계자가 태어나기 전에 손위 형제가 죽거나 불구가 되면 그 자리를 대체하기 위해서였다. 그래서 레시타들은 전쟁과 행정 모두에 대비한 훈련을 받았다. 장차 어떤 일을 맡을지 알 수 없었기 때문이다. 물론 전부 헛수고가 될 수도 있었다.

과거에는 레시타가 형제의 지위를 계승할 가능성이 높았다. 하지만 삼각 동맹 체제하에 평화가 지속되고 있는 오늘날에는 고귀한 혈통을 타고난 셋째 대부분이 그저 무의미한 삶을 살아갈 뿐이었다. 수많은 하인을 거느리며 편안함 속에서 나태해지고 무의미한 쾌락에 무뎌졌다.

그러나 레시타들에게도 세 번째 길이라는 적절한 이름으로 불리는 다른 가능성이 열려 있었다. 바로 학문의 길이었다. 역사와 문학, 화학과 물리학, 유전학, 순수과학과 응용과학, 건축과 설계, 시와 음악, 이 모든 분야에서 귀족 혈통의 셋째들이 활약했다. 왕조로부터 격리되거나 해방된 라카트의 레시타들은 자유롭게 혹은 어쩔 수 없이 다른 방식의 삶을 선택했다. 위험한 세력의 관심을 끌지 않고 편집증적인 형제의 의심을 사지 않을 만큼 사려 깊은 레시타라면, 과학이나 예술 분야에 영속적이고 유의미한 공헌을 하여 일종의 지적인 후손들을 확보할 수도 있었다.

따라서 라카트의 셋째 왕자들은 유동적인 존재였고, 자나아타 상류 사회의 자유로운 급진주의자들이었다. 마찬가지로 수파아리 바게이주르와 같은 중산 계급의 셋째들은 자나아타 사회에서 가장 근면하고 분주한 상업적 역할을 수행했다. 그들의 삶에 대한 가혹한 제한은 석탄을 다이아몬드로 바꾸는 압력과도 같았다. 대부분은 이겨 내지 못하고 가루가 되어 버리지만, 몇몇은 살아남아 영롱한 빛과 엄청난 가치를 획득했다.

갈라트나 궁전의 레시타인 흘라빈 키서리는 그와 같은 승리를 달성한 이였다. 그는 전례 없는 방식으로 자신의 결여를 보완하고 삶에 의미를 부여했다. 미래를 갖지 못하기에 덧없는 대상들에 천착했다. 외톨이로서 유일무이함을 감상하는 일에 자신을 바쳤다. 순간을 살아가는 데 집중했고 인생의 무상함을 받아들였다. 그리고 역설적이게도 노래로서 그것을 영원하게 만들었다. 그의 하루하루는 심미적인 소실에서 비롯하는 일종의 예술이었다. 그는 무기력에 아름다움을, 상실에 무게를, 허무에 우아함을 부여했다. 흘라빈 키서리의 삶은 운명에 대한 예술의 승리였다.

그의 초창기 시들은 충격적일 만큼 독창적이었다. 고대로부터 향수와 향료로 치장되었던 문화 속에서, 흘라빈 키서리는 가장 조악한 냄새들에 관심을 가졌다. 추하고 매캐하고 떠들썩한 도시로 추방당한 그는 대리석 채석장의 금속성 공기, 붉은 습지의 톡 쏘는 알칼리향, 광산과 공장에서 풍기는 자욱한 유황과 기이한 부패와 유독한 연기, 가이주르의 조선소에서 발생하는 기름기와 염분이 엉망으로 뒤섞인 증기를 다룬 노래들을 작곡했다. 냄새는 변덕스러우면서도 오래가고, 맛보다 먼저 오며, 각성의 도구, 친밀함과 기억의 정수라고…… 냄새는 세상의 영혼이라고, 흘라빈 키서리는 노래했다. 그의 가장 훌륭한 작품은 폭풍우에 대한 기념비적인 시로서, 바람이 춤추는 동안 비와 번개에 의해 변형된 냄새의 느슨함과 희박함, 탄성에 대한 노래였다. 너무나 강렬한 노래들인 나머지 그의 공연이 방송되기 시작했고, 이는 라카트 역사상 최초의 비군사적인 목적을 위한 라디오 사용이었다.

수많은 갈채에도 그의 시가 지닌 설득력은 희석되지 않았다. 그는 사람들의 찬사를 허락으로 받아들여 더욱 강렬하게 자신의 생각과 예술을, 죽지 못해 사는 레시타의 삶에 대한 거침없는 고찰로 돌렸다. 스스로의 삶을 낱낱이 해부했다. 그리고 불과 스물여섯 살의 나이에 한 편의 시를 써냈다. 많은 사람은 이 시야말로 그가 이 세계의 문화에 미친 가장 큰 영향이라고 생각했다.

번식의 모든 가능성을 박탈당해서 어떤 미래도 갖지 못한 레시타에게 섹스란 단지 육체적인 행위에 지나지 않았고, 재채기나 방광을 비우는 일에 비해 한 푼도 더 영혼을 만족시키지 못했다. 흘라빈 키서리도 젊었을 때는 자기와 같은 수많은 사람이 빠지는 덫에 걸려, 자신의 삶에 존재하는 부조리를 난잡한 성생활로 상쇄하기 위해 아무런 깊이도 의미도 없는 행위를 반복했다. 그러다 나이가 든 후에는 형제들이 제공하는 불임인 창녀들과 다른 종족의 파트너를 경멸하게 되었다. 흘라빈은 그것이 손위 형제들의 생식 능력을 부러워하지 말라고 던져 주는 미끼에 불과하다는 사실을 직시했다.

그래서 자신의 심미적 감수성으로 오르가슴을 바라보고, 대담하게 그런 경험을 노래에 포함시켰다. 아이를 가질 수 있는 자들에게는 과거의 무게로 하여금 미래를 잉태하게 하고, 모든 순간을 하나로 포용하며, 그에게는 허락되지 않는 존재의 사슬 안에서 선조와 후손을 이어 주는 무상한 순간을 말이다. 시를 통해 그런 순간을 유전적인 역사의 흐름으로부터 분리시켰고 번식에 대한 신체적인 욕구와 혈통의 영속성에 대한 필요를 뛰어넘어 정신과 영혼에 집중했다. 그런 통찰이 절정에 이르렀을 때, 지난 역사상 다른 누구도 생각지 못했던 자극적이고 관능적인 아름다움의 정수가 탄생했다.

전통으로 굳어지고 안정으로 무거워진 문화 안에서 흘라빈 키서리는 신선한 미묘함, 섬세함, 원초적 경험에 대한 새로운 감상을 창조했다. 한때는 불쾌하게 여겨지거나 무시당하던 대상이 이제 연극과 노래로 만들어졌고, 가려지거나 숨겨졌던 냄새들이 가극으로 상연되었다. 왕족의 의무 혹은 무의미한 육욕에 지나지 않았던 행위가 재해석되고 정화되어, 이전까지 라카트에 존재한 적 없었던 심미적인 관능으로 격 상되었다. 그리고 놀랍게도, 갈라트나의 레시타는 자손을 낳을 수 있 는 자들마저 찰나적이고 단절적이지만 기가 막히게 아름답고 화려한 순간의 삶으로 끌어들였다. 노래를 통해 듣는 이의 세계를 변화시켰기 때문이다. 그렇게 한 세대의 시인들이 그의 뒤를 잇는 영혼의 아이들 이 되었고, 그들이 부르는 노래가 보이지 않는 파동을 타고 우주로 퍼 져 나갔다. 때로는 합창, 때로는 독창, 종종 가장 오래된 곡조와 협주 로 이루어진 음악은 그들이 상상조차 할 수 없는 세계에 닿아, 거기 사 는 사람들의 삶 또한 변화시켰다.

바로 이 남자, 흘라빈 키서리, 갈라트나 궁전의 레시타에게 수파아 리 바게이주르는 놀랄 만큼 단순한 크리스털 플라스크에 담긴 독특한 향기가 나는 작은 씨앗 일곱 개를 선물로 보냈다.

키서리가 진공 상태로 밀봉된 플라스크를 열자, 바질과 타라곤 향을 풍기는 달콤하면서도 쌉싸름한 효소의 기둥이 피어올랐다. 초콜릿 냄 새와 설탕 카보닐, 피라진 복합물에 바닐라 향까지 감돌았다. 육두구 와 셀러리 씨앗 그리고 커민 향은 불로 볶는 과정의 건류 작용으로 생 겨난 것 같았다. 그리고 이 모든 향기에 더해 휘발성 단쇄 탄소, 외계 바다의 소금 냄새가 희미하게 느껴졌다. 에밀리오 산도즈의 손가락에 서 비롯한 땀 냄새였다.

시인 흘라빈 키서리는 이 기원을 짐작도 할 수 없는 유기적인 아름 다움을 묘사할 단어를 찾지 못했다. 그가 아는 바는 다만 더 많이 알아 야 한다는 사실뿐이었다. 그리고 이런 결심 때문에 여러 명의 삶이 또 다시 바뀌게 되었다.

25

나폴리

2060년 7월

복도에 서 있던 존 칸도티와 에드워드 베어에게는, 총장 신부의 사무실 안에서 오가는 대화가 아주 잘 들렸다. 굳이 엿들으려 애쓸 필요도 없었다. 귀머거리만 아니라면 충분했다.

"하나도 발표되지 않았단 말입니까? 우리가 보냈던 보고서 중 단 한 편도 제출되지 않았다고……."

존이 예전에 부러졌던 코의 튀어나온 부분을 손으로 문지르며 속삭였다.

"제가 괜히 말했나 봅니다."

"어차피 언젠가는 알게 되었을 겁니다." 에드워드 수사가 차분하게 말했다. 그는 분노가 절망보다 차라리 건강하다고 믿었다. "옳은 일을 하셨어요. 제 의견으로는 산도즈 신부님이 잘 대처하고 있는 것 같습니다."

그날 점심 식사를 하던 중 산도즈가 존에게 이유를 물었다. "왜 지구로 보냈던 기록에 다 나와 있는 내용에 대한 질문을 받아야 하는 거요? 그냥 일간 보고서와 과학 논문들을 읽어 보면 되지 않소?" 존은 그에게 오직 총장 신부만 그 보고서들에 대한 접근 권한이 있다고 대답해 줬다. "그럼 발표된 기록들은 다 어떻게 됐소?" 그렇게 물은 산도즈는 대답을 듣자마자 굳은 얼굴로 식탁에서 일어나 곧바로 총장 신부의 사무실을 찾았다.

존과 에드워드는 요하네스 펠커의 발소리를 듣고 돌아섰다. 문 앞에서 두 사람과 합류한 펠커는 산도즈가 비꼬듯 말하는 소리를 듣고 노골적으로 흥미를 드러냈다.

"아, 잘됐군요! 그러니까 천문학과 식물학에 대한 글들은 검열을 통과했군. 그나마 다행입니다. 하지만 그렇다면 우리가 했던 연구의 9할은 사장되었다는……." 산도즈가 잠시 말을 멈췄다. "빈스, 그 자료를 얻기 위해 사람들이 죽었단 말이오!"

이 말을 듣고 펠커가 눈썹을 추켜세웠다. '아마도 산도즈가 지울리아니의 이름을 부르며 무례한 말투로 이야기해서 화가 났나 보군.' 존은 그렇게 생각했다. 펠커는 예전부터 총장 신부의 사무실을 가능한 한 장엄하고 화려하게 꾸며야 한다고 고집을 부렸다. '그렇게 권위를 세우고 싶으면 정치가나 할 것이지.' 존은 펠커에게 반감이 드는 것을 부인할 생각이 없었다.

"자료를 얻기 위해 죽었다고?" 펠커가 짐짓 놀란 투로 중얼거렸다. "그리스도를 위해서가 아니라?"

"대체 이 일을 어떻게 정당화할 수 있다는……."

잠시 침묵이 흘렀고, 총장 신부의 조용한 목소리가 들렸지만 문에 귀를 대지 않는 이상 그 내용을 알기는 어려웠다. 그리고 남들이 보는 앞에서 그렇게까지 하려는 사람은 없었다.

이윽고 도착한 펠리페 레예스가 상황을 묻는 듯 눈썹을 올렸다가 산도즈의 성난 고함을 듣고 그대로 굳어 버렸다.

"그럴 순 없소. 이 일을 내 책임으로 돌릴 수 없소. 그 어떤 괴상망측한 논리를 대더라도 그럴 순 없는 거요. 아니, 끝까지 들으시오! 당신이 날 어떻게 생각하든 상관없어. 우리가 했던 과학적 연구 조사를 덮어 두는 일을 정당화할 순 없소. 그것들은 의심할 여지 없이 훌륭한 업적이란 말이오!"

"당신 친구가 화난 모양입니다, 칸도티." 펠커가 미소를 지으며 조용히 말했다.

"그는 학자니까요. 자신의 연구가 사장되었어요, 펠커. 화내는 것도 당연합니다." 존도 마찬가지로 미소를 지으며 부드럽게 말했다. "그래서 비서 일은 요즘 좀 어떻습니까? 최근 들어 무슨 훌륭한 약속이라도 잡혔나요?"

펠리페 레예스가 눈짓으로 제지하지 않았다면 존은 더 심한 말을 했을지도 모른다. 이 두 사람은 거의 생리적으로 서로 싫어하고 있다고 펠리페는 생각했다. '펠커와 존 칸도티를 같은 방에 넣어 두면 두 사람의 머리 위로 형이상학적인 뿔이 자라나는 모습을 실제로 볼 수 있을지도 몰라.'

사람들은 어느새 고함이 멈추고도 한참의 시간이 지났다는 사실을 깨달았다. 펠커가 자신의 노트북을 확인하더니 존을 지나쳐 문을 두드렸다.

존으로서는 매우 만족스럽게도 이번에 소리를 지른 사람은 총장 신부였다.

"젠장, 나중에 다시 오시오!"

사무실 안에서는 에밀리오 산도즈가 믿을 수 없다는 눈빛으로 빈첸초 지울리아니를 노려보고 있었다.

"그러니까 보시오, 지금 와서 보면 결국 현명한 판단이었소." 지울리아니가 달래듯 두 팔을 펼치며 말했다. "자료가 도착하는 대로 전부 발표했다면 나중에 사실이 드러났을 때 더 곤란해졌을 수도 있었소."

산도즈는 그 자리에 못 박힌 듯 서 있었다. 좀처럼 받아들이기 어려운 이야기였다. 지울리아니의 말을 부정하고 싶었지만 그럴 수가 없었다. 그 이야기가 옳았다. 그랬다면 모든 것이 달라졌을 터였다. 그는 자기가 소피아와 나눴던 모든 대화를 되새기려고 애쓰면서, 아무 생각 없이 했던 어떤 말이 그녀에게 상처를 입혔을지도 모른다는 생각에 거의 기절할 정도의 두려움을 느꼈다.

지울리아니가 그를 위해 의자를 빼 줬다.

"앉으시오, 에밀리오. 충격을 받은 모양이오." 지울리아니 자신도 한 사람의 학자로서 학문적인 연구 결과를 사장시키는 일이 달갑지만은 않았다. 하지만 산도즈가 모르는 더 큰 문제들이 있었다. 이 시점에서 소피아에 관한 이야기를 꺼내는 일이 지울리아니 스스로도 자랑스럽지는 않았다. 하지만 화제를 바꾸는 방법으로 유용했을 뿐 아니라, 산도즈의 입을 열 수만 있다면 뭔가 새로운 사실이 드러날지도 몰랐다. "몰랐단 말이오?"

산도즈가 여전히 멍한 표정으로 고개를 흔들었다.

"그 비슷한 말을 한 적이 있었소. 몸을 파느니 브로커에게 매여서 일하는 편이 낫다고. 그냥 비유에 불과한 줄 알았는데. 짐작도 못 했소……. 아직 어린아이였을 텐데."

산도즈가 충격받은 얼굴로 속삭였다. 그런 식으로 유린당하고도 어떻게 살아남을 수 있었을까? 그는 다 자란 어른이었는데도 불구하고 이렇게 파멸하고 말았는데.

소피아는 산도즈의 목숨을 구했다. 소피아가 라카트에서 죽음을 맞이하고 거의 한 해가 지난 뒤, 그녀가 만든 AI 항해 시스템이 스텔라 마리스 호를 태양계로 이끌었다. 그 안에 타고 있는 산도즈는 망가진 상태였고, 설사 몸이 멀쩡했더라도 혼자서 우주선을 조종할 능력은 없었다. 소피아의 프로그램이 전부 알아서 했다. 만든 사람과 마찬가지로 효율적이고 논리적이며 유능한 프로그램이었다. 때때로 그는 AI 프로그램을 동작시키기 위한 첫 화면을 띄워 놓고, 소피아가 히브리어로 남겨 둔 메시지를 바라보곤 했다. '살아라. 그리고 기억하라.' 그가 감당할 수 없는 요구였고, 그래서 엄습하는 두통과 싸우며 그 말을 외면하려 애썼다. '그녀는 죽었어. 그리고 나도 죽었어야 했어.' 하지만 그렇다고 해서 그들이 했던 연구마저 무덤 속으로 들어갈 수는 없었다.

"그래도 달라질 것은 없소." 산도즈는 주장을 굽히지 않았고, 지울리아니는 화제를 돌리려는 자신의 의도가 실패했다는 사실을 깨달았다. "난 우리의 연구 결과가 발표되기를 원하오. 저자의 성생활에 대한 도덕적 비난과는 무관한 일이니까. 그리고 앤과 야브로가 연구한 것들도! 나는 그 전부가 발표되기를 바라오. 우린 3년 동안 200가지도 넘는 보고서를 지구로 보냈소. 우리 존재를 증거할 수 있는 건 그게 전부요, 빈스."

"알았소, 알았어. 진정하시오. 그 문제에 대해서는 나중에 논의할 기회가 있을 거요. 지금 당장은 당신이 생각하는 것보다 더 많은 문제가 있소. 아니, 일단 들어 보시오." 산도즈가 입을 열려고 하자 지울리아니가 단호하게 말했다. "우리는 지금 익어 가는 복숭아가 아니라 과학적 연구 조사에 관해 이야기하고 있소. 묵혀 둔다고 해서 자료가 상할 일은 없단 말이오. 어차피 발표는 이미 20년 동안이나 연기되었소. 이

450

자리에 앉았던 세 명의 총장 신부 모두가 그럴 만한 충분히 타당한 이유가 있다고 판단했단 말이오, 에밀리오." 지울리아니도 전임 총장 신부들의 권위로부터 자유로울 수는 없었다. "이 청문회를 통해 라카트에서 무슨 일이 있었는지 우리가 명확하게 알고 나면, 예수회가 발표 여부를 결정할 수 있을 거요. 그리고 그때는 반드시 당신에게 자문을 구하겠소."

"자문이라고! 봐요, 난 그 연구들이 발표되기를 원하오, 그렇지 않으면……."

"산도즈 신부. 그 자료들은 당신 소유가 아니오."

예수회의 총장 신부는 양손을 탁자 위에 포갠 채 준엄하게 말했다.

산도즈는 망치로 머리를 얻어맞은 듯 할 말을 잃고 섰다가 의자에 주저앉아 눈을 감고 입을 다문 채 고개를 돌렸다. 잠시 후, 장갑을 낀 한쪽 손이 자기도 모르게 머리 옆쪽으로 올라가 관자놀이를 눌렀다. 지울리아니가 자리에서 일어나, 물 한 잔과 이제는 언제든 손 닿는 곳에 두는 진통제 약병을 가지러 화장실로 향했다.

"한 알 아니면 두 알?"

그가 돌아와서 산도즈에게 물었다. 한 알로는 고통이 가시지 않고 두 알로는 몇 시간이나 머리가 멍해졌다.

"한 알 주십시오, 제기랄."

지울리아니는 산도즈가 어색하게 내민 장갑 낀 손의 손바닥에 알약을 놓았다. 그리고 산도즈가 진통제를 입에 넣은 다음, 물 잔을 양 손목 사이에 끼워 들이키는 모습을 지켜봤다. 그는 이제 존이 선물한 손가락 없는 장갑을 끼고 몇몇 일을 아주 능숙하게 해낼 수 있게 되었다. 그 장갑은 지울리아니로 하여금 사이클 선수들이 착용하는 운동용 장비를 연상케 했다. 그렇게 생각해서 그런지 유심히 관찰하지 않는 이상 금속 팔찌를 뗀 산도즈는 멀쩡한 사람처럼 보였다. 새로운 보철 장치는 지금 제작 중이었다.

지울리아니가 물 잔을 화장실에 가져다 놓고 돌아왔을 때, 산도즈는 팔꿈치를 탁자에 올려놓고 손목으로 머리를 받치고 있었다. 지울리아니의 발소리를 듣자 그는 거의 들리지 않을 정도의 목소리로 말했다.

"불 좀 꺼 주십시오."

지울리아니는 불을 끄고 창문으로 가서 두꺼운 바깥쪽 커튼도 닫았다. 오늘도 날씨가 흐렸지만, 두통이 찾아올 때는 희미한 빛조차 산도즈를 괴롭히는 것 같았다. 지울리아니가 물었다.

"좀 눕고 싶소?"

"아니요, 젠장. 시간을 좀 주십시오."

지울리아니는 자신의 탁자로 걸어갔다. 그는 문을 열고 바깥에서 기다리는 사람들에게 직접 이야기하는 대신, 메신저로 수위를 불러 오늘 오후 회의가 취소됐다는 말을 전하도록 했다. 그리고 에드워드 수사에게는 홀에서 산도즈 신부를 기다리라고 지시했다.

시간을 보내기 위해 지울리아니는 밀린 서류 업무를 처리했다. 그는 몇몇 편지들을 검토한 다음 해당 부서로 이송했다. 사무실이 조용해지자 창문 밖에서 나이 든 정원사 크로스비 신부가 부는 휘파람 소리가 이따금 들려왔다. 그는 시들어 버린 한해살이풀을 솎아내고 국화나무의 가지를 치는 중이었다. 20분쯤 지나자 산도즈가 고개를 들고 조심스럽게 의자 등받이에 몸을 기댔다. 한쪽 손목으로는 여전히 관자놀이를 세게 누르고 있었다. 지울리아니는 들여다보던 파일을 닫고 탁자로 돌아와서 산도즈 맞은편에 앉았다.

산도즈의 두 눈은 여전히 감겨 있었지만, 의자가 움직이는 소리를 들었는지 기어들어 가는 목소리로 말했다.

"내가 꼭 여기 머물러야 하는 건 아니오."

"그렇소, 그럴 필요는 없소."

지울리아니가 담담하게 동의했다.

"나는 연구 결과들이 발표되기를 바라오. 기억을 더듬어 다시 써낼 수도 있소."

"맞소, 그럴 수 있을 거요."

"돈을 주고 살 사람이 있을 거요. 존이 그러는데 사람들이 나를 인터뷰하는 대가로 돈을 지불할 거라고 하더군. 바깥세상에 나가도 먹고 살 수 있단 말이오."

"그럴 거라고 생각하오."

산도즈가 자신에게는 고통스러울 정도로 밝게 느껴지는 빛 속에서 눈을 가늘게 뜨며, 지울리아니를 똑바로 바라봤다.

"그러니 내가 왜 이 짓거리를 참아 가며 여기 머물러야 하는 건지, 이유를 하나만 대 보시오, 빈스. 왜 내가 여기 머물러야 하오?"

"왜 떠났소?"

산도즈는 이해하지 못한 듯 텅 빈 표정을 지었다.

"왜 라카트에 갔던 거요, 에밀리오?" 지울리아니가 다시 한번 부드럽게 물었다. "단지 과학적인 조사를 위해서였소? 단순히 언어학자로서 흥미로운 프로젝트였기 때문에 갔던 거요? 연구 결과를 발표해서 학문적인 명예를 얻기 위해? 당신 친구들이 정말로 그 자료들 때문에 죽은 거요?"

두 눈이 감기고 긴 침묵이 흘렀다. 그리고 마침내 산도즈가 입을 열고 말했다.

"아니요."

"아닐 거라고 생각했소." 지울리아니가 깊게 숨을 들이쉬더니 말을 이었다. "에밀리오, 내가 임무에 대해 알게 된 모든 점으로 보건대 당신은 신의 더 큰 영광을 위해서 거기에 갔소. 당신은 당신과 동료들이 신의 뜻으로 함께 모였다고 믿었소. 그리고 신의 은총으로 목적지에 도착했다고 말이오. 처음에는 당신이 한 모든 일이 신의 사랑을 위해서였소. 나에게는 당신의 상급자 두 명이 한 증언이 있소. 그들은 라카트에서 당신에게 뭔가 아주 비범한 일이 일어났다고 진심으로 믿었소. 당신이……" 어디까지 말해야 할지 몰라서 그가 잠시 망설였다. "에밀리오, 그들 두 명 다 당신이 어떤 의미에서든 신을 영접했다고 믿었소." 산도즈가 일어서서 나가기 위해 몸을 돌렸다. 지울리아니가 쫓아가서 달아나지 못하도록 팔을 붙잡았지만, 산도즈가 몸을 빼내며 비명을 지르자 놀라서 곧바로 손을 놓았다. "에밀리오, 이러지 마시오. 내가 잘못했소. 가지 마시오."

산도즈의 표정에는 그가 전에도 본 적 있는 극심한 공포가, 때때로 다른 누구도 예상치 못한 순간에 그를 엄습하는 두려움이 떠올라 있었다. 틀림없이 뭔가 이유가 있을 거라고 지울리아니는 생각했다.

"에밀리오, 그곳에서 당신에게 무슨 일이 있었소? 대체 뭐가 모든 것을 바꿔 놓은 거요?"

"내게 묻지 마시오, 빈스." 산도즈가 쓰디쓰게 말했다. "신에게 물어보시오."

그는 자신의 뒤를 따라오는 사람이 에드워드 베어라는 사실을 알았다. 헐떡이는 소리를 들어 보면 분명했다. 눈물과 고통 때문에 앞을 볼 수가 없었던 산도즈는, 해변으로 이어진 돌계단을 더듬어 내려가고 있었다. 뒤쪽에서 인기척이 나자 난폭하게 욕설을 내뱉으며 에드워드에게 자신을 혼자 내버려 두라고 말했다.

"소행성이 그리우신가요?" 에드워드 수사가 궁금하다는 듯 물었다. "거기서는 혼자 계셨을 테니."

산도즈는 웃음을 터뜨리지 않을 수가 없었다.

"아니, 소행성이 그립지는 않소." 울고 있던 남자가 낼 수 있는 가장 건조한 목소리로 말한 그는 온몸의 뼈가 사라진 듯 무력한 기분을 느끼며 주저앉았다. 그리고 양손의 그나마 온전한 부분으로 머리를 감쌌다. "갈수록 더 나빠지는군."

"많이 좋아졌어요, 아시잖아요." 에드워드가 그렇게 말하며 옆에 앉았다. 산도즈는 낮고 뿌연 하늘 아래 기름진 청록색으로 펼쳐져 있는 지중해를 응시하고 있었다. "물론 좋은 날도 나쁜 날도 있지만 몇 달 전에 비하면 훨씬 강해지셨죠. 전 같으면 오늘 있었던 그런 논쟁을 견디지도 못하셨을 거예요. 육체적으로나 정신적으로나."

장갑의 손등 부분으로 눈물을 훔치며, 산도즈가 화난 듯이 말했다.

"난 더 강해진 기분이 아니오. 이 일이 영영 끝나지 않을 것처럼 느껴진단 말이오."

"글쎄요, 제가 말씀드릴 수 있는 건 슬픔에 대해서 뿐이군요. 신부님은 저 바깥에서 너무 많은 사람을, 너무 많은 것을 잃어버리셨죠." 에드워드는 산도즈가 우는 모습을 바라보며 손을 뻗고 싶은 충동을 억제했다. 산도즈는 누가 자신을 건드리는 일을 극도로 싫어했다. "보통의 경우에는 누군가 소중한 사람을 잃어버리면 1년 정도 걸려요. 그러니까 최악의 시기가 지나갈 때까지 말이에요. 저는 기념일이 가장 힘들더군요. 아시겠지만 결혼기념일처럼 공식적인 날 말고도요. 평소처럼 잘 지내다가도 문득 깨닫거든요. 오늘이 우리가 만난 지 10년째 되는 날이구나. 혹은 '우리가 런던으로 이사 온 지 6년째구나, 프랑스로 여행을 갔다 온 지 2년째구나.' 하는 식으로요. 이제는 그런 사소한 기념일들을 떠올리지 않는 일도 익숙해졌죠."

"당신 아내는 어떻게 죽었소, 에드?" 산도즈는 어느새 울음을 그쳤다. 에드워드는 산도즈가 차라리 마음껏 울었으면 하고 바랐다. 하지만 그에게는 자제력을 잃어버려서는 안 되는 어떤 중요한 이유가, 눈물 속에 씻어 버릴 수 없는 무언가가 있는 모양이었다. "꼭 말해 줄 필요는 없소." 산도즈가 다시 말했다. "미안하오. 캐묻을 생각은 아니었소."

"아, 괜찮습니다. 사실 아내에 관해 이야기하는 일은 도움이 되거든요. 어떤 식으로 제 안에 살아 있게 해 주니까요." 에드워드가 앞으로 몸을 숙이며 통통한 팔꿈치를 무릎에 얹고 얼굴을 산도즈 가까이 가져갔다. "정말로 바보 같았죠. 저는 코를 풀려고 휴지를 찾아서 글러브 박스를 뒤지고 있었어요. 상상이 가세요? 감기였다고요! 운이 없었던 거죠. 수백 번도 더 거듭되는 일인데 아무 문제도 없다가, 어느 눈부신 겨울 아침에 세상 전부가 달라져 버린 거예요. 바퀴가 도로의 구멍에 빠졌고 저는 자동차의 통제권을 잃어버렸어요. 아내는 죽었고 저는 겨우 긁힌 상처만 났죠."

"미안하오." 긴 침묵이 흘렀다. "결혼 생활은 행복했소?"

"아, 물론 기복이 있었죠. 사실 사고가 났을 때는 별로 사이가 좋지 않았어요. 하지만 해결할 수 있다고 생각했어요. 우리 둘 다 쉽게 포기하는 성격은 아니었거든요. 전반적으로는 괜찮은 결혼 생활이었다고 생각합니다."

"당신 자신을 탓했소, 에드? 아니면 신을 원망했소?"

"그게 재미있게도 말이죠." 에드워드가 생각에 잠기며 말했다. "주위에 원망할 대상이 아주 많았거든요. 하지만 한 번도 신을 원망할 생각은 들지 않았어요. 물론 저 자신을 탓했죠. 도로 정비를 게을리한 의회를 원망하기도 했고요. 그리고 저한테 감기를 옮긴 아파트 위층의 망할 꼬마 녀석도요. 그리고 아픈 제게 운전을 시킨 아내 로라도 원망했죠."

그들은 한동안 앉아서 머리 위를 맴도는 갈매기 떼의 구슬픈 울음소리를 들었다. 파도 소리는 너무 멀어서 들리지 않았지만, 바닷물이 밀려왔다 밀려가는 광경을 보고 있자니 산도즈의 두통도 썰물처럼 사라지기 시작했다.

"어떻게 이런 삶을 살게 되었소, 에드?"

"글쎄요, 어릴 때는 교회를 열심히 다녔죠. 그러다 한동안은 무신론자로 지냈어요. 흔히들 '사춘기'라고 하는 영적인 발전 단계를 거친 거죠." 에드워드가 담담하게 말했다. "그러다 로라가 죽고 두 해쯤 지나서 한 친구가 내게 예수회 피정의 집에 가자고 하더군요. 그리고 수사 생활을 해 보지 않겠냐는 말을 들었을 때, 글쎄요, 안 될 게 뭐 있냐고 생각했죠. 한번 해 보자고. 짐작하시겠지만 어찌할 바를 모르고 있던 때였거든요. 사도 바울처럼 무슨 계시를 받거나 한 건 아니었죠. 하느님의 목소리를 들었던 것도 아니고요. 신부님은 어땠나요?"

"목소리는 없었소." 산도즈가 여느 때처럼 돌아온 목소리로, 그리고 약간 딱딱한 말투로 대답했다. "난 하느님의 목소리를 들었던 적이 없고, 지금 이 두통을 머리에 두른 가시관처럼 여기지도 않소. 난 정신병자가 아니오, 에드."

"아무도 신부님이 정신병자라고 생각하진 않아요." 에드워드가 조용히 말했다. "제 말은, 어쩌다 신부가 되셨냐는 거였어요."

한동안 시간이 흐른 뒤 산도즈가 차분한 목소리로 침착하게 대답했다. "그 당시에는 좋은 생각처럼 보였소."

에드워드는 그 말로 대화가 끝나리라 생각했지만, 잠시 후 산도즈가 말했다.

"당신은 양쪽 모두 있어 봤소. 어떤 삶이 더 낫다고 생각하오?"

"로라와 함께했던 시간을 결코 포기할 순 없지만, 지금은 여기가 제가 있을 장소죠." 에드워드는 잠시 망설였지만, 지금이야말로 그 주제를 꺼내기 적당한 때라고 생각했다. "멘데스 양에 대해 말씀해 주세요. 그분 사진을 봤어요. 아름답더군요."

"아름답고 영리했소. 그리고 매우 용감했지."

산도즈가 잠긴 목소리로 말했다. 그러고는 헛기침을 해서 목을 풀고 팔을 들어 눈가를 훔쳤다.

"그런 여자를 사랑하지 않는 남자는 바보로군요."

에드워드 베어가 부드럽게 말했다. 어떤 신부들은 자기 자신에게 지나치게 엄격했다.

"그렇소, 바보지." 산도즈가 동의하고 나서 덧붙였다. "하지만 그때는 그걸 몰랐소." 수수께끼 같은 말이었고, 뒤이어 산도즈가 한 이야기 역시 그만큼이나 예상치 못한 것이었다. "카인의 이야기에 대해 생각해 본 적 있소, 에드? 그는 훌륭한 믿음으로 제물을 바쳤지. 한데 왜 신은 그 제물을 거절했을까?"

산도즈는 일어서더니 뒤돌아보지 않고 해변을 향해 긴 계단을 내려갔다. 산도즈의 모습이 점점 작아지고 그가 종종 올라가 쉬곤 하는 커다란 바위까지 반쯤 이르렀을 때야, 에드워드 베어는 자기가 무슨 이야기를 들었는지 깨달았다.

26

카샨 마을과 남쪽 큰숲

접촉으로부터 8주 후

그날 밤 앤은 잠자던 도중 알 수 없는 이유로 깨어났다. 한밤중에 눈을 뜨고 심장이 두근거리는 느낌을 받았다. 처음에는 야브로가 다시 아프거나, 다른 누군가 루나의 복수에 걸렸다는 생각이 들었다. 누운 채로 무슨 소리라도 들릴까 싶어 귀를 기울였다. 하지만 정신없이 깊은 잠에 빠진 조지가 부드럽게 코를 고는 소리가 울릴 뿐이었다. 일행 모두가 무사하다는 사실을 확인하기 전에는 긴장을 풀 수가 없었다. 앤은 한숨을 내쉬며 자기가 괴상망측한 한 떼의 아이들을 거느린 어머니 같은 처지가 되었다고 생각했다. 그녀는 지미의 커다란 티셔츠 한 장을 걸치고 텐트 밖으로 나갔다.

우선 야브로의 상태를 확인하고 별일이 없자 이번에는 다른 모퉁이에 잠들어 있는 지미를 들여다봤다. 마크와 소피아의 침대가 비어 있는 모습을 보자 마음 한구석이 저렸다. 자기가 신을 믿는 사람이었다면 그들의 부재가 이렇게나 불안하지는 않았을 거라는 생각마저 들었다. 그리고 또 다른 침대가 비어 있는 것을 발견했다. 하지만 그 사실에 놀라기도 전에 희미한 타자 소리가 들려왔다. 앤은 산양이나 편하게 다닐 법한 바위틈의 오솔길을 따라 바로 옆에 있는 아이차의 집으로 향했다. 그곳에서는 그녀가 돌보는 아이 중 가장 좋아하는 녀석이 학구적인 게이샤 같은 꼴로 앉은뱅이책상 앞에 앉아 빠른 속도로 컴퓨터 자판을 두드리고 있었다.

"에밀리오!" 앤이 부드럽게 외쳤다. "대체 지금 뭐하는 거……."

그는 앤을 쳐다보지도 않고 고개를 흔들더니 계속해서 타자를 쳤다. 앤은 산도즈의 옆에 있는 쿠션에 기대 밤의 소음에 귀를 기울였다. 비올 때처럼 축축한 냄새가 났지만 바위들은 여전히 마른 상태였다. '뭐, 나 혼자만 안절부절못하는 건 아니로군.' 산도즈의 옆쪽에 라디오 수신기가 놓여 있는 것을 보고 앤은 그렇게 생각했다.

마크와 소피아는 착륙을 시도하겠다고 보고한 이후로 소식이 없었다. 지미는 산맥 건너편의 폭풍이 심하기 때문일 수도 있다고 생각했지만, 조지는 그럴 경우 잡음이 생길 수는 있어도 신호가 완전히 끊길 리는 없다고 말했다. 아무도 추락에 관한 이야기를 입 밖에 내지는 않았다.

산도즈는 잠깐 더 타자를 치더니, 다음 날 아침 이론을 재구성할 수 있을 만큼 충분한 분량을 썼다고 생각되자 파일을 닫았다.

"미안해요, 앤. 머릿속에 네 가지 언어가 동시에 돌아가고 있는데 한 가지를 더했다가는……."

그가 손가락을 펼치며 입으로 폭발음을 흉내 냈다.

"그 많은 언어를 어떻게 전부 기억해?"

산도즈는 하품을 하며 얼굴을 문질렀다.

"항상 기억하고 있지는 않아요. 재미있는 일이죠. 아랍어나 아마릭어나 혹은 루안자어나 그 밖에 무슨 언어든, 어떤 대화를 모르는 단어나 헷갈리는 개념 없이 완벽하게 이해했을 때는, 나중에 떠올리면 그 대화가 스페인어로 이루어진 것처럼 기억하곤 하거든요. 그리고 폴란드어와 이누피아어는 잊어버리고 있어요."

"그 언어들은 알래스카에서 배운 거잖아, 추크 섬 다음 수단 전, 맞지?"

산도즈가 고개를 끄덕이더니 쿠션에 몸을 기대고 손가락으로 눈을 꾹꾹 눌렀다.

"그 두 언어를 배워야 한다는 사실에 너무 화가 나 있었기 때문에 여느 때처럼 잘해 내지 못했는지도 몰라요. 난 추위와 어둠에 절대 익숙해질 수가 없었고, 내가 받은 교육이 낭비되고 있다고 느꼈거든요. 도대체 납득이 가지 않았죠." 그는 얼굴에서 손을 떼더니 앤을 흘깃 바라봤다. "상급자들이 혹시 멍청이가 아닐까 하는 의심이 들면 복종심을 유지하기가 쉽지 않아요."

앤이 코웃음을 치며 생각했다. '그다지 성자다운 발언은 아니로군.'

"적어도 수단은 따뜻했겠네."

"따뜻한 게 아니라 더운 거죠. 심지어 나한테도 더웠어요. 아프리카에 도착했을 때쯤에는 현지에서 언어를 배우는 일에 익숙해져 있었죠. 그리고 뭐랄까, 직업적인 불만 따위는 아주 사소한 것처럼 느껴졌어요." 산도즈가 일어나 앉아서 어둠 속을 응시했다. "끔찍했어요, 앤. 사람들을 먹이는 것 말고는 다른 일을 할 시간이 없었죠. 아이들이 죽지 않게 돌보는 일 말고요." 그가 고개를 흔들었다. "아직도 내가 그해에 세 가지 언어를 배웠다는 사실이 놀라워요. 어쩌다 보니 그렇게 됐죠. 난 스스로 언어학자라고 생각하기를 그만뒀어요."

"그럼 뭐라고 생각했는데?"

"신부요." 산도즈가 간단하게 대답했다. "그때야 비로소 사제 서품을 받을 때 들었던 말을 진심으로 믿기 시작했죠. Tu es sacerdos in aeternum."

'영원한 신부.' 언제나 그리고 영원히. 앤은 산도즈의 변화무쌍한 얼굴을 가만히 들여다봤다. 스페인계, 타이노계, 언어학자, 신부, 아들, 연인, 친구, 성자. 그녀가 부드럽게 물었다.

"그리고 지금은? 지금은 뭐지, 에밀리오?"

"졸린 사람이에요."

산도즈가 다정하게 앤의 목을 끌어당기더니, 자는 동안 헝클어진 그녀의 은빛 머리카락 위로 입술을 가져갔다.

앤이 라디오 수신기를 가리켰다.

"무슨 소식 없었어?"

"있었다면 벌써 말했을 거예요, 앤. 커다랗고 신나는 목소리로요."

"그 두 사람에게 무슨 일이 생긴다면 DW는 결코 자신을 용서하지 못할 거야."

"그들은 돌아올 거예요."

"젠장, 무슨 근거로 그렇게 확신하는데?" 산도즈는 마음으로부터, 그리고 신명기로부터 다음과 같이 인용했다. "'우리 주 하느님이 하셨던 일을 내 두 눈으로 보았기 때문에.'"

"난 인간들이 무슨 일을 저지를 수 있는지 봐 왔지……."

"무슨 일인지는 봤겠죠. 하지만 그 이유까지 본 건 아니잖아요! 거기 하느님이 계신 거예요, 앤. 왜 그래야만 하는지 그 이유에, 그 의미에 말이에요." 산도즈는 앤을 바라보며 그녀의 회의와 의심을 이해했다. 그 많은 환희와 은총은 경험한 것은 자기뿐이니까……. "좋아요. 이렇게 생각해 봐요. 그 이유에 아름다움이 있다고요."

"그럼 소피아와 마크가 지금 이 순간 비행기 잔해 속에 쓰러져 있다

462

면?" 앤이 따지고 들었다. "거기 어디에 신의 아름다움이 있다는 거지? 앨런의 죽음 어디에 아름다움이 있었지, 에밀리오?"

"하느님만이 아시죠."

패배를 인정하는 동시에 믿음을 드러내는 대답이었다.

"보라고, 그래서 말이 안 된다는 거야! 난 신이 언제나 찬양만 받고 비난은 받지 않는다는 점이 늘 거슬렸어. 그따위 사탕발림 같은 신학은 받아들일 수가 없다고. 신이 책임을 지거나 아니면 신은 없는 거야. 아이들이 죽었을 때 당신은 뭘 했지, 에밀리오?"

"울었어요. 때론 하느님이 우리로 하여금 그분의 눈물을 흘리게 한다고 생각해요." 그리고 긴 침묵이 흘렀다. "그래요, 울었죠. 그리고 이해하려고 노력했어요."

"그래서 이제는? 이해하게 됐어?" 앤의 목소리는 거의 애원하는 기색마저 담고 있었다. 산도즈가 이해한다고 대답하면, 그녀는 그를 믿을 것이다. 앤은 누군가 이런 점에 관해 설명해 주기를 바랐다. 어쩌면, 에밀리오 산도즈라면 그럴 수 있을지도 몰랐다. "이제는 아이들의 죽음에서도 어떤 아름다움을 찾을 수 있어?"

"아니요." 마침내 그가 말했다. 그러고 나서 덧붙였다. "아직은 아니에요. 어떤 아름다움은 비극적이죠. 그래서 받아들이기가 더 어려운지도 몰라요."

앤은 한동안 멍하니 서 있었다. 한밤중이었기 때문에 피곤이 몰려왔다. 그녀는 막 침대로 돌아가려다가, 뒤를 돌아보고 산도즈의 얼굴에서 낯익은 표정을 발견했다.

"뭐야? 뭐냐고!"

"아무것도 아니에요." 산도즈가 어깨를 움츠렸다. 그는 자신의 한 사람밖에 없는 회중을 아주 잘 알고 있었다. "그저, 만약 그 모든 이유 때문에 당신이 믿음을 가질 수 없는 거라면, 군이 애쓸 필요 없어요. 그래야 할 것 같을 때마다 신을 비난하세요."

앤의 얼굴에 서서히 미소가 떠올랐다. 그녀는 산도즈 옆 쿠션에 다시 주저앉아, 뭔가를 생각하는 표정으로 그를 쳐다봤다.

"뭐예요?" 이번에는 산도즈의 차례였다. 이제 앤은 사악한 미소를 띠고 있었다. "무슨 생각을 하는 거예요, 앤?"

"아, 그냥 내가 신에게 표현하고픈 몇 가지 감정들을 떠올렸어." 앤이 다정하게 말한 뒤, 웃음을 터뜨리지 않기 위해 손으로 입을 가렸다. "아, 우리 사랑스러운 에밀리오." 그녀가 손가락 뒤에서 장난기 어린 목소리로 말했다. "틀림없이 당신은 내가 받아들일 수 있는 종류의 신학을 생각해 낸 모양인데! 내가 먼저 당신 허락을 받아야 하나요, 신부님? 기꺼이 나와 함께 공범자가 되어 주겠어요?"

"얼마나 무례할 예정인데요?" 산도즈는 지친 듯 웃었지만 얼굴에는 생기가 감돌고 있었다. "난 일개 신부일 뿐이에요! 어쩌면 우리가 주교라든지 뭐 그런 사람한테 먼저 확인을 해 봐야 할지도……."

"겁쟁이 같으니! 인제 와서 발뺌할 생각 말라고!" 앤은 무릎으로 일어나 산도즈의 가슴을 쿡쿡 찌르며 속사포처럼 말을 쏟아 냈다. 감히 전능하고 정의롭다고 자처하는 신이 다스리는 세상에서 벌어지는 온갖 말도 안 되는 일들, 무고한 자들의 때 이른 죽음, 2018년 월드 시리즈에서 클리블랜드가 당한 패배, 악의 범람과 텍사스 출신 공화당원들의 승리에 대해서. 앤의 입에서 나오는 단어들은 점점 더 무례해졌고, 완전히 불경스러웠으며 매우 격렬했다. 산도즈는 그 한 마디 한 마디를 빼놓지 않고 놀랄 만큼 그럴싸한 라틴어 구절로 번역해서 마치 일반적인 기도문처럼 들리게 했다. 얼마 지나지 않아 두 사람은 서로에게 매달려 미친 듯이 웃어 댔다. 그 서슬과 소란에 조지 에드워즈가 잠에서 반쯤 깨어났다가 앤의 비명을 듣고 완전히 정신을 차렸다. "에밀리오, 그만해! 나이 든 여자들은 방광이 약하단 말이야!"

"산도즈! 내 마누라랑 대체 무슨 짓을 하는 거야?"

조지가 고함을 질렀다.

"우린 신학에 대해 논하고 있었어, 여보."

앤이 헐떡이며 말했다. 너무 웃느라 숨이 막힐 지경이었다.

"하느님 맙소사!"

"인간 세상의 선악에 대해 이야기하던 중이었어요!" 산도즈가 외치며 말을 이었다. "신의 본질에 대한 부분까지는 아직 진도가 안 나갔다고요."

이 말에 두 사람은 다시 배를 잡고 웃었다.

"둘 다 그냥 죽여 버리시오, 조지. 정당방위로 인정하겠소이다."

야브로가 큰 소리로 제안했다.

"잠 좀 자게 다들 제발 닥쳐 줄래요?"

지미가 고함을 지르자, 어째선지 앤과 산도즈는 더 심하게 웃어 댔다.

"그 메아리에 대한 농담 기억나? 야호오오!" 앤이 외쳤다.

"제에발, 닥쳐어어!" 산도즈가 앤의 농담을 받았다.

"아, 세상에, 어쩌면 나 다시 종교를 믿게 될지도 모르겠어." 앤이 거우 웃음을 그치고 손으로 눈가를 훔치며 부드럽게 말했다. "내가 떠넘기는 골칫거리들을 신이 감당할 수 있을 거라고 생각해?"

산도즈는 지치고 행복한 상태로 다시 쿠션에 드러누웠다. 그가 손을 머리 뒤에 받치며 말했다.

"앤. 하느님은 언제나 당신이 돌아오기를 기다리고 있어요."

추락하기 전 마크 로비쇼가 마지막으로 했던 생각은 'merde(제기랄), DW가 엄청나게 화내겠군.'이었다.

그로서는 합리적인 선택이라고 생각했다. 활주로는 여전히 분명하게 드러나 있는 상태였고 잡초들은 부드럽고 무성해 보였다. 마크는 땅속에서 얽힌 뿌리들이 오히려 흙을 단단하게 만들어 비행기 바퀴를 지탱해 줄 거라고 믿었다. 소피아는 훈련 기간 동안 다양한 종류의 토양에 착륙한 경험이 있었고, 이번에도 자신감이 넘쳤다. 그래서 그들은 내려가기로 했다.

마크와 소피아 둘 다 덩굴에 대해서는 미처 생각하지 못했다. 활주로에 얽힌 나무 덩굴은 아주 단단해서 비행기 바퀴가 지나가도 끊어지지 않았다. 녀석들은 작고 가벼운 동체를 가차 없이 잡아당겼고, 갑작스레 비행기가 멈추자 마크와 소피아는 계기판에 세차게 부딪혔다. 앞좌석에 앉아 있던 마크의 시야에 지면이 쇄도해 오는 무서운 광경이 들어왔고, 그는 곧 의식을 잃었다. 동체가 산산조각 나면서 두 사람은 안전띠에 묶인 채 앞으로 튕겨 나갔다.

마크는 자신이 얼마나 기절해 있었는지 알 수 없었다. 다만 추락했을 때는 한낮이었는데, 정신을 차리고 보니 두 개의 달이 모두 떠올라 있었다. 한동안 가만히 누워서 팔다리와 가슴의 통증에 집중하며 부상의 심각성을 가늠해 보려고 애썼다. 다리에 감각이 없었고 심장이 세차게 뛰었다. 그는 등이 부러진 줄 알고 순간적으로 겁에 질렸다. 하지만 조심스럽게 머리를 움직이자, 소피아가 자기 위에 포개져 있는 모습이 보였다. 감각이 없던 이유는 단지 그 무게에 눌려 피가 통하지 않아서였다.

소피아는 얼굴이 피투성이였지만 다행히 숨은 쉬고 있었다. 마크는 소피아의 몸을 함부로 움직이지 않으려고 애쓰며 천천히 그녀의 아래에서 빠져나왔다. 앤이 묘사했던 끔찍한 복합 골절 이야기가 생생하게 떠올랐다. 마크는 자신의 다리를 잡아 빼면서 소피아의 머리를 조심스럽게 돌렸다. 소피아의 상태를 살피느라 정작 자기 몸 상태에 대한 걱정은 까맣게 잊어버렸다. 무릎을 꿇은 채로 앉고 나서야, 심각하게 다쳤다면 지금쯤 훨씬 더 통증을 느끼고 있을 거라는 생각이 들었다.

마크는 가슴이 왜 그렇게 아팠는지 보려고 셔츠를 걷어 올렸다. 달빛 아래 안전띠 모양 그대로 피부가 벗겨지고 멍이 난 자국이 선명하게 드러났다. 다시 기절할 뻔했지만 몇 분 동안 머리를 숙이고 있자니 좀 괜찮아졌다. 마크는 소피아에게 다가가 그녀의 몸 위에 흩어져 있는 초경량기의 부품과 잔해를 치우기 시작했다. 그 일을 마치고 나서 두 다리로 일어나 착륙선으로 향했다. 그리고 화물칸 문을 연 다음 배터리로 작동하는 전등불을 켰다. 눈이 빛에 어느 정도 익숙해지자, 구급상자와 휴대용 전등 그리고 응급용 절연 담요를 챙겨 소피아에게 돌아갔다.

몇 달이나 함께 지내면서 마크는 언제나 소피아 멘데스로부터 거리를 둬 왔다. 마크에게 소피아는 다소 차갑고 지나치게 독립적이고 거의 비여성적으로 느껴졌다. 하지만 육체적인 아름다움만은 숨을 막히게 했다. 그래서 마크는 심지어 종이 위에서도 그 형체를 느끼지 않기 위해, 한 번도 소피아의 초상화를 그리지 않았다.

마크는 그 자신도 부상으로 몸을 심하게 떨면서 소피아 곁에 무릎을 꿇고 앉았다. '실례합니다, 마드무아젤.' 그렇게 생각하며 소피아의 팔과 다리에 부러지거나 베인 상처가 없는지 살폈다. 상체는 그와 마찬가지로 여기저기 멍들어 있었지만, 여러 가지 이유 때문에 그녀의 갈비뼈가 부러지거나 복부에 상처가 났는지 확인할 수가 없었다. 어차피 그런 부상에 대해서는 그가 할 수 있는 일도 없었다. 그래서 담요를 펼치고 소피아를 그 위에 올려놓은 다음, 또 한 장의 담요로 그녀의 몸을 감쌌다. 그리고 개울로 가서 물을 한 통 가득 떠 왔다.

마크는 구급상자에서 꺼낸 깨끗한 천을 적셔 소피아의 얼굴에 말라붙은 피를 닦아 냈다. 그는 피가 어디서 나오는지 찾아냈다. 머리 부분에 상처가 나 있었다. 계속해서 흘러나오는 피 때문에 욕지기가 나는 것을 참으며 상처 가장자리를 손가락으로 만졌다. 확신할 수는 없었지만 두개골이 함몰된 것 같지는 않았다. 상처를 살피는 일에 열중하느라, 소피아가 입을 열 때까지 그녀가 눈을 뜬 줄도 모르고 있었다.

"만약 나한테 세례를 한 거라면 큰 곤욕을 치르게 될 거예요, 로비쇼."

"Mon Dieu!(하느님!)"

마크가 외치며 뒤로 넘어지는 바람에 양동이의 물이 쏟아졌다. 너무 놀란 나머지 손에 들고 있던 천 조각마저 떨어뜨렸다.

그 후 몇 분에 걸쳐, 소피아는 마크가 프랑스어로 정신없이 떠들어대는 인상적인 모습을 지켜봐야 했다. 그녀는 프랑스어를 거의 책으로만 배웠기 때문에, 로비쇼가 지금처럼 겁에 질리지 않았을 때조차 그가 쓰는 사투리를 거의 이해할 수 없었다. 그럼에도 마크가 안도했다가 다시 화내기를 반복하고 있다는 사실을 꽤 분명하게 알 수 있었다.

"놀라게 해서 미안해요."

마크의 말이 느려지기 시작하자 소피아가 말했다. 마크는 한 손을 들고 침을 삼키더니 여전히 가쁘게 숨을 몰아쉬며 고개를 흔들었다.

"De rien.(괜찮습니다.)" 좀 더 시간이 흐르고 나서야 그는 다시 영어를 말할 수 있게 되었다. "부탁입니다, 마드무아젤. 다시는 그러지 말아요."

"이런 상황이 다시 벌어질지는 의문이지만 어쨌든 그러지 않도록 노력할게요." 소피아가 담담하게 말했다. "내가 많이 다쳤나요? 당신은요?"

"내가 판단할 수 있는 한도 내에서는 우리 둘 다 여기저기 멍들고 찢어지긴 했지만 부러진 곳은 없는 것 같습니다. 당신이 느끼기에는 어때요, 마드무아젤?" 마크가 셔츠를 가볍게 들어 올려 소피아에게 안전띠 자국을 보여 줬다. "우린 세차게 앞으로 내던져진 모양입니다. 갈비뼈가 부러졌을 수도 있으니 한번 살펴봐요."

소피아가 진지한 표정으로 담요 밑에서 몸을 움직이며 말했다.

"온몸이 아주 아파요. 두통도 심하고요. 하지만 크게 다치진 않은 것 같아요."

마크가 힘없이 손을 흔들어 여기저기 널려 있는 파편을 가리켰다.

"우리 둘 다 하느님의 총애를 받고 있거나 아니면 운이 아주 좋은 모양입니다."

소피아가 몸을 약간 일으키더니 초경량기의 잔해를 바라봤다.

"하느님이 작은 비행기들을 총애하지 않으시는 것만은 확실하네요. 야브로와는 달리 말이에요. 그 사람이 이걸 보면 아주 화를 낼 거예요." 마크가 동의의 뜻으로 눈을 굴렸다. 소피아는 사고 현장을 둘러보다 비행기가 부서졌기 때문에 자기들이 목숨을 건졌다는 사실을 깨달았다. 원래부터 동체가 산산조각 나며 충격을 흡수하도록 설계되어 있었던 것이다. 그녀는 약간 현기증을 느끼며 다시 드러누웠다. 그리고 추락 이후 얼마나 시간이 흘렀는지 계산하기 시작했다. "마크, 라디오가 아직 작동하나요? 다들 틀림없이 걱정하고 있을 거예요."

마크가 손으로 이마를 짚더니 프랑스어로 투덜거리며 비행기 잔해 쪽으로 다가가 주섬주섬 뒤지기 시작했다. 바람이 거세지면서 플라스틱 조각들이 이리저리 펄럭이며 날아다녔다.

"로비쇼, 그만둬요! 착륙선에 무전기가 있어요." 소피아는 매우 조심스럽게 일어나 앉으며 자신의 상태를 살폈다. 온몸 여기저기가 신음

소리를 냈지만, 비명을 지르는 부위는 없었다. 담요를 치우고 셔츠의 목 부분을 잡아당겨 아래쪽을 내려다봤다. "멍이 시퍼렇게 들었네요." 그녀가 그렇게 말하더니 명랑하게 덧붙였다. "당신 가슴과 똑같은 모양이에요."

"고도차가 상당히 난다는 걸 제외하면 말이죠." 신부가 실없는 농담을 던졌다. 그는 원래 자리로 돌아와 소피아 옆에 조금 어색하게 앉더니 고개를 푹 숙였다. 그리고 잠시 후 얼굴을 들며 말했다. "방금 내가 한 이야기는, 당연하지만 추측에서 비롯한 겁니다. 직접 봐서 하는 말이 아니라."

"맙소사, 마크." 소피아가 얼굴을 찌푸렸다. "우리가 만약 또다시 함께 비행기 추락 사고를 당한다면, 부탁이니까 내 갈비뼈가 부러지지 않았는지 확실하게 살펴봐요. 이런 응급 상황에서 내외하는 게 중요해요?"

마크가 얼굴을 붉혔는지도 모르지만 휴대용 전등의 주홍색 불빛 아래서는 확실하게 알아보기 어려웠다. 어디선가 천둥소리가 들려와서 소피아는 주위 나무들이 바람에 흔들리는 모습을 둘러봤다.

"착륙선 안으로 들어가야겠어요."

두 사람은 담요와 구급상자를 집어 들고 전등으로 불을 비추며 착륙선의 화물칸으로 힘겹게 기어 올라갔다. 바람이 반대편에서 불어오고 있었기 때문에, 그들은 출입구를 열어 둔 채 번개가 치는 광경을 감상했다. 처음에는 거센 폭풍이 몰아쳤지만, 오래지 않아 꾸준한 장대비로 바뀌었다. 빗방울이 착륙선의 표면을 두드리며 요란한 소리를 내자 어째선지 마음이 안정되는 느낌이었다.

"그래서, 했나요?"

빗소리가 다소 잦아들자, 소피아가 말했다.

"뭐라고요?"

마크는 이 질문에 당황하는 것처럼 보였다.

"내게 세례를 했나요?"

"아." 그가 그렇게 내뱉더니 다소 분개하며 대답했다. "당연히 안 했죠."

"그 말을 들으니 기쁘네요." 소피아는 그렇게 말했지만 어쩐지 난처했다. 만약 상대가 산도즈였다면 상대방의 유머 감각을 신뢰하며 기꺼이 농담을 꺼냈을 터였다. '선교에 대한 의지가 형편없군요.' 하는 식으로. 하지만 마크의 경우는 어떻게 대해야 좋을지 확신이 서지 않았다. 어쨌거나 그는 사고 때문에 신경이 날카롭게 곤두서 있는 것처럼 보였다. 반면에 소피아 자신은 놀랄 만큼 밝은 기분이었다. "그런데 사실은 세례를 해야 했던 것 아닌가요?"

"절대로 아니죠. 만약 그랬다면 너무나 비윤리적인 행동일 겁니다."

이야기를 하면 마크가 좀 더 정신을 차리고 상태가 좋아지는 것처럼 보였기에 소피아는 대화를 이어 가기로 했다.

"하지만 내가 죽어 가고 있다면, 내 영혼을 구하는 일이 당신의 의무 아닌가요?"

"지금은 17세기가 아닙니다, 마드무아젤. 우리는 죽어 가는 이교도의 영혼을 지옥의 입구에서 낚아채지 않아요." 마크는 퉁명스럽게 대답했지만 곧 좀 더 차분한 목소리로 말을 이었다. "만약 당신이 진심으로 세례를 받고 싶다고 밝힌 바 있지만 아직 믿음으로 인도되지 못했다면, 그래요, 나는 당신의 의도를 존중하는 뜻에서 세례를 했을 겁니다. 혹은 당신이 의식을 되찾고 세례를 요청했다면 그럴 때도 당신의 소망을 들어줬겠죠. 하지만 당신의 허락도 없이? 미리 밝힌 의사도 없이? 절대로 아닙니다."

마크는 여전히 약간 화난 상태였지만 이제는 보다 안정감을 느끼고 있었다. 그는 작은 신음 소리를 내며 천천히 두 발로 일어섰다. 그리고는 계기판 앞으로 가서 숲속의 야영지와 카샨 마을 사이에 있는 지역의 사진 지도를 불러냈다.

"돌아가려면 한참 걸어야겠군요."

그는 소피아가 낮게 웃는 소리에 몸을 돌렸다. 반쯤 씻어 낸 핏자국과 시간이 지날수록 선명해지는 멍 자국 속에서도, 아름다운 세파르디 여인의 얼굴은 여전히 냉정하고 차분해 보였다. 하지만 주위를 둘러보는 소피아 멘데스의 두 눈은 웃고 있었다. 그녀가 눈썹을 치켜들며 물었다.

"왜 걸어가요, 날아가면 되는데?"

그들은 그대로 잠이 들었다가 다음 날 늦게야 일어났다. 온몸이 욱신거리고 상처에서 통증이 느껴졌지만, 폭풍 뒤의 맑은 날씨와 살아남았다는 사실이 그들을 즐겁게 했다. 두 사람은 착륙선에 저장된 음식으로 간단한 아침을 먹었고, 소피아는 시뮬레이터로 이착륙 연습을 하면서 조종 감각을 되살렸다. 마크는 그들이 라카트에 도착하고 처음 일주일 동안 연구했던 숲속의 생물들을 간단히 조사하며 계절에 따른 변화일지도 모르는 사항들을 기록했다. 그러고는 앨런 페이스의 무덤으로 가서 잡초를 제거하고 기도를 드렸다.

해가 중천에 떠올랐을 때, 소피아가 착륙선에서 힘겹게 내려서 마크에게 다가왔다.

"두 시간 내로는 출발해야 해요."

마크의 표정이 갑자기 굳어졌다. 그는 실수를 깨닫고 신음하며 물었다.

"다른 사람들에게 아직 연락하지 않았습니까?"

"이런 세상에! 다들 우리가 지금쯤 죽어 버린 줄 알고 포기했을 거예요." 소피아가 당황하며 외쳤다. "지난밤에 사람들을 깨우려고 했는데. 완전히 잊어버리고 말았어요. 세상에, 마크. 다들 제정신이 아닐 거예요!"

마크는 이전에 한 번도 소피아가 허둥대는 모습을 본 적이 없었다. 하지만 지금은 그녀가 무척 인간적으로 보였다. 그리고 자신이 그녀를 매우 좋아하고 있다는 생각이 처음으로 들었다.

"맙소사, 소피아." 그는 소피아가 간밤에 선보였던 신랄한 어조를 흉내 내며 말했다. "혹시 우리가 또다시 함께 비행기 추락 사고를 당한다면 그때는 당신도 생존 사실부터 알려야 한다는 사실을 잊지 않을 거라고 생각합니다. 어쨌거나 우리는 이런 종류의 일에 아마추어니까. 몇 가지 실수야 당연히 예상할 수 있는 거죠."

"내가 생각했던 것보다 더 정신이 없었나 봐요." 소피아가 고개를 저었다. "어서 가요. 늦게라도 안 하는 것보단 나으니까."

두 사람은 착륙선으로 돌아가서 카샨 마을과 연락을 취하려 했지만 무전기는 묵묵부답이었다.

"먹통이네요." 소피아가 한숨을 쉬며 말했다. 라카트 주위에 띄워 놓은 위성망의 빈틈에 들어간 것이다. "다시 신호를 잡으려면 네 시간은 기다려야 해요."

"뭐, 됐어요. 우리는 금방 돌아갈 테니까. 마치 무덤에서 되살아난 사람들처럼 말이죠!" 마크가 쾌활하게 말하고는 음모를 꾸미듯 덧붙였다. "어쩌면 야브로는 너무 놀라서 우리가 자기 비행기를 산산조각 낸 사실조차 눈치채지 못할지도 모릅니다."

마크를 다시 식물들에 돌려보낸 후, 소피아는 철저하게 비행 준비를 시작했다. 잠재적인 위험 요소는 백 가지도 넘었다. 초록색 꼬마들이 엔진에 둥지를 틀었을 수도 있고, 리처드 닉슨이 착륙 장치를 횃대로 삼았을 수도 있고, 벌레 떼가 전자 장치에 들어갔을 수도 있었다. 마침내 착륙선이 안전하게 비행할 수 있는 상태라는 확신이 들자, 그녀는 뒤쪽 화물칸으로 가서 마크를 불렀다.

"시험 가동을 하고 몇 차례 연습 기동을 할 거예요. 나와 함께 탈래요, 아니면 이번 주에는 스릴을 이미 충분히 즐겼나요?"

"나는 여기서 표본이나 모으고 있는 편이 나을 것 같군요." 만약 상대가 산도즈였다면 소피아는 배짱도 없다고 놀렸을 것이다. 하지만 그녀는 마크에게 웃어 보였다. "한 시간 내로 돌아올게요."

마크는 소피아가 화물칸을 닫도록 도와준 뒤 엔진에서 나오는 열기가 닿지 않는 숲 가장자리로 돌아갔다. 몸을 돌리자 소피아가 조종석에서 마크 자신과 마찬가지로 상처투성이인 몸에 안전띠를 고정하며 얼굴을 찌푸리는 모습이 보였다. 그러고 나서 그녀는 마크를 쳐다봤다. 마크는 통증을 참고 두 손을 머리 위로 들어 올려 행운을 비는 동작을 취했다. 소피아는 고개를 끄덕이더니, 점화 카운트다운을 시작했다.

D. W. 야브로와 같은 전직 전투 조종사에게 '작전 중 실종'이라는 단어는 언제나 배앓이를 동반한 공포를 야기했다. 비행기가 사라졌는데 어디서 어쩌다 그랬는지는 알 수 없을 때 그런 표현을 사용했다. 물론 짐작은 할 수 있지만 진실은 결코 알 수 없었다. 그리고 다음으로 취할 행동을 선택하는 일은 언제나 끔찍했다. 불가능해 보이는 구출 작전을 위해 다른 사람들까지 위험 속에 몰아넣을 것인가, 아니면 동료의 죽음이라는 현실을 받아들일 것인가? 어느 쪽이든 치러야 할 대가가 있었다.

야브로는 후회와 자책을 꼬아서 만든 밧줄로 자신을 채찍질하는 그런 부류의 사람은 아니었다. 그런데도 그는 진심으로 자신이 여론에 밀려 소피아와 마크를 보내지 않았다면 하고 바랐다. 좀 더 기다렸다가 몸 상태가 나아지면 직접 비행기를 몰았어야 했다.

두 사람과 연락이 두절된 상태로 시간이 흐르자, 야브로는 최악의 형태로 자신을 위로할 수밖에 없었다. 그때로서는 좋은 생각처럼 보였다고 말이다. 바랄 수 있는 가장 희망적인 사태는 그들이 착륙 지점에 추락한 것이었다. 어쩌면 목숨은 건졌지만 움직일 수 없을 정도로 심각한 부상을 입었는지도 모른다. 마크와 소피아가 살았건 죽었건 그들이 있는 곳까지 가기 위해서는 미지의 영역을 지나 일주일도 더 걸어야만 했다. 이 문제에 좋은 해결책 따위는 없었다. 야브로는 자신의 몸 상태가 충분히 좋지 않다는 사실을 잘 알고 있었다. 아마 앤이 필요하겠지만 그녀를 보낼 수도 없었다. 산도즈는 훌륭한 의무병이고 강건한 체력을 지녔지만 너무 작았다. 그보다는 거의 산도즈와 비슷한 수준으로 응급 처치 훈련을 받은 지미를 보내는 편이 나았다. 마크나 소피아가 구조를 기다리는 이레에서 여드레 동안 살아남는다면, 아마 추가적인 처치 없이도 하루 정도는 더 견딜 수 있을 것이다. 따라서 덩치가 큰 지미와 강건할 뿐 아니라 마지막으로 소행성을 방문했을 때 성공적으로 착륙선을 조종했던 조지를 함께 보내야 했다. 그러면 조지가 지미와 생존자들을 스텔라 마리스 호로 데려간 후, 연료를 재보급할 수 있었다. 그런 다음 조지가 카샨 마을로 내려와 앤을 데려가면 된다. 물론 그러면 장차 이동의 자유가 제한된다. 앞으로 세 번의 비행밖에 할 수가 없기 때문이다. 하지만 다른 선택의 여지가 없었다.

'젠장.' 야브로는 속으로 욕설을 내뱉었다. 만약 생존자들의 부상이 심각하다면 무중력이 상태를 악화시킬 수도 있었다. 둘 중 하나라도 우주 멀미를 겪게 되면 말이다. 야브로는 한숨을 내쉬며 이런저런 변수에 대해 앤과 의논하려 했다. 바로 그때 깜짝 놀랄 만큼 커다란 천둥소리가 들려왔다. 보통은 폭풍우가 이만큼 지나가고 나면 빗방울이 테라스의 판석을 두드리는 규칙적인 소리와 아래쪽 강물이 바람에 일렁이며 조용히 포효하는 소리가 들릴 뿐인데 말이다.

"착륙선이에요."

처음에 야브로는 '희망 사항이겠지.' 하고 생각했다. 그러다 산도즈가 옳을 수도 있다는 생각이 들어 가슴이 내려앉았다. 그는 뼛속까지 한기를 느끼며 서 있다가 밖으로 나갔다.

"오, 주여." 야브로는 하늘을 살피며 기도했다. "착륙선이 아니기를, 제발 착륙선이 아니기를."

귀를 기울이자 엔진 소리가 들렸다. 그는 모순적인 감정 속에서 괴로워했다.

일행은 야브로를 둘러싸고 흥분과 기쁨으로 소리를 질러 댔다. 그는 나머지 사람들을 따라 바위틈에 난 오솔길을 올라갔다. 지미가 한걸음에 절벽 위로 올랐고 조지가 그 뒤로 달려갔다. 사색이 된 야브로는 산도즈가 그를 앞질러 계단을 올라가며 지르는 환호성 소리를 들었다.

"내가 무사할 거라고 했잖아요, 내 말을 믿으라니까!"

그리고 앤이 한시름 놓은 듯 "그래, 그래, 맞아, Deus vult(신의 뜻)이야." 하고 말하는 소리도. 쏟아지는 빗줄기 사이로 눈을 가늘게 뜨며, 그는 기뻐서 날뛰는 사람들 뒤쪽으로 처졌다. 아직도 병이 완전히 낫지 않은 데다, 다른 이들에게 알리기 전에 먼저 이 사태를 받아들일 시간이 필요했다.

야브로의 눈에 비행기가 들어왔을 때는 이미 지미가 화물칸 문을 열고 소피아를 안아 내리는 중이었다. 마크는 스스로 착륙선에서 내려왔다. 먼 거리였지만 야브로는 소피아와 마크의 검게 멍든 눈과 통통 부어 있는 얼굴, 그리고 움직일 때마다 찾아드는 통증을 알아볼 수 있었다. '왜 저들은 기다리지 않았을까? 왜 여기로 라디오 통신을 보내서 지시를 구하지 않았을까? 내가 경고를 했어야만 했어!' 다른 사람들을 비난하고 싶지 않았던 야브로는 자신이 왜 이런 상황을 예측하지 못했는지 자문했다. 활주로 상태가 너무 위험해서 곧바로 돌아오거나 아니면 무사히 착륙할 경우만 상정했던 것이다. 여전히 아프고 정신없는 상태라, 초경량기가 부서지면 소피아가 착륙선을 몰고 돌아올 수도 있다는 점은 고려하지 못했다.

소피아가 야브로를 보더니 다른 사람들을 지나쳐 그에게 다가왔다. 그녀의 얼굴은 눈물로 젖었지만 환하게 빛났고, 부상을 억지로 견디느라 핏기가 하나도 없었다. '너무나 아름답군. 어지간한 배짱으로는 착륙선을 움직일 생각을 하지도 못했을 텐데. 이성적이고 용감한 여자야. 영리한 데다 배짱도 넘치지. 조지도 마찬가지야. 지난번 착륙 당시 그는 어떤 결과를 가져올지도 모르고 곡예비행을 즐겼지. 우리의 약점이 아니라 강점이 오히려 우리를 곤란에 처하게 했군.' 야브로는 그렇게 생각하며 소피아와 조지, 그리고 나머지 모든 일행에게 될 수 있는 한 충격을 덜 주면서 소식을 전할 방법을 궁리했다.

소피아가 환하게 미소 지으며 그에게 다가왔다.

"자, 우리는 엘리야처럼 불의 전차를 타고 돌아왔어요!"

야브로가 두 팔을 벌리자 소피아는 그 품으로 뛰어들어 안겼다. 하지만 다친 몸을 감싸는 팔 힘이 너무 강한 나머지 인상을 찌푸렸다. 포옹을 마친 소피아는 한 명의 조종사로서 또 다른 조종사에게 사고 경위를 설명하기 시작했다. 죽음의 위기에서 간신히 벗어난 사람답게 말투가 격앙되어 있었다. 다른 사람들도 주위에 모여들어 그녀의 이야기에 귀를 기울였다. 마침내 빗줄기와 함께, 자신의 모험담을 야브로에게 들려주려던 소피아의 욕구도 잦아들었다. 그리고 뭔가 이상하다는 표정이 떠올랐다.

"왜 그래요?" 소피아가 물었다. "뭐가 문제죠?"

야브로는 조지의 얼굴을 보았다. 그러고 나서 자신이 한 번도 가지리라 상상하지 못했던 딸의 얼굴을 보았다. 아직 실낱같은 가능성이 남아 있었다. 그녀가 느린 속도로 비행했다면. 카샨까지 직선으로 날아왔다면. 순풍이 충분히 강했다면. 신이 그들의 편이라면.

"소피아, 내 잘못이외다! 전적으로 내 책임이외다. 당신에게 경고해야 했는데…….."

"뭐가요?" 소피아가 놀란 표정으로 물었다. "뭘 경고했어야 한단 말이죠?"

"사랑스러운 소피아." 야브로가 부드럽게 말했다. 더는 이야기를 미룰 방법이 없었다. "연료가 얼마나 남았소이까?"

소피아가 알아듣기까지 잠시 시간이 걸렸다. 그녀는 손으로 입을 가렸다. 멍든 얼굴이 하얗게 질렸다. 야브로는 흐느끼는 그녀를 품에 안았다. 그는 여태까지 만났던 어떤 사람보다 더 그녀를 사랑했다. 곧 모든 일행이 상황을 파악했다. 이제는 라카트에서 벗어날 방법이 없었다.

"소피아." 가장 먼저 회복한 지미가 조용히 소피아의 귀에 대고 속삭였다. "소피아, 날 봐요." 지미의 침착한 말투를 듣고, 소피아가 멍이 든 데다 울어서 퉁퉁 부은 눈을 들었다. 그녀는 여전히 야브로의 팔에 매달린 채로 몸을 떨고 흐느끼며 지미를 쳐다봤다. 잘해 봐야 친근한 생김새라고밖에는 말할 수 없는 얼굴 위로 비에 젖은 붉은 머리카락이 우스꽝스럽게 흘러내렸다. 그리고 그 아래로는 맑고 푸른 두 눈이 깊게 자리 잡고 있었다. 지미가 확신에 찬 목소리와 흔들림 없는 눈빛으로 말했다. "소피아. 우리에게 필요한 모든 것이 다 바로 여기 있어요. 우리가 사랑하는 모든 사람이 여기 있어요. 집에 돌아온 걸 환영해요, 소피아."

야브로는 소피아를 지미에게 넘기고 진흙탕 속에 털썩 주저앉았다. 소피아는 지미의 기다란 팔에 안긴 채, 이제는 다른 이유로 울고 있었다. 나머지 사람들도 서서히 충격에서 벗어났다. 조지는 소피아에게 자기 책임도 있다는 사실을 상기시켰고, 앤과 산도즈는 어디다 영주권을 신청해야 하는지 농담을 늘어놓고 있었다. 마크는 이 모두가 하느님의 뜻이 틀림없다며 소피아를 달랬다.

'주여.' 야브로는 기도했다. '이들이야말로 당신이 만든 우주에서 찾아볼 수 있는 가장 훌륭한 꼬리 없는 영장류 무리란 말이외다. 부디 이들을 자랑스럽게 여기소서. 나요? 나야 빌어먹을 엄청나게 자랑스러워하고 있소이다.'

일행이 빛바랜 푸른색과 보라색 식물들에 둘러싸여 현실을 받아들이고 서로를 위로하는 모습을 지켜보며, 야브로는 뒤쪽 진흙탕에 손을 짚고 얼굴로 빗물을 받았다. 어쩌면 마크가 옳을지도 모른다고 그는 생각했다. 어쩌면 이것이야말로 신의 뜻인지도 모른다고.

27

카샨 마을

나알파 8일~파르탄 5일

일행은 비를 피해 안으로 들어왔고, 앤은 서둘러 마크와 소피아의 몸 상태를 살폈다. 그녀는 마크의 비전문적인 소견을 확인한 다음 야브로의 안색이 나쁘다고 지적했다. 조지와 산도즈, 지미는 앤을 도와 거동이 불편한 세 명의 몸을 닦아 내고 침대에 눕혔다. 더 이상 앤을 도와서 할 일이 없자, 조지 에드워즈는 자신의 태블릿을 챙겨 들고 원래 아이차가 쓰던 빈 동굴로 향했다. 앤은 말없이 그가 나가는 모습을 지켜봤다. 그러고는 다른 사람들을 모두 돌봐 주고 나서야 자기 남편을 찾아갔다. 앤은 조지의 뒤쪽에 쿠션을 놓고 앉아서 남편의 목을 어루만지고 어깨에 팔을 둘렀다. 조지는 웃으며 몸을 굽혀 앤에게 입을 맞췄지만, 곧 아무 말도 없이 하던 일을 계속했다.

앤과 조지는 45년의 세월을 함께 살아온 만큼 다른 건 몰라도 서로에 대해서는 속속들이 알고 있었다. 두 사람의 만족스러운 결혼 생활은 대등하고 독립적인 관계였다. 그들은 상대방에게 자신을 도와 달라거나 돌봐 달라고 요청하는 경우가 거의 없었다. 앤은 조지가 위기에 대응하는 방식에 익숙했다. '당황하지 않는다. 침착하게 대처한다. 힘들어도 포기하지 않는다.' 하지만 조지가 마음에 든다며 책상 앞에 몇 년 동안이나 붙여 놓은 딜버트 만화 중 한 편에 대해서도 알고 있었다. 그 만화의 내용은 다음과 같았다. '모든 엔지니어의 목표는 대형 참사를 일으켜서 비난받는 일 없이 은퇴하는 것이다.' 하지만 현재 닥친 상황에 조지의 책임이 크다는 사실을 부인할 방도는 없었다.

조지는 착륙선의 연료 부족을 가지고 야브로나 소피아가 자책할까 봐 걱정이었다. 소피아는 연료를 사용할 수밖에 없는 상황이었다. 하지만 조지는 순전히 바보 같은 이유로 연료를 낭비했다. 그는 야브로에게 솜씨를 과시하기 위해 쓸데없는 곡예비행을 시도했고, 시뮬레이터를 통해 배운 기동 방식을 재현하는 과정에서 생각지도 못한 실수를 저질러 얼마 안 되는 여유분까지 써 버렸다. 그래서 조지는 나머지 일행에게 현 상황이 소피아가 아니라 자기 때문이라는 사실을 분명히 주지시켰다. 소피아에게 미리 경고했어야 한다며 자책하는 야브로에게 아무도 이런 사태를 예상하지 못했다고 지적했다.

"여기 있는 사람들의 아이큐를 합치면 네 자릿수가 되고도 남소." 동굴로 돌아오면서 조지는 야브로에게 말했다. "하지만 우리 중 누구도, 혼자서나 함께나, 이런 일을 예상하지 못했소. 그러니 스스로를 괴롭히는 일은 그만두시오."

엔지니어들은 일을 망쳤을 때 고해 성사를 하지 않는다. 그들은 해결책을 찾아낸다. 앤은 조지가 엔지니어다운 방식으로 두려움과 죄책감에서 벗어나려 애쓰는 모습을 말없이 지켜봤다. 조지는 착륙선의 무게, 항력, 양력, 추진력, 우세풍, 해면고도, 위도에 의한 회전 추진력, 현 위치에서 스텔라 마리스 호까지의 최단 거리 등을 모두 고려해 일련의 계산을 했다. 앤은 이런 일이 나머지 일행에게 사죄하고 용서를 구하는 조지 나름의 길이라는 사실을 알고 있었다.

지미는 소피아가 잠들 때까지 그녀 곁을 지키다가 잠시 후 앤과 조지에게 합류했다. 산도즈는 그들 모두에게 커피를 돌린 후, 잘 모르는 일에 참견하지 않고 조용히 물러나 앉았다. 지미와 조지는 머리를 맞대고 이런저런 변수들에 대해 논의했다. 착륙선에서 불필요한 부품을 모두 제거하면 무게가 얼마나 줄어들까? 조종사 한 사람만 탑승한다면? 누가 혼자 탈 것인가? 야브로의 경험이 가장 풍부했지만 소피아보다 거의 두 배는 무거웠다. 스텔라 마리스 호를 보다 유리한 궤도로 이동시키면 어떨까? 원격 조종이 얼마나 어려울까? 착륙선의 엔진을 재조정해서 남아 있는 연료로 좀 더 먼 거리를 비행할 수는 없을까?

몇 시간 후 나온 결론은 예상한 그대로 부정적이었다. 머피의 법칙은 라카트에서도 예외가 없었다. 불확실한 요소가 너무 많았다. 바람이 유리할 때를 골라 착륙선 무게를 최대한 줄이고 소피아 혼자서 탑승하더라도, 여전히 스텔라 마리스 호를 더 낮은 궤도로 움직여야 했다.

"DW가 깨어나면 이야기해 볼 수는 있겠지만, 좋은 생각 같지는 않네요." 지미가 물러나 앉아서 벽에 머리를 기대고 긴 다리를 앞쪽으로 뻗었다. "소행성을 조종하는 일은 쉽지 않아요. 조금만 실수해도 중력 그물에 걸려서 추락하고 말 거예요."

"그러면 라카트에도 공룡 시대의 종말과 같은 재앙이 찾아오겠네?" 무릎에 턱을 괴고 앉아 있던 앤이 팔짱을 끼며 말을 이었다. "안 될 말이야. 그런 위험을 감수할 자치가 없어."

"공룡 시대요?" 계속 입을 다물고 있던 산도즈가 처음으로 물었다.

"공룡이 멸종한 원인으로 가장 설득력 있는 가설 하나는 상당한 크기의 소행성이 지구에 충동했다는 거야. 그래서 기후가 변했고 먹이 사슬이 무너졌다는 거지."

앤이 대답하자 산도즈가 한 손을 들었다.

"당연히 그 정도는 알죠. 미안해요. 집중해서 듣고 있지 않았거든요. 그러니까 스텔라 마리스 호가 라카트에 충돌한다면 행성 전체가 엉망이 된다는 말이군요."

"아냐, 그 정도로 심하지는 않을 거야." 조지가 말을 이었다. "낮은 궤도로 진입하는 과정에서 이미 속도가 상당히 줄어들거든. 우주선이 바다에 떨어지면 그다지 큰 피해는 없을 테지. 어쩌면 해일이 발생할지도 모르지만 생태계 전체를 파괴할 리는 없어."

"해일이 발생할 위험을 감수하는 일만 해도 윤리적이라고 할 수는 없을 것 같은데요." 산도즈가 부드럽게 말했다. "우리 일곱 명 때문에 해안 지방에 사는 모든 사람을 위험에 처하게 만들 수는 없잖아요."

"바다에 떨어질 위험을 감수하고 궤도를 바꾼다 해도 우리에게 큰 도움이 될지 어떨지 의문이에요." 지미도 거들었다. "가능할 수도 있지만, 결코 쉽지 않을 거예요."

"자, 모두들. 이런 소식을 전하게 되어 유감이지만, 우리는 지금 8분의 1 확률에 봉착해 있어." 조지가 여태까지 계산한 내용을 나중에 야브로에게 보여 주기 위해 파일로 저장하며 얼굴을 문질렀다. "지구로 통신을 보낼 수도 있지만, 4년 후에야 소식이 전해질 테지. 우주선을 마련하는 데만 해도 1년에서 2년이 필요하고, 여기까지 오려면 7년이 더 걸려."

일행 중 젊은 사람들은 다시 고향을 볼 수도 있었다. 그건 의미가 있는 일이었다.

"그래도 아직 어떻게 해 볼 여지는 있어요. 그리고 상황이 더 나빠질 수도 있었어요." 지미가 차분하게 말하며 조지와 야브로가 마지막으로 소행성을 방문했을 때 챙겨 온 보급품의 목록을 꺼내 들었다. "1년 동안 먹을 음식을 저장고에 마련해 뒀고, 가장 유용한 장비들은 전부 가지고 내려왔어요. 그리고 마크가 챙겨 온 씨앗도 있죠. 현지 음식만 가지고도 살아가는 데는 문제가 없지만, 끝없이 쏟아지는 비에 씻겨 내려가지 않는 정원을 만들 수만 있다면 지구 식물을 기를 수도 있어요. 난 우리가 잘해 낼 거라고 생각해요."

조지가 갑자기 똑바로 앉았다.

"착륙선에 사용할 연료를 만들 수도 있어. 나는 그 가수들이 화학을 알 거라고 확신하는데, 어때?" 그가 말하며 주위를 둘러봤다. "그들과 접촉한다면 뭔가 방법을 찾을 수도 있을 거야."

처음으로 희망이 보이는 순간이었다. 지미와 앤은 서로 마주 보더니 다시 조지에게 시선을 돌렸다. 그는 방금 형 집행이 취소된 사형수 같은 표정으로 지체없이 연료 성분이 기록된 파일을 열어 보고 있었다.

"올버턴 튜브가 저 혼자 얼마나 오래 버틸 수 있지?"

앤이 묻자 조지가 고개를 들었다.

"자동 유지 상태로 설정되어 있지만 대충 계산해서 매년 20퍼센트 정도의 식물이 줄어들 거야. 나보다는 마크가 더 잘 알겠지. 이제 우리 수가 일곱 명밖에 안 되니까, 필요한 산소량도 그만큼 적어졌어. 한 번만 다시 올라갈 만큼 연료를 만들어 내면 나와 마크가 소행성에 가서 나머지 사람들이 승선하기 전에 미리 점검할 수 있을 거야. 생각해 보니 이 행성의 식물들로 대체할 수도 있겠군."

그는 아주 희망이 없지는 않다는 생각에 기분이 상당히 나아져 있었다.

"그리고 그동안에도 계속해서 스텔라 마리스 호를 활용할 수 있어요. 탑재된 컴퓨터 시스템이나, 라디오 중계기는 말이죠."

지미는 어느 정도 쾌활한 목소리로 말하고 나서 산도즈 쪽을 바라봤다. 사람들이 의논하는 동안 그는 거의 아무 말도 하지 않고 있었다.

산도즈는 뭔가 다른 데 정신이 팔린 상태였지만, 계산 과정을 제외한 이야기의 대부분을 따라잡고 있었다. 그러다 갑자기 몸을 떨더니 집중력을 되찾았다.

"내게는 아직도 임무가 진행 중인 것처럼 보이는데요. 우리는 여기 배우기 위해서 왔고, 여전히 자료를 지구로 보낼 수 있어요." 그는 억지로 미소를 지어 보였지만, 여느 때와 달리 눈은 웃고 있지 않았다. "지미가 말한 것처럼, 우리에게 필요한 것들과 우리가 사랑하는 사람들은 모두 여기 있잖아요."

"잔가지도 그렇게 나쁘진 않아." 앤이 결연하게 말했다. "잔가지도 자꾸 먹다 보면 맛있게 느껴질지 몰라."

"그리고 나도 언젠가는 이 모자에서 토끼를 꺼낼 수 있을지도 모르지." 조지가 대꾸했다.

소피아 멘데스는 열두 시간을 내리 자고서야 일어났다. 잠에서 깨어난 후에도 여전히 정신이 멍했다. 어째선지 푸에르토리코에 대한 꿈을 꿨다. 꿈속에서 소피아는 어떤 지리학적 단서가 아니라 부드러운 공기의 느낌으로 자기가 푸에르토리코에 있다는 사실을 알아차렸다. 음악이 들려오자 그녀가 물었다. "노래 때문에 누가 곤란에 처하진 않을까요?" 그러자 앨런 페이스가 대답했다. "꽃을 가져오면 괜찮습니다." 꿈속에서조차 대체 무슨 말인지 모르겠다는 생각이 들었다.

소피아는 눈을 뜨고 나서도 잠시 자기가 어디 있는지 알 수 없었다. 하지만 곧 온몸의 관절과 근육이 비명을 지르며 이틀 전 있었던 일을 상기시켰다. 숲속에서 정신을 차렸을 때보다 더 심한 통증이 느껴졌다. 소피아는 그대로 누워서 대체 왜 푸에르토리코에 대한 꿈을 꿨을까 하고 생각했다. 답은 바로 알 수 있었다. 누군가 소프리토를 끓이고 있었다. 지구의 콩 냄새가 코를 자극했다. 음악 소리도 들렸다. 스텔라 마리스 호의 자료를 원격으로 연결한 모양이었다. '그러고 보니 루나가 마을을 비웠지. 그래서 다시 눈치 보지 않고 음악을 틀 수 있게 되었군.' 소피아는 조심스럽게 일어나 앉았다. 그리고 근처에 앉아 있던 지미 퀸이 외치는 소리에 깜짝 놀랐다.

"잠자는 미녀가 일어났어요!"

야브로가 가장 먼저 동굴로 들어와 입을 벌리고 그녀를 응시했다.

"이런 말을 할 날이 있을 줄은 꿈에도 몰랐소이다, 멘데스 양. 하지만 지금 댁 꼴이 말이 아니외다. 기분은 좀 어떻소이까?"

"기분은 꼴보다 더 나빠요. 마크는 좀 어때요?"

"피투성이지만 살아남았죠!" 마크가 테라스에서 외쳤다. "지금 내 몸이 내 몸이 아니라서, 그 안에 들어가 인사하지 못해도 이해하기 바랍니다, 마드무아젤."

"세상에, 소피아, 당신 방광에 경의를 표해." 앤이 들어오며 말했다. "나랑 같이 강가 근처로 내려가자고. 걸을 수 있겠어, 아니면 내가 퀸 택시 회사를 불러서 당신을 업고 가게 할까?"

소피아가 조심스럽게 다리를 야전 침대 옆으로 내려 앞뒤로 흔들고는 어지럼증이 멈출 때까지 기다렸다. 그러고는 옆에 서 있던 지미가 몸을 굽히자 그의 팔을 잡고 엉거주춤 일어섰다.

"비행기 잔해 속에 있었던 기분이에요." 실제로 부러진 곳이 없는데도 불구하고 이렇게 온몸이 산산조각 난 느낌을 받을 수 있다는 사실이 놀라웠다. 소피아는 몸을 굽힌 채 몇 걸음을 옮기더니 신음을 흘렸다. 그리고 웃음을 터뜨렸지만 가슴이 너무 아파서 곧바로 후회했다. "끔찍하네요."

조지가 안으로 들어왔다. 근육통에 일가견이 있는 마라톤 애호가로서 그는 소피아가 다리를 절뚝이는 걸 의미심장하게 바라보더니 말했다.

"셋째 날이 언제나 가장 아프지."

소피아가 움직임을 멈추고 노파처럼 허리를 굽히고는 눈을 가늘게 뜨고 조지를 쳐다봤다.

"오늘을 둘째 날로 쳐야 하나요, 아니면 셋째 날로 쳐야 하나요?"

조지가 안쓰럽다는 듯 웃었다.

"내일이면 알 수 있을 거요."

소피아는 유일하게 아프지 않은 부위인 눈을 굴리더니 지미의 팔에 기대어 천천히 테라스로 나갔다. 마크와 눈이 마주쳤지만 그는 얼굴이 온통 멍투성이라 제대로 미소조차 지을 수 없었다. 그녀는 진심으로 겁에 질려서 말했다.

"로비쇼, 당신 얼굴이 너무 무서워요."

"고맙군요, 그러는 당신도 크게 다르진 않습니다."

"조지에게 새로운 사업 계획이 있다고 하는군요. 대성당을 지을 거래요. 그러면 당신과 마크를 가고일로 고용할 수 있겠죠." 산도즈가 진지한 얼굴로 말하고는 커피 주전자를 들어 올렸다. "여길 봐요, 멘데스. 살아야 할 이유가 있잖아요."

"그걸로 충분한 동기 부여가 될지 모르겠네요."

소피아는 그렇게 말하며 강가로 이어지는 먼 길을 의심스럽게 바라봤다.

푸른 눈으로 줄곧 그녀를 바라보고 있던 지미가 그녀의 시선을 알아차렸다. 하루에 한 번 그녀를 팔에 안을 수 있다면 충분했다. '나는 우정을 바랄 뿐이야, 그거면 됐어.' 마음속으로 중얼거린 지미가 아무렇지 않게 말했다.

"내가 마크도 안아다 날랐어요."

"그 말은 사실이에요, 멘데스."

산도즈가 거들었다. 웃는 얼굴이지만 눈빛은 가라앉아 있었다.

소피아는 어깨를 움츠렸지만, 서 있기만 해도 온몸이 쑤시는 상황에서 고민은 사치에 불과했다.

"좋아요. 퀸 씨, 당신에게 승객이 생겼네요."

그러자 지미는 어린아이를 안아 올리듯 쉽게 그녀를 들어 올렸다.

이어지는 며칠 동안 일행은 아무 일도 하지 않고 쉬면서 현재 자신들이 처한 상황을 받아들이기 위해 최선을 다했다. 그들은 희망을 품었다가 다시 낙담하기를 반복하며 습관적인 낙관주의와 합리적인 체념 사이에서 점차 균형을 찾아갔다. 어쨌거나 라카트에서 계속 살아가려면 모두가 자신을 추스를 필요가 있었다. 그들은 지난 몇 년간 엄청나게 어려운 일들을 해냈고 끊임없이 도전에 임했다. 산도즈를 제외한 나머지 사람들은 아직 깨닫지 못하고 있었지만, 그러는 동안 다들 정신적으로 한계에 달했으며 감정적으로도 소진된 상태였다. 물론 다른 이들도 때때로 자기가 태어난 나라와 언어를 떠나 봤고, 생소한 문화권에서 적응해야 했던 경험도 있었다. 하지만 그들은 어디까지나 과학과 기술이라는 전 세계적으로 공통된 문화의 경계 내부에 머물렀다. 오직 산도즈만, 그 자신의 인내심과 지성을 제외하고는 거의 어떤 지원도 없이 전혀 다른 삶의 방식과 맞닥뜨리곤 했다. 그는 이런 일이 얼마나 사람을 지치게 만드는지 잘 알고 있었다.

그래서 산도즈는 지금과 같은 휴식을 반겼다. 그는 이런 시기를 하나의 선물로 여기고 하느님께 감사드렸다. 마크와 소피아는 틈만 나면 잠을 잤다. 그리고 야브로도 마찬가지였다. 앤은 야브로의 소화 기관에 어떤 종류의 기생충이 침투했을지도 모른다고 걱정했다. 그는 정기적으로 설사를 했고, 몸이 전반적으로 약해졌으며 심각할 정도로 식욕을 잃어버렸다. 앤은 착륙선의 약품실을 이용할 수 있게 되자 다양한 종류의 구충제를 찾아서 야브로에게 먹였다. 그러면서 지구의 기생충을 없애는 방법이 지금 그의 신체를 갉아 먹는 알 수 없는 상대에게도 통하기를 기대했다. 그녀는 다른 사람들에게도 비슷한 증상이 나타나는지 지켜봤지만 현재로서는 야브로 한 사람만 감염된 것 같았다.

조지는 기분이 가라앉아 있었다. 그는 착륙선 연료 제조 공식을 그림으로 나타내는 일을 유일한 낙으로 삼았다. 그리고 도시 사람들과 접촉했을 때, 자신들을 도와줄 능력이 있고 또 기꺼이 그럴 이를 찾기를 기대했다. 조지는 점점 더 초조해하고 있었지만 그에게는 앤이 있었다. 그녀는 굳이 남편에게 간섭하지 않으면서도 언제나 그로부터 눈을 떼지 않았다. 그래서 산도즈는 조지가 괜찮아질 거라고 생각했다.

일행 중에서는 지미가 가장 침착한 상태를 유지했고, 그게 무엇 때문인지는 분명했다. 그는 소피아가 회복하는 동안 차분하면서도 열과 성을 다해 그녀를 돌봤을 뿐 아니라 마크 역시 마찬가지로 대했다. 산도즈는 알 수 있었다. 지미의 구애 방식에는 사람을 끄는 무뚝뚝함과 풍부한 유머 감각이 존재했다. 소피아의 귀환 이후 지미의 언행은 절도가 있으면서도 다정했고 상대방을 존중하는 마음이 넘쳤다. 산도즈는 머지않아 소피아가 지미의 진가를 알아보리라 확신했다. 그리고 이처럼 지극한 사랑이 언젠가는 보답을 받으리라 생각했다.

머지않아 라카트에서 아이가, 인간의 어린아이가 태어날 수도 있었다. 그건 좋은 일이다. 소피아와 지미에게, 그리고 그들 모두에게.

추락 사고 이후 이어진 조용한 나날 동안, 에밀리오 산도즈는 시간을 들여 자신의 내면을 관조했다. 그리고 이유를 알 수 없는 애도의 감정을 성찰하며, 자기 안에서 뭔가 죽어 가고 있다는 느낌이 이토록 강하게 드는 이유를 알아내려고 애썼다.

다른 사람들과 마찬가지로 그 역시 다시는 지구를 볼 수 없을지도 모른다는 생각에 크게 상심했다. 하지만 충격이 가시고 나자 망연한 상실감도 사라졌다. 지미의 말이 옳았다. 상황은 더 나쁠 수도 있었다. 적어도 일행은 필요한 것들을 가졌다. 그들은 스텔라 마리스 호에 다시 돌아갈 수 있을지도 모르고, 그러지 못한다고 해도 여기서 장기간 생존할 수 있었다. 단지 목숨을 이어 갈 뿐 아니라, 배움과 사랑으로 충만한 훌륭한 삶을 살 수 있다고 산도즈는 생각했다. 그리고 자기 안에서 느껴지는 죽음에 한 걸음 더 가까이 다가갔다.

라카트에 도착하고 나서 몇 달 동안, 산도즈는 하해와 같은 사랑을 경험했고 그 위를 표류하며 만족했다. 하지만 감정의 강렬한 정도나 상대적인 깊이를 분별하지는 못했다. 그가 소피아와 어울리는 일을 즐긴다는 점을 부인할 수는 없었지만 새삼스럽지도 않았다. 산도즈는 언제나, 행동뿐 아니라 생각마저도 순결했다. 그는 스스로 느끼는 감정을 봉인하고 억눌렀으며, 소피아가 자신과 사랑에 빠졌다는 사실을 알자 다시 한번 억눌렀다. 두 사람은 일과 유머와 동료애 외에도 자제력을 공유했다. 그러면서 그는 소피아를 더욱 신경 쓰게 되었고, 조지가 앤을 사랑하는 것처럼 그녀를 사랑하지 않기가 훨씬 더 어려워졌다.

예상 밖의 생각이 찾아들었다. 랍비들은 결혼을 한다. 목사들도 결혼한다. '그래, 내가 랍비나 목사였다면 완전한 남자로서 그녀를 사랑하며 매일같이 하느님께 감사했을 거야. 그리고 만약 아즈텍인이었다면 적들의 살아 있는 심장을 도려내서 태양신에게 바쳤겠지. 티베트인이었다면 바퀴 모양의 경전을 돌렸을 테고.' 산도즈는 자조적으로 생각했다. 하지만 그는 랍비도 목사도 아즈텍인이나 티베트인도 아니었다. 그는 예수회의 신부였고, 그들과는 다른 길을 걷고 있었다.

명상의 시간 동안, 자기 안에서 죽어 가고 있는 것이 남편과 아버지가 될 가능성이라는 사실을 깨달았다. 더 정확히 말하자면 소피아의 남편 그리고 그녀가 낳은 아이의 아버지가 될 가능성이었다. 쏟아지는 빗속에서 소피아가 지미 퀸의 팔에 안겨 있는 모습을 보고 찬물을 뒤집어쓴 듯 격렬한 질투심을 느끼기 전까지는, 자신이 그런 가능성에 마음의 일부를 열어 두고 있었다는 사실조차 제대로 알지 못했다.

처음으로 독신 서약이 자신으로부터 진정 무엇인가를 앗아 갔다는 생각을 했다. 이전에는 맑은 정신, 흔들림 없는 목적의식, 정력의 집중 등 금욕주의의 장점만을 인식하고 살아왔다. 성생활의 부재는 이미 익숙한 일이었다. 하지만 이제는 그보다 더 깊은 측면의 무언가를, 인간적인 유대와 교감의 상실을 인식하게 되었다. 산도즈는 소피아를 사랑할 마지막 기회를 포기한다는 생각에 거의 육체적인 고통을 느꼈다. 그는 소피아를 지미에게 보내 주려 하고 있었다. 지미는 산도즈 자신만큼 소피아를 소중히 아껴 줄 것이 틀림없다. 산도즈는 소피아가 다른 사람에게 가기 전에 그의 의중을 먼저 살피리라 짐작했다. 하지만 자신을 향한 그녀의 사랑을 북돋을 만한 어떤 행동이라도 취하려면, 먼저 그런 사랑을 완전히 받아들일 준비가 되어야만 했다. 산도즈는 야브로와 마크가 허락하리라는 사실을 알고 있었다. 조지와 앤도 기뻐할 것이다. 심지어 지미조차도 선선히 받아들일 거라고 생각했다…….

이제 결단을 내릴 시점이 왔다. 그는 어린 시절 무지 속에서 독신 서약을 했다. 어른이 된 이제는 그런 서약이 무엇을 의미하는지 완전히 이해하는 상태에서 추인하거나 거부해야 했다. 하느님이 그에게 보여 준 비범하고 영적이며 깊이를 알 수 없는 아름다움과, 인간의 사랑 그리고 가족이 줄 수 있는 평범하고 보편적이며 헤아릴 수 없는 행복 중 어느 한쪽을 선택해야만 했다. 신부로서 그가 바랐고 또 그에게 주어진 모든 것과, 한 남자로서 갈망하고 원하는 모든 것 사이에서 고민해야 했다.

오래 망설이지는 않았다. 그는 영원한 신부로서 유혹의 끈을 단호하게 끊어 버렸다. 하느님은 그에게 자비로웠다. 이제 와서 신에게 바칠 것을 아까워할 수는 없었다. 소피아 멘데스 역시 신이 자신에게 주는 선물이거나, 혹은 자신이 그녀에게 주어진 선물일지도 모른다는 생각은 들지 않았다. 대신 2000년에 걸친 신학의 역사가, 500년에 걸친 예수회의 전통이, 또 지금까지 자신이 살아온 삶이 말해 주고 있었다.

하느님은 이런 문제에 대해서는 침묵을 지킨다는 사실을.

그날 오후, 지미가 과장된 기사도를 발휘하며 건네주는 커피와 샌드위치를 받아들던 소피아는 그녀를 지켜보던 산도즈와 눈이 마주쳤다. 산도즈의 표정을 살피다가 다시 지미에게 눈길을 돌려 보았다. 그녀에게 지미는 이미 가까운 친구였다. 그는 언제나 한결같이 다정하고 강인하며 참을성이 있었다. 산도즈는 소피아가 가만히 생각에 잠기는 모습을 지켜보며, 마치 아이를 입양 보내는 생모와 같은 기분을 느꼈다. 분명 옳은 일이고, 아이를 위해서나 다른 모두를 위해서도 최선의 선택이지만 슬픔만은 어쩔 수가 없었다.

결정을 내리자 산도즈는 행동에 나설 기회를 기다렸다. 일주일쯤 지나자 마크와 소피아의 얼굴에 든 멍이 노랗고 푸른색으로 변하며 옅어졌고, 두 사람의 움직임도 한결 자연스러워졌다. 야브로의 안색도 괜찮아졌으며 조지는 우울한 기분에서 벗어났다. 모두들 충분한 휴식을 취한 것처럼 보였다.

"그동안 나 자신이 지금 처한 상황에 대해 고려해 봤어요." 에밀리오 산도즈는 일행 앞에서 그렇게 말했다. 그러자 모두들 그가 그렇게 사적인 이야기를 한다는 점에 놀라며, 호기심 어린 눈빛으로 그를 바라봤다. 오직 앤만이 뭔가 낌새를 눈치채고, 이미 반쯤 웃으며 산도즈의 다음 말을 기다렸다. "그랬더니 내가 지금 과거의 그 어느 때보다 더 행복하다는 결론이 나오더군요. 하지만……." 그가 사람들에게 진지하고 신실한 표정으로 말을 이었다. "뭔가 기름에 튀긴 음식을 얻을 수만 있다면 당신들 모두를 죽이라고 해도 하겠어요."

"바칼라이토스 프리토스."

지미가 말하자, 산도즈가 동의의 뜻으로 신음했다.

"설탕을 뿌린 도넛." 마크가 갈구하며 말했다.

"감자튀김." 조지가 탄식했다.

"치즈 가루." 앤이 확신을 가지고 말을 이었다. "아, 그 노란색이 너무 그리워."

"빵가루를 입혀 튀겨 낸 스테이크." 야브로가 말하고는 덧붙였다. "젠장, 스테이크 말이외다."

소피아가 일어서서 잠시 비틀거리더니 테라스 쪽으로 걸음을 옮겼다.

"멘데스 양, 어딜 가는 거요?" 야브로가 외쳤다.

"식료품 가게요."

야브로는 마치 소피아가 방금 두 번째 머리를 꺼내 보이기라도 한 것처럼 그녀를 쳐다봤다. 하지만 앤도 그녀를 따라나섰다.

"세상에서 가장 최첨단 기술로 무장한 냉장고요." 앤이 그렇게 설명했다가 결국 포기하고 내뱉었다. "착륙선에 간다고요, DW! 파티 준비를 하려고요."

마침내 이해한 산도즈가 손뼉을 쳤고, 일행은 두 여자를 따라나섰다. 마크는 그저 자리에서 조용히 일어섰을 뿐이지만 얼굴에는 열정이 가득했다. 산도즈가 먼저 생각해 내긴 했지만 어떤 의사라도 내릴 법한 처방이었다. 현재 그와 일행 모두는 사치를 좀 부리면서 자유분방한 즐거움을 느낄 필요가 있었다. 다른 선택지 없이 이 행성에 갇혀 버렸다는 느낌에서 벗어나기 위해서.

그들은 절벽을 따라 착륙선이 위치한 지점으로 행진했다. 그 안에는 지구에서 가져온 음식이 가득했다. 일행은 착륙선까지 가는 내내 메뉴를 놓고 논쟁을 벌이다가, 결국 각자 알아서 자기가 원하는 음식을 챙기기로 합의했다. 그리고 이야기를 나눠 보니 야브로뿐만 아니라 다른 사람들 모두 고기를 원하고 있다는 사실이 분명해졌다. 루나가 주위에 없으니 음악을 시끄럽게 틀어 놓고 춤을 추면서 고기를 먹는 호사를 누릴 수 있었다. 다들 그럴 준비가 되어 있었다. 루나는 채식주의자였고, 처음 인간들이 진공 포장된 쇠고기를 꺼냈을 때 그야말로 기겁을 했다. 그들이 사용했던 동굴은 출입금지 지역으로 선포되고, 영구적으로 혹은 일시적으로 폐쇄되었다. 그 이후로 지금까지 예수회 일행은 줄곧 채식 생활을 했다. 뿐만 아니라 스텔라 마리스 호에서도 그들은 주로 생선을 통해 단백질을 섭취해 왔다.

야브로가 예전처럼 활기차게 움직이는 모습을 보고 기뻐하던 산도즈는 착륙선으로 다가가는 동안 라이플이 있다는 사실을 떠올렸다. 문득 야브로가 피아노트 한 마리를 사냥하면 어떻겠냐고 제안했다. 그러자 소피아를 제외한 모두가 환호성을 지르며 찬성했다. 소피아는 유대인이라서 사냥한 고기를 먹을 수 없으며, 대신 착륙선에서 뭔가 다른 음식을 찾아보겠다고 말해서 모두를 놀라게 했다. 일행은 그 자리에 멈춰 서서 그녀를 쳐다봤다.

"사냥으로 음식을 얻는 일은 유대교 율법에 어긋나요." 나머지 사람들은 한 번도 그런 이야기를 들어 본 적이 없었다. 소피아는 처음의 반대를 철회하고 약간 당황해하며 말했다. "물론 제가 평소에 유대교 율법을 지키지는 않지만요. 그래도 돼지고기나 조개는 못 먹겠더라고요. 그리고 사냥한 짐승을 먹어 본 적도 없어요. 하지만 깔끔하게 잡는다면 상관없을 것도 같아요."

"소피아, 깔끔하게 잡기만 하면 된다, 그 말이오? 그럼 걱정 마시오."

일행이 착륙선에 도착했을 때 야브로가 말했다. 그는 화물칸 문을 열고 거들먹거리며 라이플을 꺼내 들었다. 부분적으로는 감상적인 이유 때문에 챙겨 온, 어린 시절 할아버지로부터 사용법을 배운 낡은 윈체스터 장총이었다. 야브로는 신중하게 총의 상태를 점검한 다음 총알을 장전했다. 그러고는 강 위쪽의 초원에서 풀을 뜯고 있는 피아노트 무리 쪽으로 걸어가 무릎을 꿇고 앉아서 총을 겨누었다. 앤은 그 모습을 보면서 사팔눈으로 어떻게 정확한 조준을 할 수 있는지 궁금증을 느꼈다. 하지만 야브로는 270여 미터나 떨어져 있는 피아노트 새끼를 단번에 맞혔다. 총성의 반향이 북쪽 언덕 너머로 울려 퍼졌다.

"이야." 조지가 감탄했다.

"그 정도면 충분히 깔끔하네요." 소피아도 감명받은 기색으로 말했다.

몇 시간 동안 명사수라는 칭송을 음미한 야브로는, 다른 사람들이 바비큐 준비를 하는 동안 앤과 함께 사냥한 피아노트를 해체하러 갔다. 앤은 나중에 그 일이 흥미로운 현장 해부 실습이었다고 선언했다. 이른 오후가 되자, 일행 모두는 석기 시대의 사냥꾼 무리처럼 행복한 기분으로 늘어졌다. 낯설지만 아주 맛있는 단백질과 지방으로 배를 채우니 몇 달 만에 처음으로 제대로 된 식사를 한 느낌이었다. 인간도 유전학적으로 따져 보면 사바나에 살던 동물이라, 관목이 흩어져 있는 너른 풀밭이 어째선지 익숙하고 편안했다. 이제는 이 행성의 식물들이 친숙했고 그중 무엇을 먹을 수 있는지도 잘 알았다. 관상동맥들이 튀어 올라도 그저 웃을 뿐이고, 뱀목이 물어도 따끔하기만 할 뿐 녀석의 독이 인간만큼 커다란 생물에게는 무해하다는 사실도 알고 있었다. 그들은 이제 주위의 풍경이 자신들이 살아갈 터전이라는 점을 냉혹한 현실로서가 아니라 감정적으로도 받아들였고 더 이상 탁 트인 들판에 나와 있어도 불안해하지 않았다.

라카트를 미지의 세계로 여기지 않았기에 일행은 멀리서 그들을 향해 다가오는 낯선 형체를 보고도 그리 놀라지 않았다. 그들은 상대가 바카샤니들이 피크 뿌리를 수확하기 위해 마을을 비운 줄도 모르고 꽃잎을 사기 위해 찾아온 떠돌이 장사꾼이라고 생각했다. 루나는 사슴만큼이나 무해한 존재라서 전혀 걱정하지 않았다.

시간이 지나고 나서 야브로는 앨런 페이스가 이 행성의 가수들에게 인간의 문화를 선보이기 위해 들려줄 노래를 선택하기 위해 얼마나 고심했는지 회상했다. 그는 바흐의 칸타타의 미묘한 수학적 즐거움, 루치아 디 람메르무어 중 6중창의 황홀한 화음, 생상스의 조용하고 사색적인 아름다움, 베토벤 교향곡의 장엄함, 모차르트 4중창의 영감 어린 완벽함 등 모든 음악을 고려했다. 파티를 벌이자 어쩔 수 없이 앨런 페이스에 대한 기억이 떠올랐다. 앨런의 다방면에 걸친 취향을 상당 부분 공유했던 조지가 고른 음악이 착륙선의 음향 시스템에서 울려 퍼지는 가운데, 수파아리 바게이주르는 일행에게 다가왔다. 그리고 비록 앨런이 직접 고르지는 않았지만, 수파아리가 듣고 있는 음악은 사실 그가 즐겨 듣던 곡이었다. 리듬은 강렬했고 가창력은 탁월했으며 악기를 연주하는 기교도 훌륭했다. 그렇다고 베토벤의 9번 교향곡 같은 음악은 아니었다. 바로 반 헬렌의 록 명반 「5150」이었다. 나중에 앤은 적절하기 이를 데 없는 선택이었다고 되새겼다. 왜냐하면 마침 나오고 있는 노래의 제목이 「두 세계에서 가장 훌륭한 것(Best of Both

Worlds)」이었기 때문이었다.

산도즈는 새로 나타난 인물을 등지고 앉은 채 코러스와 함께하는 샤우팅에 열중하고 있었다. 그러다 다른 사람들의 눈빛이 겁에 질리는 걸 보고서야 뭔가 크고 위협적인 존재가 자신의 뒤에 있다는 사실을 알아차렸다. 산도즈는 반쯤 일어나 공격이 가해지는 순간 몸을 돌렸다.

다른 사람이었다면 그 일격에 크게 다치거나 목숨을 잃었을 것이다. 하지만 에밀리오 산도즈는 아주 어린 시절부터 자신을 해치려는, 말 그대로 죽여 없애려는 상대의 움직임을 잘 알고 있었기에 무의식적으로 몸을 숙여 날아드는 공격을 피했다. 육중한 팔이 머리 위로 지나갔다. 산도즈는 온 힘을 다해 땅을 박차며 어깨를 적의 명치에 힘껏 부딪쳤다. 상대의 폐에서 공기가 빠져나가며 신음이 터져 나왔다. 그는 곧바로 몸을 날려 쓰러진 상대의 양팔을 무릎으로 찍어 눌렀다. 그리고 팔을 철봉처럼 이용해 목을 졸랐다. 산도즈의 눈빛은 그런 표정을 처음 본 사람이라도 알아차릴 수 있을 정도로 명백한 위협을 담고 있었다. 자세를 살짝 바꾸기만 하면 몸무게로 기도를 압박해서 텅 빈 폐에 다시는 공기가 들어가지 못하게 만들 수도 있었다.

현재 벌어지고 있는 상황의 소음과 광기를 줄이기 위해, 앤은 착륙선으로 달려가 음악을 꺼 버렸다. 갑작스러운 정적이 흐르는 가운데 산도즈의 귀에 윈체스터 장총을 장전하는 소리가 들렸지만, 그는 목을 조르고 있는 상대로부터 눈을 떼지 않았다.

"이따위 짓거리는 열네 살 때 그만뒀는데." 산도즈가 스페인어로 조용히 혼잣말했다. 그리고 루안자어로 부드럽게 덧붙였다. "누군가 당신을 불편하게 만든 일을 후회하고 있습니다. 하지만 당신은 해를 끼쳐서는 안 됩니다. 만약 누군가가 당신을 일어나게 해 주면, 당신의 심장이 조용해지겠습니까?"

턱이 미세하게 위로 올라갔다. 동의나 찬성을 나타내는 몸짓이었다. 산도즈는 낯선 상대가 체격이나 완력의 우위를 이용해 재차 공격해 오지는 않을까 주의 깊게 살피면서 천천히 몸을 일으켰다. 산도즈는 과거의 고통스러운 경험으로부터 이만한 크기의 적에게 일단 붙잡히면 꼼짝없이 엉덩이를 내줘야 한다는 사실을 알고 있었다. 그래서 어릴 때부터 재빠르게 움직이며 수단 방법을 가리지 않았고, 상대가 뭐에 맞았는지도 모르는 사이에 쓰러뜨리곤 했다. 최근에는 그다지 연습을 할 기회가 없었지만 예전 솜씨는 여전했다.

한편 수파아리 바게이주르는 경악으로 할 말을 잃어버렸다. 그는 두 눈을 번들거리고 숨을 몰아쉬며 자신의 몸 위에 올라탄 그……것을 바라보기만 했다. 마침내 호흡이 안정되고 말을 할 수 있을 만큼 침착해지자 입을 열었다.

"당신은 대체 뭐요?"

"이방인입니다."

'괴물'이 수파아리의 가슴 위에서 내려가며 정중하게 말했다.

"이방인이라." 수파아리가 조심스럽게 자기 목을 문지르며 말했다. "그것참 절제된 표현이로군."

놀랍게도 괴물이 웃음을 터뜨렸다.

"맞는 말입니다."

그것이 말하자, 입술이 말려 올라가며 하얗고 기이하게 뭉툭한 치아가 드러났다.

"맞는 말입니다. 누군가 당신에게 커피를 대접해도 되겠습니까?"

"카페이! 이 사람이 물어보려고 온 바로 그것이군요."

수파아리가 거의 산도즈와 비등한 정중함을 담아 말했다. 그는 어느새 미지의 상대에 대한 놀라움과 두려움에서 벗어나, 도시적인 세련됨을 되찾고 있었다.

말도 안 되는 존재가 일어서더니 수파아리에게 이상하게 생긴 손을 내밀었다. 분명 일어나도록 도와주려는 의도였다. 수파아리도 자신의 손을 뻗었다. 그러자 이방인이 순간적으로 동작을 멈췄고, 절반만 털이 난 얼굴에 수파아리로서는 뭐라 형용할 수 없는 표정이 떠올랐다. 하지만 미처 그런 변화를 분석하기도 전에 그는 괴물에게 꼬리가 없다는 사실을 깨닫고 경악했다. 지탱해 주는 꼬리도 없이 두 다리로 서 있는 모습에 너무 놀란 나머지, 산도즈가 두 손으로 자신의 손목을 단단히 잡고 일으켜 세우는 것조차 모르고 있었다. 그리고 괴물의 크기 때문에 또 한 번 놀랐다. 이렇게 작은 존재가 다 자란 자나아타를 손쉽게 제압했다는 생각을 하자 더욱 혼란스러웠다.

괴물 역시 자기만큼 놀랐다는 사실을 수파아리는 알 도리가 없었다. 사실 에밀리오 산도즈는 8센티미터는 되는 수파아리의 손톱을 보고, 태어나서 두 번째로 거의 기절할 만큼 놀랐다. 몸을 숙이기 전에 한순간이라도 주저했다면 목이 버터 조각처럼 잘려 나가고 말았을 터였다.

한편 수파아리는 에밀리오 산도즈가 겪는 것보다 훨씬 더 심한 충격에 적응하기 위해 필사적으로 노력하고 있었다. 적어도 산도즈는 외계인을 만나게 되리라 예상하고 라카트까지 왔다. 수파아리 비게이주르는 그저 새로운 거래 상대를 만나기 위해 카샨을 방문했고, 이방인 무리와 그들이 지닌 카페이가 기껏해야 마을 남쪽 숲의 알려지지 않은 지역에서 왔을 거라고 생각했다.

차이파스로부터 피크 수확에 대한 이야기를 들었기 때문에, 카샨 부두에서 배를 내린 수파아리는 텅 빈 마을을 보고도 놀라지 않았다. 하지만 다음 순간 정신이 아찔할 정도의 탄화수소와 그보다 더 강렬한 단쇄 탄소, 그리고 아미노산의 향취가 뒤섞인 고기 굽는 냄새가 코를 찔렀다. 고기 냄새로 거래 상대방이 자나아타라는 사실을 알 수 있었지만 다른 냄새들은 너무나도 이상했다.

적절한 보상이 제시된다면 눈감아 줄 용의도 있기는 했으나 기본적으로 수파아리는 밀렵을 용인하는 사람이 아니었다. 한달음에 언덕 위로 올라간 그는 반 차아르 정도 떨어진 풀밭 위에 뭐라 형언할 수 없는 거대한 기계와 같은 물체가 자리 잡은 모습을 보고 놀라서 넘어질 뻔했다. 바람에 실려 오는 냄새를 좀 더 주의 깊게 맡아 보자, 바로 거기서 탄화수소가 나오고 있다는 사실을 알 수 있었다. 기계 주위에 둘러앉아 있는 개체들은 그가 맡아 본 적 없는 종류의 땀 냄새를 풍겼다. 이 시점에서 그들을 향해 달려가는 수파아리의 머릿속에 만감이 교차했다. 밀렵에 대한 분노와 기계에서 나는 고약한 냄새와 시끄러운 소음에 대한 역겨움, 혼자서 오랜 여행을 하고 난 뒤의 피로, 갈라트나의 레시타에게 상납을 한다면 얻을 수 있는 엄청난 잠재적인 이득을 고려해서 화를 참고자 하는 욕구를 동시에 느꼈다. 그리고 마침내 밀렵꾼들이 루나도 자나아타도 아니라는 점을 알아볼 수 있을 만큼 가까이 다가가자, 그 사실에 경악하면서도 매료되었다.

느닷없는 공격 충동은 본능적인 것이었다. 인간이 모닥불 옆에서 갑자기 전갈이나 뱀을 발견하는 경우와 마찬가지로 수파아리는 단지 목표물을 죽이는 것이 아니라 산산이 부수고 싶어 했다. 그리고 이런 정신 상태에서 그는 에밀리오 산도즈의 목을 베려다가 실패하고 말았다.

소피아 멘데스가 정적을 깨뜨렸다. 산도즈는 놀란 나머지 우두커니 서 있었지만, 소피아는 그가 어떤 영감을 받아 명상에 들었다고 여겼다. 그래서 산도즈가 끓여 준 커피를 방문자에게 내밀었다. 한껏 팔을 뻗어 커피 잔을 수파아리의 얼굴 앞에 가져가며 말했다.

"대부분의 루나는 냄새만 맡아요." 그녀는 수파아리가 분명 루나와 다른 존재라고 짐작하며 제안했다. "하지만 왠지 당신이라면 우리처럼 마셔 봐도 좋을 것 같네요."

수파아리는 새로 나타난 요정을 내려다보았다. 믿을 수 없을 만큼 작은 존재가 매우 유창한 루안자어로 말하고 있었다. 얼굴과 목에는 털이 없었지만 검은 머리카락은 풍성했다. '리본이로군!' 차이파스의 새로운 치장을 떠올리며 그는 생각했다.

"누군가 당신에게 감사를 표합니다."

마침내 수파아리가 말했다. 그는 외투에서 흙먼지를 털어 낸 다음 잔을 받아들었다. 첫 번째와 세 번째 손톱으로 잔의 위아래를 붙잡고, 가운데 손톱으로는 우아하게 균형을 잡았다. 그리고 자신이 지금 4만 발리어치의 카페이를 마시도록 권유받고 있다는 사실을 무시하려 애썼다.

"뜨거울 거예요." 작은 요정이 경고했다. "그리고 써요."

수파아리가 한 모금을 마셨다. 그러고는 콧등을 찡그리면서도 이렇게 말했다.

"향기가 아주 좋군요."

'경우 바른 대답이로군.' 앤이 수파아리의 날카로운 이빨과 손톱을 관찰하며 생각했다. '하느님 맙소사, 경우 바른 육식동물이라니!' 하지만 소피아가 몸짓으로 그녀를 충격에서 끄집어냈다. 앤이 그들 모두에게 익숙한 루안자어식 표현으로 말했다.

"부디, 당신이 우리와 함께 음식을 나눈다면 우리 마음이 기쁠 거예요."

'믿을 수가 없어.' 앤이 생각했다. '내가 방금 에밀리오를 두 쪽 내려고 했던 외계 육식동물에게 예의를 차리고 있다니.'

수파아리가 또 다른 요정 쪽으로 몸을 돌렸다. 이번에도 역시 얼굴에 털이 없었고 하얀 갈기는 리본으로 장식되어 있었다. 앤의 초청에 대답하지 않은 채, 그는 처음으로 주위를 둘러봤다. 그리고 지미를 발견하자 믿을 수 없다는 듯 물었다.

"이들이 모두 당신의 아이들입니까?"

"아닙니다. 이 사람이 가장 어립니다."

루나들은 아무리 거듭해서 말해도 이를 지미의 농담으로 여겼다. 하지만 수파아리는 사실 그대로 받아들였다. 이는 무시무시한 손톱과 발톱만큼이나 일행에게 수파아리가 루나와는 전혀 다른 종이라는 사실을 상기시켰다.

수파아리가 다른 사람들을 쳐다봤다.

"그렇다면 누가 가장 연장자입니까?"

산도즈가 목청을 가다듬었다. 수파아리의 주의를 끌려는 의도였지만, 자기 스스로 목소리가 나오는지 확인하기 위해서이기도 했다. 그는 돌아서서 D. W. 야브로를 가리켰다.

야브로의 심장은 세차게 뛰고 있었다. 그는 몸을 날려 윈체스터 장총을 집어 든 이후 말하지도 움직이지도 않은 채, 자기가 신부건 아니건 눈앞의 외계인 개자식을 지옥으로 날려 버릴 태세를 갖추고 있었다. 산도즈의 대처가 조금이라도 늦었다면 그대로 목이 잘리고 말았을 것이다. 야브로는 만약 그랬다면 자신이 그 장면을, 그리고 수파아리의 죽음으로 끝났을 맹목적인 분노의 역류를 평생 잊어버릴 수 있었을지 의심스러웠다.

"이 사람이 연장자입니다." 야브로는 산도즈가 하는 말을 들었다. "가장 나이가 많은 사람은 아니지만, 그의 결정에 우리가 따릅니다."

수파아리는 강철과 유황과 납의 냄새가 나는 지팡이를 들고 서 있는 중간 크기의 괴물을 바라봤다. 대신 이름을 말해 줄 사람이 없어서 그는 직접 나서서 가볍게 손을 이마로 가져갔다.

"이 사람은 수파아리라고 합니다. 카하아나 혈통의 셋째 아들로, 지성(地姓)은 바게이주르입니다."

그러고는 기대에 차서 산도즈 쪽으로 귀를 세우고 기다렸다.

산도즈는 통역가로서 수파아리의 의도를 깨달았다. 이제 그가 야브로를 소개할 차례였다.

"연장자의 이름은 디라고 합니다. 야브로 혈통의 첫째로, 지성은 바와코입니다."

'첫째라면 전사겠군.' 수파아리가 짐작했다. 이유는 틀렸지만 맞는 말이었다. 그들의 공통 언어가 루안자어였기 때문에 그는 달리 어찌할 바를 몰라서 양손을 내밀었다.

"찰랄라 카에리, 디."

야브로는 '여차하면 쏴 버려.' 하는 눈빛과 함께 라이플을 조지에게 건넸다. 그러고 나서 앞으로 걸어가 위를 향해 있는 수파아리의 기다란 손톱 위에 자신의 손가락을 얹었다. 그는 사팔눈을 부릅뜨고 텍사스 억양이 섞인 루안자어로 인사했다.

"찰랄라 카에리외다, 수파아리."

입 밖에 내지는 않았지만, 야브로의 태도에는 수파아리를 향한 생각이 분명히 드러났다. '이 빌어먹을 개자식아.'

앤은 크게 소리내어 웃고 싶었지만 그러지 않았다. 45년간 디너 파티를 주최해 온 연륜 덕이었다. 대신에 손님에게 다가가서 다른 생각 없이 루나식으로 인사했다. 그들의 손이 떨어졌을 때 앤이 말했다.

"시파즈, 수파아리! 분명 긴 여행으로 배가 고프겠지요. 이제 우리와 식사를 함께 하시겠어요?"

수파아리는 그렇게 했다. 어느 모로 보나 기막힌 하루였다.

28

나폴리

2060년 8월

수위가 대충 가르쳐 준 방향을 길잡이 삼아 존 칸도티는 피정의 집 지하실을 찾아 들어갔다. 1930년대에 현대적인 세탁 시설로 개조된 이후 100년쯤 후에 한 번 보수 공사를 했을 뿐 그 뒤로는 전혀 손대지 않은 공간이었다. 존이 볼 때 예수회는 성간 여행을 지원하기로 하는 결정은 2주 만에 내리지만, 새로운 세탁 기계를 갖추는 일은 전혀 서두르지 않는 것 같았다. 초음파 세탁기는 이제 골동품에 가까운 물건이지만 어쨌거나 작동은 했다. 여기서는 아직도 햇볕이 나는 날 빨래를 널어서 말렸다. 세탁실의 전체적인 상태는 존으로 하여금 자기 할머니의 지하실을 떠올리게 했다. 물론 할머니는 궂은 날이건 맑은 날이건 전자 건조기를 사용했다.

존은 거의 방을 지나칠 뻔했지만, 주의 깊게 귀를 기울이니 에밀리오 산도즈가 흥얼거리는 소리를 들을 수 있었다. 사실 그는 목소리의 주인공이 산도즈인지 확신하지 못했다. 왜냐하면 산도즈가 흥얼거림 비슷한 소리라도 낸 적이 없었기 때문이다. 하지만 방에 들어가 보니 산도즈가 맞았다. 산도즈는 면도도 하지 않은 채로, 누군가의 낡은 옷 가지를 편안하게 걸치고 있었다. 그는 세탁기 하나에서 젖은 침대보를 꺼내 바티칸보다 더 오래돼 보이는 바구니에 담았다.

존이 목청을 가다듬었다. 그 소리를 듣고 산도즈가 돌아서더니 엄격한 표정을 지었다.

"약속도 없이 내 사무실에 걸어 들어와서 나를 만날 수 있다고 생각하지 말기를 바라네, 젊은이."

존이 씩 웃으며 주위를 둘러봤다.

"에드워드 수사가 당신이 여기서 일하게 됐다고 하더군요. 아주 좋네요. 약간 바이마르풍이에요."

"형태는 기능을 따라가기 마련이지. 더러운 세탁물은 이런 분위기가 있어야 하거든." 산도즈가 젖은 베갯잇을 들어 올렸다. "놀랄 준비를 하시오."

그는 놀랄 만큼 능숙하게 베갯잇을 접어서 바구니에 던져 넣었다.

"새 보철 기구로군요!"

싱 신부가 예전 보철 기구의 문제점을 고치지 못하자, 총장 신부는 밀라노의 생체공학 기술자인 파올라 마리노를 데려왔다. 그리고 그가 산노스의 보철 기구를 만드는 몇 주 동안 청문회가 연기되었다. 산도즈는 새로운 사람을 만나고 싶어 하지 않았지만, 총장 신부가 고집을 부렸다. 보아하니 일이 잘된 모양이었다.

"깜짝 놀랐어요. 대단하네요."

"그렇소. 나는 수건도 아주 잘 접을 수 있지. 하지만 한계는 있다오." 산도즈가 세탁기 쪽으로 돌아섰다. "예컨대 양말이라든지. 항상 안팎이 뒤집어진 상태로 내려오거든. 깨끗해져서 올라가긴 하지만 뒤집어진 상태는 그대로요."

"이봐요, 우리 아버지도 양말을 제대로 뒤집을 줄 몰랐어요." 존은 산도즈가 일하는 모습을 지켜봤다. 아직 손놀림이 완벽하지는 않았고 여전히 동작 하나하나에 주의를 기울여야 했지만, 예전에 비하면 훨씬 나아졌다. "정말 훌륭한 물건이군요, 그렇지 않나요?"

"다루기 훨씬 쉽소. 더 가볍기도 하고. 보시오, 멍이 없어지고 있소."

산도즈가 돌아서서 존이 볼 수 있도록 팔을 내밀었다. 새로운 보철 기구는 마치 답답한 우리와도 같았던 이전 것과 전혀 달리, 전기 장치를 단 부목 같은 모양새였다. 아래쪽에 달린 얇은 띠가 손가락을 지탱했고, 관절 부위는 손바닥 가까이 달려 있었다. 지골에 부착된 더 가느다란 띠들은 세 개의 선으로 각각 손바닥, 손목 그리고 팔뚝에 연결되었다. 칸도티는 산도즈가 보철 장치의 작동 원리를 설명하는 동안, 그의 팔에서 근육이 얼마나 사라졌는지 신경 쓰지 않고 기계의 구조에 집중하려 애썼다.

"손과 팔이 아프긴 하지만 이 장치 탓이 아니라 예전보다 근육을 더 많이 사용해서 그런 것 같소." 산도즈가 허리를 펴며 말했다. "가장 멋진 부분은 이거요. 자, 보시오."

산도즈가 세탁물을 분류하고 개기 위한 커다란 탁자로 가더니 몸을 굽혀 그 위에 팔뚝을 올려놓았다. 그러고는 팔을 바깥쪽으로 약간 돌려서 작은 스위치를 작동시켰다. 그러자 보철 장치가 철컥 소리를 내며 열렸다. 그는 손을 꺼냈다가 아무런 도움도 받지 않고 다시 제자리에 넣었다. 스위치를 다시 누르기 위해 인상을 찌푸리며 노력해야 했지만, 결국에는 보철 장치를 다시 달았다.

"혼자서도 잘해요." 산도즈가 어린아이의 말투를 흉내 내서 말했다. 그리고 원래 목소리로 덧붙였다. "이 차이에 어떤 의미가 있는지 당신은 상상도 못 할 거요."

존은 산도즈가 행복해 보인다는 사실에 기뻐하며 환하게 웃었다. '모두들 그놈의 하스타아칼라가 얼마나 좌절스러운 일인지 간과했던 거야. 어쩌면 산도즈 자신조차도 말이야.' 불구가 되고 나서 처음으로 산도즈는 자신이 할 수 없는 새로운 일이 아니라 자신이 할 수 있는 새로운 일을 찾아낸 것이다. 존의 생각을 읽기라도 했는지, 산도즈는 돌아서서 득의양양한 웃음을 지었다. 그리고 허리를 굽혀 바구니를 들어 올린 다음 존의 감상을 기다렸다.

"대단하군요." 존이 말했다. 산도즈는 바구니를 든 채 등으로 문을 밀었다. 존이 그를 따라 빨랫줄이 걸려 있는 바깥으로 나갔다. "그거 무게가 얼마나 될까요? 7킬로나 8킬로쯤?"

"재 보기 전에야 알 수 없지."

그렇게 말하고 나서 산도즈는 빨래를 널기 시작했다. 빨래집게가 자꾸만 손아귀에서 빠져나갔기 때문에 속도는 느렸다.

"마리노 양더러 엄지와 검지에 마찰 패드를 좀 달아 달라고 해야겠네요." 네 번째로 그러자 존이 약간 짜증을 내며 말했다.

'이 사람이 몇 달 동안이나 예전 보철 장치를 불평 없이 끼고 다녔다니!' 존은 산도즈가 활기를 찾아간다는 이야기를 듣고 기뻤다. 자기가 고자질을 한 셈이지만 오히려 좋은 결과를 낳았다. 지나치게 단순한 생각일지도 모른다는 사실은 스스로도 알고 있었지만, 어쨌든 산도즈가 나아진 모습을 보니 너무나 즐거웠다.

"바보 같은 소리로 들릴지도 모르지만, 그거 아주 멋지게 생겼는데요."

"이탈리아 디자인이니까." 산도즈가 자랑스럽게 말했다. 그는 결혼 반지를 자랑하는 신부처럼 한쪽 팔을 앞으로 내밀더니, 영국식 억양으로 까불었다. "내년이면 모두들 이런 걸 끼게 될 거예요.'"

"「프린세스 브라이드」!"

산도즈가 인용한 영화를 즉시 알아차리며 존이 외쳤다.

"아하, 지금 나를 상대로 보네티식 방어술을 사용하고 있군.'"

산도즈가 이번에는 스페인식 억양으로 말했다.

"결코 시실리인과 목숨을 건 결투를 벌여서는 안 되지.'" 존이 장단을 맞추며 뒤뜰의 경계를 이루는 낮은 돌담에 걸터앉았다. 그들은 한동안 영화에 나오는 대사를 주고받으며 시시덕거렸다. 그러다가 존이 한쪽 손을 무릎에 놓고, 몸을 뒤로 기대며 말했다. "정말 잘됐어요, 에밀리오. 이렇게 나아진 모습을 보게 될 줄은 몰랐어요."

산도즈가 침대보를 손에 든 채로 동작을 멈췄다. 자기가 즐거워하고 있다는 사실에 스스로 충격을 받은 것 같았다. 갑자기 정신이 번쩍 들었다. 이런 감정에 어떻게 대처해야 하는지 알 수가 없었다. 거의 조건반사처럼 신에게 감사하려는 충동이 들었다. 그는 완고하게 현실에 집중하며 그런 생각을 억눌렀다. 자신은 빨래를 너는 중이었고 존 칸도티와 영화 「프린세스 브라이드」 이야기를 하며 즐거워하고 있었다. 그게 다였다. 감사해야 할 대상은 신이 아니라 파올라 마리노였다. 그리고 자기 자신의 역할도 있었다. 새로운 보철 기구의 성능을 파악하자 산도즈는 자신을 세탁실에 배정해 달라고 요청했다. 그는 자기가 뭐든 일을 할 필요가 있으며, 이 정도면 자연스럽게 손놀림을 익힐 수 있는 좋은 재활 운동이 될 거라고 주장했다. 이제 산도즈는 더 잘 먹고, 악몽도 덜 꾸게 되었다. 체력도 점점 강해지고 있었다. 물론 반복적으로 몸을 굽혔다 펴느라 숨이 차서 이따금 동작을 멈춰야 했지만, 그런대로 익숙해지고 있었다.

존은 산도즈가 갑자기 움직임을 멈추고 몽환 상태에 빠질 때마다 그랬던 것처럼 어쩔 줄 몰라 하다가 돌담에서 일어났다.

"제가 좀 돕도록 하죠."

그가 침묵을 깨기 위해 쾌활하게 말하며 이불보 한 장을 들어 올렸다.

"안 돼!"

존이 이불보를 떨어뜨리고 뒤로 물러났다. 산도즈는 한동안 숨을 몰아쉬며 가만히 서 있었다.

"미안하오. 놀라서 그랬던 거요, 알겠소? 당신이 그렇게 가까이 다가올 줄 몰랐소. 그리고 난 도움을 원하지 않소! 사람들이 계속해서 도우려고 하니까! 미안하오, 하지만 난 그게 싫소. 제발 부탁이니 나 스스로 판단하게……." 산도즈는 돌아서더니 거의 울 것 같은 표정으로 숨을 헐떡였다. 마침내 좀 더 조용한 목소리로 다시 말했다. "미안하오. 당신이 나 때문에 고생을 많이 했다는 걸 알고 있소. 난 혼란스럽소, 존. 뭐가 뭔지 도무지 알 수가 없소."

자신이 감정을 여과 없이 터뜨렸다는 사실에 당황과 부끄러움을 느끼며, 산도즈는 세탁 바구니로 다가가서 다시 일을 시작했다. 몇 분 후, 그가 어깨 너머로 말했다.

"거기 멍청하게 서 있지만 말고 이리 와서 날 좀 도와주시오."

존이 눈을 크게 뜨더니, 고개를 흔들며 한숨을 내쉬었다. 하지만 곧 베갯잇 한 장을 집어 빨랫줄에 걸었다.

그들은 침묵 속에서 바구니를 비운 뒤, 또 다른 세탁물 더미를 가지러 지하실로 돌아갔다. 산도즈는 바구니를 바닥에 내려놓고 존이 뒤따라올 때까지 기다렸다. 그는 한숨을 쉬더니 다시 한번 보철 장치를 내려다보며 말했다.

"맞소, 많이 나아지긴 했지. 하지만 여전히 바이올린을 켤 수는 없소……."

존은 뭔가 위로의 말을 웅얼거리다가, 산도즈가 씩 웃는 모습을 보고 입을 다물었다.

"젠장." 웃음을 터뜨리자, 두 사람 사이의 긴장감이 눈 녹듯 사라졌다. "이렇게 간단히 걸려들다니 어이가 없군요. 원래부터 바이올린은 켤 줄 몰랐던 거죠?"

"내 유일한 취미는 야구였소, 존." 산도즈가 세탁기 문을 열고 수건을 바구니에 담기 시작했다. 다시 한번 세상의 주인이 된 것 같은 기분이 들었다. "아마 이 나이 먹고는 어차피 너무 늙어서 경기를 뛸 수 없었을 테지만 한때는 솜씨가 괜찮았지."

"어떤 포지션에서 뛰었죠?"

"보통은 2루수였소. 외야수를 할 만큼 어깨가 강하진 못했거든. 타율은 꽤 꾸준한 편이었소. 주로 안타나 2루타를 쳤지. 그렇게 잘하진 못했지만 아주 좋아했소."

"총장 신부님께서는 아직도 신부님이 도루를 시도하다가 3루에 슬라이딩하면서 자기 발목을 걸어찼을 때 생긴 흉터가 남아 있다고 주장하시던데요. 아주 난폭했다고요."

"모함이오!" 산도즈가 분노에 차서 외치며, 다시 문을 밀고 바구니를 빨랫줄로 가져갔다. "물론 난 언제나 진지하게 경기에 임했소. 다소 거칠었을 수도 있지. 하지만 난폭했다니? 점수 차이가 얼마 안 날 때라면 또 모르지만."

그들은 함께 바구니의 세탁물을 널면서 늦은 아침의 이런저런 소음에 귀를 기울였다. 코시모 수사가 점심 식사를 준비하기 시작했는지 냄비와 프라이팬이 달그락거리는 소리가 들려왔다. 이제 두 사람은 서로 말이 없어도 어색하지 않을 만큼 편안한 사이가 되어 있었다. 잠시 후 산도즈가 널어 놓은 이불보 건너편에서 물었다.

"야구를 좋아하오, 존?"

"시카고 컵스 팬이죠."

존이 투덜거렸다. 그건 대대로 시카고 사람에게 내려지는 저주와도 같았다. 산도즈가 이불보를 한쪽으로 젖히더니 눈을 크게 뜨고 물었다.

"얼마나 나빴길래?"

"누구라도 한두 세기 정도는 슬럼프에 빠질 수 있는 법이죠."

"그렇군. 흐음."

산도즈가 이불보를 다시 제자리에 가져다 놓았다. 그러고는 잠시 아무 말도 없이 생각에 잠겼다.

"글쎄, 듣고 보니 지울리아니가 왜 당신을 데려왔는지 알겠군." 갑자기 총장 신부의 목소리를 흉내 내서 말했다. "펠커, 난 라카트에서 만신창이가 되어 돌아온, 아무런 희망도 없는 친구를 도와줄 사람이 필요하네. 컵스 팬을 찾아보게!"

"희망이 없다뇨, 에밀리오."

"존, 난 당신에게 컵스 팬조차 이해하지 못할 절망에 대해 얼마든지 들려줄 수 있소."

"어디 한번 시도해 보세요."

산도즈가 다시 세탁물 건너편에서 입을 연 것은 화제를 돌리기 위해서였다.

"그래서, 올해 산후안은 어떻게 해 나가고 있소?"

"세 경기만 이기면 우승이죠. 58년에도 우승했던 적이 있어요."

좋은 소식을 전하게 되어 기뻐하며 존이 말했다. 산도즈가 모습을 드러내더니 기쁘게 웃으며 고개를 끄덕였다. 그러고는 만족스러운 표정으로 다시 일을 시작했다. 존이 세탁물 널기를 멈추고 이불보들 사이로 산도즈를 쳐다보며 말했다.

"요즘 사정에 대해 처음으로 물어봤다는 거 압니까? 그러니까, 내가 태어나기도 전에 지구를 떠났잖아요! 뭐가 어떻게 됐는지 궁금하지도 않아요? 어떤 전쟁이 일어났고 거기서 누가 이겼는지? 기술적인 혁명이나 의학적인 진보는요? 호기심이 안 드나요?"

산도즈가 입을 벌리고 그를 응시하더니 잠시 후 수건을 바구니에 내려놓고 몇 걸음 뒤로 물러섰다. 그러고는 갑작스레 지친 표정으로 돌담 위에 걸터앉았다. 그는 조금 웃다가 고개를 흔들더니, 이마로 흘러내린 검은색과 은색 머리카락 사이로 존을 쳐다보며 힘없이 말했다.

"경애하는 칸도티 신부, 내 얘기 좀 들어 보시오. 지난 15년간 내가 어떤 인생을 살아왔겠소? 나는 서른 군데를 옮겨 다니며 지냈소. 네 대륙과 두 개의 섬, 그리고 두 행성을 말이오! 그리고 소행성도! 사막에서 툰드라까지 예닐곱 가지나 되는 생태계를 경험했소. 기숙사, 오두막, 동굴, 천막, 판잣집, 햄피이 나무 속에서 지내기도 했지…… 열두 가지도 넘는 외국어를 익혀야만 했고, 종종 세 가지 말을 한 번에 배우기도 했소. 세 종족과 아마 스무 개 나라에 걸친 다양한 문화권의 사람들 수천 명과 만나야 했고. 당신을 실망시켜 미안하지만 나에겐 더 이상 호기심이 남아 있지 않소." 산도즈가 탄식하더니 보철 장치의 관절 부위에 머리카락이 물리지 않도록 조심하며 손으로 머리를 감쌌다. "존, 내가 선택할 수 있다면, 살아 있는 동안 더는 새롭거나 흥미로운 일이 일어나지 않았으면 좋겠소. 세탁 일이 내게는 딱 적당하오. 빠르게 움직이지 않아도 되고, 갑작스러운 소리도 없고, 지적인 활동도 요구되지 않으니 말이오."

"그리고 빌어먹을 질문도 없고요?"

존이 돌담으로 가서 산도즈 옆에 앉으며 조심스럽게 이야기했다.

"빌어먹을 질문도 없지." 산도즈가 긍정하더니 고개를 들어 동쪽의 바위산을 쳐다봤다. "그리고 목숨을 잃거나, 파멸하거나, 타락할 가능성도 거의 없다오, 친구. 지난 몇 년은 아주 힘들었거든."

존 칸도티는 사람들이 자신에게 고백하는 일에 익숙했다. 그는 인간의 감정에 관대했고, 언제나 진심으로 이렇게 말할 수 있었다. "저런, 큰 실수를 저질렀군요. 하지만 누구나 한 번씩은 그러는 법이죠. 괜찮아요." 그는 신부로서 사람들의 죄를 사할 때 가장 큰 만족을 느꼈다. 또한 사람들이 자신이 완벽하지 않다는 사실을 스스로 용서하고, 반성하고, 삶을 계속 살아갈 수 있게 돕는 일을 좋아했다. '이게 시작일지도 몰라.'

"제게 그 이야기를 들려주시겠어요?"

산도즈는 일어나서 수건이 담긴 바구니로 돌아갔다. 그리고 바구니를 다 비우자, 돌아서서 여전히 돌담에 앉아 있는 존을 바라봤다.

"나머지는 혼자서도 할 수 있소."

그는 퉁명스럽게 말하고 나서 지하실로 다시 사라졌다.

이번에는 빈첸초 지울리아니도 게으름을 피우지 않았고, 라카트 청문회가 중단되지도 않았다. 총장 신부는 산도즈가 쉬는 틈을 이용해 자신의 전략을 재고했다. 이런 상황에서는 침로를 바꾸고 돛을 더 달아야 한다고 결심한 그는 존, 에드워드, 펠리페, 펠기와 회의를 주신했다. 그리고 그들에게 청문 기간 동안 두 가지 임무를 부과했다. 하나는 공식적인 임무로서, 탐사 자체와 행성 라카트 그리고 거기 사는 종족들에 대한 정보를 모으는 것이었다. 또 다른 하나는 비공식적인 임무였다. 그들의 동료 신부는 남다른 경험을 겪었고, 그 자신이 인정하든 그렇지 않든 도움을 필요로 하고 있었다.

총장 신부가 그들에게 말했다.

"숙고해 본 결과, 야브로와 로비쇼가 작성한 임무 보고서를 여러분에게 보여 주기로 했소. 또한 그들이 남긴 개인적인 통신 몇 가지도 말이오." 그가 파일을 열어 보는 데 필요한 비밀번호를 사람들에게 일러 줬다. "이 정보가 극비에 속한다는 점은 군이 말하지 않아도 다들 잘 알고 있을 거라 믿소. 서류들을 읽어 보면 산도즈가 임무 중 일어난 일들에 대해 전혀 숨기는 바가 없었다는 사실을 알 수 있을 거요. 난 그가 우리의 첫 번째 임무에 기꺼이 협조할 거라고 믿소. 현재든 과거든, 그 자신의 개인적인 심리 상태를 건드리지만 않는다면 말이오. 그래서 우리의 두 번째 임무가 필요하오."

지울리아니가 자리에서 일어났다.

"나는 에밀리오의 감정적인 문제가 사적이면서도 신학적인 어떤 측면에 기인하고 있다고 생각하오. 나 개인적으로는, 적어도 임무 초기에는 그가 영적으로 아주 신실한 사람이었다고 확신하고 있소." 지울리아니가 서성거리던 걸음을 멈추더니 요하네스 펠커의 바로 맞은편에 자리를 잡았다. "당신들에게 이 보고서 내용을 곧이곧대로 믿으라고 강요하진 않겠소. 하지만 그의 상급자들이 이 주제에 대해 했던 진술이 정확할 수도 있다는 가능성을 간과하지는 말기를 바라오." 펠커가 마지못해 고개를 끄덕이자, 지울리아니는 다시 방 안을 거닐다가 창가에 멈춰 서서 얇은 커튼을 젖히고 바깥을 내다봤다. "그에게 무슨 일인가가 일어났소. 그리고 모든 것이 변했소. 그 일이 뭐였는지 알기 전에는, 우리 모두 어둠 속에서 항해를 하고 있는 셈이오."

지금까지 지울리아니는 산도즈 내면의 바다가 변화하는 모습을 관찰하며 대응해 왔다. 양팔을 얼마간 쓸 수 있게 된 데다 몸속에 삽입한 반투과성 장치가 비타민 C와 D 그리고 액상 칼시토닌과 파골 세포 억제제를 혈액에 직접 공급하면서, 산도즈의 전체적인 건강은 다시 나아지기 시작했다. 기분이 나아지고 몸을 좀 더 움직여서 그런지 아니면 심리적인 상태가 보다 정상에 가까워져서 그런지 알 수는 없었지만, 만성적인 피로감도 서서히 약해지고 있었다. 이제는 예전처럼 쉽게 멍이 들지도 않았다. 그리고 갑자기 뼈가 부러질 가능성도 줄어들었다.

에드워드 수사의 조언에 따라 산도즈는 정기적으로 사용하는 약품을 직접 다룰 수 있게 되었다. 근육통을 덜어 주는 프로그렌과 dHE를 점점 더 자주 필요로 했는데, 괴혈병의 지체 효과 때문이 아니라 육체노동 때문이었다. 에드워드는 산도즈가 이런 약들을 분별 있게 사용하리라 믿었고, 복용할 때마다 누군가의 허락을 받아야 할 필요가 없다면 마음이 한결 편해질 거라고 생각했다.

얼마 후 산도즈는 수면제에 대해 물었다. 총장 신부는 어떤 합리적인 요청도 들어줄 작정이었지만, 산도즈가 수차례 자살을 언급한 적이 있었기 때문에 혹시라도 잘못될 가능성을 무시할 수 없었다. 그래서 누가 보는 앞에서 약을 먹는다면 수면제 사용을 허락하겠다는 타협안을 제시했지만, 산도즈 쪽에서 거절했다. 그것이 너무 수치스러워서 참아 낼 수 없다고 생각했기 때문인지, 아니면 정말로 자살할 생각으로 그런 요청을 했기 때문인지는 알 수 없었다.

어느 쪽이든 산도즈는 더 이상 누구도 자기 방에 들어오도록 허락하지 않았다. 침대 가까이 달린 카메라도 찾아내서 없앴다. 계속되는 악몽은 그가 개인적으로 견뎌 내야 할 문제였다. 어쩌면 더 그런 증상이 없어졌을 수도 있고, 어쩌면 밖으로 드러나지 않게 제어할 수 있게 되었는지도 몰랐다. 그는 이제 자신의 손과 얼굴, 목소리를 제어할 수 있었다. 구토도 조용히 했고 혼자 힘으로 밤을 견뎌 냈다. 여전히 악몽을 꾼다는 유일한 증거는 아침에 일어나는 시간이었다. 별 탈이 없을 때는 동틀 무렵 잠에서 깨어났다. 하지만 그렇지 않을 때는 10시가 되어서야 간단한 아침 식사를 하러 식당에 나타났다. 이제는 자기가 먹을 음식을 스스로 만들겠다고 고집을 부리기도 했다. 코시모 수사는 첫날 아침 이후로 돕겠다는 소리를 하지 않았다.

펠리페 레예스가 환영사지 증후군에 대해 묻자, 산도즈는 딱딱한 표정으로 인정했다. 그리고 펠리페 역시 같은 증상을 겪었는지 물었다. 다행히 펠리페는 그런 경험이 없지만, 다른 사람들이 고생하는 모습을 지켜본 적이 있어서 얼마나 괴로운지 잘 알고 있었다. 펠리페는 어떤 사람들의 경우에는 시간이 지나도 고통이 수그러들 줄 모른다고 말했다. 산도즈는 이 이야기를 듣고 겁내는 기색이 역력했다. 그 모습을 보며 펠리페는 그가 얼마나 심한 통증을 느끼는지 짐작할 수 있었고, 고통이 느껴지면 언제라도 청문회 중단을 요청하라고 권했다. 며칠 뒤 산도즈는 총장 신부로부터 원할 때면 이유를 대지 않고도 모임을 끝낼 수 있다는 허락을 받았다. 산도즈도 그러는 편이 지난번 잔을 깨뜨렸던 날처럼 정신을 잃고 무너지는 것보다 낫다고 생각한 모양이었다.

총장 신부는 요하네스 펠커를 조용히 불러 다시는 꾀병을 부린다고 산도즈를 비난하지 말라고 당부했다. 펠커 역시 그런 행동이 도움이 되지 않는다는 점에 동의했다. 다른 사람들도 마찬가지로 산도즈가 대답을 하지 않을 때 압박하지 말라는 당부를 들었다. 존 칸도티가 부드럽게 재촉하기만 해도 그는 더 굳게 입을 다물었으니까.

휴식 기간이 끝나고 청문회가 다시 시작되자, 모두가 변화를 알아볼 수 있었다. 그들은 산도즈의 외모가 달라졌다는 사실을 먼저 알아차렸다. 이제 그는 면도기를 더 잘 다룰 수 있게 되었다. 깔끔하게 다듬어진 수염이 다시 돌아와 있었다. 가운데 부분은 여전히 검은색이었지만, 입 주위를 따라 낯선 회색 선들이 드러났다. 그리고 속내를 알 수 없는 눈 주위로 흘러내린 머리카락에도 은빛이 섞여 있었다.

이제 산도즈는 사람들에게 자유자재로 자기가 보이고 싶은 모습을 보였다. 때로 그들은 자신의 존엄성을 지켜내기 위해 성벽을 재건하고 보루에 올라선 강인하고 귀족적인 스페인 기사를 상대해야 했다. 그럴 때의 산도즈는 그가 사랑했던, 이제는 죽어 버린 아이에 대한 날카로운 질문에도 흔들림이 없었다. 혹은 지옥을 제집처럼 드나들며, 감정이라고는 없는 메피스토펠레스처럼 메마른 눈빛과 냉혹한 심성을 드러내기도 했다. 하지만 가장 자주 나타나는 모습은, 언어학자로서 자신과 동료들의 연구 결과를 출판하기 위해 전공과 관련된 따분한 학회에 억지로 참석하는 에밀리오 산도즈 박사였다.

이렇게 새로운 형태로 이루어지는 청문회에서 가장 처음으로 질문을 던진 사람은 비교신학자인 펠리페 레예스 교수였다. 그는 루나에게 영혼에 대한 개념이 있는지 알고 싶어 했다. 언어학자 산도즈 박사는 느긋하게 앉아서 보이는 대상과 보이지 않는 대상에 대한 루나의 문법적 구분을 설명했다. 펠리페는 그것이 최소한 영혼이라는 개념을 이해할 수 있는 능력을 보여 준다고 생각했다. 설사 그들 스스로 영혼이 존재한다는 생각을 해내지는 못했더라도 말이다.

"충분히 가능한 이야기야." 산도즈가 동의했다. "자나아타나 우리 인간과 비교하면, 루나는 그다지 창의적이거나 사상적이라고 보기 어렵지. 혹은 독창적이지 않다고 해야겠군. 하지만 일단 어떤 단초가 주어지면 그것을 정교하게 만드는 일에는 놀라운 창의력을 발휘하곤 해."

"제 생각에는 계속 반복되는 '마음'이라는 단어가 영혼과 유사한 개념인 것 같은데요." 펠리페가 말했다.

"'마음'이라는 단어가 내가 번역한 말이라는 사실은 알고 있겠지? 살아 있는 사람에게 있어서는 영혼과 비슷한 개념일지도 모르지만, 루

나가 죽음 이후에도 뭔가가 존재한다고 믿는지는 모르겠어……." 산
도즈는 마치 당장이라도 일어설 것처럼 몸을 긴장시켰지만, 곧 스페
인 신사의 본성이 나타나서 말을 이었다. "죽음과 마주했을 때, 나는
루나가 무엇을 믿는지 물어볼 수 있는 처지가 아니었지." 그리고 잠시
후 산도즈 박사로 돌아와서 지울리아니 쪽을 돌아봤다. "앤 에드워즈
는 '마음'을 주제로 한 몇 편의 논문을 지구로 보냈습니다. 내가 그분
의 저술을 요약해서 대답해도 되겠습니까? 그렇게 해도 너무 이른 시
점에 발표하는 결과가 되지 않겠습니까?"

"이 방에서 하는 어떤 이야기도 발표라고 할 수는 없소. 계속하시오."

산도즈가 다시 펠리페를 향해 몸을 돌렸다.

"에드워즈 박사는 '마음'이라는 개념과 질병에 대한 루나의 이론이
밀접한 관련이 있으며, 두 가지 모두 다소 온건한 사회 통제의 수단으
로 기능한다고 믿었어. 루나는 대놓고 공격적으로 굴거나 화내는 법이
없지. 예를 들어 누군가 어떤 식으로든 정당한 요구를 거절당하거나
좌절하거나 실망하면 그자는 포레이 상태에 빠져. 포레이라는 건 마음
이 슬프다는 뜻이고, 그러면 병이 나거나 사고를 당할 수도 있어. 그렇
기 때문에 누군가를 슬프게 만드는 건 아주 나쁜 일이야, 알아듣겠나?
그래서 만약 네가 다른 누군가를 포레이로 만든다면, 상대방의 요구를
들어주거나 보상을 해 줘야 한다는 사회적 압박을 받게 돼. 사과를 한
다든지 피해자의 마음을 다시 행복하게 만들 만한 선물을 한다든지 하
는 식으로 말이야."

"그런 개념은 악용될 여지가 너무 많군요." 펠커가 참견했다. "단지
선물을 얻기 위해 자기가 포레이라고 주장하는 일을 막기 위한 장치는
없습니까?"

"루나는 거의 혼자 있는 법이 없습니다. 어떤 사회적 상호 작용도 목

격자가 없는 상태에서 이루어지는 경우는 드문 일이죠. 따라서 어떤 사건에 대해 거짓말을 하기는 어렵습니다. 그럼에도 피해자의 포레이 상태가 얼마나 심각한지 또 어느 정도의 보상이 이루어져야 하는지에 대해서는 종종 이견이 발생하죠. 논쟁이 커지면 양 당사자는 '피에르노'를 만들고 있다는 이야기를 듣습니다. 피에르노란 시끄러운 소리란 뜻이죠. 피에르노를 만들면 폭풍을 불러온다고 여겨집니다. 사납고 무서운 폭풍을."

산도즈는 물을 마시기 위해 말을 멈췄다. 이야기를 중단하고 손놀림에 집중해야 했지만, 눈에 띄게 능숙한 솜씨로 잔을 들어 올렸다. 그는 건배라도 하듯 존을 향해 잔을 내밀었다.

"마찰 패드를 달았소." 존이 기쁘게 고개를 끄덕이자, 산도즈는 이야기를 계속했다. "부모들은 아이들에게 싸우거나 소란을 피우지 말라고 가르치기 위해 폭풍이 온다는 소리로 겁을 줍니다. '마음을 조용하게 만들거라, 안 그러면 금방 폭풍이 불어 닥칠 거야.' 라카트에는 폭풍우가 잦습니다. 아이들이 자기가 저지른 잘못과 궂은 날씨 사이에 어떤 상관관계가 있다고 믿는 것도 당연한 일입니다."

"아무도 다투지 않는데 폭풍이 온다면요?"

존의 물음에 산도즈가 그것도 모르냐는 표정으로 어깨를 움츠렸다.

"그렇다면 근처 마을의 누군가가 피에르노를 만든 거겠지."

조리 있는 설명에 모두들 미소를 지었다.

"수파아리 바게이주르가 나타나기 전에도, 라카트에 또 다른 지적 종족이 있다는 사실을 알았습니까?" 요하네스 펠커가 물었다.

느닷없이 화제가 바뀌자, 스페인 사내가 펠커를 돌아봤다. 그는 분명히 상대가 공격해 올 거라고 예상하며 막아 낼 준비를 하고 있었다.

"그렇지 않습니다." 하지만 잠시 후 덧붙였다. "단서는 있었지만 우리가 알아보지 못했다고 해야겠죠. 예컨대 루나는 손가락이 열 개인데, 숫자 체계는 6에 기초하고 있었습니다. 자나아타의 손가락이 세 개뿐인 걸 보고 나서야 이해할 수 있었죠. 그리고 조지와 지미는 처음부터 카샨에서 볼 수 있는 루나의 문명이 우리를 라카트로 이끈 라디오 신호를 만들어 낸 문명과는 들어맞지 않는다고 생각했습니다."

오스트리아인 펠커는 갑자기 놀랄 만큼 회유적으로 굴며 말했다.

"그래요. 내가 기억하기로 로비쇼 신부는 그 이유가 경제적이고 기술적인 격차 때문이라고 주장했어요. 내 생각에는 루나 언어의 특징, 그러니까 지금 당장 보이지 않는 대상에 대한 표현이 문법적으로는 언제나 볼 수 없는 대상에 대한 표현과 같다는 점도 당신들이 그 사실을 알아차리지 못하게 만드는 데 일조했을 것 같군요. 루나가 자나아타 이야기를 했더라도 당신들은 그것이 무슨 신화나 전설이 아니라 실제로 있는 존재라고 생각하기 어려웠겠죠."

산도즈는 상대방의 태도 변화를 어떻게 받아들여야 할지 고민하는 듯한 표정으로 한참 동안 펠커를 쳐다보더니 마침내 말했다.

"맞습니다. 실제로 우리는 드자나다를 조심하라는 이야기를 들었습니다. 분명히 자나아타와 관련 있는 단어였죠. 하지만 우리는 드자나다가 아이들이 쓸데없이 돌아다니지 못하게 하기 위한 귀신 이야기 같은 거라고 생각했습니다. 루나가 지미를 제외한 우리 모두를 어른으로 여기지 않는다는 증거라고만 여긴 겁니다."

"야브로 신부는 당신들이 처음 수파아리 바게이주르를 봤을 때, 그가 루나인 줄 알았다고 보고했습니다. 그 두 종족이 그렇게 닮았나요? 아니면 단지 또 다른 종족이 있을 거라고 예상하지 못했기 때문에 그랬던 겁니까?" 펠커가 물었다.

"우리가 자나아타의 존재를 상상조차 하지 못했기 때문입니다. 일단 알고 나니 미묘한 차이점들이 눈에 들어왔죠. 하지만 남성 자나아타와 여성 루나는 전체적인 생김새나 크기가 아주 비슷합니다."

"그거 이상하군요! 왜 남성들만 그렇죠?" 펠리페가 물었다.

"여성 자나아타들은 격리 상태로 보호받거든. 그래서 루나와 닮았는지 아닌지 알 수가 없었어. 루나의 성별은……." 산도즈가 사람들에게 상기시켰다. "구분하기가 몹시 어렵습니다. 하지만 대체로 남성들이 훨씬 작죠. 그래서 우리는 꽤 오랫동안 헷갈릴 수밖에 없었습니다. 왜냐하면 생김새가 비슷할 뿐 아니라 성 역할 또한 우리의 예상과 달랐기 때문입니다. 로비쇼가 그린 성모 마리아와 아기 예수라는 그림은 아마 성 요셉과 아기 예수로 제목을 바꿔야 할 겁니다."

여기저기서 작은 웃음소리가 터졌고, 사람들은 저마다 보고서의 그 대목을 읽었을 때 깜짝 놀랐다는 사실을 인정했다.

"마누자이는 아스카마의 양육을 맡았고, 자기 아내보다 덩치가 작았습니다." 산도즈가 이야기를 계속했다. "그래서 우리는 그가 여성이라고 생각했죠. 차이파스는 언제나 여행을 다녔고 거래를 도맡아 처리했습니다. 그래서 우리는 그녀가 남성이라고 여긴 겁니다. 루나 역시 우리에 대해 마찬가지 오해를 했고."

"루나는 리본 말고는 별다른 옷을 입지 않는다고 했는데……." 존이 말하다 말고 헛기침을 했다. "보이지 않던가요? 그러니까, 음……."

"루나의 생식 기관은 짝짓기가 임박하지 않는 한, 눈에 잘 띄지 않소." 산도즈가 말하고는 다시 사람들을 상대로 부드럽게 설명을 계속했다. "이빨이나 손톱과 마찬가지로, 이 또한 자나아타와 루나를 구분할 수 있는 뚜렷한 특징입니다. 하지만 자나아타들은 평소 옷을 입기 때문에, 한눈에 알아보긴 어렵죠."

언제나처럼 산도즈를 마주 보는 자리에 앉아 있던 에드워드 베어가 갑자기 기침을 시작했다. 마치 산도즈가 자기 힘이 어느 정도인지, 구덩이 속으로 얼마나 깊이까지 되돌아갈 수 있는지 시험해 보고 있는 것 같다고 총장 신부는 생각했다.

"남성 자나아타들의 성기는 평소에도 드러나 있다는 이야기로군. 우리에게 충격을 주려는 거요, 산도즈 신부?"

빈첸초 지울리아니는 설득력 있게 들리기를 바라며 가볍고 지루한 듯한 목소리로 말했다.

"여기 충격받을 만한 부분이 있는지 모르겠습니다, 총장 신부님. 난 그저 두 종족이 지닌 유사성의 한계를 설명했을 뿐입니다."

"수파아리 바게이주르, 그가 카샨 마을을 소유했습니까?"

요하네스 펠커의 말에 지울리아니가 눈길을 들고 생각했다. '대체 왜 화제를 바꾸는 거야?'

"그건 아닙니다. 글쎄, 어쩌면 관점에 따라서는 그렇게 말할 수도 있겠군요. 하지만 실제 토지나 루나 마을 사람들을 소유하지는 않았습니다." 산도즈는 지금 생각해 보니 알겠다는 듯 고개를 흔들었다. "그런 건 아니었어요. 내가 이해하기로 그는 마을과 거래할 수 있는 권리를 소유하고 있었습니다. 하지만 만약 거래가 만족스럽지 못하면 바카샤니들이 다른 상인을 끌어들여 수파아리의 권리를 사들이게 할 수도 있었죠. 물론 먼저 수파아리에게 바카샤니들이 원하는 대로 거래 내용을 수정할 기회를 주겠지만 말입니다. 여러 면에서 동등한 계약 관계에 가까웠어요."

펠리페가 갑자기 물었다.

"루나는 어떻게 대가를 지불했죠? 마을에 대한 설명만 들어 보면 그다지 물질적인 사람들 같지 않던데요."

"그들은 꽃잎을 수확하고 임금으로 공산품을 얻었지. 향수, 배, 도

자기, 리본 같은 것들 말이네. 그리고 이자가 쌓이는 은행 같은 제도도 있었어. 마을이 얻는 수익은 모두 공동 소유였고. 어떤 가족이 한 마을에서 다른 마을로 이사를 가면 어떻게 일을 처리하는지 모르겠군." 산도즈가 말을 멈췄다. 그런 문제에 대해 처음으로 생각해 보는 것이 분명했다. "아마 어떤 마을이 부유하다고 알려져서 다른 곳의 루나가 그리로 이주하면, 수많은 마음이 포레이가 될 테고 새로 온 사람들은 곤란을 겪게 되겠군."

"루나와 수파아리 같은 상인들 사이의 계약 이행을 누가 강제하오?" 지울리아니가 물었다.

"자나아타 정부가 합니다. 둘째로 태어난 아들들에게 세습되는, 거래의 법적인 측면을 감독하는 행정직이 있습니다. 그리고 다른 종족 사이의 분쟁을 해결하기 위한 특별 법원도 있습니다. 판결은 첫째로 태어난 자나아타로 이루어진 군대 경찰이 강제합니다."

"그리고 생산 활동은 모두 루나가 맡는단 말이군요." 존이 역겹다는 듯 말했다.

"그렇소. 수파아리 바게이주르처럼 셋째로 태어난 상인들은 두 종족 사이를 오가며 거래를 중개하지. 상인들은 루나 마을 공동체와 마찬가지로 세금을 내서 지니아타 인구를 먹여 살렸소."

"자나아타 법원이 루나에게도 공정한가요?" 펠리페가 물었다.

"재판을 볼 기회는 없었어. 하지만 자나아타들이 명예와 정의를 매우 중시한다는 이야기는 들었지. 그들은 자신들이 루나의 후견인이자 보호자라고 생각해. 더 열등하고 의존적인 자들을 위해 의무를 다하는 일에서 자부심을 느끼지." 산도즈는 한동안 말없이 앉아 있더니 이렇게 덧붙였다. "대부분은 그래. 뿐만 아니라, 바라카트 인구에서 자나아타가 차지하는 비율은 고작 3~4퍼센트에 불과하다는 사실을 유념할 필요가 있어. 그들이 폭정을 일삼는다면 루나가 들고일어날 거야."

"하지만 루나는 폭력적이지 않잖아요."

컨택트 컨소시엄에서 공개한 보고서의 내용에도 불구하고, 펠리페는 루나를 에덴동산에 사는 평화롭고 무고한 종족으로 그리고 있었다. 그로서는 이 점이 임무의 경과에 대해 이해가 가지 않는 점 중 하나였다.

"루나가 아이들을 지키는 모습을 본 적이 있어." 산도즈가 잠시 말을 멈췄다. 지울리아니는 그가 긴장했다는 사실을 알 수 있었다. 하지만 산도즈는 곧 말을 이었다. "내가 우와 아이슬리의 보고서를 읽어 보니, 인내심의 한계에 도달한 루나가 있는 모양이더군. 그들의 유일한 무기는 머릿수뿐이지. 자나아타의 군대 경찰은 무자비해. 그럴 수밖에 없지. 수적으로 절대 불리하니까."

지울리아니는 이런 이야기를 처음 듣는다는 사실을 깨달았다.

"에밀리오, 우와 아이슬리의 보고서에 따르면, 수파아리가 당신 일행이 오기 전에는 자나아타와 루나 사이에 한 번도 문제가 생긴 적이 없었다고 말했다는 걸 기억할 거요."

"수파아리는 그렇게 생각하고 싶어 할지도 모릅니다. 루나는 역사를 기록하지 않으니까요." 산도즈가 다시 한번 이야기를 멈추고 물을 마셨다. 그러더니 고개를 들고 눈썹을 치켜들었다. 하지만 눈에는 아무런 감정도 떠오르지 않았다. "여러분, 나는 추론에 근거해서 말할 수밖에 없습니다. 타이노나 아라와크나 카립 같은 부족도 역사적 기록은 남기지 않습니다. 하지만 카리브해에서 분쟁이 있었던 것만은 분명하죠. 콜럼버스가 나타나기 전에나 그 후에도 말입니다."

펠커가 그 말이 가져온 침묵을 깨뜨리며 앞서 꺼냈던 화제로 돌아갔다.

"두 종족이 서로 그렇게 닮았다는 점이 이상하군요. 문화적으로 그런 것만큼 생물학적으로도 연관성이 있습니까?"

"에드워즈 박사가 혈액 샘플을 얻어서 유전자 분석을 해 봤습니다. 두 종족 사이에 유전적 관련성은 거의 없었죠. 사자와 얼룩말이 같은 포유류라는 정도밖에는 말입니다. 박사와 로비쇼 신부는 이들의 공통점이 일종의 통합 현상이라고 생각했습니다. 지적 종족의 진화 과정에서 자연 선택에 의해 서로 유사한 외형과 행동 방식을 지니게 됐다고 말입니다. 하지만 내 생각은 다릅니다."

산도즈가 말을 멈추더니 지울리아니를 쳐다봤다. 총장 신부 역시 학자이니, 자신의 불편한 마음을 이해할 것이라고 기대했다.

"내가 추측으로 말을 해도 되겠습니까? 이 분야는 내 전공이 아니지만……."

"물론 괜찮소."

산도즈가 자리에서 일어나더니 창가로 걸어갔다.

"자나아타는 이빨과 앞다리에 달린 발톱이 사냥에 최적화된 육식동물입니다. 그들의 지능과 복잡한 사회 조직도 아마 집단 사냥을 보다 잘할 수 있도록 진화한 결과일 테죠. 반면 루나는 다양한 식물을 섭취하는 채식주의자입니다. 그들의 섬세한 손놀림은 작은 씨앗을 골라내거나 꽃잎을 따거나 하는 행위에 필요한 정교한 기술에서 나왔을 겁니다. 루나는 3차원적 기억력도 아주 뛰어납니다. 계절에 따라 바뀌는 요소들을 포함해서 주위 환경을 머릿속에 완벽하게 담고 있죠. 하지만 이런 점들은 지능 발달에 부분적인 요인이 되었을 뿐입니다."

산도즈가 말을 끊고 잠시 창밖을 응시했다. '지치기 시작했군, 하지만 잘하고 있어.' 에드워드 베어가 생각했다.

"고생물학적으로 보면 우리 행성에서도 포식자와 그 먹이가 되는 초식동물이 서로 경쟁하며 지능과 복잡한 적응력을 높여 간 예는 많습니다. 어떤 사람은 그걸 생물학적 군비 경쟁이라고 부르기도 하죠. 내 생각엔 라카트의 경우, 이런 경쟁 덕분에 지적인 종족이 둘이나 탄생했다고 봅니다."

"루나가 자나아타의 먹이였단 말입니까?"

존이 아연실색하며 묻자, 산도즈가 차분한 표정으로 돌아섰다.

"그래요. 나는 자나아타들의 외형이 루나 무리를 효율적으로 사냥하기 위해 발달한 일종의 의태(擬態)라고 확신합니다. 오늘날에도 루나는 멀리 이동할 때면 되도록 큰 집단을 이루려는 습성이 있습니다. 덩치가 작은 남성과 어린아이를 무리의 가운데 넣고, 다 자란 여성이 바깥쪽에 서죠. 10만 년이나 20만 년 전에는 아마 두 종족이 그렇게까지 닮지는 않았을지도 몰라요. 하지만 그때도 무리의 가장자리에 위치한 여성 루나 사이에 가장 잘 섞여 들어갈 수 있는 자나아타들이 가장 훌륭한 사냥꾼이었을 겁니다. 자나아타의 발은 마치 손처럼 생겨서 사물을 움켜쥘 수 있어요." 산도즈가 잠시 말을 멈췄다. 지울리아니는 그가 이야기를 계속하기 위해 노력이 필요하다는 사실을 알아볼 수 있었다. "내 생각에 사냥꾼들은 무리의 뒤쪽에 있는 여성 루나와 함께 걷다가, 어느 순간 발을 뻗어서 발목을 잡아채고 먹이를 넘어뜨렸을 겁니다. 사냥꾼이 사냥감의 외형과 행동과 냄새를 더 비슷하게 흉내 낼수록 먹이를 쫓아가서 죽이는 데 성공할 가능성이 커졌겠죠."

"하지만 이제는 잘 지내고 있잖아요. 자나아타가 지배 계층이긴 하지만, 루나와 거래를 하고 함께 일하지 않습니까."

펠리페는 두 종족의 과거사 때문에 실망해야 할지, 아니면 공생하는 현재 상태에 기뻐해야 할지 분간이 서지 않았다.

"아, 그렇지. 두 종족이 진화하면서 관계도 함께 발전했으니까." 산도즈가 펠리페의 말에 동의했다. "그리고 내가 한 말은 전부 추측에 지나지 않아. 비록 내가 관찰한 바와 잘 들어맞기는 하지만." 산도즈가 다시 탁자로 돌아와 앉았다. "여러분, 루나는 자나아타 문화에서 많은 역할을 하고 있습니다. 공예 솜씨가 뛰어날 뿐 아니라 장사꾼, 하인, 노동자, 사무원, 심지어는 연구 보조원으로도 일하죠. 첩 노릇도 하고 말입니다." 그는 자기가 이 화제를 꺼내면 사람들이 놀라리라 예상했고 이미 대비하고 있었다. 그래서 감정의 동요 없이 차분하게 이야기를 계속할 수 있었다. "일종의 산아 제한이죠. 수파아리 바게이주르가 내게 설명해 줬습니다. 자기네 행성의 관리인으로서, 자나아타들은 엄격한 인구 제한을 하고 있다고 말입니다. 자나아타 부부는 아이를 둘 이상 낳을 수도 있습니다. 하지만 처음 두 아이만 결혼하고 가족을 꾸릴 수 있죠. 나머지는 아이를 낳아서는 안 됩니다. 만약 더 나중에 태어난 자나아타가 자식을 가지면 법에 따라 거세를 당합니다. 그들이 낳은 아이도 마찬가지고요."

사람들은 할 말을 잊었다. 물론 수파아리는 이런 제도를 당연하게 여기고 있었다.

"불임으로 판명된 자나아타, 종종 거세된 셋째들도 매춘부로 일합니다. 하지만 가장 안전한 피임 방법은 다른 종족을 상대하는 거죠." 산도즈가 자삽게 말했다. "루나 파드니와는 섹스를 히더라도 임신의 위험이나, 내가 아는 한에서는 성병에 걸릴 가능성도 없습니다. 이런 이유에서 이미 가족이 완성되거나 자식을 낳도록 허락받지 못한 자나아타들은 흔히 루나를 첩으로 삼습니다."

충격을 받은 펠리페가 물었다.

"루나가 거기 동의하나요?"

이번에는 메피스토펠레스의 웃음이 터져 나왔다.

"동의하는지 여부는 문제가 아니야. 첩은 그러기 위해서 길러지니까." 산도즈는 사람들이 그 의미에 대해 생각하는 동안 그들을 차례로 훑어보더니 다시 한번 충격적인 이야기를 꺼냈다. "루나에게 지성이 없지는 않습니다. 몇몇은 놀라운 재능이 있기도 하죠. 하지만 그들은 본질적으로 가축입니다. 우리가 개를 기르듯이 자나아타는 루나를 기르는 겁니다."

29

카샨 마을

두 번째 해

알고 보니 수파아리 바게이주르는 이상적인 정보원이었다. 그는 루나의 사회와 자나아타 사회 양쪽의 문화에 정통했으며, 그래서 두 종족이 살아가는 방식을 누구와도 다른 시각에서 바라볼 수 있었다. 그가 지닌 독특한 관점은 아이러니와 객관성에 의해 형성되었다. 기민하면서도 유머러스하게, 수파아리는 사람들이 스스로 한다고 말하는 일이 아니라 실제로 하는 일을 관찰했다. 따라서 이방인에게 자신들의 문화를 해석해 주는 역할에 아주 적합한 인물이었다.

마찬가지로 기민하고 유머러스한 앤은 처음부터 수파아리를 마음에 들어 했다. 틀림없이 맛이 쓸 텐데도 그가 소피아에게 커피 향이 "좋군요." 하고 말할 때부터였다. 앤은 수파아리가 분명히 충격적일 경험을 극복하는 모습을 지켜보며 이 외계인의 사교성에 감탄했다. '대단한 자기 확신이 없으면 어려운 일이지. 놀라운 사람이야.'

앤 에드워즈는 인간과 두 종족의 바라카트가 모두 기본적인 감정을 공유한다는 사실을 크게 기뻐했다. 앤은 고도로 훈련받은 지성의 소유자이지만 모든 경험을 마음으로 느꼈다. 인류학자로서 그녀는 자신이 연구했던 화석 상태의 네안데르탈인들을 사랑했다. 그리고 단지 추하게 생겼다는 이유로 그들이 받는 비난과 오해에 분개했다. 그녀에게 네안데르탈인의 튀어나온 눈썹뼈와 두꺼운 골격은 전혀 중요하지 않았다. 약한 동족을 보살피고 어려서 죽어 버린 아이들을 정성껏 매장했던 행동에 비하면 말이다. 어느 날 벨기에의 박물관에 들렀다가 앤은 거의 눈물을 흘릴 뻔했다. 이 아이들은 아마도 모유 없이 겨울을 나기 어려운 더 어린아이들에게 엄마의 젖을 양보했고, 그래서 봄에 죽었다는 생각이 들었기 때문이다. 그런 아이들이 꽃과 상록수 가지와 함께 묻혀 있다는 사실을 아는데, 신체의 외형적인 차이에 무슨 의미가 있을까?

그래서 앤은 수파아리의 손톱이나 이빨, 꼬리에도 거의 신경을 쓰지 않았다. 다만 처음 저녁 식사를 함께한 후 그가 장화를 벗을 만큼 긴장을 풀자, 물건을 잡을 수 있는 발을 보고 해부학적인 관심을 가졌을 뿐이다. 앤이 수파아리를 사랑하게 된 이유는 그가 웃을 줄 알고, 놀랄 줄 알고, 의심했다가 부끄러워할 줄 알고, 자부심을 느끼고, 화를 내고, 친절하게 굴 줄 알았기 때문이다.

수파아리는 앤의 단순한 이름을 좀처럼 발음하지 못했다. 그래서 그녀를 '하안'이라고 불렀다. 두 사람은 몇 주 동안 수천 가지나 되는 질문을 열심히 묻고 답하며 수많은 시간을 함께 보냈다. 힘들면서도 신나는 일이었고, 일종의 정열적인 연애와도 같은 경험이었다. 실제로 조지는 짜증을 내며 약간 질투를 하기도 했다. 때때로 앤과 수파아리는 그들이 얼마나 기이한 상황에 처해 있는지 실감했다. 그리고 그럴 때마다 상대방 역시 그런 생각에 웃음을 터뜨리는 모습을 보고 안심했다.

이처럼 호의적인 관계였는데도 종종 교착 상태에 빠졌다. 때로는 수파아리가 설명하려고 하는 자나아타의 개념을 표현할 수 있는 루안자어 단어가 없었다. 혹은 앤의 어휘력이 너무 제한적이라 그가 하는 말을 따라가지 못하기도 했다. 산도즈가 그들 옆에 앉아 있다가, 앤의 루안자어 실력이 부족할 때면 통역을 맡았다. 그러면서 그는 루안자어뿐 아니라 수파아리가 사용하는, 말도 안 되게 어려운 문법으로 이루어진 크산어에 대한 지식을 습득했다. 거래에 사용되는 단어를 많이 아는 데다, 루나와 자나아타 사이의 관계가 지닌 상업적인 측면을 이미 이해하고 있는 소피아도 그들과 함께했다. 그녀는 두 종족의 차이가 도시 사람과 시골 사람의 차이에 불과하다고 생각했다.

마크도 종종 불려와 적당한 단어를 찾을 수 없는 사물이나 상황을 그림으로 그렸다. 수파아리는 처음 마크가 그림을 그리는 모습을 보고 깜짝 놀랐지만 곧 더 자세한 설명을 할 수 있게 되었다. 그 단계를 통과하자 조지와 지미가 태블릿을 가져와서 화상을 불러냈다. 수파아리는 때로 인간과 자나아타의 공통점에 충격을 받기도 했고 차이점을 설명하기도 했다. "여기서도 비슷한 식으로 이루어집니다." 이렇게 말하거나 혹은 "그것과 같은 그런 물건이 여기는 없습니다.", "그런 일이 일어나면 우리는 이렇게 합니다."라는 식으로 이야기했다. 수파아리가 김딩할 준비를 마쳤다고 앤이 판단하자, 조지는 가상 현실 헤드셋을 그에게 맞게 조정한 다음 지구의 모습을 보여 줬다. 수파아리는 앤이 기대했던 것보다도 더 겁에 질렸고, 두어 차례나 헤드셋을 벗어 던졌다. 하지만 무서워하면서도 매혹당한 나머지 곧 다시 가상 현실로 돌아가곤 했다.

야브로는 결코 수파아리에게 호의적으로 굴지 않았지만 결국 윈체스터 장총을 다시 창고에 넣었다. 그는 이 자나아타와 함께하는 시간 동안에는 거의 말이 없었다. 하지만 두 번째 석양이 질 때쯤 수파아리가 커다란 하품과 함께 잠자리에 들면, 다음 날 물어볼 질문들을 제안하곤 했다. 일행은 일곱 명인 데 반해 수파아리는 혼자였기 때문에 그들은 이 만남이 취조나 심문처럼 느껴지지 않게 하려고 조심했다. 사실 수파아리는 아직도 일행과 그들의 행성이 존재할 수 있다는 것을, 그리고 단지 자신들과 자신들의 행성을 조사하기 위해 상상조차 하기 어려운 방식으로 믿을 수 없을 만큼 먼 거리를 여행했다는 사실을 이해하려고 애쓰는 중이었다. 그로서는 그런 개념을 받아들이기가 어려웠다.

일행은 수파아리와 처음 만났을 때부터 자나아타가 라카트의 지배적인 종족일 가능성이 크다고 생각했다. 육식동물이 먹이 사슬의 정점에 서 있는 상황, 그리고 약탈종이 행성을 다스리는 일에 익숙했기 때문이다. 솔직히 말하면 그들은 루나에게 막연한 실망을 느끼고 있었다. 루나의 정적이고 신중하며 조용한 생활 방식은 인간들에게 거의 약에 취한 상태처럼 느껴졌다. 끝없는 식사, 끝없는 대화, 끝없는 신체접촉은 그들의 활력을 뺏어가는 것만 같았다.

어느 날 밤 앤이 말했다.

"루나는 아주 착해."

"그리고 아주 지루하지."

조지가 대답했다. 그러자 앤은 천막 밖에 있는 사람들에게 들리지 않을 만큼 작은 소리로 자기 역시 루나가 지겹고 짜증 나는 토론을 벌일 때면 종종 이렇게 소리치고 싶은 충동을 느낀다고 인정했다.

"아, 제기랄, 이런 짓거리가 다 무슨 소용이야? 이러고 있지 말고 뭐든 행동에 나서란 말이야!"

그래서 수파아리와 첫 만남이 상서롭지 못했는데도 불구하고, 일행은 스스로 결정을 내릴 수 있는 누군가를 상대하게 되어 기뻤다. 비록 상대방의 머리를 어깨에서 분리하는 결정이라고 해도 말이다. 라카트에 온 후 처음으로 이해가 빠르고, 농담이 통하고, 함축적인 의미를 파악할 수 있는 상대를 만났다는 사실에 그들은 즐거움을 느꼈다. 수파아리는 루나보다 빠르게 움직였고, 그들처럼 야단법석을 떨지 않으면서도 하루 동안 더 많은 일을 했다. 그가 지닌 활력은 일행들에 가까운 수준이었다. 사실은 오히려 그들을 지치게 하기도 했다. 하지만 두 번째 석양이 질 때면 수파아리는 커다란 육식동물의 새끼처럼 열다섯 시간 동안 계속해서 잤다.

수파아리가 도착하고 며칠 후, 바카샤니 루나가 피크가 가득 담긴 커다란 바구니와 함께 마을로 돌아왔다. 그러자 자나아타와 루나 사이의 관계가 대등하지 않다는 사실이 더욱 분명하게 드러났다. 루나는 자나아타를 대단히 공손하게 대했다. 수파아리는 꼭 마피아의 대부나 중세의 남작처럼 거들먹거리며 루나 가족들의 인사를 받았고, 아이들의 머리에 손을 올렸다. 하지만 그런 행동에는 애정이 담겨 있었다. 적절한 표현일지 몰라도 수파아리는 관대한 통치자였다. 자신을 찾아오는 모든 루나의 말에 주의 깊고 인내심 있게 귀를 기울였고, 모두에게 공평한 해결책을 제시해서 다툼을 멈췄으며, 당사자들이 논리적으로 보이는 결론에 합의하도록 이끌었다. 바카사니들이 그를 두려워하는 것처럼 보이지는 않았다.

이방인들로서는 이 모든 생각이 얼마나 큰 오해인지, 수파아리가 얼마나 특이한 존재인지 알 방도가 없었다. 자수성가한 인물로서 수파아리는 자신의 예전 삶이나 현재 위치를 숨김없이 드러냈다. 그리고 지금까지 살아 있는 예수회 일행의 모든 구성원은 지구에서도 세습적인 특권을 경멸하는 가치관을 지닌 문화권 출신이었다. 그들은 수파아리를 일종의 영웅적인 인물로, 자기 인생을 개척한 용기 있는 사람으로 여겼다.

앨런 페이스였다면 자나아타 사회의 계급적인 측면을 좀 더 잘 이해할 수 있었을 것이다. 영국에는 여전히 혈통을 중요시하는 문화의 특징이 어느 정도 남아 있기 때문이다. 앨런이라면 수파아리가 주변적인 인물에 불과하며 권력과 영향력의 진정한 원천에 접근하지 못하고 있다는 사실을, 그리고 그런 성공을 갈망하고 있다는 점을 파악했을 것이다. 하지만 앨런은 죽고 없었다.

파르탄의 마지막 날이 가까워질 무렵, 몇 주 동안 특별한 시간을 보냈던 이 자나아타가 마침내 떠나야 할 때가 왔다. 외계인과 원주민을 포함한 카샨 마을의 모든 사람이 수파아리를 항구까지 배웅했다. 바카샤니들은 테라스에 매달려 작별 인사를 하거나, 물 위로 꽃잎을 뿌리거나, 바람결에 길고 향기 나는 리본을 날리기도 했다.

그가 배에 올라탈 준비를 마치자 주위에서 루나가 시끄럽게 떠들어대는 가운데 앤이 조용히 말했다.

"시파즈, 수파아리! 누군가 당신에게, 우리 사람들이 아주 좋아하는 사람에게 어떻게 작별 인사를 하는지 보여 줘도 될까요?"

수파아리는 앤의 말에 감동을 받았다.

"물론입니다, 하안."

그가 이제는 앤도 익숙해진 낮고 살짝 으르렁거리는 듯한 목소리로 말했다. 앤은 손짓으로 수파아리를 불렀고, 그는 영문도 모른 채 고개를 숙였다. 그러자 앤은 발끝으로 서서 수파아리의 목에 팔을 둘렀다. 그리고 살짝 힘을 줬다가 다시 그를 풀어 줬다. 앤이 뒤로 물러나자, 수파아리는 색깔만은 거의 보통에 가까운 그녀의 파란 눈이 빛나고 있다는 사실을 알아차렸다.

"누군가 당신이 곧 여기로 안전하게 돌아오기를 바랍니다, 수파아리."

"당신을 다시 만나게 되면 누군가의 마음이 기쁠 겁니다, 하안."

수파아리는 자신이 앤의 곁을 떠나고 싶지 않다는 사실을 깨닫고 놀랐다. 그는 동력선의 조종석으로 들어가 앤과 그녀 종족의 다른 사람들을 바라봤다. 하나하나가 모두 수수께끼 같은 존재였다. 문득 수파아리는 하안이 원하는 대로 그들을 기쁘게 해 주고 싶어졌다. 그래서 골칫거리가 될 것이 분명한 결정을 내렸다. 그는 연장자를 찾았다.

"누군가 당신들이 가이주르를 방문할 수 있도록 해 보겠습니다." 수파아리가 야브로에게 말했다. "고려해야 할 점들이 많지만 누군가가 방법을 찾아낼 수 있을 겁니다."

"자, 친애하는 여러분." 수파아리의 동력선이 강의 북쪽 굽이를 지나 사라지고 루나가 다시 동굴로 들어가자, 앤이 이별의 슬픔을 털어내며 밝은 목소리로 선언했다. "이제 우리가 성(性)에 관해 이야기를 좀 할 때가 됐어요."

"그게 뭔지 기억이 안 나요."

산도즈가 진지한 얼굴로 말하자, 마크가 웃음을 터뜨렸다.

"기억을 되살리기 위해 복습을 해 보면 어떨까요?"

지미가 유쾌하게 제안했다. 소피아가 웃으며 고개를 흔들자, 그의 심장이 잠시 가슴 밖으로 튀어나왔다가 곧 제자리로 돌아갔다.

"성에 관한 이야기라니 무슨 소리야?"

조지가 묻더니 아스카마를 조용히 시키고 고개를 돌려 앤을 쳐다봤다.

"맙소사, 또 시작이군. 대체 머릿속에 그런 생각밖에 없소이까?"

야브로가 따졌다. 앤은 체셔 고양이처럼 웃으며 일행과 함께 절벽 길을 올라가기 시작했다.

"수파아리가 어젯밤 나한테 해 준 이야기를 들을 때까지 기다려요!"

그 시점에서 길이 좁아졌고, 사람들은 일렬로 늘어서서 걷기 시작했다. 아스카마는 조지와 함께 만든 길고 복잡한 이야기에 대해 수다를 떨다가, 킨사와 페이어를 발견하자 그들과 함께 놀기 위해 달려가 버렸다.

"여러분, 우리는 그동안 성차별의 함정에 빠져 있었어요. 하지만 그 건 이 동네 주민들도 마찬가지였죠." 동굴에 도착하자 앤이 일행에게 말했다. 주위에는 루나가 득실거리고 있었지만, 이제는 그들도 동시에 여기저기서 다른 이야기가 오가는 일에 익숙했다. 실제로 앤은 루나가 하는 말에 거의 신경도 쓰지 않았다. "지미. 루나는 네가 여성인 줄 알아. 그리고 우리 모두의 엄마라고 생각해. 소피아, 당신은 아직 어린 남성으로 여겨지고 있어요. 에밀리오, 당신은 어린 여성이고. DW와 마크 그리고 나에 대해서는 헷갈려하는 것 같지만 조지가 남성이라는 사실은 확신하고 있어. 기분 좋지, 여보?"

쿠션에 몸을 묻으며 조지가 의심스럽다는 듯이 말했다.

"글쎄, 잘 모르겠는데. 누가 남자고 여자인지 그들이 뭘 가지고 판단 하는데?"

"물론 일정한 기준이 있어. 에밀리오, 아스카마가 어린 소녀라는 당신의 추측은 정확했어. 5대 5의 확률이었는데 제대로 맞힌 거지. 문제는 차이파스가 아스카마의 엄마라는 거야. 마누자이가 아니라. 그래요, 정말이라니까요, 여러분!" 사람들이 놀라서 쳐다봤다. "그 얘긴 이

따 할게요. 어쨌든 수파아리가 한 말에 따르면 루나는 여성이 마을의 대소사를 모두 처리한다고 하더군요. 들어 봐요, 소피아, 정말 멋진 이 야기니까. 루나는 임신 기간이 아주 짧고 별로 불편을 느끼지도 않는 대요. 그리고 엄마는 아이를 낳아서 아빠에게 넘겨준 다음, 조금도 지 체하지 않고 자기 일로 돌아간다고 해요."

"내가 성별에 따른 역할을 이해할 수 없었던 것도 당연해요! 그래서 아스카마가 상인이 되기 위한 교육을 받는 거였군. 루나가 나를 여성 이라고 생각하는 건 내가 우리 일행의 공식적인 통역사라서 그렇고요, 맞죠?" 산도즈가 말했다.

"빙고. 그리고 완전히 자란 여성처럼 보일 만큼 충분히 큰 사람이 지 미밖에 없으니 우리의 엄마라고 생각하는 거야. 그래서 언제나 우리 결정에 대해 지미한테 묻는 거지. 이따금 DW의 의견을 묻는 건 단지 예의를 차리기 위한 행동 같아." 야브로가 콧방귀를 뀌자, 앤이 씩 웃 었다. "알았어요. 자, 이제 재미있는 부분이에요. 마누자이는 차이파스 의 남편이에요, 맞죠? 하지만 아스카마의 생물학적 부친은 아니에요. 루나 여성은 마누자이처럼 사회적으로 좋은 아빠가 될 거라고 여겨지 는 남성과 결혼해요. 하지만 수파아리가 말하기를 짝짓기에서는……." 앤이 목청을 가다듬었다. "전혀 다른 기준으로 상대를 고른다는군요."

"힘 좋은 종마를 고른다 이 말이외까?"

"그렇게까지 말할 건 없잖아요, 야브로." 차이파스와 그녀의 손님들 은 아이차의 집에서 식사를 하기로 결정했고, 순식간에 동굴이 텅 비 었다. 일행만 남자 앤은 몸을 앞으로 숙이며 은밀한 투로 말을 이었다. "하지만 맞아요, 아마 그런 의미였을 거라고 생각해요. 상당히 매력적 인 관습이라고 인정할 수밖에 없네요. 물론 어디까지나 이론적으로."

마지막 말은 조지가 째려보기에 황급히 덧붙인 거였다.

537

"그럼 내가 남자라고 루나가 확신하는 이유는 뭐지?"

조지는 조바심을 내며 물었다. 그의 남성성이 양 방면에서 간접 공격을 당하고 있었다.

"내 사랑, 그러니까 루나는 당신의 잘생긴 외모에서 남성미뿐 아니라 아이들을 얼마나 잘 돌보는지 알아본 거야. 하지만 꽃잎을 모으는 일에는 그다지 관심을 보이지 않아서 사실은 당신에 대해 약간 헷갈려 하기도 했어. 마크와 DW 그리고 나에 대해서도 마찬가지고. 내가 요리를 도맡아 하니까 남자라고 생각했지. 어쩌면 일종의 아빠랄까? 오, 지미, 루나는 나와 당신이 결혼한 사이라고 생각할지도 몰라! 분명 우리 나이를 알아보지 못할 테니까."

산도즈는 점점 더 생각에 잠겼고, 야브로는 그 모습을 지켜보며 킬킬대기 시작했다. 산도즈는 웃지 않으려고 했지만 결국 무너지고 말았다.

"뭐예요? 뭐가 그렇게 재미있죠?" 앤이 웃었다.

"재미있다는 표현이 적절한지 모르겠소이다."

야브로가 오른쪽 눈을 산도즈에게 향한 채 눈썹을 치켜들며 말했다. 산도즈는 어깨를 움츠렸다.

"별거 아니에요. 그냥 생물학적 부친과 사회적 부친이 다르다는 개념이 우리 가족한테도 도움이 됐을 것 같아서요."

"우리에게 그런 관습이 있었다면 네 녀석도 그렇게 고달프지 않았을 테니까 말이다."

야브로가 앤의 말에 맞장구치자, 산도즈가 쓴웃음을 지으며 손으로 머리카락을 쓸어 넘겼다. 이제 모두가 얼굴에 호기심을 드러낸 채 그를 쳐다보고 있었다. 산도즈는 잠시 망설였지만 이미 딱지가 앉아 있는 오래된 상처였다. 그가 신중하게 말을 고르며 이야기를 시작했다.

"내 어머니는 아주 따스한 마음씨와 활기찬 성격을 지닌 여성이었죠. 그리고 어머니의 남편은 키가 크고 강하고 잘생긴 남자였어요. 머리카락은 검었지만 피부는 아주 하얀색이었죠, 알겠어요? 우리 어머니도 흰 피부였고요." 산도즈는 사람들이 생각할 시간을 주기 위해 말을 멈췄다. 꼭 유전학에 정통한 사람이 아니라도 그가 말하는 의미는 쉽게 파악할 수 있었다. "우리 어머니의 남편은 몇 년 동안 마을을 떠나 있었는데……."

"뭔가를 사고파느라 바빴으니까." 야브로가 거들었다.

"……돌아와 보니 거의 한 살이 된 둘째 아들이 생겨 있었던 거죠. 그것도 피부색이 아주 짙은 녀석이." 산도즈가 입을 다물자 방 안이 조용해졌다. "두 분은 이혼하지 않았어요. 그분은 우리 어머니를 몹시 사랑했던 게 틀림없어요." 전에는 한 번도 그런 식으로 생각해 본 적이 없었다. 그래서 산도즈는 자기가 그 점에 대해 어떤 기분을 느껴야 할지 몰랐다. "어머니는 매력적인 분이었어요. 앤 말마따나, 사랑하기 쉬운 사람이었죠."

"그래서 어머니 대신 죄의식을 느꼈군."

앤이 날카롭게 말했다. 속으로는 이런 일이 벌어지게 만든 여자를 욕했고, 눈앞의 아이를 잘못된 엄마에게 점지해 준 신을 질책했다.

"당연히 그랬죠. 달갑지는 않았으니까요, 그런 식으로 태어났다는 사실이."

산도즈가 앤을 흘낏 쳐다봤지만, 곧 시선을 돌렸다. 그는 이 이야기를 꺼낸 것이 실수였다는 사실을 깨달았다. 어린 시절, 자신도 어머니를 이해하려고 무진 애를 써 봤다. 하지만 어린아이가 무엇을 알았겠는가? 그는 다시 어깨를 움츠리며 엘레나 산도즈로부터 화제를 돌렸다.

"어머니의 남편과 나는 '사생아 박살 내기'라는 놀이를 하곤 했어요. 내가 그 말이 무슨 뜻인지 알게 된 건 열한 살 때였죠." 그는 고개를 젖혀서 눈앞에 흘러내린 머리카락을 치웠다. "열네 살 때, 나는 이 놀이의 규칙을 바꿨어요."

이렇게 오랜 세월이 지난 후에도, 그때의 즐거움이 다시 느껴졌다.

다음 이야기를 알고 있는 야브로는 자기도 모르게 씩 웃었다. 당시 그는 라페를라에서 비일비재하게 벌어지는 폭력 행위를 개탄했고, 산 도즈와 같은 아이들이 누군가를 칼로 찌르지 않고도 문제를 해결할 방 법을 찾아 주기 위해 열심히 노력했다. 쉬운 일은 아니었다. 라페를라 는 아버지가 여덟 살짜리 아들에게 "누구든 널 우습게 보면 확 찔러 버 려." 하고 말해 주는 동네였기 때문이다.

"우리의 존경하는 상급 신부님이 바로 당시 라페를라의 교구 신부였 죠." 야브로의 귀에 산도즈가 아주 즐거운 목소리로 이야기하는 소리 가 들렸다. "물론 이분은 아무리 명목상의 관계라 해도 가족 내부의 불 화를 용인하지 않으셨어요. 그럼에도 야브로 신부님은 어린 조수에게 어떤 지혜를 전수했어요. 서로 싸우는 두 사람의 크기에 본질적인 차 이가 있을 경우, 단지 훨씬 작은 상대를 해치려는 의도를 가졌다는 사 실만으로 더 큰 쪽이 비겁하다는 전제를 포함해서 말이죠."

"그러니까 그런 개자식은 손을 올리기도 전에 묵사발을 만들어 버 리라고 말이외다."

야브로가 만고불변의 진리라도 말하는 듯한 투로 선언했다. 그는 어 린 산도즈를 체육관으로 데려가서 몇 가지 잔재주를 가르쳤다. 덩치가 작은 산도즈가 자기를 괴롭히는 상대에게 맞서 싸우려면 기습밖에 방 법이 없었다. 문제는 미겔이 잔뜩 취해서 집에 돌아올 경우 자신을 방 어하기 위해서는 싸워도 괜찮지만, 온 동네를 돌아다니며 아이들을 괴 롭힐 필요는 없다는 점을 이 소년에게 이해시키는 일이었다.

"멍청이들을 혼내 주는 일에는 분명 어떤 원시적인 만족감이 있었어요." 산도즈가 조용히 자신의 스승에게 존경을 표하며 이야기를 계속했다. "하지만 자제와 관용이 없는 상태로 거기 탐닉해선 안 되는 거였죠."

"수파아리를 상대할 때 했던 기술을 어디서 배웠나 궁금했는데." 지미가 말을 이었다. "그때는 아주 대단했어요."

대화는 지미가 남부 보스턴에서 알고 지냈던, 권투로 올림픽까지 출전한 어떤 신부에 대한 화제로 넘어갔다. 그러자 야브로가 해병대에서 알았던 몇몇 하사관에 대한 이야기를 늘어놓았다. 앤과 소피아는 일어나서 점심 식사를 준비하기 시작했다. 두 여자는 마크가 퀘벡의 하키 리그에서 골키퍼들을 위협하기 위해 사용하는, 당연히 반칙이지만 아주 효과적인 몇몇 동작에 대해 하는 이야기를 들으며 고개를 흔들었다. 하지만 화제는 곧 일행이 수파아리가 산도즈를 공격하던 일을 빗대어 부르는 '자나아타의 악수 방식'으로 옮겨 갔다. 그리고 다시 산도즈의 어린 시절 이야기로 넘어가자, 그가 자리에서 일어섰다.

"소싯적에 익힌 기술이 언제 도움이 될지는 알 수 없는 법이죠." 산도즈는 더 이야기하고 싶지 않다는 투로 말하고 테라스를 향해 걸어갔다. 하지만 도중에 멈춰 서더니 웃는 얼굴로 경건하게 덧붙였다. "하느님은 하시는 일은 아무도 짐작할 수 없으니까요."

그 말이 진심인지 아니면 농담인지는 아무도 알 수 없었다.

카샨에서 하류로 내려가는 항해는 수파아리에게 가이주르에서 올라오는 여정보다 더 짧게 느껴졌다. 첫째 날은 별다른 생각 없이 물살을 따라 내려가며 모래톱과 바위를 피하는 일에만 집중했다. 하지만 강 위에서 둘째 날을 보내는 동안 그는 많은 생각을 했고, 경이에 빠져들었다. 새로운 사실, 새로운 생각, 새로운 가능성이 걷잡을 수 없이 밀려들었다. 하지만 그는 언제나 기회를 놓치지 않고, 어디서든 친구를 만드는 사람이었다. 이방인들은 루나와 마찬가지로 이따금 그 자신의 종족과 놀랄 만큼 달랐으며, 이해하기 어려운 점도 많았다. 하지만 그는 하안을 매우 좋아했다. 하안의 정신은 활기가 넘치고 도전적이었다. 나머지 사람은 그보다 덜 분명했다. 그저 하안과 나누는 이야기의 부수적인 존재들에 불과했고, 통역을 하거나 그림을 그리거나 이상할 정도로 시도 때도 없이 음식과 음료를 가져다주는 역할에 그쳤다. 그리고 솔직히 말해서 그들의 냄새는 전부 비슷했다.

수파아리는 유유히 흐르다 때로 소용돌이치는 강물을 내려다보며, 돌아가자마자 대여했던 동력선을 구입해야겠다고 결심했다. 가격은 이제 문제가 아니었다. 이방인들의 물품을 조사하는 동안, 그는 어떤 차원의 거래를 중개할 수 있는지 알게 되었다. 수파아리가 자신의 사업에 관해 설명하자 이방인들은 기꺼이 여러 가지 향료가 담긴 작은 꾸러미들을 제공했다. 이름만큼이나 놀라운 향기를 지닌 물건들이었다. 클로브, 바닐라, 이스트, 세이지, 백리향, 커민, 훈향. 갈색 계피 막대들과 불을 붙이면 마법 같은 빛과 향을 발하는 밀랍 양초라는 원통들. 그리고 그들은 종이에 그린 몇 장의 '풍경' 그림을 선물했다. 진정으로 놀랍고 아름다운 물건이었다. 수파아리는 그림들을 간직하고 싶은 나머지, 거의 레시타가 자신의 선물을 거부했으면 하고 바랄 정도였다.

이방인들은 자기네 물건이 지닌 가치를 전혀 몰랐다. 하지만 수파아리는 명예로운 사내였고, 통역사에게 괜찮은 가격을 제시했다. 키서리로부터 받을 금액 중 12분의 1이었고, 그 정도면 상당한 액수였다. 그러자 엄청나게 당황스러운 일이 벌어졌다. 하안이 그냥 선물로 주겠다고 고집을 부렸던 것이다. 그야말로 큰일 날 소리였는데, 선물로 받은 물건은 되팔 수 없기 때문이다. 작고 까무잡잡한 통역사와 갈기가 달린 그자의 여동생이 상황을 정리했지만, 그런 다음 그자가…… 이름이 뭐였더라? 순? 순도스? 어쨌든 그자가 직접 꾸러미를 수파아리에게 건네주려 했다! 대체 이자들은 가정 교육을 어떻게 받았단 말인가? 아스카마가 그자의 손을 잡아끌며 차이파스를 통해 물건을 전하게 하지 않았다면 바카샤니들은 거래에서 완전히 제외되고 말았을 터였다. 너무나도 무례한 행동이지만, 그 통역사는 자신의 실수를 깨닫자 진심으로 사과했다.

바카샤니들은 이방인들을 맞이한 집주인이기 때문에 수파아리의 이익 중 일정 비율을 나눠 가질 권리가 있었다. 카샨 마을은 이제 출산의 권리를 1년 가까이 앞당길 수 있을 것이다. 수파아리는 그들의 행운을 기뻐하는 한편으로 약간은 부러워했다. 자나아타의 셋째도 루나처럼 쉽고 단순한 방식으로 살 수 있다면 그 자신의 문제도 진작 해결되었을 것이다. 재정적인 능력과 정부에 대한 복종심을 증명한 뒤, 그냥 출산의 권리를 사서 아이를 낳으면 되니까 말이다. 하지만 자나아타의 삶은 결코 쉽거나 단순한 법이 없었다. 자나아타의 영혼 깊숙한 장소에는 모든 일이 통제되고, 숙고되고, 제대로 처리되어야 한다는 거의 흔들림 없는 확신이 존재했다. 따라서 살아가는 동안 실수를 저질러도 괜찮을 만한 여지가 거의 없었다. 전통은 안정을 상징했고, 변화는 위험을 의미했다. 심지어 수파아리조차도 그렇게 느끼고 있었다. 비록 이익을 얻기 위해 종종 그런 본능을 거스르곤 했지만.

이야기꾼들은 오래전 어떤 섬에서 잉위가 최초의 자나아타 사냥꾼 다섯과 최초의 루나 무리 다섯을 창조했다고 주장한다. 작은 섬에서는 균형이 깨지기 쉬워서 관리에 실패하면 곧바로 파멸이 찾아올 수밖에 없었다. 사냥꾼들과 그 짝들은 다섯 차례나 실수를 저질렀다. 그들은 일을 운에 맡겼고 생각 없이 사냥감을 죽였으며, 자신들의 수를 무턱대고 불렸다. 그리고 그 결과 모든 것을 잃었다. 여섯 번째 시도에서 우리 아버지 티캇이 루나를 기르는 법을 터득했다. 그리고 우리 어머니 사아리를 배우자로 삼았다. 잉위는 그들을 대륙으로 이끌었고 영토를 내렸다. 그 밖에도 파아우와 티하아이, 그리고 최초의 형제들에 대한 다른 이야기가 수도 없이 많았다. 누가 알겠는가? 그 안에 얼마간 진실이 담겨 있는지도 모르지만, 수파아리는 회의적이었다. 전설들은 첫째와 둘째에게 너무 유리했고, 그들이 세상을 다스리는 이유를 정당화하는 데 너무 편리했다.

상관없는 일이었다. 그런 전설들이 태고의 진실에서 비롯했건 아니면 지배 계층의 이익을 위해 처음부터 끝까지 날조되었건, 달라질 바는 없다고 수파아리는 생각했다. 자신이 셋째로 태어났다는 사실은 변하지 않았다. 과연 갈라트나의 레시타로 하여금 수파아리가 새로운 혈통을 창시할 자격이 있다고 확신하게 할 수 있을까? 이는 민감한 문제였고, 조심스러우면서도 영리하게 접근해야 했다. 레시타들이 자기 자신조차 갖지 못한 권리를 남에게 부여할 때 관대함을 보여 주는 경우는 드물기 때문이었다. 수파아리는 어떻게든 흘라빈 키서리로 하여금 이런 특권의 수여가 그 자신에게도 이익이라고 생각하게 만들어야 했다. 능수능란한 수파아리 바게이주르로서도 결코 쉬운 일이 아니었다.

수파아리는 일단 고민을 접었다. 사냥감은 쫓아가면 도망가기 마련이다. 미친 듯한 질주와 품위 없는 추격에 노력을 낭비하기보다는 주위를 맴돌면서 기회를 엿보는 편이 낫다. 인내심을 가지고 기다리다 보면 언제나 뭔가가 사정거리 안에 들어온다는 사실을 알고 있었다.

수파아리의 첫 방문 이후, 예수회 일행은 라카트에서 맞이하는 두 번째 해를 자신들이 바라는 만큼 생산적이고 만족스럽게 만들기 위해 규칙적인 일정을 마련했다.

그들 앞으로 동굴 두 곳이 주어졌다. 앤이 언제나 루나와 함께 있는 일이 피곤하다고 인정하자 수파아리가 그렇게 주선한 덕분이었다. 앤은 또한 그에게, 야브로의 몸 상태가 좋지 않아서 때로는 멀리 있는 강가로 내려가는 일을 힘들어한다고 살짝 귀띔했다. 수파아리는 연장자의 질병을 치료할 방법은 알지 못했지만, 사려 깊게도 마누자이의 집보다 훨씬 더 아래쪽 동굴을 일행의 생활 공간으로 지정해 주었다.

소피아는 앤 그리고 조지와 함께 살았다. 그 옆 동굴은 독신 남자들을 위한 기숙사인 동시에 모두를 위한 사무실이 되었다. 앤이 머무는 쪽이 집이었다. 이렇게 용도를 확실히 구분하자, 마누자이 그리고 차이파스와 함께 살면서 매일같이 장소를 옮겨 다니던 때보다 상황이 훨씬 나아졌다.

일행은 수파아리를 통해 바카샤니들이 그들을 단순히 용인할 뿐 아니라 환영하고 있다는 사실을 알 수 있었다. 그들은 수파아리에게 상품을 제공하고 마을에 이익을 벌어다 줌으로써 공동체의 경제 구조에 편입되었다. 그 때문에 이후로는 사소한 편의를 보다 적극적으로 요구할 수 있게 되었다. 예컨대 루나가 아무 때나 방문해서 자고 가는 일을 제한한다든지, 혹은 낮 시간 동안 사생활을 보장받는다든지 하는 것이었다. 루나, 특히 마누자이와 어디에나 존재하는 아스카마는 여전히 자주 놀러 왔고 때로는 자고 가기도 했다. 하지만 정기적으로 사생활을 누릴 수 있는 시간이 존재했다. 그러자 어찌나 편한지 깜짝 놀랄 정도였다.

그해에 앤, 소피아 그리고 야브로는 대부분의 수파아리와 한 면담을 정리하는 일에 시간 대부분을 할애했다. 그들은 루나의 생물학, 사회 구조와 경제, 그리고 루나와 자나아타의 관계에 특히 집중했다. 하나의 문단을 쓸 때마다 백 가지의 새로운 의문이 생겨났지만, 그들은 한 번에 하나씩 처리해 나갔다. 그리고 매주, 매달, 엄청난 양의 문서를 로마로 송신했다. 앤은 수파아리에게 동료 의식을 느끼고 있었기 때문에, 일행이 작성하는 모든 보고서에 그를 공동 저자로 넣자고 제안했다. 소피아는 이 문제에 대한 산도즈의 너그러움을 본받아 즉시 그렇게 했다. 그리고 결국에는 야브로도 이런 관행을 따르게 되었다.

에밀리오 산도즈는 지적인 그물망의 한가운데 자리한 거미처럼 어휘론과 의미론, 형태론, 운율 구조, 관용어 그리고 문법 체계를 수집했다. 그는 일행 모두를 위해 질문에 답하고 통역을 하고 연구를 도왔다. 그러면서 소피아와 함께 루안자어를 익히기 위한 학습 프로그램을 제작했고, 아스카마와 마누자이의 도움을 받아 루안자어 사전을 편찬했다. 마크는 도착한 첫날부터 루나와 그들의 삶을 그림으로 그리기 시작했고 이 일은 계절이 한 바퀴 돌 때까지 계속되었다. 산도즈로서는 기쁘게도 루나는 공간적인 격 변화로 마크의 그림을 묘사했다. 그리고 이제는 집안의 여자가 거래를 위해 여행을 떠날 때면, 마크나 그의 제자에게 자신의 초상화를 부탁했다. 여행 중에도 가족과 함께 있기 위해서라고 차이파스는 설명했다. 이제는 어떤 가족의 어머니가 집을 비운 동안에도 나머지 사람들이 그녀의 모습을 볼 수 있었다.

조지와 지미는 간단한 배관과 도르래 장치를 만들어 절벽을 내려가지 않고도 물건을 올리고 내릴 수 있게 했다. 루나는 곧 집집마다 비슷한 시설을 마련했다. 그리고 조지는 강가로 이어지는 멋진 미끄럼틀을 만들기도 했다. 아이들은 좋아서 난리였고, 어른들도 원주민과 외계인 할 것 없이 이따금 미끄럼을 탔다.

루나는 뭐든 재빠르게 받아들였다. 그들은 좀처럼 놀라는 법이 없었고, 어쩌면 놀라는 능력이 없는 것은 아닐까 싶을 정도였다. 하지만 수파아리의 첫 번째 방문이 끝날 무렵, 마크가 그에게 이방인들이 정원을 꾸민다면 마을 사람들이 반대할지 물었다. 산도즈는 루안자어로 인공적인 환경에서 자라는 식물을 설명할 단어가 없다는 것을 깨달았다. 그래서 수파아리에게 정원의 사진을 보여 줬다. 그런 개념에 익숙했던 수파아리는 카샨 마을의 장로들에게 이야기해, 마크가 정원을 만들어도 좋다는 허락을 받아 냈다.

그래서 바카샤니들로서는 이해할 수 없는 이유로, 마크 로비쇼와 조지 에드워즈 그리고 지미 퀸 세 사람은 유용한 뿌리가 자라지 않는 땅을 파헤치기 시작했다. 그들은 커다란 숟가락과 같은 도구로 흙을 한 더미씩 파냈다. 그러고는 아무 일도 하지 않고 다만 위아래만 바꿔서 흙을 다시 덮었다. 이때는 루나도 완전히 깜짝 놀랐다.

이런 알 수 없는 행동이 이방인들에게는 힘겨운 육체노동이라는 사실이 모든 일을 더 우습게 만들었다. 조지가 이마를 훔치기 위해 동작을 멈추면 루나는 땅을 구르며 웃곤 했다. 마크가 숨을 고르기 위해 앉을 때면 루나는 웃느라고 숨을 헐떡였다. 지미가 쉴 새 없이 일하느라 붉은 고수머리가 밤으로 흠뻑 젖으면 지켜보던 루나가 옆에서 격려했다.

"아, 그렇게 하니까 흙이 훨씬 보기 좋네요. 훨씬 나아졌어요."

그리고 휘파람을 불면서 즐거워했다. 루나도 비꼴 줄 아는 모양이었다.

이윽고 다른 마을의 루나까지 와서 정원사들을 구경했고, 그들이 데려온 아이들은 강가의 미끄럼틀을 타고 놀았다. 조지는 원시적인 농법을 고집해서 관광객들의 구경거리가 되었던 오하이오의 아만파 농부들에게 시공간을 초월한 공감을 느꼈다. 하지만 정원이 모양을 갖추자 루나는 더 이상 그들을 비웃지 않았고, 이방인들이 어떤 계획을 가지고 그런 이해할 수 없는 행위를 했는지 깨닫게 되었다. 정원은 진지한 과학적 실험의 일환이었고 식물의 발아와 산출을 주의 깊게 기록할 예정이었다. 하지만 그 이전에, 마크 로비쇼가 설계한 모든 부분이 아름다웠다. 그는 정원에 일련의 서로 맞물린 마름모꼴과 원형의 화단을 배치했고 가장자리에는 허브를 심었다. 조지와 지미는 격자 모양의 시렁을 만든 다음 루나의 테라스에 있는 파라솔을 가져다 놓았다. 상추와 완두콩을 햇볕으로부터 가리는 동시에 쏟아지는 비를 막기 위한 용도였다. 이제는 마누자이도 흥미를 느끼고 그들이 하는 일을 도왔다. 그렇게 환상적인 정원이 만들어졌다.

라카트의 건기는 지구 식물의 재배에 비교적 적합한 기후로 드러났다. 계절이 바뀌자 채소들을 심어 놓은 오와 열이 세심한 고려를 거쳐 계획되었다는 사실을 눈으로 확인할 수 있었다. 주홍색 줄기의 스위스 근대들이 에메랄드빛 시금치 화단 위로 자라났다. 애호박과 옥수수와 감자, 토마토와 양배추와 당근, 오이와 깃털 당근, 붉은 사탕무와 보랏빛 순무 이 모두가 어우러져 아름다운 형태를 만들었고, 그 사이사이로 팬지와 해바라기, 금송화와 인도산 한련 같은 먹을 수 있는 꽃들이 피어났다. 정말로 눈부시게 아름다운 정원이었다.

정기적으로 카샨에 들르던 수파아리는 세 번째 방문에서 채소밭을 보더니 예의 바르게 감탄했다.

"우리 자나아타들 역시 이런 정원을 가지고 있습니다. 당신들의 것과 향기는 다르지만요."

몇몇 향기들은 말할 수 없을 정도로 맡기 괴로웠지만, 그는 그렇게 돌려 표현했다.

"그래도 보기에는 이게 더 아름답군요."

그 뒤로는 더 이상 흥미를 갖지 않았다. 수파아리는 정원을 그저 무해하고 별난 짓으로만 여겼다.

수파아리는 자기가 먹을 음식을 도시에서 가져와 동력선에서 혼자 식사를 했다. 때로는 도시에서 루나도 데려왔는데, 살아 있는 교과서와 같은 역할을 하는 기억술 전문가였다. 그 루나는 이방인들의 보다 기술적인 질문에 대답할 수 있었다. 글로 쓰인 자료들도 있었지만, 크샨어였기 때문에 기술적인 도면을 제외하면 전혀 이해할 수 없었다. 조지와 지미는 특히 라디오에 관심을 보였고, 전력 생산, 신호 제작, 수신 장비 등에 대해 알고 싶어 했다. 수파아리는 어렴풋이나마 이들이 라카트에 온 이유가 갈라트나의 공연을 엿들었기 때문이라는 사실을 알았기 때문에 그런 호기심을 이해했다. 하지만 그로서도 많은 정보를 제공할 수는 없었다. 그는 청취자의 입장 이상으로 라디오에 대해 알지 못했다. 이런 무지는 기술자들에게 실망스러운 일이었다.

"그 사람은 장사꾼이지 기술자가 아니야." 앤이 수파아리를 변호했다. "설사 그렇지 않더라도, 자기가 사용하는 모든 기술을 분명히 파악하고 있던 인간은 아마 레오나르도 다빈치가 마지막일 거야."

조지가 좀처럼 수긍하지 않자, 그녀는 남편더러 아스피린이 어떻게 작용하는지 수파아리에게 설명해 보라고 말했다.

최소한 수파아리는 왜 루나가 음악을 싫어하는지 설명할 수 있었다.

"우리 자나아타들은 활동을 조직하기 위해 노래를 사용합니다." 햄피이 나무 속의 쿠션에 앉아서 그가 앤과 산도즈에게 말했다. 가볍게 부슬비가 내리고 있었지만 아무도 신경 쓰지 않았다. 수파아리는 적당한 루안자어 표현을 찾지 못해 애를 먹는 것처럼 보였다. "우리 종족끼리만 하는 일이죠. 루나는 그걸 두렵다고 느낍니다."

"노래를 말인가요, 아니면 노래로 조직하는 활동을 말인가요?" 앤이 물었다.

"누군가는 둘 다라고 생각합니다. 그리고 우리는 또한, 루안자어로는 표현할 방법이 없는데, '바아달리 바스누 차르피'를 합니다. 두 무리가, 하나는 여기 그리고 하나는 여기 있죠." 수파아리가 몸짓으로 두 무리가 서로 마주 보는 모양을 나타내며 말을 이었다. "그들은 노래를 불러요. 먼저 한 무리가 그러고 나서 또 다른 무리가 말입니다. 그리고 심사를 해서 상을 주죠. 루나는 그런 일을 좋아하지 않습니다."

"노래 경연이야!" 앤이 영어로 외쳤다. "어떻게 생각해, 에밀리오? 이해가 가지 않아? 노래로 경쟁을 하는 것 같은데. 웨일스에서도 그런 시합을 하곤 했어. 기가 막힌 합창이었지."

"그래요. 루나라면 그와 같은 경쟁을 피하려 들 것 같네요. 그런 상황에서는 포레이가 만연할 테니까. 모든 참가자가 상을 타고 싶어 하겠죠." 산도즈가 다시 루안자어로 말했다. "누군가의 생각으로는 한 무리만 상을 타고 다른 무리는 타지 못하면 루나의 마음이 포레이가 될 것 같습니다."

그는 추측이 맞는지 확인하려고 수파아리에게 자신의 이론을 들려줬다.

"그렇습니다, 하얀." 자나아타는 산도즈가 단지 통역에 불과하다고 생각했기에 앤을 향해 대답했다. 그리고 앤이 듣기에는 다소 비웃는 듯한 말투로 덧붙였다. "우리 자나아타에게 그런 마음은 없습니다."

하지만 수파아리가 다른 자나아타를 데려오는 일은 없었다. 그는 도시로 가서 사람들을 만나 보고 싶다는 조지와 지미의 반복적인 요청에도 시큰둥한 반응을 보였다.

"자나아타들은 크산어밖에 하지 못합니다."

왜 안 되는지 이유를 알려 달라고 하자 그렇게 대답했다. 수파아리는 일행에게 자신이 루안자어를 할 줄 아는 것은 매우 드문 경우라고 설명했다. 보통은 루나가 자나아타의 언어를 배워야 했다. 설득력 있는 핑계는 아니었고, 어쩐지 예의상 꾸며 낸 이야기처럼 들리기도 했다. 그래서 야브로는 수파아리가 거래선을 노출하지 않기 위해, 자신들의 존재를 비밀에 부치려는 의도가 아닌지 의심했다. 예수회 일행은 자본주의에 익숙했기 때문에 커피와 향료 시장을 독점하려는 수파아리의 야심을 나쁘게 생각하지 않았다. 그래서 비록 야브로가 누군가 권한을 지닌 인물과 접촉하고 싶어서 안달이긴 했지만 일행은 인내심을 가지려고 노력했다. 결국에는 Cunctando regitur mundus, 즉 기다리는 자가 승리한다. 그러는 동안 산도즈는 크산어를 공부하기 시작했다.

일행이 카샨 마을에 도착하고 나서 라카트 달력으로 1년 반이 지나자, 마침내 수파아리가 가이주르를 방문할 방법을 찾았다는 소식을 전했다. 물론 어느 정도 시간이 걸릴 것이다. 준비해야 할 사항들이 많았고, 방문은 다음 우기가 끝난 다음에나 이루어질 예정이었다. 수파아리는 그때까지 자기가 일행을 만나러 상류로 올라올 수는 없지만, 파르탄이 시작될 무렵 돌아와서 그들을 도시로 데리고 가겠다고 말했다. 계획의 실현 여부는 어째선지 지구인들이 붉은빛 아래서도 볼 수 있는 능력에 달려 있었다. 하지만 왜 그런지 물어보면 수파아리는 좀처럼 제대로 대답해 주지 않았다.

어쨌거나 그들은 현 상황에 그럭저럭 만족하고 있었다. 모두가 생산적인 일에 종사하고 있었으며, 이미 여러 가지로 도움을 제공한 수파아리에게 더는 부담을 주고 싶지는 않았다.

"한 걸음씩 느긋하게 가죠."

산도즈가 그렇게 말하면, 마크가 덧붙이곤 했다.

"하느님의 뜻대로 이루어질 겁니다."

이 기간에 예수회 일행의 건강 상태는 전반적으로 양호했다. 라카트에는 그들에게 영향을 미칠 만한 병소가 존재하지 않아서 바이러스에 감염될 위험은 없었다. 지미는 손가락을 한 번 부러뜨렸다. 마크는 땅을 파고 돌을 옮기는 동안 뭔가에 심하게 물렸다. 순식간에 도망가는 바람에 그게 뭐였는지 알아내지는 못했지만 상처는 오래지 않아 아물었다. 어느 날 밤, 조지는 마누자이가 늘 걱정했던 대로 오솔길에서 굴러떨어졌다. 하지만 다행히 크게 다치지는 않았다. 그 밖에 사소하게 베이고, 멍들고, 물집이 잡히거나 근육이 당기는 경우도 있었다. 이제는 일행이 커피를 판매하지 않고 마시려고 들면 바카샤니들이 실망으로 몸을 흔들었기 때문에, 소피아는 카페인을 끊으려고 애쓰다가 잦은 두통에 시달렸다. 한 달 남짓 진통제를 처방한 후, 앤은 소피아더러 그냥 몰래 마시라고 제안했다. 소피아는 안도하며 이 해결책을 받아들였다.

의학 박사인 앤 에드워즈에게는 대체로 어려울 것 없는 일들이었다. 하지만 한 사람의 환자만큼은 차도가 전혀 보이지 않았다. D. W. 야브로의 영혼과 정신은 아직도 굳건했지만, 몸 상태는 계속 나빠지고 있었다. 그리고 앤이 아는 한도 내에서는 그녀가 할 수 있는 일이 전혀 없었다.

돌이켜 보면 루나가 정원을 가꾸기 시작하리라는 것은 충분히 예견할 수 있는 일이었다. 일단 그 모든 노동이 무엇을 만들기 위해서였는지 이해하고, 정원이 얼마나 아름다울 수 있는지 목격하고, 무엇보다 집 근처에서 식량을 재배할 수 있다는 사실을 깨닫자, 루나는 특유의 열정과 창의력을 발휘하기 시작했다. 정원을 만드는 유행은 카샨에서 가이주르로 이어지는 강줄기를 따라 다른 마을까지 퍼져 나갔다. 앤은 루나 방문자들에게 질문을 던지고 위성의 관측 자료를 검토하며 전파 속도를 확인했다. 그녀는 이번 일이 확산의 교과서적인 사례라고 말하면서 기록을 작성했다.

마크와 조지는 최초의 루나 정원사들을 돕기 위해, 그들과 함께 피크와 크집이 자라는 지역을 찾았다. 거기서 씨앗을 모으고 가지를 꺾고 뿌리를 캤다. 몇몇 작물은 재배에 실패했지만 나머지는 잘 자랐다. 그리고 새로운 식물들이 더해졌다. 이방인들은 기쁜 마음으로 감자를 제공했고, 루나는 아주 좋아했다. 일행은 사탕무와 심지어 팝콘까지 소개했다. 팝콘은 음식으로서나 재밋거리로서도 인기가 높았다. 소피아가 이렇게 종자를 나눠 주면 지구 식물들이 생태적 재앙을 초래하지 않을까 우려하자, 마크가 그녀를 안심시켰다.

"내가 가져온 종자들은 자연 상태에서 발아율이 아주 낮아요. 루나나 우리가 정원 돌보기를 그만두면 1년 안에 모두 죽어 버릴 겁니다."

정원에서 재배하는 작물로 식량을 충당하면서 루나는 더 이상 음식을 구하기 위해 멀리까지 여행을 다닐 필요가 없어졌다. 바카샤니와 이웃들의 삶은 눈에 띄게 윤택해졌고, 루나의 체지방이 늘어났다. 호르몬 분비가 증가해서 발정기가 시작되자, 카샨과 주위 마을에 사는 루나의 생활은 훨씬 더 흥미로워졌다. 수파아리가 루나의 성에 대해 개략적으로 들려주지 않았더라도 앤은 관찰을 통해 충분히 이 점을 알아낼 수 있었을 것이다. 루나에게는 사생활이라는 개념이 없었기 때문이다.

그리고 앤은 루나 역시 작은 이방인들이 어디서 왔는지 궁금해한다는 사실을 알게 되었다. 물론 '지구'라는 단어가 그들이 원하는 대답은 아니었다. 그래서 갑자기 섹스와 임신과 가족의 탄생이 공통의 관심사가 되었고, 앤은 루나에게 인간의 행태적, 생리적, 해부학적 특징의 몇몇 측면을 설명했다. 그리고 오래지 않아 루나는 이방인들을 부를 때 루안자어의 인칭 대명사를 정확하게 사용할 수 있게 되었다.

카샨 마을의 성적으로 고조된 분위기 속에서, 루나는 홍채가 하나인 눈들을 다정하게 외면했고 인간들 역시 언행을 조심했다. 하지만 지미 퀸과 소피아 멘데스 사이에 감도는 기류를 눈치채지 못할 수는 없었다. 바카샨니들은 이 한 쌍에 대해 기뻐했다. 시끌벅적하게 그 점을 드러냈고 은근함을 넘어서 노골적으로 외설적인 언급도 자주 이루어졌다. 지미와 소피아는 이를 선의에서 나온 행동으로 부담 없이 받아들였다. 수줍음은 그들에게 허락된 사치가 아니었다. 그리고 솔직히 말해 우정이 깊어지고 마침내 사랑이 꽃피면서, 그들이 부끄러움을 느낄 대상은 단 한 사람밖에 없었다. 그들 세 명 사이에 어떤 말이 오가는 일은 결코 없었다. 뭔가 말을 한다면 그동안 숨겨 왔던 진실이 드러날 테고, 세 사람 모두가 모종의 불필요한 대가를 치러야 할 터였다. 산도즈는 다른 커플을 대할 때와 달리 그들에 대해서는 사람들과 함께 음담패설이나 농담을 하지 않았다. 하지만 때때로 소피아와 지미가 함께 산책에서 돌아올 때나 방 건너편에서 눈을 들어 산도즈를 살필 때면 그와 눈이 마주치곤 했다. 그리고 두 사람은 그의 평온한 얼굴과 차분한 시선에서 축도(祝禱)를 발견할 수 있었다.

지미는 소피아가 마음의 준비를 마치고도 꼬박 두 달이 지나서야 청혼을 했다. 지미의 고백은 늘 그랬던 것처럼 우스꽝스러웠고, 소피아의 대답은 언제나처럼 단호했다.

"소피아. 나도 이렇게 말하기는 싫지만, 실제적인 목적을 고려할 때 아무래도 내가 이 행성의 유일한 남자인 것 같은데……."

"좋아요."

그렇게 해서 스탄자의 다섯째 날, 지구 달력으로는 대략 2041년 11월 26일, 라벤더색과 푸른색과 초록색으로 이루어진 라카트 행성의 잉브로카 남쪽에 있는 카샨 마을에서, 제임스 코너 퀸과 소피아 라헬 멘데스는 결혼식을 올렸다. 그들은 유대인의 전통에 따라 모서리가 노란색과 진보라색, 초록색과 청록색, 홍옥색과 연보라색의 긴 리본으로 장식되고 치자꽃과 백합 향기를 풍기는 추파[*] 아래서 서로를 맞이했다.

  신부는 앤이 수파아리가 제공한 비단과 비슷한 섬유로 만든 소박한 드레스를 입었다. 마누자이는 리본과 꽃으로 소피아의 머리에 얹을 관을 만들었다. 관을 쓰자 소피아의 주위로 수많은 색상의 물결이 드리웠다. 이제는 소피아만큼이나 체중이 가볍고 연약해진 야브로가 신부와 함께 입장했다. 신랑 들러리는 조지가 맡았다. 신부 측 들러리는 앤이었지만, 그녀는 결혼식 내내 울기만 했다. 꽃을 드는 소녀는 당연히 아스카마가 되었다. 루나들은 예식의 이런 요소를 아주 좋아했는데, 자신들의 의식과 매우 가까웠기 때문이다. 마크가 결혼식의 주례를 섰고, 혼인 미사 중간에 루안자어로 된 아름다운 시 몇 편을 낭송했다. 앤은 유대식 결혼에서 신랑이 유리잔을 밟아 깨뜨려야 한다는 사실을 알고 있었다. 준비할 수 있는 가장 비슷한 물건은 루나가 향수를 담는 플라스크였다. 그때 야브로가 소피아의 기호를 고려할 때, 커피를 담는 머그잔이야말로 적절한 상징성을 지녔다고 말했다. 그래서 그들은 유리잔 대신 도자기 잔을 사용했다. 그리고 마크는 '세헤체야누'라는, 첫 번째 과실과 새로운 시작에 대한 히브리어 기도문으로 주례사를 마쳤다. 소피아는 프랑스어 억양이 섞인 단어들을 알아듣고 눈을 크게 뜨며 놀랐다. 그리고 마크가 자신에게 그 말을 가르쳐 준 사람의 입 모양을 보며 따라 하고 있다는 사실을 눈치챘다. 조금 떨어진 곳에 서 있

  ---

  [*] 사방이 열려 있는 일종의 차양.

는 에밀리오 산도즈를 돌아보니, 그가 미소를 지어 보였다. 소피아를 위한 결혼 선물이었다.

잔가지와 팝콘이 넘쳐나는 잔치가 열렸다. 그리고 승자와 패자가 존재하지만, 어떤 보상도 없으므로 포레이를 초래할 염려가 없는 놀이와 시합들도 열렸다. 루나와 인간의 관습과 요리가 뒤섞인 훈훈한 행사였다. 앤은 지구의 여느 신부 엄마들과 마찬가지로 이날을 준비하는 데 많은 공을 들였고, 첫날밤에 지미와 소피아가 철저하게 그들만 남겨져야 한다는 점을 분명히 했다. 그 말을 이해한 바카샤니들은 새로운 부부에게 주어진 동굴 입구에 휘장을 만들었다. 덩굴을 엮어서 만들고 꽃과 리본으로 장식한 휘장이었다. 집으로 가는 동안, 지미와 소피아는 도와준 모두에게 감사 인사를 하며 웃음을 터뜨렸다. 그리고 세 번째 태양이 저물자, 다 같이 웃고 떠들던 분위기가 점차 잦아들고 마침내 두 사람만 남아 보다 사적인 행사를 치를 수 있게 되었다.

소피아는 이날 밤이 오기 한참 전에 자신의 과거를 고백했다. 그들이 스스로에게 허락한 달콤한 기다림의 시간 동안에 벌어진 일이었다. 두 사람은 주위에서 결혼식을 준비하는 사이, 쿠션이 깔린 햄피이 나무 안의 그늘에서 함께 시간을 보내곤 했다. 서로 나눌 이야기가 아주 많았다. 가족의 사연, 재미있는 이야기, 단순한 전기적(傳記的) 세부 사항. 어느 날 오후 지미는 소피아의 옆에 누워, 작지만 완벽한 그녀의 모습을 감상하며 자신의 행운에 놀라고 있었다.

지미는 소피아가 처녀인 상태로 그와 결혼할 거라고 생각해 본 적은 없었다. 그는 그녀를 내려다보며 손가락으로 완벽한 얼굴선을 어루만졌다. 그리고 에로틱한 상상으로 의미심장한 미소를 지으며 어떤 의심의 여지도 없는 낮고 친밀한 목소리로 물었다.

"당신은 어떤 식으로 하는 걸 좋아하지요, 소피아?"

그러자 소피아가 울음을 터뜨리며 말했다.

"몰라요."

그녀는 한 번도 누가 그런 질문을 하리라고 생각해 본 적이 없었다. 지미는 깜짝 놀라서 입맞춤으로 소피아의 눈물을 훔쳐 내며 말했다.

"그러면 우리 같이 알아내면 되겠네요."

격한 반응으로 볼 때 뭔가 사연이 있으리라고 지미는 짐작했다. 그래서 탐색하는 눈빛으로 소피아를 쳐다봤다.

소피아는 자신의 과거를 오래된 방어벽 뒤에 숨겨 놓을 생각이었다. 하지만 그들 사이의 마지막 장벽이 무너졌다. 모든 이야기를 듣자 지미는 소피아가 안쓰러운 나머지 가슴이 무너지는 것 같았다. 하지만 그저 가만히 앉아서 기다란 팔과 다리로 그녀를 끌어안았다. 그리고 동료와 이론적인 대화를 나누는 천문학자처럼 건조하고 학구적인 말투로 물었다.

"얼마나 오랫동안 내가 매일매일 당신을 더 사랑하게 될 거라고 생각해요?"

그리고 무한에 수렴하는 결괏값을 지닌 사랑의 계산식을 고안해서 소피아를 다시 웃게 했다.

그해시 라가트의 여름이 시작되는 달인 스탄자의 다섯째 날이 됐을 때는, 더 넘어야 할 성벽도 지켜야 할 요새도 존재하지 않았다. 이 시기에는 밤이 매우 짧았고 하늘에는 별이 가득했으며, 구름이 달들과 경주를 벌였다. 하지만 두 사람의 첫날밤은 지미가 소피아를 주도하며 그녀의 심장 박동에 맞춰 두 사람만의 결혼식 춤을 즐길 만큼 충분히 길었다. 그리고 수많은 색의 꽃과 덩굴 사이로 비추는 달빛은 라카트 시인의 노래만큼 아름다운 순간들로 향하는 길을 함께 찾아내는 일에 매우 어울리는 조명이었다.

그해 여름이 깊어지고 비가 내리는 동안, 그런 순간들은 점차 은은하게 빛나며 제자리에 머물렀다. 그리고 아득한 옛날부터 이어져 내려온 숫자의 춤이 시작되었다. 둘, 넷, 여덟, 열여섯, 서른둘. 그리고 새로운 생명의 뿌리가 자라났다. 그렇게 지나간 세대들이 알 수 없는 미래에 결합하였다.

30

카샨 마을과 가이주르 시

3년째

"그래서, 어때요? 오늘은 비도 더 오지 않을 것 같은데. 괜찮으면 산책이나 가지 않을래요?"

앤이 야브로에게 물었다.

"글쎄올시다, 그다지 그러고 싶은 기분이 들지 않소이다." 야브로는 앤이 가져다준 고깃국물을 한 모금 마시고 나서 머리를 다시 해먹 의자에 기댔다. 사팔뜨기 눈으로 자신의 길고 구부러진 코뼈를 내려다보다가 신중하고 사려 깊은 표정으로 앤을 향해 말했다. "지금은 힘을 좀 아껴 둬야 할 것 같소이다. 나중에 오줌을 누러 나가려면."

앤은 미소를 지었다. 그리고 야브로가 여전히 사람들을 미소 짓게 할 수 있다는 사실에 감사했다.

야브로는 한동안 손을 덥히기 위해 머그잔을 쥐고 있었지만, 손가락에 힘이 빠져 놓칠까 봐 탁자 위에 올려놓았다. 소피아와 산도즈가 한때 햄피이 나무 속에서 책상으로 사용했던 탁자였다. 그들이 함께 일했던 햄피이 나무는 이제 야브로 차지였다. 날씨가 아주 궂을 때를 빼면 거의 그 안에서 살다시피 했다. 야브로는 될 수 있으면 바깥에 머물면서 남쪽의 산맥을 보거나 북동쪽 평원이 하늘과 맞닿는 선을 눈으로 좇는 일을 즐겼다. 날씨가 흐려질 것 같으면 마누자이나 지미가 그를 동굴로 옮겼다가, 하늘이 다시 개면 햄피가 나무에 돌려놓곤 했다. 야브로는 더 이상 혼자 힘으로 절벽을 오르내릴 수 없었다. 밤에는 그가 혼자 있지 않도록 산도즈가 함께 머물곤 했다. 야브로는 일행에게 짐이 될까 봐 걱정했지만, 소피아가 이렇게 말하자 기분이 나아졌다.

"우리가 돕도록 해 주는 게 당신의 의무예요. 당신네 예수조차도 알고 있었던 거라고요. 아픈 자를 도우라는 말을 계명으로 삼았잖아요? 우리에게는 미츠바고요."

"수프를 마저 마셔요." 앤이 야브로의 상념을 깨뜨리며 말했다. "의사의 명령이에요."

"'수프를 마저 마셔요.'라니! 거 너무 무섭게 말하지 않았으면 좋겠소이다." 야브로는 툴툴거리면서도 앙상한 두 손으로 잔을 들어 바닥이 드러날 때까지 억지로 들이켰다. 그러고 나서 일부러 얼굴을 찡그려 보였는데, 그의 평소 생김새를 고려하면 다소 불필요한 행동이었다. "뭘 먹어도 쇳가루 맛이 난단 말이외다."

"알아요. 하지만 단백질은 도움이 될 거예요."

앤이 손을 뻗어 그의 손목을 가볍게 잡았다.

앤은 생각해 낼 수 있는 모든 수단을 시도했다. 구충제로 야브로를 반쯤 죽일 뻔한 적도 있었다. 착륙선의 저장고에서 가져온 지구 음식만 먹여 보기도 했다. 그가 마시는 물은 여과하고 화학 처리를 한 뒤에 다시 한번 끓이기도 했다. 어쩌면 오히려 좋지 않을 수도 있다는 생각에 화학 처리를 하지 않기도 했다. 두세 번쯤 그녀는 야브로가 걸린 병이 대체 뭔지 몰라도 낫고 있는 모양이라고 생각했다. 하지만 그렇게 체중이 늘고 혈색과 활력을 되찾다가도 이내 다시 악화하곤 했다.

감염된 사람은 야브로뿐이었다. 따라서 당연하지만 두 사람 모두 그가 지구에서부터 병에 걸려 있었다고 생각했다. 하지만 일행 모두는 출발 전에 철저한 검사를 받았다. 게다가 그때 D. W. 야브로는 늙은 경주마처럼 건강하고 힘이 넘쳤다. 어쩌면 생리적으로 뭔가 미묘한 문제가 발생했을 수도 있었다. 정상적이라면 배출해야 하는 뭔가를 몸 안에 담고 있거나 어떤 효소 작용이 잘못되었거나 하는 식으로 말이다.

"그렇게 아프진 않소, 앤." 한번은 야브로가 앤에게 말했다. "대부분의 시간 동안은 그저 피곤할 뿐이외다."

"당신이 나를 정말로 생각한다면 나아져야 해요, 젠장. 난 의사들이 전능하지 못하다는 사실을 증명하는 환자들을 싫어해요. 그건 아주 무례한 짓이라고요."

야브로는 앤이 일부러 너스레를 떤다는 사실을 알았다.

"사람은 모두 언젠가 죽소. 당신과 나 모두 훨씬 더 나쁜 방식의 죽음도 있다는 사실을 알잖소."

앤이 눈을 빠르게 깜빡이며 돌아섰다. 하지만 곧 숨을 몰아쉬며 자신을 추슬렀다. 다시 입을 열었을 때는 단호하고 성난 목소리였다.

"물론 사람은 모두 죽어요. 그리고 죽는 방식은 다양하죠. 하지만 내가 지금 열 받는 건 그 시기 때문이라고요."

야브로는 화들짝 정신을 차리며 자신이 언제 졸았는지 의아해했다.

"이리 오시오." 해먹 의자의 가장자리에 앉아서 일어서기 전에 잠시 숨을 고르며 그가 말했다. "산책하러 가십시다. 오늘은 오줌도 안 나올 것 같으니까 말이외다."

"좋아요." 앤이 걱정을 털어 버리고 손바닥으로 무릎을 치며 자리에서 일어섰다. "다 잊어버려요. 지금 이 순간을 즐기자고요."

그들은 야브로의 속도에 맞춰 천천히 움직이고 이야기도 많이 하지 않으면서 계곡 가장자리를 따라 남쪽의 산맥 방향으로 걸어갔다. 앤은 야브로가 다시 돌아올 수 있으려면 멀리 가지 않아야 한다는 점을 상기하며 주의 깊게 그를 살폈다. 여느 때 같으면 야브로가 지쳤을 때 그를 옮겨 줄 사람이 있겠지만, 지금은 착륙선 사고 이후 처음으로 일행 중 일부만 카샨 마을에 남아 있었다. 루나는 아누카르라는 꽃을 수확하러 떠나고 없었다. 조지, 마크와 지미는 마침내 수파아리를 따라 가이주르의 도시를 구경하러 갔다. 그래서 마을에는 임신 때문에 입덧에 시달리는 소피아와, 한창 잠들어 있는 산도즈밖에 없었다. 산도즈는 거의 매일 밤 뜬눈으로 야브로의 곁을 지키느라 지쳐 있는 상태였다.

앤은 야브로가 예상외로 잘 걷는 모습에 놀랐다. 놀라기는 야브로 스스로도 마찬가지였다. 그들은 예전에 종종 들렀던, 절벽 끝의 선반처럼 튀어나온 자리에 이르렀다. 편안하게 앉아서 계곡을 내려다보거나 서쪽 하늘을 바라볼 수 있는 위치였다.

"내가 앉더라도 나중에 당신이 내 늙고 병든 엉덩짝을 들어 올릴 수 있겠소?"

"지렛대의 원리를 이용하면 되죠. 당신이 뒤꿈치에 힘을 주면 내가 일으켜 세울 수 있어요."

앤은 팔을 내밀어 야브로가 자리를 잡도록 도와준 뒤 자기도 그 옆에 앉았다. 그리고 야브로가 숨을 고르는 동안 말없이 기다렸다.

"내가 죽으면……." 야브로가 입을 열었다. 앤이 뭐라고 말하려 했지만, 야브로는 눈빛으로 그녀의 입을 다물게 했다. "내 생각에는 사나흘 내로 그러지 싶은데, 내가 죽으면 마크 로비쇼가 사실상의 상급 신부로서 일행의 책임자가 될 거외다. 공식적인 임명은 아니지만 어차피 로마에서 무전으로 명령을 받으려면 9년 가까이 걸릴 테니까 말이외다." 야브로는 말을 멈추더니 습관적으로 주위의 흙을 더듬어 조약돌을 찾았다. 하지만 근처의 조약돌은 그동안 모두 써 버리고 없었다. 그래서 그는 단념하고 손을 무릎 위에 늘어뜨렸다. "잘 들으시오. 마크는 좋은 사람이지만 지도자감은 아니외다, 앤. 그리고 에밀리오는 때때로 나를 놀라게 하지만 자기 혼자만의 세계에 빠져들 경우가 많소이다. 둘 다 위기 상황에 잘 대처할 만한 인물은 아니라서…….."

"글쎄요, 그들에겐 언제나 당신이나 아니면 의지할 만한 다른 상급자가 있었으니까요. 어쩌면 필요에 따라 변할 수 있을지도 모르죠."

"맞소이다, 나도 그런 생각을 해 봤소이다. 그래도 걱정이 되는 건 어쩔 수가 없소이다. 당신에겐 미안한 말이지만 조지 역시 좋은 참모는 몰라도 지휘관으로는 어울리지 않는 사람이란 말이외다. 만약 우리들이 돌아가지 못한다면 연료를 만들려는 조지의 계획이 실패한다면? 모두가 여기 계속 머물러야 하는 상황에서는 일을 망치지 않으려면 어떤 식으로든 체계를 잡을 필요가 있소이다." 야브로가 잠시 말을 멈췄다. "해서 혼자 생각을 좀 해 봤소이다. 누군가는 명령을 내릴 사람이 필요하단 말이외다. 나는 조언과 동의를 하는 역할에 불과했지만 이렇게 고립되고 취약한 상태에서는 분명한 명령 체계가 있어야 하니까. 확고한 명령권자가 필요하다 이 말이외다. 하지만 그 사람이 꼭 예수회 소속일 필요는 없지, 알겠소이까? 자, 내 의견은 이렇소이다. 당신이랑 소피아가 팀의 두뇌가 되는 거외다. 나와 논쟁하려 들지 마시오. 난 지금 그럴 만한 힘도 시간도 없으니까. 퀸 청년은 의지가 굳소이다. 나는 당신이 나서서 지미가 결정을 내리는 사람이 되도록 만들기를 바라고 있소이다."

앤은 투덜거리기 시작했지만 그 말을 듣고 보니, 앨런이 죽었을 때나 일행이 라카트에 갇혔다는 사실을 깨달았을 때도 지미가 가장 먼저 극복해 냈다는 사실이 떠올랐다. 그녀는 고개를 끄덕였다.

"자, 나는 마크와 에밀리오에게도 이 비슷한 말을 했던 적이 있소이다. 정확히 같은 이야기는 아니었지만, 어쨌든 그 두 사람도 내 의견에 찬성할 거외다. 문제는 자신이 이 일에 가장 적합한 사람이라는 점을 지미가 받아들이게 하는 거외다. 그 친구는 당신이나 소피아가 그자리를 맡았으면 할 테니까." 말을 멈춘 야브로는 팔을 들어 올려 앤의 어깨에 두르려고 했지만 그러기엔 힘이 부족했다. 그래서 그저 손을 앤의 손 위에 포갰다. "앤, 당신은 감정이 너무 풍부하고 소피아는 너무 생각이 많소이다. 지미라면 두 사람 사이에서 균형을 잡을 수 있을 거외다. 둘이서 그에게 직관과 지식을 제공하되, 다만 결정은 지미가 내리게 하면 좋겠소이다."

"그러니까 결국에는 지미가 연장자가 되는군요." 앤이 분위기를 조금이라도 가볍게 만들려고 애쓰며 말했다. 하지만 가볍게 할 이야기가 아니었기 때문에 이렇게 덧붙였다. "좋은 계획이에요, 그 말에 따르도록 최선을 다하겠어요."

야브로는 미소를 지었다. 앤은 자기 손을 잡은 그의 손에 약간 힘이 들어가는 것을 느꼈다. 하지만 야브로는 더 이상 말하지 않고 하늘만 바라볼 뿐이었다.

야브로는 앤에게 아흔네 살까지 살았지만, 결코 그렇게 긴 인생을 추천하지는 않았던 자기 할머니에 관해 이야기하려 했다. 그리고 수파아리를 조심하라고, 그자에겐 뭔가 있으니 감정에 눈이 멀어서는 안된다고 경고하려 했다. 또 마지막 몇 달 동안 그가 얼마나 진정으로 행복했는지 말하려고 했다. 야브로는 자기가 살날이 며칠은 더 남았다고 생각했다. 하지만 죽음은 오직 스스로의 계획과 논리에 따라 움직였다. 그리고 놈은 두 사람 모두가 예상치 못하는 순간에, 그들이 기대했던 것보다 훨씬 더 갑작스레 들이닥쳤다.

"세상에." 조지가 숨을 들이켰다. "바로 저거로군."

"성모님, 마리아와 요셉이여." 지미가 속삭였다.

"기다릴 만한 가치가 있었군요." 마크 로비쇼가 눈앞에 펼쳐진 장관에서 억지로 눈을 떼며 수파아리 바게이주르를 쳐다봤다. 그는 작은 동력선을 차분하게 몰아서 도시로 통하는 수로에 접어들었다. 그가 조용히 말했다. "시파즈, 수파아리. 우리를 데려와 줘서 당신에게 감사합니다."

자나아타 상인이 알았다는 의미로 턱을 살짝 들어 올렸다. 수파아리는 그들의 도착을 사려 깊게 계획했다. 그들은 두 번째 태양이 저물기 조금 전에 곶을 돌아 라디나만으로 접어들었다. 가이주르는 세 개의 산과 하얀 석조 성벽, 그리고 붉은 진흙 토담으로 둘러싸인 채 화려한 진주색으로 빛나는 도시였다. 도시 한쪽에는 초승달 모양의 항구가 남동쪽에서 북서쪽으로 길게 뻗어 있었다. 짙어 가는 어둠이 무수한 배들과 기중기와 창고 건물과 부두 근처의 상점 위로 그림자를 드리웠다. 한가운데 산으 우거진 수풀 사이로 청록색 보석처럼 자리 잡은 갈라트나 궁전이 일행의 시선을 사로잡았다. 지금이 하루 중 도시를 바라보기 가장 좋은 때였다. 어느새 하늘은 언제나 수파아리에게 가드한의 대리석을 연상케 하는 갖가지 색으로 물들고 있었다. 또한 지금은 이방인들을 부두로 데려가기 가장 안전한 때이기도 했다.

마크는 도시로부터 눈을 떼지 못하고 있는 지미와 조지를 보며 흐뭇한 미소를 지었다. 거의 여섯 달 동안이나 이 두 사람은 가이주르라는 이름으로 알려진 노래의 도시를 보는 날을 꿈꿔 왔다. 수파아리가 카샨에 올 때마다 그들은 도시로 데려가 달라고 넌지시 부탁하고, 흥정하고, 사실상 조르고, 거의 구걸하다시피 했다. 그들은 진짜 도시를 보고 싶다고 말했다. 왜 그렇게 가고 싶은지 그 이유를 설명하기는 어려웠다. 조지와 지미는 자신들이 흥미를 느낀 대상을 표현할 만한 루안자어 단어를 알지 못했다. 그들은 건물이 어떻게 생겼는지 알고 싶었고, 음식이 어떻게 공급되는지 보고 싶었다. 하수 처리는 어떻게 하는지, 대학과 정부와 병원은 어떻게 운영되는지, 운송 수단은 어떤지, 전기는 어떻게 생산하고 저장하며 사용되는지 궁금했다. 화학자, 물리학자, 천문학자, 수학자와도 이야기를 나누고 싶었다. 바퀴와 지렛대, 경사면의 원리가 이 행성에도 있는지도 확인하고 싶었다. 그들은 모든 것을 알고 싶어 했다.

마크 자신은 그렇게까지 카샨 마을을 벗어나고 싶지는 않았지만, 그역시도 건축물과 예술품은 궁금했다. 음악을 들어 보고 도시의 경관을 구경하고 싶기도 했다. 거기도 공원이 있을까? 박물관은? 동물원은! 그리고 수파아리는 자기들도 정원을 가지고 있다고 이야기했다. 계획적으로 조성된 것일까 아니면 우연히 만들어진 것일까, 실용적인 목적일까 아니면 순전히 장식적인 용도일까? 종교적인 전문 인력, 즉 신부나 수녀, 스님, 수도사가 있을까? 자나아타들은 마법이나, 신 혹은 신들, 운명, 인연, 선행의 보상, 악행의 대가를 믿을까? 어떤 식으로 삶의 이정표를 새길까? 그들도 화려한 예식을 거행할까? 그리고 음식, 도시의 음식은 좀 더 나을까? 사람들은 무엇을 입을까? 그들은 예의 바를까, 아니면 까다롭거나 딱딱하거나 무심할까? 무엇이 범죄일까? 무엇이 처벌일까? 무엇이 미덕이고 무엇이 악덕일까? 무엇이 즐거움일까? 모든 것이 궁금했다. 마크 역시 모든 것이 알고 싶었다.

라카트식으로 꼬박 한 해가 지난 다음에야 수파아리 바게이주르는 마침내 필요한 사항을 모두 고려하고 또 필요한 준비를 모두 마쳤다고 판단했다. 그리고 결국 일행이 도시를 방문할 시기가 찾아왔다. 카샨에서 강을 따라 사흘에 걸쳐 느리게 이동하는 무역선과 작은 목선 들을 앞질러 항해하는 동안 그는 일행의 질문에 가능한 열심히 답해 줬다. 그들은 자신의 동력선을 움직이는 유황-알루미늄 충전지, 선체를 이루는 재료, 방수 도장, 항해 장비에 관심을 보였다. 수파아리가 간신히 자신은 이 배를 운전할 뿐이지 만든 사람이 아니라는 점을 주지시키자, 그들은 도시에 대한 질문으로 넘어갔다. 참다못한 수파아리는 이렇게 말했다.

"좀 기다려요! 당신들 모두 곧 직접 보게 될 테니까."

그러자 그들은 자기네 말로 서로 떠들어 댔다. 호기심은 결코 줄어드는 법이 없었다.

그들은 중간에 위치한 두 군데 마을에서 밤을 보냈다. 첫 번째 마을은 폰 델타 바로 위였고 두 번째 마을은 가이주르에서 열두 시간 거리에 있는 마스나 타파이 해안에 있었다. 카샨에서처럼 루나들은 별로 소란을 떨지 않고 이방인들을 받아들였다. 수파아리는 그저 그들이 멀리서 온 상인이라고만 소개했다. 그는 바게이주리 루나 역시 이런 식으로 납득하기를 기대했고, 외곽의 두 마을에서 자신의 예상을 확인하자 비로소 마음이 놓였다. 수파아리는 일이 잘 풀릴지도 모른다는 기대를 품기 시작했다. 하지만 이방인들에게 다시 한번 붉은 빛이 비칠 때만 밖으로 나가고 그럴 경우에도 자신의 루나 비서 아위잔과 동행해야 한다는 다짐을 받았다. 다른 자나아타가 그들을 봐서는 곤란했다.

이런 제한은 자나아타 정부와 접촉하고자 하는 D. W. 야브로의 바람에 정면으로 배치되는 일이었다. 그는 지금도 늦었다고 생각하고 있었다. 예수회 일행이 자신들에 대해 알리지 않고 시간을 더 보낸다면,

당국에서는 그들이 왜 그렇게 오랫동안 스스로의 존재를 비밀로 숨겼는지 의심할 수도 있었다. 하지만 수파아리가 베푼 모든 도움에 일행이 감사하고 있었기 때문에 결국 야브로는 그의 말에 따르기로 했다.

떠나기 전에 야브로가 마크와 조지 그리고 지미에게 말했다.

"이번 여행에서는 분위기만 파악하고 오시오. 일단 돌아오면 논의를 거쳐 다음 행동을 결정할 테니까."

그는 자신이 그 논의에 참여하지 못하리라는 사실을 알았다. 자기가 죽어 가고 있다는 사실을 알고 있었기 때문이다. 일행 모두가 알고 있었다.

이제 가이주르와 마주한 세 인간은 엿새의 기간으로는 도시의 피상적인 모습만 관찰하기도 벅차다는 사실을 깨달았다. 마크 로비쇼는 이번 방문이 그들이 한 걸음씩 밟아 가야 할 또 다른 단계의 시작이라고 느꼈다.

자신의 저택이 시야에 들어오자 수파아리는 무전으로 아위잔에게 도착을 알렸다. 그리고 어지럽게 얽혀 있는 배들 사이로 동력선을 몰았다. 그는 능숙한 솜씨로 정박한 후 하품을 했다. 그러고는 은근한 자부심을 담아 자신의 저택 입구를 가리켰다. 그는 이방인들이 저택의 웅장한 규모와 화려한 외양에 감명을 받고, 자신들이 얼마나 중요한 인물을 상대하고 있는지 깨닫게 되리라 확신했다.

"일단 좀 쉬겠습니까, 아니면 도시를 구경하러 나가겠습니까?"

그렇게 물어보면서도 수파아리는 이미 대답을 알고 있었고, 예상했던 대답을 듣자 비서를 불렀다. 그리고 일행에게 아위잔이 도시를 안내하고 질문에 대답해 줄 것이라고 말했다. 수파아리 자신은 이제 잠자리에 들었다가, 다음 날 두 번째 일출 때 그들과 다시 만날 예정이었다.

그리고 그렇게 생각할 수 있는 모든 준비를 마친 마크 로비쇼와 지미 퀸, 조지 에드워즈는 처음으로 외계의 도시에 뛰어들었다. 놀랍고 혼란스러우리라 충분히 예상했지만 정말이지 정신없는 경험이었다. 가이주르의 냄새와 소음이 그들을 엄습했다. 수많은 창고 건물에는 달고 맵고 싱그러운 향기가 나는 향수 재료들이 가득했다. 부두와 조선소에서는 젖은 돛, 상한 해산물, 접착제와 도료 냄새가 풍겼고 선원과 짐꾼들의 고함 소리가 높았다. 음식점과 노점과 공장들은 수프와 암모니아와 식용유와 세제로 공기 중에 향기와 악취를 동시에 풀어 놓았다. 아름다운 석조 성벽을 따라 줄지어 있는, 임시로 들어섰지만 공들여 지어진 노천 상점에서는 엄청난 규모의 거래가 이루어졌다. 행상들은 구조가 간단하지만 멋지게 균형 잡힌 손수레를 끌고 다니며 정체를 알 수 없는 상품을 팔았다. 일행은 비좁은 인도를 따라 걸어가면서, 반쯤 열린 문을 통해 루나가 망치와 끌과 드릴과 전기톱의 소음 속에 귀를 조개처럼 닫고 일하는 모습을 훔쳐볼 수 있었다.

전체적으로 삶의 속도가 카샨보다 훨씬 더 빨랐다. 마크는 루나의 체형 또한 매우 다양하다는 사실을 알아차렸다. 부두 일꾼들은 작고 튼튼하며 귀가 내려와 있었다. 수파아리를 처음 만났을 때처럼 망토를 걸친 루나도 있었다. 다만 이들은 체격이 더 작았으며 섬세한 얼굴에는 경계심이 엿보였고, 시선을 불안하게 굴렸다. 아위잔도 그중 하나였다. 옷차림도 다양했다. 색과 질감이 모두 달라서, 어떤 옷은 거칠고 성겼지만 또 어떤 옷은 카샨에서 흔히 보던 것보다 더 부드럽고 길었다. 지역에 따라 다른 모양이라고 마크는 생각했다. '외부에서 유입되는 인구가 많은 모양이야, 항구 도시에서는 흔한 일이지.'

주위 사람들과는 다른 모습을 하고 거리를 당당히 걷는 느낌은 기묘했다. 하지만 군중이 모여들거나 아이들이 비명을 지르고 달아나는 일은 없었다. 지나쳐 가는 루나는 그들을 쳐다보며 조용히 수군거렸다. 하지만 아위잔이 일행에게 구운 야채 꼬치를 사 주겠다고 제안했을 때, 노점상은 별다른 말 없이 음식을 건네줄 뿐이었다. 필라델피아에서 프레첼을 사는 것과 다를 바가 없었다.

밤이 되자 아위잔은 그들을 수파아리의 저택으로 다시 데려갔다. 그는 안뜰을 가로질러 수많은 작은 건물들을 지나치고 커다란 창고의 벽을 돌아서 일행을 숙소로 안내했다. 커다란 침실의 벽은 밋밋했지만 태피스트리와 쿠션은 화려했고 바닥에는 푹신한 양탄자가 깔려 있었다. 몇 년 동안이나 북적거리는 루나 사이에서 잠을 자야 했던 그들은, 조용하고 독립적인 공간이 제공되자 놀라지 않을 수 없었다. 둥글게 배치된 잠자리는 마치 둥지처럼 생겼고 아주 편안했다. 그들은 첫 번째 일출이 한참 지날 때까지 늘어지게 잠을 잤다.

수파아리가 일행을 만나 하루 한 번뿐인 식사를 한 것은 해가 중천에 떴을 때였다. 그들이 벽을 따라 놓인 베개와 쿠션에 몸을 기대자 길고 낮은 식탁이 들어왔다. 그리고 식탁은 곧 부엌에서 내온 수많은 접시와 그릇으로 뒤덮였다. 구운 고기, 수프, 양념으로 속을 채우거나 희한한 방식으로 저미고 자른 해산물 같은 요리도 있었다. 또한 전에는 본 적이 없는 과일과 다양한 종류의 채소가 그대로 혹은 소스를 곁들여서, 정교하게 다듬거나 혹은 통째로 나왔다. 음식의 맛과 향기도 강렬한 것부터 섬세한 것까지 다양했다. 하인들이 발소리를 죽이고 조심스럽게 시중을 들었다. 아위잔은 조금 떨어진 자리에서 조금씩 음식을 먹으며 그들을 지켜봤다. 다음 날, 마크는 아무도 손대지 않았던 요리들이 식탁에서 사라지고 손님들이 가장 즐겼던 종류는 다시 나왔다는 사실을 알아차렸다. 그 밖에도 전날 없었던 또 다른 요리들이 가득했다.

둘째 날 저녁, 아위잔은 이방인들을 더 먼 시내까지 데려갔다. 이번 관광에서 일행은 도시의 특이하게 뒤섞인 구조를 파악하기 시작했다. 이제야 깨달았지만 가이주르의 뼈대는 합리적인 격자 형태였다. 무거운 석판으로 잘 포장된 주요 도로와 운하들이 직선으로 교차하며 도시를 여러 지역으로 분할했다. 시골이나 바다에서 들어오는 화물들은 그런 체계를 통해 도시 내부의 집하 지점으로 들어오고 있었다.

도시는 지구의 복잡한 항구와 같은 방식으로 붐비지는 않았다. 거지나 불구자, 앙상한 몰골로 쓰레기통을 뒤지는 부랑자나 지치고 낙담한 부모를 조르는 어린아이들도 없었다. 더 높은 지역으로 올라갈수록 빈부 격차는 극명했고, 거리는 한산해졌으며 건물들은 더욱 웅장해졌다. 하지만 리우나 콜카타 혹은 리마나 뉴욕처럼 사람들의 눈에 거슬리는 광경은 보이지 않았다. 일행은 여기서 누구나 부자가 될 수 있다는 느낌을 받았다. 사람들은 유능하고 자신감이 넘쳤으며 신분 상승을 꿈꾸거나 혹은 자기 위치에 만족하고 있었다. 임시변통의 시장들이 지닌 부산스러움은 쓸데없는 치장에 신경 쓰지 않고 거래에 집중하려는 의도로 보였다. 그리고 거기서는 일종의 아름다움이 느껴졌다.

학교는 보이지 않았지만, 수많은 작은 상점과 공장과 작업장에서 도제들이 참을성 있게 시중을 들며 기술을 배우고 있었다. 거리에는 사람들이 시끄럽게 북적댔지만 문 너머의 작은 안뜰에서는 가족들이 휴식을 취하는 모습이 눈에 띄었다. 그들은 비를 피하면서도 선선한 저녁 공기는 즐길 수 있는 커다란 차양 밑에서 식사를 하고 있었다. 금속과 무관한 거래, 즉 재단이나 자수가 이루어지는 지역은 이상할 정도로 조용하기도 했다. 그런 곳에서는 루나의 부드러운 발소리와 음악적인 목소리, 그리고 꾸준히 내리는 빗줄기가 바닥을 두드리는 소리만 들릴 뿐이었다.

셋째 날 저녁, 아위잔은 일행을 데리고 만을 건너 유리공들의 지역을 방문했다. 그러고는 수파아리의 식탁을 장식했던 것과 같은 아름다운 공예품의 생산 과정을 보여 줬다. 일꾼들이 투명하고 무겁고 윤이 나는 유리 몸통에 반짝이는 구릿빛 사금석을 바르고 있었다. 마크는 두 종류의 미학적 전통이 존재한다는 인상을 받았다. 하나는 화려한 장식을 두르는 형태였고, 다른 하나는 보다 여백을 살린 투명한 형태였다. 각각 자나아타와 루나의 취향인 모양이라고 그는 짐작했다. 그러면서 만 건너편의 갈라트나 궁전과 그 주위를 둘러싼 언덕 위의 저택들을 바라봤다. 하나같이 모자이크와 분수대를 갖춘 화려한 건물들로, 총안과 아치로 이루어진 높은 벽의 바깥쪽은 장식으로 뒤덮여 있었다. 저건 돈 자랑에 불과하다고 마크는 냉정하게 생각했다. 갈라트나 궁전은 고대의 중국 건축물처럼 지나치게 화려하고 웅장했다. 필요 이상의 기간을 소요해서 지었을 테고 지나치게 공을 들였다는 인상을 주었다.

마크는 다음 가게로 향하던 중, 아위잔에게 이런 생각을 이야기했다. "대부분의 자나아타들은 저런 것을 더 좋아하죠." 아위잔이 화려하게 장식된 물건들을 가리키며 말하더니 낮고 은근한 목소리로 덧붙였다. "누군가의 눈은 저런 것들을 보면 피곤해집니다."

그래서 루나의 고상함에 대한 마크의 확신이 더욱 깊어졌다.

하지만 도시에서의 마지막 날, 마크는 어쩔 수 없이 자나아타 예술에 대한 자신의 편견을 철회해야 했다. 조지와 지미는 마침내 그들이 화학자를 만나서 착륙선의 연료에 관한 이야기를 나눠야 한다는 점을 분명히 전달했다. 상당히 길게 설명해야 했지만 결국 수파아리도 그들이 말하고자 하는 바를 알아들었다. 그리고 아위잔이 인근의 향수 제조업체에 사람을 보내, 얼굴이 갸름하고 다소 긴장한 기색의 화학자 한 명을 데려오게 했다. 일행은 공통분모를 확립하기 위해 원소 주기

율표와 연료를 생산하기 위한 성분의 3차원 영상을 보여 줬다. 화학자는 오래지 않아 문제의 핵심을 알아차렸다. 이방인들로서는 너무나 다행히도 그들이 제시한 공식은 전혀 어려운 것이 아니었다.

하지만 그 뒤로 기술적인 토론이 이어지는 동안 마크의 눈은 게슴츠레해졌고, 마찬가지로 지루해하던 수파아리가 마크에게 자나아타의 예술을 관람하지 않겠냐고 제안했다. 너무나 자연스러운 제안이라 이제 막 수파아리에 대해 알아 가던 마크는 곧바로 미리 계획된 일이 아닌지 의심이 들었다. 수파아리는 두 명이 탈 수 있는 의자를 불렀고, 마크가 모습을 가릴 수 있도록 두건이 달린 커다란 외투를 건넸다. 수파아리는 자신이 직접 이방인 마크를 안내하겠다고 선언했다. 아위잔은 저택에 남아서 조지와 지미 그리고 화학자를 돕도록 했다.

해가 중천에 떠 있었다. 마크는 의자에 달린 휘장 사이로 바깥 풍경을 엿보며 시내로 이동했다. 도시의 새로운 지역은 그에게 전혀 다른 인상을 주었다. 이곳에는 어디서나 화려한 차림의 자나아타들이 눈에 띄었다. 수파아리가 약간 비꼬는 듯이 중얼거렸다.

"외투는 자신들의 책무만큼이나 무겁고, 모자는 자신들의 이상만큼이나 높지요."

자나아타의 얼굴은 마크가 익숙한 루나와 매우 비슷했지만, 움푹한 볼과 늑대 같은 생김새는 어딘가 그를 불편하게 만들었다. 수파아리와 달리 대다수 자나아타들은 활기차기보다 무섭도록 침착했고, 친절하다기보다 냉정하게 예의를 차렸으며, 유머러스하다기보다 날카롭고 기민하게 보였다. 그리고 무엇보다 접근하기 어려운 느낌이 풍겼다. 도시 어디서나, 자나아타와 마주친 루나는 뒤로 물러서며 절을 하거나 고개를 끄덕이며 뒤로 돌아섰다. 마크는 이제야 다른 자나아타들에 대한 수파아리의 반복적인 경고를 이해하며 외투 속에서 몸을 움츠렸다.

그리고 자신들이 루나와 먼저 만났다는 사실을 신에게 감사했다.

계속해서 언덕 위로 올라가자 도시의 소란스러움은 점점 더 줄어들었다. 그들은 가이주르 남쪽의 산을 향해 방향을 틀었다. 마침내 수파아리와 마크는 낮고 평평하며, 회랑과 깊은 차양으로 이루어진 외딴 석조 건물에 도착했다. 수파아리는 마크에게 눈에 띄지 않게 기다리라고 이른 다음, 잠시 어디론가 사라졌다. 잠시 후 수파아리가 돌아와서 휘장 사이로 몸을 기울이더니 속삭였다.

"당신은 마음의 평안을 찾기 위해 공연을 보러 온 나이 든 자나아타 여인입니다. 그래서 당신은 혼자여야 합니다. 이해하겠습니까?"

마크는 잘 알았다는 표시로 턱을 들어 올렸다. 그러니까 자나아타들은 거짓말을 할 줄 아는 모양이라고 그는 재미있어하며 생각했다. 수파아리가 아주 작은 목소리로 말을 이었다.

"누군가가 전용 좌석을 샀습니다. 당신이 발코니에 들어갈 수 있도록 마당을 비워 두었죠. 여기서는 루안자어를 말해서는 안 됩니다. 아무 말도 하지 마세요."

루나 가마꾼을 제외하면 그들 둘만 남게 되자, 수파아리는 마크가 의자에서 내려올 수 있게 도왔다. 그는 어른 옷을 입은 아이처럼 몸에 맞지 않는 자나아타 의상을 걸치고 두건으로 얼굴을 가린 마크를 건물 내부로 데려갔다. 안으로 들어가자 한가운데에 향기 나는 분수대가 있는 넓은 공간이 나타났다. 마크는 외투를 꼭 여미고 긴 소매 밑에 두 손을 숨긴 채 경사로를 따라 2층의 회랑으로 올라갔다. 옷에 걸려서 넘어지지 않도록 신경 쓰고 자신의 이질적인 생김새가 드러나지 않도록 조심하느라, 그는 마치 오페라 박스처럼 커튼으로 가려진 방에 도착할 때까지 거의 주위를 둘러보지 못했다. 수파아리가 먼저 들어가서 자리를 잡은 다음 앞쪽 커튼을 닫았다. 그러고는 마크에게 들어오라고 손짓하더니 뒤쪽 커튼도 닫아서 좌석을 온통 어둡게 만들었다. 그는 이방인에게 이제 두건을 벗어도 안전하다는 시늉을 해 보였다.

"조금 뒤쪽으로 물러나야 하겠지만, 잘 보세요." 수파아리가 속삭였다. "아주 아름답습니다. 당신이 그린 '풍경'들처럼요."

마크는 수파아리의 칭찬에 뿌듯하면서도, 너무 큰 위험을 무릅쓰고 있다는 사실이 매우 걱정스러웠다. 하지만 그가 무슨 말을 하기도 전에 공연이 시작되었다. 어차피 인제 와서 되돌아 나가기도 늦었기 때문에 마크는 수파아리의 판단과 신의 계획을 믿어 보기로 했다.

마크는 살짝 자리를 옮겨 커튼 사이의 작은 틈으로 아래쪽의 작고 밀폐된 방을 내려다봤다. 회색 돌이 그대로 드러난 사방의 벽은 장식이 새겨져 있었고, 윤을 낸 화강암처럼 빛이 났다. 그리고 바닥은 분홍빛 물결무늬를 수놓은 깃발로 뒤덮인 상태였다. 한가운데 커다랗고 납작한 검은색 돌그릇에는 어떤 무색의 액체가 가득 담겼는데, 그 주위로 여섯 명의 수수한 차림을 한 자나아타가 무릎을 꿇고 있었다. 그들 각각은 무릎 위에 안료가 담긴 도자기 병을 올려놓았고, 등 뒤의 작은 화로에서는 어떤 종류의 향료가 타올랐다. 노래가 시작되자 마크도 그 향기를 맡을 수 있었다. 미리 예술적인 공연이라는 말을 들었음에도 그에게는 이 모두가 종교적인 숭배의 분위기와 경외심을 떠올리게 했다.

잠시 후, 일종의 서사시를 노래하던 예술가들이 팔과 다리를 발레 동작처럼 움직이며 그릇으로 몸을 기울였다. 그들은 날카로운 손톱을 안료 단지에 담갔다가 다시 꺼낸 다음, 검은 그릇에 담긴 내용물의 표면을 건드렸다. 그러자 순식간에 색들이 나타나서 빛나는 만다라 형상을 이루며 섞이고, 퍼지고, 흩어졌다. 거듭하고 또 거듭해서, 예술가들은 노래를 부르며 손톱을 담그고, 흔들고, 마법과 색으로 액체의 표면을 건드렸다. 최면적인 운율이 달라질 때마다 빛나는 패턴도 변화했고, 향기는 점점 더 진해졌다······.

마크는 자신이 어떻게 방에서 나와 의자에 올라탔는지 전혀 기억이 나지 않았다. 박자에 맞춰 흔들리는 가마의 움직임이 그의 머릿속에서 조금 전에 들었던 시들과 조화를 이루었고, 수파아리의 부둣가 저택으로 돌아오는 길에 본 풍경은 꿈속에서나 나올 법한 환상과 부유하는 현실의 순간들이 뒤섞여 있었다. 마크는 수파아리에게 기댄 채 누에고치 같은 외투 속에서 멍하니 바깥을 응시했다. 그러다 어느 시점에 정신이 혼미한 가운데서도 자신들이 일종의 공공 광장과 같은 장소를 지나고 있다는 사실을 알아차렸다. 커튼이 벌어진 틈 사이로 세 명의 루나가 공개 처형당하는 장면이 보였다. 무릎을 꿇고 앉아 있는 그들 뒤에서 자나아타 사형 집행인이 무시무시한 손톱으로 목을 벴다. 소피아가 말했던 유대교 율법에 따른 도살처럼 신속하고 자비로운 동작이었다.

이 장면은 어느 정도 기억에 남았지만, 마크는 그것이 실제로 벌어진 일인지 아니면 약에 취해서 본 환상인지 확실히 분간할 수가 없었다. 그가 뭐라고 질문하기도 전에 그 장면은 가마 뒤로 멀어지다 사라졌다. 그리고 두근거리며 퍼져 나가는 색들과 율동적인 노랫소리만 남았다.

저택에 남아 있던 두 사람도 그날 하루를 맨정신으로 보내지는 않았다.

착륙선의 연료를 생산할 수 있다는 점이 분명해지자, 조지와 지미는 번갈아 가며 안도로 가슴을 쓸어내리고 소리 높여 기쁨의 환성을 질렀다. 아위잔은 방금 난 결론에 대해 제대로 이해하지 못했지만, 이방인들의 모습을 보고 축하가 필요하다는 점을 알 수 있었다. 그리고 그런 자리를 마련해 주고 싶은 마음이 들었다.

아위잔은 꽤 오랫동안 이렇게 감정에 따라 행동해 본 적이 없었다. 수백 세대에 걸친 선택적 교배와 철저한 교육의 산물로서, 부자연스러울 정도의 자제력과 계획성을 지닌 루나였기 때문이다. 그녀는 수파아리의 하인장으로 출발해서 빠르게 비서로 승진했다. 그리고 수파아리는 그녀를 자신과 대등하게, 지위는 낮지만 그렇다고 열등하지는 않은 존재로 대우했다. 수파아리는 아위잔의 혈통이 자신의 집안보다 오래됐고, 어떤 측면에서는 우월하다는 사실을 알고 있었다. 그리고 수파아리답게 그런 아이러니를 재미있어했다. 물론 다른 자나아타 상인들은 루나를 거의 동등하게 대하는 수파아리의 방식을 인정하지 않았다. 그와 아위잔의 관계에 대한 근거 없는 소문이 나돌기도 했다. 하지만 아위잔은 자신의 능력을 최대한 발휘하는 일을 즐겼으며, 육체적으로도 매우 편안하게 지냈다. 아위잔이 현재의 지위를 차지하기 위해 치른 대가는 고독이었다. 그녀에게는 친구도, 조언을 구할 상대도 없었다. 아위잔은 일 때문이 아니면 수파아리의 저택을 벗어나는 경우가 드물었다. 어쩌다 밖에 나갈 때면 적절한 신분증을 지니고 다니면서 자나아타와 루나 모두를 공손하게 대하려고 노력했다. 분노도 질투도 유발하고 싶은 생각이 없었기 때문이다. 그래서 그녀의 삶은 긴장과 압박의 연속이었다. 누구에게든 탈출구는 필요했다.

"내일 여러분은 카샨으로 돌아갈 겁니다." 아위잔이 이방인들에게 말했다. 그들은 그녀를 정중하고 친절한 태도로 대했다. "누군가가 여러분을 식사에 초대하고 싶습니다. 괜찮겠습니까?"

당연히 괜찮았다. 그래서 마크 로비쇼가 의자에서 꾸벅꾸벅 졸며 라디나만의 저택으로 돌아오는 동안, 지미 퀸과 조지 에드워즈는 아위잔을 따라 항구로부터 좀 더 안쪽에 있는 루나 구역으로 향했다. 그리고 잠시 후 그들은 아위잔과 함께 식당이나 어쩌면 사교 클럽처럼 보이는 건물의 입구에 서 있었다. 안에는 다양한 종류의 루나가 우글거렸다. 그들은 인간들이 여태까지 목격한 동족보다 활기가 넘치고 시끄러웠다.

"맙소사, 무슨 결혼식 같군요." 지미가 환하게 웃으며 말했다.

아위잔이 그들을 이끌고 구석으로 가자, 사람들이 일어서서 푹신한 바닥에 자리를 내주었다. 음식이 담긴 커다란 접시가 손에서 손으로 넘겨졌다. 마름모꼴의 젤리가 담긴 아름다운 접시도 있었는데, 조지와 지미의 입맛에 꼭 맞았다. 춤이나 음악은 없었지만 여기저기 이야기꾼들이 눈에 띄었고, 힘을 겨루는 놀이나 분명 돈이 오가는 도박도 이루어지고 있었다. 조지는 쿠션 위에 자리를 잡으면서 지미의 옆구리를 쿡 찔렀다.

"도시 루나는 시골 루나만큼 쉽게 포레이가 되지 않는 모양이로군."

오래지 않아 과묵하고 이지적인 아위잔조차 긴장을 풀고 이야기꾼에게 환호와 야유를 보냈다. 그리고 두 이방인은 자신들의 루안자어 실력이 이야기의 재미있는 부분을 알아들을 수 있을 만큼 훌륭하다는 사실에 기뻐했다. 그렇게 조지와 지미, 아위잔은 함께 먹고 보고 듣고 떠들었다. 그러다 갑자기 어떤 루나가 지미에게 일종의 팔씨름을 제안했다. 지미는 "당신의 마음을 포레이로 만들면 누군가가 슬퍼질 겁니다."라고 말하면서 사양하려 했다. 예의를 차린답시고 한 말이지만 실제로는 도발에 가까웠고, 주위의 군중이 일제히 열광했다. 그래서 서로 다른 종족의 두 사람은 낮은 탁자를 사이에 두고 마주 앉게 되었다. 아위잔은 지미에게 놀랄 만큼 도움이 되지 않는 조언을 건넸다. 몸을 지탱해 줄 꼬리가 없다는 약점에도 불구하고 지미가 다섯 번의 시합 중 두 번을 이기자, 조지는 신이 나서 환호성을 질렀다. 그리고 세 사람은 축하의 의미로 새콤달콤하고 시원한 젤리를 좀 더 먹었다.

잠시 후 군중의 관심이 또 다른 두 루나의 시합으로 옮겨 갔다. 지미는 드디어 두 다리를 뻗고 깍지 낀 손으로 머리를 받친 채 느긋하게 누웠다. 그는 아위잔을 향해 조용히 웃어 보인 후, 자기 옆에 양반다리를 하고 앉아 있는 조지를 쳐다봤다. 문득 조지가 아주 잘생겼다는 생각이 들었다. 햇볕에 그을은 얼굴 뒤쪽으로 은빛이 감도는 백발을 물결처럼 늘어뜨린 조지 에드워즈의 모습은 절로 존경심을 불러일으켰다. 그는 마치 로마식 침대에 누워 있는 정치가들 사이에 낀 세네카처럼 보였다. 여기저기 눈에 띄는 꼬리들만 무시하면 말이다.

지미의 시선을 느낀 조지가 그를 향해 몸을 돌렸다. 그리고 잠시 생각에 잠겼다.

"입술이 없어진 기분이야."

조지가 그렇게 말하더니 키득거렸다.

"나도 그래요. 하지만 뭔가 느껴지긴 하는데." 지미가 자신의 기분에 대해 곰곰이 생각했다. 머리가 어지러워서 좀처럼 집중하기 어려웠다. "갑자기 「대니 보이(Danny Boy)」를 부르고 싶은 기분이 드는군요."

조지가 데굴데굴 구르며 웃다가 즐거움을 주체하지 못하고 무릎 양쪽의 쿠션을 주먹으로 두드렸다. 지미는 자리에서 일어나 앉더니 긴 팔을 뻗어 지나가는 쟁반에서 젤리를 하나 더 집었다. 그리고 얼굴을 찌푸리더니 초점은 흐리지만 과학적인 호기심이 담긴 눈빛으로 말했다.

"하느님 성모님, 에, 요셉 맙소사아. 이 빌어먹을 물건이 대체 뭣이래유?"

"외계의 젤로샷이지!"

조지가 헐떡이며 소리쳤다. 그는 지미를 향해 몸을 기울이다가, 무게 중심을 잘못 판단해서 고꾸라지고 말았다. 그가 쓰러진 채로 말했다.

"빌 코스비가 아주 좋아하겠군!"

"빌 코스비라니 그건 대체 누구래유?" 지미가 묻더니 대답을 기다리지 않고 조지를 향해 올빼미처럼 눈을 껌뻑이고는 고향인 남부 보스턴 억양으로 말했다. "죽갔슈."

조지 에드워즈는 루안자어를 꽤 잘했고, 스페인어도 할 줄 알았으며 표준 영어는 완벽하게 구사했다. 그는 머릿속에서 '죽갔슈'라는 말을 자기가 아는 여러 가지 언어와 대조했다. 그리고 마침내 그 의미를 알아냈다.

"죽갔슈, 죽겠다고!" 조지가 여전히 쓰러진 채로 승리감에 차서 외쳤다. "돌아가시겠다고. 뒤지겠다고. 사망하겠다고. 임종하겠다고. 끝장이라고. 마지막이라고. 최후라고."

지미는 손안에서 순진한 척 흐느적거리는 젤라틴 형상의 시한폭탄을 내려다봤다.

"이거 끝내주네." 딱히 누구를 향해 한 말은 아니었다. 조지는 여전히 누가 듣건 말건 비슷한 표현으로 이루어진 기도문을 읊고 있었기 때문이다. "액체가 아니라서 파티하다 오줌 누러 갈 필요조차 없겠군."

아위잔은 자기가 데려온 손님들이 울부짖는 소리를 한마디도 이해할 수 없었다. 그럼에도 관대하고 즐거운 시선으로 그들을 바라봤다. 이 순간만큼은 그녀도 자신의 특이한 삶이나 그에 수반된 거의 끝도 없는 긴장감을 완전히 잊어버린 채 한껏 느슨해진 상태였기 때문이었다. 그녀는 친구들 사이에서 조용히, 의도적으로, 그리고 완전히 취해 있었다.

수파아리는 자신의 비서가 때때로 기분 전환을 하고 싶어 한다는 사실을 잘 알고 있었다. 술집에 이방인들까지 데리고 갔다는 사실이 놀랍긴 했지만, 그렇다고 해서 화가 나지는 않았다. 솔직히 말하면 카샨으로 돌아가는 여행 첫날 이방인들이 아주 조용해서 오히려 기분이 좋았다.

둘째 날은 좀 더 활기가 돌았지만 이제 이방인들은 생각에 잠겨 있었다. 수파아리는 그들이 집으로 돌아가서 자기들끼리만 남게 되면, 그리고 카샨에서 기다리는 동료들과 만나면 할 말이 아주 많을 거라고 짐작했다. 그는 식사 시간에 손님들이 하는 질문과 이야기를 통해 가이주르가 그들을 실망시키지 않았으며, 자신의 호의가 인정받고 있다는 사실을 알 수 있었다. 이는 수파아리를 기쁘게 했다. 그는 이제 하안과 나머지 사람들에게도 같은 친절을 베풀 일을 기대하고 있었다. 도시에서 자신이 상황을 통제할 수 있다는 자신감도 보다 강해졌다.

수파아리는 마지막 날의 침묵이 평소와 조금 다르다는 점을 눈치챘지만 그 이유까지는 알 수 없었다. 사실 그들이 강의 마지막 굽이를 돌아 수파아리가 배를 카샨 부두에 댔을 때 마크 로비쇼와 조지 에드워즈, 지미 퀸은 애도하는 사람들과 만날 준비를 하고 있었다. 그들은 야브로가 살날이 얼마 남지 않았다는 사실을 알았기에 가이주르 방문을 연기하려고 했었다. 하지만 야브로는 수파아리가 내년에도 같은 제안을 할 것이라고 장담할 수 없다며 세 사람이 계획한 날짜에 떠나야 한다고 고집했다. 그래서 그들은 떠나기 전에 미리 작별 인사를 해 두었다. 이제 소피아가 테라스에서 그들을 발견하고 산도즈와 함께 절벽을 내려와 부두로 향하고 있었다. 산도즈와 소피아의 초췌한 얼굴이 모든 것을 말해 준다고 그들은 생각했다. 배에서 내린 지미는 아내에게 다가가서, 울고 있는 그녀를 안아 주기 위해 몸을 굽혔다. 명백한 상황을 받아들인 마크 로비쇼는 조용히 말했다.

"상급 신부님이 돌아가셨군요."

산도즈는 아무 말 없이 고개를 끄덕였지만, 퀸의 집에서 나와 일행이 돌아오는 모습을 발견했을 때부터 계속 조지를 바라보고 있었다.

"그리고 앤도."

이해할 수는 없지만 그렇게 확신하며 조지가 말했다. 그의 심장은 죽어 가고 있었다. 산도즈가 다시 한번 고개를 끄덕였다.

루나는 아직도 아누카를 수확하는 중이었고, 그래서 마을에는 일행 밖에 없었다. 수파아리는 그들과 함께 소피아와 지미의 집으로 갔다. 그리고 하안과 연장자가 살해당했다는 이야기를 들었다. 그는 충격을 받았고, 사람들의 괴로움을 알아볼 수 있었다. '그들은 서로 사랑했군.' 그 사실을 부러워해야 할지 동정해야 할지 알 수가 없었다.

검은 갈기가 달린 작은 피아가 사연을 들려줬다. 수파아리가 하안을 좋아한다는 사실을 알았기 때문에, 그녀는 그를 위해 루안자어로 이야기를 반복했다. 디와 하안이 어떤 짐승에게 살해당했다고.

"마누자이와 다른 사람들이 우리에게 드자나다를 조심하라고 했었어요. 누군가는 드자나다가 그들을 공격했다고 생각해요."

"드자나다는 짐승이 아닙니다. 드자나다는 자나아타입니다, 이해하겠습니까? 하지만 명예를 모르는 자들입니다. 살인자들은 '바합타아'입니다." 수파아리가 경멸을 분명히 드러내며 말했다. "이 단어를 이해합니까? 합타아? 루안자어로는 '브라이 노아'라고 합니다."

작고 어두운색을 띤 통역사가 처음으로 입을 열었다. 처음에는 루안자어로 말했지만 나중에는 다른 사람들을 위해 '힝글리시'로 바꿨다.

"브라이 노아. 집 없는 자들. 바합타아란 어디서도 오지 않은 자들이란 뜻이에요. 아마도 부랑자를 의미하겠죠."

'산도즈라고 했지.' 수파아리는 그제야 기억해 냈다. 느리게나마 하얀의 동료들이 어떤 이름을 가졌는지 배웠지만, 통역사의 경우가 가장 어려웠다. 루나들은 그를 밀로라고 불렀다. 그리고 하얀은 에밀리오라고 불렀다. 연장자는 그를 가리켜 녀석이라고 했고, 나머지는 산도즈라고 불렀다. 이름이 많기도 하지! 수파아리는 한동안 혼란스러울 수밖에 없었다.

"바합타아는 범죄자입니다. 그래서 어디서도 머물지 못하죠. 그들은 추방자들입니다. '은조르니'예요." 설명하던 수파아리는 단순하게 비교할 만한 예를 떠올렸다. "우리가 처음 만난 날을 기억합니까? 누군가는 허가 없이 고기를 취하는 일이 범죄이기 때문에 화를 냈습니다. 그렇게 취하는 일을 '크후쿠릭'이라고 합니다."

"밀렵."

산도즈가 말하며 알아들었다는 표시로 턱을 들어 올렸다.

"바합타아는 허락 없이 고기를 취합니다. 크후쿠릭은 허락되지 않습니다. 그놈을 다시 보면 죽여야 합니다." 수파아리가 일행에게 말했다. "그렇게 한다면 누군가가 당신들에게 감사할 겁니다. 바카샤니들 역시 고맙게 여길 겁니다. 바합타아들이 그들에게 위험한 존재이기 때문입니다. 그들이 바로 드자나다입니다. 이해합니까?"

이제 이해가 간다고, 그들은 생각했다. 너무 늦었지만 이제는 이해할 수 있었다. 그런 뒤 수파아리는 일행에게 작별을 고했다. 이방인들이 자신들의 장례 의식을 치를 수 있게 자기가 떠나야 할 때라고 느꼈기 때문이다. 산도즈가 그와 함께 부두까지 동행했다. 그는 어떻게 예의를 차려야 하는지 알고 있을 때면 언제나 정중했다. 수파아리는 이제 이방인들이 하는 모욕은 언제나 악의가 아니라 무지에서 비롯한다는 사실을 알 만큼 그들을 이해하고 있었다.

"시파즈, 산도즈. 누군가 당신들의 상실에 애도를 표합니다."

그는 배에 오르며 그렇게 말했다.

산도즈가 그를 쳐다봤다. 이제는 그 이상한 갈색 눈도 수파아리에게 덜 거슬렸다. 수파아리는 작고 둥근 홍채에 익숙해졌고, 산도즈와 나머지 일행이 어떤 마법이 아니라 일반적인 방식으로 사물을 본다는 사실을 알고 있었다.

"당신은 친절합니다." 마침내 산도즈가 말했다. "누군가는 파르탄이 끝나기 전에 돌아올 것입니다."

"그러면 우리의 마음이 기쁠 것입니다."

수파아리는 동력선의 시동을 걸고 부두를 벗어났다. 그리고 처리해야 할 일이 있는 란저리 마을로 이어지는 남쪽 수로를 탔다. 그는 배가 굽이를 돌기 전에 한번 뒤를 돌아봤다. 카샨의 절벽을 배경으로, 이방인의 작고 검은 형체가 아직도 부둣가에 서 있었다.

그 긴 저녁 동안, 조지는 앉았다가 일어나 서성이고, 갑자기 울었다가 눈물 속에서 다시 웃음을 터뜨리고, 지미와 소피아에게 앤과 자기의 결혼 생활 이야기를 들려주고, 그러다 침묵하기를 반복했다. 앤이 없는 집으로 돌아가기란 불가능해 보였지만, 결국 조지는 자리에서 일어났다. 그러자 소피아가 다시 울음을 터뜨렸다. 아버지가 어머니를 잃고 슬퍼하던 기억과 그녀 자신의 슬픔, 조지가 앤을 잃어버린 것처럼 지미를 잃어버리는 상상이 한꺼번에 떠올랐다. 조지의 손을 자신의 배로 가져다 대며, 그녀가 강한 확신을 담아 말했다.

"당신은 이 아이의 할아버지예요. 당신은 우리와 함께 살 거예요."

그리고 울음이 그칠 때까지 그를 안고 있다가, 지미가 만들어 놓은 잠자리로 데려갔다. 그들 부부는 조지가 마침내 잠들 때까지 지켜봤다.

"난 괜찮아요." 소피아가 지미에게 속삭였다. "에밀리오에게 가 봐요. 정말 끔찍했어요, 지미. 상상도 못 할 거예요. 끔찍했다고요."

지미가 고개를 끄덕이고 아내에게 입 맞춘 후 신부들을 찾아갔다. 두 사람 다 몇 시간째 모습이 보이지 않고 있었다. 방 안을 들여다보고 상황을 파악한 지미는 마크에게 바깥으로 나오라고 손짓했다.

"DW가 있었다면 당신에게 빌어먹을 보고서를 쓰라고 재촉했을 거예요." 지미가 마크와 함께 테라스 가장자리로 걸어가며 아주 부드럽게 말했다. "그렇지만 지금 그럴 기분이 아니라면 내일 해도 괜찮아요."

달빛 아래 창백한 마크의 얼굴에 경련 같은 미소가 떠올랐다. 그는 지미가 자신에게 진정한 의무에서 벗어날 핑계를 제공하고 있다는 사실을 이해했다. 마크는 어떻게든 산도즈를 위로해야 했다. 목회자로서 좀 더 경험을 쌓지 못한 게 후회가 들었다. 하지만 무슨 말을 할 수 있겠는가? 산도즈가 상급 신부의 죽음에 대해 마음의 준비를 해 왔다는 사실은 그도 알고 있었다. 하지만 앤까지. 그들 두 명을 한꺼번에, 그것도 끔찍한 방식으로 잃어버리는 일은 너무나도 큰 타격이었다.

"고마워요. 보고서는 오늘 밤 써야겠군요. 뭐라도 하는 편이 좋을 것 같아요."

마크가 방으로 들어가 자신의 태블릿 앞에서 주저하더니, 대신 상급 신부의 것을 집어 들었다. 상급 신부는 언젠가 이날이 오리라는 사실을 알고 그에게 송신 암호를 가르쳐 주었다. 마크는 자신의 행동이 산도즈로 하여금 야브로의 죽음을 다시 상기시키지는 않을까 걱정하며 산도즈를 쳐다봤다. 하지만 그는 자신이 방 안에 들어왔다는 사실조차 모르고 있는 것 같았다. 테라스로 돌아온 마크가 지미에게 조용히 말했다.

"난 아이차의 집에 있을게요."

그가 산도즈를 보고, 다시 지미를 보더니 작게 어깨를 움츠렸다. 지미 역시 마크의 어깨에 손을 올리며, 우울하게 앉아 있는 산도즈를 쳐다봤다.

"그렇게 하세요. 산도즈와는 내가 얘기를 해 볼게요."

지미가 방 안으로 들어갔다. 한동안 그는 마크가 그랬던 것처럼 산도즈에게 무슨 말을 해야 할지 모르는 채로 무력하게 앉아 있었다. 아일랜드 사람들은 울고 술을 마시고 노래를 부르고 밤을 새워 이야기를 나누곤 했다. 그래서 조지의 반응은 지미에게 당연하고 예측 가능한, 이해할 수 있는 슬픔이었다. 하지만 이건…… '빌어먹을 마초 양반 같으니.' 지미는 문득 속으로 그렇게 중얼거렸다. 어쩌면 산도즈는 부끄러움을 느끼지 않고 마음껏 울 수 있도록 주위에 아무도 없기를 바라고 있을지도 모른다는 생각이 들었다. 지미는 자리에서 일어났지만 곧 쪼그리고 앉아서 산도즈의 얼굴을 들여다봤다.

"Quieres companeros o estar solo?(친구가 필요한가요 아니면 혼자 있고 싶은가요?)"

그를 혼자 남겨 두기 전에 확실히 하기 위해 지미가 부드럽게 물었다.

"Soy solo.(나는 혼자야.)"

지미는 거의 방에서 나갈 뻔했지만, 산도즈의 대답에서 동사가 달랐다는 사실을 깨닫고 다시 돌아왔다.

"Mirame, mano(날 봐요, 좀), 날 좀 보라고요!" 그가 다시 산도즈의 눈높이에 맞춰 쪼그리고 앉으며 말했다. 지미는 산도즈의 어깨를 두 손으로 잡고 살짝 흔들었다. 산도즈의 공허한 눈빛이 그를 향했다. "당신은 혼자가 아니에요, 에밀리오. 소피아는 그들을 사랑했고, 나도 그들을 사랑했어요. 어쩌면 당신만큼 오래 그리고 깊이는 아닐지 몰라도, 우리 역시 그들을 사랑했다고요." 그렇게 말하고 나서야 지미는 비로소 야브로와 앤의 죽음을 실감했다. 그리고 억지로 참고 있던 눈물이 터져 나왔다. 산도즈는 눈을 감은 채로 고개를 돌렸고, 마침내 지미는 그가 하고자 했던 말을 이해할 수 있었다. "오, 맙소사. 당신은 혼자가 아니에요, 에밀리오. 난 당신을 사랑해요. 소피아도 당신을 사랑해요. 그리고 우리 아이에겐 삼촌이 필요하다고요. 당신은 혼자가 아니에요. 당신에겐 아직 우리가 있잖아요, 안 그래요? 오, 맙소사." 그가 그렇게 말하며 산도즈를 끌어안았다. "울어도 괜찮아요. 오, 하느님. 괜찮아요."

산도즈의 눈물은 지미가 바랐던 것보다 더 빨리 멎었다. 하지만 최소한 어느 정도는 도움이 되었을 터였다. 지미는 잠시 기다렸다가 소매로 자기 자신의 눈을 훔쳤다. 그리고 산도즈를 일으켜 세웠다.

"이리 와요. 오늘 밤은 누구도 혼자 자지 않을 거예요. 나랑 같이 가요." 그는 산도즈를 방에서 데리고 나온 다음, 울음 섞인 목소리로 마크를 불렀다. "마크, 당신도 우리 집에 와요. 오늘 밤은 누구도 혼자 자지 않을 거예요!"

지미가 산도즈와 마크를 자신들의 집으로 데려왔을 때 소피아는 여전히 깨어 있었다. 작은 얼굴에 까만 눈만 커다랗게 보였고, 입술과 눈꺼풀은 온통 부어 있었다. 그녀는 자기 남편이 마크에게 외치는 소리를 들었다. 그리고 그 이유도 알 수 있었다. '내가 남자를 제대로 골랐어.' 사랑으로 벅차오르며 소피아가 생각했다. 돕기엔 너무나 지쳐 있었기에, 그녀는 지미가 두 신부를 위해 쿠션으로 잠자리를 꾸미는 모습을 가만히 지켜봤다. 마크는 침울했지만 그럭저럭 괜찮았다. 산도즈는 당연히 괜찮지 않을 테지만, 진이 빠져서 거의 지미가 눕히자마자 잠이 들었다. 다른 모두를 돌보고 나서야 지미가 그녀에게 다가왔다. 소피아는 그의 손을 잡고 힘없이 일어섰다. 그들은 테라스로 나가서 조지와 마누자이가 만들어 준 2인용 흔들의자에 함께 앉았다. 소피아는 작은 손을 지미의 허벅지에 올렸다. 지미가 의자를 흔들었고, 한동안 그들은 다정한 침묵 속에 머물렀다. 구름이 많아지고 있었다. 반 시간 전만 해도 밝게 빛나던 달들이 이제는 흐릿하게 멀어져 갔다. 소피아는 배 속의 아이가 움직이는 것을 느끼고 지미의 손을 자신의 배로 가져갔다. 그리고 그의 표정이 밝아지는 모습을 지켜봤다. 지미는 붉게 충혈된 눈을 멍하니 뜬 채 손가락에 전해지는 태아의 움직임을 느꼈다.

그리고 그들은 태풍의 눈 속에서도 여느 때처럼 친밀하고 다정하게 이야기를 나눴다. 조지는 그래도 잘 참아 내고 있어요. 마크도 별문제 없을 거예요. 에밀리오는 충격을 받은 것 같지만 그래도 조금 울 수 있었어요.

"당신은 괜찮아, 소피아? 피곤해 보이는데." 지미가 아내와 아이를 걱정하며 말했다. 그가 갑자기 생각했다. '하느님 맙소사, 앤 없이 어떻게 아이를 낳지? 아이가 거꾸로 서 있으면 어쩌지? 자기처럼 커다란 녀석이면 어쩌지? 하느님, 제발, 여자아이를 낳게 해 주세요. 소피아와 우리 어머니를 닮은 작은 여자아이를요. 제발 순산이 되게 해 주세요, 하느님.' 지미는 착륙선의 연료를 빨리 만들어 내면 시간에 맞춰 지구로 돌아갈 수 있을지 궁금했다. 하지만 소피아에게는 이렇게만 말했다. "지금 이야기하고 싶어, 아니면 나중에 할까?"

소피아는 두 번 다시 지미에게 아무것도 숨기지 않겠다고 다짐했었다. 자기 자신과 상대방에게 동시에 한 맹세였다. 더는 혼자 짊어지지 않으리라. 그래서 그녀는 지난 이틀 동안의 일을 그에게 들려주기 위해 입을 열었다.

"산도즈? 미안해요." 소피아는 산도즈가 힘겹게 눈을 뜨는 모습을 지켜봤다. 곤히 자는 사람을 깨우려니 미안한 마음이 들었다. "미안해요."

그가 일어나 앉아서 눈을 껌뻑이자, 그녀가 다시 한번 말했다.

산도즈는 좀처럼 정신을 차리지 못하고 주위를 둘러봤다. 그러다 눈을 크게 뜨고 걱정스레 물었다.

"DW가?"

소피아는 고개를 흔들며 어깨를 움츠렸다.

"조금 전에 무슨 소리를 들었을 뿐이에요. 내가 지나치게 걱정하는지도 모르지만, 앤과 DW가 한참이나 돌아오지 않고 있어요. 우리가 나가서 찾아봐야 할 것 같아요."

여전히 멍한 상태로 산도즈가 고개를 끄덕였다.

"물론 그래야지, 당신이 그렇게 말한다면."

그리고 두리번거리며 옷가지를 찾았다. 그는 벗어 놓은 셔츠를 손에 들고 잠시 어떻게 입어야 할지 모르는 것처럼 쳐다보고 있었다. 마침내 산도즈가 완전히 잠에서 깨어나자 소피아가 말했다.

"밖에서 기다릴게요." 산도즈가 옷을 입는 동안 소피아는 자신의 소심함을 탓했다. "나 혼자 가 볼걸 그랬나 봐요." 그녀가 외쳤다. "당신을 깨우지 말아야 했는데."

산도즈는 밤새도록 야브로를 간호하느라 낮 동안 필요한 잠을 보충

해야 했다. 소피아는 자기가 임신한 여자의 전형처럼 군다고 생각했다. 그녀는 시끄러운 소리에 겁을 먹거나 아무 이유도 없이 울음을 터뜨리곤 했다. 임신 초기에 찾아오는 급격한 감정 기복은 매우 당황스러웠다.

"아니, 괜찮아요. 나를 깨우길 잘했어요."

잠시 후, 산도즈가 걱정스러운 얼굴로 테라스에 나왔다. 아마 네다섯 시간 정도 잔 모양이었다.

두 사람이 햄피이 나무로 가자, 수프가 남아 있는 잔이 보였다. 산도즈는 바깥으로 나가서 주위를 살폈다.

"조용하군." 옛날 서부 영화에 나오는 카우보이처럼 말을 끌었다. "너무 조용해." 그는 소피아를 웃기기 위해 그렇게 말했다. 그녀는 미소를 지었지만, 어서 앤과 야브로를 찾았으면 했다. "그들은 보통 저 길로 산책을 하죠." 그가 남쪽을 가리켰다. "여기서 기다려요. 나 혼자도 괜찮을 거예요."

이제 야브로는 너무 말라서 산도즈 혼자서도 들 수 있을 정도였다. 그와 앤이 힘을 합친다면 거뜬히 그를 옮길 수 있었다.

"아니에요." 소피아는 자신의 감정 기복조차 현실적인 관점에서 바라봤다. "결국 앉아서 걱정만 하고 있을 거예요. 나도 같이 갈래요." 산도즈가 의심스럽게 쳐다보자 그녀가 덧붙였다. "걱정하지 말아요. 난 괜찮으니까. 정말이에요."

뭔가 잘못되었다는 사실을 알아차리기 시작했을 때, 그들은 여전히 착륙선의 북쪽에 있었다. 한순간 바람의 방향이 바뀌었는지 남쪽에서 냄새가 풍겨왔다. 결코 다른 것과 혼동할 리 없는 피비린내였다. 산도즈는 착륙선으로 가서 조용히 화물칸의 문을 몇 센티미터쯤 열고 야브로의 윈체스터 장총을 꺼냈다.

"들어가서 문을 잠그고 나오지 말아요."

그가 소피아에게 말했다. 그러고는 총알이 장전되어 있는지 확인한 후, 망설이지 않고 걸음을 옮겼다.

소피아는 자기가 왜 그 말을 듣지 않았는지 확실히 알 수 없었다. 어쩌면 혼자서 무슨 일인지 모르는 채로 있기가 무서워서 그랬을 수도 있고, 혹은 그저 겁을 먹고 움츠러들기가 싫어서 그랬을 수도 있다. 어쨌든 그녀는 산도즈를 따라 착륙선 반대편으로 돌아갔고, 그와 마찬가지로 어렴풋이 참극의 현장을 보았다. 이렇게 멀리서조차 끔찍한 일이 벌어졌다는 사실만은 분명하게 알 수 있었다. 산도즈가 라이플로 뭘 어쩔 생각이었든 이미 너무 늦어 버렸다. 산도즈가 창백한 안색으로 뒤를 돌아보며 말했다.

"여기 가만 있어요."

이번에는 소피아도 명령에 따랐다. 그녀는 어머니의 시체를 목격했던 기억을 떠올리며 굳어 있었다.

소피아가 지켜보는 가운데 산도즈는 시체들 쪽으로 다가갔다. 그리고 손에서 라이플을 떨어뜨렸다. 그는 고개를 숙이며 시선을 돌렸다. 하지만 곧바로 다시 시체 쪽을 바라보고 자세히 살핀 후, 그 자리에 선 채 손으로 머리를 감쌌다. 문득 소피아는 그를 혼자 둘 수 없다고 생각했다. '나는 멘데스 가문의 사람이야.' 그리고 용기를 내서 가까이 다가갔지만, 너무도 참혹한 광경에 비틀거리며 욕지기를 느꼈다. 소피아는 멍하니 니므롯을 떠올렸다. 창세기의 사냥꾼, 사람을 사냥하던 자였다.

산도즈가 돌아서서 자신을 향해 걸어오는 소피아를 보았다. 소피아는 산도즈를 거기서 끌어내거나 안아 줄 작정이었지만, 그녀가 더 가까이 다가가기 전에 그가 조용하고 침착한 목소리로 말했다.

"착륙선 안에 방수포와 삽이 있어요."

산도즈가 흔들림 없이 단호한 눈빛으로 소피아를 쳐다봤고, 마침내 그녀는 그가 왜 자기를 보내려 하는지 깨달았다. 겁에 질린 채로 소피아는 다시 착륙선으로 걸어갔다. 그녀가 다시 돌아왔을 때 산도즈는 온통 피투성이가 되어 있었다. 그사이 시체를 정돈하고 사지를 제자리에 가져다 놓았던 것이다. 그는 셔츠에 손을 문질러 피를 닦아 낸 다음, 두 사람의 눈을 감기고 머리카락을 쓰다듬었다. 소피아는 이제 눈물로 거의 앞이 보이지 않았지만, 산도즈와 마찬가지로 침묵하고 있었다. 그녀는 산도즈를 도와 방수포를 펼치고 싶었지만 팔을 움직일 수가 없었다. 그래서 산도즈가 혼자서 시체를 수습했다. 그에게는 영혼의 아버지, 그리고 마음의 어머니의 시체였다. 어쩔 수 없이 메스꺼움을 느끼며 절벽 가장자리로 가서 토악질을 했다. 머릿속에 아무 생각도 떠오르지 않았다.

땅이 돌투성이에 딱딱했기 때문에 무덤을 만드는 데는 시간이 오래 걸렸다. 산도즈는 바로 근처에 땅을 팠다. 조각 난 시체를 옮길 생각은 들지 않았다. 그는 언어 연구로 바빴던 탓에 정원 일을 거들지 않았고, 그래서 손이 삽질에 익숙하지 못했다. 잠시 후 소피아는 그에게 장갑이 필요하다는 사실을 깨닫고 착륙선에서 가져왔다. 어떻게든 도움이 된다는 생각에 기뻤다. 나중에 무덤 위에 올려놓을 돌들을 모으기로 했다. 그 일이 끝나자, 소피아는 가만히 앉아서 산도즈를 지켜봤다. 하지만 한 시간쯤 후 다시 일어나서 그를 위해 수통을 채웠다. 라카트의 긴 저녁이 지나가는 동안, 그는 때때로 삽질을 멈추고 공허한 눈빛으로 먼 곳을 응시했다. 그리고 그럴 때마다 소피아가 내미는 수통을 말 없이 받아 들었다. 그러고는 다시 무덤을 만드는 일로 돌아갔다. 온 세상이 조용한 가운데 삽으로 땅을 파는 소리만 쉴 새 없이 울려 퍼졌다.

땅거미가 지자 소피아는 착륙선에서 손전등을 가져와 일이 끝날 때까지 산도즈의 곁에 머물렀다. 시간은 어느새 자정을 넘어가고 있었다.

산도즈는 두 번째 무덤에서 기어 나와서 한동안 손으로 머리를 감싼 채 땅바닥에 웅크리고 앉았다. 그러다가 몸을 추스르며 억지로 일어섰다. 그때쯤에는 소피아도 지칠 대로 지쳐 있었다. 그들은 둘이서 함께 D. W. 야브로와 앤 에드워즈의 잔해를 안식에 들게 했다. 그리고 다시 삽질이 시작되었다.

무덤에 흙을 덮고 돌을 얹자, 짧지만 한없이 길었던 밤이 마침내 끝났다. 그들은 어떤 생각이나 말을 하기에는 너무도 지쳐서 그저 무덤들을 바라보며 서 있었다. 소피아가 휴대용 전등의 불을 끄기 위해 몸을 굽혔다. 전등의 오렌지색 불빛이 아침 햇살 속에 희미해지고 있었다. 그녀가 다시 허리를 펴자, 에밀리오 산도즈와 정면으로 시선이 마주쳤다. 그리고 이루 말할 수 없이 서글픈 기분이 들었다.

'우리가 서로 얼마나 오래 알고 지냈지? 10년?' 그 세월 동안 그녀는 한 번도 그를 이름으로 부른 적이 없었다……. 소피아는 뭔가 할 말을, 산도즈의 상실감이 얼마나 크고 깊은지 이해하고 있으며 자기 또한 그만큼 슬프다는 사실을 전달할 방법을 찾으려고 애쓰다가 마침내 말했다.

"에밀리오. 우리는 남매예요, 그리고 이제는 고아가 되었어요."

소피아는 산도즈가 눈물을 흘리기엔 너무 지쳤거나, 너무 큰 충격을 받았다고 생각했다. 하지만 그는 그녀를 바라보더니 고개를 끄덕였다. 그것은 허락의 표시였다. 소피아는 다가가서 그를 끌어안았다. 그녀가 결혼한 여자가 되어 친구의 아이를 임신하고 나서야 산도즈는 마침내 그녀를 안아 볼 수 있었다. 그는 슬픔에 목이 멘 영원한 신부였다. 두 사람은 먹먹하고 갈피를 잡을 수 없는 비탄 속에서 서로에게 매달렸다.

소피아는 산도즈의 손을 잡고 절벽을 내려갔다. 소피아가 옷가지를 강가로 가져가서 깨끗이 빨았다. 그들은 피와 먼지와 땀을 씻어 내고 다시 옷을 입었다. 그리고 소피아는 산도즈를 자기 집으로 데려갔다. 주위는 그들이 이 이상하고 아름다운 마을에 처음 들어왔던 날처럼 조용했다. 소피아가 두 사람이 먹을 음식을 차렸다. 산도즈는 먹으려고 하지 않았지만, 그녀가 고집을 부렸다.

"유대인의 관습이에요. 먹어야 해요. 삶은 계속되어야 해요."

일단 입을 대자, 산도즈는 게걸스럽게 그녀가 차린 음식을 전부 먹어 치웠다.

소피아는 다음 날 저녁 자신의 남편이 그럴 것처럼 지금은, 그 모든 일을 겪고 나서는, 누구도 혼자 잠들어선 안 된다는 사실을 분명히 알고 있었다. 그래서 그녀는 산도즈를 지미의 침대로 데려갔다. 그리고 집 안을 조금 치운 다음 그의 옆에 가서 누웠다. 바로 그때 처음으로 배 속에서 아기가 움직이는 것이 느껴졌다. 소피아는 잠시 놀라고 감격한 나머지 동작을 멈췄다. 이윽고 그녀는 손을 뻗어 산도즈의 손을 자신의 배로 가져갔다. 잠시 숨 막히는 침묵이 흐른 뒤, 아기가 다시 움직였다. 소피아는 산도즈가 이해하기를 바랐다. 삶은 계속되어야 한다고, 죽음이 있으면 탄생도 있다고.

"잔인하게 굴려는 생각은 아니었어요." 다음 날 밤, 그녀가 안타까운 나머지 작은 주먹을 꼭 쥐며 지미에게 그렇게 말했다. "난 그저 그 사람이 삶의 일부를 다시 느꼈으면 하고 바랐을 뿐이에요."

산도즈가 갑자기 일어나 앉더니 소피아를 뿌리쳤다. 그리고 결국에는 무너지고 말았다. 소피아는 그제야 그가 어떤 감정을 느꼈을지 깨달았다. 그녀는 용서를 구하며 자신의 의도를 설명하려고 애썼다. 산도즈도 그녀를 이해했지만, 너무도 생생한 경험이었다. 이제는 자신이 완전히 고립된 기분이 들어 아무런 말도 할 수가 없었다. 소피아가 산도즈의 뒤쪽에서 무릎을 꿇고 앉더니 있는 힘껏 그를 끌어안았다. 마치 그의 몸이 산산이 조각나지 않도록 붙잡아 두려는 것 같았다. 산도즈는 몹시 지쳐 있었지만, 오래도록 눈물을 흘렸다. 마침내 그는 소피아에게 등을 돌린 채 다시 누워서 손으로 얼굴을 감쌌다.

"하느님." 그가 계속해서 속삭이는 소리가 들렸다. "하느님."

소피아는 산도즈의 뒤에 누워서 무릎을 모으고, 떨리는 그의 몸을 다독였다. 그러고 있자니 차츰 경련과도 같은 떨림이 잦아들고, 숨소리가 느려지다가 곧 안정되는 것이 느껴졌다. 그리고 그렇게 그들은 잠이 들었다. 자신들의 부모를 잃어버린 슬픔과 절망에 지친 채로.

31

나폴리

2060년 8월

총장 신부와 다른 사람들은 산도즈로부터 건조한 형태로 축약한 소피아의 이야기를 들었다. 하지만 이미 다들 그날 밤과 이어진 날들에 대한 마크 로비쇼의 보고서를 읽어 본 후였다.

"바카샤니들은 친절했습니다." 산도즈가 말했다. "돌아와서 무슨 일이 벌어졌는지 알게 되자, 그들은 누구도 혼자 있게 내버려 두지 않았죠. 우리를 위로하려고 그랬던 것도 있겠지만, 한편으로 그들은 앤과 DW를 살해한 바합타아 사냥꾼이 여전히 근처에 머무르며 손쉬운 먹이를 찾고 있을까 봐 걱정했던 것 같습니다. 그들은 자기 아이들을 걱정했고, 우리들에 대해서도 걱정을 했죠. 우리가 스스로를 지킬 능력이 없다는 점이 분명했으니까요. 그리고 우리가 놈을 끌어들인 셈이기도 했고 말입니다."

당시 산도즈는 두통이 매우 심했고, 몇 시간마다 한꺼번에 찾아들어 생각도 기도도 할 수 없게 만들었다. 심지어 머릿속에서 슬픔마저 몰아낼 정도였다. 루나는 산도즈의 감정적인 고통이 질병을 초래할 것이라고 예상했다. 그리고 그럼에도 그를 위로할 방법이 없어서 걱정했다. 아스카마는 어둠 속에서 그의 옆에 누워 고통이 사라지기를 기다리곤 했다. 자다가 깨어나 보면 아이가 자신을 바라보며 좀 나아졌다는 신호를 찾고 있었다. 그때쯤 아스카마는 좀 더 나이가 들었고 성숙해 있었다. 어느 날 아침 아이가 영어로 말했다. "밀로. 다시는 기쁠 수 없는 거야? 당신이 죽을까 봐 너무 걱정돼." 그 말이 전환점이자, 움켜쥘 수 있는 구명줄이었다. 산도즈는 신에게 감사했다. 그는 아스카마를 두렵게 하거나 걱정시키고 싶지 않았다.

"로비쇼 신부는 그 시점에 아기들이 아주 많았다고 보고했어요."

존은 보고서를 읽으면서, 이렇게 태어난 아이들이 새로운 활기를 선사했다는 느낌을 받았다. 실제로 마크도 그렇게 느꼈다. 그는 그 전까지 자신이 "새로운 생명의 탄생이 어떤 기쁨을 줄 수 있는지, 갓난아기의 촉촉한 머리를 어깨에 올려놓는 단순한 기쁨이 어떤 것인지" 잊고 있었다며 놀라워했다. 마크가 제출한 마지막 보고서, 앤 에드워즈와 D. W. 야브로가 죽고 약 2주 후에 쓰인 글에 따르면, 조지 또한 갓난아기들을 팔에 안고 크게 감동했으며 새로운 생명의 무게를 느꼈다고 한다. 퀸 부부도 아이가 태어나기를 기다리고 있었다.

하지만 존의 말을 듣자, 산도즈의 얼굴에 조심스럽고 중립적인 표정이 떠올랐다. 이제는 그들 모두 그런 표정을 그가 힘들어하고 있다는 표시로 받아들였다.

"그래요. 아기들이 많이 태어났습니다." 그는 아주 차분하게 앉아 있었지만 요하네스 펠커에게 시선을 고정시킨 채였다. "정원 때문이었죠."

산도즈가 어째선지 자신을 지목해서 말하고 있다는 점은 알았지만 그 이유는 모르는 채로, 펠커가 고개를 흔들었다.

"미안하군요. 무슨 말인지 모르겠습니다."

"그게 우리의 실수였습니다. 당신이 기다리고 있던 것 말입니다. 치명적인 잘못이었죠."

펠커가 얼굴을 붉히며 총장 신부를 곁눈질했다. 지울리아니는 표정의 변화가 없었다. 그는 다시 산도즈에게 시선을 돌렸다.

"내가 잘못한 것 같군요."

그 말에도 산도즈는 잠자코 기다렸다.

"내가 잘못한 것 같습니다." 펠커가 이유도 모르는 채 반복했다.

"사실 필요한 정보는 모두 가지고 있었습니다." 산도즈가 말을 이었다. "모두 거기 있었죠. 다만 우리가 이해를 못 했을 뿐입니다. 하지만 나는 설령 우리가 직접 그런 이야기를 들었더라도, 이해하지 못했을 거라고 생각합니다."

사람들은 시계 초침이 째깍거리는 소리를 들으며 산도즈를 바라봤다. 그가 여기서 그만두려는지 아니면 계속할 생각인지 확실히 알 수가 없었다. 잠시 후 산도즈가 정신을 차리고 이야기를 이어 가기 시작했다.

처음에 들려온 것은 노랫소리였다. 딱 맞아떨어지는 군가였다. 멀리서부터 바람을 타고 단속적으로 들려왔다. 바카샤니들은 동요하며 한데 모여들었고, 들판으로 나가 순찰대가 다가오는 모습을 지켜봤다. 왜 그들은 동굴 안에 숨지 않았을까? 왜 달아나지 않았을까? 아이들을 숨길 수도 있었다고, 산도즈는 나중에 생각했다. 하지만 다시 한번 생각해 보니 그랬더라도 흔적이 남았을 터였다. 포식자라면 누구나 알아보고 쫓아올 수 있는 흔적이 말이다. 그러니 발버둥 쳐 봤자 무슨 소용이 있겠는가? 그래서 그들은 원형으로 모여 섰다. 갓난아기, 어린아이,

아버지 들이 가운데 들어갔다. 그런 상태로 순찰대가 도착하기를 기다렸다.

나중에 가이주르에서 한동안 살고 나서야 산도즈는 마을 루나의 한계를 더 잘 이해할 수 있었다. 당시로서는 납득이 가지 않았다. 그들은 아기들을 포기했다. 아기를 낳는다고 해도 기르도록 허락되지 않을 거라는 사실을 이미 알고 있었기 때문이다. 하지만 그들 안에서 생명의 액체가 차올랐고, 그래서 스스로 짝을 선택해서 본능에 따랐다. 이방인들이 만든 정원과 거기서 나온 풍부한 음식 때문에 벌어진 일이었다.

"루나는 먹는 양에 따라 번식을 합니다. 나는 이 사실을 나중에야 알았습니다. 그리고 수파아리가 확인해 줬죠. 균형 잡힌 시스템이라 보통은 루나가 성적인 욕구 때문에 고민하는 경우가 없습니다. 루나도 가족을 이루지만, 자나아타들이 허락하기 전에는 번식을 하지 않죠. 보통은 체지방도 낮게 유지됩니다. 자연 상태에서 자라는 음식을 얻기 위해 늘 멀리까지 여행하니까요. 그러면 에너지를 소비하지 않겠습니까? 정원들이 그 균형을 깨뜨린 겁니다." 산도즈는 사람들의 얼굴을 차례차례 들여다보며 자신의 말을 이해하고 있는지 확인했다. "받아들이기 어려운 일이죠, 그렇지 않습니까? 생각해 보십시오. 자나아타가 루나를 우리에 가둬 기르거나 노예로 삼지는 않습니다. 루나는 자발적으로 자나아타 문화 내에서 일하죠. 그들은 그렇게 길러졌고, 그래서 그게 정상인 겁니다. 만약 어떤 마을 공동체가 일정 수준 이상의 재산을 축적하면 추가적인 음식을 통해 칼로리를 제공받습니다. 그러면 여성들이 발정기를 맞이하죠."

지울리아니는 문득 보고서의 어떤 내용을 떠올리고는 말했다.

"수동태였지. 보고서를 읽었을 때 그 점이 의아했소. 에드워즈 박사는 루나의 짝이 배우자를 고를 때와는 다른 기준에 의해 '골라진다'고 이야기했으니까."

"맞습니다. 미묘하지 않습니까? 그들의 짝은 그들이 고르는 게 아닙니다. 자나아타 유전학자들에 의해 골라지는 겁니다. 루나는 좋아하는 사람을 골라서 결혼할 수 있지만 번식은 자나아타의 기준에 따라야 합니다." 산도즈가 웃음을 터뜨렸지만, 즐거운 목소리는 아니었다. "생각해 보면 아주 인간적인 제도예요. 우리가 고기를 얻기 위해 가축을 기르는 방식과 비교하면 말입니다."

펠리페 레예스가 창백한 표정으로 신음했다.

"하느님 맙소사."

"그래, 이제 이해가 가는 모양이군. 당신은?" 산도즈가 아직도 깨닫지 못하고 있는 펠커를 쳐다봤다. 잠시 후 펠커가 눈을 감았다. "이제 당신도 이해했군요." 산도즈가 반복해서 말하며 펠커의 반응을 살폈다. "도시에서 전문적인 일을 하는 루나에 대한 기준은 아주 엄격합니다. 하지만 무엇도 낭비되는 법은 없죠. 만약 짝짓기의 결과가 기준에 미치지 못하면, 아이는 애착이 형성되기 전에 가능한 한 빨리 제거됩니다. 말하자면 일종의 송아지 고기라고 할 수도 있겠죠."

요하네스 펠커는 속이 메스꺼운 듯한 표정을 지었다.

"어떻게 보면 마을 루나의 운이 가장 좋습니다. 음식과 섬유질과 다른 식물성 재료들을 모으면서 거의 자나아타의 간섭을 받지 않고 살아가니까 말입니다. 그들의 번식은 엄격하게 통제됩니다. 하지만 선사시대처럼 사냥을 당하지는 않죠. 때때로 바할타아가 밀렵하는 경우를 제외하면 말입니다. 그들은 여전히 루나를 방목된 먹이 취급하고, 옛날 방식으로 사냥합니다. 수파아리가 우리에게 그런 말을 했었죠. 그게 언제였더라? 앤과 DW가 살해당하고 나서 이틀 뒤였을 겁니다. 나 자신이 그 단어를 사용했죠. 밀렵이라고. 그 말에는 합법적인 고기의 사용이 내포되어 있다는 사실을 내가 깨닫지 못했을 뿐입니다."

"알았더라도 달라질 건 없었을 겁니다, 에밀리오."

존이 말했다. 산도즈는 갑자기 일어나더니 방 안을 거닐기 시작했다.

"그래요. 달라질 건 없었을 거요. 나도 알고 있소, 존. 그때는 이미 늦었으니까. 정원들이 여기저기 생겨났고, 루나가 아기를 잉태하고 있었소. 어디서나 말입니다. 인브로카 전역에서. 수파아리가 그렇게 말했던 날, 내가 제대로 이해했더라도 달라질 건 없었죠." 산도즈가 펠커의 바로 앞에 와서 멈춰 섰다. "우리는 루나에게 미리 허락을 구했습니다. 생태적인 영향도 고려했어요. 마을에 피해를 끼치려는 게 아니라, 그저 우리가 먹을 작물을 재배하려 했던 겁니다." 그가 말을 멈추더니 격렬한 어조로 덧붙였다. "뭔가 익숙한 음식을 원했을 뿐입니다. 아무도 그게 무슨 문제가 되리라고는 생각하지도 못했습니다. 수파아리조차도. 하지만 그자는 육식동물이었습니다. 정원은 장식용이라고만 생각했어요. 그자로서는 우리가 음식을 기른다고 상상조차 할 수 없었던 겁니다."

총장 신부가 의자 등받이에 몸을 기댔다.

"무슨 일이 벌어졌는지 말해 주시오."

산도즈가 가만히 선 채로 지울리아니를 한참 동안 바라봤다. 그는 혼란스러워하고 있는 것처럼 보였다. 그러더니 다시 입을 열었다.

자나아타 장교는 허가받지 않은 번식을 분명히 인지하고 있었으며, 루나에게 아기들을 앞으로 내놓으라고 명령했다. 그 일은 거의 침묵 속에서 이루어졌고, 아스카마처럼 좀 더 나이 든 몇몇 아이만 훌쩍거릴 뿐이었다. 인간들은 루나의 원 가운데 숨겨져 있었다. 소피아가 앞으로 나서는 일만 없었더라면 발각되지 않고 넘어갔을지도 몰랐다. 혹은 아닐 수도 있었다. 그들 스스로 주의를 끌지 않았더라도 독특한 체취 때문에 금방 들켰을 수도 있었다.

"우리는 무슨 일이 일어나고 있는지 전혀 몰랐습니다. 그냥 루나가 전부 들판으로 올라가니까 따라갔을 뿐이죠. 오직 마크만 이 순찰대를 경계하고 있었습니다. 바카샤니들은 우리더러 원 가운데 머물라고 했는데, 마크는 그 말을 들어야 한다고 생각했죠. 그는 아주 긴장하고 있었어요. 그리고 내게 도시에서 뭔가를 봤다고 말했지만, 자기가 본 장면을 제대로 이해하고 있는지 확신하지는 못했습니다. 마누자이가 우리더러 조용히 하고 있으라고 했기 때문에 더는 이야기를 나눌 수가 없었죠. 단지 마크가 겁먹고 있다는 점만 알았을 뿐입니다. 하지만 루나는 상황을 아주 차분하게 받아들이는 것처럼 보였습니다. 그때 순찰대가 아기들을 죽이기 시작했습니다."

산도즈가 자리에 앉더니 손으로 머리를 감쌌다. 에드워드가 진통제를 가지러 화장실로 갔지만, 그가 돌아왔을 때는 산도즈가 이미 이야기를 다시 시작하고 있었다. 에드워드가 산도즈 옆의 탁자 위에 약병을 놓았지만, 그는 관심을 보이지 않았다.

"히브리어로 이런 말이 있습니다. Escht chayil. '용감한 여성'이란 뜻입니다. 소피아는 우리 중 가장 먼저 무슨 일이 벌어지고 있는지 깨달았습니다."

"그리고 저항했군."

지울리아니가 말했다. 이제는 예수회 일행이 어떤 식으로 폭력 사태에 말려들었는지 이해할 수 있었다.

"그렇습니다. 처음에는 소피아 혼자서 말했지만, 바카샤니들이 따라하면서 일종의 노래처럼 되었습니다. '우리는 많다. 그들은 적다.' 소피아는 이렇게 말하면서 앞으로 걸어갔습니다." 산도즈는 밤이면 꿈속에서 그녀가 걷는 모습을 보곤 했다. 고개를 당당하게 들고 마치 여왕처럼 걷는 모습을. "소피아가 땅바닥에 놓인 아기 하나를 들어 올렸습니다. 자나아타 장교는 소피아의 존재에 너무 놀라서 처음에는 아무런 행동도 하지 못했던 것 같습니다. 하지만 곧 마을 사람 모두가 아이들을 데리러 뛰쳐나왔고, 루나가 움직이자 순찰대의 반응은 매우 빨랐습니다." 그는 앉은 채로 숨을 깊이 들이쉬며 눈을 크게 뜨고 탁자를 응시했다. "사방이 온통 피투성이였습니다." 산도즈가 겨우 말했다.

펠커가 앞으로 몸을 기울였다.

"이제 그만하고 싶으신가요?"

"아니, 아닙니다. 이 이야기는 끝마쳐야겠습니다." 산도즈가 고개를 들고 약병을 쳐다봤지만 손을 대지는 않았다. "순찰대는 한동안 통제력을 잃어버렸던 것 같습니다. 우리들의 존재에 대한 경악과 루나가 감히 반항했다는 사실에 대한 분노가 결합한 결과였겠죠. 그리고 소피아가 한 말이 그들을 두렵게 했을 겁니다, 그렇지 않습니까? 여러분은 자나아타가 자신들의 수 역시 이런 번식 시스템이 유지될 수 있을 정도로 엄격하게 제한하고 있다는 사실을 이해해야 합니다. 그들의 인구 구조는 야생 상태에서 육식동물의 비율과 거의 일치합니다. 먹이가 되는 종의 4퍼센트 정도죠. 수파아리가 이에 관해 설명해 준 적이 있습니다. 따라서 루나가 '우리는 많다, 그들은 적다.'라고 노래하는 소리는 마치 악몽처럼 들렸을 겁니다."

"그들을 변호하다니 믿을 수가 없군요."

펠리페가 탄식하며 말했다. 그러자 모두가 뭔가 말을 시작했고, 스톡홀름 증후군에 대한 논쟁이 벌어졌다. 그동안 산도즈는 손으로 머리를 감싸 쥐고 있었다. 그러다가 보철 장치가 망가지지 않도록 조심하면서 주먹으로 부드럽게 탁자를 내리쳤다. 그리고 단호한 목소리로 말했다.

"계속 이렇게 시끄럽게 굴면 난 이야기를 그만할 수밖에 없습니다."

그러자 사람들이 입을 다물었고, 산도즈는 조심스럽게 호흡을 골랐다. "나는 그들을 변호하는 게 아닙니다. 여러분에게 무슨 일이 일어났고 왜 일어났는지 설명하려고 하는 겁니다. 하지만 그건 그들의 사회입니다. 그리고 그들 역시 자신들이 선택한 삶의 방식을 유지하기 위해 대가를 치르고 있습니다." 그가 매서운 눈으로 펠리페를 쳐다보며 물었다. "펠리페, 지금 지구의 인구가 얼마나 되지? 140, 150억 정도?"

"거의 160억이죠." 펠리페가 조용히 대답했다.

"라카트에는 거지가 없어. 실업 문제도 없지. 인구 과밀도 없어. 굶주림도 없고, 환경 오염도 없어. 유전적인 질병도 없어. 나이 든 사람들은 노화로 고통 받지 않아. 불치병에 걸린 사람들이 연명 치료를 받지도 않지. 그들은 이런 시스템을 유지하기 위해 끔찍한 대가를 치르지만, 펠리페, 우리 역시 대가를 치르고 있어. 우리가 치르는 대가는 아이들의 굶주림이지. 바로 지금, 우리가 여기 앉아 있는 이 순간에 얼마나 많은 어린아이가 굶어 죽고 있지? 우리가 단지 그 아이들의 시체를 먹지 않는다고 해서 더 도덕적이라고 할 수는 없어!"

지울리아니는 산도즈의 분노가 스스로 사그라들기를 기다렸다. 그리고 그가 흥분을 가라앉히자, 총장 신부가 다시 한번 말했다.

"무슨 일이 벌어졌는지 들려주시오."

산도즈는 멍하니 그를 쳐다보다가, 이야기가 옆길로 샜다는 사실을 깨달았다.

"순찰대는 원래 갓난아기들만 죽이려고 했을 겁니다. 수파아리가 나중에 말하기를 만약 마을 사람들이 또 한 번 허가 없이 번식했다면,

그때야 아기를 낳은 루나가 처형을 당했을 거라고 하더군요. 하지만 루나가 저항했기 때문에, 순찰대가 과잉 반응을 한 겁니다. 그들은 폭동을 진압하려 했던 거죠."

"얼마나 많은 수가 죽었소?" 지울리아니가 평탄한 어조로 물었다.

"잘 모르겠습니다. 아마 바카샤니 중 3분의 1 정도가 죽었을 겁니다. 어쩌면 더 많을 수도 있고." 산도즈가 시선을 피했다. "그리고 소피아도. 지미도. 조지도 죽었습니다."

산도즈는 마침내 항복하고 진통제를 향해 손을 뻗었다. 하지만 이제는 너무 늦어서, 약이 효과를 발휘하지 못할 가능성이 컸다. 사람들은 그가 알약 두 개를 입에 넣고 물을 마시는 동안 가만히 지켜보고 있었다.

"당신은 어디 있었소?" 지울리아니가 물었다.

"루나의 한가운데 있었습니다. 아스카마가 매우 겁에 질려 있었죠. 살육이 시작되었을 때, 마누자이와 나는 우리 몸으로 그 아이를 보호하려 했습니다. 차이파스가 우리를 지키려다 죽었습니다."

"그리고 로비쇼 신부는?"

"달아났습니다." 산도즈가 펠리페 쪽을 보더니 부드럽게 말했다. "마크를 변호하려고 하는 말은 아니지만, 그 사람이 할 수 있는 일은 아무것도 없었습니다. 우리는 반쯤 자란 어린아이만 한 크기였고 상황은 완전히 아수라장이었으니까요. 기사도를 발휘할 여지는 없었습니다. 순찰대는 손 닿는 범위에 있는 모두를 죽였습니다." 그는 사람들에게 이해해 달라고 거의 애원하고 있었다. "우리는 이런 일에 전혀 대비되어 있지 않았습니다! 수파아리와는 너무 달랐단 말입니다. 어땠을지 한번 상상해 보십시오!"

"자나아타 군대는 지적인 육식동물로 이루어진 전투 집단이죠." 펠커가 조용히 말했다. "그리고 그들은 자신들이 아는 문명사회를 방어하려 했고요. 끔찍했을 게 분명합니다."

"맞습니다." 두통이 점점 더 심해졌다. "불을 좀 꺼 줬으면 좋겠습니다."

펠커가 일어나서 그렇게 해 주었다. 그리고 총장 신부의 목소리가 다시 들렸다.

"말해 보시오."

"난 곧바로 포로가 되었습니다." 산도즈는 아스카마가 자신의 이름을 외치는 소리를 들을 수 있었다. "마크도 어렵지 않게 붙잡혔습니다. 자나아타 순찰대는 우리를 데리고 다녔습니다. 이 마을에서 저 마을로. 그들이 꼭 우리에게 정원을 만든 책임이 있다는 사실을 알았던 것 같지는 않습니다. 그저 우리를 어떻게 처리해야 할지 몰랐을 뿐이죠. 그들은 해야 할 일이 있었고, 그래서 우리를 계속 데리고 다녔습니다. 결국에는 우리를 인브로카 시로, 자신들의 수도로 데려갈 작정이었을 겁니다. 들르는 모든 마을마다 그들은 정원을 불태우고 무고한 자들을 죽였습니다. 이 이야기를 끝까지 해야 하는데." 그는 숨을 고르기 위해 말을 멈췄다. "마크는……. 정원을 만드는 것이 마크의 생각이었다는 걸 기억합니까? 이런 살육을 목격하고 나서……." 다시 한번 이야기가 끊겼다. "자나아타들은 하루에 한 번만 먹습니다. 매일 아침 우리에게 음식을 주고 나서 여러 시간 동안 행군을 하곤 했죠. 마크는 먹기를 거부했습니다. 나는 그를 설득하려 했지만, 그는 계속해서 프랑스어로 뭐라고 말할 뿐이었죠. 불과 몇 단어였습니다."

산도즈는 머리에서 손을 떼더니 사람들을 쳐다보지 않으려고 애썼다.

"내가 모르는 언어는 많습니다. 나는 아랍어와 암하라어와 크산어를 말할 수 있지만, 글자를 읽지는 못합니다. 프랑스어는 유일하게 내가 읽을 줄은 알아도 말할 줄은 모르는 언어죠. 말로 하면 글로 쓰인 것과는 아주 다르더군요, 그렇지 않습니까?" 빛이 너무 강했다. 산도즈는 다시 눈을 감았다. "내가 마크에게 음식을 먹이려고 할 때마다, 그 사람은 이렇게 말하곤 했습니다. '일 선, 레스 앤 선.' 그렇게 들렸어요. 내가 알아들었어야 했는데……."

"Ils sont les innocents.(그들은 무고한 자들이다.)" 지울리아니의 목소리였다. "상상하기조차 어려운 일이었을 거요. 당신들에게 무고한 루나의 고기를 먹으라고 줬군."

산도즈는 이제 심하게 몸을 떨고 있었다.

"그렇습니다. 나중에는 나도 깨달았죠, 그들은 아무것도 낭비하지 않는다는 걸. 에드?" 그는 에드워드 수사가 일으켜 화장실로 데리고 갈 때까지 겨우 버텼다. 산도즈가 진통제를 모두 토해 버렸기 때문에 에드워드는 대신 주사로 약을 놓았다. 누가 자기를 방으로 데려가고 있는지 모르는 와중에도, 잠에 빠져들기 직전 산도즈는 이렇게 말했다. "나는 가끔 그때 꿈을 꿉니다."

산도즈가 다시 깨어났을 때, 요하네스 펠커가 손가락 사이로 묵주를 굴리며 곁을 지키고 있었다.

"미안합니다." 펠커가 말했다.

이틀이 지나서야 산도즈는 이야기를 재개할 수 있었다.

"저번에 듣기로는 군대가 당신들을 수도로 데려갈 줄 알았다고 했소. 그렇다면 실제로는 거기에 가지 않았다는 말이로군, 그……." 지울리아니가 자신의 노트를 들여다봤다. "인브로카에."

"그렇습니다. 나중에 수파아리에게 들어 보니 그자는 학살극이 벌어지고 나서 이틀 뒤 카샨에 도착했다고 하더군요. 거기서 일을 처리한 뒤 마크와 나를 쫓아 왔다고 말입니다. 내 생각엔 아마 순찰대의 이동

경로를 계산한 모양입니다. 2주 정도 행군을 계속한 뒤에 수파아리가 우리를 따라잡았던 것 같습니다. 이 시기는 매우 혼란스러웠고, 우리의 몸 상태도 좋지 않았습니다. 나는 마크에게 음식을 먹이려고 했지만 그 사람은 끝까지 거부했습니다. 그래서 결국에는 설득을 포기했습니다."

"하지만 당신은 고기를 먹었군요. 사실을 알고 난 후에도." 존이 말했다.

"그렇소." 산도즈가 말을 멈추고 뭔가 설명할 방법을 찾았다. "한때 영국 군대에서는 병사를 처벌할 때 채찍질을 800번이나 했습니다. 그런 내용을 읽어 본 적 있습니까? 어떤 사람들은 그렇게 맞고도 살아남았죠. 그리고 나중에 그들이 말하기를, 어느 정도 시간이 지나고 나니 더는 고통이 느껴지지 않았다고 합니다. 그저 뭔가 두드리는 느낌뿐이었다고 말입니다. 내 영혼의 상태도 그와 같았습니다. 이해할 수 있겠습니까? 시간이 지나고 나자, 그저 두드리는 느낌뿐이었죠." 산도즈가 몸을 움츠렸다. 그는 사람들이 이해하지 못하리라는 사실을 알고 있었다. "어쨌거나, 수파아리가 순찰대를 따라잡았습니다. 그가 우리를 찾아냈을 무렵에는 마크의 몸이 아주 약해져 있었습니다. 아마 지휘관은 곧 그를 죽이려 들었을 겁니다. 마크 때문에 행군 속도가 느려지고 있었으니까 말입니다."

수파아리를 만났을 때는 아무런 감흥도 없었다. 그와 마크는 그저 땅바닥에 앉아 있을 뿐이었다. 생각을 하기에도, 희망을 품기에도, 기도를 하기에도 그들은 너무 지쳐 있었다. 산도즈는 고기를 먹었지만, 그래도 탈진한 상태였다. 그는 마크가 더 버티지 못할 거라는 사실을 알고 있었다. 그리고 자기 역시 머지않아 무너질 거라는 점도.

"수파아리가 지휘관에게 뇌물을 먹인 모양입니다. 둘 사이에 긴 이야기가 오갔습니다. 내가 모르는 언어로."

"그래서 수파아리가 당신을 카샨으로 다시 데리고 갔나요?"

침묵이 너무 오래 이어지자, 존이 끼어들었다.

산도즈가 힘겹게 대답했다.

"아니요. 그랬다고 한들 카샨 마을이 우리를 환영했을지 모르겠군요. 수파아리는 우리를 가이주르로 데려갔소. 자기 저택으로. 나는 두 번 다시 카샨을 볼 수 없었소."

"로비쇼 신부가 도시에서 보낸 시간에 대해 한 묘사에 따르면, 거기서 당신들은 상대적으로 안전했을 거요. 자나아타들의 눈에 띄지만 않는다면 말이오. 아니면 내가 잘못 알고 있는 거요?" 총장 신부가 물었다.

"나는 수파아리가 원래는 우리를 안전하게 보호할 의도였다고 믿습니다. 왜 그런지는 모르겠지만 수파아리는 우리에게 어떤 의무감을 가지고 있었습니다. 그리고 원래부터 앤을 무척 좋아했습니다. 또 우리는 그를 매우 부유하게 만들어 줬죠. 자나아타치고는 아주 이해심이 많은 자였습니다. 그래서 나는 그가 어느 정도 우리 처지를 헤아렸다고 생각합니다. 철저하게 고립된 상황을 말입니다."

빈첸초 지울리아니가 매우 조용해졌지만, 산도즈는 알아차리지 못했다. '의도한 바는 아니지만, 내가 잘못한 것 같군.' 지울리아니는 속으로 요하네스 펠커가 했던 말을 따라 했다.

"어쨌든 그는 분명 우리의 몸값을 치렀고, 우리를 자기 집으로 데려가서 책임을 졌습니다. 자신의 가솔로 받아들였죠."

"그때 그 덩굴을, 스타아카를 봤나요?" 존이 물었다.

"그렇소."

처음으로 직접 설명할 필요가 없었다. 산도즈가 상념에 잠겨 앉아 있는 동안, 존 칸도티가 나머지 사람들에게 하스타아칼라에 대해 들려줬다. 하스타아칼라는 의존성을 상징하고 강요하기 위해, 양손을 더 강인한 나무에 붙어 자라는 담쟁이덩굴의 늘어진 가지처럼 만드는 관습이었다. 존은 이제 마크가 왜 죽었는지 깨달았다. 그는 산도즈에게 이렇게 질문한 적이 있었다. "마크가 괴혈병에 걸렸던 건 아닐까요? 당신은 먹었지만 마크는 먹지 않았던 음식이 있나요?" 마크 로비쇼를 죽인 것은 괴혈병이 아니었다. 굶주림과 영양실조였다. 어쩌면 절망감인지도 모른다.

　나중에 산도즈는 자기가 왼손이 반쯤 망가지던 중에 기절했다는 사실을 깨달았다. 다음 며칠 동안, 그는 이따금 축축함과 냉기와 전에 한 번도 경험한 적 없는 심한 갈증을 느끼며 깨어났다. 좀처럼 숨을 쉬기 어려웠고, 잠이 들면 질식하거나 익사하는 꿈을 꿨다. 꿈속에서는 때로 무언가를 잡고 몸을 일으키려고 했다. 그러나 그의 손은 마치 달리는 꿈을 꿀 때 개의 다리가 뒤틀리는 것처럼 경련할 뿐이었다. 그리고 그런 동작 때문에 양팔의 긴 신경을 타고 올라오는, 날카롭게 번뜩이는 통증으로 비명을 지르며 잠에서 깨어나곤 했다.
　한동안 산도즈는 과다출혈로 인한 심한 마비 증상 때문에 자신에게 무슨 일이 벌어졌는지 확인할 수가 없었다. 양손이 뭉둥이 찜질을 당한 것처럼 퉁퉁 붓고 욱신거렸지만, 고개를 들어 그쪽을 볼 수가 없었다. 주기적으로 누군가가 찾아와서 그의 손가락을 움직이고, 기다랗게 펴 주곤 했다. 왜 그러는지는 짐작조차 할 수 없었다. 다만 그렇게 펴는 동작이 너무나도 고통스러울 뿐이었다. 그는 흐느끼며 제발 멈추라고 애원했다. 그의 탄원은 스페인어라 상대가 알아듣지 못했지만, 순수하고 완벽한 고급 크산어로 말했더라도 마찬가지였을 것이다. 그들은 근육의 수축으로 인해 손가락의 선을 망치고 손목에서 떨어지지 않게 하려면 그런 과정이 필요하다고 믿었다. 그래서 그들은 그가 비명을 지르도록 내버려 두었다.

잃어버린 피가 서서히 보충되면서, 산도즈는 몸을 움직일 수 있게 되었다. 하지만 그래 봤자 아무 소용도 없었다. 딱지가 앉기 시작했고 상처가 나아 가면서 생기는 가려움증이 그를 미치게 했다. 그들은 산도즈가 미친 듯이 울부짖으며 이빨로 붕대를 물어뜯지 못하도록 꽁꽁 묶어 뒀다. 어쩌면 묶이지 않으려고 그토록 발버둥을 쳤기 때문에, 다리에 울혈이 생겼다가 풀리면서 뇌졸중이나 심장 마비로 죽지 않았는지도 모른다. 아니면, 신이여 용서하소서, 카샨에서부터 오랜 행군을 하는 동안 고기를 먹어서 충분한 영양을 공급했기 때문에 하스타아칼라를 견뎌 낼 수 있었는지도 모른다. 그런 행동들이 좋건 나쁘건 그의 생명을 구했을 것이다.

산도즈가 루안자어로 처음 한 말은 마크의 상태를 알려 달라는 요청이었다. "그 사람은 강하지가 못해요." 누군가 그렇게 대답했다. 그는 재차 질문했지만, 대답을 듣기에는 너무나 지쳐 있었다. 산도즈는 꿈도 꾸지 않고 깊은 잠에 빠졌다. 다음번에 깨어났을 때는 머리가 맑았고, 묶이지 않은 채로 햇볕이 드는 방에 혼자 남겨져 있었다. 산도즈는 엄청난 노력 끝에 일어나 앉아서 처음으로 자신의 양손을 내려다봤다. 더 이상 어떻게 반응할 힘도 남아 있지 않았다. 너무 약해져서 왜 이런 일이 일어났는지 궁금하게 여길 기력조차 없었다.

산도즈가 가만히 웅크리고 앉아 창백한 표정으로 허공을 응시하고 있자니, 루나 하인 한 명이 안으로 들어왔다.

"마크를 보지 못하면 누군가의 마음이 병들 겁니다."

산도즈가 가능한 한 단호하게 말했다.

마치 서로를 깨우지 못하도록 다른 방에서 재우는 쌍둥이처럼 두 이방인은 격리되어 있었다. 루나는 비명이 증거하는 순수한 육체적 기력으로 미루어 볼 때, 둘 중 더 작은 쪽이 살아남을 것이라고 판단했다. 큰 쪽에게도 희망은 있었지만 가능성이 그리 크지는 않았고, 다른 하나가 계속해서 깨어나는 서슬에 힘이 더 빠지지 않도록 다른 곳에 옮겨다 놓았다.

"그분은 자고 있습니다." 아위잔이 산도즈에게 말했다. "그가 일어나면 누군가 당신에게 데리고 오겠습니다."

이틀 후, 산도즈는 다시 일어나 앉아서 무슨 일이 있어도 마크를 보겠다는 결심으로 아위잔을 기다렸다.

"마크를 보지 못하면 누군가의 심장이 멈춰 버릴 것입니다."

고집을 부리며 일어서서 뼈만 앙상하게 마른 다리로 문을 향해 걸었다. 산도즈가 넘어지려 하자 아위잔이 그를 붙들었다. 그러고는 투덜거리며 그를 마크가 자는 방으로 데려갔다.

피 냄새가 온통 진동했고 마크의 얼굴빛은 창백했다. 산도즈는 둥지처럼 생긴 침대의 가장자리에 앉아, 망가진 두 손을 무릎 위에 올려놓은 채 마크의 이름을 불렀다. 마크가 눈을 뜨자, 산도즈를 알아보는 기색이 떠올랐다.

그 마지막 시간 동안, 마크가 뭐라고 말했는지 산도즈는 짐작도 할수 없었다. 그는 라틴어로 마크에게 고해성사를 하겠느냐고 물었다. 그러자 마크가 프랑스어로 몇 마디를 더 속삭였다. 마크가 말을 마치자, 산도즈가 그의 죄를 사했다. 그러고 나서 마크는 잠 속으로 빠져들었다. 산도즈 역시 침대 옆 바닥에 앉아, 여전히 피가 배어나는 마크의 오른손 곁에 머리를 두고 잠이 들었다. 그날 밤 어느 때인가, 산도즈는 뭔가가 그의 머리카락을 어루만지고 누군가가 이렇게 말하는 소리를 들었다. "Deus Volt.(신의 뜻.)" 어쩌면 꿈이었는지도 모른다.

아침이 되어 햇빛이 눈꺼풀을 간지럽히자, 산도즈가 온몸이 쑤시는 상태로 잠에서 깨어났다. 스스로를 추스르며, 그는 방에서 나와 루나 하나를 붙들었다. 그리고 의사를 부르거나 마크의 손가락 사이에서 피가 배어나지 않도록 붕대를 단단히 묶어 달라고 부탁했다. 아위잔은 무슨 말인지 모르겠다는 듯 그를 쳐다볼 뿐이었다. 나중에 산도즈는 자기가 루안자어로 말해야 한다는 점을 기억하고 있었을지 궁금하게 생각했다. 어쩌면 다시 또 스페인어를 사용했는지도 모른다. 결코 확실히 알 수는 없었다.

두 시간 후, 마크 로비쇼는 다시 의식을 차리는 일 없이 숨을 거뒀다.

"이 과정을 겪었을 때 로비쇼 신부는 이미 몸 상태가 안 좋았을 겁니다." 존이 말하고 있었다. "그리고 결국에는 살아남지 못했죠."

산도즈가 고개를 들어 보니 모두가 자신의 손을 쳐다보고 있었다. 그는 양손을 무릎 위에 올려놓았다.

"아주 힘들었을 거요." 총장 신부가 말했다.

"그렇습니다."

"그리고 당신은 혼자가 되었군."

"아, 아닙니다." 산도즈가 부드럽게 말했다. "아니에요, 나는 신이 나와 함께 있다고 믿었습니다." 그의 태도가 너무나 신실했기 때문에, 진지하게 하는 말인지 아니면 조소인지 알 수가 없었다. 그는 앉은 채로 빈첸초 지울리아니의 눈을 들여다봤다. "당신은 그 말을 믿습니까? 신이 나와 함께 있었다는 걸?"

산도즈가 사람들을 한 명씩 돌아봤다. 존 칸도티, 펠리페 레예스, 요하네스 펠커, 에드워드 베어. 그리고 시선이 다시금 지울리아니에게 가서 멈췄다. 총장 신부는 할 말을 잃어버린 상태였다.

산도즈가 자리에서 일어나더니 걸어가서 문을 열었다. 그러고는 무슨 생각이 들었는지 갑자기 멈춰 섰다.

"희극도 아니고, 비극도 아닙니다." 그러고는 웃음을 터뜨렸다. 유머가 빠진 야생의 소리였다. "익살극이라면 또 모를까."

그는 그 말을 남기고 방에서 나갔다.

32

나폴리

2060년 8월

"아마 수파아리는 내게 실망했던 것 같습니다." 다음 날, 산도즈가 사람들에게 말했다. "앤은 함께 일하기에 즐거운 사람이었고, 그녀와 수파아리는 서로를 아주 좋아했죠. 반면에 난 그렇게 재미있는 편이 아니었습니다."

"당신은 슬픔과 두려움으로 반쯤 죽어 있었으니까요."

펠커가 단호하게 말했다. 존도 고개를 끄덕이며 처음으로 요하네스 펠커의 말에 동의했다.

"그랬었죠. 저녁 식사를 함께 할 친구로는 형편없었을 겁니다." 오늘 오후 산도즈의 목소리는 밝고 가벼웠다. 지울리아니는 그의 이상할 정도로 명랑한 태도를 드러내 놓고 못마땅하게 여겼지만, 산도즈는 개의치 않았다. "수파아리가 왜 나를 공식적인 식객으로 받아들이려고 했는지는 잘 모르겠습니다. 일종의 행성 간 우호를 위해 사심 없이 선의를 베푼 것일 수도 있겠죠. 어쩌면 결국에는 정부가 나를 데려갈 거라고 생각했는지도 모르고." 산도즈가 어깨를 움츠렸다. "어느 쪽이든,

기본적으로 수파아리는 상황의 상업적인 측면에 관심이 있는 것처럼 보였습니다. 그리고 나는 경제 분야에 대한 조언자로서는 그다지 쓸모가 없었죠. 수파아리는 나에게 지구에서 또 다른 일행이 올 것 같으냐고 물었습니다. 나는 우리 처지를 지구로 송신했고, 어쩌면 다른 사람들이 올지도 모른다고 대답했습니다. 하지만 언제가 될지는 알 수 없다고. 수파아리는 내게 영어를 배우기로 했습니다. 그게 우리의 공용어였으니까요. 그는 전부터 앤에게 조금씩 영어를 배우고 있었습니다."

"그래서, 언어학자로서 일했군." 지울리아니가 가볍게 말했다. "적어도 한동안은."

"그렇습니다. 수파아리는 뭐든 효율적으로 이용하는 사람이었다고 생각합니다. 내가 어떤 언어를 사용해야 할지 알 수 있을 만큼 상태가 좋을 때면, 우리는 이런저런 대화를 나눴죠. 그로서는 영어 회화를 연습할 좋은 기회였습니다. 여러분은 수파아리에게 감사해야 합니다. 뭐가 어떻게 된 일인지 내가 알고 있는 대부분은 그가 말해 준 것이니까요. 수파아리는 아주 많은 도움이 되었습니다."

"얼마나 오래 수파아리와 함께 있었소?" 지울리아니가 물었다.

"확실히는 모르겠습니다. 아마 여섯 달에서 여덟 달? 그동안 크산어를 배웠죠. 끔찍한 언어였습니다. 내가 배웠던 말 중에 가장 어려웠으니까. 이 또한 농담의 일부인 것 같군요."

산도즈가 알 수 없는 말을 던지고는 자리에서 일어났다. 그러고는 비틀거리며 산만하게 방 안을 돌아다녔다.

"우와 아이슬리가 보고한 폭력에 대해 무슨 말을 들었던 적이 있소?"

지울리아니가 이리저리 오가는 산도즈를 지켜보며 물었다.

"없습니다. 여러 번 말하지만 난 완전히 고립되어 있었습니다. 하지만 루나가 그들 특유의 창의성으로, 자기들은 많고 자나아타는 적다는 소피아의 말을 확대 적용하기 시작했을 거라는 생각이 드는군요."

"우와 아이슬리는 아스카마가 그들을 수파아리의 저택으로 데려가자마자 당신에 관해 물었소." 지울리아니는 산도즈가 움찔거리는 모습을 보고 잠시 말을 멈췄다. "수파아리는 그들에게 당신을 다른 곳에 보냈다고 말했소. 뭐라고 했더라? 아, 여기 있군. '그자의 본성에 보다 걸맞은.' 왜 그의 저택을 떠나게 됐는지 우리에게 말해 줄 수 있겠소?"

산도즈가 귀에 거슬리는 웃음소리를 냈다.

"내가 한번은 앤 에드워즈에게 뭐라고 했는지 압니까? 신은 '무엇'이 아니라 '왜'에 있다고 했습니다." 그는 이제 아무도 쳐다보려 하지 않았다. 그저 창밖을 내다보며 등을 보인 채로 서 있었다. 그러다가 보철 장치에 천이 얽히지 않도록 조심하며 얇은 커튼을 열었다. 마침내, 사람들은 그의 목소리를 들을 수 있었다. "아니요. 그자가 무슨 뜻으로 그런 말을 했는지 모르겠습니다. 어쩌면 그런 식으로 자기가 한 일을 정당화하고 싶었을지도 모르죠."

"자기가 한 일이라." 지울리아니가 조용히 되뇌었다. "당신은 그런 일을 유발할 만한 어떤 행동도 하지 않았단 말이오?"

"이런 제기랄!" 산도즈가 몸을 돌려 그를 마주 봤다. "아직도? 이 모든 이야기 끝에도 말입니까?"

그는 탁자의 자기 자리로 가서 앉더니, 분노로 몸을 떨었다. 다시 입을 열었을 때, 그의 목소리는 아주 부드러웠다. 하지만 보철 장치를 낀 양손으로 무릎을 꽉 누르고 테이블을 내려다보는 모습에서는 화를 참는 기색이 역력했다.

"수파아리 바게이주르의 저택에서 나의 위치는 불구인 식객에 불과했습니다. 수파아리가 변덕스러운 사람은 아니었지만, 나에게 질렸던 모양입니다. 아니면 그저 내가 언어 교사로서 역할을 다 했고, 이제 영어를 유창하게 말할 수 있으니 다른 곳으로 보낼 때가 됐다고 생각했을지도 모르죠." 산도즈는 지울리아니를 똑바로 응시했다. "수파아리는 한 번도 내게 어디서 무슨 일을 하고 싶은지 물어본 적이 없습니다. 내가 얼마나 더 분명하게 이야기해야 합니까?"

이른 아침 그들이 데리러 왔을 때, 산도즈는 잠들어 있었다. 꿈속에서 헤매던 그는 처음에 자신을 붙잡는 손들이 실제의 것인지 아니면 환상인지 분간하지 못했다. 그리고 정신을 차렸을 때는 이미 단단히 붙들려 있었다. 나중에 그는 탈출할 방법이 있었는지 자문해 보곤했지만, 바보 같은 생각이었다. 어디로 갈 수 있단 말인가? 어디에 숨을 수 있겠는가? 발버둥도, 무슨 일이냐는 질문도 마찬가지로 소용없는 짓이었다. 산도즈는 첫 번째 주먹질에 숨이 막혔고, 두 번째 주먹질로 거의 정신을 잃었다. 그들은 더 이상 그를 때리느라 시간을 낭비하지 않았다. 반쯤은 끌려가고 반쯤은 들려 가면서, 산도즈는 계속해서 언덕 위로 올라간다는 느낌을 받았다. 갈라트나 궁전에 도착했을 때는 머리가 맑아져 있었고, 고통 없이 숨을 쉴 수 있게 되었다.

산도즈는 양팔이 뒤로 꺾인 채, 수파아리의 저택에서도 보였던 우물을 지나쳐 호송되었다. 그리고 궁전의 옆문을 통과해, 벽이 밝은색 타일로 장식되고 바닥에는 대리석과 비취가 깔린 복도를 걸어갔다. 더들어가자 끝이 뾰족한 아치형 지붕으로 뒤덮인 안뜰이 나타났다. 가장 소박한 실내 장식조차 금으로 치장되었고, 군데군데 에메랄드와 루비, 자수정과 다이아몬드 같은 보석이 박힌 벽에는 은으로 격자무늬가수 놓여 있었다. 그는 복도를 지나쳐 가면서 마치 교회당 같은 형태의 방들을 엿보았다. 노란색 비단에 청록색과 암적색, 밝은 녹색으로 수를 놓은 캐노피가 방 안을 가득 채웠고, 바닥에는 호사스러운 천으로 바느질을 해서 만든 상아색과 붉은색 그리고 푸른색 쿠션이 쌓여 있었다.

지나가는 방마다 곡선을 넣을 수 있는데 직선으로 만들어진 구석은 하나도 없었고, 장식을 달 수 있는데 여백으로 놔둔 공간도 없었으며, 칠을 할 수 있는데 흰색으로 놔둔 부분도 없었다. 심지어 공기마저 치장되어 있었다! 그가 이름을 댈 수도 분간할 수도 없는 무수한 향기가 풍겨 왔다.

정신없는 와중에도 산도즈는, 이곳이 자신이 본 중에서 가장 화려하고도 천박한 장소라고 생각했다. 보석들은 진짜였고 향수 한 방울의 가격이 어지간한 마을 공동체의 한 해 수입과 맞먹을 테지만, 전체적으로는 싸구려 매음굴을 연상하게 만드는 외관과 냄새였다.

그는 누구와 마주칠 때마다 루안자어와 크산어로 말을 걸었지만 아무도 대답하지 않았다. 그래서 처음에는 하인들이 전부 벙어리라고 생각했다. 하지만 시간이 지나면서 그는 낯선 형태의 크산어로 짧은 명령들을 받았다. 마치 고지 독일어와 저지 독일어처럼 다르게 느껴지는 말이었다. 저기로 가. 여기 앉아. 기다려. 산도즈는 최선을 다해 명령에 따랐다. 뭔가 잘못하면 매를 맞았기 때문이다. 벙어리가 되어 가는 것은 그 자신이었다.

그 뒤로 이어진 나날 동안, 산도즈는 자유와 감금이 기묘하게 뒤섞인 생활을 했다. 다른 사람들도 그 자신처럼 미묘하지만 효율적인 우리 안에 갇혀 있었다. 그들은 우리에서 우리를 오갈 수는 있었지만, 궁전 안으로 들어가지는 못했다. 이 모든 일을 이해하려고 애쓰면서 이곳이 아마 동물원인 모양이라고 그는 생각했다. '나는 일종의 사설 동물원에 갇혀 있는 거야.'

산도즈 말고도 특이하지만 아름다운 용모의 루나와 몇몇 자나아타, 그리고 종족을 확실히 알 수 없는 개체들도 갇혀 있었다. 그가 손 때문에 도움이 필요할 때면 함께 방을 쓰는 루나가 도와주곤 했다. 그들은 산도즈에게 매우 다정하고 친근하게 굴었다. 그리고 그가 갈라트나 궁전의 화려하고 값비싼 벽 안에 존재하는 이 괴상한 사회에서 소외감을 느끼지 않도록 배려했다. 그러나 그들은 친절하긴 해도 멍청했다. 마치 관상 용도로만 길러진 느낌이었다. 루나들은 하나같이 얼룩덜룩한 무늬가 들어간 특이한 색의 외투를 입었고, 어떤 옷에는 얼룩말처럼 줄무늬가 들어가 있기도 했다. 대부분은 뼈대가 가늘고 혈색이 좋았으며, 몇몇은 갈기가 달렸고 또 다른 몇몇은 꼬리가 거의 없다고 봐도 좋을 만큼 짧았다. 산도즈가 카샨 마을에서 배운 루안자어 방언을 할 줄 아는 이는 아무도 없었다.

자나아타들은 따로 떨어진 우리에 갇혀 있었고, 산도즈에게 전혀 관심을 보이지 않았다. 하지만 그렇다고 동물원 안에서 차지하는 지위가 루나와 별반 다른 것 같지는 않았다. 그들은 옷을 겹겹이 걸쳤을 뿐 아니라 두건으로 얼굴까지 가리고 있었다. 나중에 알고 보니 이들은 자나아타 여성이었고, 더 나중에 알고 보니 언젠가 수파아리가 말했던 임신이 불가능한 짝짓기 상대였다. 산도즈는 크산어로 그들을 불러서 여기가 대체 뭐 하는 곳인지 설명해 달라고 했지만, 대답은 돌아오지 않았다. 어떤 언어로 말을 걸어 봐도 그들이 입을 열게 만들 수는 없었다.

수파아리의 집에서는 잘 먹긴 했어도 식사가 불규칙했다. 마치 한때는 강아지를 가지고 싶었지만 이제는 흥미를 잃어버린 어린아이의 애완동물 같은 처지였다. 여기서는 음식을 언제든 먹고 싶을 때 먹을 수 있었다. 아마 루나의 수가 많기 때문인 것 같았다. 그들은 끊임없이 먹어야만 했다. 어떻게 보면 처지가 더 나아졌지만, 산도즈는 좀처럼 식욕을 느끼지 못했다. 루나는 그가 음식을 먹을 때마다 놀랄 만큼 기뻐했다. 그래서 산도즈는 그들의 친절에 보답하기 위해 식사를 하곤 했다.

산도즈는 이제는 자신에게 어떤 쓸모도 없어서, 갈라트나 궁전의 선반 위나 벽감 안에 놓여 있는 장식품처럼 독특하고 기이한 구경거리가 되었다는 생각이 들었다. 그러다 어느 날은 보석이 박힌 목줄이 채워졌고, 그는 이루 말할 수 없는 모멸감을 느꼈다. 마치 16세기 유럽의 귀족 저택에서 볼 수 있던, 황금 사슬에 묶인 원숭이가 된 기분이었다.

차갑고 변덕스러운 성격과는 별개로 수파아리는 최소한 지적인 대화 상대였다. 하지만 이제 산도즈는 완전한 고독 속에서 무너지지 않기 위해 최선을 다해야 했다. 그리고 끊임없이 찾아드는 공허하고 비현실적인 느낌을 견뎌야 했다. 그는 머릿속에서 계산을 하고, 노래를 부르고, 기도를 드리려 했지만 여러 가지 언어들이 자꾸만 뒤섞이는 것을 깨닫고 포기했다. 더 이상 루안자어와 스페인어의 차이를 분간하기 어려웠고, 그 사실은 여태까지 그에게 일어났던 어떤 일보다도 더 산도즈를 두렵게 만들었다. 최악의 순간은 푸에르토리코에서 옆집에 살던 이웃의 이름이 기억나지 않았을 때였다. '난 정신을 잃어 가고 있어. 한 번에 한 단어씩.'

산도즈는 혼란스러웠고 항상 막연하게 겁에 질려 있었지만, 어떻게든 규칙적으로 생활하며 몸을 움직이려고 애썼다. 루나 동료들은 이런 행동을 재미있어했다. 어쨌든 그는 포기하지 않았다. 향기 나는 물로 채워진 욕조들도 있었는데, 궁전 안의 다른 것들과 마찬가지로 화려하면서도 끔찍했다. 아무도 이에 대해서는 명령을 하지 않았기 때문에 산도즈는 가장 향수 냄새가 덜한 물을 골라 몸을 청결하게 유지했다.

"말해 보시오." 총장 신부의 목소리가 들렸다.

"나는 내가 희귀 동물의 표본으로 팔렸다고 생각했습니다." 산도즈는 이제 격렬하게 몸을 떨며 탁자를 노려보고 한마디 한마디를 힘겹게 내뱉었다. "한동안은 내가 갈라트나의 레시타가 소유한 동물원에 있다고 믿었죠. 귀족이자, 위대한 시인이자, 많은 노래를 작곡한 바로 그 사람 말입니다. 나는 그자가 가톨릭적인 취향을 지닌 신사일 거라고 생각했습니다. 하지만 알고 보니 그곳은 일종의 하렘이었죠. 아가멤논의 부정한 아내 클리타임네스트라처럼, 나는 굴종을 배워야만 했습니다."

3주 혹은 한 달이 지나자 경비병 하나가 우리 옆으로 다가와 말을 걸었다. 루나가 비명을 지르고 몸을 떨며 산도즈 주위로 모여들었다. 그는 가장 기초적인 표현 외에는 여기서 사용되는 언어를 배우려고 하지 않았기 때문에, 남들이 무슨 말을 하는지 전혀 몰랐다. 그것은 일종의 반항이었다. 말을 할 줄 모르면 여기 머무르지 않아도 될지 모른다는 생각에서 나온 행동이었다. 물론 어리석은 착각이었다. 영문도 모른 채 갑자기 덜컥 겁이 났지만, 산도즈는 애써 침착함을 유지했다. 그리고 머지않아 그 자신의 영혼을 흩어 놓을 생각으로 마음을 다스렸다. 나는 하느님의 손에 있다고, 산도즈는 스스로에게 말했다. 이제부터 무슨 일이 일어나든 그것은 하느님의 뜻이라고.

산도즈를 위해 작은 크기로 특별히 제작한 것이 틀림없는 겉옷이 주어졌다. 그가 비틀거릴 정도로 무겁고 더웠지만, 벌거벗은 채 행진하는 것보다는 나았다. 경비병은 산도즈의 팔을 단단히 움켜쥔 채 그를 텅 빈 하얀색 공간으로 데려갔다. 향기도 가구도 없는 방이었다. 놀라운 일이었다. 산도즈는 시각적, 후각적, 청각적인 아수라장에서 빠져

나왔다는 사실에 너무 안도한 나머지 무릎을 꿇을 뻔했다. 그때 수파 아리의 목소리가 들렸고, 산도즈의 심장이 이제 곧 풀려날 수 있다는 희망으로 세차게 뛰었다. '수파아리가 나를 집으로 데려갈 거야.' 산도 즈는 생각했다. 그리고 좀 더 일찍 데리러 오지 않은 수파아리를 용서 했다.

산도즈는 수파아리가 방에 들어오자 그와 이야기하려고 시도했지 만, 경비병이 그의 목 뒤쪽을 때렸다. 산도즈는 겉옷의 무게에 적응하 지 못한 탓에 균형을 잃고 앞으로 고꾸라졌다. 이미 그런 학대에 분노 를 느낄 시점은 한참 지난 다음이었다. 다만 넘어졌다는 사실이 부끄 러울 뿐이었다. 다시 일어난 산도즈는 수파아리를 찾아 주위를 두리번 거렸다. 그러다 중키에 아주 위엄 있는 자나아타를 발견했다. 그는 숨 막히게 아름다운 보랏빛 눈으로 산도즈를 바라보고 있었다. 너무나 노 골적이고 탐색적인 눈빛에 산도즈는 시선을 돌릴 수밖에 없었다. '레 시타로군.' 산도즈는 깨달았다. 그도 익히 알고 있는, 학식과 예술을 겸 비한 인물이었다. 수파아리가 위대한 시인인 레시타에 관해 이야기해 준 적이 있었다. 바로 에밀리오 산도즈와 동료들을 라카트로 불러들인 고상한 노래들의 작곡가였다.

그러자 갑자기 모든 것이 이해되기 시작했다. 그리고 순간적인 기쁨 으로 숨이 멎을 지경이었다. 자신은 바로 이 남자, 시인이자 어쩌면 이 행성에서 유일하게 에밀리오 산도즈가 섬기는 신에 대해 알고 있는 선 지자일지도 모를 흘라빈 키서리를 만나기 위해 한 걸음 한 걸음씩 이 끌려 여기까지 왔던 것이다. 산도즈는 너무도 심오한 구원의 손길을 느끼며 거의 눈물을 흘릴 뻔했다. 그리고 자신의 믿음이 근거 없는 두 려움과 고립에 의해 그토록 심하게 흔들렸던 사실에 부끄러움을 느꼈 다. 그는 자신을 추스르며 좀 더 강인하고 굳건하고 충실하게 신의 계획을 따르는 도구가 되지 못했던 점을 후회했다. 그렇지만 이제는 다른 목적을 모두 버리고 정화되는 느낌이었다.

그는 레시타에게 말하고자 했다. 우리 삶에는 특별한 순간들이 있다고. 탄생이나 죽음과 직면하는 순간, 혹은 사람의 본성이나 사랑이 완연한 모습을 드러내는 아름다운 순간, 혹은 끔찍하게 외로운 순간이. 그런 순간이면 성스럽고 놀라운 깨달음이 우리를 찾아온다. 그런 깨달음은 깊은 내면의 고요함일 수도 있고, 갑작스러운 감정의 분출일 수도 있다. 어떤 계기로 아득히 먼 곳에서 비롯하거나, 음악이나 혹은 잠든 아이를 통해 우리 내면에서 우러날 수도 있다. 우리가 그런 순간에 마음을 열면 일관되고 충만한 창조 그 자체를 발견할 수 있다. 그리고 우리가 그런 순간에서 돌아오면 우리의 마음은 보다 숭고한 진실에 대한 믿음을 간직하고자 말로써 그와 같은 깨달음을 영원히 보존하기를 갈망한다.

그는 레시타에게 말하고자 했다. 우리 종족은 그런 순간에 느끼는 진실에 이름을 붙이고자 했다고. 우리는 그 진실을 신이라고 부른다. 그리고 그런 깨달음을 불멸의 시로 표현했을 때, 우리는 그것을 기도라고 부른다. 우리는 당신의 노래를 듣고 당신 역시 그런 진실의 순간들에 이름을 붙이고 보존할 수 있는 언어를 찾아냈다는 사실을 알았다. 우리는 당신의 노래를 신의 부름으로 받아들였고, 당신을 만나기 위해 여기까지 왔다.

그는 레시타에게 말하고자 했다. 나는 당신의 시를 배우고 어쩌면 당신에게 우리의 시를 가르치기 위해 여기에 왔다고.

그것이야말로 내가 살아 있는 이유라고, 산도즈는 스스로에게 말했다. 그리고 자신이 지금 이 순간 이 자리에 있을 수 있도록, 그래서 마침내 모든 것을 이해할 수 있도록 허락한 신에게 온 영혼을 다해 감사했다…….

그렇게 밀려드는 생각에 몰두하느라, 그리고 자신이 느끼는 확신과
정당성 때문에, 주위에서 벌어지는 대화에 거의 귀를 기울이지 않았
다. 그 대화가 수파아리로부터 배운 크산어 사투리로 이루어지고 있었
는데도 말이다. 옷이 벗겨질 때도 놀라지 않았다. 이제는 벌거벗는 일
이 당연하게 느껴졌다. 자신은 외계인이고, 학식 있는 이라면 낯선 존
재의 정신만큼이나 그 육체 또한 궁금하게 여길 터였다. 교육받은 이
라면 당연히, 새로운 지적 종족을 처음으로 보고 호기심을 가지지 않
겠는가? 거의 털이 없는 몸이나 발달되지 않은 코와 같은 신기함을 알
아차리지 않겠는가? 그의 눈은 이상할 정도로 검은색이었고…… 놀랍
게도 꼬리마저 없었다…….

"하지만 몸매는 좋군, 근육도 섬세하게 발달되어 있고."

레시타는 그렇게 말했다. 그는 신중하게 눈앞의 작고 이질적인 육체
주위를 맴돌며, 그 단정함과 우아함에 감탄했다. 그리고 한쪽 손을 내
밀어 털 없는 가슴에 얇은 선을 그었다. 순식간에 빨간 핏방울이 배어
나왔다. 그는 손으로 어깨를 쓰다듬고, 목의 곡선을 음미했다. 그리고
손으로 목을 움켜쥔 채 그 섬세함을 파악했다. '이런, 단 한 번의 동작
으로도 척추를 꺾어 버릴 수 있겠군.' 그의 손이 다시 움직여 털 없는
등을 가볍게 애무했다. 그리고 더 아래로 내려가, 꼬리가 없다는 이상
하고 허전한 느낌을, 매혹적인 적막함과 나약함을 느꼈다.

레시타는 한 걸음 물러서서 이방인이 떨기 시작하는 모습을 지켜봤
다. 빠른 반응에 놀라며 이제 기민성을 시험하기 위해 움직였다. 이방
인의 턱을 들어 올려 어둡고 표정을 읽어 낼 수 없는 두 눈을 똑바로
응시했다. 상대의 반응에 그의 눈이 가늘어졌다. 이방인은 재빨리 복
종의 표시로 고개를 돌리고 눈을 감았다. 몸 전체가 심하게 떨리고 있

었다. '가련하군, 그리고 제대로 교육을 받지도 못했어. 하지만 아주 매력적이야.'

"전하?" 상인이 말했다. "괜찮습니까? 마음에 드시는지요?"

"그래." 레시타가 건성으로 대답하고는 수파아리를 향해 짜증스럽게 말했다. "마음에 드네. 내 비서가 법적인 절차를 마쳐 됐으니 아무 때나 적당한 날짜에 내 누이와 결혼하게. 형제여, 그대가 아이를 가지기를." 그의 시선이 다시 이방인을 향했다. "이제 가 보게."

이제는 갈라트나의 레시타에게 봉사한 대가로 새로운 혈통의 창시자가 된 수파아리 바게이주르는 산도즈를 여기로 데려온 경비병과 함께 방에서 나갔다.

혼자 남은 레시타는 다시 한번 이방인의 주위를 맴돌았다. 하지만 이번에는 그 뒤쪽에 멈춰 섰다. 그는 옷을 벗더니 눈을 감고 막 쏟아져 나오는 향기에 집중했다. 조금 전보다 더 진하고 더 복잡한 냄새가 느껴졌다. 강렬하고 자극적인, 비할 바 없고 거부할 수 없는.

낙산과 옥탄산의 기이한 탄소 골격과 낯선 아민에서 풍기는 사향 냄새에 떨리는 숨결의 순수하고 담백한 이산화탄소가 어우러지고, 피비린내가 그 위를 장식했다.

갈라트나 궁전의 레시타인 홀라빈 키서리, 천박함 속에서 고상함을 찾아내고, 일상을 예술로 승화시키고, 부유하는 순간을 불멸의 영원으로 격상시킨, 독창적이고 장엄한 기교로 이름난 위대한 시인은 깊게 숨을 들이켰다. '이 순간은 수 세대에 걸쳐 노래로 불리리라.'

일생을 바친 일이자 기쁨이었던 언어가, 그러나 한마디 한마디씩 에밀리오 산도즈를 배신했던 언어가, 이제 완전히 그를 버렸다. 난폭하고 모순적인 파동에 몸을 떨며, 그는 자신의 두려움이 풍기는 역겨운 악취를 맡았다. 마치 벙어리가 되어 버린 것처럼, 그는 자신의 팔이 뒤로 젖혀지는 순간조차, 다가올 말할 수 없이 고통스러운 의식을 표현할 단어를 생각조차 하지 못했다. 손처럼 물건을 잡을 수 있는 힘센 발이 그의 발목을 움켜쥐고 등 뒤에 배가 자리를 잡았다. 그리고 탐색이 시작되자, 그는 마침내 무슨 일이 벌어질지 깨달았다. 헤아릴 수 없는 공포와 경악으로 몸이 딱딱하게 굳었다. 마침내 삽입이 이루어졌을 때, 그는 비명을 질렀다. 그 뒤로는 점점 더 고통스러웠다.

그로부터 10분 정도 지난 후, 그는 피와 눈물을 흘리며 낯선 방으로 끌려갔다. 홀로 남겨진 그는 지쳐 쓰러질 때까지 구역질을 했다. 그리고 한참 동안 아무런 생각도 하지 못한 채, 깊어 가는 어둠 속에서 눈을 크게 뜬 채 누워 있었다. 하인이 들어와서 그를 욕조로 데려갔다. 그때로부터 산도즈의 인생은 완전히 둘로 나뉘었다. 그 전과 그 후로.

총장 신부의 사무실에 찾아든 정적 속에서, 오직 요하네스 펠커만 입을 열어 말했다.

"이해가 안 갑니다. 그 레시타란 이가 당신에게 무엇을 원했다는 겁니까?"

'하느님 맙소사. 천재성에는 한계가 있을지 몰라도 어리석음에는 그런 장애가 없는 모양이군. 도저히 믿을 수가 없어.' 눈을 감은 채로 지울리아니는 부드럽고 음악적이며 공허한 산도즈의 목소리를 들었다.

"그가 나에게 뭘 원했냐고 물었습니까? 글쎄, 남색가가 어린 소년에게 바라는 것과 마찬가지 아니겠습니까. 꽉 조이는 기분 좋은 느낌 말입니다."

사람들이 충격으로 침묵하는 가운데, 지울리아니가 고개를 들었다. '로마니타는 행동해야 할 때가 되면 망설이지 않아.'

"당신은 다른 건 몰라도 겁쟁이는 아니오. 맞서시오. 우리에게 말하시오."

"말했잖습니까."

"우리가 이해할 수 있게 해 주시오."

"당신들이 이해하든 말든 상관없습니다. 달라질 건 없으니까. 뭐든 믿고 싶은 대로 믿으시죠."

지울리아니는 엘 그레코가 그린 그림의 제목을 기억해 내려고 애썼다. 「스페인 귀족의 죽음에 대한 연구」였던가? 로마니타는 감정을, 의심을 배제한다. 바로 지금 여기서 해야만 하는 일이었다.

"당신 자신의 영혼을 위해, 말하시오."

"난 나 자신을 팔지 않았습니다." 산도즈가 아무와도 시선을 마주치지 않은 채 사납게 속삭였다. "팔렸을 뿐입니다."

"그걸로는 충분하지 않소. 말하시오!"

산도즈는 움직이지 않았다. 그의 눈은 초점이 풀려 있었고, 호흡은 주의 깊게 계획하고 실행하는 것처럼 기계적인 규칙성에 따라 이루어졌다. 그러다 갑자기 탁자 반대편으로 몸을 기울이더니 활화산 같은 분노를 폭발시켰다. 그가 발로 탁자를 밀어 넘어뜨리자 사람들이 방여기저기로 몸을 피했다. 총장 신부만이 제자리를 지켰고, 세상 전부가 침묵하는 가운데 벽시계의 째깍거리는 소리와 방 가운데 홀로 서있는 사내의 힘겨운 숨소리만 들렸다. 산도즈는 입술을 달싹이며 거의 알아듣기 힘든 소리로 말했다.

"난 동의한 적이 없어."

"말하시오." 지울리아니가 가차 없이 반복했다. "우리에게 들려주시오."

"난 매춘부가 아니오."

"당신은 매춘부가 아니오. 그럼 당신은 뭐였소? 말하시오, 에밀리오."

한 단어 한 단어 곱씹듯이, 마침내 산도즈가 말했다.

"난 강간당했소."

그리고 사람들은 그 말의 대가를 볼 수 있었다. 산도즈는 선 채로 비틀거렸다. 얼굴 근육이 가늘게 떨리며, 그가 쓰고 있던 강철 가면이 무너져 내리는 듯했다. 존 칸도티는 숨을 들이켰다.

"오, 하느님."

그러자 에밀리오 산도즈는 속에서부터 무언가 울컥 치솟아 오르는 기분을 느끼며, 고개를 들어 존의 동정심 어린 눈빛을 마주 봤다.

"그렇게 생각하오, 존? 정말 당신의 하느님이 한 짓이었을까?" 산도즈가 소름 끼치도록 부드러운 목소리로 물었다. "바로 그게 나의 딜레마요. 신은 나로 하여금 자신을 사랑하도록, 한 걸음 한 걸음 인도한 것처럼 보였단 말이지. 여러분, 만약 내가 그 아름다움과 황홀함이 진짜라고 받아들인다면 나머지 일들 역시 신의 뜻일 수밖에 없다는 쓰디쓴 결론에 도달하오. 하지만 내가 단지 너무 많은 옛날이야기를 너무 진지하게 받아들인 나머지 착각에 빠진 원숭이에 불과했다면 모든 일이 나 자신과 내 동료들의 책임일 뿐이오. 그리고 처음부터 끝까지 한 편의 익살극이 되는 거지, 안 그렇소? 이런 상황에서 무신론을 견지한다면……." 그는 단어 하나하나를 신랄하게 허공에 새기고 있었다. 마치 강연을 하는 학자처럼, 정확한 표현을 골라 가며 이야기를 계속했다. "나 자신 외에는 아무도 원망할 수가 없소. 하지만 신이 사악하다고 믿기를 택한다면 최소한 나는 신을 증오하며 위안을 얻을 수 있겠지."

산도즈는 사람들의 얼굴을 하나씩 번갈아 쳐다보며, 이해의 빛이 떠오르는 모습을 확인했다. 그들이 뭐라고 말할 수 있겠는가? 그는 거의 웃음을 터뜨릴 뻔했다.

"내가 처음으로 당하기 직전에 무슨 생각을 했는지 아시오?" 산도즈가 걸음을 옮기며 그렇게 물었다. "이건 정말로 웃긴다고 생각했소. 나는 겁에 질려 있었지만 무슨 일이 벌어질 것인지는 모르고 있었소. 난 상상조차…… 누가 그런 일을 상상이나 했겠소? 난 내 운명이 신의 손에 달려 있다고 생각했소. 난 신을 사랑했고, 신의 사랑을 믿었지. 재미있지 않소? 난 모든 방어를 내려놓고 있었소. 나와 내게 일어난 일 사이에는 오직 신의 사랑밖엔 없었소. 그리고 강간을 당했지. 신에 의해 발가벗겨진 다음, 강간을 당했단 말이오."

불안하게 거닐던 산도즈는 멈춰 서서 자기 자신의 말에 귀를 기울였다. 거의 정상에 가깝던 그의 목소리는, 마지막에 가서 이해할 수 없는 비탄 속에 잠겨 들었다. 스스로가 얼마나 망가졌는지 마침내 깨달았기 때문이다. 하지만 죽지는 않았다. 산도즈는 다시 움직이고 숨을 쉴 수 있게 되자, 아무 말도 없이 서 있는 빈첸초 지울리아니를 쳐다봤다. 두 사람의 눈이 마주쳐도 그는 시선을 돌리지 않았다.

"말해 보시오."

이 두 마디를 꺼내기가, 여태까지 살아오며 했던 일 중 가장 어렵다고 빈첸초 지울리아니는 생각했다.

"아직도 부족하오?" 산도즈가 믿을 수 없다는 듯 물었다. 그리고 잠시라도 더 가만히 있거나 말을 멈출 수 없는지, 다시 이리저리 움직이기 시작했다. "얼마든지 더 자세히 말해 줄 수 있소." 그가 이제는 연극 배우처럼 과장되고 가차 없는 말투로 제안했다. "그런 일은, 정확한 기간은 모르겠지만 몇 달이나 계속되었소. 영원처럼 느껴지는 시간이었지. 그자는 나를 자기 친구들과 나누었소. 난 일종의 유행이었던 모양이오. 수많은 고매한 사람들이 나를 이용하러 왔지. 마치 나를 감정하려는 것 같았소. 때로는……." 산도즈는 멈춰 서서 방 안의 사람들을 하나씩 쳐다봤다. 그는 그들이 이 자리에 있다는 사실 때문에 그들을 증오하고 있었다. "때로는, 관객도 있었지."

존 칸도티는 눈을 감고 고개를 돌렸다. 그리고 에드워드 베어는 조용히 눈물을 흘렸다.

"끔찍하지 않소? 하지만 아직 더 남았소." 산도즈는 잔인한 기쁨을 느끼며 사람들을 달래고는 비틀거리며 걸음을 옮겼다. "그들은 즉흥적으로 시를 읊었소. 그런 경험을 묘사하는 노래도 작곡했소. 그리고 물론 연주회는 라디오로 방송되었지. 우리가 들었던 바로 그 노래들처럼. 아레시보에서 아직 그 노래들을 모아 두고 있나? 지금쯤이면 나에 대한 노래들도 도착했을 텐데." 기도가 아니었다. 하느님 맙소사! 기도가 아니라······ 포르노그래피였다. "아름답긴 하더군." 산도즈가 굳이 인정했다. "나에게도 들으라고 했소. 내게 예술적인 안목이 있을 거라고 기대하진 않았겠지만."

산도즈는 다시 한번 사람들의 표정을 살폈다. 모두들 창백한 얼굴로 할 말을 잃어버린 상태였다.

"아직도 부족하오? 이건 어떻소. 내 두려움과 내 피의 냄새가 그들을 흥분시켰소. 더 원하시오? 영혼의 밤이 정확히 얼마나 어두워질 수 있는지 알고 싶소?" 이제 그는 사람들을 도발하고 있었다. "한번은 수간이 짐승에게 있어서도 죄가 되는 걸까 하는 의문이 들었소. 왜냐하면 그런 행사에서 나의 역할이 정확히 그거였으니까."

펠커가 갑자기 문을 향해 움직였다.

"이런 이야기를 들으니 토하고 싶소?" 산도즈는 펠커가 방을 나가는 모습을 보며 배려라도 하듯 물었다. "부끄러워할 필요는 없소. 난 항상 그러니까."

그렇게 외친 뒤 돌아서서 나머지 사람들을 마주 봤다.

"저 사람은 이 모두가 어떻게든 내 잘못이기를 바랐을 거요." 산도즈가 사람들의 얼굴을 하나씩 쳐다보며 담담하게 말했다. 시선이 존의 얼굴에 머물렀다. "저이가 나쁜 사람은 아니오, 존. 단지 인간의 본성일 뿐이지. 이 모든 일이 자기라면 저지르지 않았을 나의 어떤 실수, 혹은 자기에게는 없는 어떤 결점 때문이기를 바랐던 거요. 그래야 자신에게는 그런 일이 일어나지 않을 거라고 믿을 수 있으니까. 하지만 내 잘못이 아니었소. 처음부터 끝까지 말도 안 되는 우연 때문이었는지도 모르지. 만약 그렇다면 우리 모두는 헛짓거리에 종사하고 있는 셈이오, 여러분. 그게 아니라면 내가 섬길 수 없는 신 때문이었고."

산도즈는 몸을 떨며, 누군가 말하기를 기다렸다.

"질문 없소? 반박할 말도 없고? 가엾은 사람에 대한 위로도 없소?" 그가 신랄한 즐거움을 느끼며 물었다. "난 경고했소. 당신들이 알고 싶지 않을 거라고 말했소. 이제 여러분은 알게 되었소. 그리고 그 사실과 함께 살아가야 하오. 하지만 그건 내 몸이었소. 내 피였소." 분노에 가득 차서 그가 말했다. "그리고 나의 사랑이었소."

그러고는 갑자기 말을 멈추더니 결국 사람들로부터 등을 돌렸다. 아무도 움직이지 않았다. 산도즈는 한동안 숨을 참았다가 거칠게 내뱉다가 마침내 말했다.

"존만 남고 모두 나가 주시오."

산도즈는 몸을 떨며 존 칸도티를 마주 보고 서서, 사람들이 나가기를 기다렸다. 지울리아니가 우아하게 바닥에 널브러진 파편들을 피해 걸음을 옮겼다. 에드워드 수사는 입술이 하얗게 질린 펠리페 레예스가 옆으로 지나갈 때까지도 문가에 서서 망설였다. 하지만 결국에는 밖으로 나가서 조용히 문을 닫았다. 존은 너무나 시선을 돌리고 싶었고, 다른 사람들과 함께 나가고 싶었다. 하지만 그는 자신이 왜 여기 있는지, 그리고 왜 남았는지 알고 있었다. 그래서 이제부터 듣게 될 말에 대한 마음의 준비를 했다.

두 사람만 남자, 산도즈가 다시 서성이며 이야기를 시작했다. 그가 무심하게 방 안 여기저기를 옮겨 다니는 동안 부드럽지만 끔찍한 말들이 쏟아져 나왔다.

"시간이 지나자, 신기함도 줄어들었고 주로 경비병들만 나를 찾았소. 그때쯤 나는 빛이라고는 들지 않는 돌벽으로 된 작은 방에 갇혀 있었소. 나는 혼자였고, 너무 조용해서 내 숨소리와 귀에서 울리는 소리밖에 들을 수 없었지. 그러다 문이 열렸고 나는 그 너머로 빛이 들어왔소……." 그는 말을 멈추고 당시를 떠올렸다. 이제는 어디까지가 실제로 일어났던 일이고 어디부터가 악몽이 되어 버린 꿈인지 분간하기 어려웠다. "나는 알 방도가 없었소. 음식을 가져다주러 오는 건지 아니면, 아니면……. 내가 혼자 갇혀 있었던 이유는 다른 이들이 비명을 거슬려했기 때문이오. 내 동료들 말이오. 당신이 로마에서 봤던 그림 속에 나오는 친구들을 기억하오? 하렘의 누군가가 그렸음이 틀림없소. 어느 날 음식과 함께 그 그림을 받았소. 그게 나에게 어떤 의미였는지 상상도 못 할 거요. 신은 나를 버렸지만, 누군가 내가 어디 있는지 기억하고 있었소."

산도즈는 말을 멈추더니, 뱀과 눈이 마주친 새처럼 꼼짝도 하지 않고 있는 존 칸도디를 똑바로 응시했다.

"마침내 나는 다음번 문으로 들어오는 자를, 나를…… 건드리는 자를 죽이기로 결심했소." 그리고 다시 걷기 시작했다. 존이 이해할 수 있게 설명하려고 애쓰는 동안, 그의 손이 올라갔다 내려가기를 반복했다. "나는…… 탈출할 방법은 없었소. 하지만 난 생각했소. 내가 너무 위험하다면, 나를 내버려 둘 거라고. 나를 죽일 거라고 말이오. 그래서 다음번에 누군가 들어오면 둘 중 하나는 죽어야 한다고 생각했소. 내가 죽건 상대가 죽건 상관없다고. 하지만 그건 거짓말이었소. 실은 상관이 있었으니까. 그들은 나를 무참하게 다뤘소, 존. 무참하게 다뤘단 말이오. 나는 죽고 싶었소." 그가 다시 멈춰 서더니 어찌할 바를 모르는 눈빛으로 칸도티를 바라봤다. "나는 죽기를 바랐소, 하지만 신은 그 아이를 대신 데려갔소. 어째서요, 존?"

존은 뭐라 대답할 수 없었다. 그러나 그는 전에도 이런 질문에 대답해야 했던 적이 있었다. 사고에서 살아남은 자들이 그렇게 묻곤 했다. 그래서 그는 이렇게 말했다.

"왜냐하면 영혼은 맞바꿀 수 없기 때문입니다. 하느님께 누구 대신 당신을 데려가라고 말할 수는 없어요."

산도즈는 듣고 있지 않았다.

"나는 오랫동안 잠을 자지 않고 기다렸소. 문이 열리기를 기다렸고, 어떻게 하면 손을 쓰지 않고도 누군가를 죽일 수 있을까 생각했지……." 그는 여전히 서 있었지만, 더는 존 칸도티를 보고 있지 않았다. "그렇게 나는 기다렸소. 그러다 한 번씩 잠이 들기도 했던 것 같소. 하지만 너무 어두웠소. 내가 눈을 뜨고 있는지 분간하기가 어려웠지. 마침내 바깥에서 발소리가 들렸소. 나는 일어나서 먼 쪽 모퉁이에 섰소. 그래야 추진력을 얻을 수 있을 테니까. 문이 열렸고, 어떤 형체가 보였는데, 뭔가 이상했소. 눈으로는 이미 알았지만 몸은 이미 움직이고 있었소. 그건 마치…… 내 의사와 상관없이 발사 명령이 내려진 것 같았소. 나는 너무나 세게 그 아이와 부딪혔소……. 그 아이의 가슴에서 뼈가 부러지는 소리가 들렸소, 존."

산도즈는 충격을 완화하기 위해 망가진 손을 움직이려고 필사적으로 애썼다. 그러나 그가 팔을 들어 올리기 전에, 두 사람은 돌벽에 가서 부딪혔다. 그리고 아스카마는 치명적인 타격을 입었다.

정신을 차려 보니 그는 무릎과 팔꿈치로 체중을 지탱한 채 바닥에 엎어져 있었다. 그리고 아스카마는 그의 몸 아래 쓰러진 채였다. 두 사람의 얼굴이 가까이 있어서, 산도즈는 아이가 속삭이는 소리를 들을 수 있었다. 아스카마는 그를 향해 웃어 보였다. 입가와 콧구멍에 피가 흐르고 있었다.

"봤어요, 밀로? 당신 가족이 당신을 데리러 왔어요. 내가 그들을 위해 당신을 찾았어요."

그리고 목소리들이, 인간의 목소리들이 들렸다. 산도즈는 열린 문을 통해 쏟아져 들어오는 두 번째 일출의 빛 때문에 반쯤 눈이 먼 채로, 아스카마의 시체로부터 시선을 들었다. 이제 산도즈에게는 홍채가 하나뿐인 그들의 눈이 무섭게 보였다. 그를 처음 봤을 때 아스카마도 그렇게 느꼈으리라. 사람들의 표정에 멍한 충격이 떠올랐고, 잠시 후 혐오감으로 바뀌었다.

"맙소사, 당신이 그 아이를 죽였소." 더 나이 많은 남자가 말했다. 그러더니 입을 다물고 산도즈의 보석으로 장식된 목걸이와, 향기 나는 리본을 매단 벌거벗은 몸뚱이를 살폈다. 이 신부가 가장 최근에 어떤 일에 종사하고 있었는지 분명히게 보여 주는 증거였다. 남자가 다시 한번 말했다. "맙소사."

더 젊은 쪽이 헛기침을 하더니, 역겨운 피와 땀 그리고 향수 냄새를 막기 위해 소매로 코를 가렸다.

"나는 우 싱렌이고, 이쪽은 내 동료인 트레버 아이슬리입니다. UN의 외계 문제 위원회 소속이죠." 마침내 입을 연 그가 목소리에 희미하게 경멸을 드러내며 덧붙였다. "당신이 산도즈 신부겠군요."

그들이 보거나 냄새 맡을 수 있었던 어떤 것보다 더 충격적이고 꽤 씸하게도, 산도즈는 웃음을 터뜨렸다. 잠시 후 웃음은 좀 더 듣기 힘든 소리로 이어졌다. 공황 상태가 한동안 계속되었다. 히스테리가 멈춘 뒤에도, 우와 아이슬리는 그로부터 제대로 된 설명을 들을 수는 없었다.

"왜요, 존? 왜 이 모든 일이 일어났단 말이오? 신이 그러기를 원하지 않았다면? 난 내가 이해한다고 생각했소······." 산도즈가 말끝을 흐리자, 존은 어찌할 바를 모른 채 다만 기다렸다. "당신은 얼마나 오래 지켜 왔소, 존?"

존은 갑작스레 바뀐 이야기에 놀라서 얼굴을 찌푸리며 산도즈를 향해 고개를 흔들었다. 뭐라고 대답을 해 주고 싶었지만, 생각의 흐름을 쫓아갈 수가 없었다.

"한번은 가만히 계산해 봤소. 29년이오. 시간을 어떻게 따져야 할지 혼란스럽지만 처음 경험했을 때 난 열다섯 살이었고, 지금 나이는 아마 마흔다섯일 거라고 생각하오." 산도즈를 지탱하고 있던 가느다란 실이 갑자기 끊어지면서 그가 무너지듯 바닥에 주저앉았다. 존이 다가가서 무릎을 꿇고 귀를 기울였다. 산도즈는 눈물을 흘리며 작고 희미한 목소리로 속삭였다. "보시오, 난 많은 사람이 융통성을 발휘한다는 사실을 알고 있소. 그들은 누군가······. 누군가 도와줄 사람을 찾지. 하지만 난 그러지 않았소. 그리고 난, 나는 내가 이해하고 있다고 생각했소. 그게 신에게 다가가는 길이고, 나는 그 사실을 이해한다고 생각했소. 존, 자신의 영혼이 불로 된 공처럼 느껴지는 순간이 있소. 그리고 무엇에나 또 누구에게나 똑같이 가서 닿는 순간이 말이오. 난 이해하고 있다고 생각했소."

그러다 갑자기 산도즈는 눈물을 닦고 힘겹게 숨을 들이쉬었다. 다시 말을 시작했을 때, 그의 목소리는 차분하고 평온하지만 지친 기색이 역력했다. 그리고 어째선지 존 칸도티에게는 전보다 더 슬프게 들렸다.

"그래서, 어쨌거나 나는 마흔네 살이었을 거요. 그러니까…… 그 일이 일어났을 때 말이오. 그러니 스물아홉 해 동안 지켜 왔던 셈이지." 산도즈가 입술을 말아 올리며 끔찍한 미소를 지었다. 그리고 눈을 번득이며 웃기 시작했다. "존, 만약 이게 신이 한 일이라면, 금욕 생활에 대한 지독한 조롱이오. 그리고 만약 신이 한 게 아니라면, 그럼 나는 뭐가 되는 거요?" 산도즈가 무기력하게 어깨를 움츠렸다. "죽은 친구를 잔뜩 둔 실직한 언어학자겠지."

산도즈는 거의 표정이 변하지 않은 채로 다시 눈물을 흘리며 속삭였다.

"너무 많은 사람이 죽었소. 나의 믿음 때문에. 존, 모두 죽어 버렸소. 난 어떻게든 이해하려고 노력했소. 누가 나를 용서하겠소? 너무 많은 이가 죽었소……."

존 칸도티는 눈앞의 작은 남자를 끌어당겨 안았다. 그리고 두 사람은 함께 울었다. 얼마간 시간이 지난 뒤, 존이 속삭였다.

"내가 당신을 용서합니다." 그리고 면죄를 선언하는 기도문을 외기 시작했다. "Absolvo te(너의 죄를 사하노라), absolvo te……."

하지만 거기까지였다. 존은 더 이상 말을 이을 수 없었다.

"이건 권력 남용입니다." 펠리페 레예스가 씩씩거렸다. "이럴 권리는 없는 겁니다! 세상에, 어떻게 그러실 수가 있습니까?"

"필요한 일이었네."

사무실을 나선 총장 신부는 빠른 걸음으로 길고 어두운 복도를 지나, 프랑스식 문들을 열고 건물 밖의 정원으로 향했다. 조용한 곳에서 햇볕을 쬐며 자신의 생각을 정리할 요량이었다. 그러나 분개한 펠리페가 그를 쫓아 왔다. 펠리페 레예스는 총장 신부가 에밀리오 산도즈로 하여금 그렇게 많은 사람 앞에서 말하도록 했다는 사실에 화를 내며 물러서지 않고 따졌다.

"어떻게 그럴 수가 있죠? 일종의 도착적인 쾌감이라도 느꼈던 겁니까? 그런 이야기를 들으면서……."

지울리아니가 돌아서더니 차가운 눈빛으로 다른 신부의 입을 다물게 했다.

"필요한 일이었네. 만약 그가 화가였다면 그림을 그리라고 했을 걸세. 시인이었다면 글로 쓰라고 했겠지. 하지만 산도즈였기에 이야기를 하라고 한 거야. 필요한 일이었네. 그리고 우리도 들을 필요가 있었고."

펠리페 레예스는 자신의 상급자를 가만히 응시했다. 그러다 갑자기 정원 벤치의 차가운 돌 위에 주저앉았다. 주위에는 눈부신 햇살 속에 꽃이 만발했다. 그는 몸이 떨렸고 속이 불편했다. 그리고 이런 일이 과연 필요했는지 확신할 수가 없었다. 정원에는 해바라기와 밝은 노란색의 백합, 참제비고깔과 리아트리스 그리고 글라디올러스도 있었다. 어딘가 가까운 곳에서 장미꽃 향기도 풍겼다. 저녁이 가까워지자 제비들은 어디론가 날아갔고, 벌레들이 내는 소리도 바뀌고 있었다. 총장 신부가 펠리페의 옆자리에 앉았다.

"피렌체에 가 본 적 있나, 레예스?"

펠리페가 몸을 뒤로 젖히더니 도무지 이해할 수 없다는 표정으로 입을 벌렸다. 그가 신랄하게 말했다.

"없습니다. 한동안 그다지 여행을 할 기분이 아니었습니다, 총장 신부님."

"꼭 가 보게. 거기 가서 미켈란젤로가 새긴 일련의 조각들을 보게. 「포로들」이라고 하는 작품이지. 거대한 돌덩어리 속에 노예들의 형상이 새겨져 있네. 머리, 어깨, 몸통. 자유를 갈구하지만 여전히 돌 안에 단단히 붙들려 있는 모습이지. 그와 같은 영혼들이 있네, 레예스. 자기 자신의 형상을 만들어 내려고 애쓰는 영혼들 말이야. 그렇게 부서지고 상처 받았어도, 에밀리오 산도즈는 여전히 자신에게 일어난 일로부터 의미를 찾으려 하고 있어. 그 사람은 여전히 신을 찾으려고 애쓰고 있네."

펠리페는 잠시 눈을 깜빡이며 방금 들은 이야기를 되새겼다. 한동안 고집스럽게 지울리아니 쪽을 쳐다보지 않았지만 결국 인정할 수밖에 없었다.

"그리고 우리는 듣는 일을 통해 그분을 도왔던 거로군요."

"그래. 우리는 그 사람을 돕는 거지. 그 사람은 계속해서 우리에게 이야기를 하고, 우리는 계속해서 들어야만 하네. 그 사람이 의미를 찾아낼 때까지 말일세." 그 순간, 빈첸초 지울리아니는 평생 고수해 온 이성과 절제와 상식과 균형이 한 줌 재처럼 가볍고 덧없게 느껴졌다. "산도즈는 진짜야, 레예스. 언제나 그랬지. 아직 돌덩어리 안에 붙들려 있긴 하지만. 나는 평생을 통틀어 한 번도 지금의 그 사람처럼 신과 가까이 있었던 적이 없네. 그리고 나에겐 부러워할 용기조차 없어."

그들은 한참 거기 그렇게 앉아 있었다. 늦은 8월의 오후였다. 햇살은 따스했고 바람은 부드러웠다. 가까이 들리는 정원의 소음 사이로 멀리서 개 짖는 소리가 끼어들었다. 얼마 후 존 칸도티가 그들과 합류했다. 그는 정원의 산책로를 사이에 두고 벤치 맞은편의 땅바닥에 앉더니, 손으로 머리를 감쌌다.

"힘들었나 보군."

"네, 힘들었습니다."

"아이 얘기였소?"

"가장 가까운 법률적 용어는 과실치사일 겁니다." 존은 더 앉아 있기 힘들었는지 땅바닥에 등을 대고 누웠다. 잠시 후 그가 말했다. "아니로군요, 사고는 아니었어요. 살인의 고의가 있었죠. 하지만 정당방위였습니다. 죽은 사람이 아스카마라는 것, 그게 사고였죠."

"그는 지금 어디 있소?"

존은 진이 빠진 얼굴로 그들을 올려다봤다.

"방에 데려다 놨습니다. 죽은 것처럼 자더군요. 말해 놓고 보니 끔찍한 표현이군요. 어쨌든, 잠들었습니다." 존이 잠시 말을 멈췄다. "제 생각엔 도움이 되었던 것 같습니다. 듣는 일이 고역이기는 했지만, 정말로 그는 이제 한결 나아졌다고 생각합니다." 그가 손으로 눈을 가렸다. "그 모든 꿈. 그리고 아이…… 이제야 알겠군요."

"이제 우리도 알게 됐지. 나는 여기 앉아서 이해하려고 애쓰는 중이었소. 육체적으로는 같은 행동인데, 왜 매춘이라고 생각했을 때는 덜 끔찍해 보였는지 말이오." 그는 총장 신부가 아니라 그저 한 개인에 불과한 빈스 지울리아니로서 말했다. 자기도 모르는 사이에, 지울리아니는 오래전 소피아 멘데스가 걸었던 사유의 길을 뒤따르고 있었다. "내생각에 매춘에는 적어도 결정권에 대한 환상이 있는 것 같소. 어느 정도는 동의가 필요한 일이니까."

"차라리 매춘이, 집단 강간보다는 낫죠." 펠리페 레예스가 힘없이 말했다. "설사 강간범들이 시인이라고 해도 말이에요."

지울리아니가 갑자기 양손을 입으로 가져갔다.

"당혹스럽기 그지없소. 신이 자신을 유혹해서 강간했다고 믿는다는
건 말이오."

'그리고 집으로 돌아왔을 때 우리는 그를 어떻게 대했는가?' 그는
쓸쓸하게 생각했다.

존이 일어나 앉더니 붉게 충혈된 눈으로 총장 신부를 노려봤다.

"드릴 말씀이 있습니다. 만약 내가 에밀리오를 경멸하는 것과 신을
증오하는 것 사이에서 선택해야 한다면……."

펠리페 레예스가 깜짝 놀라서, 존이 후회할 말을 하기 전에 끼어들
었다.

"에밀리오는 경멸을 받을 만한 사람이 아닙니다. 하지만 신이 그를
강간한 것도 아니에요. 설사 그 사람 스스로가 그렇게 생각하고 있다
고 해도 말입니다." 그가 벤치에 몸을 기대며 정원의 경계를 이루는 오
래된 올리브 나무들을 바라봤다. "유대인들의 옛이야기에 따르면, 태
초에 신은 어디에나 그리고 어느 것에나 깃들어 있었다고 합니다. 완
전한 존재였죠. 하지만 창조를 위해서 우주의 일부로부터 자신을 제거
해야 했다고 해요. 그래야 신 외에 다른 것들이 존재할 수 있으니까요.
그래서 신은 숨을 불어 넣었고, 그가 물러난 장소에 피조물이 존재하
게 되었다고요."

"그래서 신은 그냥 떠났단 말입니까?" 존이 산도즈를 대신해 화를
내는 것처럼 펠리페에게 물었다. "피조물을 버리고? 너희들끼리 잘해
봐라, 원숭이들아. 행운을 빈다!"

"아니요. 신은 지켜보고 있습니다. 기뻐하고 계세요. 눈물 흘리고 계
십니다. 신은 인간 삶의 도덕적인 드라마를 지켜봅니다. 그리고 우리
를 진심으로 걱정하고 또 기억하면서 거기 의미를 부여하죠."

"마태복음 10장 29절." 빈첸초 지울리아니가 조용히 말을 이었다.

"참새 한 마리가 땅에 떨어지는 것도 너희 아버지는 다 알고 있나니."

"하지만 참새는 여전히 떨어지죠." 펠리페가 말했다.

그들은 저마다 혼자만의 생각에 잠긴 채 한동안 그렇게 앉아 있었다.

"그 사람은 언제나 훌륭한 신부였어요." 펠리페가 기억을 되새기며 말했다. "하지만 임무를 계획할 때쯤, 뭔가 내면적인 변화를 겪었던 것 같아요. 그게 뭔지는 잘은 모르겠지만, 때로 그냥…… 터지곤 했죠." 그러고는 손을 움직여 불꽃놀이 모양을 흉내 냈다. "그럴 때면 얼굴에 뭔가가, 너무나 아름다운 뭔가가 있었어요. 그리고 난 생각했죠. 신부가 되는 일이 저런 것이라면……. 그 사람은 마치 신과 사랑에 빠진 것 같았어요."

"지금으로서는……." 총장 신부가 지친 표정으로 말했다. 8월의 잔디만큼이나 메마른 목소리였다. "그런 밀월이 끝났다고 말할 수밖에 없겠군."

에드워드 베어가 커피 잔이 달그락거리는 소리를 듣고 깨어났을 때, 해는 이미 중천에 떠 있었다. 눈을 깜빡이며, 그는 앉은 채로 자고 있던 나무 의자 위에서 신음을 흘렸다. 에밀리오 산도즈가 협탁 옆에 서서 조심스럽게 커피 잔을 내려놓고 있었다. 서보모터에 의한 손동작은 거의 보통 사람과 다를 바 없을 정도로 자연스러웠다.

"지금 몇 시죠?" 에드워드가 목을 문지르며 물었다.

"8시 조금 지났소." 산도즈가 말했다. 그가 티셔츠와 면바지 차림으로 침대 가장자리에 앉아서 지켜보는 가운데, 에드워드 수사는 기지개를 켜고 통통한 손으로 눈을 비볐다. "내 곁을 지켜 줘서 고맙소."

에드워드 수사가 눈을 가늘게 뜨고 산도즈를 바라봤다.

"기분은 좀 어떠세요?"

"괜찮소." 산도즈가 짧게 답했다. "괜찮은 기분이오."

산도즈는 일어나 창가로 다가가서 커튼을 젖혔다. 하지만 별로 볼만한 풍경은 아니었다. 창고 건물 너머로 언덕이 약간 보일 뿐이었다. 그가 일상적인 말투로 이야기했다.

"전에는 중거리 달리기를 꽤 잘했소. 오늘 아침에 500미터 정도 뛰었소. 대부분 걷다시피 했지만." 산도즈가 어깨를 움츠렸다. "이제 시작이니까."

"이제 시작이죠." 에드워드 베어가 동의했다. "커피도 잘 타시던데요."

"그렇소. 잔을 깨뜨리지 않았지. 그냥 좀 엎질렀을 뿐이오." 산도즈가 커튼을 내려놓았다. "이제 가서 좀 씻으려고 하오."

"도와 드릴까요?"

"아니, 고맙소. 내가 알아서 할 수 있소."

'화를 내지 않는군.' 에드워드 수사는 그 사실에 주목했다. 그는 산도즈가 서랍을 열고 깨끗한 옷가지를 꺼내는 모습을 지켜봤다. 시간이 좀 걸렸지만, 별 탈 없이 해냈다. 산도즈가 문으로 걸어갈 때, 에드워드 수사가 다시 입을 열었다.

"아시겠지만 아직 끝난 건 아니에요. 그런 일을 한 번에 다 극복할 수는 없어요."

산도즈가 한동안 바닥을 내려다보더니 고개를 들었다.

"그래요, 알고 있소." 그는 잠시 그대로 서 있다가 물었다. "전에는 무슨 일을 했소? 간호사? 물리치료사?"

에드워드 베어가 코웃음을 치며 커피 잔에 손을 뻗었다.

"비슷하지도 않네요. 주식 중개인이었어요. 저평가된 기업들 전문이었죠." 산도즈가 이해하리라고 기대하지는 않았다. 일반적으로 가난의 서약을 한 신부들은, 재정에 대해서는 손쓸 도리가 없을 정도로 무지했다. "다른 사람들이 모르는 사물의 가치를 알아보는 일이었죠."

산도즈는 관련성을 알아차리지 못했다.

"그 일을 잘했소?"

"아, 그럼요. 최고였죠." 에드워드 수사가 커피 잔을 들더니 말했다. "커피 고마워요."

그는 아주 조용히 앉아서 산도즈가 나가는 모습을 지켜봤다. 그리고 에드워드 베어의 아침 기도가 시작되었다.

오전 10시, 총장 신부의 문에서 금속성의 두드리는 소리가 났다.

"들어오시오."

지울리아니는 사무실에 들어선 사람이 에밀리오 산도즈라는 사실에 놀라지 않았다. 산도즈는 주저 없이 손잡이를 붙잡고 문을 닫았다.

지울리아니가 일어나려 하자, 산도즈가 만류했다.

"아니, 일어나실 필요 없습니다. 난 그냥, 감사를 드리고 싶었습니다. 쉬운 일이 아니었다는 걸 알고 있습니다."

"끔찍했소. 내가 한 일이라고는 듣는 것밖에 없는데도."

"아니, 그 이상을 하셨습니다."

산도즈가 이상하게 텅 빈 느낌을 주는 사무실 안을 둘러봤다. 그는 문득 짧게 웃더니 머리를 쓸어 올리려는 듯 손을 올렸다. 오래된 습관이지만, 이제 그랬다가는 보철 장치에 온통 머리카락이 끼고 말 터였다. 그는 다시 손을 내렸다.

"탁자 일은 미안합니다. 비싼 물건이겠죠?"

"값을 따질 수도 없소."

"가격이……."

"잊어버리시오." 지울리아니가 다시 의자에 앉았다. "그래, 좀 나아 보이는군."

"네. 아주 잘 잤습니다. 가엾은 칸도티는 그러지 못했을 것 같지만, 저는 잘 잤죠." 산도즈가 미소를 짓더니 덧붙였다. "존은 훌륭한 사람입니다. 그를 여기로 데려와 주셔서 감사합니다. 그리고 에드와 펠리페도요. 심지어 펠커도. 그가 아니었다면……." 그가 얼굴을 찌푸리며 고개를 돌렸다가 거의 곧바로 원위치시켰다. "그건 마치…… 마치 독을 토해 내는 것과 같았습니다."

지울리아니는 아무 말도 하지 않았고, 산도즈가 조금 아이러니하다는 투로 이야기를 계속했다.

"어디서 듣기를 고해성사가 영혼에 좋다고 하더군요." 지울리아니의 입가가 실룩 올라갔다. "물론 나는 그런 신조에 따라서 일하고 있소."

산도즈는 창가로 다가갔다. 자기 방에서 보이는 것보다 경치가 좋았다. 지위에는 특권이 따르기 마련이다. 그가 조용히 말했다.

"간밤에 꿈을 꿨습니다. 나 혼자서 길 위에 서 있었죠. 그리고 꿈속에서 나는 말했습니다. '무슨 뜻인지 모르겠습니다. 하지만 당신이 가르쳐 준다면 배울 수 있습니다.' 누군가 그 말을 듣고 있었을 거라고 생각하십니까?"

그는 여전히 창밖을 바라보며 말했다.

지울리아니는 대답하지 않고, 자리에서 일어나 책장으로 갔다. 그리고 낡은 가죽 장정으로 된 작은 책 한 권을 꺼냈다. 그는 책장을 넘겨 자기가 원하는 대목을 찾은 후 산도즈에게 내밀었다.

산도즈가 돌아서서 책을 건네받고는 제목을 확인했다.

"아이퀼로스?"

지울리아니는 말없이 한 구절을 짚었다. 산도즈는 한동안 그 부분을 읽으며 머릿속에서 천천히 그리스어를 번역했다. 마침내 그가 말했다.

"'우리의 잠 속에서, 잊을 수 없는 고통이 한 방울 한 방울 심장 위에 떨어지는도다, 그러다 우리의 절망 속에서, 우리의 의지와 상관없이, 놀라운 신의 은총 속에 지혜가 찾아오는도다.'"

"잘난 체하기는."

그러면서 산도즈는 웃음을 터뜨렸지만, 다시 창문을 향해 돌아서서 그 구절을 되풀이해 읽었다. 지울리아니는 책상으로 돌아가 앉아서 산도즈가 다시 입을 열 때까지 기다렸다.

"내가 여기 조금 더 머물러도 될지 모르겠습니다." 자기가 이런 질문을 할 줄은 몰랐다. 그는 떠날 생각이었기 때문이다. "이미 고생이 많으셨습니다. 부담을 드릴 생각은 없습니다."

"전혀 부담스럽지 않소."

산도즈는 총장 신부를 돌아보지 않았지만, 지울리아니는 그의 목소리가 달라진 것을 느꼈다.

"내가 신부인지 모르겠습니다. 내가…… 나는 모르겠습니다……. 아무것도 확신할 수가 없습니다. 내가 과연 확신을 원하는지, 그것조차 모르겠습니다."

"원하는 만큼 머물러도 좋소."

"고맙습니다. 그동안 고생 많으셨습니다."

산도즈가 다시 한번 말했다. 그는 문으로 다가가서 보철 장치를 끼운 손가락을 손잡이 위에 올렸다.

"에밀리오." 총장 신부가 그를 불렀다. 낮은 목소리였지만, 이렇게 조용한 방 안에서는 아주 분명하게 들렸다. "난 또 다른 탐사대를 보내려고 하오. 라카트로 말이오. 당신이 알아야 한다고 생각했소. 우리는 당신의 도움을 받을 수도 있소. 언어에 대해서."

산도즈가 움직임을 멈췄다.

"너무 일러요, 빈스. 그런 일은 생각조차 하기 어렵습니다. 너무 이릅니다."

"물론이오. 그냥 당신이 알고 있어야 한다는 생각이 들었소."

빈첸초 지울리아니는 산도즈가 나가는 모습을 지켜봤다. 그러고는 자기도 모르게 오래된 습관대로 자리에서 일어나 창가로 다가가서 바깥 풍경을 내다봤다. 얼마 동안이나 그렇게 있었는지는 알 수 없었다. 풀이 무성하고 탁 트인 안뜰 너머로, 중세의 성채와 어지럽게 널려 있는 바위들, 잘 다듬어진 정원과 뒤틀린 나무들이 보였다. 위대하고 아름다운 시간의 흔적이 배어 있는 풍경이었다.

〈끝〉

감사의 말

학계에 몸담았던 사람으로서 각주와 방대한 참고문헌을 수록하지 못한 데 아쉬움을 느낀다. 다만, 소설가의 입장이라 하더라도 수백에 달하는 원천 중 몇 가지는 꼭 밝히고 싶다. 리처드 로드리게즈의 『기억의 허기(Hunger of Memory)』는 소년 장학생이 느끼는 감정을 알게 해 주었다. 알랭 코르뱅의 유려한 문장과 저서 『악취와 향기(The Foul and the Fragrant)』는 레시타의 초기 시에 영향을 끼쳤다. 그리고 『몰리 아이빈스가 진짜 그렇게 말했어?(Molly Ivins Can't Say That, Can She?)』. (물론 DW는 그렇게 말한다.) 텍사스 사람과 거북이, 아르마딜로에 관해 알게 해 준 아이빈스 씨에게 감사하게 생각한다. 포식자의 모방 진화는 두갈 딕슨의 『신 공룡도감(The New Dinosaurs)』, 그리고 널리 퍼뜨리지 않기에는 너무나 매력적인 뱀목의 생태에서 아이디어를 얻었다. 마지막 챕터에서 에밀리오가 깨달음을 얻는 장면은 아서 그린의 『나의 얼굴을 찾아, 나의 이름을 말하라(Seek My Face, Speak My Name)』가 다룬 신학에서 유래했다. 마지막으로 도러시 더넷은 『스패로』를 그녀의 멋진 역사소설 「라이먼드(Lymond)」 시리즈에 대한 기나긴 감사의 편지라고 생각해도 좋을 것이다.

신발 광고 문구가 나오기 훨씬 전에 "그냥 해(Just do it)" 정신을 각인시킨 어머니 루이스 듀잉 도리아 여사와 나를 믿어 준 아버지 리처드 도리아 씨에게도 감사의 말을 전한다. 모라 커비는 나보다도 훨씬 전부터 이 책을 믿고 있었다. 돈 러셀은 플롯의 구멍에서 나를 건져내 스텔라 마리스 호를 설계했고, 에밀리오의 유머 감각 역시 그에게서 유래한 것이다. 메리 듀잉은 내게 글쓰기를 가르쳐 주었다. 메리와 편지를 주고받은 15년은 나를 성장시킨 견습 기간과도 같은 시간이었고, 또 메리는 이 책의 원고 수정 단계마다 매번 더 발전시킬 지점을 찾아주었다. 그리고 원고를 개선하는 데 도움을 준 친구들이 많이 있다. 특히 토머스 라이백과 마리아 라이백, 비비언 싱어, 제니퍼 터커는 중요한 시기에 중요한 비평을 해 주었다. 찰스 넬슨과 헬렌 피오레는 출판계와 인연이 닿도록 해 주었다. 용기와 귀한 조언을 준 스탠리 슈미트에게도 감사 인사를 전한다. 메리 피오레도 같은 도움을 주었을 뿐 아니라 제니퍼 맥글래션과 미리엄 고드리치, 천하무적 에이전트 제인 다이스텔을 소개해 주었다. 또 지원과 신뢰를 아끼지 않았던 빌라드 사의 데이비드 로젠털과 아이비-포셋 사의 레오나 네블러에게도 고맙다. 이 책을 만들기 위해 대단히 애쓰고 신인 작가의 고충을 자애롭게 견뎌 준 빌라드 사 직원들의 노력에는 그야말로 엎드려 입 맞추고 싶은 심정이다. 『스패로』의 최종고를 읽어 준 레이 버코는 엄청나게 유쾌한 예수회 신부의 산증인이자, 내가 만들어 낸 등장인물들처럼 선함 그 자체인 사람이다. 작중에 예수회에 대하여 잘못 그려진 부분이 있다면, 레이가 아니라 전적으로 저자인 내 책임이다. 그리고 참고문헌들을 쉽게 찾는 것을 도와준 클리블랜드 하이츠의 노블 브랜치 도서관 여자 사서들에게도 감사를 표하고 싶다.

마지막으로 내가 소설 속 캐릭터에게 시간, 관심, 사랑을 아끼지 않을 때 아래층에서 불평 없이 묵묵히 있어 준 사랑하는 남편 돈과 아들 대니얼에게. 고마워, 당신들이 최고야.

우주로 나간 예수회 사제들

—『스패로』출간 20주년 기념 후기

오래된 농담이 있다. 각각 프란치스코회, 도미니크회, 예수회 소속인 가톨릭 사제 세 명이 저녁을 먹고 있는데 갑자기 불이 꺼진다.

프란치스코회 사제는 "어둠 자매를 환영하고 햇빛 형제가 올 때까지 참을성 있게 기다립시다."라고 말한다.

도미니크회 사제는 "신께서는 우리에게 무지의 어둠을 내리셔서 그와 대조되는 진리의 빛을 알아볼 수 있게 하셨습니다."라고 말한다.

예수회 사제는 손전등을 찾아서 아래층으로 내려가 차단기를 올린다.

콜럼버스가 신대륙에 도착한 지 500년째 되는 기념일에 예수회가 취했던 게 바로 그런 종류의 실용적인 태도였다. 1992년 10월 12일, 아레시보 전파 망원경 기지는 외계의 지적 생명체를 탐사하는 프로젝트(SETI)를 진지하게 시작했다. 나는 다른 많은 SF 팬과 마찬가지로, 만약 우주에 지적인 외계인이 존재한다는 부인할 수 없는 증거가 발견되면 무슨 일이 일어날지 궁금해했다. 그리고 인간의 수명 안에 그 종족이 사는 행성에 도달할 수 있다면? 누가 그 임무를 시도할까? 그런 시도를 위해서는 과학적인 전문성을 갖춘 국제적인 조직, 임무를 뒷받침할 자금, 그리고 무엇보다 강력한 동기가 필요할 것이다. 예수회는 어떨까? 신의 다른 아이들에 대해 알고 또 사랑하려는 예수회 과학자들의 욕구보다 더 강력한 동기가 있을까? 나는 그런 이야기를 직접 쓰기보다는 읽고 싶었지만 대신 써 줄 사람을 찾지 못했고, 어쩌다 보니 의도치 않게 우주로 나간 예수회의 퍼스트 컨택트(First Contact)에 대한 소설을 쓰기 시작했다. 그리고 이제 2013년이 되었다.

호르헤 베어고글리오가 교황으로 선출되었다는 놀랍고도 믿기 어려운 발표가 나왔을 때, 나는 전 세계 독자들로부터 축하의 이메일을 받았다. 마치 내가 프란치스코 교황의 서임을 예언하기라도 했던 것처럼 말이다. 『스패로』의 속편인 『신의 아이들(Children of God)』에서 나는 가식 없고 친근한 가상의 교황을 등장시켰지만, 그 인물은 당연히 예수회 소속이 아니었다. 예수회는 청빈, 정결, 순명의 서약과 함께 교회 내부에서 출세를 추구하지 않는다는 추가적인 맹세를 한다. 때때로 명망 높은 고령의 예수회 사제들이 추기경의 자리에 오른 적이 있지만 매우 드문 사례였다. 그래서 프란치스코 이전까지 예수회 출신 교황의 탄생은 불가능하다고 여겨졌고, 나는 그보다 차라리 예수회가 우주로 나가는 편이 훨씬 더 가능성 높은 일이라고 독자들에게 말한 바 있다.

SF 소설은 개연성을 갖춰야 한다.

현실 세계에는 그런 제약이 없다.

2013년, 추기경단은 예수회 출신인 프란치스코를 선출했고, 그 전임자인 베네딕토는 은퇴 후 관례대로 카스텔 간돌포 별장으로(혹시 독자들이 궁금해할까 봐 말해 두자면 『반지의 제왕』에 나오는 캐릭터의 이름을 따서 붙인 명칭이 아니다. 나는 소설을 쓸 때 자료 조사를 열심히 하는 편이니 믿어도 좋다.) 은퇴했다.

프란치스코 교황의 선출은 놀랄 만큼 전례가 없는 일이라, 몇몇 성급한 교회 인사들은 이 사건을 종말의 계시처럼 받아들이기도 했다. 심지어 어떤 이들은 성(聖) 말라키 1143년에 예언한 최후의 교황이 바로 프란치스코라고 믿었다. 정말로 세상의 끝이 가깝다고 확신한 것이다.

그리고 시간이 지났지만 종말은 오지 않았다. 예언이란 종교적으로나 세속적으로나 그리고 SF적으로나 여전히 어려운 일이다.

H. G. 웰스나 아서 C. 클라크와 같은 초기 SF 작가들은 종종 다가올 미래에 널리 퍼질 기술적인 진보를 예견하는 데 초점을 맞추곤 했다. 그런 예언 중 몇몇은 놀랄 만큼 적중했지만, 그 시기에는 개연성 있는 미래상처럼 보였던 것들이 나중에는 슬프게도 웃음거리가 되기도 했다. 예를 들어 아서 경은 지구 동주기 위성을 정확하게 예견했지만, 동시에 우리가 지금쯤 달에 식민지를 건설할 줄 알았다. 내 자신이 했던 미래 예측의 결과도 마찬가지로 복합적이다.

나는 미래를 배경으로 한 소설을 쓰면서 기술적인 세부사항을 되도록 묘사하지 않으려 했다. 등장인물이 그 세계에서는 이미 일상적인 것들에 대해 굳이 놀라워하며 언급하지는 않을 테니까 말이다. 소피아 멘데스가 메시지를 학인하는 장면을 쓰면서, 나는 전화기의 자동응답 장치를 생각했다. 1993년에 나는 이메일 주소를 가진 사람을 정확히 두 명 알았다. 2016년인 지금 이메일은 이미 구식이 되었고 문자(text)는 동사가 되었다. 그럼에도 어느 시대에나 우리가 메시지 확인을 시간이 날 때까지 미룰 거라는 예상은 안전한 도박이었다. 『스패로』는 또 "태블릿 컴퓨터"의 광범위한 사용을 암시하는데, 꽤 정확하게 들어맞았다. 그리고 소피아 멘데스의 나이가 너무 어려서 텔레비전을 기억하지 못할지도 모른다고 조지 에드워즈가 생각하는 장면은, 안테나 기반의 방송이 주문형 비디오 서비스로 대체될 거라는 전망으로 썼던 내용이다.

나는 대체로 '작용과 반작용'이라는 원칙에 입각해서 사회학적인 미래를 상상했다. 1980년대에 나는 관광객들이 집으로 돌아가서 주변 사람들을 괴롭히기 위한 영상을 찍느라 VHS 카메라의 렌즈를 통해 여행을 경험하는 모습을 목격했다. 그래서 "기록, 홍보, 방송에 열광하는 문화가 도래해서 공적이거나 사적인 영역의 모든 행위가 관객을 의식하는 것처럼 보일" 거라고 예상했다. '작용과 반작용'의 원칙에 따라, 내 가상의 예수회 임무는 조용하고 은밀한 프로젝트가 되었다. 나는 또 만연한 기술 발달에 피로감을 느껴서 수작업에 가치를 두고자 하는 사람들이 나타날 거라고 생각했다. 그래서 존 칸도티는 "신발을 만들어서 세계를 구하자"라는 대사를 한다. 다들 수제 맥주 좋아하지 않는가?

내가 우연히 적중시킨 예측들도 있다. 1991년, 천문학자들이 태양계 밖의 첫 번째 행성을 확인했다. 이후 2000개 이상의 다양한 외계 행성이 발견되었지만, 아직 그중 어디에서도 생명의 흔적을 찾지는 못했다. 아직은. 내가 가상의 행성이 존재하는 항성계로 알파 센타우리를 고른 이유는 단지 태양계에 가장 가까워서, 거기까지 가는 여행을 묘사하기 위한 물리 법칙의 땜질을 최소화할 수 있었기 때문이다. 소설에 쓴 내용과 달리, 실제로는 세 개나 되는 항성의 중력이 작용하는 가운데 행성이 형성될 가능성은 극히 낮다고 생각했지만…… 나는 천문학자가 아니라 인류학자라고, 짐! 알고 보니 지구로부터 22광년 떨어진 삼중성계에는 실제로 행성이 존재했다. 그리고 2012년에는 그 외계 행성이 센타우리B 주위를 공전하고 있을지도 모른다는 발표가 이루어졌다. 물론 이 발견에 대한 반론도 존재하고, 우리는 아직 어떤 외계의 음악도 듣지 못했지만, 라카트는 내가 한때 생각했던 것만큼 불가능하지 않아졌다.

내가 틀려서 기쁜 예상들도 있다. 나는 미국에 "묻지도 말하지도 말라"*시대가 오기를 기대했지만, 동성 간 결혼이 광범위한 지지를 받는 시민의 권리가 될 줄은 몰랐다. 그리고 이 글을 쓰는 시점에, 아레사 프랭클린은 여전히 콘서트홀 청중의 혼을 빼놓고 있다. 과거 시제를 쓸 필요 없이 말이다.

그리고 진심으로 내가 틀렸다면 좋았을 만한 예상들도 있다. 1989년 베를린 장벽이 무너진 직후, 정치 경제학자인 프랜시스 후쿠야마는 저 유명한 "역사의 종말"을 선언했다. 소련과 서구의 냉전이 끝났고, 후쿠야마는 자본주의적 민주주의가 승리했다고 믿었다. 소련의 붕괴는 국제 관계의 "자유주의 시장경제로의 이행"과 국가 간 대규모 분쟁의 감소를 예고했다. 나는 국제 무역의 증가가 전쟁을 예방할 거라는 주장에 그리 설득되지 않았다. 1913년 영국인 노먼 에인절과 독일인 빌헬름 뵐셰도 정확히 같은 논리로 영구적인 평화를 예측했지만 그 직후 전 유럽에 지옥이 도래했기 때문이다. 또한 삶의 모든 요소를 금전화하려 드는 자본주의의 특징이 장기적으로 그리고 보편적으로 매력적이라고 입증될 것 같지도 않았다. 하지만 그럼에도, 나는 소피아 멘데스이 과거를 창조할 무렵 브라질의 경찰 특공대가 마치 쥐를 사냥하듯 아이들을 총으로 쏴 죽인다는 뉴스를 접했다. 그래서 나는 아이들의 상품화에 대한 도덕적 추론을 떠올렸다. 아이들의 교육을 주식 시장에서 거래할 수 있는 투자 대상으로 만든 것이다. 그게 바로 등장인물 중 장클로드 주베르와 소피아가 맺고 있는 관계의 근간이다.

---

*Don't ask, don't tell. 1993년부터 2011년까지 시행된 미국 성소수자의 군 복무와 관련된 제도.

오늘날, 영리 목적의 차터 스쿨과 대학은 아주 흔하고 학자금 대출이 미국의 한 세대가 가진 미래에 대한 희망을 박살내고 있다. 나는 그저 최근 "민간 투자자들이 학생의 교육을 위한 자금을 지원하는 대가로 그 학생의 졸업 이후 수입에 대한 지분을 갖는 법적인 제도"를 "그 학생이 돈을 갚지 않고 달아나지" 못하도록 보장하는 장치와 함께 도입하자고 제안하는 사람들이(2015년 12월 20일, 《뉴욕 타임스》, p. Bu7) 『스패로』로부터 그 아이디어를 얻지 않았기를 바랄 뿐이다. 이 계획이 실현되면 부유하지 못한 아이들에 대한 학비 지원이 더 이상 시민 교육을 위한 공공 투자가 아니라 일종의 노예 고용으로 전락하기 때문이다. 내 의견을 밝히자면 이에 대한 반작용이 하루라도 더 빨리 나타날수록 더 좋을 것이다.

한편 우주의 영리화가 시작되기도 했다. 2015년 제정된 미국 우주법은 소유권의 범위를 지구 밖으로 확장시켜, 소행성에서 나온 모든 자원이 채굴 주체인 기업의 재산이라고 규정했다. 그로 인해 몇몇 소행성 개발 회사들이 이제 진지한 재정적 지원을 받고 있지만, 아직 실제로 채굴에 나선 경우는 없다. 그러니 이 사례에 대해서는 내가 너무 이른 시기로 예측했다고 봐야 할 것이다.

솔직히 나는 1992년에 내가 왜 "지하드는 폭탄 테러를 예고"했다고 썼는지 기억이 나지 않는다. 분명히 나는 지하드라는 단어를 알았지만, 당시 정치적인 목적으로 폭발물을 사용했던 건 바스크 분리독립주의자와 IRA(아일랜드 공화국군)이었다. IRA는 그 바로 얼마 전 박격포로 다우닝 가 10번지에서 열린 각료 회의를 공격했지만 오사마 빈 라덴은 아직 아프가니스탄 무자헤딘 소속으로 소련 침략자와 싸우는 아주 키가 큰 무명의 젊은 사우디인에 불과했다. 돌이켜 보면 나는 그때 이미 소피아 멘데스를 이스탄불에 보내기로 했고 터키의 PKK(쿠르디스탄 노동당)가 독립 국가 건설을 매우 강력하게 염원하고 있다는 사실을 알았다. 그런 종류의 반란 시도는 중동에서 대규모 전쟁을 촉발할 가능성이 매우 높아 보였다. 전쟁에 대한 예측 자체는 맞았지만, 분쟁의 진원지가 터키는 아니었다.

최근 벌어진 사건들은 국제 무역이라는 찬란한 햇빛이 전쟁을 고사(枯死)시키지 못했다는 사실을 충분히 잘 보여 주고 있다. 아마 전쟁 자체가 그 무엇보다 달콤한 이익을 약속하기 때문일 것이다. 분노한 자들과 대량 살인의 천재들에게 무기를 팔다가 파산한 사람은 아무도 없고, 인류는 대량 살인에 재능을 가지고 있으니까 말이다. 우리는 손쉬운 먹이로부터 최상위 포식자로 진화한 종족이다. 우리를 두렵게 만들기는 어렵지 않고, 너무 많은 사람에게 있어 두려움이 분노로 변하는 건 순식간이다.

여기서 나는 한 가지 흥미로운 사고 실험을 떠올렸다. 만약 우리가 가진 포식자와 먹이로서의 측면이 계속해서 분리된 채로 존재한다면 어떨까?

라카트의 지리학, 생태학 그리고 생물학적 측면을 구상하면서 나는 수많은 곰과 늑대 그리고 사자를 죽인 뒤 오만해진 삽식성 원시 종족이 존재하지 않는 지구의 고생대를 상상했다. 한동안 시행착오를 반복한 끝에 사족보행이 얼마나 제한적인지 깨달았고, 두 손을 자유롭게 사용할 수 있어야 한다는 점을 외계인 창조의 첫 번째 기준으로 삼았다. 문제는 없었다. 지구에도 이족보행을 하는 생물 계통은 여럿 존재하기 때문이다. 유인원과 공룡, 새와 왈라비 그리고 캥거루까지. 나는 1980년대 호주에서 일한 적이 있었고 그래서 캥거루를 바라카티의 모델로 삼는다는 아이디어가 마음에 들었다. 장담하지만, 여러분이 호주의 아웃백에서 다 자란 수컷 붉은 캥거루와 마주치면 절로 존경심이 우러날 것이다. 녀석들은 깜짝 놀랄 만큼 크고 근육질인 데다가 8센티미터쯤 되는 손톱을 지녔다. 캥거루가 내 눈을 똑바로 쳐다보면, 놈들이 끔찍하게 멍청한 동물이라는 사실을 알고 있어도 위협적이라고 느끼지 않을 수가 없다.

그럼 지구의 생물 중 지성을 발달시킨 경우로는 뭐가 있을까? 대다수가 영장류를 가장 먼저 떠올릴 테고, 문어도 머리가 좋기로 유명하다. 하지만 그 밖에도 무리 사냥을 하는 다양한 육식 동물들, 예를 들어 범고래와 늑대, 치타, 사자, 그리고 어쩌면 먼 과거의 랩터가 있다. 랩터도 이족보행을 한다는 사실에 생각이 미친 나는 두갈 딕슨의『신공룡도감』을 펼쳤다. 그리고 포식자의 모방 진화에 대한 딕슨의 개념을 조금 더 확장시켰다. 만약 포식자가 먹이 종족을 길들인다면? 우리는 이미 양, 염소, 소, 말 등을 상대로 같은 행위를 한 바 있다. 그리고 포식자가 단지 먹이를 온순하게 만들 목적이 아니라, 동시에 특정한 역할을 맡기기 위해서도 품종을 개량한다면? 이런 생각이 그리 큰 비약이라고 할 수는 없다. 우리만 해도 다양한 목적으로 말과 개의 품종을 개량했지만, 여전히 그 고기를 먹기도 하니까 말이다. 내가『스패로』를 쓸 때 아주 어렸던 아들은 언제나 "외계인들이 우리보다 더 똑똑해요 아니면 덜 똑똑해요?" 하고 물었는데, 나는 언제나 "그들은 우리와는 다르단다." 하고 대답했다. 우리는 도구를 제작하지만, 그들은 길러낸다.

결국『스패로』를 쓰는 동안 내가 가장 흥미를 느낀 건 기술적인 변화나 두 무리의 차이가 아니라, 광대한 시간의 간격을 관통하는 연속성과 우리를 하나로 만드는 공통점이었다. 이런 관점 덕에 내 이야기 속에서 종교와 음악이 중요한 역할을 했다. 음악과 종교는 동서고금을 불문하고 모든 인류 문화에 존재한다. 종족적인 수준에서 종교와 음악은 이족보행이나 반대 방향의 엄지 그리고 음성 언어와 함께 호모 사피엔스를 규정하는 특징이다.

천문학자 칼 세이건이 쓴 소설 『컨택트』에서는 외계인과 소수(素數)로 소통한다. 하지만 인류학자인 메리 도리아 러셀은 소수로 소통하는 누군가를 만나기 위해 굳이 길을 건너 찾아가지 않을 것이다. 누구나 각자의 의견이 있겠지만, 내게는 음악이야말로 광대한 우주 공간을 넘어 우리를 끌어당길 만한 즉각적이고 감정적인 유인으로 보였다. 4300년 전에도 플루트가 존재했고, 나는 우리의 기술이 아무리 발달한다고 해도 음악—어슐러 르 귄이 "피치와 톤과 시간으로 하는 놀이"라고 멋지게 묘사한 현상—은 우리에게 호소력을 가질 것이라고 믿는다.

그리고 인류의 모든 세대가 고민해 왔던 근본적인 존재론적 의문이 있다. 어떤 삶이 살 가치가 있고, 어떤 삶이 낭비이며, 어째서 그러한가? 무엇이 우리의 삶이나 죽음을 바칠 만한 가치가 있으며, 어째서 그러한가? 나는 우리 아이들에게 무엇을 소중히 여기고 무엇을 피하라고 가르쳐야 하며, 어째서 그러한가? 나는 남들에게 무엇을 빚지고 또 남들은 내게 무엇을 빚지며, 어째서 그러한가? 각각의 인류 문화는 이런 질문들에 대해 서로 다른 답을 제공하지만, '어째서 그러한가'라는 부분에 이르면 거의 항상 신을 언급한다.

물론 모든 인간이 음악가는 아니다. 모든 인간이 운명에 영향을 미치는 보이지 않는 성령을 믿지도 않는다. 우리 중 누군가는 음치고, 누군가는 무신론자다. 개인은 종교에 대해 독실하거나 무관심하거나 회의적이거나 냉소적이거나 적대적일 수 있다. 하지만 인류의 문화가 어째서 그러한가라는 질문에 언제나 신의 이름으로 우리가 생각해 볼 만한 답을 제공한다는 사실을 부인할 수는 없다.

내가 『스패로』를 쓰기 시작한 건 정말 오래전이다. 이 책이 출판되고 나서 지금까지 스무 해 동안 엄청난 문화적, 기술적 변화가 이루어졌고 내가 살아온 날들 전체를 놓고 보면 한층 더 심하다.

1950년, 나는 여자가 어릴 때 결혼해서 많은 아이를 낳아야 한다고 여기는 문화와 가정에서 태어났다. 미국 여성에게 고등학교 이상의 교육을 시키는 일이 무의미하다는 견해가 전적으로 받아들여지던 시대였다. 하지만 때때로, 개인의 삶은 어떤 순간을 맞이해 기지점(既知點)을 돌아 방향을 크게 바꾸곤 한다. 내게는 열다섯 살이 되던 해에 그런 순간이 찾아왔다. 1965년 여름, 시카고의 필드 자연사 박물관에서 한 고고학자가 내게 대략 10만 년 전의 석기(石器)를 만져 보게 해 줬다. 내 엄지에 눈으로 볼 때보다 더 뚜렷한 자국이 느껴졌다. 내 검지는 돌칼의 손잡이를 편안하게 휘감았다. 그 순간, 어떤 연결이 이루어졌다. 지금 내 손이 닿는 자리에 한때는 어떤 네안데르탈인 여성의 손이 닿았을 거라는 사실을 깨닫고 나서, 나는 결코 그 전으로 돌아갈 수 없었다. 고인류학자는 보통 그런 식으로 탄생한다. 오슨 스콧 카드의 말을 빌리자면, 우리는 사자(死者)의 대변인, 가장 낭만적인 과학 분야의 종사자다. 우리는 이와 뼈가 하는 소리에 귀를 기울인다. 치아와 골격 형태, 회귀추정식, 주사전자현미경법, 동위원소 분석 그리고 DNA를 통해 성별과 신장, 사망 연령, 질병 상태, 습관적 행동, 식습관과 가족 관계를 판단한다. 화석이 된 수천 명의 정체가 고인류학자들에 의해 밝혀졌다. 우리는 그 각각의 표본을 개인, 그러니까 사람으로 여긴다.

그런 표본들은 번호와 숫자가 붙여져 있지만, 별명 또한 가지고 있다. 우리는 그 얼굴 하나하나를 살아있는 친구와 마찬가지로 분간할 수 있다. 그들은 각자 고난과 굶주림, 혹은 연대와 보살핌에 대한 사연을 우리에게 들려준다. 이 사람은 주로 물고기를 먹었구나, 혹은 왼손잡이였구나, 다리를 절었구나, 이가 심각하게 상해서 죽기 전 몇 년 동안 괴로웠겠구나 하는 식으로 말이다. 어떤 표본은 젊었을 때 한쪽 팔을 잃었지만 노인이 될 때까지 살아남았다. 틀림없이 누군가가 그런 역경을 극복할 수 있도록 도왔을 것이다.

"나는 네 살에 죽었어요." 한 네안데르탈인 아이가 내게 그렇게 말했다. "나 같은 아이들을 많이 봤죠? 우리는 대부분 혹독한 겨울이 지나고 난 봄에 죽었어요. 그 시기에는 다들 심각하게 굶주리니까요. 그때 우리 엄마는 또다른 아이를 가졌죠. 나는 스스로 먹을 걸 찾기에는 너무 작고, 젖을 먹기에는 너무 컸기 때문에 죽었어요."

물론 나는 이 "대화"를 《미국 자연인류학 저널》에 제출한 논문에 포함하지는 않았다. 하지만 내가 5000세대를 건너 오래전에 죽은 아이, 그리고 그 아이를 낳은 어머니와 감정적인 연결을 느낀 것은 사실이다. 나는 그들을 대신해 말하고 싶었다. 그들의 이야기를 하고 싶었다.

그게 바로 내가 SF를 쓰면서 가져온 시간의 지평이자, 결국에는 가장 오래된 종류의 스토리텔링이다. 인류는 언제나 외계의 존재들에 대해 상상해 왔다. 과거에는 그런 존재를 켄타우로스나 님프, 엘프와 고블린, 천사와 악마라고 불렀다. 결국 그 모두가 이 크고 두렵고 아름다운 우주에서 인간으로 존재한다는 것이 어떤 의미인지에 대한 이야기다. 종교, 인류학 그리고 SF의 핵심도 마찬가지다. 하지만 그 안에서 다루는 이야기의 종류와 도달하는 결론이 다를 뿐이다.

많은 사람이 종교와 과학은 상반되는 분야라고 생각한다. 하지만 나에게 종교는 음악과 아주 비슷하다. 누구도 음악이 과학과 상반된다고 주장하지는 않을 것이다. 누구도 음악이 과학보다 더 진리에 가까운지, 혹은 과학이 음악보다 더 정확한지 묻지는 않을 것이다. 그런 비교들은 무의미하기 때문이다. 박자와 피치와 톤이 존재하지 않는다는 이유로 과학을 거부하는 음악가는 없다. 경험적 사실의 수집을 통해 검증 가능한 이론적 가설을 제시하지 않는다는 이유로 음악을 부정하는 과학자도 없다.

그리스 조각상을 연구하는 지질학자를 생각해 보라. 그는 대리석의 기원과 조각가의 기술, 불멸성에 대한 인간의 오랜 염원을 모두 깨닫게 될 것이다. 종교를 연구하면서 나는 자연계를, 자연으로부터 영향을 받은 인간의 예술을, 그리고 허망하지만 동시에 영속적인 또다른 무언가를, 신에 대한 인간의 갈망을 깨달았다. 그 갈망의 대상인 신이 정말로 존재하는지 여부는 논외로 하고 말이다.

마이모니데스의 철학에는, 베토벤의 교향곡에는, 또한 다윈의 과학적인 관찰에는 장엄함이 존재한다. 우리가 반드시 그중 하나의 장엄함만을 선택해야 할 필요는 없다. 시인 요세프 브로드스키는 "갈릴레오 이래, 우주는 망원경의 영역이자 기도의 영역"이라고 말했다. 과학에서 모든 합리적인 질문은 적어도 언젠가 답을 얻을 가능성이 있는 반면, 종교적인 질문은 처음부터 불가해한 성격을 가진다. 『스패로』를 통해 나는 그 두 종류의 질문이 모두 던질 가치가 있으며, 깊이 생각할 가치가 있다는 점을 보여 주고 싶었다.

작가와의 대담

랜덤 하우스 독서 모임 : 『스패로』이전까지는 진지한 과학 기사나 기술적인 매뉴얼만 쓰셨는데, 어떻게 사변소설을 쓰게 되셨습니까?

메리 도리아 러셀 : 처음 아이디어를 떠올린 건 1992년, 우리가 콜럼버스의 신대륙 도착 500주년을 기념하던 해였어요. 그간 유럽인들이 아메리카 대륙을 비롯한 여러 지역에서 낯선 문화와 처음 마주쳤을 때 저지른 실수들을 비판하는 역사적 수정주의가 매우 성행했죠. 하지만 나는 20세기의 끝자락에 사는 사람들이 과거의 탐험가나 선교사에게, 심지어 오늘날에도 제대로 지켜지지 않는 교양이나 관용의 기준을 적용하는 게 부당하다고 생각했어요. 그래서 설사 그와 같은 사례들로부터 교훈을 얻은 뒤라고 해도, 퍼스트 컨택트가 얼마나 어려울 수 있는지 그리고 싶었죠. 그래서 세련되고, 영리하고, 잘 교육받고, 선한 의도를 지닌 현대인들이 그 초기 탐험가나 선교사와 마찬가지로 상대 종족에 대해 무지한 입장에 처하는 이야기를 쓰기로 했고요. 하지만 안타깝게도 오늘날 지구에는 최초의 만남이 가능한 장소가 없어요. 어디서든 MTV, CNN, 맥도날드를 찾을 수 있죠. 최초의 만남에 대한 이야기를 만들어 내는 유일한 방법은 외계로 나가는 거였어요.

랜덤 하우스 독서 모임 : 어떻게 종교가 이 이야기에서 핵심적인 역할을 하게 됐습니까?

메리 도리아 러셀 : 내가 이 소설을 쓰던 때는 내 삶에 종교를 다시 받아들이던 시기였어요. 나는 가톨릭 교도로 자랐지만 1965년, 열다섯 살이 되던 해에 교회를 떠났죠. 그리고 20년 동안 행복한 무신론자로 지내다 엄마가

되었어요. 어느 날 갑자기 아들에게 내 가치관을 전달해야 하는 입장이 된 거죠. 나는 아들에게 무엇을 물려주고 무엇을 숨아내야 하는지 결정해야 했어요. 그러면서 내 윤리와 도덕이 종교에 뿌리를 두고 있다는 사실을 깨달았고, 어릴 때 내렸던 결정을 다시 고려할 수밖에 없었죠. 나는 점점 더 유대교에 끌리는 걸 깨닫고 결국에는 개종을 했어요. 홀로코스트 이후의 세계에서 유대교로 개종할 때, 확실히 알 수 있는 두 가지가 있었죠. 하나는 단지 유대인이라는 이유로 살해당할 수도 있다는 점이고, 다른 하나는 그럴 때 신이 구해 주지 않는다는 점이에요. 그게 내가 당시에 다루던 신학이에요. 『스패로』를 쓴 덕분에 나는 집에 편하게 앉아서 많은 사람의 삶에 종교가 어떻게 작용하는지 살필 수 있었고, 종교적인 믿음의 아름다움과 위험을 가늠할 수 있었죠.

랜덤 하우스 독서 모임 : 종교의 위험과 아름다움이 정확히 뭔가요?

메리 도리아 러셀 : 종교의 아름다움은 우리가 느끼는 것들에 대한 이해를 풍부하게 만들어 주는 방식에 있어요. 나는 과학적인 사고방식과 종교적인 사상 사이의 갈등을 전혀 느끼지 않아요. 그 둘은 그저 우리에게 보이는 것들을 해석하는 서로 아주 다른 방식일 뿐이니까요. 내가 종교로부터 얻는 건 문화적인 깊이, 3200년 전까지 거슬러 올라가는 관점이죠. 내가 의지하는 윤리관이 수없이 다양한 문화적이고 윤리적인 조건하에서 1000세대 동안 시험을 거치고 또 거쳤으며, 서로 다른 환경에 처한 수많은 사람이 신뢰할 만하고 유용한 기준이라고 검증했다는 사실을 아는 데에서 오는 일종의 평온함이 있어요. 종교의 위험은 신이 세상 모든 일에 하나하나 관여한다고 믿거나, 단지 우연에 불과할지도 모르는 뭔가를 심각하게 받아들이고 신의 섭리에 대한 증거라고 받아들이는 데에서 비롯하죠. 그러면 영적으로 무모한 짓을 저지르기 쉽고, 신에게 마땅히 그래야 할 것보다 더 많은 기대를 했다가 신이 응답하지 않는다는 사실에 큰 실망을 느끼게 되니까요.

랜덤 하우스 독서 모임 : 라카트의 두 외계인 종족인 루나와 자나아타에 대한 아이디어는 어디서 나왔습니까?

메리 도리아 러셀 : 지구의 선사시대에 존재했던 두 종족의 오스트랄로피테쿠스에서 착안했어요. 각각 초식동물과 육식/청소동물이었죠. 그중 초식동물에 해당하는 종족이 아직도 존재한다면 어떻게 되었을까 하는 생각이 들더군요. 그게 아이디어의 출발점이었죠. 그런 다음에는 '육식 종족이 먹이 종족을 길들인다면 문명이 어떻게 발전할까'라고 스스로에게 물었고요. 거기서 자나아타와 루나의 관계에 대한 아이디어가 나왔죠. 자나아타가 자신들의 먹잇감, 지성과 적응력을 가진 고기인 루나를 사육하는 형태의 사회 말이에요.

랜덤 하우스 독서 모임 : 이야기 안에서 두 가지의 내러티브 라인을 사용할 때 어떤 점이 가장 어려웠습니까?

메리 도리아 러셀 : 전개 속도였어요. 중간중간 쓰기를 멈추고 이 시점에 독자가 뭘 원할지 생각해야 했죠. 내가 가장 흥미진진하게 읽었던 책들은 두 가지 이상의 스토리 라인을 가진 종류였어요. 독자로서 그런 구조에 경탄하곤 했죠. 작가로서는, 두 가지 스토리 라인을 가져가는 게 아주 큰 도움이 됐어요. 하나의 스토리라인에 대한 상상력이 고갈되면 그쪽을 잠시 멈추고, 신선한 열정을 가진 채로 다른 스토리라인을 쓸 수 있었기 때문이죠. 까다로운 점은 처음 100페이지 동안 서로 분리되어 있는 두 무리의 캐릭터를 소개하는 일이었어요. 그러기 위해서는 아주 많은 장치가 필요했고 새로운 캐릭터를 소개하면서도 독자들의 흥미를 붙잡아 두기 위해 애써야 했죠.

랜덤 하우스 독서 모임 : 어떤 루틴으로 글을 쓰십니까?

메리 도리아 러셀 : 아침에 남편이 출근하고 아들도 학교에 가고 나면 바로 컴퓨터 앞에 앉아서 일곱 시간 동안 글을 써요. 매일 조금씩이라도 전진하려고 애를 쓰죠. 매번 글을 쓰려고 앉을 때마다 많은 분량을 쓸 수 있다고 기대하지는 않아요. 가끔은 한 번에 한 챕터가 나오기도 하지만 그건 원칙이 아니라 예외에 가까워요. 꼭 기억해야 할 점은 일단 써 보기 전까지는 알 수 없다는 거죠.

랜덤 하우스 독서 모임 : 실제 인물에 기반한 캐릭터가 있습니까?

메리 도리아 러셀 : 몇몇 캐릭터는 그래요. 앤과 조지는 어느 정도 우리 부부와 비슷한 면이 있어요. 다른 행성으로 기꺼이 떠나는 앤과 달리 나는 캠핑도 가지 않지만요. 하지만 앤의 대사는 상당 부분 내 생각을 대변하고 있어요. 반면 존 칸도티의 대사는 내 동생을 참고했죠. 그 캐릭터의 이른바 "시카고식 태도"는 내 동생에게서 따왔어요. DW는 여러 사람을 참고했어요. 그중 한 명은 텍사스 하원의원이고 다른 한 명은 진짜배기 뉴올리언스 출신이죠. 에밀리오는 완전히 창작한 캐릭터예요. 그런 사람을 알지도 못하고, 정말 있다면 친구가 될 수 있을지도 잘 모르겠어요. 많은 면에서 너무 강렬하니까요. 소피아도 마찬가지예요.

랜덤 하우스 독서 모임 : 왜 주요 인물들을 예수회 소속으로 설정했고, 예수회에 대해 어떻게 그렇게 잘 알게 되었습니까?

메리 도리아 러셀 : 예수회를 선택한 건 단순한 논리에 의한 거였죠. 만약 우리가 인간의 수명 내에 닿을 수 있는 범위 안에 외계 문명이 존재한다는 반박 불가능한 증거를 수신한다면, 누가 거기 가려고 할까요? 내가 예수회를 떠올린 건 그들이 다른 문명과 최초로 만났던 일에 대한 긴 역사를 가지고 있기 때문이에요. 문제는 내가 『스패로』를 쓸 때, 아는 예수회 수사가 없었다는 점이죠. 그렇다고 무작정 예수회를 찾아가서 "예수회가 우주로 나가는 제 첫 번째 소설을 쓰고 있어요. 그러니 사제인 당신의 내밀한 생각들을 말해 줄 수 있나요?" 하고 말할 수는 없으니까요. 그래도 지난 30년 동안 사제와 전직 사제들이 남긴 수많은 자서전을 참고할 수 있었죠. 많은 사제들이 직에 들어선 동기, 사제로 살면서 느낀 만족과 좌절, 왜 신실한 사제로 남거나 혹은 직업을 바꿨는지 하는 이야기가 담긴 자서전을 썼으니까요.

랜덤 하우스 독서 모임 : 한 비평가는 이 책을 "신앙에 대한 우화"라고 했습니다. 또다른 누군가는 『스패로』가 "악의 문제 그리고 그 문제가 믿음을 갈구하는 인간의 근원적인 욕구를 가로막는 방식에 대한 이야기"라고 했고요. 작가님은 이 책의 주제를 뭐라고 표현하시겠습니까?

메리 도리아 러셀 : 핵심적인 주제는 종교적인 믿음의 위험과 아름다움에 대한 탐구예요. 만약 신이 없다면 에밀리오 산도즈는 외톨이인 셈이죠. 그럼에도 불구하고 산도즈는 자신이 발견했다고 생각하는 신을 두려워해요. 하지만 이 이야기는 가족이라는 주제를 다루고 있기도 해요. 내가 이야기를 완성하고 나서 알아차린 사실 중 하나는 모든 메인 캐릭터에게 자식이 없지만, 그럼에도 자기들끼리 가족을 만들었다는 점이에요. 서로가 서로에게 아들과 딸, 형제와 자매, 삼촌과 숙모, 조부모와 손자가 되었죠. 나는 이런 종류의 영적인 친족 관계가 이 책에 나오는 모든 인물들에게 아주 중요했다고 생각해요. 그리고 가까운 유전적 친족이 없다는 사실(지구에 남기고 온 자식들이 없죠.)이 그들에게 일종의 안타까운 자유를 줘요. 앤과 조지는 훌륭한 부모가 됐겠지만 아이가 없어요. 그래서 에밀리오, 지미, 소피아가 두 사람의 자식 같은 존재가 되죠. 그런 결속, 그 영적인 긴장감은 유전적인 결속과 하나 다를 바 없이 강하고 탄력이 있어요. 어쩌면 심지어 더 강할지도 몰라요.

랜덤 하우스 독서 모임 : 왜 『스패로』는 그런 식으로 끝나야 했습니까?

메리 도리아 러셀 : 가장 가혹한 조건에서 질문을 던지고 싶었기 때문이에요. 에밀리오 산도즈에게 일어난 일은 개인에 대한 홀로코스트 같은 거죠. 그는 살아남았지만 다른 모두를 잃었어요. 그리고 이제 그 상태로 살아가야 하죠.

랜덤 하우스 독서 모임 : 이 이야기의 교훈은 뭡니까?

메리 도리아 러셀 : 아마 '아무리 최선을 다해도, 결과는 엉망이 될 수 있다.'겠죠. 우리는 신의 뜻을 제대로 이해하고 따른다면, 보답이 돌아올 거라고 생각하는 듯해요. 신은 우리와 그런 계약을 한 적이 없는데 말이에요. 에밀리오는 신과의 거래에서 자신의 몫을 다했고, 배신감을 느꼈죠. 그는 신이 자신을 유혹하고 강간했다고, 자신의 의지와 상관없이 신의 뜻에 따라 이용을 당했다고 믿어요. 어쩌면 이 책을 쓰면서 나도 어느 정도는 비슷한 생각을 했던 것 같아요. 그래서 신학의 그런 측면을 들여다보고 싶었죠. 우리가 사는 세계에서 신을 믿는

사람이라면 신이 사랑이라고, 마음이자 꽃이라고, 우리에게 언제나 신학적인 사탕을 선사할 거라고 믿어요. 하지만 토라를 읽어 보면 신이 책임져야 할 일이 많다는 사실을 알 수 있죠. 신은 복잡한 성격이 있어요. 나는 그 복잡성과 도덕적인 모호성을 탐구하고 싶었어요. 신은 우리에게 규율을 내렸지만 그 규율은 신이 아니라 우리를 위한 거죠.

랜덤 하우스 독서 모임 : 작가님의 다음 프로젝트는 뭡니까?

메리 도리아 러셀 : 『신의 아이들』이라는 제목으로『스패로』의 속편을 쓰고 있어요. 에밀리오 산도즈는 라카트로 돌아가요. 선택의 여지가 없기 때문에요. 그에 대한 신의 용무가 아직 끝나지 않은 거죠.

랜덤 하우스 독서 모임 : 속편을 쓰면서 가장 힘든 점은 뭐였습니까?

메리 도리아 러셀 : 전작의 캐릭터들을 열정적으로 아끼고 사랑하는 사람들이 아주 많다는 사실이죠. 이야기의 속편을 쓰는 건 정말이지 아슬아슬한 곡예와도 같아요. 첫 번째 책에서 사람들이 강하게 호응했던 요소들을 살려야 하지만, 자기 복제를 하고 싶지는 않으니까요. 내가 그 목표를 달성했기를 바라지만, 쉬운 일은 아니죠. 두 번째 책에서는 이야기의 주역점이 거꾸로예요. 내용의 3분의 2가 라카트에서 벌어지고, 나머지 3분의 1이 지구를 무대로 하죠.『신의 아이들』은 에밀리오 산도즈로 인해 라카트인에게 일어난 일을 보여 줘요. 산도즈 때문에 태어난 아이들이 있고, 아이들은 언제나 혁명적이죠. 우리는 어떤 일을 스스로 감내할 수 있어도 우리의 아이들이 같은 처지에 놓이는 건 참지 못해요.

랜덤 하우스 독서 모임 : 독자들이『스패로』로부터 무엇을 얻기를 바랍니까?

메리 도리아 러셀 : 우리가 믿음에 대한 질문의 답을 얻을 수는 없지만, 그런 질문들이 던질 가치가 있고 또 깊이 생각할 가치가 있다는 깨달음을 얻으면 좋겠어요.

『스패로』 독자를 위한 질문들

1. 믿음, 사랑, 그리고 이 세계에서 신의 역할이 어떻게 이 이야기의 플롯을 진행시키는가? 한 리뷰어는 이 책을 "신앙에 대한 우화: 외우주로 이어지는 신에 대한 탐색"이라고 평했다. 그 말에 동의하는가? 동의한다면 그 이유는?

2. 이 이야기는 2016년부터 2060년까지를 배경으로 한다. 작가는 후기에서 자신의 미래에 대한 예측 중 일부는 맞았고 일부는 틀렸다고 말했다. 다음 40년 동안에는 어떤 변화가 이루어질 거라고 예상하는가?

3. 우리가 정말로 언젠가 외계인과 조우할 거라고 생각하는가? 그런 사건이 벌어진다면 어떤 의미를 가질까? 우리는 언제나 지구를, 그리고 인류를 우주의 중심으로 여겨 왔다. 외계인의 존재를 발견한 뒤에도 마찬가지일까? 그런 발견이 신학을 어떻게 바꿔 놓을까? 신이 우리를 가장 사랑할까? 그런 발견이 신의 존재를 확인해 줄까 아니면 우리로 하여금 신의 존재 자체에 의문을 제기하게 할까?

4. 만약 다음 100년 안에 우리가 지구에서 12광년 안쪽에 위치한 항성계로부터 온 라디오 신호를 듣는다면, 인류가 그곳으로 탐사대를 보낼 거라고 생각하는가? 누가 그 탐사대를 이끌 거라고 생각하는가? 만약 당신이 새로 발견된 행성에 살고 있는 미지의 종족과 접촉하기 위해 한 무리의 사람들을 보내야 한다면, 누구를 선택할 것인가? 라카트를 향한 여행은 과학적인 임무일까 아니면 종교적인 임무일까?

5. 『스패로』는 두 가지 시간대를 교차하며 이야기를 진행한다. 라카트 탐사 이전과 이후로. 그런 구조가 이야기를 더 흥미롭게 만들거나, 이해하기 더

게 만든다고 생각하는가? 이 이야기는 당신이 여태까지 읽었던
글과 어떻게 다른가?

6. 왜 산도즈가 라카트에서 무슨 일이 일어났는지 말하지 않으려 했다고
각하는가?

7. 이 이야기는 기본적으로 탐험가들이 낯선 문화를 제대로 이해하지
못한 탓에 벌어지는 비극을 배경으로 하고 있다. 라카트로 향한 여덟 명의
탐험가들이 역사상 실존했던 과거의 탐험가들, 마찬가지로 낯선 문화를 제대로
이해하지 못했던 콜럼버스, 마젤란, 코르테즈 등과 유사하다고 생각하는가?

8. 현재 인기 있는 수정주의에도 불구하고, 많은 역사가는 15세기와
16세기의 초기 탐험가들을 제국주의자나 식민주의자가 아니라 신이 자신들을 위해
어떤 계획을 숨기고 있는지 알고자 하는 열망에 사로잡혔던 이상주의자로 여긴다.
그런 관점에 동의하는가? 이 이야기가 당신으로 하여금 그런 초기 탐험가들의
동기를 재고하게 하였는가?

9. 「스타 트렉」의 세계관에는 어떤 대가를 치르더라도 외계 문명에
개입하는 일을 피해야 한다는 원칙인 "프라임 디렉티브(prime directive)"가
존재한다. 그런 규약이 있었다면 라카트에서 벌어진 사건의 결과가 달라졌을까?
프라임 디렉티브는 과연 물리적으로 가능한가?

10. 작가는 인터뷰를 통해 독자들이 "신이 자신을 이끌고 있다는, 자신의
행동이 신의 뜻에 부합한다고 여기고자 하는 유혹에 대해 철학적으로 고민해
보기를" 원한다고 말했다. 작가의 그 말은 무슨 뜻이라고 생각하는가? 에밀리오
산도즈는 어떤 식으로 그런 유혹에 넘어갔을까?

11. 라카트의 발견자들은 신의 뜻이 개입한 결과라고밖에 설명하기
어려울 정도로 기이한 우연에 의해 서로 연결되었다. 산도즈가 처음에 믿었던
것처럼, 신이 그들을 이끌어 라카트를 발견하고 거기로 탐사를 떠나게 했다고

생각하는가? 만약 그렇다면, 어째서 신은 그 뒤의 끔찍한 비극이 일어나게 내버려
둔 걸까?

　　　12. 에밀리오 산도즈의 믿음은 라카트에서 어떻게 시험을 받았는가?
한 리뷰어는 철저한 좌절과 영혼의 파괴를 통해, 산도스가 믿음 안에서 다시
태어났다는 의견을 피력했다. 그 말에 동의하는가? 32장에 나온 산도즈의
딜레마를 생각해 보라. 신이 한 걸음 한 걸음씩 라카트 탐사를 이끌었을까 아니면
산도즈에게 모든 책임이 있을까? 만약 탐사대를 라카트로 데려간 책임이 신에게
있다면, 그건 신이 악하다는 의미일까?

　　　13. 한 리뷰어는 "인간들은 라카트의 사회가 출산을 통제하는 방식을
이해하지 못했기 때문에 실패했다. 즉, 외계인의 입장에서 생각해 보지 못했기
때문에 실패한 것이다."라는 감상을 썼다. 동의하는가? 동의한다면 이유는?
동의하지 않는다면 이유는?

　　　14. 고해는 영혼을 위해 좋은 일일까? 에밀리오 산도즈가 그런 시련을
통해 인간으로서 그리고 사제로서 결국 회복되었다고 생각하는가?

　　　15. 소피아 멘데스를 사랑함에도 불구하고 독신 서약을 지키는 일이
에밀리오에게 왜 그렇게 중요했다고 생각하는가?

　　　16. 예수회는 역사적으로 수많은 동료가 전 세계에서 순교하는 모습을
봐 왔다. 왜 그들은 자신의 믿음에 의해 희생딩한 산도즈를 좀 더 동정적인 태도로
대하지 않았을까?

　　　17. 이 책은 무엇에 대한 이야기인가? 너무나 이질적이라 이해할 수 없는
외계 종족과 대면하는 일에 대한 이야기일까, 아니면 우리의 내면을 거울에 비추는
이야기일까?

…서 태어났다. 서울대학교 법학과를 졸업하고, 네오위즈 게임즈에서 리드 디자…
…였다. 옮긴 책으로는 『스패로』, 『브릴리언스』, 「서던 리치」 시리즈가 있다.

스패로

개정판 1쇄 펴냄 2022년 5월 31일
개정판 2쇄 펴냄 2022년 6월 27일

지은이 | 메리 도리아 러셀
옮긴이 | 정대단
발행인 | 박근섭
편집인 | 김준혁
책임편집 | 장은진
펴낸곳 | 황금가지

출판등록 | 2009. 10. 8 (제2009-000273호)
주소 | 06027 서울 강남구 도산대로 1길 62 강남출판문화센터 5층
전화 | 영업부 515-2000 편집부 3446-8774 팩시밀리 515-2007
홈페이지 | www.goldenbough.co.kr

도서 파본 등의 이유로 반송이 필요할 경우에는 구매처에서 교환하시고
출판사 교환이 필요할 경우에는 아래 주소로 반송 사유를 적어 도서와 함께 보내주세요.
06027 서울 강남구 도산대로 1길 62 강남출판문화센터 6층 민음인 마케팅부

㈜민음인은 민음사 출판 그룹의 자회사입니다.
황금가지는 ㈜민음인의 픽션 전문 출간 브랜드입니다.